W0324469

Kran&
weuke

Über das Buch

Martin Hiller hat ein radikales, zärtliches Buch über den Tod des eigenen Sohnes geschrieben. An einhundert Tagen hat der Autor das, wofür es eigentlich keine Worte gibt, aufzuschreiben versucht. Entstanden ist ein massives, wortreiches Dokument der ersten Zeit der Trauer.

Im Herbst 2020 wurde Martin Hiller Vater von Zwillingen. Es waren entschleunigte Coronajahre, die Eltern waren viel zuhause und das Leben mit den Kindern war innig. Im Frühjahr 2022 erkrankte einer der Söhne, nach einer COVID-19-Erkrankung, am seltenen Kawasaki-Syndrom und starb, nach Monaten im Krankenhaus, doch überraschend zuhause an einem Herzinfarkt. Einen Tag später schrieb Martin Hiller einfach drauf los. In hunderten Einträgen auf hunderten Seiten sammelte sich so eine einzigartige Erzählung über gelebte Trauer und weiter zu lebendem Alltag.

„Frau Elster und der eingestickte Wal" erzählt vom Leben als Eltern von Zwillingen, von der Zeit mit dem Kind im Krankenhaus und von der Trauer nach seinem Tod mit nur fast zwei Jahren. Das Buch geht tief in autobiografische Bereiche verschiedener Lebensabschnitte und berichtet auch von einem prekären Künstlerleben, von Alltag, Jugend und Elternglück, von Zahnarztbesuchen, Steuererklärungen, Passfotos und Trauergruppen – von grotesken, komischen und zwischenmenschlichen Dingen der Trauer.

Über hunderte von Seiten entwickeln sich in tagebuchartiger Echtzeit wiederkehrende Motive und Themen, deren Auftauchen ein Register am Ende dieses Buches verzeichnet. Das ausschweifende Schreiben über den Alltag legt verschiedene Winkel der Trauer offen. Auch ein Roman, den Martin Hiller während des zweimonatigen Krankenhausaufenthaltes wieder angefangen hatte zu schreiben, wird thematisiert.

„Frau Elster und der eingestickte Wal" ist kein Ratgeber oder Schicksalsbuch, in dem ein Trauernder über sein Drama schreibt. Es ist ein Buch, in dem ein Schreibender durch die Trauer geht. Es ist eine Liebeserklärung an das eigene Kind. Zwischen den Buchdeckeln bleibt das Kind in der Welt und das Trauern wird als Teil des Alltags zu einer von Liebe getragenen Auseinandersetzung, die weiter geht, als in die Trostlosigkeit.

Über den Autor

Martin Hiller. 1982 geb. in Ludwigslust, aufgew. in Berlin-Treptow, lebt seit 2002 in Greifswald. Ein bisschen Germanistik und Philosophie an der Uni. Nachtleben. Abschluss als Mediengestalter für Digital- und Printmedien. Jobs. Artikel für Tageszeitungen, Zeitschriften und Internetmedien über Musik und Popkultur. Experimentelle Langstrecke im Regionalradio. Musik, Minimalismus und Aleatorik. Konzerte und Klanginstallationen. Prosasammlung und Roman „Erde, Trinkmann" in Arbeit.

Martin Hiller
Frau Elster und der eingestickte Wal

Erste Auflage
© Kran & Weuke Verlag, Greifswald, 2023
Alle Rechte vorbehalten
Satz, Fotos & Umschlag: Martin Hiller
Umschlagmotiv: generiert mit Dall-E auf Basis der Eingabe
„painting of a stork standing with happy sad eyes, full body view.“

www.kranundweuke.de
www.martin-hiller.de

ISBN 978-3-00-077228-3

Martin Hiller

Frau Elster und der eingestickte Wal

Hundert Tage Trauerarbeit

Tagebuchroman

Kran & Weuke

Alles hierin ist so wahr, wie ich es empfunden habe.

Alle Menschen in diesem Buch sind gut.

Namen wurden geändert.

Für Karl.

„Good morn' or evening friends
Here's your friendly announcer
I have serious news to pass on
To everybody

What I'm about to say
Could mean the world's disaster
Could change your joy and laughter
To tears and pain“

Stevie Wonder – Love's in Need of Love Today
(1976)

Vorwort

Wie ist das, wenn das eigene Kind stirbt? Kann man weitermachen, weiterleben als Hinterbliebene? Wie kann man es als Eltern ertragen, dass das eigene Kind nicht mehr da ist? Wo gehen die Liebe und alles was zu ihm ging hin, wenn dort, wo das Gegenüber war jetzt nur eine Leerstelle ist? Findet irgendwann der Alltag ein neues Gefüge, in dem diese Stelle hell und etwas von ihm erhalten bleiben kann? Lässt sich in der Auseinandersetzung mit dem Tod, der Trauer und dem Kummer irgendwas finden oder bliebe man nicht lieber einfach so liegen: auseinander und ratlos, nicht mehr beisammen, zerhauen vom Verlust, vom Schlimmsten zersplittert? Ist der Tod als ein Zustand der am weitesten entfernte Ort oder kann man dem Toten noch nah sein, Nähe herstellen auf anderen Wegen? Ist es tröstlich, dass nur die Hinterbliebenen und nicht die Gestorbenen trauern müssen? Wie roch eigentlich nochmal genau sein Haar? Und ist was Gutes darin, dass im Text, der nur da ist, weil er tot ist, sein Leben lesbar bleibt?

Dieses Buch hat nicht den Anspruch, Antworten auf all das zu finden. Es ist ein suchendes Buch. Es ist ein Text, mit dem ich mich festzuhalten versucht habe. Ich fing anderthalb Tage nach dem Tod meines kaum zwei Jahre jungen Kindes an zu schreiben. Ich baute diesen kleinen, veralteten Laptop, den ich mal als mobile Schreibmaschine gekauft hatte, auf dem Wickeltisch im Schlafzimmer auf, von draußen kam die Sommersonne, Karl war am frühen Morgen des vorigen Tages gestorben, es war absurd, alles war bodenlos, wir schwebten als Eltern mechanisch in dieser Leere nach seinem Tod. Ich wusste nicht, wohin das Schreiben gehen würde, ratterte im ersten Eintrag seitenweise ungefilterten Text hin. Es half mir. Ich machte jeden Tag damit weiter. Ich sortierte und suchte, sammelte Brocken und Fetzen, schrieb Wasserfälle von strömenden Unklarheiten. Zuerst war es nur mechanisches, hilfloses Rudern durch die Worte, die es für sowas, für den Tod des eigenen Kindes, eigentlich gar nicht geben kann. Nach und nach wurde das Schreiben geistesgegenwärtiger. Es entwickelte sich ein eigener Sound, ein eigener Strom, ein eigenes Strömen des Textes. Ich konnte nicht mehr ohne, es half mir sehr, tagtäglich, manchmal fast stündlich, selten auch minütlich, alles hinzuschreiben, was irgendwie da war, in mir. Ich schrieb über Wochen hinweg. Wir beerdigten unser Kind. Sein Grab hat mittlerweile schon vier Jahreszeiten gesehen. Wir blieben irgendwie stark, auch für unser anderes Kind, seinen Zwillingsbruder Paul. Ich fuhr an alle Orte, die ich mit dem toten Kind verband, radelte auf all seinen Wegen, lief immer wieder durch die Flure des Krankenhauses in dem ich mit Karl zwei Monate lebte. Irgendwann entwickelten sich wiederkehrende Motive im Text. Der Text schrieb sich wie von selbst. Ich versuchte alles, was Karl war, festzuhalten. Manche Themen, Szenen und Gedanken tauchen immer wieder erneut auf, manchmal ähnlich, nahezu identisch, nur ein paar Seiten später. Ein anderes Mal geht die Idee eines alten Tages erst hunderte Einträge später wieder in den porösen Geist des Trauernden. Manchmal sind die Sinne geschärft und verdichtet, der Fokus schweift und haftet an allem was ein Artefakt des Gestorbenen sein kann. Ein anderes Mal ist das Denken matt und kaum möglich, lahm und wie gelähmt dümpelt man ratlos durch die Tage. Aber irgendetwas entwickelte sich hier im Text. Ich habe all das, die Wiederholungen, die Ausschweifungen, den ganzen weiten, fließenden Text, drin gelassen, alles so gelassen, wie es war, wie es geschrieben wurde, wie es sich an einhundert Tagen nahezu von selbst geschrieben hatte. Im Text ist alles drin. Mit dem Text blieb ich drin im Leben.

Und so ist dies ein Text über das gestorbene Kind, aber auch über mich als Vater und uns als Familie. Die Trauer ist egozentrisch. Sie geht in alle Räume des Innendrins, sucht Anker und Anknüpfungspunkte. Die eigene Vergangenheit, mit dem Kind, aber auch das eigenen Leben viel früher, damals, kam in diesem Schreiben hier hoch. Und so landete auch der Roman, an dem ich während Karls Krankheit wieder vermehrt geschrieben hatte, als Thema in diesem Text. Am Roman schrieb ich seit seinem Tod kein Wort mehr. Dieses Buch war jetzt wichtig. Es ist ein Buch über den Tod und das Trauern. Aber es ist auch ein Lebensbuch, das nach dem Leben sucht, das wir hatten und das man vielleicht, das wäre abzuwarten, doch noch haben könnte – mit dem toten Kind ganz fest innendrin, im Herzen, im Kopf, überall wo man selbst ist. Und hier im Text.

Dieses Buch ist so umfangreich geworden, dass es auch blätternd, schweifend gelesen werden kann. Man kann irgendwo hineinspringen. Dieser Text war mein Begleiter. Nach diesen hundert Tagen Trauerarbeit hörte ich nicht auf zu schreiben, aber es wurde weniger, weniger minütlich, weniger getrieben, meine Trauer hatte dann andere Räume. Nach einigen wortlosen Wochen fing ich dann an, diesen Text zu redigieren, las ihn dadurch wiederholt, Wort für Wort, ging durch all diese Tage, Wochen und Monate der ersten Zeit nach seinem Tod nochmal und nochmal, ging insgesamt fünf Mal vollständig durch diese Einträge der Trauer. Ich las den Text, ich ließ ihn mir vorlesen von einer Handyapp, der Text war gut, er war auf jedem Radweg bei mir, auch auf den Wegen zur Arbeit, die ich, nach einem halben Jahr Auszeit, im Januar wieder aufnahm, war er immer da. Gelegentlich kleine Jubelgefühle in mir, wenn der Text an einer ganz bestimmten Stelle angekommen war, die mich besonders mit dem toten Kind verband. Manchmal auch völliges Niedergeschlagensein, weil der Text so traurig und wahr war. Aber im Text war immer er. Er ist hierin immer bei mir. Im Text lebt das Kind und meine Zeit mit ihm. Ich kenne den Text, aber er überrascht mich immer wieder. Die Trauer ist erst ratlos, der Kummer heftig und rastlos. Der Text ist ein endloses Terrain. Im Text finden die Worte, die es dafür nicht gibt, einen Raum. Im Text, zwischen den Buchdeckeln, bleibt das Kind in der Welt.

Martin Hiller, Juli 2023

„It's that love's in need of love today
Don't delay, send yours in right away

Hate's goin' 'round, breakin' many hearts
Stop it, please, before it's gone too far"

Stevie Wonder – Love's in Need of Love Today

(1976)

Juli

So. 17.07.2022, 11:30
im Tag danach

Es gibt keine Worte.
Ich schreibe sie alle auf.
Mechanisch, was war.

Das Kind ist tot.
Gestorben.
Im Sommer.

Es gibt nichts, wie das anfangen könnte hier.
Ich bin taub innendrin. Ich schreibe, nach außen,
irgendwohin.

In der Nacht vom Freitag auf Samstag ist unser
geliebtes Kind, unser Karl verstorben.

Nach zwei Monaten im Krankenhaus, unterbrochen von Tagen und kurzen Wochen zuhause, in denen wir immer das gute Gefühl hatten, dass es bergauf geht, er immer sonnigen Gemütes, fröhlich und glücklich war, war das kleine Herz vom Kawasaki-Syndrom offenbar doch zu kaputt.

In jener Nacht wurden Karl und Paul, wie oft in den Nächten, gegen halb eins wach, oft wollen sie dann Milch, ein bisschen Kuscheln vielleicht, oder den Nuckel wieder haben, der irgendwo im Gewühl des Bettes verschwunden war. Karl jammerte und klagte dann über Schmerzen, er sagte »Aua, Aua« und wand sich, wollte auf meinen Bauch, wie sonst auch so oft, wand sich weiter, es hätte auch irgendwas heftiges mit dem Magen sein können, dann wollte er zu Mama, streckte beide Arme in ihre Richtung, sagte »Mama, Mama« und wurde in ihren Armen dann plötzlich ganz schlaff, wie zuletzt nur bei der Narkose für das MRT im Krankenhaus.

Uns war klar, dass etwas gar nicht gut war, aber irgendwie war auch alles völlig unklar. Es war, als wäre man gelähmt, aber gleichzeitig agierten wir in diesen zusammengeschobenen Sekunden, in Schock und kalter Angst, sehr mechanisch, schnell, und für ein paar klare Momente seltsam rational, als wären irgendwo die Seile gerissen, die die Entscheidungen sonst an die Gefühle binden. Ich griff Carinas Telefon auf dem Nachttisch, hatte Mühe das Display zu entsperren, wir riefen sofort den Notruf und Carina machte, ohne irgendwelche Unsicherheiten, die einstudierten Abläufe von Herz-Druck und Mund-zu-Mund. Sie hatte kürzlich eine Auffrischung des Erste-Hilfe-Kurses. Die Frau am Notruftelefon leitete Carina an, ermutigte sie und sagte, dass sie alles toll mache. Es war gut, diese blecherne, gesunde Stimme zu hören. Karl japste nach Luft, sein Körper zuckte und bäumte sich etwas unter dem Druck, den Carina auf seinen Brustkorb ausübte, aber er war weiter so schlaff und reglos. Ich rief Karl immer zu, dass er das toll macht, wollte ihn irgendwie erreichen. Er lag mit geschlossenen Augen da, war weggetreten und ganz still. Es schien, als ließe er alles geschehen. Es war keine Panik in ihm. Ich weiß nicht, wo er war, ob er irgendwohin hineinsackte, in einen Zustand, der keine Angst kennt, oder ob der Körper einfach kurz und hart alle Regungen und Empfindungen ausgestellt hatte, als eine Art Schutz.

Ich hatte Paul auf dem Arm und versuchte ihn aus der Situation rauszunehmen, lief im Wohnzimmer mit ihm herum, schaute immer wieder durch den offenen Bogendurchgang zum Schlafzimmer, wo Karl auf dem harten Fußboden vor dem Bett lag und Carina minutenlang pumpte und beatmete. Er muss auf eine harte Unterlage, hatte die Frau am Telefon oder Carina gesagt. Irgendwann kam ein „Landhelfer". Der junge Medizinstudent stand plötzlich in der Tür, die ich schon für den Notarzt geöffnet hatte und stellte sich vor und erklärte, warum er hier sei und wie er davon erfahren hatte. Er hat als Zivilist eine App auf dem Handy, die ihm Notrufe übermittelt und er war gerade in der Nähe. Er fragte, ob er etwas tun könne. Ich sagte, dass Carina bereits Erste Hilfe leistete und war irgendwie verwirrt, wusste nicht, was der junge Mann uns jetzt helfen könnte, gleichzeitig hatte er sich so professionell und psychologisch geschickt vorgestellt, dass ich irgendwie Vertrauen zu ihm hatte. In diesen zerrissenen Momenten tauchte dieser fremde Mann auf wie ein Freund. Er wartete und redete mit mir, erdete mich dadurch irgendwie, obwohl er eigentlich ein unerwarteter sozialer Akt jetzt war, während ich eigentlich nur mit Paul durch die Wohnung tigerte und auf ein Blaulicht oder eine Sirene wartete. Ich wusste nicht, ob der Krankenwagen mit Sirene ankommen würde, nachts hier im Wohngebiet. Nach ungefähr 10, 12 Minuten kamen die Sanitäter und ein Notarzt, ohne Alarm, nur das Blaulicht rotierte draußen und unsere Klingel dröhnte ihr banales Gebimmel, als käme ein Paket. Es war mitten in der Nacht. Sie schleppten, wie in den Arztserien, ihre Sachen rein, klappten Koffer auf, rissen sterile Spritzenpackungen auf, machten diese schnellen, nicht hektischen, eher zielgerichteten Handgriffe und während die Wahl ihrer Reanimationsmittel sich sekündlich zu ändern schien, ich das Gefühl hatte, dass sie immer gleich die nächstmögliche Medizin oder Apparatur auspackten, wurde ich etwas hoffnungslos, wollte aber auch nicht loslassen, von der Idee, dass vielleicht doch alles gut werden würde.

Die Atmosphäre war konzentriert und ich fühlte mich machtlos. Ich lief mit Paul durch den Flur, in der Küche und im Bad herum, versuchte ihn mit Badetieren spielend abzulenken. Er machte das alles toll, merkte aber sicher auch, dass etwas nicht in Ordnung war. Carina tigerte ratlos umher, sie sah aus, als wenn sie kein gutes Gefühl bei der Sache hätte, schüttelte manchmal den Kopf, ging immer wieder zu Karl und den an ihm arbeitenden Menschen hin. Wir waren beide im Schock und roboterten stumpf durch die Situation und was sie erforderte. Karls Herz pumpte nicht von allein, konnte nur durch manuelle Herz-Druck-Massage stimuliert werden.

Die Ersthelfer trugen ihn, die ganze Zeit pumpend, durch den Flur in den Rettungswagen, Carina fuhr mit ins Krankenhaus. Ich blieb mit Paul zuhause, zog die Vorhänge zu und schloss die Fenster, um nichts vom Krankenwagen zu hören.

Sehr schnell war das Blaulicht weg, die Straßen leer und nass. Paul konnte nicht mehr richtig einschlafen. Wir lagen im Bett, ich erzählte ihm etwas, streichelte ihn, gab ihm eine Milch, sagte, dass wir ihn alle lieben. Minuten vergingen, irgendwann rief Carina aus dem Krankenhaus an. Sie sagte, wir sollten vorbeikommen, wir müssten uns von Karl verabschieden. Sie stotterte kurz bei dem Satz, als hätte sie einen Weichzeichner, ein „wahrscheinlich" in diesen Satz einbauen wollen. Aber sie sagte, wie es war und ich wusste sofort, was los war. Jemand vom Krankenhaus hatte ihr vor dem Anruf gesagt, dass sie mir vielleicht nur sagen solle, dass ich schnell kommen müsse, nicht, dass es hoffnungslos sei. Ich erkannte in Carinas Stimme, dass sie entschlossen war, nichts wegzuschweigen, dass es eine Klarheit war, die nötig war, dass sie mir keine falschen Hoffnungen machen wollte, dass sie sagen wollte, was los war. In dieser nüchternen Direktheit fühlte ich Nähe zu ihr. Ich fragte, wie ein Idiot, ob ich mit dem Fahrrad kommen soll. Carina sagte, irgendwo läge noch Geld, ich solle ein Taxi nehmen.

Ich zog Paul eine Jacke über seinen Schlafanzug an, auch Socken und Schuhe, nahm ihn auf den einen Arm, rief mit der freien Hand im Handy ein Taxi und griff dann seinen Kuschellöwen, schaute beim Rausfliegen aus der Wohnung nochmal in den Flur, als würde ich alles hier zum letzten Mal so sehen, rannte runter an die Straße, auf der im selben Moment das Taxi anrollte und wir fuhren durch die Nacht ins Krankenhaus. Paul saß auf meinem Schoß, es gab keinen Kindersitz und der Taxifahrer stellte bescheuerte Nachfragen, ob Paul kotzen müsse. Er schien besorgt wegen seiner dämlichen Ledersitze und ich war fahrig, sagte aber sehr bestimmt, dass es Paul gut ginge und wies ihn klar und kalt an, uns zum Krankenhaus zu fahren. Paul hielt seinen Löwen im Arm und wir schauten in die nasse Nacht und er fand es aufregend, das erste Mal in einem Taxi zu sitzen, aber seine Stimme war dünn und vorsichtig. Karl hatten wir vorhin natürlich sein Kuschelschaf mitgegeben.

Ich hatte dem Taxifahrer nicht gesagt, warum wir ins Krankenhaus müssen. Ich redete die ganze Zeit mit Paul. Dass er uns am Haupteingang und nicht hinten an der Notaufnahme rauslassen sollte, schien die Sache für den Taxifahrer um ein weiteres zu einer Routinefahrt zu machen. Ich gab ihm irgendwelches Geld und rannte mit Paul ins Klinikum. Wir sollten in die Intensivstation, da wo der Storch ist, hatte Carina gesagt. Da war Karl schon nicht mehr auf der Notaufnahme. Ich irrte durch das leere Krankenhaus, kannte ja die Wege und rannte, statt Fahrstuhl, das dunkle Treppenhaus in den ersten Stock und klingelte bei der Neonatalogie und interdisziplinären Kinderstation, wo ich mit Karl die jüngste eingewiesene Zeit lebte, bevor er seine letzte Woche dann entlassen und bei uns zuhause war. Dort öffnete eine Schwester und wusste nicht was ich wollte. Ich stand verloren da und der Kuschelstorch ließ seine roten Beine über mir von der Flurlampe baumeln. Die Intensivstation war eine Tür weiter. Karl war gar nicht beim Storch. Ich rannte erst wieder den Treppenflur runter, ratlos und auf der Suche nach Handyempfang. Dort kam mir ein Arzt entgegen und ich redete wahrscheinlich sehr wirr, mit Paul auf dem Arm, ich wusste nicht, ob der Arzt vielleicht ja mich *gesucht* hatte, er war natürlich anderen Weges unterwegs, wahrscheinlich zum Kaffeeautomaten, ein einsamer Gang in einer ereignislosen Nacht, ich versicherte ihm, wie um seine warme Freundlichkeit abzuwiegeln, dass ich wüsste wohin und rannte wieder hoch, direkt zur Intensivstation, alles war jetzt klar, ich klingelte dort, eine Schwester an der Gegensprechanlage wusste sofort wer und warum ich da war, öffnete die Tür und sie und eine andere Krankenschwester zeigten mir, irgendwas leise sprechend, im dunklen Flur den Weg zum Zimmer, in dem Karl schon aufgebahrt lag.

Sein Kuschelschaf war an seinen Kopf gelegt. Er sah so friedlich aus. Eine Ärztin und ein Arzt, vielleicht der Notarzt von vorhin, und ein, zwei Schwestern waren noch im Zimmer, verhielten sich ruhig, Carina und ich weinten, ich weiß nicht, ob ich erst Carina umarmte und dann zu Karl ging. Ich küsste Karl, streichelte ihn, sagte irgendwas, fragte ihn, was er denn nur mache, stammelte zärtliche, verzweifelte Ellipsen der Ohnmacht. Es war das Zimmer, in dem er letztens eine Nacht zur Medikamentengabe war, bevor wir dann in die Interdisziplinäre umzogen, die zweite lange Episode nach den ersten Wochen oben auf der Pädiatrischen. Karl hatte eine gute Zeit auf den Stationen. Er war der liebe, vom Cortison immer dicker werdende Knuffel, den die Schwestern so süß fanden. Jetzt lag er da, so friedlich, zugedeckt in weiß, ein Mulltuch um den Kopfbereich gelegt, er war wie in einem Kokon. Er wurde langsam schon blass, sah aber so goldig und lieb und süß aus wie immer. Nichts Übles war an ihm erkennbar, das tote Kind lag da, wie etwas, das in seiner Sanftheit unerschütterlich war. Vielleicht war es sowas wie Erhabenheit, aber das klingt irgendwie falsch. Nichts war erhaben. Das Kind war tot. Wir waren so traurig, so hilflos, so verliebt in ihn, endlos kümmerlich, stechende Schmerzen, die so stark waren, dass Seele und Körper ununterscheidbar waren, es war eine insgesamte Allgemeinwallung, die Psyche war nicht in der Lage irgendwas auszuwerten, als Eltern standen wir ohnmächtig, machtlos bei unserem toten Kind, und in dieser Verzweiflung und Leere war auch die Liebe und Sehnsucht für ihn, so heftig und stark, dass sie vielleicht die einzigen Möglichkeiten waren, die uns davon abhielten, einfach sofort selbst aufzuhören, am Leben zu sein. Denn man will dorthin, wo das eigene Kind ist. Das ist der grundsätzliche Impuls. Wir wollten ihn so sehr wiederhaben. Ich wusste aber, man war so komisch rational im Schock, im Wechsel mit Weinkrämpfen, dass das nicht ging. Er lag jetzt da und hatte seine Ruhe. Er war so schnell so schlaff zuhause. Vielleicht ging also alles ganz schnell und die Maßnahmen danach haben ihn auch nicht unnötig leiden lassen. Er war bei uns, in unseren Armen, zuhause, angesprochen und gedrückt und gehalten von uns.

Irgendwann drang eine Ärztin mit ihrem Text zu mir durch, erzählte mir, wie alles abgelaufen war, was angenommenerweise die Todesursache war. Ich fragte stumpf nach dem weiteren Vorgehen, wo er hinkommt, wie es weitergeht, wo wir hingehen. Die Stimme der Ärztin war freundlich, sachlich und sanft, nicht säuselig, nicht unbeholfen vorsichtig, nicht ängstlich mit dieser entsetzlichen Pflicht uns Eltern den Tod unseres Kindes zu *bestätigen.* Wir könnten uns alle Zeit der Welt nehmen, sagte sie. Man stellte uns Wasser und Taschentücher hin. Das Licht war indirekt und gedimmt, nicht medizinisch kalt. Die Geräte blinkten, aber waren still. Karl war an keines davon angeschlossen. Er wurde als totes Kind hierher geschoben, damit wir Abschied nehmen können. Carina ist mit ihm durch die Flure von der Notaufnahme hierher gegangen. Ein Krankenhausmensch hatte die Bahre geschoben. Sie hatten vielleicht irgendwas geredet. Paul ging jetzt im Zimmer umher, wollte Knöpfe drücken und erzählte von den Käfern, die an die Zimmerwand gemalt waren. Immer wieder kam er zu Carina oder mir auf den Arm. Manchmal saß er auf unserem Schoß und wir schauten Karl an. Wahrscheinlich roch ich nach Bier. Ich hatte in der Nacht, wie oft in den Nächten, am Rechner gesessen und geschrieben, wollte bald ins Bett gehen, als die Kinder wach wurden. Carina und ich redeten irgendwas.

Es klingt seltsam, aber alles in diesem Raum war zart. Unsere Stimmen waren sanft und in jeder Sekunde war klar, dass wir zusammenhalten werden. Wir hatten kein Gefühl für die Zeit. Karl lag einfach so da. Immer wieder streichelten wir seine Haare und küssten seine Stirn. Er ist der Zwillingsbruder von Paul und wurde im Oktober vor zwei Jahren geboren.

Es fühlte sich sinnlos an, irgendwann wieder nach Hause zu fahren, aber Paul musste ins Bett. Diese Idee schien gleichermaßen deplatziert, wie richtig. Es gab jetzt mechanische Abläufe. Wir würden aus dem Krankenhaus rausgehen, unsere Eltern anrufen, ein Taxi bestellen und zu dritt nach Hause fahren. Wir würden morgen wieder kommen, mit seinen Großeltern. Paul streichelte ihn auch nochmal und sagte „Tschüssi", er wirkte dabei einigermaßen gefasst. Er dachte wahrscheinlich, dass Karl schläft. Uns war klar, dass es gut war, dass er mit im Krankenhaus war, dass er Abschied nehmen konnte. Dass es später, auch Jahre später, irgendwas wert sein würde, dass er seinem gestorbenen Bruder nochmal so nah sein konnte.

Meine Mutter war nicht erreichbar, sie schlief zuhause in Berlin und rief mich, nachdem ich dutzende Male angerufen hatte, zurück und fragte, mit der Stimme eines gerade eben aus dem Schlaf gerissenen kleinen Mädchens „Was ist denn los?“. Ich sagte den einfachen Satz „Karl ist gestorben“. Ihre Stimme blieb mädchenhaft und verletzlich, ich weiß nicht mehr, was sie genau sagte, aber es dauerte einige Sekunden, bis die Information in ihrem gerade eben aufgewachten Geist angekommen war. Dann weinte sie und auch das klang kindlich und zerbrechlich. Ich ratterte irgendwelche Fakten herunter und wollte ihr irgendwie helfen. Wir saßen mittlerweile im Taxi und der Taxifahrer redete uneinfühlsamen Schwachsinn, wollte wissen, wo er lang fahren müsse und ich warf ihm unklare Bewegungen mit meinen Armen hin. Ich sagte meiner Mutter, dass ich auflegen müsse und wir gingen mit Paul in unsere Wohnung, in der vor einigen Stunden noch alles gut war.

Ich empfand durch die letzten Wochen dort mit Karl das Krankenhaus nicht als kalten, schlimmen Ort. Karl hatte alles so tapfer gemacht, er war ein Sonnenschein und die Schwestern waren begeistert von ihm. Wie gut er redete, wie freundlich er war, wie er immer Danke sagte, wie er zum Mittagswagen rannte und sich so aufs Essen freute – „Mittaakl" war bei ihm alles: Frühstück, Mittag, Abendbrot. Ich habe das Gefühl, dass ich das

Krankenhaus und die Gegend dort in nächster Zeit öfter besuchen muss, als Ort des An-Ihn-Denkens. Am Abend nach Karls Tod in der Nacht fuhren Carina und ich, gegen halb neun, nochmal hin, mittelschnell auf den Rädern durch das freundliche, orange Abendlicht zum Klinikum. Der Wind und die Luft waren gut. Die Schwalben, die am Krankenhaus ihre Nester bauen, sirrten und schwirrten. Möwen kreischten, alles war so weit und friedlich. Es war gut, dass wir dort kurz hingefahren waren, einfach nur am Haupteingang vorbei, einmal das Gebiet umrundet, kurz leise im Vorbeifahren Karl, der im Krankenhaus in einer Kühlzelle lag, reingerufen haben, dass wir ihn lieb haben. Mach's gut, Karl, Tschüs Karl, haben wir gesagt. Sind dann mit den Rädern über die Anklamer Straße zurück nach Hause, geblendet von der tiefstehenden Sonne, an Spaziergängern vorbei, die von unserer Trauer und unserer Lage nichts wussten.

Zuhause, auf dem Hof, rauchten wir mit Frau Kemper eine Zigarette. Eine dünne Davidoff. Frau Kemper war am Tage in die Stadt gefahren und hatte dort diese Kippen gekauft. Wir hatten ihr und ihrem Mann am frühen Nachmittag von Karls Tod erzählt, als wir in unser Auto stiegen, um nochmal von Karl Abschied zu nehmen, mit den Großeltern, die nun aus Berlin angereist waren. Frau Kemper hatte, sie sagte, sie musste irgendwas tun, am Tag nach dieser Nachricht, ein Windlicht hell lackiert, eine dicke Kerze angemacht und reingestellt und an den Baum an ihrem Wohnungseingang gehangen. Ein Licht für Karl. Sie gab uns ein Beruhigungsmittel, davon könnten wir eine halbe, vielleicht auch eine ganze Tablette bei Bedarf nehmen. Sie nehme die auch manchmal, sagte sie, und machte auf mich damit irgendwie einen drogenaffinen Eindruck, was eine neue Seite an ihr, unserer langjährigen Nachbarin, für mich war und ich fühlte mich gut in ihrer umsorgenden Gegenwart.

Wir fanden dann ohne die Tranquilizer oder die Tabletten von Carinas Mutter irgendwann in den Schlaf dieser zweiten Nacht nach Karls Tod. In der ersten Nacht, morgens, als wir gegen halb fünf aus dem Krankenhaus kamen, waren wir nur kurz weggedämmert, über Pauls Schlaf wachend, in die Leere starrend, uns manchmal ratlos anschauend, bis wir gegen sieben wieder aufgestanden waren und mit Paul den ersten Tag ohne Karl begonnen hatten.

So. 17.07.2022, 20:13
vor dem Klinikum

Ich sitze vorm Klinikum. Abendlicht im Rücken, Möwen, Schwalben. Und die Kaputten im Raucherzoo. Wie ein Schwarm sitzen sie zusammen, reden laut, röcheln und husten. Denen ist offenbar jetzt alles egal. Manche haben Katheterbeutel am Rollstuhl, Mullverbände am Kopf, Krücken, kurze Prollhosen, furchige Gesichter, fürchterliches Leben. Wollen die einfach nicht gesund werden im Krankenhaus hier? Karl liegt tot in einer Kühlzelle unten. Er hat Fuchs, Schaf und unser Familienfoto vom ersten Sommer im letzten Jahr dabei. Das hatten wir Ihnen auch in die Kita mitgegeben. Wir waren alle so glücklich miteinander. Das Foto zeigt das so gut. Vor dem Krankenhaus immer noch friedliches Licht.

Heute Fischerfest, SMS an Freunde, Nachricht an die Kita.
Taub taumeln durch den Tag.

In jedem Möwenkreischen, jedem Tatütata einer Feuerwehr in der Ferne sehe ich auch Karl. Das Hasenbuch Paul zum Einschlafen vorzulesen ist hart. Valentin ist wie Karl. Und Emma war seine Lieblingshäsin, mit der Schleife. Ich gehe jetzt ins Krankenhaus, kurz unsere Wege dort drinnen ablaufen.

So. 17.07.2022, 23:16
zuhause, am Couchtisch im Wohnzimmer

Bevor ich reingehen konnte, rief Onkel Pit aus Freiburg an. Seine Stimme war matt und sanft. Tante Anje war auch am Apparat. Es war ein gutes, nicht allzu langes Telefonat. Alle wissen ja auch nichts so richtig zu sagen. Niemand weiß das, in so einer Situation. Sie erreichten mich, da so vor dem Krankenhaus sitzend, in einem Moment der Gefasstheit und ich konnte einigermaßen strukturiert erzählen, was war, wie es ablief, was kommen wird, dass alles noch nicht zu begreifen ist. Dass es kaum zu begreifen sein wird.

Ich ging dann noch rein, in das zu dieser Abendstunde wieder leere Krankenhaus, lief dort durch die Flure und Gänge, in den Flur 7, die Treppe hoch zur Interdisziplinären, stupste dort dem Kuschelstorch an seine langen Füße und lief den Flur weiter zum hinteren Gebäudeteil, lief dort die Treppe hoch zu Stockwerk 2, stand kurz vor der Tür der 11.2-A, der allgemein-pädiatrischen Kinderstation, wo wir vorher einige Wochen waren.

Stiche im Herzen, aber alles irgendwie auch, wie betäubt, irritierend erträglich. Es war so gut, diese Wege nochmal zu gehen, die ich immer mit Karl gegangen war, all die Wochen dort. Ich zog dann noch eine Schachtel Ritter Sport Marzipan am Automaten, wie so oft in unseren Wochen im Krankenhaus. Da ging ich, wenn Karl schlief, gegen halb neun abends, nochmal durchs Krankenhaus, oft auch kurz raus, in den frühen Sommer, den Mai und den Juni, mit seinen Möwen und Schwalben, die waren immer da, die sind auch jetzt noch da, ich lief meine kleine Abendrunde durch die Flure, ging dann bald wieder hoch zu Karl, und häufig zog ich dann noch was am Automaten. Alles dort ist mir so vertraut und es fühlt sich sogar jetzt auch gut und nicht wie ein Akt der Verzweiflung an, dort nochmal rumzulaufen. Ich ging sogar kurz runter, an die Glastür zum Stockwerk -1, wo der Raum ist, in dem Karl am Samstag aufgebahrt lag, als wir mit den Großeltern ihn das letzte Mal sahen, bevor er wieder in die Kühlzelle ging. Ich sprach ein paar leise liebe Worte in den leeren Flur. Und fühlte mich dadurch besser, es war nicht esoterisch oder kitschig, ich fühlte mich einfach besser und gut dabei, ihm näher dadurch. Ob Karl nun dort noch war oder er schon *ausgetreten* war, als Geist und *Spirit* in die Sphären jenseits seiner Hülle in der Kühlzelle. Nein, er wird für mich, als Erinnerung, als sphärisches Phänomen, als meine Vorstellung, immer irgendwie AUCH dort sein, im Getriebe des Krankenhausgeländes. Das ist auf seltsame Art tröstlich und ich werde wohl noch öfter dort hin wollen. Vielleicht immer abends einmal mit dem Rad, vielleicht irgendwann auch joggend? Ich muss ja auch was für meine Pumpe, mein hyptertonisches Herz tun. Es ist jetzt, in dieser grenzenlos unbeschreibbaren Schmerztiefe des Verlustes, auch natürlich eine Intensivierung der Gefühle für das Leben da. Wie lebt man sinnvoll? War alles ein gutes Leben? Deshalb lieber Dinge einfach tun, statt blöd rumzuüberlegen. Das gelebte Leben muss wertvoll sein, in jeder Minute. Für Karl war es das, in all seiner Zeit. Für uns war es das auch, in all unserer Zeit. Die letzte Woche mit ihm enthielt alles, was man sich als glückliche Familie nur wünschen kann.

Auf dem Rückweg vom Klinikum hob ich noch einen handschriftlichen Zettel vom Boden auf, eine fremde Notiz. Ein loses Projekt von mir seit einiger Zeit. Ich hebe Einkaufszettel und sowas, eigentlich alles Handschriftliche, das ich irgendwo rumliegen sehe, auf, sammle diese Stücke von Schrift, noch unsortiert in Umschlägen, wollte die länger schon endlich mal ordentlich abheften, ein Druckwerk daraus machen vielleicht, irgendwann. Arbeitstitel: *„SCHRIFT. STÜCKE."* oder irgendwas sinngemäß wie *„DAS LEBEN SCHREIBT SICH SELBST"*, irgendwie sowas, also, ja, *auch* als banale *Alltagspoesie*, eher noch aber – denn im Profanen liegt ja, *im Grunde*, überhaupt erst das Tiefpoetische – als Sammlung von Zetteln und *Zeugnissen* dessen, was in aller Leute Leben tagtäglich an- und *abfällt*, an Text, an Ideen, an Notiertem, an Worten, die dann weggeworfen werden. Stücke von Schrift. Das war so ein Projekt alter Jahre und ich sammelte seit der Zeit der Babyspaziergänge wieder vermehrt. Ich lief ja so viel, ich schob die Babies im Wagen so viel. Da fand ich manchen Zettel, manches Stück. Aber mir fehlte dann immer doch, und immer wieder, im wechselnden Hineingeworfensein in diese Phasen von Phlegmen und Manien, der Ansporn das so richtig, richtig gründlich durchzuziehen, auszubauen, abzuheften – es als das Projekt, das es in meinem Kopf ja längst war, anzufertigen und aufzustellen.

Es war da ein bisschen die Luft raus, über die Zeit. Oft fahre ich an Zetteln, Stücken und Schriften, die ich sehe und mitnehmen *könnte*, jetzt einfach vorbei. Es kommen ja sicher noch mehr Zettel, denke ich dann, aber dieses Mal, auf dem Rückweg vom Klinikum, hielt ich an, fuhr zurück und hob dieses auf der Straße liegende, kleine Stück Papier auf. Irgendwie auch für Karl, auf eine Art. Auf dem Zettel stand der Name eines Liedes. Jemand hatte ein Wunschlied drauf geschrieben, mit einer persönlichen Notiz, warum das Lied wünschenswert wäre, einen Liedwunsch, für einen DJ irgendeiner Party vermutlich. Es hatte nichts mit mir zu tun, es war ein Scheißlied, aber der Zettel und dass ich ihn aufhob war, wenn nicht poetisch, so doch immerhin okay, und in diesem Moment irgendwie richtig.

Im Krankenhaus, in den Wochen dort, hatte ich, wenn Karl schlief, mittags und nachts, äußerst erfolgreich an meinem Roman weitergeschreiben, mich dort diesem kaputten Leben, von dem der Roman erzählt, ich als junger, wirrer Mann in Greifswald, suchend, saufend, vor vielleicht fünfzehn, sechszehn, siebzehn Jahren, auf schöne Weise angenähert. Ich hatte mir das Ausgehen, das Nachtleben durch das Aufschreiben irgendwie wieder erlebbar gemacht, so dass ich gar nicht mehr ausgehen wollte, was ich ohnehin seit Jahren wenig tat, was durch die Kinder sowieso *noch* weniger wurde. Ich hatte eine schöne Form der literarischen Version dieses Lebens damals gefunden.

Ich saß dort nachts im Krankenhaus, in unserem Zimmer, Karl schlief und atmete und seufzte manchmal, war ganz nah bei mir, ein, zwei Meter, neben dem flachen Tisch auf dem der Laptop stand, und ich schrieb ein, zwei Stündchen und duschte dann ausgiebig und las vielleicht noch etwas in meinem Besucherbett, direkt neben seinem Kinderkrankenbett. Alles war so gut und hatte seine Abläufe.

Jetzt komme ich mir so dämlich vor, auch nur an diesen Roman zu denken. So sinnlos, so profan, so blöd. Aber, das scheint manchmal kurz auf, vielleicht kann man später doch nochmal ran, und eine Romanfigur an Karl anlehnen oder sowas. Irgendwie will ich alles Gute, alles, was Karl ist, diese grundtiefe Liebe, das tiefe tiefe Gefühl FÜR meinen SOHN, in einen würdigen Text bringen. Aber das ist jetzt alles erstmal nicht wichtig. Es geht auch jetzt darum, Paul weiterhin gute Eltern zu sein. Als Familie weiterhin eine so gute Familie zu sein.

Auf meine SMS an Freunde und Bekannte heute trudelten so viele Antworten ein. Das ist gut und jedes Wort der Anteilnahme hilft. Alle sind ratlos, traurig, wortlos, wollen da sein, wissen nicht wie. Total verständlich. Abends, als ich zurück vom Klinkum kam, saßen wir noch mit Eckhard und Bärbel im Hof, tranken Bier und Wein, waren irgendwann seltsam innerlich *leicht* im Alkoholglimmer. Ohne Boden, im Schock, aus der Welt. Aber, Bärbel mahnte richtigerweise an: Saufen nicht als Bewältungsersatz jetzt. Eh klar, lieber Saufen, wenn man glücklich ist. Egal auch alles jetzt, ich könnte mich, ohne groß nachzudenken, jetzt blöd, taub und stumpf saufen, das wäre doch naheliegend, sich abzustumpfen, dumpf und stumpf zu werden, damit man nicht mehr fühlt, nichts merkt, nichts weiß. Aber irgendwie will ich das nicht. Etwas angeglimmt lalle ich in dieses Trauertagebuch hinein. Es fehlt noch einiges von den letzten beiden Tagen seit Karls Tod, das trage ich nach und nach noch ein. Ich schreibe nur so vor mich hin, wie es aus mir rausrinnt. Ich schrieb auch hier zuhause, in den Tagen und Wochen, die wir nicht im Krankenhaus waren, nachts, Biere trinkend, am Rechner weiter an meinem Roman. Manchmal glotzte ich auch nur irgendwelches Zeugs, auf normale Art müde vom Elternalltag. Netflix, Mediathek, Youtube, Rieseln. Kroch dann irgendwann zu den Kindern und Carina ins Bett. Ich vermisse diese Zeit, diese Stille und den Frieden der Nächte. Ich schlief meist am unteren Ende des Bettes, zu einer Art „*C*“ gekrümmt bog ich mich noch so hinein, in das warme, schlafende

Einmetersechzignest, das unsere Familie war. Oben, in der Mitte des Bettes schliefen Karl und Paul. Das war schon seit Babyzeiten so, da lagen sie sehr bald, weil die Methode Beistellbett irgendwie umständlich war, zwischen uns. Sie schliefen, wie Babies schlafen: mit den Armen nach oben, wie Seesterne sahen sie aus. Irgendwann wurden die Babies größer und es wurde langsam eng im Bett. Eine Zeit lang schliefen sie auch in ihrem gemeinsamen Kinderbett, aber nachts kamen sie meist, bei einer Flasche Milch, dann doch wieder rüber zu uns. Wie ein Wurf Welpen waren wir. Und immer morgens saßen sie dann zwischen uns im Bett, fingen an zu erzählen, lallten und laberten vor sich hin, die Windel von der Nacht war warm, weich und gelb, die Kinder schauten sich um, sahen den Tag und ich, niemals ein Morgenmensch gewesen, sah durch sie selbst auch wieder sowas wie Freude am Starten eines neues Tages. Jetzt fehlt immer ein Kind an jedem Morgen. Jetzt fehlt ein Kind immer. Wird immer fehlen. Ich liebe meine Kinder so sehr. Sie haben diese Dimensionen von Hingabe und Liebe, von Fürsorge und Sehnsucht erst so richtig freigeschaltet in meinem schrulligen Wesen. Und jetzt sitze ich hier, wie ein Idiot, in meinem Trauertagebuch, habe keine Worte, schreibe von Windeln und von Liebe und von meinem dussligen Roman.

Es ist seltsam, das Schreiben hier bringt mich auf positive Art nah an ihn heran. Es zerreißt mich nicht, wie ich erst dachte. Aber, und das zerreißt mich gerade dann doch, das Körperliche fehlt so sehr. Ich will ihn drücken, seine langen Haare küssen, streicheln, riechen, ihn im Arm halten, sein Po soll auf meinem Unterarm sitzen, während ich ihn auf und ab hoppsen lasse und er lacht und giggelt als führe er Karussel oder ritte ein Pferd, was weiß ich. Er lag so gern auf meinem Bauch, sagte immer, in seiner Stimme, ein, mir fehlen die Worte, verträumtes, ein klein wenig langgezogenes „Jaa", wenn ich ihn fragte, ob er auf meinem Bauch liegen wolle, wenn er quengelig oder unwirsch, irgendwie rappelig, vor dem Einschlafen einfach noch nähesuchend war, immer dieses sanfte und sich so verstanden gefühlt habende „Jaa" von ihm. Im Krankenhaus war unser Bewegungsradius begrenzt, viel vom Tag fand auf meinem Besucherbett statt, hier spielten wir, malten wir, dallerten irgendwie so herum, kuschelten und machten Mittagsschlaf. Ich streichelte dann sein Haar, seinen Nacken, roch an seinem Kopf, der manchmal müffelte, von den Ausdünstungen der Medikamente. Auch das liebte ich, auch das war Karl. Manchmal lag er auf meinem Bauch und schaute *Herr Fuchs und Frau Elster* auf dem Tablet, das auf dem rollbaren Beistellschränkchen stand, und ich las nebenher, mit der Lektüre am langen Arm in der Luft, in irgendeinem Buch. Ich wäre noch Wochen, Monate, Jahre mit ihm im Krankenhaus geblieben, wenn man das eintauschen könnte jetzt. Jetzt war er gestorben, nach all den Behandlungen im Krankenhaus, nach allem was versucht wurde, unerwartet, zuhause, bei uns, im Kreis seiner Lieben, in Liebe, in hoffentlich keinem langen Leid. Ich hoffe, er hat auch in den letzten Minuten gemerkt, wie wir ihn lieben, wie wir ihn wollen, wie wir nur mit ihm wir sind. Wir sind alle jetzt ohne hin, Carina, Paul und ich. Wir müssen gemeinsam jetzt stark sein und Karl wird immer bei uns sein. Vorhin, im Bierglimmer, ich trinke gerade noch den Rest vom Bier beim Schreiben hier, hatte ich so ein kurzes Gefühl von der sprichwörtlichen KRAFT in der Brust, dass dort in meinem und unserem weiteren Leben unser Karl eingespeichert sein und leben wird, als großes, gütiges und gutes, massives Kraftgefühl, als unüberbietbarer ELTERNSTOLZ, als ganz großes Gefühl der Liebe für das was sein Leben war, als etwas das uns als Erwachsene zu besseren, weiseren, erlebnisreicheren, durch Liebe FÜR ihn und VON ihm gereifteren Menschen macht. Kann sein, dass dieser Satz grammatisch ein Irrläufer ist, aber meine Liebe für Karl ist zielgenau. Ich liebe ihn so sehr, und schreibe das hier, angesoffen, ohne schlimmeres Schluchzen, nur mit leichtem Kloß im Hals, und habe das Gefühl und den unbedingten WILLEN, dass wir als Familie das irgendwie schaffen müssen, wollen, werden. Wir nehmen jetzt Karl überall hin mit, als Gedanke, als Idee, als Erinnerung, als STOLZ, als KRAFT, als etwas, das uns nur ER geben konnte: als ERLEBNISSE und ZEIT miteinander, als gelebtes Leben in höchster Qualität, als das was das Gegenteil dessen ist, durch das wir in Trauer und Kummer gerade gehen: als Glück.

Ich wünsche mir, dass irgendwann diese glücklichen Erinnerungen die Oberhand haben werden, im Denken an ihn. Ich weiß, dass jetzt erstmal immer wieder Wüten, Trauern, Kummer und Rat- und Kraftlosigkeit, Phlegma und Schluchzen, Flennen und Weinen und Zurückwünschen in uns sein werden. Und das ist so und soll so sein. Ist also jeder Schmerz auch, als Spüren dessen was der Grund des Schmerzes ist, eine am Ende zielführende, *Sinn suchende* Regung im kaputten Trauerleib? Ich weiß es nicht. Es ist 00:12, ich habe fast eine Stunde hier geschrieben und ich fühle mich zumindest nicht dämlicher als vorher. Ich gehe jetzt ins Bett zu Carina und Paul und bin so froh, sie beide zu haben. Und Frau Elster ist auch da.

Mo. 18.07.2022, 08:32
Küche, Greifswald

Morgens ist es immer schlimm. Das Aufwachen – seltsamerweise findet man doch irgendwann in den Schlaf – und feststellen, er ist nicht da. Paul schläft dann noch und wir streicheln ihn, schauen uns an, traurige Blicke, mechanisches Aufshandyschauen, da sinnlos rumscrollen wie sonst morgens auch. Neue Nachrichten von Freunden sind irgendwie gut. Das Gefühl, dass da Anteilnahme durch den Äther weht. Das Gefühl der Verbundenheit. Sowieso immer die Sehnsucht, Karl ganz dicht bei sich haben zu wollen, das Körperliche so sehr vermissend. Und wie er immer morgens, die Sonne scheint ja immer morgens hier ins Zimmer auf die Dielen, wie er immer da so stand und sich freute, spielte, schaute, wartete, dass wir ihn anziehen und fertig machen für den Tag. Die schönen Rituale morgens mit beiden.

Mo. 18.07.2022, 19:49
Breege auf dem Klo im Untergeschoss

Wir sind jetzt in Breege, Rügen, im Urlaubshaus. Wir wollten am Samstag losfahren, in der Nacht von Freitag auf Samstag ist Karl gestorben. Wir sind nun, am Montag, nach Überlegungen, Zweifeln, Unsicherheiten und Abwägungen, *ob* oder *ob nicht* zu fahren, doch noch gefahren. Auch für Paul. Irgendwie irgendwohin raus. Die Ratlosigkeit reist sowieso überall hin mit. Vielleicht wollten wir auch hierher, weil es etwas ist, in dem Karl mit eingeplant war. Weil der Plan, mit den Kindern raus nach Rügen zu fahren, etwas aus der Vergangenheit ist, in der noch alles gut war.

Heute vormittag waren wir beim Bestatter. Ein Bestatter, wie man sich einen Bestatter vorstellt. Wahrscheinlich der Sohn des Geschäftsführers, vielleicht etwas jünger als wir, beleibt, etwas bärtig, sehr teddybärig eigentlich, in etwas zu großem, schwarzem Anzug. Sein Jacket hatte er, weil es so heiß heute war, über die Lehne seines Stuhl gehangen, mit dem er an den Tisch heranhoppelte, an dessen anderem Ende wir, die Eltern unseres toten Kindes, saßen. An der Wand hing ein großer Fotoabzug einer sonnenhellen Laubwaldlandschaft. Ich glaube, der Tisch war rund, er hatte eigentlich gar kein *anderes Ende*, an dem wir dem Bestatter gegenüber hätten sitzen können. Wir saßen zusammen an diesem endenlosen Tisch und er informierte uns sachlich und mit einem leichten Lächeln, die Redeatmosphäre war auf seltsame Art locker, was ich gut fand, besser als bleiern, verkniffen, bieder und vom Tode bedrögt, wie die Musterfotos von *buchbaren* Blumengestecken und Altaren, die er uns zeigte. Es ist klar, dass wir viel selbst bestimmen werden, den Bestatter bei der Herrichtung der Trauerstätte zur Beerdigung entsprechend in die richtige Richtung weisen müssen. Auch die Rede wollen wir selbst schreiben. Jemand soll sie dann lesen.

Die schöne Idee, Luftballons mit aufgeschriebenen Gedanken und Grüßen der Anwesenden für Karl in die Luft steigen zu lassen. Ich denke gleich an Helena, die hat für solche Sachen ein gutes Händchen. Auch für das Kondolenzbuch. Brauchen wir ein Kondolenzbuch? Wir haben keine Ahnung. Wir müssen unseren Sohn beerdigen. Und wir wissen immerhin, dass wir alles irgendwie *frei* gestalten wollen. Es soll am besten alles im Freien, also draußen, naturnah, offen und in Luft stattfinden. Es soll kindlich, kindgerecht, einem Kind entsprechend sein. Wie geht das, den Tod und das Kind zusammen zu denken?

Auf der Fahrt nach Breege heulte Paul die ganze Zeit. Wir aßen Knacker und Bockwurst an der Tanke. Alles war gedämpft.

Auf dem Rückweg vom Bestatter, als wir von zuhause die Räder holten, um zum Friedhof zu fahren, trafen wir Elvis. Er wohnt ja direkt ums Eck. Er stapelte mit zwei anderen Männern gerade Brennholz von einem Laster herunter. An der Ladeklappe des LKW stehend, kajohlte er uns sein kumpelhaftes „Eyyy“ zu, eine Art akustisches Schulterklopfen, wie man es eben macht, wenn man sich eine Weile nicht gesehen hat. Er wusste ja von nichts. Wir gingen schlaff auf ihn zu und sagten ihm, was passiert war. Sein Gesicht veränderte sich. Eine als Prozess kaum wahrnehmbare, als Ergebnis aber als ein Entsetzen sehr stark erkennbare Änderung der gesamten, im Gesicht, wie stehen geblieben, stehenden Züge. Sein Silberblick, den er, Brillenträger, sowieso irgendwie immer hat, kam mir stärker ausgeprägt vor, als wären seine Augen jetzt steif und stumpf, wie Murmeln, als hätten sie für einen Moment ihren nervensystemischen Bezug zum Rest der Körpers aufgegeben. Weil dort, im Rest der Körpers, gerade diese Information versucht wird, zu verarbeiten. Auch sein Mund stand halb offen, als wollte er irgendwas ächzen, doch es kam erstmal nichts heraus aus dem Mund. Ich weiß nicht mehr, ob er oder wir dann ihm was Tröstliches oder wenigstens *Irgendwas* zu sagen versuchten. Er knuffte uns, wie in einer nur von den Muskeln ausgeführten Bewegung an die Schultern und wir redeten noch ein paar Momente, erzählten ihm, was genau passiert war, dass wir gerade vom Bestatter kommen, dass alles noch ganz frisch ist und wir im Schock sind und es selbst nicht fassen können, auch das nicht fassen können, dass wir gerade mit ihm hier stehen und reden können, dass Körper und Geist seltsame Schutzsachen machen.

Wir verabschiedeten uns irgendwann, Elvis sagte noch „Ihr schafft das", was gleichermaßen hilflos, als auch an irgendeine Kraft als Menschen und Eltern in uns glaubend klang, und dann gingen wir, um die Räder vom Hof zu holen, zu uns nach Hause, während Elvis sichtlich aufgelöst und reglos mit seinem Holz an der Laderampe stand, irgendwie stehen zu bleiben schien, in einer Szene, aus der wir uns, wie in einem unwirklichen Kamerazoom, langsam entfernten.

Der Bestatter hatte bei der Friedhofsverwaltung angerufen. Wir könnten gleich vorbeikommen und uns den Friedhof anschauen. Also waren wir zum Friedhof gefahren. Die junge Frau von der Friedhofsverwaltung kam aus dem schmucklosen Friedhofsverwaltungsgebäude heraus wie aus einer Bushaltestelle. Mit einer Kladde in der Hand führte sie uns über das Friedhofsgelände und zeigte uns die verschiedenen Möglichkeiten der Beisetzung. Es war, als hätte uns eine freundliche, zurückhaltende Reiseleiterin von einem Bahnhof abgeholt. Sie war der Guide und die Gräber waren unsere Tour. Es gibt anonyme Gemeinschaftsgräber, es gibt einen Ort für die Schmetterlingskinder, die tot geborenen, es gibt große Gräber, die man selbst pflegen und bepflanzen muss, es gibt auch kleinere Urnengräber mit Grabplatten obendrauf, das Friedhofspersonal kümmert sich um die Bepflanzung drumherum, man kann Blumen in Vasen hinter die Grabplatten stellen. Wir liefen durch den Friedhofspark und die Frau mit der Kladde sagte wenig, was irgendwie gut war. *„Wir machen das hier alles zum ersten Mal"*. Dieser groteske Satz lag mir im Kopf herum. Ich sprach ihn nicht aus, ich fühlte mich auch nicht wirklich hilflos, ich wusste nur nicht, wie das geht, jemanden zu beerdigen, aber ich hatte das sehr starke Gefühl in mir, dass es gut werden muss. Damit meinte ich verschiedene, mir noch gar nicht insgesamt so klare Facetten von allem, was mit dem Tod und was man für den Toten macht, zusammenhängt. Der Ort in dem wir hier liefen war auf sanfte Art schön, was mich, während ich so empfand, irritierte, da es doch ein Ort ist, an dem wir jetzt nicht sein sollten. Aber uns war sehr schnell klar, was wir hier für Karl jetzt wollten, was wir leider wollen müssten: einen ihm entsprechenden Ort.

Wir entschieden uns für ein großes Grab im neuen Kinderbereich. Die Reihe mit den anderen Kindergräbern um die Ecke ist bereits voll. Deshalb gibt es jetzt hier, das meiste ist noch grüne Wiese, dieses neue Areal für die gestorbenen Kinder. Mit Gräbern zum selber pflegen und bepflanzen. Wir haben einen Grabplatz direkt unter einem Laubbaum dort. Die Frau von der Friedhofsverwaltung fragt jemanden, der sich auskennt, was das genau für ein Baum ist. Der Platz ist schön. Die Wiese ist offen. Es kommt Licht hierhin. Karl wird das dritte dort beerdigte Kind sein.

Irgendwann hatte ich dann zuhause das Auto beladen und plötzlich stand Tilda im Flur, brachte Blumen und wir erzählten kurz. Im Briefkasten eine offenbar persönlich eingeworfene, weil unfrankierte Karte von Arno. Er war also hier, ist wahrscheinlich gerade bei seinen Eltern im Dorf, hatte dort eine Karte geschrieben, sie in einen Umschlag gesteckt und war von dort extra losgefahren zu uns, hatte die Karte in den Briefkasten geworfen und war dann, ohne zu klingeln, weil was gäbe es schon zu sagen, wieder weggefahren. Seine Karte war in der Arnoart ziemlich klar formuliert, gleich im ersten Satz schrieb er, dass es das Schlimmste ist, was einem passieren kann, ich las die Karte mit seiner Stimme im Kopf, die Karte war ratlos, gut und warm, und dass er fünfzig Euro reingesteckt hatte und in der Karte davon schrieb, dass er selbst nicht so genau weiß, was das mit dem Geld jetzt soll, wir sollten jedenfalls was schönes für Karl davon kaufen, war irgendwie, es ist eben Arno, gut so, wie es war und ich hatte tatsächlich kurz sowas wie ein Schmunzeln in meinem Gesicht. Auch Carina schnaubte kurz ein kleines Lachen, als ich ihr im Hof die Karte zeigte, es ist eben Arno, und dann dachte ich, dass er vielleicht ja doch geklingelt hatte, während wir beim Bestatter waren, und auch das passte gut in diese ziemlich lange Szene, die Arno mit seiner Karte hier in meinem Kopf machte.

Mo. 18.07.2022, 21:33
Breege, Saunastuhl hinten

Liegen jetzt mit Blick auf die Hecke, die den Blick aufs Feld versperrt im Hintergarten des Breeger Urlaubshauses, nach dem ersten Saunagang, auf den omagelben Liegestühlen. Carina raucht und wir schweigen. Vögel zwitschern in den Bäumen am Feld. Leises Gelaber anderer Urlauber im Ort. Die Sonne sinkt gerade vor uns hinter den Acker. Abendlilavanillerot. Irgendwie kitschig, melancholisch überbelichtet. Ich schaue lieber ins

Handy. Aber es ist gut, diese Stille hier zuzulassen. Am Tage haben wir meist leise Radio laufen, einfach so, als Hintergrundrauschen, gegen die Einsamkeit der Lücke, die Karl hinterlässt. Ist das schon Flucht vor der vollen Härte des Kummers? Ich denke irgendwie nein. Jeder hat jetzt seine eigenen Wege des Umgangs mit alldem. Und besonders wir beide müssen uns einfach öfter mal reflektieren und transparent machen. Jede Regung jetzt ist menschlich, man muss nur aufpassen, dass man nicht zum leeren, kaputten Menschen wird.

Mo. 18.07.2022, 21:48
Breege, Liegestuhl

Habe mir jetzt ein Bier geholt. Aus dem Tiefkühler, in den ich es gelegt hatte, vor der Sauna. „Nordisch Hell". Das hatte ich bei Sonjas Feier im Garten letztens dann doch lieben gelernt, nach zuerst erfolglosem Anprobieren zuhause vorm TV. Bei Sonja und Alexander im Garten waren wir alle, es war ein so schöner Tag, mit Paul und Karl. Carina hatte Aufstrich aus den Saubohnen gemacht, ein großes Glas voll, das hatten wir dort gegessen, auf Brot und Brötchen. Die Tage danach sagten Karl und Paul immer „Sohnia, Aletsander", wenn wir zu den Mahlzeiten dieses Aufstrichglas auf dem Tisch hatten. Paul sagt das jetzt immer noch. Schon jetzt habe ich Angst, dass manche Momente von und mit Karl verblassen, im Laufe der Zeit, oder von meiner Schockpsyche jetzt aus Selbstschutz oder sowas einfach nach und nach in Unschärfe gestellt. Diese typischen Wortmeldungen, Brabbeleien, Einwürfe und Wortwechsel, die Sachen die sie sagten und die Karl sagte. Auf ein „Hatschi" oder „Oh, da hab ich aber geniest" folgte von Karl immer ein sehr freundliches „Sundhaitl". Das „Danke" sagte er schon seit Monaten, glaube ich, mindestens aber Wochen. Die Schwestern im Krankenhaus fanden ihn immer äußerst höflich. Und so lieb, so ein gutes Kind. Manche Schwestern fehlen mir sehr. Ich würde gern mit denen in Kontakt treten. Oder ist das zuviel? Geht die das nichts an? *Belastet* die das nur unnötig in ihrer tagtäglichen Berufsarbeit? Ich weiß nicht. Vielleicht eine E-Mail an die Station. Karls einzigen ungewaschenen Body haben wir, nachdem wir immer wieder im Bad daran gerochen hatten und meist sofort losweinten, in eine Plastiktüte gepackt, damit der Geruch nicht rausgeht. Ich weiß doch auch nicht. Fotos von ihm anschauen geht besser als gedacht, es zerreißt mich nicht sofort, sondern macht mich sogar manchmal schmunzeln, danach oft natürlich sofort wieder heulen. Meine Eltern haben sich in Bohnsdorf auch ein Bild von ihm hingestellt, mit Blumen und Kuscheltier, ein kleiner Schrein. Ein Bild aus der Anfangszeit im Krankenhaus. Ich hatte es damals, gerade Carina als Krankenhausbegleitung abgelöst habend, als erstes Bild aus Karls Leben mit mir im Krankenhaus, in unsere Elternchatgruppe geschickt. Die Tage und Wochen verschwimmen. Wir waren auf mehreren Stationen und dort teilweise auch in verschiedenen Zimmern untergebracht, da wir immer mal wieder zuhause, aus dem Krankenhaus entlassen waren und dann doch, wegen erhöhter Entzündungswerte zum Beispiel, wieder hinein mussten. Auf Fotos von vor ein paar Wochen sieht er anders aus, dünner, aber es ist genauso unser Karl. Die letzte Zeit war er unser „Dickmops", oder „Moppi", wie der Hund aus „Pitti Platsch", was er in letzer Zeit so gern schaute, noch lieber aber *Herr Fuchs und Frau Elster*. »Ellssa, Ellssa« sagte er immer und zeigte Frau Elster hoch, das Kuscheltier, das wir beim Flohmarkt in der Mensa geschenkt bekommen hatten. Irgendwann im Frühsommer war ein Flohmarkt in der neuen Mensa neben dem Klinikum. Karl und ich waren bei einem unserer Vormittagsausflüge dort kurz vorbeiflaniert und eine Mutter kam zu uns, regelrecht angerannt, als hatte sie uns von ihrem Tisch am anderen Ende des Raumes schon eine kleine Zeit als Elsternerhalter im Auge gehabt, und drückte uns das Kuscheltier in die Hand, woraufhin Karl, in seinem Krankenwagenkinderbuggy sitzend, irgendwas Fröhliches losflötete und auch mein Herz und mein Gesicht und dann auch mein Mund einen Satz machten, der der netten Frau sagte, dass Karl gerade großer Fan von Frau Elster ist und das gerne schaut und auch ich das schon als Kind gern geschaut hatte. Die Frau freute sich und sagte, dass es sie freut, dass Frau Elster damit jetzt in besten Händen sei. So schön beschenkt, mit Frau Elster und diesem zwischenmenschlich so erwärmenden, aufbauenden Moment, schoben Karl und ich dann wieder unsere Wege um das Klinikum herum, im freundlichen Wetter der Welt auf der Höhe ihres Frühlings, bis dann irgendwann schon wieder Mittagszeit war und wir zurück auf die Station gingen, die für ein Krankenhaus so kinderfreundlich hell war, wo alle Fenster durchlässig für dieses ganz bestimmte Jahreszeitenlicht von draußen waren. »Mensa, Ellssa« sagte Karl von da an immer, wenn wir draußen herumschoben, an der Mensa vorbei, am Ententeich und der Bibliothek entlang, bis hin zum Arboretum. Es war ein tolles Leben mit ihm. Die Kinder hatten gerade mal wieder einen Entwicklungsschub gemacht. Es war ein tolles Leben mit den Kindern. Und, das steht bei aller Leere und Hoffnungslosigkeit, als ein Gefühl in mir: es war gut, dass wir auch während der Zeit im Krankenhaus für beide Kinder ein tolles Leben ermöglichen konnten. In den Wochen, die ich mit Karl im Krankenhaus verbrachte, war es nie trostlos für ihn. Es war immer jemand da für ihn. Karl sprach jetzt wie Paul schon in Zwei-bis-Drei-Wort-Sätzen. Beide stellten Zusammenhänge her und konnten Vergangenes zu- und einordnen, fingen manchmal von Sachen an zu erzählen, die sie aus ihrem Kopf plötzlich als Thema in den Raum geholt hatten. Sie sind so schlau. Karl war so schlau. So ein gutes Kind. Die besten Eltern, die man sich vorstellen konnte, sagte Bärbel immer wieder. Da hat sie Recht. Und in den helleren Momenten fühle ich großen Stolz, so ein guter Vater für ihn gewesen zu sein, dass wir so gute Eltern waren und für Paul jetzt weiter sind. Wir sind stark und bleiben das. Oder was? Zweiter Saunagang jetzt.

Mo. 18.07.2022, 22:23
Breege, Liegestuhl im Hintergarten vor dem Saunahaus

Vom Feld her der rübenartige Geruch von Landwirtschaft. Ein, zwei Nachbargrundstücke weiter *„ATEMLOS“* von Helene Fischer, jetzt David Hasselhoff, *„LOOKING FOR FREEDOM“*, dazu vereinzelt Gejohle und Gejuchze, mitgesungene Refrains. Oder ist heute das große Fest am Breeger Hafen? Der große, an den Bushaltestellen angeschlagene Dorfbums? Nein, die Musik und die immer wieder aufwallenden Regungen einzelner Menschenstimmen sind näher, es klingt eher nach Privatschlagerparty mit mobiler Anlage. Alle bestimmt ordentlich vollgetankt schon. Endlich Urlaub, endlich Leben, endlich halbnackt in die Rügener Sommernächte brüllen. Nachher ficken im Urlaubsbett und morgen den roten Brüllbauch wieder in die Sonne stellen. Wäre eigentlich Vollsuff auch eine Option jetzt? Ich trinke noch am ersten Nordisch Hell. Vielleicht noch ein zweites, vor dem Fernseher im Urlaubshaus, den ich aber, da liegen schon wieder ausgerechnet gleich *zwei* Fernbedienungen auf dem Tisch, und beide heißen Samsung, wieder nicht anschalten kann. In Urlausbhäusern gibt es immer eine Fernbedienung für den Satellitenschüsselreceiver und eine für den Fernseher. Schon das Finden des richtigen externen Eingangskanals an der Fernseherfernbedienung kann zum Mühsal werden. Wenn man Pech hat, gibt es noch eine dritte Fernbedienung für einen verstaubten DVD-Player. Carina kriegt das mit dem Fernseher aber bestimmt hin. Sie kriegt gerade Organisatorisches, wie den Tisch eindecken zum Beispiel, irgendwie besser hin als ich.

Heute war ich sehr zerfranst, rannte oft kopflos wirr umher, hatte Mühe, die Urlaubssachen zu packen. Ich hatte auch im Krankenhaus den an die Wand genagelten Fernseher nie an. Nur Tablet kieken mit Karlchen. Das war schön. Fuchs und „Ellssaal“ natürlich, das forderte er oft ein. Abends hatten wir ein anderes Einschlafritual als zuhause, auch weil wir nicht so richtig nebeneinander liegen und auf dem Rücken liegend Bücher anschauen konnten, in seinem Kinderkrankenbett sowieso nicht, in meinem Gästebett auch nicht wirklich. Oft lag er dort auf meinem Bauch. Man konnte mein Gästebett, es war ein normales Erwachsenenkrankenbett, mit Knöpfen an vielen Stellen in absurde Stellungen verformen. Karl machte das gerne, er drückte an der Bettfernbedienung herum und dann gingen Papas Knie hoch oder das Bett ging hoch in eine steile Schräglage, abschüssig, dass man fast runterrutschte. Er lag dann abends auf meinem Bauch, wir schauten Fuchs und Elster und manchmal schlief er dann schon ein. Wenn nicht, dann legte ich ihn in sein Kinderkrankenbett, mit den blauen und gelben Gitterstäben, von denen man die langen Seiten hoch- und runterfahren konnte, fuhr mein Bett auf seine Höhe hoch, ziemlich hoch, und dann lagen wir Kopf an Kopf in unseren Betten und ich erzählte, wer jetzt so alles Schlafen geht. „Die Elster geht jetzt schlafen. Mama geht jetzt schlafen. Paul geht jetzt schlafen. Die Eichhörnchen gehen schlafen“, alle zählte ich auf, oft mit Backgroundstories wie und wo die alle schlafen gehen, was so los war am Tag, was die dann träumen, wie die sich so hinkuscheln, in ihre Betten, ihre Nester und Kobel, mit mich selbst auch geradezu schläfrig machender Stimme. Ich machte das seit Babyzeiten gern, dieses freie Einschlafgemurmel, diese Improvisation von kleinen Geschichten. Auch Paul findet das ganz gut, glaub ich.

Wenn Karl von meinem Schlafgelaber dann eingeschlafen war, ging ich oft nochmal meine Wege raus vors Klinikum oder zum Snackautomaten und baute dann meinen Laptop auf und schrieb noch ein, zwei Stunden. Trank meist noch eine Tasse vom plörrigen Krankenhauskaffee dazu, den man auf der interdisziplinären Kinderstation, auf der wir die letzten Wochen waren, selbst in der Stationsküche am Automaten zapfen konnte. Es war eine dünne Plörre, die ich immer mit einem Päckchen Zucker und ohne Milch trank. Dann war das gar nicht schlecht. Auch morgens.

Rechts auf dem Nachbargrundstück hustet ein Mann ziemlich hündisch, hundhaft vor sich hin. Von links immer noch Schlager. Ich gehe jetzt rein, die Sauna haben wir ausgemacht, kein dritter Gang heute. Hoffentlich hat Carina den Fernseher irgendwie angekriegt. Dann dort Müll rieseln lassen und nebenher vielleicht am Handy schauen, ob wer geschrieben hat. Oder hier weiterschreiben? Ich habe das Gefühl, vieles entgleitet mir hier beim Schreiben, ich vergesse vieles, finde aber immerhin in anderen Einträgen dann wieder Anschlüsse daran. Aber irgendwas ist gut daran hier, dieses Einfachsorauslallen von ungefiltertem Text, dieses Aufschreiben. Am erwähnten Roman schrieb ich ganz anders, viel mehr als Arbeit. Hier ist nur Trauertext. Und das ist natürlich gut so. Und manchmal drifte ich ab. Auch supergut so. Oder nicht? Zweifel. Verzagtheit. Er soll wieder hier sein.

Auf der Landstraße hinterm Feld jetzt ein Autolicht im allerletzten, feinen, eher schon von der Nacht vermoderten Dunkelorange. Ich geh mal rein. Ich denke, alleine sein will keiner jetzt allzu lang. Aber erstaunlicherweise, hier, am in mein Gesicht glimmenden Laptop, es ist das kleine 11-Zoll-Macbook das ich mir, am Anfang des Jahres, vielleicht war es auch schon die Krankenhauszeit, ich weiß es nicht genau, allein für Schreibzwecke, als reine Schreibmaschine gekauft hatte, geht es ganz gut: das Alleinsein. Der kleine Klappcomputer hat eine vollwertige Tastatur und ist leicht und klein genug, um ihn überall hin mitzunehmen. Aber er hat keine beleuchtete Tastatur. Und es ist jetzt doch dunkel hier in Breege, um 22:42. Von links jetzt 4 Non Blondes, *„WHAT'S GOING ON?“*. DAS frag ich mich AUCH! Verdammte Scheiße! Und nachher mit Glimmer ins Bett. Nordisch Hell. Im Herzen sticht die Trauer, sackt aller Lebenssinn manchmal fast wie völlig weg. Aber nur fast. Für Paul. Für Carina. Für Karl.

Mo. 18.07.2022, 23:52
Breege, im Bett, Obergeschoss

Haben unten vorm Fernseher noch die Ritter Sport Marzipan aufgemacht, die ich gestern am Snackautomaten im Krankenhaus gezogen hatte. Paar Happen davon, noch einige Hübe vom Nordisch Hell, eine Nachricht an Julia, eher lästig zu tippen, weil doch länger geworden, aber dann hatte ich schon so viel getippt und wollte nicht mehr auf ein eventuell anderntägiges Telefonat umswitchen.

Jetzt oben im Urlaubshaus im Bett, Paul pennt seit halb neun, ich schwitze von der Sauna noch nach, Carina schläft. Wir sind alle in einem Zimmer beisammen, was gut ist. Ich könnte auch noch unten sitzen, vorm

TV, das Nordisch Hell austrinken, dass ich jetzt, halb geleert, wieder in den Kühlschrank gestellt hatte. Aber das fühlt sich irgendwie nicht richtig an, dass ich jetzt unten den müden Mann vorm Fernseher mache und Carina und Paul allein hier oben schlafen. Alle als Nest, das fühlt sich besser und wärmer an. Wie schön war es auch immer, mit Karl noch, alle vier im viel zu kleinen Bett daheim. Irgendwann hätten ja beide ihr gemeinsames Zimmer bekommen, aber bis heute hatten wir sie immer bei uns im Zimmer. In ihrem aus zwei Kinderbetten zusammengebauten Doppelkinderbett, aus dem sie eigentlich JEDE Nacht dann immer zu uns rüberkamen, auch vor Karls Krankheit; eigentlich IMMER. Bei allen Alleinsein-Freiheiten, die ich nachts, wenn alle schliefen, schreibend und Bier trinkend oder nur stumpf was glotzend, am Laptop genossen hatte, ich habe es so geliebt, zu allen dann ins Bett zu kriechen. Karl schlief meist auf meiner Seite. Das war seit Babytagen so. Und immer nachts konnte man, im Halbschlaf, mit einer Hand durchs Dunkel tasten, den Kopf eines seiner Söhne streicheln, prüfen, wissen, dass alle da sind, dass alles okay ist. Jetzt fehlt ein Sohn. Für immer. Nicht auszuhalten. Keine Worte dafür.

Ich hoffe, ich finde, wenn der Laptop hier gleich zugeklappt ist, schnell in den Schlaf, wo die Trauer nicht laut ist, wo man als Mensch nicht der wache Aushalter seiner Gefühle sein muss, wo die Träume das szenisch verarbeiten, wo am nächsten Morgen alles noch genauso leer ist. Er fehlt so. Ich liebe ihn so. Ich will den Laptop gar nicht zuklappen. Das Weiß des Textdokuments ist hell. Morgen besser wirklich drei Saunagänge, um vollends groggy und müde davon zu sein. Damit der Schlaf einfach über einen fällt wie eine schwere Zudecke, die tröstet und die Zerfransung zusammenhält. Keine Worte hierfür.

Di. 19.07.2022, 09:23
Breege, unten an der Spüle

Morgens halb acht eine Nachricht von Sonja. Ich antwortete. Morgens ist es immer alles sehr schwer. Ich schlief wegen der Sauna trotzdem wie ein sprichwörtlicher Stein, hätte noch mehr Schlaf eigentlich gebraucht. Beim Frühstück eindecken draußen vor dem Haus überkam es uns beide wieder. Gestern abend nahm Carina, wie sonst immer, vier Teller aus dem Schrank. Sofortiger Heulkrampf bei ihr. Beim Frühstück schaute Carina am Handy nach Kondolenzbüchern. Es gibt schöne, freundliche, helle, kindgerechte Büchlein. Wir überlegten, was da drauf stehen soll, ob mit Foto oder ohne, eher ohne, da sein Foto bei der Beerdigung ja doch irgendwie *extra* aufgebaut wird, ob mit Lebensdaten oder ohne. Irgendwas liebes soll da drauf stehen. Vielleicht gar nichts mit „Kondolenzen"? Sowas wie „Liebe Grüße an Karlchen" oder sowas? Die Vermissensattacken werden irgendwie schlimmer, lässt der Schock schon nach? Kommt jetzt die Phase der Apathie? Es ist alles so schwer. Und Paul spielt im Urlaubshaus herum, sortiert Flyer umher, und was hier so rumliegt.

Eben haben wir uns alle mit Sonnencreme eingeschmiert und gehen jetzt los ins Örtchen, zum Edeka, durch die Sonne, vorbei an all den anderen, fröhlichen Urlaubsmenschen, die keine Ahnung haben. Die nie einen Karl hatten, die all das Wunderschöne mit ihm nie hatten! Ich bin so froh, ihn gehabt zu haben. Ich will ihn wieder und ich weiß, dass das nicht geht. Ich habe ihn jetzt immer in mir drin, als Vater, als Erinnerung, als grenzenlose Gefühle in alle Richtungen, als Schmerz, als denjenigen, der mich zu einem besseren Menschen gemacht hat, einem liebenden Elternteil. Uns beide.

Di. 19.07.2022, 13:32
Breege, Esstisch, Wohnbereich, Erdgeschoss

Im kleinen Dorfedeka. Zahnbürste für Carina, Batterien fürs Babyphon, ein paar Nordisch Hell, „in diesen dunklen Zeiten", hätte ich fast geschrieben, absurderweise fühlt sich aber alles seltsam gleißend hell an, überbelichtet, wirr, ohne Kontur, die Welt als Fläche vor einem, der Mensch von Trauer blind, leer und wie kontaktlos zu *Allem*, auf groteske Art *schwerelos*, obwohl doch ganz unten, wie abgekoppelt, driftend, ziellos suchend, Verstand verloren. Seltsam, diese Hellheit. Hochsommer, Insellicht und Urlaubswetter auf Rügen. Auch die Trauer, der Kummer, der Schmerz hat irgendwie keine konkrete Farbe, ich würde sagen, dieses Wehtun brennt irgendwie weißhell in mir drin. Sind das diese Liebe und Sehnsucht, von denen ich irgendwo schon schwülstig schrieb, die in dem Kummer, Schmerz und nicht stillbaren Vermissen eingebaut sind?

Tilda sagte gestern, ich hätte in meiner SMS *genau die richtigen Worte* gefunden. Das war irgendwie gut zu hören. Sie sagte, sie hatte nach der SMS das Gefühl gehabt, dass sie unangekündigt vorbeikommen könnte. Was sie tat. Mit einem Wildblumenstrauß von der Scharnhorstwiese stand sie plötzlich hier. Wir sprachen alle kurz im Flur zusammen. Wir waren gerade beim Beladen des Urlaubsautos. Für das „Urlaubshaus", wie wir es für die Kinder vorher schon immer so kindgerecht betont benannten. Auch wenn wir mit Hauke und Helena gemeinsam im Urlaub waren, noch vor unseren Kindern, hatte ihre Tochter Cleo hinten im Auto schon immer aufgeregt vom „URlaubshaus" gesprochen, als setzte das Wort einen Sog frei, der das Urlaubsauto schneller dorthin brächte.

Nach dem Edeka waren wir am Strand in Juliusruh, ich war mit Paul am Wasser, dümpelte bisschen taub so nebenher, versuchte, gut mit ihm zu spielen. Ich tunkte ihn immer bis zum Po mit den Füßen ins Wasser, ließ ihn wieder „hochfliegen", er lachte und giggelte, es war hart für mich das unbetrübt zu spiegeln, aber ein bisschen gelang es mir, glaube ich. Dann kauften wir eine Sonnenbrille für Paul im Strandladen. Ein Lädchen mit Klimbim, Holzringen, Bernsteinzeugs, geflochtenen Hüten und Büchern. Der Ort verhält sich weniger touristisch, als ich dachte. Auch der Edeka ist eher ein kleiner Konsum, hat aber alles, was Menschen und Urlauber brauchen. Auch Nordisch Hell.

Immer mal wieder schaue ich in Läden und Auslagen, ob es irgendwas mit Fuchs und Elster gibt, ein Emblem, ein Anhänger, ein Ring, was weiß ich. Schrieb ich anderswo hier schon davon, dass ich mir vorstellen könnte, für Karl was bleibendes anzuschaffen, einen Karlring oder ein Karltattoo? Ein „K" am Fingerknöchel oder, äh, auf der Brust, am Herzen, in Tinte, tief drin?

Paul ist auf dem Rückweg ins Urlaubshaus eingeschlafen. Er schläft noch im Wagen jetzt. Carina und ich tippen schweigend in Handy oder Computer. Auf dem Weg hierher kam eine Nachricht von Bella an. Carina schaute aufs Handy und weinte sofort los. Wir schoben durch die brennende Mittagssonne, weißhell, gleißend, durch die Lichtflächen der Insel, vorbei an Camp-David-Touristen und überschminkten Omis, die sich tirilierend in den Kinderwagen beugten, wo Paul schlief, wo Karl nicht war. Was soll man denen dann sagen? „Guten Tag"? Sie wissen es ja alle nicht.

Körperlich bin ich noch langsamer als sonst, dösig und bräsig, kraftlos, das Energielevel weit unten. Carina schreibt gelegentlich formelle Nachrichten irgendwohin. Sina von der Kita würde gern bei der Beerdigung dabei sein oder später ans Grab, sie will gerne Abschied nehmen. Es rührt mich. Wir waren ja, wegen dieser und vorheriger Krankheiten, diesen ständigen Kindergartenerkältungen, gar nicht so oft durchgängig in der Kita, wir hatten gehofft, dass beide nach den Sommerferien wieder einigermaßen regulär dorthin können. Wie ich auch das vermisse: das morgendliche Hingeradel zur Kita, mit Karl und Paul hinten im Wagen. Was für neu gewonnene Zeitfreiheiten das waren, wenn die dann ihre vier Stunden in der Kita waren, und ich nach Hause fuhr und dort am Roman schrieb – der ja dann später, im Krankenhaus, noch fundamental mehr Form und Struktur annahm, an dem ich aber schon seit Corona, seit der Schwangerschaft, glaube ich, so gut vorankommend geschrieben hatte. Und nach der Kita dann als Familie immer in den Tierpark, Spielplatz, Rumschieben, irgendsowas. Es war so eine wertvolle Zeit. Ich schäme mich jetzt manchmal, dass ich damals tagsüber manchmal aber doch auch den Abend herbeisehnte, wenn ich und wir dann „kinderfrei" hatten, die berühmte *„Me-Time"*. Wo man mal das berühmte „Seins" machen konnte. Was für ein profaner, egoistischer Wunsch. Aber ganz normal natürlich, Eltern kennen das. Und das ist nie ein Wunsch oder Gedanke gegen die Kinder, sondern einfach Sehnsucht nach Zeit für sich, als Teil der Familie, als individuellen Menschen, der man ja, ob mit oder ohne Kinder, immer ist, immer bleibt, der ohne seine Kinder doch nur ein kleines Fragment des sogenannten Ganzen ist. Sowas erfährt man erst, wenn man Kinder bekommen hat.

Vielleicht sollte ich hier noch die Nachrichten an andere festhalten? Darin schrieb ich auch schon manches, das ich hier vielleicht vergessen habe? Aber es wird ja noch viel weiter hier geschrieben, denke ich. Ich weiß nicht, wann macht man so ein Trauertagebuch zu? Wann hat man sich ausgeschrieben? Wird sich hierdurch irgendwann irgendwas aufdröseln, wird irgendwas besser oder leichter damit? Denn natürlich wird wohl nichts wieder „gut" in dem Sinne, dass Karl wieder herkommt. Vom Schreiben dieses Satzes nah am Heulkrampf gerade, aber dann doch nicht, absurd, aber ich schreibe es mal so auf. Keine Worte. Dann doch ein paar Worte, und dann ein: dann doch nicht. Ratlosigkeit, nichts wird gut, aber Schreiben tut gut. „Gut" war auch so ein Wort von Karl. Beim Essen. „Gut, gut", sagte er immer, wenn ihm etwas schmeckte. Ich weiß nicht, woher er das hatte, vielleicht von Opa Eckhard. Jedenfalls war das süß, wie er das sagte. „Gut, gut" sagte Karl, und nickte und löffelte völlig weltzufrieden in seinem Teller herum, wie jemand in einem schönen Restaurant.

Di. 19.07.2022, 16:02
Strandaufgang am Dünenhaus, Juliusruh

Kurz diese Notiz ins Handy beim Getränkeholen am Kiosk. Wir sind, nach Pauls Mittagsschlaf und dem letzten Eintrag hier, jetzt am Strand, zwischen den anderen Halbnackten, den Puterroten, und den Prollbäuchen, den Klein- und Großfamilien. Paul liebt das Wasser so sehr. Er tobt und will immer „Naggidai" sein. Quallen fässt er angstlos an und hat, das muss so ein Kinderding sein, auch irgendeinen Drang, da drauf zu latschen. Auf dem Fahrrad, ich fuhr nochmal hin und her, da uns ein zum Trocknen an den Radanhänger angeknoteter Strandpullover unterwegs verloren gegangen war, fuhr ich an Schildern vorbei, darunter natürlich auch: *„KARLS ERDBEERHOF"*. Oh my, oh my. Wir waren dort noch nie, aber wenn man Kinder hat, erschließen sich irgendwann die irrsten Ausflugsziele. Auch zu Karls Erdbeerhof wären wir irgendwann gefahren, mit Karl und Paul. Sein Name ist überall, wo ich bin. Ich sage seinen Namen leise auf dem Fahrrad: Karl.

Di. 19.07.2022, 16:23
im riesengroßen Strandzelt

Etwas wirr stapfe ich über den Strand. Latsche durch irgendwelcher Leute Strandzeltquartiere, lasse mir am Imbiss-Quad von den Halbnackten den Platz in der Schlange wegnehmen, gehe dann einfach ohne was zu kaufen wieder weg, weil mir alles zu doof ist, weil alle nach ihrem Eis hier gieren, als wäre alles okay. Ich habe die kurze Hose und das eingelaufene Poloshirt an, das ich vor der Reise noch, bei einem Kinderwagenspaziergang mit Karl und Paul in der Stadt, im Woolworth gekauft hatte. Ein Fahrstuhl führt in der Dompassage hoch in die erste Etage, wo jetzt der neue Woolworth ist. Ich denke an die Fahrstühle im Krankenhaus. „Fahschduhl" sagte Karl immer. Wir fuhren oft Fahrstuhl, hoch und runter, wir erkundeten die Etagen, konnten irgendwann zum Spazieren auch endlich raus vor die Tür.

Paul sitzt nackt in unserem Strandzelt, das wir noch vor der Reise gekauft hatten und von dem es Fotos mit Karl und Paul und Carina beim Probeaufbau in unserem Hof gibt. Paul isst Cracker und Fruchtschnitte und trinkt Wasser. Ich schaue ihn an, und finde ihn süß. Ein kleiner Wassermann. Ich habe das Gefühl, dass wir ihm heute wieder näher und nähere, bessere Eltern sind als die letzten Tage. Unser Strandzelt ist das bonzenmäßig größte hier am Strand, sagte Carina eben, weniger belustigt, als sie es sonst vielleicht gesagt hätte, eher nur so als trockene Feststellung. Das Zelt ohne Karl: sowieso viel zu groß. Aber nicht groß genug für all die Trauer unter dieser Sonne dieses schrecklichen Sommers. Keine Worte. Ich schreibe Sätze. Die Sätze sagen nichts. Im Handy Strandfotos mit Karl in Lubmin, von letztens. Erst kürzlich. Gerade eben. Jetzt ist er weg. Und der Sommer macht weiter, das ignorante Schwein. Schweinesommer 2022.

Di. 19.07.2022, 16:39
immer noch Strandzelt

Im Strandzelt nebenan klimpert ein stämmiger, halbnackter *Gorilla* seine bis hierhin heute schon gesoffenen Biere in sein idiotisches Strandziehwägelchen. Gorillavater. Ich denke dieses Wort ein bisschen zynisch, wie ich als Heranwachsender die Welt um mich herum nicht selten als grob und *entmenschlicht* wahrgenommen hatte. Alte Muster. Wahrscheinlich also auch ein Vater, denke ich. Nur Väter haben Strandziehwägelchen. Väter trinken Biere am Strand. Väter haben Kinder. Mein Kind ist gestorben. Paul rennt nackt mit meiner Sonnenbrille schief auf der Nase um unser Strandzelt herum und lacht. Lachen. Dass es Lachen nach alldem noch gibt. Seltsam. Karl hat auch immer so sehr gelacht, besonders beim Abkitzeln, wenn er sich dann so in sich krümmte, wie ein lachender Igel eigentlich, wie es Gekitzelte eben tun. Jetzt will Paul „SLENKERN" mit Mama. „Slenkern" war auch was, das Karl in letzter Zeit manchmal einforderte. Das konnte ich aber nicht so gut, Mama konnte besser slenkern. Beim Slenkern sitzt der zum Slenkern aufgeforderte Elternteil auf einem Stuhl, hat die Beine so übereinander geschlagen, dass das obere Bein frei in der Luft wackeln kann, das Kind setzt sich dann auf den Spann des so frei baumelnden Fußes, hält sich an beiden Elternhänden fest, und wird dann hin und her, hoch und runter, nach rechts und links, bewegt und gewackelt, kurz gesagt also: geschlenkert.

Di. 19.07.2022, 22:25
Liege Hintergarten vor dem Saunahaus

Heute habe ich die Sauna alleine angeschmissen. Carina sitzt im Haus, am Handy, Fernseher dudelt. Ihr großer Heulkrampf war, nach einem bei uns beiden eher nur so matten, nur von leisem Weinen durchwobenen Tag, vorhin beim Eindecken des Abendbrots. Ich spielte im Urlaubshausgarten mit Paul kurz sowas wie Fußball, er machte dann aber lieber mit dem Besen irgendwo rum, und ging dann rein, als er Mama so wimmern hörte, lief etwas ratlos auf sie zu, wurde dann in den Arm genommen von uns beiden, Carina beruhigte sich langsam. Es ist alles so schwer. Ich fragte Carina, ob es einen bestimmten Anlass gab oder ob es einfach so losbrach, wir hatten heute ja noch nicht so doll geheult. Sie bejahte letzteres und wir umarmten uns und sie sagte, es ist alles so schwer, sie will nur, dass unser lieber Karl zurück kommt. Dieser endlos starke Wunsch, dass er zurück kommt, dieses an allem Sehnen so sehr ziehende Wort – *zurück* – das tut immer so weh.

Manchmal denkt man einfach nur traurig voller Liebe an die schöne Zeit mit ihm und dieser schöne Gedanke endet dann in der Leere der dumpfen Trauer. Und dann wieder wühlt sich dieser unendliche Wunsch hoch, ihn einfach nur wieder haben zu wollen. Dass alles so ist wie es war. Dass er hier einfach rumläuft, mit seinem „Hummelpo", wie wir gern sagten, wenn er da so langstapfte. Er war so herzensgut, so sanft, so unfassbar sanft, das sagen wir immer wieder. Weil das so war. Weil wir zwei so tolle Kinder hatten, mit zwei so tollen, und in vielen Facetten natürlich verschiedenen Wesen. Die sich so wunderbar ergänzten, und uns als Eltern so erfüllten, weil das ganze Spektrum der zwischenmenschlichen Hingezogenheiten bespielt wurde. Nur selten war man auf beide gleichzeitig böse oder genervt. Manchmal war einer der beiden bockig oder hatte irgendwas angestellt, dann war man als Eltern, ohne dass man jemanden bevorzugt hätte, eben mal verärgert, schimpfte vielleicht ein bisschen, eher erzieherisch aufklärend als mit Tadeln behagelnd, und ich weiß gar nicht mehr genau, wie das war, einem Kind gegenüber erzürnt, vom eigenen Kind verärgert zu sein, das fühlt sich so schwachsinig jetzt an, mit einem Kind böse zu sein, wo doch ein Kind jetzt tot ist, wie absurd sich das jetzt anfühlt, dass man in Momenten mal unwirsch war, als Eltern einfach gestresst, geschlaucht, das Kind vielleicht einen kleinen Tic zu unrastig, zu lieblos in den Kinderwagen gesetzt hat, weil man in Eile war, weil das Leben mit Kindern ganz natürlicherweise ja eben gelegentlich auch Stress *ist*, wie irritierend hart eben die Frage in mich hackte, ob ich alles an Liebe gegeben habe, und wie schnell dann, als großes Gefühl, doch die Antwort, ein „Ja“, da war, in mir, weil mit den Kindern etwas in mein Leben gekommen war, das völlig echt, rein, zweifelsfrei und unverzagt war: in allem war immer dieses Gefühl der *Ganzheit*, diese Liebe zu beiden Menschen, zu unseren Kindern, das organische Gefühl der Familie als organischer, sozialer Körper.

Vater zu sein war etwas, das ich nicht lernen musste, das ich, emotional und seelisch, sofort konnte und wollte und war. Eltern zu sein ist etwas, das man nicht lernen kann. Man *ist* Eltern, wenn man Kinder *hat*.

Es fühlt sich so bitter unkomplett an, mit nur einem Kind. Als Menge der Familienmitglieder, als coole, kluge Gang, die wir waren. Jetzt sitzen wir zu dritt am Tisch, wie eine kleine Einkindfamilie. Gefühle der Trostlosigkeit. Ist der Wunsch nach weiteren Kindern an diesem Zeitpunkt unangemessen? Wir dachten schon öfter sowieso dran, weil uns die Zeit der Babyzeit langsam fehlte und Carina die Mutterbrust aufflammte, wenn sie irgendwo Babies an ihre Eltern angebunden sah und sowas. Und ist es seltsam, sich ein kleines bisschen zu wünschen, dass ein neues Kind nicht auf eine Art irgendwie ein kleines bisschen wie Karl sein könnte, vielleicht sogar, zumindest in Zügen, so aussehen könnte? Würde das was helfen? Ist das völlig krank?

In der Saunaduschkabine ist ein wasserdichtes Radio verbaut. Alle Sender schnurren, der Klang ist blechern, wie ein kleines Werkstattradio. Auf *NDR1* läuft *„YOU'RE NOT ALONE“*, dieses Popschlagerding. Heute schlecht sauniert, ich ging immer nach spätestens zehn Minuten raus. Sehr unruhig innendrin, auch nur in Gedanken an Karl. Ich saß auf der Saunabank in diesem Saunaholzhaus im Hintergarten hier, schaute aus dem großen, runden Fenster raus aufs Feld und dachte an Karl. Gestern waren irgendwie andere oder gar keine Gedanken beim Saunagang. Ich gehe rein ins Haus. Nordisch Hell.

Mi. 20.07.2022, 07:48
beim Tischdecken

Er fehlt so. Karl fehlt so. Paul wachte um dreiviertel sechs auf, hatte eine nasse Hose. Carina wechselte Windel und Hose und wir hofften, dass er nochmal weiterschliefe. Wir dämmerten dann noch so bis viertel nach sieben. Aufstehen, Rollläden hoch, so freundliches Licht überall. Paul will rausschauen aufs Feld, wo die Stare in Scharen rumhüpfen, mit ihren Vogelschnäbeln im Boden stochern. Runter gehen, das kleine Küchenradio an, *NDR2*-Gedudel, Spülmaschine ausräumen, sich vorstellen, wie Karl jetzt zu dem Gedudel tanzen würde, manchmal tanzten die Kinder ja so vor sich hin, seinen Hummelpo wackeln würde, sich so freuen würde, uns verliebt anschauen würde, mit diesem so seitlich, in einen Ausdruck freundlichster Offenheit hineingeneigten Kopf. Draußen kräht der Hahn. „Kikieh" sagten beide Kinder dann immer. Kaffee ist durch, jetzt Tisch decken und Frühstück draußen, an diesem neuen, fünften Tag nach Karls Tod. Es tut so weh, diese Worte zu schreiben, es tut so weh, einen Eintrag hier mit dem Wort *„Tod“* enden zu lassen. Aber Karl ist tot. Er ist am Samstag in der Nacht verstorben. Ich liebe ihn so sehr.

Mi. 20.07.2022, 07:57
Küche

Ich nahm sogar schon nur drei statt vier Teller aus dem Schrank.
Sprachlos.
Keine Worte.

Mi. 20.07.2022, 10:08
Großsteingrab Nobbin

Und wenn Karl hier auf der Insel, im Urlaub auf einer Radtour, hinten im Wagen den Infarkt gehabt hätte? Wie hilflos wären wir gewesen. Auf dem Weg nach Kap Arkona eine Rast am Großsteingrab Nobbin. Carina schaut die Kartentafel an, Paul rennt rum. Ich bin schon jetzt völlig durchgeschwitzt, wie immer nach dem Saunieren. Alle Poren offen. Heute bisher nur stiller, stechender Kloß-Kummer, Schlosshundgejaule bisher noch nicht. Am Frühstückstisch kurz wieder gesprochen über den Kinderwunsch irgendwann. Und ob der Gedanke daran jetzt schon seltsam ist? Eine Weile war das schon Thema bei uns. Wir vermissten die Babyzeit. Wir ertappten uns, wie wir öfter Babies anglotzten, bei unseren Wegen in der

Stadt. Mit einem weiteren Kind irgendwann, da wäre Karl das Glied in der Mitte, so fühlt es sich grad für mich an. Er wäre dann immer als irgendwas Sphärisches, Mentales, als Raum zwischen zwei Kindern da, als eben unser Karl, den wir hatten, dessen Eltern wir immer sind und sein werden. Er ist auch jetzt immer da.

Am Fahrrad, auch beim Tisch eindecken, Spülmaschine ein- und ausräumen, bei allem was *stattfindet*, immer dämmerndes Denken an ihn, man ist bei nichts richtig bei der Sache, stumpf mechanisch oder wirr vertrottelt macht man Dinge, wie die Urlaubsfahrräder aus der Fahrradbox holen, immer bei allem denkend an Bilder und Szenen, Erinnerungen an Tagesabläufe, Routinen, was wir so gemacht hatten, was wir *jetzt* machen würden, wenn wir beispielsweise im Krankenhaus geblieben wären. Ich wäre noch Monate, Jahre mit ihm da geblieben. Es zieht mich immer noch an den Ort dieser intensiven Zeit die wir dort miteinander hatten, die auch so alltäglich und – ein komisches Wort in diesem Zusammenhang einer Krankheit – *leicht* war. Weil wir ja immer der bald möglichen Entlassung entgegenwarteten, Freude auf das Zuhauseleben alle miteinander wieder. Weil Licht im Krankenhaus war, weil Karl nicht allein war, weil erst Carina, dann ich mit ihm dort wohnte, weil jeden Tag Besuch kam. Weil Karl dort nie traurig wirkte, wir hatten Spaß miteinander, er hatte Spaß mit den Schwestern, wir konnten viel draußen sein, all die Wege drinnen und draußen, als Kind lebte er in seinem und unseren *Jetzt*, das Krankenhaus war eine Zeit lang dieser Jetzt-Ort, und das war okay, sein Leben war ein gutes Jetzt, bis zuletzt.

Mi. 20.07.2022, 11:18
Crêpesbude in Vitt

Crêpes, Fischbrötchen und Radler in einem Imbiss im Fischerdorf Vitt. Spatzen hüpfen über den Kies neben unseren Imbissstühlen. Paul hat eingekackt. Carina wickelt ihn im Klo der kleinen Fischbrötchencrêperié. Ich setze Frau Elster auf den Tisch, mache ein Foto von unseren Speisen und wische mir den Schweiß vom Gesicht. Gerade eben waren wir die ersten Gäste hier, Sekunden später sind jetzt zwei weitere Tische voll. Holländer reden holländisch am Nebentisch. Ihre Sprache klingt sorglos und heiter. Ein Mann mit Walrossschnurrbart, Bockwurst, Fischsuppe und einer kalten Cola allein an einem anderen Tisch. Karl würde das herzhafte Crêpe sicher schmecken. „Gut, gut" würde er flöten und in die Mittagssonne blinzeln.

Mi. 20.07.2022, 11:45
Crêperié

Paul gibt dem Holländer Kiesel in die Hand und stellt sich an den Holzzaun des Restaurantgartens als ein kleiner Getränkelaster vorbeifährt. Eigentlich müssten da jetzt zwei Kinderhintern am Zaun stehen und freudig wackeln. Paul läuft durch den Kies und wir scrollen im Handy durch Fotos von Karl. Carina weint leise. Die Holländer und der Walrossmann sind schon wieder los. Ein Ehepaar sitzt Urlaubsgespräche murmelnd neben uns, denkt vielleicht, was für Rabeneltern, scrollen da im Handy rum und das Kind buddelt im Kies. Das andere Kind, unser lieber Karl, ist gestorben. In ihren Gesichtern der Backfisch.

Ein redseliger Radsportler sülzt jetzt abwechselnd die Imbissfrau und Paul voll. Ich habe keine Nerven für sowas und wir fahren mal besser weiter, nach Kap Arkona. Was wollen wir da eigentlich genau machen? Was soll das alles hier? Warum machen die Spatzen ihr Zwitschern und ihre Spatzensachen, wo doch alles so schlimm, schlimm, furchtbar schlimm alles ist?

Mi. 20.07.2022, 12:07
Kapelle Vitt

Wir hatten unsere Räder dann vom Ort hoch zur Kapelle geschoben. Auf der steilen Schotterstraße hatte sich ein verzauselt aussehender Mann mit einem anderen Mann *in die Haare* gekriegt, ich hatte das wortwörtlich so gedacht, als diese zwei erwachsenen Männer sich da so, wie die Hähne, auf der Dorfstraße pampig anpflaumten: dass die sich raufend *in den Haaren liegen*, hatte ich gedacht, was bizarr war und passte, weil beide auch so haarig insgesamt aussahen. Sie hatten sich gestritten über irgendetwas die Kapelle betreffendes. Der Zausel auf dem Rad hatte angehalten, um den vor uns laufenden Touristen ungefragt etwas über die Kapelle zu erzählen. Die Touristen nickten irritiert und höflich, dann war der andere Mann gekommen und hatte den Zausel mit einer kleinen Tirade angedonnert, von der ich die Worte nicht verstand, aber es gab es offenbar Meinungsverschiedenheiten und die Entschiedenheit, mit der sie dort ihre Worte herausfechteten ließ mich vermuten, dass es neben dem Inhaltlichen vielleicht auch um den Status des Dorfzausels ging, dass vielleicht gerade die Stelle des Verstoßenen vakant sei und beide jetzt alles darauf legten, die genau darüber liegende, noch nicht Verstoßenheit bedeutende Position im Gemeindegefüge einzunehmen oder zu erhalten.

Wir hatten dann unsere Räder abgestellt und waren alle drei in die Kapelle gegangen. Paul erzählte vor sich hin, die Kapelle war innen hell und nichts deutete daraufhin, dass man hier allzu arg frömmelnd still sein musste, auf der vordersten Bank saßen zwei Männer in Wetterjacken und erzählten in Zimmerlautstärke und zeigten auf die Wand. Wir hatten innen ein Licht für Karl angezündet und es fühlte sich gut an. Irgendwie hatte ich dann aus den Gesprächen der Leute herauslesen können, dass die draußen an der Kapelle angemalten Herzen Grund eines Streits seien. Ich hatte nicht verstanden, ob diese weißen, eigentlich recht freundlich ausschauenden Herzen gut oder schlecht seien, ob sie vielleicht der ursprünglichen Gestaltung entsprächen, ob sich wer wichtiges im Dorf oder in der Kirche damit übergangen oder unterwandert fühlte, ob es ein Kleinkrieg des Glaubens oder des guten Geschmacks sei, ich verstand das Kochen der Gemüter nicht, aber es schien so, als ob sich das ganze Dorf offenbar uneins über die Außenbemalung der Kapelle ist, das ganze Dorf hat sich *in den Haaren*, hatte ich dann noch gedacht und mich gefragt, ob mit den weißen Herzen, in verschiedenen Größen und Höhen, wie *fliegende Seifenblasen* auf das Ocker der Fassade getupft, ein Protest oder eine Poesie ausgedrückt werden sollte.

Mi. 20.07.2022, 13:48
am Strand, Juliusruh

Unterwegs hatten wir angehalten und Paul im Fahrradanhänger wieder in Position gebracht. Er war bei der schunkelnden Rückfahrt eingeschlafen und sein Kopf hing nach vorn und er wackelte schlaff mit jeder Unebenheit. Wir sind hochsensibilisiert für jede fehlende Regung. Jetzt sitzen wir im Strandzelt, Paul schläft, das Meer rauscht. Geräusche der Menschen überall hier. Dumpfes Bumpern eines Volleyballs. Karl soll hier sitzen, mit uns im Strandzelt. Oder im Wagen bei Paul. Wie er immer so da saß. Wie ein Teddy. Die Beine nach vorn, so babymäßig angewinkelt. Vorhin am Strandaufgang Heulattacke bei Carina. Ich stimmte etwas mit ein, wir beruhigten uns langsam, sagten uns, dass wir es so vermissen, ihn im Arm zu halten. Sie hatte ihn damals nach der Geburt als erste auf der Brust. Dahin wollte er, in der Nacht in der er starb, wieder zurück. Am Strand, wie gestern, wieder die Zitronenfalter.

Mi. 20.07.2022, 14:19
Strand

Kurz weggepennt als Carina und Paul am Wasser waren. Wieder aufgewacht. Paul was zu trinken und den Rest der Fruchtschnitte von vorhin gegeben. Karl ist nicht da.

Mi. 20.07.2022, 16:50
im Schatten des Strandzelts

Mit Paul an der Wasserkante gegraben, ein Loch ausgehoben, mit der bunten Schippe, mit Meerwasserzulauf. Eis gegessen. Paul sagte „gut" und nickte.

Kurzes Reden über Carinas düstere Gedanken, die sie hatte als sie im Strandzelt dämmerte, während ich mit Paul am Wasser war. Auch ich hatte in der Sauna schon gedacht: wäre das eigentlich schlimm, wenn mein hypertonisches Herz in der Sauna schlapp macht? Wäre ich dann wieder bei Karl? Eine Flucht vor der inneren Qual, völlig verständlich der Wunsch natürlich, aber wir waren uns beide dann einig, dass das kein Weg sein kann. Und in erster Linie dachten wir natürlich an Paul. Sind wir nach alldem also doch sowas wie wesens- und willensstark? Ist das eine Stärke, wenn man jetzt nicht schlapp macht, abklappt, Schluss macht? Ich glaube, es hat einen anderen Namen. Das Trauern kennt keine Schwäche, keine Stärke, das Trauern ist eine Kraft in alle Richtungen. Keine Sehnsucht nach dem Auchtotsein also. Meine Kinder haben mich generell zu einem dem Leben und dem Zwischenmenschlichen tendentiell offener eingestellten Menschen gemacht. Auch deshalb, in den Momenten, wenn ich gerade nicht heule oder in Erinnerungsschüben dämmere: Liebe und, das Wort fiel hier noch nicht, Dankbarkeit, unendlicher Dank an meinen besten Karl den ich je hatte.

Aber wie idiotisch eigentlich bei sowas jetzt hier an ein „Danke" zu denken. Eher doch „Fick dich du Dreckstod! Fick dich einfach und geh scheißen. Such dir jemand anderen. Danke für gar nichts. Gib ihn wieder her!"

Mi. 20.07.2022, 17:53
eine Notiz am Straßenrand

Mein Sohn.

Mi. 20.07.2022, 18:16
nach einem Einkauf, am Urlaubshaus

Ich war vor dem Abendbrot nochmal zum Dorfedeka geradelt. Auf der anderen Straßenseite gibt es ein Bücherregal mit Büchern gegen Spende. Ich scanne ein bisschen die Buchrücken ab, schweife durch was so rumsteht und rumliegt, ein Papa poltert mit seiner Familie zwischen mich und die Bücher, er redet über die Bücher und überlegt bei jedem Krimi, ob er den in den noch verbleibenden Urlaubstagen hier *schaffen* könnte. Diese hier ihren wohlverdienten Sommerurlaub machende Familie kommt mir ein bisschen wie eine Radau machende Truppe vor, und, wäre ich nicht so kraftlos, ich wäre genervt. Stattdessen warte ich kleinlaut, tue so, als ob ich von der Seite, aus der zweiten Reihe, auch einen guten Blick habe und kriege prompt einen Stich im Herzen, als mein Auge auf „Unser erstes Kind" fällt, einem schon auf dem Cover ziemlich aus der Zeit gefallen anmutenden Ratgeberbuch, das auf dem Stapel der Familienbücher obenauf liegt. Als ich endlich wieder alleine am Regal bin, nehme ich drei Bücher mit, darunter seltene Prosa von Heinrich Heine. Meine Buchfunde sind mir fremd und es fühlt sich irgendwie bizarr und gar nicht so richtig richtig an, hier, kurz nach Karls Tod, mich mit der Auswahl von Lektüre zu befassen.

Im Edeka hatte ich Klopapier und ungesunden Scheiß, Chips und Schokolade, fürs Sofa abends geholt und war dann zurück erstmal ein paar hundert Meter in die falsche Richtung gefahren.

Mi. 20.07.2022, 18:42
Urlaubshaus, Breege

Carina gießt Nudeln ab. Paul tippelt um unser Auto herum und nennt es beim Namen. »Skoda« sagt er, und es klingt gleichermaßen kindlich, wie weltbeflissen. Wir sind nur zu dritt, die *Nudelmenge* und alles ist jetzt anders, auf die *Kleinheit* unserer Familie herunterzurechnen.

Mi. 20.07.2022, 22:20
Esszimmertisch

Mein Sohn. Das mal so hingeschrieben haben. Vorhin. In einer Notiz auf dem Fahrrad, am Straßenrand, ein Fuß auf dem Bordstein, in der nur von leichtem Wind durchfegten Hitze des späten Nachmittags. Nicht von irgendwem der Sohn. Sondern *mein* und *unser* Sohn. Wie gut er es hatte. Was für ein guter, bester Sohn. Unser Sohn.

Mi 20.07.2022 23:59
im Bett, Obergeschoss

Heute abend kaum hier geschrieben. Zu kraftlos. Stattdessen, nachdem Paul im Bett war, lange den Strandsand abgeduscht und dann mit einem Nordisch Hell, Chips und Schokolade aufs Sofa unten. Leichten Schrott im TV laufen lassen, dabei wegsimmern. Dann aufwachen, langsamen Schrittes bisschen aufräumen und, als wäre ein ganz normaler in sich zusammengesackter Spätabend, Carina wachstupsen und sagen: „Ich geh hoch jetzt, kommst du mit?“ Was ein bisschen klang wie: „Komm Löwenmama, wir gehen hoch zu unseren Löwenkindern, morgen ist auch noch ein Tag.“

Was aber in Wirklichkeit ist: „Komm, wir gehen hoch zu unserem verbliebenen, einzigen Kind. Morgen ist auch noch ein Tag. Der nächste Tag in diesem Leben, das ab jetzt für immer diese Schwere der Trauer kennt.“

Do. 21.07.2022, 00:07
Urlaubsbett

Ich hatte mir heute in der Sonne mein Gesicht verbrannt, sehe aus wie ein Urlauber. Grotesk. Nur die Gesichtszüge sind irgendwie bleiern, unbelebt, leer, hingebungslos, ohne eine Richtung in die Außenwelt. Es ist nur wenige Tage her. Carina erzählte vorhin, wie sich nochmal alles in ihr abspulte, als sie da im Strandzelt lag während ich mit Paul am Wasser buddelte. Wie Karl dann plötzlich von Papa zu Mama wollte, in seinen wahrscheinlich letzten Momenten, als hätte er es kommen gespürt. Und wie er in ihren Armen dann weggesackt war. Das war das letzte Mal, dass wir ihn hielten.

Ich will so sehr, dass er sich wieder mit seinen Beinen an meine Hüften klemmt, während ich ihn so herumtrage, nachdem er »ARM, ARM!« gesagt hat. Und wie ich manchmal beim Herumtragen mit der anderen Hand seinen Hinterkopf noch gehalten und ihn sachte an meine Schulter gedrückt habe, wie man es mit Babies macht, dabei war er ja schon ein Kleinkind, ein kleiner Mensch. Und wie wuschlig und lang seine Haare waren. Wie seine Haare rochen. Wie seine Wange roch und wie weich sie war. Wie er sich so freute, wenn man ihn trug. Wie er sich bei so vielem freute. Wie Karl ein Kind von Freude war. Ich habe so Angst, seine Stimme, sein Lachen, seine Wesensarten, sein Machen und Tun, sein Gebrabbel und Gesabbel, all das irgendwann nicht mehr genau visualisieren und erinnern zu können. Es schwindet jetzt schon langsam, sein »SUUNdhait« wenn jemand genießt hat, wie ging das nochmal genau? Irgendwann wird alles, werden all diese kleinen Blitzmomente des detaillierten Erinnerns in ein großes, kräftiges GEFÜHL verpackt sein, das der Körper dann immer freisetzt, wenn man voller Liebe an ihn denkt. Vielleicht ist das gar nicht so schlimm. Und es gibt endlose Fotos und Videos. Und diesen Text hier.

Wird alles irgendwann auszuhalten sein, ohne ein Wissen, dass der nächste, einem den Boden wegziehende Schub der Trauer zeitnah wieder kommen wird? Wird es irgendwann damit zu leben möglich sein? Ich weiß es nicht. 00:21. Jetzt hoffentlich Schlaf.

Do. 21.07.2022, 07:59
Küche im Urlaubshaus

Die Stare auf dem Feld. Scharen von Staren. Es sind so viele, das Feld ist voll von ihren Leben, ihrer Lebendigkeit, ihrem Starsein und Stochern.

Rollläden hoch. Kaffeemaschine an. Paul erzählt oben vom „BabYphoN“ und zieht die letzte Silbe, das „phouun“, so lang, wie Karl bei „WohNUNg“ das „o“ immer langzog. „WouuuhNUNg“ sagte er immer. Worte aus weichen Buchstaben. Karl erzählte in der letzten Woche, als wir endlich wieder alle zusammen zuhause waren, immer von der „Wohnung“. Unser Krankenhauszimmer war das „SimmeR“. Jetzt müssen wir bald mal wieder hoch aufs Zimmer, sagte ich, wenn wir draußen vor dem Klinikum im Nachmittagslicht herumschoben und uns die leere Zeit bis zum Abendbrot vertrieben. Die Visiten waren längst durch. Das Krankenhaus war am Nachmittag ein Haus der Schwebe, ein Ort der Schichtübergaben und klappernden Cafeteriakaffeetassen. Karl sprach das Wort gerne aus, das „SimmeR“ war nichts negatives für ihn, er unterschied es nur von der Wohnung. Jetzt Tischeindecken, für drei. Er fehlt so. Ich bin so matt, einfach nur matt, auch der Kloß im Hals ist jetzt, zehn Minuten nach dem Aufwachen, noch nicht so groß. Es ist alles so unwirklich. Das Urlaubshaus so hell und freundlich. Und Karl nicht hier. Nie wieder bei uns. Der Horror der Hellheit.

Do. 21.07.2022, 08:20
unten

Stumpf einen Apfel aufschneiden. Das Küchenradio auf Dudeln stellen, Lautstärke 5, so dass es gerade laut genug ist, um den Raum sacht zu beleben, und leise genug, dass das Dudeln einen nicht zu sehr erreicht. Dass es nur ein Teppich ist. Wie man früher als Kind den Fernseher angemacht hat, allein zuhause, dass irgendwas redet und läuft. Carina weint oben, man hört es bis hier unten. Paul sagt „gUCkN“ und will hoch zu ihr, nachkucken, wie es Mama geht. Im Radio Ace of Base, *„ICE FOR THE SIGN“*.

Do. 21.07.2022, 08:35
an der Spülmaschine

Manchmal, wenn man in die Stille des Urlaubshauses hineinlauscht, hört sich was anderes an wie ein Weinen von Carina. Ein schürfendes Zuschrauben eines Plastikgefäßes klingt wie ein Schluchzen, das *„Guru“* der Tauben manchmal wie ein Wimmern. Alle Sinne getrübt und unklar.

Do. 21.07.2022, 09:01
am Frühstückstisch

Paul ist launisch und frühstückt nichts. Der Tag ist wieder heiß. Etwas mehr Wind als gestern. Von links ein Rasenmäher, zwei Grundstücke weiter. Spatzen zwitschern ihre melodielosen Lieder in den Dachrinnen. Als wäre ein ganz normaler, heißer Sommer. Auf der Insel Rügen. In der Welt.

Do. 21.07.2022, 09:18
am Frühstückstisch

Weinkrampf bei Carina. Sie ging dafür nach oben. Man hörte sie bis in den Garten. Ich versuchte, Paul abzulenken, bot ihm Brot an, gab ihm was zu trinken, wir schauten ein Buch an. Das Sachensuchbuch mit dem Heißluftballon hinten über den Feldern. Früher hießen Ballons bei Karl »BöckeR«, seit einigen Wochen sagte er »BoNg« dazu, egal ob Luft- oder Heißluftballon. Auch hier zog er die letzte Silbe etwas in die Länge. Sein Sprechen war immer sanft. Zur Beerdigung sollen Luftballons mit Grüßen an ihn steigen. Schrieb ich das hier schon? Ich weiß oft nicht mehr, was ich schrieb. Es flutet aus mir raus, ich schreibe mich leer.

Do. 21.07.2022, 09:36
auf dem Klo unten im Urlaubshaus

Keine Worte.

Do. 21.07.2022, 09:44
im Bad oben, halbnackt vor dem Spiegel

Gleich zum Strand. Sonnencreme ins Gesicht. Ich sprühe mich mit dem leichten, unprätentiösen Duft des *CD Citrus* Deos ein. Ich hatte das auch im Krankenhaus mit. Es riecht so arglos, so unbestimmt, so gut, schlicht und leicht, zurückhaltend, so lebensbejahend vielleicht, unspektakulär und freundlich. Ich hatte im Krankenhaus immer nachts, nach dem Schreiben, ausgiebig geduscht und legte mich dann gegen halb eins, eins, halb zwei in mein Bett direkt neben Karls. Die Lüftung sirrte, draußen hinterm angekippten Fenster die leichte Stille der Nacht auf dem Krankenhausgelände. Ich kletterte in mein ziemlich hoch eingestelltes Begleiterbett, damit ich auf Höhe seines Kinderbettes war, schüttelte das durchgelegene Krankenhauskissen zurecht, strampelte mich unter die Decke, schaute nach den Werten auf seinem Monitor, machte noch was am Handy oder las. Es war wie ein

Alltag. Wir waren nicht zuhause, aber das Leben dort war gut mit ihm. Wir waren guten Mutes, bald dort raus zu können, wieder ins Familienleben hinein, in das wir so gut alle hineingewachsen waren, weiter rein in unsere Zukunft zu viert. Das weiße Krankenhausbändchen habe ich immer noch dran, an meinem linken Arm. Es riecht noch wie der Ort dort. Ich will zurück zu diesem Geruch, weil in diesem Geruch Karl noch am Leben war.

Do. 21.07.2022, 10:32
unterm Strandzelt, Juliusruh

Auf dem Rad wieder nur dumpfes Glotzen auf Asphalt und Dämmern in Gedanken an Karl. Der Strand ist noch relativ leer, die Rotbauchprolls und heilen Eigenheimfamilien, mit ihren gesunden, jedenfalls nicht toten Kindern, trudeln langsam ein. Die Sonne brennt. Schlierig schwitzt mir die Sonnencreme von der Stirn ins Gesicht. Die Brille rutscht auf dieser Suppe von der Nase runter. Karls Brille kommt mit in seinen Sarg. Auch sein Schaf, Herr Fuchs, jenes schöne Sommerfoto von uns letztes Jahr, seine Lieblingsanziehsachen, der Pullover mit dem „Wal", was er auch immer so lang aussprach, er mochte Wale. Auch an Carinas T-Shirts zeigte er immer auf das kleine an der Brust eingestickte Wal-Emblem.

Paul macht gerade wieder einen Sprung, was das Sprechen betrifft. Er erzählt mehrere Worte in Zusammenhängen, die verständliche Mitteilungen sind, sich manchmal auf Vergangenes beziehen. Karl erzählte in letzter Zeit auch sehr viel, irgendwie anders als Paul, er laberte so flötig vor sich hin, „Dudai, Dudai" sagte er, wenn er eine Feuerwehr sah, sogar sein Tatütata war etwas sanftes. „Du bist 'n richtiger Sabbelpott", hatte Carina dann manchmal gesagt, wenn Karl so vor sich hin brabbelte. Karl kicherte dann und nickte ein Nicken, das so aussah, als wüsste er jetzt, wie er dieses lustige Wort aus Mama herauslocken kann.

Auch wenn Herr Fuchs in der einen Folge Frau Elster, in mürrischem, aber nicht herzlosem Ton, mit einem „Papperlapapp" anfuhr, kicherte und gluckste Karl in sich rein, wie ein humorvoller Mensch, der sich an etwas ehrlich und immer wieder in Vorfreude freut. Die soziale Interaktion mit ihm fehlt auch so sehr. Er war auch das erdende Bindeglied irgendwie, milderte Pauls wirbelige Art ab. Karl war zwei Minuten älter, aber eigentlich verhielt sich Paul wie der große Bruder. Er brachte ihm den „Nuggi" wenn er danach quengelte, zog ihn auf die Bank an der Kindergarderobe, setzte ihm die Mütze auf, wenn es ihm mit dem Losgehen zu langsam ging, weil Karl noch träumend irgendwo rumtrödelte. In beiden Kindern steckte echt das Beste von jeweils uns beiden.

Carina und Paul sitzen an der Wasserkante wie zwei bei CDF. Jetzt läuft hier ein Windsurfer mit seinem Windsegel über den Strand, zottelt das riesige Stoffding auf eine leere Fläche hin und will gleich losfliegen wie ein Geck. Auch das erscheint alles unangemessen profan, irgendwie eitel, auf idiotische Weise fröhlich. Werde ich eigentlich jemals wieder begeistert und mit Lust Musik hören? Das tat ich in letzter Zeit sowieso gar nicht mehr richtig. Ich hatte nur eher so Flächenmusik und minimaltechnotisches Geklacker manchmal laufen, als Erinnerungstrigger und Unterlage für das Schreiben meines Buches. Oft reichte aber auch das Geräusch der Krankenhausklimaanlage und ab und zu ein tiefes Seufzen im Schlaf von Karl.

Jetzt hat der Kiter seinen Drachen oben und steht am Strand rum, tariert das Ding aus, hoppelt und eiert herum, rennt mir vielleicht gleich rückwärts ins Zelt. Dann kommt Paul angerannt, in diesem Tippelschritt, wie es fröhliche Kinder tun. Er sagt „Papa mitkomm" und zieht mich an der Hand zum Wasser.

Do. 21.07.2022, 14:02
am Essenstisch unten im Urlaubshaus

Und wäre es vielleicht wichtig, hier genauer aufzuschreiben, wie alles um einen herum aussieht, was man zur Zeit so *sieht*? *Was* man sieht. Wie die Bäume da so pittoresk in Reihe hinterm Feld stehen, wie da die Sonne abends als orangeroter Ball, als *Schauspiel der Natur*, dahinter runtersickert, in einer, wie ein Affront, einen anrumorenden Haudraufromantik, als wäre nichts gewesen. Damit man später, wenn man in tausend Jahren in diesen Trauertext hier mal wieder reinlesen kann, genauer alles noch mal wachrufen kann, parat hat, sich nicht ärgert, dass man zu stumpf durch diese Zeit gerieselt war?

Genau genommen wird der Blick schon blind, man rauscht durch alles durch. Gleichzeitig gibt es immer wieder scharfe Spitzen in der Flutung der eigenen Sinne durch das Drumherum. Es gibt hier und da die Zitronenfalter, das Rauschen der Bäume, wie sie da so riesenhaft, wie große, gute Riesen fast, hin und her schwanken überm Urlaubsbungalow auf dem Nachbargrundstück, wie man kurz da so hinstarrt, kurz überlegt, ob man bereit sei, in diesem Rascheln und Rauschen was von Karl zu sehen, dieses Gedankenspiel dann aber irgendwie zu verschraubt, zu verwühlt, zu gefühlsduselig findet, denn was soll das, Karl war ein Baby, kein Baum, oder trägt das Geflatter der Zitronenfalter ihn in sich, fragt man sich, und denkt dann, egal ob esoterisch, buddhistisch, schwülstig oder verschraubt, in der Natur muss er ja *doch* irgendwie noch sein, denn der Tote hört ja nicht einfach auf Natur zu sein, der Gestorbene wird ja nicht einfach zur Nichtnatur, und dann, blind vom Drumherum, das plötzlich hochwirbelnde Wort: ELSTER, in jeder Elster, das war doch sein Ding, sein Thema, sein Tier, in jeder Elster müsste doch etwas von ihm *zu finden* sein.

„Ellssaa, Ellssaa" sagte er immer, aufs Tablet deutend, *Herr Fuchs und Frau Elster* bitte anschauen jetzt, hieß das dann. Und dann schaute er sich das an, ich räumte im Krankenhauszimmer die letzten Sachen fürs Insbettgehen zurecht, und er saß da im Bettchen, pulte sich an den Füßen, quatschte vielleicht ein bisschen mit dem Tablet, schaute gelegentlich wo Papa ist und machte so einen sicheren, behüteten, ausgeglichenen, mit sich und der Welt und hoffentlich auch mit mir als Vater zufriedenen Eindruck.

Die letzte Zeit war so intensiv, vielleicht muss ich aufpassen, dass nicht alle Erinnerung auf die Krankenhauszeit zusammenschrumpft. In der Karl *nach außen hin* immer ja *klinisch stabil* wirkte. Ich saß nicht tagein, tagaus an seinem Bett und hielt eine kalte, kranke Hand. Es gab gute und schlechte Tage, aber die meiste Zeit konnte er das Kind sein, das er war. Seine Krankheit hatte ihm sein Leben nicht unmöglich gemacht. Wir lebten im Krankenhaus ein Leben, das, so glaube ich, für Karl und sein Wesen erträglich war. Er war ja nie so das tobende Kind. Auch zuhause, das war bei einer Entlassung und es war unfassbar goldig, hockte er sich gleich wieder vors Bücherregal, seine Füße so nach hinten geknickt, auf seinen Schenkeln hockend, Hummelpo, Cordhose, das ganze Programm, und durchforstete die Bibliothek der Kinderbücher, endlich wieder daheim, in der Wohnung. Vielleicht wäre er das viel lesende Kind von beiden geworden. Aber so genau weiß man das ja nicht. Und ich will auch nichts in die nun nicht mehr mit ihm stattfindende Zukunft hineinfantasieren und verklären. Er wäre einfach immer unser lieber, lieber Karl geblieben, mit jedem Tag in sein Karlsein weiter hineingewachsen, und er wäre immer, immer unser Baby gewesen. Nein, ganz anders natürlich: er wird immer, immer unser Baby sein.

Und wird das irgendwann, wenn unsere kaputten Seelen, Herzen und wie der ganze Scheiß halt heißt, wieder einigermaßen im Takt der Alltäglichkeit zu Schlagen im Stande sind, etwas wert sein? Werden wir dann an Karls Grab stehen und sagen: schau, da liegt er, unser Baby, unser gutes, bestes Karlbaby, niemand sonst hatte den als Kind, nur wir, unser Sohn, unersetzbar, entsetzlich sein Tod, endlos unsere Sehnsucht und Liebe für ihn.

Und wird dann vielleicht, wäre das nicht eine tolle Verschraubung im System, auch öfter mal eine Elster im Baum über ihm sitzen?

Paul schläft im Wagen, war eingeschlafen auf dem Weg vom Strand zurück. Ich habe geduscht, mich eingecremt gegen den Sonnenbrand und schwitze heftig nach. Draußen soll laut Wetterbericht der Wind die Hitze dämpfen und wir wollen nachher eine Tour machen. Auf dem Rad, unterwegs und *draußen* zu sein, auch das hilft irgendwie. Ist auch das schon Trauerflucht? Sollten wir alle jetzt ein Jahr in der Bude hocken, wo irgendwann der Herbst und der Winter lichtlos vor den Fenstern stehen? Interessanterweise fühlt es sich derzeit so an, als ob ein Leben in derselben Wohnung auch ohne Karl möglich sein könnte. Auch wenn dort überall Karl drin steckt. Vielleicht auch gerade deswegen? Ich bin heute bisher nur grundsätzlich matt, nur kleine Klöße im Hals. Das Trauern scheint langsam in eine andere Form überzugehen, es wird dröger, deprimierender, manifester, bleierner. Die schrill überzeichnete, alle ersten entsetzlichen Schmerzimpulse überzeichnende Blindheit, die verzweifelt in allem etwas sucht, in Floskeln und Phrasen dem Vermissen eine Form zu geben versucht, zieht sich langsam zurück. Der vom Schock bodenlos gewordene Verstand gerät wieder in Bahnen der Schwerkraft. Sehr, sehr schwer, einfach nur schwer. Ich habe heute auch noch kein Bild vom Karl im Handy angeschaut. Kommt jetzt die Angst vor den eigenen Gefühlen? Wird man jetzt aus Schutz ganz kalt innen und außen?

Do. 21.07.2022, 15:43
Urlaubshaus, an der Terrassentür

Kurz nochmal Urnengespräche. Wir sind uns einig, dass *es* hell sein soll. Wir suchten im Internet. Bei einer Firma gibt es, grotesk das zu schreiben: eine gute Urne. Cremeweiß mit Giraffe, Fuchs und Co. darauf. Auch die Blumen sollen luftig, leicht, natürlich sein. Farbkonzept? Einheitlich? Ballons? Vielleicht alles ein bisschen wie bei der Hochzeit? Kann man den Hochzeitsanzug anziehen? Überlegungen zur Beerdigung, als hätte man damit *irgendwas* in der Hand.

Do. 21.07.2022, 15:55
in der Einfahrt

Jetzt raus mit dem Rad, ins Restaurant im Nachbarort. In einem Buch ist Arnos Brief mitgereist, im Umschlag das Geld. Bevor ich aufs Rad steige wage ich Blicke ins Handy, schaue mir Fotos von Karl an. Draußen ist alles leichter.

Do. 21.07.2022, 16:52
ein Spielplatz in Glowe

Radtour nach Glowe. Gute halbe Stunde Fahrt, schattiger Radweg, am Wald an der Küstenstraße. In den Autos Menschen mit keinen oder nur anderen Sorgen. Schweigend rollten wir dahin. Ich dämmerte in Gedanken. Irgendwie innen leer und leicht, mir wie ein Kind, eine Zeit nach Karl ausfantasierend, in der er nicht mehr da ist, aber in uns und um uns herum ist, als irgendwas, das sich, abstrakt und *grundlegend*, wie eine gut gesetzte Lichtstimmung in einem Film, als eine Art Aura in dieser da auf dem Rad in mir abgespulten Vision ausbreitete. Keine Worte dafür, aber es waren tiefe, weite, und auch hohe Gefühle in mir, und ich hatte keinen Sinn für die Zeit und die Strecke, der Wald und der Weg, alles war wie Tapete. Vor dem Italiener nochmal zum Spielplatz mit Paul. Der Spielplatz ist irgendwie hässlich. Eltern stehen am Rand rum und reichen sich Kippen, jemand verteilt sie wie Munition aus einer absurd großen Pappschachtel. Ich passte ein bisschen auf Paul auf, an der überfüllten Rutsche. Eine Wackelschnecke gibt es hier auch, ganz anders als die bei uns auf dem Spielplatz in der Senke am Wall. Die hier ist oll und aus Plaste. Paul trippelt ein bisschen anschlusslos zwischen den anderen Kindern umher. Ich ertappe mich dabei, wie ich herumschaue, ob irgendeines der Kinder ein bisschen wie Karl aussieht.

Do. 21.07.2022, 22:35
Couch, Fernseher, Handy

Zu müde für irgendwas. Vorhin auf dem Rad noch viel Text im Kopf gehabt, jetzt nur müde, ins Bett. Paul hatte die ganze Rückfahrt geweint. Ich war sehr geladen, hielt das Heulen nicht aus, fuhr wie irre, irre schnell mit dem Rad, ratterte wütend und hitzig im Schuss den Fahrradweg lang und kam völlig fertig im Urlaubshaus an, genervt von meinem schreienden Kind. Dünnhäutig, cholerisch, düster und übel, ein übler Mensch war ich, trank atemlos sehr, sehr viel Wasser, kochte mich runter, wie ein schnaubendes Tier. Carina machte Paul bettfertig und ich legte mich dazu, dämmerte kurz weg, ging dann auf die Couch, machte den Fernseher an, fiel wieder ins Dämmern und dachte, ich schreibe später noch irgendwas hier.

Jetzt aber nichts schreiben, nur noch ins Bett. Die Sonne und das Geradel nach Glowe, hin und zurück, brennen mir noch in der Haut und den Muskeln. Völlig kaputt, der Körper ganz unten, ganz leer. In Glowe schlecht indisch gegessen. Carina weinte kurz im Restaurant, auf der Terasse im Abendlicht das profan, romantisch und gelb auf unsere nur drei statt vier Essbestecke schien. Paul lief ein bisschen auf der Terrasse herum. Karl fehlte, als der, der auch dort herumwackelt, hingeht, wo Paul steht, sich dann wieder in seinen eigenen, anderen Kleinigkeiten verliert. Er fehlte, als der, der sein Bruder ist. Ich weiß nicht, was wir hier machen, es ist ein furchtbar trauriger Urlaub. Es ist gar kein Urlaub. Es ist ein Unterwegssein.

Do. 21.07.2022, 23:37
im Bett, im Obergeschoss, am kleinen Macbook

Bin schonmal hoch ins Bett. Carina sitzt unten, der Fernseher rieselt. Sie ist bestimmt jetzt schon eingepennt. Ich habe nur schnell die Handynotizen in die Schreibdatei hier eingepflegt, bin davon auf unschöne Art wieder wach und aktiviert. Innen aber immer noch von Sonne so müde, brennende Augen, ständiges Gähnen, wie ausgewrungen. Gleich hoffentlich einschlafen. Nachts wird Paul irgendwann vom Reisekinderbett rüber in unser Elternbett, zwischen uns, umziehen. Es fühlt sich, gerade jetzt, grotesk an, dass er irgendwann mal regulär in einem eigenen Kinderbett schlafen soll. Dass wir ohne sein Atmen neben uns schlafen sollen.

Dass wir alle irgendwie Schaden haben und tragen werden, von Karls Tod, ist ja wohl mal klar. Inwiefern wir den unrepariert lassen und schlimmstenfalls an Paul weitergeben und bei ihm nicht einzudämmen versuchen, liegt dann wohl an uns und ist ab jetzt wohl auch Teil der Lebensleistungen, die in dieser so schwer zu lebenden, vor uns liegenden Zeit nun zu machen sind. War das ein sinnvoller Satz? Ist dieses Rausrieseln von Text eine sachdienliche Trauerarbeit, eine der Trauer dienliche Sacharbeit, oder ist das einfach nur rotzblödes Rumgelalle? An meinem Buch, das ich in Karls Schlaf schrieb, arbeitete ich ja ganz anders, tat nämlich ganz genau das daran: ich *arbeitete* daran. Der Trauertext ist reines Tröpfeln, tränenverschmiertes Buchstabenscheuern, trüber, tauber, aus dem Schutzmechanismus der Abgestumpftheit hingeschütteter Kleckertext. Und ja, doch, nein – das ist erstmal genau die *richtige* Art darüber und davon, damit und deswegen, und wer weiß wohin, zu schreiben.

Fr. 22.07.2022, 08:42
unten im Urlaubshaus

Heute lange geschlafen, bis kurz nach acht. Morgen zurück nach Greifswald. Irgendwie Angst vor dem Ende des Urlaubs, als wäre Karl dann *noch mehr NICHT* da. In Greifswald wird der Schmerz sicher nochmal größer. Aber irgendwas zieht mich auch dort wieder ans und ins Krankenhaus. Obwohl er dort nicht mehr liegt, sondern jetzt wahrscheinlich in der Pathologie, dann später im Krematorium auf dem Neuen Friedhof, wo er beerdigt sein wird. Ich will diese Wege mit dem Rad abfahren, auf seinen Spuren, ihm hinterher, bei ihm sein. Am ersten Tag war das schon so, dieser heftige Drang genau dorthin zu fahren, wo er, tot, zu dem Zeitpunkt war, zum Krankenhaus, mit Carina um das Krankenhaus herum fahren, im abendlichen Licht das Gelände umrunden, ihm dort was Freundliches zurufen, leise, fast ein bisschen gehemmt und schüchtern, denn wir sind beide keine Rufenden, keine, die einfach so in die Luft rufen, aber diese dort in diesen Ort und in seine Richtung hingesagten Worte taten gut und fühlten sich sehr richtig und gut an.

Und ist Karl jetzt nicht überall, als Luft, als etwas, das für mich *in* der Luft ist, also sowohl symbolisch, als auch stofflich – gerade, wenn er verbrannt wurde irgendwann. Zurück zur Natur, oder anders, in der Natur weiter bleiben, das ist so die Idee vielleicht. In einem Sarg in die Erde, das fühlte sich seltsam, nicht so richtig treffsicher an. Er soll zu Luft und *überall* werden. Wir überlegten, ob wir nicht doch etwas von seiner Asche in so einem hölzernen Gedenkdings, ich weiß den Namen gerade nicht, mit nach Hause nehmen wollen. Das geht gesetzlich dann nämlich wieder. Die ganze Karlasche ist nicht erlaubt, wegen Grundwasser oder irgendwas. Wir würden diese im Gedenkdings bewahrte Asche dann nicht ins Regal oder auf den Schrank stellen, sondern eher seine Asche dahin tragen, wo es ihm gefiele. Also etwas davon in den Wald, zu Fuchs und Elster, und etwas vielleicht auch an ans Wasser, in den Wind und das Meer, vielleicht was in den Hofgarten hier, zum Tierpark, an alle Orte, wo er war, wo wir waren, an Orte, die ihn enthalten und ihn dort behalten sollen. Dann wäre er noch mehr, nicht nur symbolisch, sondern auch sachlich, als Asche und als von uns dort ausgetragener AKT, überall, hier in der Gegend und bei uns.

Und wie gut das klingt: „Karl ist in der Gegend“.

Fr. 22.07.2022, 09:35
Klo

Paul schaut Teletubbies und hampelt ein bisschen beim Bildschirmgehampel mit und freut sich. Carina rief im Krankenhaus an. Die endgültigen Befunde der Pathologie können noch vier bis acht Wochen dauern. Ob der Leichnam vorher schon von der Pathologie freigegeben wird, klärt jetzt Frau Ahrens aus dem Sekretariat. Auch ob wir vorher schon Arztgespräche führen können, über Hergang und Todesursache. Es ist sonderbar, aber ich vermisse alles, was mit dem Krankenhaus zu tun hat, auch die Ärzte, besonders die Kardiologin, die auf eine seltsame Art eine, wenn auch selten besuchte, Konstante im Krankenhausleben war. Ich mochte ihre Art. Sie wirkte geistreich und trocken, etwas distanziert sogar, und hatte trotzdem irgendwie einen Draht zu Karl. Ich merkte, wie sie ihn mochte. Frau Ahrens sagt, sie wisse wie das sei, sie habe vor zwei Jahren auch ein Kind verloren. Ihr Kind war erwachsen. Aber es ist immer ihr Kind. Ihre Stimme klang sehr gedrückt, sagte Carina. Es macht etwas unbehagliches mit mir, dass das mit der Pathologie so lange dauert. Erst nach Freigabe des Leichnams durch die Pathologie kann die Beerdigung stattfinden. Sollen wir so lange warten jetzt? Schwebt so lange alles in der Luft? Bleibt so lange alles unabgeschlossen? Wird es jemals abgeschlossen sein? Auch heute morgen, Augen auf, und sofort wieder dieses Drinsein in Düsternis. Diese neue, jetzt doch sehr dunkle, schwere, bleierne Phase der Trauer. Das endgültige Ankommen im Kopf, dass Karl nie, nie wieder kommt. Dass der Körper ihn nie wieder spüren darf. Dass nur noch das Erinnern bleibt. Der einzige, trostlose Trost: ich war immer schon ein Mensch, der eher im Innendrin lebt, aus Erinnerung viel schöpfen kann; diese leichte Synästhesie; mich in Sachen detailliert hineinfühlen und -denken kann, in diesem Aufbau im Kopf gut eine Weile leben kann. Aber, ach, das funktioniert doch in so einem Fall hier alles überhaupt nicht. Karl kommt nicht wieder. Es ist fast eine Woche her. Vor einer Woche, am Freitag hatten wir unseren letzten richtigen gemeinsamen Tag.

Heute draußen neunzehn, zwanzig, einundzwanzig Grad und leichter Niesel. Es riecht gut vom Regen. Der Hahn macht Kikerikie auf dem Nachbargrundstück, Paul will zum Zaun und gucken. Der Hahn ist doppelt so groß wie die Hennen. Sie laufen und scharren und picken so friedfertig auf der Wiese unter den kleinen, knorrigen Apfelbäumen.

Fr. 22.07.2022, 09:50
im Badezimmer, oben

Gleich duschen. Ich hatte gestern abend, nach dem Wutrattern auf dem Rad, nicht mehr geduscht, endlos nachgeschwitzt, war dann bald sehr, sehr müde auf dem Sofa geworden, fiel dann schwer ins Bett. Im Krankenhaus war das Badezimmer ein großer Raum, eine Art Nasszelle. Ich duschte dort gerne nachts, ausführlich und in Ruhe, und es war schön, danach in das nur von einem Nachtlicht und den medizinischen Geräten so milde beleuchteten Krankenzimmer zu Karl zu gehen, der da so friedlich schlief, sich manchmal umdrehte, sich in eine neue Schlafposition hinräumte, wie es Schlafende eben tun. Ich kontrollierte dann gelegentlich seinen Atem, schaute wie sein Brustkorb auf und abgeht, schaute nach dem schlafenden Kind, wie Eltern eben schauen. Mit diesem elterneigenen, generellen Fürsorgesinn, auch dieser Art von immer unterschwellig mitschwingender Sorge, die besonders im ersten Jahr, im Jahr des möglichen, *plötzlichen Kindstodes*, sehr stark ist. Aber auch mit ganz viel Verliebtheit, wie man eben sein schlafendes Kind verliebt anschaut und selbst dadurch ganz belebt von Ruhe wird, tiefer und langsamer, länger dann atmet.

Der Blick aus dem großen, bis zum Boden reichenden Badezimmerfenster vom Regen grauer als sonst, etwas Nebel auf den Feldern hinter den kleinen in Reihe gereihten Bäumen. Die Stare in Scharen trotzdem da auf dem Stoppelfeld direkt hinter unserem Grundstück. Es ist irgendwie gut, dass sie da sind.

Fr. 22.07.2022, 11:44
Steinschafpark, Juliusruh

Vor einer Woche um diese Uhrzeit war Carina mit Karl zur Untersuchung im Krankenhaus. Ich war mit Paul im Edeka, letzte Einkäufe vor dem Urlaub. Karl hätten diese Steinschafe hier im Park in Juliusruh gefallen. Er wäre mit seinem Hummelpo über die Parkwiese dahin gewackelt und hätte prüfend mit der flachen Hand auf den Stein gepatscht. Kleine Frösche aus Stein gibt es hier auch. „Gapp“ hat Karl immer statt „Quak“ gesagt.

Heulanfall bei Carina auf dem Fußweg hierhin. Heute Nacht wird es genau eine Woche her sein, dass er starb. Vielleicht doch nachher im Dorfedeka noch Schnaps kaufen? Auch gestern abend wieder nur ein Nordisch Hell, allein aus von der Sonne gemachtem Durst auch eher. Bisher das Kummer wegsaufen gut umschifft.

Paul gibt Carina ein Küsschen, rennt dann gegen das Metallohr eines Steinschafs, weint und sucht Trost bei ihr. Manchmal sagt Paul „Mama weint" und schaut uns ratlos an.

Fr. 22.07.2022, 12:11
am Strand in Juliusruh

Wegen Wetter keine Badenden am Strand. Die Wellen schwappen still, des leisen Windes wegen nur sehr selten und wie im Hörspiel an den frisch gekämmten Strand. Das Meer schmatzt. Möwen, ein paar Strandspaziergänger. Carina und Paul blicken aufs Wasser raus. Die Welt rauscht. Ich mache Fotos, wie ein Depp. Wind weht. Als wäre Leben. Am Strand die Burgen vom Wettbewerb gestern. Der Rettungsschwimmer sitzt alleine an seinem DRK-Container, für den einen da im Wasser, den sich und seinen Kreislauf stärkenden Nasswettersportler. An der Wasserkante finde ich ein kleines Stück Holz, rundgeschliffen, kohlegrauschwarz, *skarabäisch* in Größe und Aussehen. Ich stecke es ein und es trocknet sofort in meiner Hosentasche. Karl, der Käfer. Schwester Babette sang dieses Lied gern. Es passte natürlich namentlich gut, aber ich malte mir auch aus, dass das ein Lied ihrer jüngeren Jahre war, vom Alter her müsste das passen, und es gefiel mir, dass mein Kind diese Leichtheit, dieses Singen, aus ihr hervorholen konnte, und ich war auf eine Art einfach gerührt davon, dass ihre Arbeit ihr Spaß machte, jedenfalls kein lästiges Übel war. Es bedeutete mir etwas, dass Karl einen guten Umgang im Krankenhaus hatte. Auch andere Lieder sang sie. Karl mochte singende Menschen.

Während ich achtlos hier ins Handy ticker, läuft Paul mit seinen nicht nasswetterfesten Schuhen ins Wasser. War ja klar. Ich bin nicht bei der Sache hier. Rabenvater. Vater eines verstorbenen und eines lebenden Sohnes. Vater am Rande aller Wasser.

Fr. 22.07.2022, 13:56
Esszimmertisch im Urlaubshaus

Nach dem Meer waren wir im Bistro am Strandaufgang. Zwei Elsässer Flammkuchen, knusprig dünn, ganz gut eigentlich, „gut, gut", eine Soljanka mit Fleischwurst, mager, pikant, fruchtig, dazu zwei Wiener mit Brötchen und Ketchup für Paul, der jetzt an der Nasenwurzel oben ein richtiges rotes Dong hat, vom metallenen Steinschafsohr vorhin. Wir saßen in diesem Holzhäuschen im Bistrovorgarten. Zwei Holzbänke, ein Holztisch, ein

Holzdach, Carina und Paul mir gegenüber, kein Karl neben mir. Gestörte Ordnung. Ein lückenhaftes Bild einer lückenhaften Familie, rastend im kühlen Ausflugswetter nach den heißen Tagen.

Helena hatte mir morgens geschrieben. Ich stand gerade oben im Bad und antwortete ebenso ausführlich wie sie mir geschrieben hatte. Guter, irgendwie auch aufbauender Textwechsel. Texte texten, das Schreiben und die Nachrichten von Freunden und Bekannten, das hilft mir gerade sehr. Ein Buch habe ich seit Karls Tod nicht aufgeschlagen. Ich hatte im Krankenhaus viele Bücher angefangen, viele auch ausgelesen. Im Tedi hatte ich mir aus dem Wühlregal für ein, zwei Euro, die Autobiographie von Harold Faltermeyer gekauft. Musikerbücher, immer gut, wenn gar nichts geht. Leichte Lektüre, Weglesetexte, nach dem Schreiben, nach dem Duschen, kurz vorm Einschlafen neben Karls Krankenbett, im Sirren der Lüftung drinnen und der Nachtschwalben draußen.

Vorhin sprachen wir kurz über die Musik bei Karls Beerdigung. Gestern ging mir kurz *„DO YOU REALIZE“* der Flaming Lips im Kopf herum, das hatten wir auch bei der Hochzeit, das liftet musikalisch am Ende nochmal so feierlich hoch, *happy sad*, in einem guten Sinne sind da alle emotionalen Malfarben mit drin, aber wir waren uns beide einig, dass diese Verschränkung mit der Hochzeit vielleicht unpassend sei, und dass das auch irgendwie eine Spur zu gewollt, over the top oder was weiß ich, vielleicht einfach dann doch zu *feierlich* wäre. Dass das Lied zu sehr *unser* Lied, nicht gänzlich genau also *sein* Lied ist. Irgendwie muss was sanftes, luftiges, was kleines, kindliches auch her. Instrumental dann vielleicht doch. Es ist echt schwierig. Was war denn genau überhaupt so *seine Musik*? *„NEY NAH NAH NAH“*, das fand er lustig, wenn man das so sang, ihn dabei an der Seite bisschen anstupste, am Bauch killerte, vielleicht ein bisschen herumhampelte dabei. Er fand es lustig, wenn Musik etwas war, das uns Erwachsene lustige Sachen machen ließ, wie dieses Singen dieser vielen weichen Töne. Diese Silbenwiederholungen, das fing ja schon als späte Babies an, dass die da so gefallen dran hatten, als die irgendwann selbst die ersten Silben zusammenlallten, manchmal von irgendwoher aus dem Zimmer plötzlich dieses Gelalle, Gequackel und Gegiggel losging, weil eines unserer Kinder wieder seine Laberminuten hatte und es so entzückend war, zu hören, wie es ihnen Spaß bereitete, ihren ganzen Körper, auch die Erzeugung eigener Laute, immer wieder auszuprobieren. Aber wäre was von *Vaya con Dioz* jetzt ein gutes Lied zur Beerdigung?

In den ersten Wochen im Krankenhaus hatte ich an meinem Handy die „Story“-Funktion entdeckt. Das Handy bastelt dabei aus Fotos eigenhändig kleine Videos zusammen. Das Handy sucht selbst aus, man kann aber auch, irgendwie äußerst umständlich, selbst was erstellen. Diese so erstellten Story-Videos waren irgendwie gute Gegenwartsrückblicke und halfen immer ganz gut, Karl abzulenken, wenn man ihm Blut abnahm oder eine Flexüle legte. Ich hielt ihm dann oft, bisschen idiotisch auch, diese Filmchen auf dem Handy hin. Und die Musik dieser Videos ist ein Soundtrack dieser Zeit. Dieses Frühjahr, sein Licht und sein Sound, alles war, trotz seiner Krankheit, irgendwie ätherisch und *leicht*. Diese Handyvideomusik mit der Ukulele und dem simplen Piano war fröhlich, unbeschwert, lullerig, friedlich und natürlich auch banal auf eine Art, jedes zweite Lifehackvideo auf Youtube hat eine ähnliche Musik, aber es war die Musik dieser Story-Videos, sie war kindgerecht, kindlich, es war irgendwie auch *unsere* Musik. Diese Musik dudelt mir seither immer mal wieder im Ohr herum. Wenn ich sie höre, sehe ich uns, im Arboretum: die Blumen dort, der rote Kinderbuggy, den wir vom Krankenhaus gestellt bekommen hatten, der Karlschlapphut, der Karlzeigefinger, der Frühsommer, das Licht. Wie schön in Blüte, wie schön vom Klima her und wie schön die *Atmosphäre* einfach dort war, im Arboretum, wo die Natur in der knospendollen, bald in volle Sattheit aufklappenden Vorfreudehaltung des Frühsommers stand, wo Karl mit ausgestrecktem Kinderzeigefinger auf die Bäume zeigte und sich an den Eichhörnchen erfreute, die an ihren Rinden hoch und runter stießen.

Irgendwann hatte er dann die gelben Sandalen, die Carina mit ihm im Schuhladen gekauft hatte, während ich mit Paul in der Fußgängerzone wartete. Das muss in einer dieser Episoden zwischen den Wochen im Krankenhaus gewesen sein, als wir alle mal wieder zuhause waren und der Mai und Juni so freundlich in der Stadt standen. Wir waren glücklich, endlich wieder zuhause. Und bald schon wieder, nach einer nächsten Kontrolle seiner wieder gestiegenen Entzündungswerte, zurück im Krankenhaus. Dort war das tägliche Glück der Besuch. Carina kam jeden Tag, oft auch mit Paul. Meistens am Nachmittag, nach Karls Mittagsschlaf. Es war toll, wenn diese große Tür des Krankenhauszimmers aufging und man schon am Aufgehen, wie die Tür langsam aus der Gummidichtung des Zimmertürrahmens schmatzte, merkte, ob eine Schwester oder Carina gleich ihren Kopf hereinstecken würden. Und wie Karl oft geweint hat, wenn Carina wieder nach Hause ging. Und wie er später aber anscheinend verstanden hatte, dass Mama immer wieder kommt und dann gar nicht mehr so geschimpft hatte und wohl wusste, dass wir immer für ihn da sind, dass niemand für immer abhaut. Und dass es meistens nach Mamas Abschied dann Abendbrot gab, was er so liebte, er liebte Essen, er aß gern, aber auch die Abendbrotroutine war ein schöner Abschnitt in unserem Krankenhaustag. Karl wollte irgendwann dann unser Essen immer selbst vom Tablettsammelwagen abholen.

Wir tigerten auf der Interdisziplinären viel auf den Stationsfluren herum. Oben bei der Pädiatrischen war das nicht möglich, auch wegen Corona, und so blieben wir dort die meiste Zeit auf dem Zimmer. Unten erkundete Karl alles auf der Station. Er wackelte immer quietschend vor Entdeckungsfreude, vom Feuerlöscher zum Türöffnerknopf, zum Essenswagen und den kindsgroßen Holzfiguren vor der Stationszentrale. Es gab eine Holzschnecke, die er „Neckel“ nannte und ein Holzengelchen, dem er immer an den Busen fasste und sagte, das seien die Augen. Ich sagte dann sowas halbwitziges, dass das nur so halbrichtig sei und die Schwestern lachten ein bisschen. Das ganze Stationspersonal hatte einen so guten Draht zu ihm, alle waren beeindruckt, wie gut er redet, wie lieb er ist, alle hatten ihre Spielchen und Spezialspäßchen mit ihm. Er kam so gut klar an diesem Ort dort. Die morgendlichen Fingerpiekse für die Blutwerte, „Biep“ sagte er zu „Pieks“, machte er fast immer ohne Weinen. Wenn die Schwestern mit dem Fingerpieksding zur Tür hereinkamen, fing er immer gleich an, vom „Wlafpa“ zu erzählen. In der Pappnierenschale lagen neben dem Fingerpieksding die Pflaster mit Disneymotiven. Und wenn er mal geweint hatte, sagte er immer „weiN“ und ich sagte dann „Ja, du hast geweint, das ist aber nicht schlimm, du darfst doch auch weinen“ oder „So doll hast du doch gar nicht geweint“ und er schien sich dann immer irgendwie zu freuen, dass ich ihn verstanden hatte und sein Gesagtes nochmal in meinen Worten nachsprach. Man konnte mit den anderthalbjährigen Kindern schon richtige Unterhaltungen führen. „GeiNeR“ sagte Karl zum Beispiel und zeigte auf einen Finger an seiner anderen Hand, an dem kein Pflaster war. Und ich sagte dann sowas wie „Richtig, Karl, stimmt, da ist *kein* Pflaster dran, gut!“ und er nickte dann und seufzte zufrieden und fing gern gleich wieder von neuem an, vom Pflasterfinger zum Beispiel, und sagte „Ghufi“ und zeigte auf das Goofy-Pflaster. Jedes Wort, jede Silbe, jedes vergluckste Genuschel, alles von ihm will ich im Ohr behalten.

Paul wacht vom Mittagsschlaf auf. Jetzt wachkuscheln, dann ins Maislabyrinth. Manchmal, wenn ich hier so im Endlostextwasserfallschreiben versinke, ihm dabei im Schreiben und Erinnern so nah und fast sowas wie auf blinde Art glücklich bin, vergesse ich, dass Karl nie wieder kommt. Was für eine Farce alles. Ich will, dass dieser Text nie endet. Ich will, dass die Welt eine Woche zurückdreht und ich diesen Text nie schreiben müsste.

Fr. 22.07.2022, 14:47
auf Klo oben

Viele Kondolenzen auch von Freunden unserer Eltern. Ich schrieb eine Nachricht an meine Eltern, in der ich sagte, dass es gut ist, dass auch sie so viel Anteilnahme erhalten, als Großeltern. Ich schrieb auch von all den Nachrichten, die uns aus unserem Umfeld erreichen, und dass Helena ganz nah an uns dran ist. Dass das alles rührend und gut ist, dass man nicht allein ist mit diesen Gefühlen. Und ich schrieb auch, dass am Ende natürlich jeder allein ist mit seinen Gefühlen, und dass es genau deshalb wichtig sei, sie zu teilen und mitzuteilen.

Fr. 22.07.2022, 22:12
Fernsehcouch, Breege

Carina ist eingeschlafen, auf dem anderen, rechtwinklig zu meiner Couch aufgestellten Sofa. Ihr geht es heute schon den ganzen Tag eher gar nicht gut. Ich hatte, nach einem halben Nordisch Hell, vorhin schon die ersten Sachen ins Auto geladen, für die Rückreise morgen, und trinke nun an der zweiten Flasche. Im Fernsehen eine Doku über Barry White auf Arte und Ninja Warrior für Hunde auf RTL. Ich fühle nahezu nichts, bin innen leer und – mir fällt kein anderes Wort ein, wieder nur dieses: sonderbar *leicht*. Vom Boden weggehoben, ohne Gewicht, hilflos hängend, schwebend, aber im unfreien, klaustrophoben Sinn. Näheres vielleicht nachher, jetzt erstmal Rumliegen im gefühlsfreien Raum. Im Raum, der ohne Karl ist. Ist sowas möglich, dass man sein Herz für immer ausschließt, sich selbst draußen lässt, als innen nur mit leerer Luft gefüllten, zum Fühlen nicht mehr fähigen Hohlkörper? Als hohles Herz, ohne Draht zu sich und irgendwohin, als hohle Hülle, in der es einfach nur ätherisch dumpf herumdampft, als Gasmasse unbestimmter, undeutbarer, zu einem hohlen, schwerelosen Stoff verkochter Leergefühle?

Wo kam der Satz jetzt wieder her? Wo bin ich hier in diesem aus der Welt geworfenen Ich? Schreiben, als kannte man keine Schrift.

Fr. 22.07.2022, 23:26
am großen Tisch

Am Nachmittag waren wir nach Bandow gefahren, ins Maislabyrinth, liefen dort bisschen verirrt drin herum. Paul wollte lieber getragen werden, alles war sinnlos und öde. Wir gingen dann auf den Spielplatz neben dem Irrgarten. Ein riesengroßes Hüpfkissen, ein aus Strohquadern aufgetürmter Berg, eine backblechheiße Metallrutsche die von dort oben runter führte und ein Pavillon, unter dem loses Stroh lag, zum Sichreinwerfen, zum Reintauchen, zum Rumwerfen in der Luft, für irgendeine Art von bäuerlicher Romantik, für die wir nicht empfänglich sind. Paul fand alles ganz lustig, wollte immer „Mama mit, Papa mitkomm", wollte mit uns was machen, wollte, dass wir dabei sind, bei seinen Entdeckungen, wollte, dass wir bei ihm sind. Er will das gerade merkbar mehr als sonst. Er ist sehr anhänglich, sicherlich hat er Verlustängste. Es ist alles so schwer. Im Auto, auf dem Rückweg vom Maislabyrinth, sagte er „Karl, Karl" und zeigte auf den Platz neben sich, auf den leeren Platz auf der Rückbank. Ich sagte, mich als Beifahrer zu ihm hindrehend, „Ja, da saß Karl immer“. Karl war heute schon ein paar mal Thema bei Paul. Carina war den ganzen Tag extrem kaputt und traurig, richtig ausgemergelt sah sie jetzt aus. Beim Vorbereiten des Zubettgehens weinte sie oben im Badezimmer, während ich unten mit Paul ein Buch auf dem Sofa anschaute. Er wollte dann hoch. „Mama weint" sagte er, und „kuckn" wollte er. Ich hielt Paul kurz noch, ohne Nennung stichhaltiger Gründe, zurück, ließ Carina ein, zwei Minuten ihren heftigen Heulkrampf rauslassen, und dann gingen wir hoch zu ihr. Paul war wieder etwas ratlos, wollte Mama trösten, war auf meinem Arm, und drückte Mama irgendwie, so gut es ging, während die sich die Nase schnäuzte und sagte „is' alles gut, Paul“ und dann wieder losschluchzte, „is' eigentlich überhaupt nichts gut“ murmelte sie leise, und ich konnte nichts sagen. Beim Zähneputzen sprach Paul wieder von „Karl" und meinte wahrscheinlich, dass Karl jetzt auch Zähne putzen müsse. Wir machten alle diese Routinen ja immer zusammen, machten abends zwei Kinder bettfertig. Ich sagte dann, dass „Karl jetzt nicht mehr da“ sei und fühlte mich völlig hilflos, am Boden zerstört, fern aller Worte. Paul machte irgendeine unklare Geste, die irgendwie vermuten ließ, dass er irgendwas verstanden hatte, jedenfalls nicht weiter nachfragte.

Beim Einnehmen meiner Blutdrucksenker, die in meiner Waschtasche im Bad liegen, dachte ich an Karls Medikamente und die Routinen, die wir täglich damit hatten, die Einnahmen drei mal am Tag. „MENTE" hatte er immer gesagt und alles ohne Murren eingenommen, anfangs noch oral mit kanülenlosen Spritzen, später auch schlürfend aus Bechern. Es wirkt so lange her, es verschwimmt langsam, als war das ein anderes Leben gewesen, dabei war es erst eine Woche her, zuletzt.

Ich gehe runter, während Carina den in den Schlafanzug angezogenen Paul in unser Elternbett bringt. Ich mache eine Milch und der maismehlartige, eher noch fischige Geruch des Milchpulvers lässt mich an die Babyzeit, an unsere ersten Monate mit den Babies denken. Wie neu und anstrengend und friedlich, voll und ganz auf die Babies und damit auch auf *uns* konzentriert alles war. Wie unser Alltag, den ich nicht mehr von meinem eigenen Leben unterschied, ein Kosmos war, der um alle sie betreffenden Aufgaben kreiste. Wie wir so organisch in all das hineinwuchsen damals.

Ich gehe hoch und lese Paul *„Oskar Osterhase"* und *„Billie und Joko"* vor. Ich erzähle eher frei und orientiere mich nur rahmenweise am Buchtext. Da war ich bisher immer sehr ausschweifend, beim Bettvorlesen mit beiden Kindern, ich mochte es, mich da hineinzufantasieren und, immer einlullernder labernd, die Kinder schlaftrunken zu erzählen. In den letzten Tagen war das alles sehr hart, fast nicht möglich, jeder Akt dieser abendlichen Insbettgehzeremonie war eine Qual, weil in allem daran immer auch Karl und sein Fehlen mit drin waren. Heute gelang es mir, unerwartet, seltsam irgendwie, wieder besser. Nur Carina war den ganzen Tag schon sehr düster. Ich selbst heute wieder ohne Gravitation durch schockweiße Trauer geisternd. Sehr seltsam. Diese Leichtheit, eher eine innere *Leerheit*, Gewichtslosigkeit der Trauer, was ist das? Wird die Trauer jetzt blind, habe ich Karl schon aus meinem Herzen ausgeschlossen, ist mein Herz aus meiner dünnen Deppenbrust ausgezogen und hat mich als einen von Leichtheit schwadronierenden Vollschwachmaten hinterlassen? Wird in einer Stunde wieder alles ganz ganz schlimm? Die Zustände schwanken. Karl, mein lieber, geliebter Sohn ist vor einer Woche gestorben.

Nachdem Paul eingeschlafen ist, stehe ich auf, gehe pinkeln und sage zu Carina, in ihr blasses, leeres, regloses, ausgezehrtes Gesicht, dass sie auch nochmal runter kommen, vielleicht doch was trinken solle jetzt. Sie weint und sagt: „Vor einer Woche haben wir ihn das letzte Mal ins Bett gebracht". Mein dummer, laberleichter Schwebezustand wird zu tausend Klößen im Hals und ich nicke und stehe einfach nur ratlos dumm da. Dann geht sie runter ins Wohnzimmer und ich lege den schlafenden Paul rüber ins Kinderbett.

Fr. 22.07.2022, 23:45
am Tisch

„Vater eines verstorbenen und eines lebenden Sohnes", schrieb ich weiter oben im Laberstrom irgendwo. Heftig, welche Kraft, keine Ahnung in welche Richtungen genau, dieser Satz hat.

Ich musste wieder an den Tag vor seinem Tod denken. Als Carina mit Karl im Krankenhaus war und ich mit Paul im Edeka. Wie war das danach noch alles? Wir aßen alle zusammen Mittag zuhause, packten die Einkäufe vom Edeka aus, die Urlaubskisten, -taschen und -beutel standen schon zu großem Teil gepackt in der Wohnung herum. Es gab Nudeln mit Mangold, glaube ich. Nachmittags ging ich mit beiden Kindern raus, schob sie im Wagen herum, während Carina noch den letzten Familien-Urlaubskram, das Strandzeug, die Kinderdrogerieartikel, das Kinderbettzeug undsoweiter zusammenpackte, alles was mentalloadmäßig bei so vielen Paaren immer bei den Frauen landet. Unsere eigenen Sachen wollten wir dann am Samstagvormittag packen, die Fahrt war ja nicht weit, wir wollten erst am Nachmittag nach Rügen.

Mit Karl und Paul war ich im Woolworth und kaufte noch ein einfaches schwarzes T-Shirt. Seit den Kindern trug ich Schlabber-T-Shirts. Vorher meistens Hemd, Jacket, all die Sachen, die ich seit den Zwanzigern trug, die immer irgendwie noch passten, in denen man, auch mit bald vierzig, für immer jung aussah. Seit den Babies, auch wegen der *Pfunde*, man ist ja viel zuhause am Anfang, rannte ich in diesen unschnittigen, immer irgendwie besudelten T-Shirts herum. War super so. Wie man rumrannte war auf schönste Art egal, hauptsache den Kindern geht's gut. Für den Urlaub wollte ich also ein paar neue T-Shirts. Der Woolworth war neu hier. Es gab T-Shirts im Supersonderangebot, von einer namhaften Outdoorfirma, also wäre das doch auch politisch nicht ganz so unkorrekt, hatte ich gedacht, und mir gleich zwei davon gekauft. Ich hatte kein Geld, keinen Job und kein ALG1 mehr seit Juni. Es franste schon wieder alles so aus, aber es war egal, da wir erstmal mit dem kranken Karlchen zu tun hatten. Ich wollte mich ab spätestens Herbst, nach dem Sommer, dann wieder mehr kümmern, um Job und Geld und solche Sachen. Wenn Paul und vielleicht sogar Karl, wieder in der Kita gewesen wären.

Jetzt ist Karl gestorben. Mein Kassenzettel von diesem letzten Vorurlaubskauf, mit meinen beiden Zwillingen durch den rammeligen Laden schiebend, liegt jetzt in irgendeinem Buch. Ich mag ihn nicht wegwerfen. Da steht das Datum unseres letzten gemeinsamen Tages drauf. 15.07.2022. In der Nacht darauf, am 16.07.2022 in der Frühe, starb Karl.

„Es wäre so ein schöner Urlaub geworden", sagte Carina vorhin, völlig kaputtgeweint. Wir saßen beisammen, heulten, und wünschten uns die Zeit davor zurück. Wenn doch nur einfach alles so weitergegangen wäre. Wenn Karl sich langsam, über die nächsten Monate kuriert hätte, wir hätten alles hinbekommen, auch ich ohne Job, ich hätte nebenher weiter an dem Buch geschrieben, hätte das irgendwann, in diesen nächtlichen Schreibstunden, zur Verlagseinreichungsreife gebracht, die zwei, drei Probekapitel hätte ich noch rund bekommen, Exposé und alles ist ja längst fertig, ich hätte tagsüber dann Kinderbusiness gemacht, wäre immer auch irgendwie nervlich fertig natürlich, wir hätten das meiste doch sowieso gemeinsam gemacht, egal wie und wieviel und ob Carina gearbeitet hätte, nach den Sommerferien, wir hätten einfach unser Karlchen, unser Familienleben, unsere Familie, wieder *on track* gebracht, nach all den Wochen und Monaten im Krankenhaus. Und immer wieder, jede Nacht, hätten wir alle zusammen im Bett gelegen, und es wäre kaum Platz für uns alle darin, und wir wären uns so nah wie immer darin gewesen und wieder geworden.

Jetzt ist Karl tot und ich wühle in dem Text hier einen Tunnel, reiße Horizonte zu ihm hin auf. So viel ist dabei noch ungesagt, nicht richtig, nur stümperhaft, eventuell sogar wirklich „falsch", in manchen Sinnen auch „flach", die Tiefe dieser Tiefheit der Ebenen, die so ein Leben und die Liebe mit den eigenen Kindern haben, nicht, in keinster Weise gut umfassend, einschließend und beschreibend hier hingeschrieben – aber doch: es macht irgendwas, dieser Text, dieses Schreiben. Dass es nur mein eigener, hier hineingedroschener Schwalltext ist, der nicht allen anderen Trauernden genau die Hilfe geben kann, wie mir selbst, macht mich dann irgendwie wieder traurig. Oder ist auch dieser Textwahnsinn hier teilbar, mitteilbar, statt nur individueller, bodenloser, trüber, dunkler Trauerpool zu sein?

Nach dem Woolworth hatten wir noch auf dem Rubenowplatz gesessen und die Kinder waren da so ein bisschen herumgewieselt. Ein Tutor führte Erstis herum, irgendeine Stadt- oder Denkmalführung für Studierende war das, was weiß ich. Wir schoben dann die üblichen Wege zurück nach

Hause, wuschen die Hände mit „Entenschaum“, was manchmal, bei beiden Kindern, eher nur so unter Protest geschah, da beide lieber gleich essen oder irgendwas spielen wollten, und aßen dann Abendbrot.

Es war alles so friedlich, so wie immer. Karl saß in letzter Zeit immer neben Carina. Eine Weile saßen beide Kinder immer nebeneinander in ihren Kinderstühlen an der schmalen Stirnseite des Tisches, Carina und ich uns gegenüber, aber seit Neuestem saß Karl neben Carina, und Paul auf der Stirnseite, eher also bei mir nebenan. Karl flötete sein „gut, gut“, wollte immer Wurst und noch mehr Wurst, hatte seinen wilden Hunger, und Paul saute mit Saft und Essen herum, alles war so schön wie immer. Irgendwann brachten wir sie, wie immer, ins Bett, und setzten uns dann auf die Couch, glaube ich. Carina ging später dann schonmal rüber, ins Elternbett, schaute noch was auf dem Tablet, ich saß noch auf der Couch, baute meinen Schreiblaptop auf und schrieb oder schaute erstmal noch irgendwas in irgendeiner Mediathek, trank meine ein, zwei Biere, hoffte, dass ich dann langsam noch ins Schreiben kommen könnte, prokrastinierte also, was das Schreiben betraf – es war alles so wie immer eigentlich.

Irgendwann, ich hatte das zweite Bier fast fertig getrunken, wachten beide Kinder auf, wie so oft, ungefähr zwischen halb zwölf und halb eins, da haben sie meistens Durst. Da klagte Karl dann, „Aua, Aua“, „Papa Bauch“ und dann, wie irgendwo hier bestimmt schon geschrieben, wollte er zu „Mama, Mama“ und dann wurde er schlaff.

Ob da, in diesen Minuten zuhause, bevor der Krankenwagen kam und seine Arbeit machte, ihn nach zwanzig oder mehr Minuten, dann ins Krankenhaus fuhr, ob Karl da schon starb, ob da schon das Leben aus ihm wich, ob alles da schon vergebens war? Jedenfalls war er das letzte Mal bei uns, bei „Papa Bauch“, bei „Mama Arm“, bei Bewusstsein, glaube ich. Da hatten wir ihn das letzte Mal so richtig, mit vollem Zupack, in voller Umarmung, mit vollem Elterngriff, wie man seine Kinder eben greift und trägt, gehalten.

In der Nacht, als er dann tot im Zimmer der Intensivstation lag, ich mit Paul mit dem Taxi nachkam, hatten wir ihn endlos noch gestreichelt und geküsst, auch am nächsten Tag, als er aufgebahrt im Abschiedsraum im Kellergeschoss des Krankenhauses lag. In der Nacht hatten wir das letzte Mal seinen warmen, lebenden Körper gehalten, waren im Leben verbunden mit unserem Kind. Ab jetzt sind wir, werden wir immer sein, nur noch in Erinnerungen, Gedanken, Gefühlen, Bildern, Szenen, Traumbildern, Wunsch- und Sehnsüchten, in materiell nie mehr erwiderter Hingabe, in kosmischen oder sonstwie gearteten „Schwingungen“ mit ihm verbunden. Und ich vielleicht, wer weiß schon, ob das am Ende was taugt, auch mit diesem tonnenweise hingetrampelten Text.

Es ist 00:22, bald ist es exakt genau eine Woche her. Ich bin beim dritten Nordisch Hell. Es gibt ab jetzt diese Ecken in uns drin, die nie wieder hell sein werden. Wir müssen nur lernen, sie gewissenhaft und bei Verstand, um nicht im Wahnsinn wegzudunkeln, natürlich auch mit Kraft der Liebe undsoweiter, auszuleuchten, sie zu kennen, sie zu beleben, sie vielleicht auch zu meiden, sie immer wieder aktiv zu besuchen und sie als Teil von unserem ab jetzt karllosen Leben zu akzeptieren.

Wie? Soll? Sowas? Gehen?

00:25.

In der Nacht.

Sa. 23.07.2022, 00:26
im Urlaubshausbett

Dieser Trauertext, es ist nicht eine Woche her seitdem, hat jetzt ca. 20.000 Worte. Fast ein viertel des Romanmanuskripts an dem ich während der Krankenhauszeit mit Karl so zielführend schrieb. Die nochmal zehntausende Worte an Notizen und Material nicht eingerechnet.

Sa. 23.07.2022, 08:21
unten im Urlaubshaus

Heute Abreise von Rügen. Zurück nach Greifswald. Wo vor einer Woche unser Karl verstarb. Wo unser erster Morgen ohne ihn war. Gegen halb neun, so wie jetzt, waren da gerade unsere Eltern auf dem Weg zu uns, dann waren wir alle um 13:00 zum letzten Abschied, zum aufgebahrten Karl gefahren. Er lag da, in seinem grünen Schlafanzug mit den Seesternchen und Fischchen drauf, war schon blass und wächsern, sah aber so friedlich aus, sein Mund so schnutig und sorglos und süß. Seine Haare rochen so wie immer. Absolut fassungslos bin ich, hier oben auf dem Klo, dessen großes Fenster zum stillen Feld hier hinterm Urlaubshaus rausgeht. Heute wieder bedeckt und draußen nass vom Regen in der Nacht.

Könnte nicht einfach Karl in Greifswald auf uns warten, da sein, wenn wir in die Wohnung nachher zurück kommen, da sitzen, mit Opa zum Beispiel, und Buch anschauen? Es ist alles so schwer.

Sa. 23.07.2022, 09:41
oben im Bad

Gleich fahren wir los, zurück nach Hause. Ich packe meine Waschtasche oben im Urlaubshausbad zusammen. Ich erinnere mich, wie diese Waschtasche auch ein Teil unseres kleinen Krankenhauslebens war. Unten quackelt Paul und Mama antwortet, es klingt fast wie ein richtiges Familienleben. Heute morgen war Pauls erstes Wort »Hahn«, wahrscheinlich hatte gerade der Hahn gekräht, draußen hinterm Fenster, auf dem Nachbargrundstück, in diesem neu in die Welt gekrähten Tag mit dem gleißenden Rügenlicht. »Kikieeh« hatte Paul gesagt und wir waren wach und Karl war nicht da.

Wir packen die Sachen zusammen. Ich schraube den Kinderwagenadapter vom Urlaubshausfahrrad ab, gehe mit dem Blumenstrauß hinters Haus, wo die Hecke hinter der Sauna den Garten zum Feld hin abtrennt, stehe zögernd da, überlege, ob das hier ein guter Ort für Karlartefakte wäre, habe dann plötzlich das sehr deutliche Gefühl, dass der Strauß wieder mit zurück muss, nestle ihn mit den Stengeln in die leere B-Vitamine-Verpackung von Ratiopharm und verstaue ihn im Kofferraum, unter dem, von seinen Vorderräden so leicht aufgebockten Kinderwagen, wo er nicht zerdrückt wird. Ich will ihn in Greifswald auf unseren Kompost werfen. Oder die Blumen zurück aufs Feld bringen.

Paul hält den Urlaubshausschlüsselbund und sucht den richtigen Schlüssel für die Urlaubshausfahrradbox raus. „Nicht verbummeln" sage ich zu ihm. Ich hatte das manchmal gesagt zu den Kindern, als sie eine Zeit lang so gern mit Schlüsseln herumklimperten. „Bummel" hatte Karl immer gesagt, auch so ein Wort, das zu ihm passte, das so sanft klang, wie er war. Ich ziehe mir die Waschtasche am Henkel über den Arm, öffne mit den so frei gewordenen Händen nochmal alle Jalousien, so dass Licht reinkommt, und gehe runter.

Sa. 23.07.2022, 09:56
im Auto

Ich schließe das Saunahaus zu. Ein Nachbar, ein Mann vom benachbarten Urlaubshaus schleicht sich an. Er war hier schon manchmal aufgetaucht, unsere Urlaubshäuser teilten sich die Abfalltonnen, die am Ende unserer Urlausbhauseinfahrt stehen. Auch jetzt wollte er zur Papiertonne. Er schob sich schweigend ins Bild, wie ein schrulliger Typ in einem Film. Ich erschrak mich, wie jedes Mal, wenn er mit seinem Urlaubshausmüll unsere Auffahrt langgeschlichen kam, und stammelte „Jaja, OK". Der Blick des Schleichers war unterwürfig, etwas vertrottelt und ängstlich, es war ihm unangenehm, seinen Müll in die Tonne vor unserem Haus bringen zu müssen. Es war mir unangenehm und eigentlich auch nicht möglich, ihm, der nichts von unserer Trauer wusste, ein gutes Gefühl zu geben, sein drucksiges Rumgeschleiche mit dem Müllbeutel in unserer Einfahrt zu entkomplizieren, es aufzulüften mit einem ganz normalen kleinen Gespräch zwischen zwei Urlaubern, deren Häuser auf dem selben Grundstück stehen.

Als wir losfahren, steht der Schleicher mit Frau und zwei Kindern in der Einfahrt seines Urlausbhauses und sattelt die Räder. Es ist bewölktes, bestes Radfahrwetter, und sie brechen auf, in einen neuen, totenlosen Urlaubstag. Wir fahren nach Hause. Das Navi labert in seiner neutralen, sanften Stimme, als führte unsere *berechnete Route* zu was Gutem hin.

Sa. 23.07.2022, 10:02
auf dem Rückweg

Als Beifahrer schaue ich nach hinten, um dem Kind ein Lächeln zu schenken. Wie man es als Beifahrer immer macht, wie es auch meine Mutter auf Autoreisen immer tat. Leichtheit des Dahinreisens. Hinten sitzt nur ein Kind. Karl säße sonst auch da. Er würde rumträumen, sich über Blicke von vorn freuen, dann weiter rumträumen. Jetzt träumt und spielt da nur Paul auf seinem Sitz. Er räumt seine Sachen, ein Buch, die Spielautos, Frau Elster, neben sich und wirkt kindlich beschäftigt. Vorne reden wir darüber, was wir in Greifswald machen wollen, den langen Tag dann noch. Und dass wir in die Wohnung fahren, in der mutmaßlich unser Kind, bei uns, in unseren Armen, starb. Ich sage, es klingt wie hilfloses Geseier, dass genau das doch *was wert* sei: dass er nicht allein war, undsoweiter, immer nur hilflose Worthülsen, oft nur ein hilfloses *undsoweiter*, statt wirklich guter, klarer Worte hier. Carina nickt und ich fühle mich nicht mehr ganz so seiernd. An der Küstenstraße viel Autoverkehr hin und zurück. Wohnmobile, Dachgepäckträger, Köpfe von Menschen hinter Fensterscheiben, auf denen die Welt als Spiegelfilm entlangscrollt. Leichtheit der Reisenden.

Sa. 23.07.2022, 12:01
zurück in der Wohnung

Wieder zuhause. Kondolenzkarten im Briefkasten. Beim Lesen weine ich sehr. Ich schaue Fotos von Karl im Handy an, weine noch mehr, bin so betrübt, so todtraurig. Jetzt kommt es wieder mit aller Schwere. Er lächelt auf den Fotos, er lächelt mich an, kein Vorwurf, keine Zwischentöne darin, nur liebstes Kinderlächeln. Ich weiß auch nicht warum, aber das macht es irgendwie leichter. Auf den Fotos ist nur Gutes zu sehen, obwohl jetzt gerade alles so, so schlimm und schlecht ist. Wie sollen wir das nur in dieser Wohnung weiter aushalten?

Sa. 23.07.2022, 12:09
im Hof

Auto ausräumen. Mechanisch die Sachen für das Zuhauseleben wieder auspacken. Seltsam, wie reinigend das offene, rausflutende, öffnende Weinen dann doch immer ist.

Sa. 23.07.2022, 14:23
Greifswald

Carina führt lange Telefonate im Garten. Ich bin mit Paul allein in der Wohnung und es geht. Es erdrückt mich doch nicht wie gedacht. Aber vielleicht auch nur, weil die Geräusche der die Urlaubswäsche waschenden Waschmaschine und der Plan, gleich noch raus irgendwohin, irgendwas essen zu gehen, gut tut und uns nicht hier hält. Ich habe Hunger und bin etwas rammdösig von den drei Nordisch Hell gestern abend.

Sa. 23.07.2022, 19:51
unterm Vordach an der neuen Mensa

Vor dem Krankenhaus, Abendlicht von hinten, wie immer um diese Uhrzeit, hier auf den Sitzensembles unter dem Vordach der Neuen Mensa. Möwen, Schwalben, die fünf Geschosse im Hauptgebäude, die niedrigeren Bauten drumherum. Die Sandstein-Klinkerfassade, mit den ziegelroten Zierstreifen gibt alldem hier etwas ruhiges, ostseebadartiges. Flaggen mit dem Logo der Universitätsmedizin machen ihre leisen Windsegelgeräusche im mittelmilden Abendwind. Auf dem Weg hierher, von Innenstadtrichtung, auf der Anklamer Straße kommend, kurz vor der Bushaltestelle nach links ins Klinikumsgelände reinradelnd, kam kurz sowas in mir hoch, das sich anfühlte wie eine Wiederherkehr hierher, wie ein Ihngleichwiedersehen, ein kurzes Hochschäumen einer kleinen Euphorie, als wäre er die ganze Zeit hier, als führe ich ihn jetzt besuchen, wie ich ihn damals, als Carina die erste Zeit mit ihm hier war, auf der Station besuchen gefahren war.

Im eigentlich selben Moment, da so in diesen aktiv gesuchten Trauermoment vorm Klinikum reinradelnd, zog es mich sofort wieder runter, das Wissen, dass er ja tot ist und hier auch gar nicht mehr liegt, dort unten in der Kühlzelle. Er ist schon in der Pathologie. Er liegt jetzt dort ganz allein, mit Fuchs und Schaf und unserem Foto und seinem Schlafanzug, den er anhatte als er starb. „Das ist nicht mehr Karl“, sagte Carinas Mutter, als sie den toten Karl sah, auch Carina sagte irgendwann diesen Satz, als wollte sie versuchen, ob er zu ihren Gefühlen passte. Ich fand diesen Satz kalt, wusste aber, dass ihre Mutter nicht Kaltes damit meinte: es war die Sehnsucht nach seinem warmen Körper. Nach dem Leben in ihm, dass dort jetzt nicht mehr ist. Ich weiß, dass er tot ist und in seinen sterblichen Resten kein Leben mehr ist, aber Karl ist eben jetzt, und wird noch viel mehr, so hoffe ich, nach der Einäscherung, nach all dem Zeremoniell der Beerdigung, nach Monaten und Jahren des Trauerns, dann irgendwie *ÜBERALL* sein, also besonders an den Orten, an denen *ER* so viel mit *UNS* war, an den intensiven Orten, an denen, wo Lebensqualität trotz allem, also auch trotz der Krankheit herrschte. Auch hier am Klinikum. Auch hier ist Karl. Hier war unser Karl. Und wo was war, ist immer doch auch etwas von dem, das da mal war, und sei es nur das Bild, das Gefühl, die Erinnerung in demjenigen, in mir, der da mit war, wo der war, der da jetzt nicht mehr ist. Wir waren hier.

Ich sitze vorm Klinikum, schreibe diese Zeilen und weiß, dass Karl hier nicht liegt, sein *Leichnam* hier nicht mehr ist. Ein leichtes Schaudern bei diesem Wort, aber ich will alles sagen, alles denken, kein Wort über seinen Tod *verlieren*, sondern alles behalten, bei mir. Er ist nicht hier. Trotzdem ändern sich meine Gefühle nicht. Es sind immer noch Gefühle der Nähe zu ihm und dem Ort, in dem wir während der kranken Wochen lebten. Das Hiersein an diesem Ort stellt diese Nähe wieder her, stellt sie als etwas abstraktes, als ein Suchen in mich hinein. Ich hoffe, dass uns sein Grab am Friedhof ein ähnlicher, bestenfalls besserer Ort des Erinnerns und Denkens und Fühlens für ihn ist. Vielleicht ist genau diese Unvorbelastetheit, das Fehlen konkret erlebten Lebens des Verstorbenen dort, das, was den Friedhof als Ort der Ruhe überhaupt erst möglich macht. Als Ort, wo die Trauer keine Vergangenheit kennt, wo der Tote nie war, wo er jetzt seine *letzte Ruhe* hat, wie alle anderen dort, wo alle Verstorbenen sich treffen, auf einem für sie dort aufgemachten Ort ohne gemeinsame Vergangenheiten. Dass dort niemand, auch im Tod, allein sein muss.

Die ganz Kaputten rauchen im Raucherzoo, Studierende radeln hin und her, zur Unibibliothek, zur WG-Party, zur Zukunft. Das Krankenhauspersonal geht ein und aus, tritt Dienste an und ab, arbeitet, malocht und schuftet, klönt und schnackt und isst Kuchen in der Stationsrezeption. Alles ist wie immer. Nur Karl ist nicht hier. „Ach Karl" sage ich, habe ich wirklich eben gesagt, allein auf dem Klinikumsvorplatz, auf meinem Mensamöbel hier sitzend, als wäre das etwas, das sich hier gut hinschriebe, klappe den kleinen Trauerlaptop zu und gehe nochmal rein ins Klinikum, jene Wege nochmal ablaufen, auch hier, wie vorhin beim Reinradeln ins Klinikgelände, um zu prüfen, wie sich das anfühlt, was das mit mir macht, was das mit meiner Beziehung zu Karl macht. Irgendwas *zieht* mich hierher.

Sa. 23.07.2022, 20:12
im Klinikum

Vorbei an den gleichmütig aus ihren Kühlaggregaten sirrenden Snackautomaten. Hoch ins 1. OG, zum Storch. An der Klingel über der angemalten Maus. Es ist still hier, stiller als damals, als ich hier mit Karl gelebt hatte. Ich gehe den Flur runter, nehme Fahrstuhl statt Treppenhaus, vorbei am *Zimmer 9*, wo er immer geschallt wurde und gehe am Hintereingang raus, wie ich es auch manchmal abends für ein paar Schritte allein tat, stoßatme aus und fahre Bier holen bei Frau Brettschneider am Späti.

Sa. 23.07.2022, 20:33
Sofa, Wohnzimmer, Greifswald

Wieder zuhause. Carina telefoniert mit ihrem Vater, ihre Mutter ist nah an der Schmerzgrenze, heult nur noch, ist wahrscheinlich, im zerrissensten Sinne, das, was man *hysterisch* nennt. Es ist seltsam, aber für uns Eltern, für die, deren Kind tot ist, ist jetzt die Trauer der Anderen auch *noch* eine *Baustelle*. Mein Schwiegervater ist nicht gerade ein emotionaler Wasserfall, aber er sagte am Samstag im Krankenhaus, als Carina und ich neben dem aufgebahrten Karl saßen und er neben ihm stand, dass wir das wirklich gut *gemanagt* haben, während seiner Krankheit, dass wir immer für ihn da waren, gemeinsam stark und all das. Was er sagte, war implizit auch eine Art Anerkennung an mich, den einkommensschwachen Gatten seiner Tochter, den Künstler, den Hallodri, den Vater seiner Zwillingsenkel. Es war gut, was er da sagte und mit seiner trockenen Art war er ein sonderbarer Ruhepol in diesen in alle Richtungen aufgelösten Gefühlen. Ihm zu Ehren kaufte ich bei Frau Brettschneider ein Radeberger, das trinkt er immer, das gibt es immer bei ihm, auf dem Sofa, im Garten, das trinken wir immer, an der Goldfolie am Flaschenhals pule ich immer, wenn wir schweigen.

Frau Brettschneider ist auch noch so ein Thema, auch ein Teil des Buches, an dem ich während Karls Krankheit so gut schrieb, das dort als Kapitel aber noch Fragment ist. Das Buch pausiert jetzt natürlich. Keine Ahnung wie lang. Dieser Trauertext ist jetzt mein Schreiben. Wäre auch er irgendwann sowas wie ein Buch? Das Buch Sohn? Das Buch vom Tod meines Sohnes in meinem Leben? Ein Leben, das seit einer Woche ohne einen meiner Söhne ist. Ist das noch ein Leben?

Sa. 23.07.2022, 23:00
im Bad beim Bettfertigmachen

Dämmern vorm TV. Es war das erste Mal seitdem, dass wir hier zuhause vor dem Fernseher rumsumpften. Während des Radebergers war ich eingeschlafen und, wie aus den Zusammenhängen gefallen, verwirrt und ohne Zeitgefühle wieder aufgewacht. Es müssen nur ein paar Minuten Schlaf gewesen sein. Die selbe seichte Sendung dudelte noch. Es war kurz nach halb elf. Früh für am Wochenende. Ich wälze mich, ausgezehrt und steif vor Müdigkeit, aus dem Sofa und decke den Tisch fürs Frühstück ein. Das tat ich seit einiger Zeit gern am Vorabend. Ich mochte diese letzten Handgriffe in der Nacht, bevor ich ins Bett ging, in dem, oft schon seit einigen Stunden, Carina und die Kinder bereits schliefen. Jetzt decke ich nur noch für drei Leute ein. Auch Eierbecher. Es wird ja morgen ein Sonntag sein. »SUNdag« hatte Karl immer gesagt, wenn er Eierbecher auf dem Küchentisch stehen sah. Wir waren mit den Kindern tatsächlich zu solchen Menschen geworden, die Sonntagseier essen. Wir aßen auch vorher schon Sonntags Eier. Wir essen auch heute noch anderntags Eier. Aber mit den Kindern wurden Rituale, gewisse Strukturen und Gegebenheiten wieder wichtiger in unserem Leben. Allein auch, weil es die Dinge vereinfacht und den Kindern Sicherheit gibt. Regelmäßige Essenszeiten sind ein einfaches Beispiel. Ich lebte jahrelang ein Leben, in dem ich nur einmal täglich aß. Aber genau genommen ist auch das, war das auch schon vor den Kindern, eine ganze Weile her. Dieses Leben war durch den Roman wieder stärker in mein aktuelles Leben gerückt. Und jetzt ist Karl tot und die Trauer rast durch alle Lebensebenen, als wäre überall irgendwas zu finden, das am Ende immer wieder zu ihm hinführt: zu meinem gestorbenen Kind. »Tuktuk ei« nannten die Kinder unsere Frühstückseier. Wir klopften mit dem Löffel oben ringsum die Eischale auf, um von dort dann das Ei auszulöffeln. Die Eier aßen wir aus den alten DDR-Eierbechern. Farbige Plastehühner, die auch ich noch aus meiner Kindheit kannte. Mein Körper fühlt sich an, als hätte ich fünf Tage durchsauniert und Sport getrieben. Die Augen brennen, das Herz hängt irgendwie schwer und wie unter Druck in der Brust, alle Glieder steif und träge. Ich stelle das zweite angebrochene Bier, nur halb getrunken, wieder verkronkorkt in den Kühlschrank und mache mich fertig fürs Bett. Ich creme mich mit der Bübchen-Babycreme aus dem Krankenhaus ein, um irgendwie nach Karl oder Krankenhaus, wahrscheinlich nach beidem und unserer Zeit dort zu riechen, ihn und die

Erinnerungen mit in den Schlaf zu nehmen. Es riecht gut, der Geruch legt sich um mich, ich weine nicht mal.

Paul liegt jetzt wieder im Elternbett. Wir hatten ihn vorhin, nach dem Einschlafen, ins Kinderbett gelegt, aber er hatte dann, da war ich gerade am Krankenhaus, einen unruhigen Schlaf und Carina hatte ihn wieder rüber ins Elternbett genommen, in das wir uns beide jetzt gleich dazulegen, unser Kind zwischen uns. Der Abend vor dem Fernseher fühlte sich fast ein bisschen wie ein normaler Rumsumpfabend an. Keiner wurde von Krämpfen geschüttelt und kein Weinen wollte raus aus uns. Wir sind auch beide einfach sehr, sehr fertig und erschöpft, immer wieder nur kraftlos, wortlos, karllos.

Sa. 23.07.2022, 23:45
in seinem Atmen

Pauls Atmen hier im Bett neben mir tut gut. Das gelegentliche Seufzen in der schönen Tiefe seines Schlafes. Er schmatzt in regelmäßigen Abständen am Nuckel, wie sie es beide als Baby immer gemacht hatten. Carina ist noch vorm Fernseher hängen geblieben, im Nachthemd liegt sie auf dem Sofa. Vielleicht finde ich, ohne nochmal durch die Trauergedanken durchzudämmern, gleich in den Schlaf, werde einfach in ihn hineingesogen, von der grundsätzlichen Schwere, die die Trauer und das Trauern gerade über und in alles legen. Schwerkraft des Kummers. Alles zieht nach unten, immer diese Kraftlosigkeit, und dann, wie in Attacken, dieses Aufbäumen von uneinlösbarem, unstillbarem Vermissen. Ich würde gern einfach wegschlafen jetzt. Und morgen, beim Gang in die Küche, wieder nur die drei Essgarnituren.

So. 24.07.2022, 08:47
in der Küche

Frühstück. Rügener Eier vom Straßenrandstand mit der Vertrauenskasse. Ein altes Hufeisen hatten wir dort auch gekauft. Paul isst und trinkt nichts, er hatte früh morgens noch seine Nachtmilch gewollt.

So. 24.07.2022, 10:01
im Bad

Ich dusche mich mit dem *„Bad & Shampoo"* von *Penaten*, das sie uns im Krankenhaus hingestellt hatten. Heute Vormittag wieder innen alles sehr düster. Es wäre ein leichter Sonntag geworden. Wie die Sonntage seit den Kindern immer irgendwie leicht und angenehm ziellos waren. Ich wäre vormittags mit den Kindern raus, spazieren, rumschieben, rumtrödeln. Carina hätte zuhause wahrscheinlich gekocht, dabei eine Serie geschaut oder Podcast gehört.

Paul spielt mit meinem Schlüsselbund, an dem der entsternte, nur noch aus seinem Außenring bestehende Mercedesstern hängt, den ich vor Jahrzehnten, als ich dreizehn oder vierzehn war, halb Kind also selbst noch, mal auf dem Parkplatz vorm Media Markt in Waltersdorf abgebrochen hatte. Ich denke an Karl und wie er in letzter Zeit der Schlüsselbeauftragte war und immer gern unsere Schlüssel rumschleppte und nicht müde wurde, dabei „bummel, bummel" zu sagen und damit meinte, dass wir den besser nicht verbummeln sollten. „Gut drauf aufpassen, nicht verbummeln", hatte ich immer gesagt. Karl hatte dann immer sein quietschiges Lachen gemacht, das Kinn leicht zur Brust gezogen und „bummel, bummel" gesagt und den Kopf geschüttelt. „Genau, nicht verbummeln" hatte ich dann immer gesagt und Karl freute sich. Jetzt steht Paul mit meinen Schlüsseln da, klimpert damit herum, wie ein Schließer im Knast. Irgendwie süß, ich fühle mich ihm nah. Und Karl ist nicht da.

So. 24.07.2022, 10:21
im Hof

Als die Kinder laufen konnten, war man auch beim Duschen nicht mehr allein. Oft standen beide irgendwann am Wannenrand und schauten hinter den Duschvorhang, freuten sich riesig, wenn man überrascht war und liefen dann meist auch gleich wieder woanders hin, sie wussten ja, wo man dann war. Karl rannte dann immer giggelnd los, das machte er oft, man wusste dann immer wo er gerade war in der Wohnung. Man erkannte die Kinder natürlich am Gang. Als ich mit Karl im Krankenhaus war, hatte Paul mit Mama das Spiel entwickelt, dass er seinen Nuckel zum Waschen unter die Duschbrause hält. Auch eben stand er da, hielt mir den Nuckel hin und sagte „wassen" und ich war etwas traurig, weil dieses kleine Spiel etwas aus der Zeit war, als Karl noch lebte.

Etwas klarer und gereinigt immerhin, nach der warmen Dusche, rede ich etwas mit Paul, suche mir Anziehsachen zusammen und will die leere Shampooflasche in den Plastemüll werfen, die war doch gerade eben alle geworden, beim Duschen, dachte ich, und merkte dann, die Flasche suchend, dass ich es offenbar eben, auf dem Weg aus dem Bad zur Klamottenkommode, schon, in einem mechanischen Gang zum Plastemülleimer, getan hatte. Die Krankenhausshampooflasche ist offenbar also wegwerfbar. Mit den Blumen, da ging es ja nicht, etwas hatte mich getrieben, sie wieder vom Urlaub zurück, hierhin, nach Hause, mitzunehmen, sie vielleicht hier in der Gegend, überall irgendwo, um uns herum zu verteilen.

Ich ziehe Paul fürs Rausgehen an, die blaue Trainingsjacke von Cleo, die ihm so gut steht. Er zeigt auf Karls hell gestreifte Stoffmütze und sagt „Karl" und will die aufsetzen. Er hatte sonst immer die dunkel gestreifte, aber vom Typ her selbe Mütze an. Zwillinge halt, zweieiig. Die hell gestreifte Mütze hatte ihn, blasser Typ der er ist, ganz der Vater als Baby, noch blasser gemacht. Ich gehe mit Paul runter, hole eine weitere, persönlich dort eingeworfene, briefmarkenlose Kondolenzkarte aus dem Briefkasten und gehe mit ihm in den Hof, wo Carina im Beet buddelt.

So. 24.07.2022, 10:43
im Hof

Die Karte von Meta und Erik ist schön. Ein Goethe-Zitat vorne drauf. Ein lieber Text und ein aus einem Eichenblatt herausgeschnittenes „K" sind darin. Der Stiel ist auch noch dran. Es ist alles sehr edel, anmutig und zart. Dieser Buchstabe bedeutet, dass jemand an ihn dachte. Der Buchstabe ist er.

So. 24.07.2022, 10:51
in den Holzmöbeln

Seifenblasen. Paul pustet und schaut und läuft den bunten, in der Luft schillernden Dingern nach. Ein bisschen schön ist das, als gesamte Szene, als kleiner, friedlicher Moment, als Lichtbrocken eines Sommers. Und ja, ich träume mich kurz in die Vorstellung hinein, ob da nicht unser Karlchen drin fliegt, hoch im Wind, in die Bäume, ins Laub der Korkenzieherweide, die ihre Krone, wie wilde Haare in unseren Hof hängen lässt, finde das dann aber wieder komisch auf irgendeine Art, und finde sofort komisch, dass ich meine Gefühle komisch finde, weil es in mir den Eindruck erweckt, als wäre ich nüchterner, als es die Situation erlaubt.

Paul redet so viel Neues, neue Worte, in einem fort. Er steigt in den „Buddelkassen", will „Bassen", also Seifenblasen machen, sagt „wunnerda", wenn er etwas wunderbar findet. Keine Ahnung, wer von uns Elternbeiden gerade eben oder in jüngerer Zeit, in welchen Zusammenhängen auch immer, „wunderbar" gesagt hat. Eigentlich gehört das nicht zu unserem aktiven Wortgebrauch, zur Zeit sowieso nichts. Gar nichts ist wunderbar. Und doch, das merke ich, nüchtern und komisch wie ich bin, ist man, egal wie rational, wie zynisch, wie trocken und spröde man ist, als Trauernder offen für jedes Wunder.

Carina und ich sitzen in unseren Holzmöbeln, die wir im letzten Sommer gekauft hatten, und reden, als wäre ein schöner Sommertag, über ein paar formale Sachen der Beerdigung. Ob man die Kondolenzkarten ins Kondolenzbuch legt, *wann* man das auslegt, solche Sachen, und, wie ein paar unserer Freunde mit alldem gerade umgehen, dass im Garten der Schwiegereltern die ersten Nachbarn anfangen, sie zu meiden, dass andere aber ganz rührig sind. Die Welt zeigt ihre anderen Gesichter. Und hinten zetert die Amsel, weil die verlauste Nachbarskatze wieder rumzieht. Als wäre ein Sommer.

So. 24.07.2022, 12:50
in der Küche

Carina ist oben und kocht. Ich sitze mit Paul im Hof. Habe eben, aus der *unteren Wohnung*, die wir uns anschafften, weil wir uns der beiden Kinder wegen vergrößern wollten und diese beiden Wohnungen in diesem Haus zusammen trotzdem günstiger als eine neue, größere Wohnung waren, das Laufrad geholt. Wir haben ja viele Sachen zweimal, wie das Laufrad und das Bobbycar. Begegnet man solchen Doppeldingen dieser Tage, sticht es besonders doll im Herzen. Im zweiten Bobbycar, das ungenutzt in der unteren Wohnung liegt, sehe ich unseren Karl, der nicht da ist.

Ich sitze am Gartentisch, die Amsel schimpft nur noch sporadisch, ich übertrage die krummen, schief ins Handy getippten Notizen in meinen

Laptop hier und Paul ist launisch, will eine Banane und nörgelt an der Tischkante. Ich bin genervt und angespannt, wie ich es oft war, wenn ich tagsüber in Gedanken oder Grobarbeit an meinem Roman manchmal war, wenn die Kinder Aufmerksamkeit wollten und ich aber noch eine Notiz, ein Fragment, einen Absatz, in Vorbereitung für die Schreibarbeiten am Abend, zu Ende bringen wollte. Ich fühle mich schlecht dabei, wie ich Paul mit dem Knie so leicht wegzuschütteln versuche und sowas wie „Ja doch, gleich!“ sage, gehe mit Paul in die Wohnung hoch, wickle ihn und hole ihm eine Banane aus der Küche.

In der Küche kocht Carina und ein Schmetterling – ehrlich wahr – ein Schmetterling fliegt in der Küche umher. Ich bin auch hier kurz bereit, in diesem hier um uns drei herumfliegenden *Tagpfauenauge*, oder was ist das eigentlich genau, unseren Karl, oder eine Art Zeichen zu sehen, muss kurz an die Kinski-Doku denken, die bei uns im Freundeskreis damals, lange vor den Kindern, so Mode war, als man darüber sprach, wie sinnlich der Schmetterling in den Endbildern da auf Kinskis Hand saß, und wie symbolträchtig das war. Der Schmetterling schmirgelt am Fenster herum, ich mache das Fenster auf und der Schmetterling fliegt ohne Panik hinaus. Dann gehen Paul und ich wieder runter und ich klappe den Laptop, wie ein Scheißvater, der nur seinen Scheiß kennt, wieder auf und hoffe, dass Paul sich selbst beschäftigt.

Nach Beendigung dieses Eintrag fühle ich mich besser und nehme meinen Paul auf den Schoß. Der will gar nicht auf den Schoß, lieber rumlaufen. Also laufe ich ein bisschen rum mit ihm, dann sagt er „Bodo, TINE“ und ich rufe Oma Tine und Opa Bodo an und wir telefonieren ein hintenraus irgendwie nerviges, von mir nur kurz angebunden unterhaltenes Telefonat. Dann kommt Carina raus und wir gehen alle gemeinsam hoch, Mittag essen. „Mittaaak!“ sagt Carina noch und verzieht den Mund ohne zu Weinen. „Mittaaak!“, wie Karl es immer sagte. Ich wasche Paul die Hände mit dem „Entenschaum“, wie wir es immer vor den Mahlzeiten mit beiden Kindern taten. Wir sitzen auf dem Badewannenrand, Paul auf dem Schoß, damit er an das nah gegenüber an der Wand angebrachte Waschbecken herankommt. Wir waschen gemeinsam seine und meine Hände und ich fahre mit meinen Lippen über seine Haare, wie ich es bei beiden Kindern immer tat. Mir fehlt Karls Geruch. Vorhin stand ich im Morgenlicht im Wohnzimmer, holte seinen Body aus dem Zipperbeutel und roch daran und wartete was passiert. Ich heulte nicht direkt los, dachte eher so „Ach Karlchen“, roch den Body rauf und runter und packte ihn zurück in den Zipperbeutel, dessen Zipper nicht mehr geht und ich machte deshalb einen Gummi drumherum.

Das Mittag schmeckt ausgezeichnet, Carina und Paul essen den Umständen entsprechend besser als in den letzten Tagen. Carina sagt, ihr ginge es heute, als sei ein Schalter umgelegt, ganz gut eigentlich. Ich sage, dass das gut sei und dass das nicht schlimm sei und es bestimmt auch nochmal in die andere Richtung umkippt, und, dass es mir heute eher wieder etwas schlechter geht, trüber als in den letzten Tagen. So machen wir hier alle unser auf und ab. Paul, Carina und ich.

So. 24.07.2022, 14:00
Wohnzimmer

Ich schrieb eine längere SMS an Meta und Erik. In einer Stunde gehen wir rüber zu Sonja und Alexander. Es ist gut, Leute um sich herum zu wissen, auch als Nachrichten im Posteingang oder Karten im Briefkasten. Paul labert und lacht im Badezimmer, wo Carina irgendwas auswäscht. Der Wasserhahn läuft. Pauls Stimme ist friedlich.

So. 24 07.2022, 20:32
Patholgie, unter der Linde

Ich sitze vor der Pathologie nahe der Credner Anlagen, auf der Bank, die als Vieleck die große Linde auf dem Gelände hier umspannt. Von rechts düsende Geräusche einer Lüftungsanlage. *Gebäude C08.* Liegt dort Karl? Ich war hierher statt zum Krankenhaus gefahren. Seit Montag oder Dienstag soll er hier liegen, genaue Statusmeldungen wie bei einer Paketverfolgung gibt es bei sowas ja nicht. Ich sitze hier, unter der Geländelinde, war einmal mit dem Rad um alle Institutsgebäude gefahren, und mache einen weiteren Teil meines Abschiedes von Karl. Es fühlt sich nicht wirklich wie Abschied an, eher wie ein Nachsehen, Nachspüren, wo er grad so *ist.* Ich folge seinen Wegen, vom Klinikum in die Pathologie, zum Krematorium, und schließlich an sein Grab. Dort wird er für mich, werden sein Geist, sein Spirit, sein Stoff und sein Sein, ich finde keine guten Worte dafür, vielleicht vollends in alle Winde und also *überall* hin und um mich herum und ganz als endlose, immerwährende Liebe in Erinnerung über- und aufgehen.

Fällt dann, nach diesem Abschiedszeremoniell, alles leichter irgendwann? Man liest und hört, dass es dann nochmal richtig schlimm wird, weil alles so final dann ist. Aber ist er nicht jetzt auch schon tot? Ist nicht sowieso jetzt schon, seit seinem Tod, einfach alles, alles völlig schlimm und ungerecht und unfassbar? Es geht ja nicht schlimmer, er wird nie wieder da sein. Aber bitte, bitte, für immer hier: in der von seinem Tod reingerissenen Lücke in meinem von nun an immer schweren Herzen. Er fehlt mir so. Und doch ist irgendwas *gut* an meinem Hinterhergeradel an diese Orte. Ich weiß nicht *was*, es fühlt sich bescheuert an, irgendworin etwas Gutes zu sehen, weil das Sehen nichts sieht, eher ein Reinwünscheln ist, aber dass ich hier bin, bei ihm und seinen Wegen, fühlt sich okay an.

Ich fahre heim und mache ein Nordisch Hell auf. Sinnloses Flimmern vor der Glotze. Jedes Driften im Geiste landet immer wieder auch bei ihm. Bei meinem, unserem Karl.

So. 24.07.2022, 22:44
im Bett

Vorm Fernseher weggepennt. Im Aufwachen lag nicht dieser angenehm konfuse Zustand einer kleinen Desorientierung, wie sonst, wenn man, so angenehm zeitlos in der Schwebe der Feierabendgefühle, aus dem Couchschlaf zurück ins Gebrabbel des Flimmerns gefallen war. Ich war aufgewacht in diese neue Leere hinein, die Gedanken schnell wieder beim Realisieren von: Karl ist nicht da. Er liegt nicht da im Bett im Schlafzimmer, das direkt und türlos neben dem Wohnzimmer ist.

Im Briefkasten lag am frühen Abend eine Karte von der Kita. Wir heulten im Hof. Carina war gerade dabei, die Wäsche von der Leine zu nehmen. Es war bestes, heißes Sommerwäschetrockenwetter. Wir aßen draußen Abendbrot. Ich machte oben in der Küche ein großes Brett mit kleinen Broten, etwas Gemüse, Gurke und Karotten, handfein geschnitten, dazu ein Spiegelei aus dem Ei, das Paul vorhin aus dem Stall von Sonja und Alexanders Hühnern geholt hatte.

Bei den beiden war es sehr schön. Ich war kurz nach zwei nochmal mit Paul in die Stadt geschoben, zum neuen türkischen Backshop, hatte Baclava geholt und Alexander hatte einen Kuchen mit Pudding gemacht. Wir tranken alkoholische Getränke, weinten und redeten, weinten insgesamt gar nicht so viel, es hätte ein normaler Sommertag mit Freunden gewesen sein können. Aber Karl ist tot. Er saß nicht mit uns auf der Bank, ließ nicht seine Kleinkindbeine baumeln, ihm hätte der Kuchen geschmeckt. Ihr Mitgefühl war gut. Sie erzählten von ihren familiären Trauerfällen. Zu früh und in Krankheit gestorbene Eltern. Ein paar Jahre her schon, aber es war traurig, was sie erzählten. Es ist immer noch traurig. Es ist immer traurig. Das mit Karl machte sie so traurig und mich machte das natürlich mit traurig, weil ich nichts tun konnte, weil ich für sie und mich und Karl nichts tun kann. Wir können nur für uns jetzt alle da sein und aufpassen, dass wir nicht kaputt gehen an dem Kummer, besonders wir Eltern. Aber Karl ist gestorben und er kommt nicht wieder, als der Karl, den wir in die Arme nehmen und der so trampelnd durch die Wohnung wiehert und „KUCKUCK" um die Ecke macht und „HINKaaii" statt „Winke Winke" sagt und, „ARM, ARM" sagend, mit ausgestreckten Armen vor einem steht, mit seinen 83 Zentimetern, als kleiner, feiner, so liebenswürdiger, so süßer Mensch, so schönes, hübsches Kind.

All das macht mich fertig und kraftlos. Das manchmal kurzzeitig so reinigende Reingeballer von flutweise Text in diesen hier endlos so hinwassernden Schwall ungefilterter Äußerungen und Rauslassungen erscheint dann wieder so schlicht und banal, so hilflos, so verzweifelt, so überlaut als Akt eines „aktiven Trauerprozesses", so blind, so blöd, so falsch, so selbstbetrügend in der Art, wie ich hier so lange in das grelle Licht des Displays hineinflute, bis vom unausweichlichen Unaussprechlichen, dem „Karl ist tot", nur noch die zurechtgeseierte Sülzfloskel „Aber er wird immer hier und überall, in meinem Herzen, lebendig bleiben" bleibt.

Und doch, ist genau diese, aus all der trostlosen Wahrheit herausgekochte Sülze das was für mich als Vater nach alldem wahr ist, immer wahr war, immer wahr bleiben wird: was meine Gefühle sind ist das, was wahr und meinem Sohn damit nah ist. Mit meinen Gefühlen, im Fühlen bin ich bei ihm, bin ich nah, stelle ich Nähe her, zu dem was er als Gefühl in mir ist. Mein Kind.

Vom Bettfertigmachen und dem letzten Reinfluten des Tagestrauertextes hier bin ich wieder unangenehm aktiviert, muss vom einen Bier vorhin schon wieder pinkeln und hoffe, bald zurück in den schweren, gefühllosen Schlaf zu finden, den ich vorhin, unterm Gelaber des Fernsehers, auf der Couch schon geschlafen hatte.

Morgen geht es, nach noch einigen Erledigungen für Karl, richtung Berlin zu den Eltern und Schwiegereltern. Es soll über 30 Grad werden und ich hoffe, Paul verträgt die drei Stunden Autofahrt gut. Vielleicht beim Rausfahren aus der Stadt eine Knacker an der Tanke? Wie ich es sonst gern machte, wenn wir irgendwohin fuhren, als ersten Akt der Unbeschwertheit des Herumreisens. Wie unsinnig das jetzt erscheint. Ich denke wieder an Karl. Er hätte mindestens drei Happse abhaben wollen. Karl aß sowieso, durch das Cortison der letzten Wochen, gerne und viel. Wir wollten, wenn er aus dem Gröbsten raus und wieder zuhause gewesen wäre, den Krankenhausfraß langsam wieder auf gesundere Kost umstellen. Wir waren auf einem guten Wege dahin. In der letzten Woche daheim aß er auch mal Humus statt Wurst. Unser letztes Abendessen, bevor er dann nachts starb, war so schön, so leicht, so unbeschwert, wie ein ganz normales Familienabendbrot. Es war gut, »gut, gut« natürlich. Und morgen sitzen wir nur zu dritt im Auto, sitzt nur eines unserer Kinder hinten im Sitz auf der Rückbank.

Paul liegt quer im Elternbett, ich drehe ihn längs hin und lege mich neben ihn. Carina räumt Sachen vom Couchtisch und geht sich bettfertig machen. Der Fernseher ist aus. Ich höre sie leise weinen, während sie ins Bad geht. Ich küsse Paul den Kopf, streichle seine Haare und lege mich bäuchlings ins Bett, als schliefe ich wie ein Kind nach dem Sport. Hinterm angekippten Fenster fahren die wenigen Autos der Nacht, rauschen wie Wellen langsam vorbei, die Welt steht schwer und dumpf wie ein Idiot in meinem Leben. Es ist still in allen Zimmern, sehr, sehr still.

Mo. 25.07.22, 07:53
Greifswald, zuhause, im Flur

Heißer Tag, schon jetzt. Morgensonne im Schlafzimmer. Autoverkehr der startenden Arbeitswoche draußen. Paul sitzt auf dem Wickeltisch und Carina zieht ihm die Sachen für den Tag an. Karl fehlt.

Mo. 25.07.22, 08:05
in der Küche

Ich decke den Küchentisch ein und kein Karl kommt den Flur langgetrampelt, um zu schauen, was in der Küche los ist, steht nicht mit einer Hand am Türrahmen da und schaut, neigt den Kopf zur Seite, voll Zuversicht und Zuneigung, lacht und wartet auf eine Regung von mir. Vom Herzen her ginge dann ein Flattern innendrin im Elternmenschen hoch und flötete, als kleiner Überschwang, als eine Kosewortkaskade aus dem von Hormonen und dem Zauber der Entzückung aufgehellten Elterngesicht heraus. Aber all das ist nicht.

Mo. 25.07.22, 08:59
in der Küche

Dass der Tote diese Gefühle alle *nicht* hat. Dass er nicht diese Vermissensschmerzen hat, nicht kummervoll und traurig, so traurig ist. Dass er jetzt, als *unstoffliche Erscheinung*, als etwas *in* uns, rein und gut ist. Wie er es zu Lebzeiten war. Er merkt von all unseren Schmerzen nichts.

Dass das vielleicht gut ist, dachte ich eben, bei einem kleinen Weinen in der Dusche. Oder muss man das anders denken: dass er *auch* von seiner Seite jetzt *aktiv* etwas zu uns *sendet*? Und wäre in diesem Gedanken nicht wieder was Trauriges: dass er jetzt allein ist *irgendwo* und Kontakt herstellt zu uns, um genau das *nicht* zu sein, allein. Und wäre so eine Art des Kontakts nicht immer körperlos und deshalb für ein Kind so mangelhaft? Kann er nicht einfach wieder hier sein? Um die Ecke in die Küche lugen, wo ich hier gerade in mein Handy tippe, es dann beiseite lege, ihn anlache und hochhebe, dick und lang auf die Wange knutsche, ihn mit irgendwas vollsäusele, und wir dann alle, wie sonst immer auch, zusammen einfach rausgehen, in den jetzt schon immer heißeren Sommertag. Dass das nicht mehr sein kann, das geht eigentlich über den an den tiefsten Tagpunkten immer nur heillos verlorenen Verstand. Und draußen ein Rasenmäher irgendwo, Gerüche von Schnittgrün und Urlaub.

Mo. 25.07.22, 11:27
im Hof

Beim Einräumen der Spülmaschine dachte ich vorhin an die Zeit, in der sie anfingen zu krabbeln und die Wohnung zu erkunden. Die Spülmaschine war immer sehr spannend für sie, als große Babies, bald kleine Kinder schon. Sie fanden es lustig, in dieser Babyhocke vor der Maschine zu sitzen und den Geschirrkorb unten auf der aufgeklappten Tür herumzuschieben. Paul hat immer die innen angebrachten Knöpfe gedrückt, gepiept hat es dann und „Meep, meep", habe ich genäselt, wie der Roadrunner, und Paul hat dann auch „Mip, Mip" gesagt und Karl fand das lustig und sagte das irgendwann auch.

Vormittags schob ich mit Paul in die Stadt, wollte zur Ärztin, neue Rezepte für meine Blutdrucksenker holen. Die Ärztin hatte natürlich Urlaub, also kein Rezept, keine neuen Medikamente für mich. Ich muss mit den Pillen, die ich noch habe, haushalten, weniger einnehmen oder die Dosis halbieren. Ähnliches Problem auch im letzten Jahr. Ich war wieder ein paar Wochen ohne Krankenversicherung und konnte nicht zum Arzt, die Krankenkasse wollte hunderte Euro, ich hatte nicht mal Geld für neue Spülmaschinentabs.

Vom Arzt dann zum Einkaufen, vorbei am Rubenowplatz, wo beide Kinder am Freitag bevor Karl starb noch spielten, dann in den Edeka, das erste Mal seit Karls Tod. Bananen und Reiseproviant kaufen. Im Kiosk hinter der Kasse spielte ich Lotto, vier Tipps mit all unseren Geburts- und auch seinen Sterbedaten. Ich weiß nicht genau, was das sollte. Ich wollte irgendwas machen, was ich machte, als alles noch gut war, als Karl noch bei uns war. Ich spielte in den letzten Monaten öfter mal Lotto, machte mir nicht viel draus, gewann ein paar Mal Kleinstsummen, einmal immerhin fünfzig Euro.

Zurück durch die Mittagshitze nach Hause. Keine in den Kinderwagen reinlieselnden Omas. Nur Paul und ich und mein kaputtes, schlecht medikamentiertes Herz.

Mo. 25.07.22, 11:33
im Hof

Ich sitze im Hof, Paul spielt etwas antriebslos im Buddelkasten, Carina kommt von ihren Erledigungen, im Kindergarten und beim Optiker. Sie gibt mir das Foto von Karl, das in der Kita an seiner Garderobe hing. Wir weinen beide. Auch in der Kita hatte sie geweint. Das Foto ist vom letzten Sommer, Karl ist noch ganz klein, aber schon kein Baby mehr, schaut einen so lieb vom Foto an, sieht irgendwie ganz anders aus. Carina hängt die weiße Wäsche ab. Bei diesem Wetter trocknet alles in Minuten. Bettdecke, Strandtücher, solche Sachen. Paul rennt durch die im Wind wehenden großen Stoffe und lacht und spielt. Der Nachbar von unter uns, wir trafen uns im Hof, als ich mit dem Kinderwagen rein und er gerade mit dem Rad raus wollte, hatte vorhin nochmal seine Wortlosigkeit und sein Mitgefühl formuliert. Auch das war irgendwie gut.

Mo. 25.07.22, 14:05
im Auto, km 226,5 in Richtung Berlin

Auf dem Weg nach Berlin. Bei 35 Grad das Auto beladen. Vor dem Losfahren noch kurz zum Feld mit Tildas Blumenstrauß. Einen Teil davon hatte ich ins kleine Beet bei uns auf dem Hof gelegt, einen kleinen Stoß warf ich ins Feld und den Rest in den Baum am Feldrand, in dessen Ästen, im dichten Blattwerk, der Strauß leicht auseinanderflatterte und Teile davon runter rieselten, andere im Geäst oben hängenblieben. Ich laberte leise irgendwas an Karl gerichtetes in den Baum, ich sagte sowas wie, dass wir ja hier auch öfter vorbeikommen, und fand die Vorstellung gut, dass nun auch dort immer Karl jetzt drin steckt, in dem Baum, in der Natur, in dieser Gegend dort.

Als die Kinder Babies waren, im ersten Winter, schob ich dort oft lang. Mit dem riesigen Babyzwillingswagen, in dem sie beide schlafend lagen. Sie schliefen ja so viel damals. Ich hörte reihenweise Podcasts beim Herumgeschiebe, schob manchmal anderthalb, zwei Stunden so herum, hörte den Element of Crime-Podcast, wanderte damit irgendwie auch in meiner eigenen Musikvita rückwärts in Erinnerungen.

Ich erinnere mich an die Babyzeit als eine sehr friedliche Zeit damals. Wir waren beide zuhause, schliefen, wenn die Babies schliefen und wuchsen langsam in den Stress und die Regelmäßigkeiten der Tätigkeiten hinein. Wahrscheinlich war es auch stressig, ich weiß es nicht mehr, Carina hatte, als Mutter, nach allen Strapazen, die Zeit vielleicht auch anders, anders stressig, anders abgekämpft empfunden, ich spreche hier nur für mich als Vater, aber ich erinnere mich an eine große, grundsätzliche Art des *Beseeltseins*, an Frieden und Ausgeglichenheit in meinem Leben. Alle Zeit war natürlich jetzt fremdbestimmt. Von den goldigsten Fremdbestimmern, die man sich vorstellen kann, natürlich. Ich las damals viel, das ging gut, mit Baby auf dem Bauch, oder abends, wenn die Babies schliefen. Irgendwann wurde das Lesen weniger, die Kinder brauchten mehr Zuwendung in einem spielenden, spielerischen, sozialen Sinne. Und auch dort wuchsen sie ganz organisch in unser Leben, halfen beim Wäsche aufhängen, oder wuselten einfach so herum, während man selbst mit irgendwas tätig war, beschäftigten sich selbst oder gackerten sich gegenseitig an. Ein Spielen untereinander war noch nicht wirklich ausgeprägt, dazu waren sie noch zu jung, sie *dallerten* so herum. In letzter Zeit, in den letzten Wochen und Monaten fing ihr Miteinander wieder verstärkt an, glaube ich.

Mo. 25.07.22, 15:01
Rastplatz Rathsburgseen Süd

Fönwarme Luft, Betonsteinboden, Parkplatzpause. Paul trinkt und isst Cracker. Wir sitzen matt, müde, leere Gesichter, auf der Drahtgitterbank unterm Schattendach. Kurz wieder die Rede davon, dass wir irgendwann weitere Kinder wollen. Dass uns im Leben nichts Schlimmeres mehr passieren kann. Alle Nöte und Sorgen, mit Job und so, sind so egal jetzt. Ich pinkle sonnengelb von den Vitaminpillen an den Zaun. Auf dem Feld große Mähmaschinen. Paul starrt auf den Staub den sie aufwirbeln. Wir steigen ins Auto und ich setze mich jetzt nach hinten, neben Paul. „In Berlin, bei Oma und Opa kannst du über den Rasensprenger toben", sagen wir ihm und er ist gut gelaunt und lässt sich ohne Murren in den Autositz schnallen. Es ist ein Montag im Hitzesommer. Mein Sohn ist am Freitag vor einer Woche verstorben. Ich schreibe es immer wieder auf, im Versuch es mir klar und wahr zu machen. Hier im Text bin ich mit Karl. Das Radio labert. Wir fahren dahin.

Mo. 25.07.22, 23:21
auf der Bahn

Die Welt rotiert in 38 Grad als wir durch Brandenburg fahren, vorbei an Elon Musks Gigafactory. Auf der Strecke hatte der Bestatter angerufen, und mitgeteilt, dass die Sterbeurkunde nun vorliege, wir könnten sie abholen. Wir sagten danke und, dass wir sie abholen, wenn wir wieder zurück sind.

Auf dem Rücksitz habe ich endlich wieder sowas wie innige Vatergefühle mit Paul. Wir schauen Bücher an und geben den vorbeirauschenden Farben der Lastwagen draußen Namen. Bei meinen Eltern angekommen ist es nur noch 35,5 Grad. Paul spielt als „Naggidai" im zum Planschbecken umfunktionierten Schlauchboot. Es ist irre heiß bis in den Abend. Eine Taube fliegt von Baum zu Baum und traut sich nicht an den riesigen Kübel mit der Schmucklilie, an dessen Unterschale sie sonst ihren Durst stillt. „Huhuu" sagte Karl immer zu dem wie Tauben machen. Ich sagte dann immer „Guru Guru", um das irgendwie vom Uhu zu unterscheiden. Wie Karls Uhu machte, weiß ich nicht mehr genau. Wahrscheinlich war es nur eine kleine Variation, ein vielleicht anders betontes „u", vielleicht ein anderer Anlauf im Anlaut, ich weiß es nicht mehr und kann ihn nicht fragen. Ich glaube, ich war irgendwann auch einfach dazu übergegangen, jeden Uhu in den Büchern nur noch „Eule" zu nennen. Das machte einiges einfacher. „Euje" war sein Wort dafür. Dann Regen im Elterngarten, gefolgt von einem Regenbogen, der sich breit, bunt und wie im Buch übers ganze Dorf spannt.

Als Paul schläft, sitzen wir noch mit den Eltern draußen, der Garten nass vom Guss vorhin. Ich trinke ein Nordisch Hell. Carina schweigt, hat starre, stumpfe Augen. Sie geht rein, zieht eine Jacke an, kommt wieder raus und bricht in starkes Weinen aus. Wir gehen hinter das Elternhaus, ich halte sie, sie weint und schüttelt den Kopf und schnäuzt in ein Taschentuch und macht Gesten, als hielte sie ein Kind im Arm. Es kann alles nicht wahr sein. Es regnet nochmal stark, wir stehen unter der Tanne an der Treppe, gehen dann wieder rüber unter den großen Schirm am Tisch. Meine Eltern erzählen ungeschickt von Banalitäten, Carina schweigt und mir fällt es schwer, zu vermitteln. Ich mache noch ein Bier auf, Radeberger aus dem Elternkeller. Carina geht irgendwann ins Bett. Ich sitze noch mit meinen Eltern und erzähle von den Kindern und lalle schon ein wenig dabei.

Tagsüber hatten wir noch eine Karte von der Neonatalogie im Briefkasten, auch sie war ohne Briefmarke, offenbar persönlich eingeworfen. Sofort wieder der Impuls in mir, der Station was zu schreiben. Auch, weil ihre Karte so trostlos wortlos war. Ich werde schreiben, dass Karl eine gute Zeit im Krankenhaus hatte, dass es dort ein guter Alltag für ihn war, dass ich und er dort nah beieinander waren, dass Karl, bis auf seine Mutter, dort nichts vermisst hat. Dass es gut war bis zuletzt. Irgendwie sowas. Ich weiß es nicht. Es gibt keine Worte. Draußen gewittert es jetzt in der Ferne, überm Land hinter der Stadt hier. Ich lege mich zu Carina ins Bett in dem Zimmer, das mal früher, bis vor 20 Jahren, mein Zimmer hier war, in diesem Haus meiner Eltern, in dem doch alles auch irgendwie stark an Karl erinnert – obwohl wir hier gar nicht so oft mit den Kindern waren. Aber ihre Trauer als Großeltern macht auch diesen Ort hier voll von Karl.

Di. 26.07.2022, 07:57
Bohnsdorf, im Gästebett

Aufgewacht mit Bildern von Karl im Kopf. Wie er im Klinikum, auch da kam morgens immer die Sonne ins Zimmer, im Bett steht und mich anlacht. Wie er bei mir auf dem Arm saß und aus dem Fenster schauen wollte. „Dichsie, Dichsie" sagte er immer und zeigte auf das blaue Dixieklo der Elektrobauarbeiter, die draußen vor dem Fenster immer ab sieben Uhr morgens ihre Arbeiten anfingen. Jedes Dixie in der Stadt war ab da dann interessant und wurde benannt und gezeigt.

In Bohnsdorf kühler als gestern, freundlicher Morgen, Sonne, Vorstadtlicht im Dorf. Paul ist gut drauf und erkundet das Haus.

Di. 26.07.2022, 09:51
Bohnsdorf, oben im Bad

Die Psychologin rief mich an. Termin nächste Woche am Dienstag. Was war nochmal genau am 02.08.? Irgendwas war doch? Achja, unser Hochzeitstag, fiel mir erst nach Terminzusage wieder ein. Also gehen wir an unserem Hochzeitstag, um 09:00 zum Ersttermin der psychologischen Beratung nach dem Tod unseres Kindes. Carina telefoniert mit dem Friedhof. Bodo geht gleich nochmal zum Zahnarzt, irgendwas mit den Zahntaschen. Er war kurz nach acht schon da, da war alles voll, er solle später nochmal hinkommen. Er hatte das zwei Wochen verschleppt und nachts war es am Zahn so arg, dass er Schmerzmittel nehmen musste.

Ich gehe duschen. Erstmal kein weiteres Tagesprogramm für heute geplant. Vielleicht S-Bahn oder Fähre fahren, irgendwas, das Paul Spaß macht? Bisher heute nur leise Traurigkeit bei mir und kleine Stiche im Herzen, größtenteils nur Sehnsucht und Liebe darin, beim Anschauen der Fotos von Karl, die sich meine Eltern an ihrem Tintenstrahldrucker ausgedruckt und gerahmt haben. Mein Herz fühlt sich in diesen Tagen an, wie nach schwerem Sport, etwas Druck hinter der Brust, nichts ungewöhnliches, wie ich es manchmal habe, was aber das Gefühl der körperlichen Niedergezogenheit extrem verstärkt. Ist das Kummer oder doch was körperliches an meinem hypertoniegeplagten Herzen, oder ganz genau natürlich beides zusammen? Muss ich jetzt, nach alldem doch weniger gleichgültig mit meinem Bluthochdruck sein, oder ist jetzt eh alles egal? Sollte ich mich *für* Karl mehr zusammenreißen, *für* das Leben? Und machen wir das, noch nichtmal anderthalb Wochen nach seinem Tod, eigentlich nicht sogar ziemlich „gut“? Machen wir das vielleicht „zu gut“, sollten wir nicht komplett in einem dunklen Loch jetzt sein und nicht im Elternhaus in Bohnsdorf, wo die Sonne mir – ich stehe nackt vor meinem Trauerlaptop im Bad – kurz vorm Duschen, durchs Badezimmerfenster im Obergeschoss auf die Brust scheint?

Di. 26.07.2022, 10:12
in meinem ehemaligen Kinderzimmer

Und macht man nicht grundsätzlich sowieso erstmal nicht allzuviel verkehrt, folgt man seinen Gefühlen? Ist es deswegen nicht okay, hier zu sein? Frisch geduscht, halbnackt, Handtuch um die Hüften, den Karlcomputer auf dem Schoß, auf dem Gästebettrand in dem Zimmer, das ehemals mein Kinder- und Jugendzimmer hier war, in das durchs Fenster von draußen die Geräusche, die vorbeifahrenden Autos, das mittellaute Rauschen des Stadtrandbezirks, der eher ein Dorf ist, in genau derselben Art und Weise und Richtung hineinwehen, wie vor 20, 30 Jahren, als ich hier, als Kind und Heranwachsender lebte, lange bevor ich eigene Kinder bekam und eines davon dann an einem Herzinfarkt starb? Ist das alles okay und Karl *würdig*? Ich weiß es nicht, aber irgendwas in mir sagt: ja.

Ich wechselduschte, wie ich es eigentlich seit Jahren machte, nur seit geraumer Zeit kaum noch, seit der letzten Erkältung irgendwie nicht mehr. Das kalte Wasser ist hier auf dem Elterngrundstück noch kälter, so kneifend kneipp-mäßig kalt, weil die Leitungen unten durch den erdkühlen Gartenboden gehen. Gut für mein Herz? Gut für das weitere eigene Leben, in dem wir ab jetzt unseren Karl nicht mehr als lebenden Menschen *bei uns*, sondern als irgendwas Wesentliches *in uns* haben? Ist irgendwas gerade *gut* für irgendwas? Wo ist mein Karl? Ist es gut, da wo er ist? Wenn dieses „da“ meine Gefühle für ihn sind, dann geht es ihm gut, wie es ihm immer gut ging und immer gut gehen sollte. „Gut“, wie er „gut, gut“ sagte beim Essen, wenn ihm was schmeckte.

Unten spielt Paul mit Carina und seinen Großeltern. Karl fehlt. Er hätte so viel Freude wieder hier gehabt, wie zuletzt zu Ostern, als beide hier Eier und Sachen suchten, als beide bei den Mahlzeiten in der Diele in ihren Kinderstühlen saßen, als beide auf dem Dorfspielplatz nur zwei, drei Straßen weiter hier spielten, als beide noch da waren, als Karl noch nicht am Kawasaki-Syndrom erkrankt war, als seine Koronararterien noch nicht so geweitet, sein Herz noch nicht so kaputt war. Als alles noch gut war. Ist jetzt alles schlecht? Ist jetzt alles nur noch halb so gut, weil er, einer unserer beiden Söhne, jetzt tot ist? Nichts lässt sich hier sagen. Alles ist eigentlich schlimm und schlecht, wir müssen es nur irgendwie wieder gut hinkriegen, einfach für Paul, dass er es gut hat, dass es uns auch irgendwann wieder – es klingt absurd – „gut“ geht. Ich will ihn so sehr drücken und halten. Ich will, dass es ihm gut geht.

Di. 26.07.2022, 10:39
auf halber Treppe

Ich creme mir Creme ins schwitzende Gesicht, ziehe das schwarze, schlichte T-Shirt an, das ich anhatte in der Nacht als Karl starb. Dazu die blaue, schwarz fein geblümte kurze Hose, sehe sofort aus wie ein Sommertourist, als ginge ich gleich in die Taverne, klappe den Text hier zu, gehe die Holztreppe in diesem immer noch vom gestrigen Hitzetag warmen Haus hinunter, nehme die vollgekackte Paulwindel mit, die Carina eben gewechselt hat, und gehe raus in den Garten, in dem Oma, Mama und Paul Geräusche der Geselligkeit machen, als wäre ein Sommertag im Garten bei den Großeltern.

Di. 26.07.2022, 12:40
Gästezimmer

Im Garten gesessen. Paul handfegte mit Oma unterm wilden Rankwein am Haus. Die Nachbarin kam vorbei und kondolierte, fand auch keine Worte, drückte uns und wünschte uns Kraft. Mehr kann man nicht machen. Was soll man machen. Was sollen wir machen. Was sollen die anderen machen. Was will man jetzt machen?

Am Gartenteich der steife Reiher. Schon ziemlich angewittert, fast so groß wie Paul, und von der Sonne schon etwas bleich im Kunststoff. Paul schleppte den Reiher zum Schlauchboot und stopfte seinen Schnabel ins Wasser, als würde er tanken. Der Reiher hat Durst. Eines der ersten kleinen Spektakel für Karl in der Krankenhauszeit war der „Heia“. Carina hatte den mit ihm im Teich vor dem Klinikum entdeckt, als sie, nach den ersten Tagen der Isolation auf dem Zimmer, mal eine Runde draußen spazieren konnten. Die Enten sind immer dort, auch die wollte Karl immer sehen, wenn wir draußen mit dem Klinikkinderwagenbuggy herumschoben, der Reiher aber landete nur selten dort, stand dann reglos und versteckt im Schilf, das in den Wochen, in denen wir da waren immer höher und dichter wuchs.

Ich sehe alles genau vor mir, wie ich den kleinen Buggy schiebe und Karl vorne drin herumquatscht, sich dann immer wieder so zu mir hochdreht und grinst und blinzelt, in diesen fast immer sonnigen Mai- und Juni-Tagen vor dem Krankenhaus. Große Stiche, heftiges Vermissen, hier oben im Gästezimmer sitzend, nach dem Mittagessen, kurz auf dem Weg ins Bad wieder doch hier am Laptop, in meinem Karltext gelandet. Wenn die Erinnerungen so klar und deutlich als Bilder auftauchen, folgen immer sofort die klar und deutlich, ölig sich im Körper hin und herziehenden, verzweifelt einen Weg *zu ihm* als echtes, kuschelbares Menschenskind suchenden starken Gefühle. Doch diese Gefühle finden kein Ventil, keinen Auslass, keinen Weg zu ihm. Sie bleiben *in* mir, als *er*, als alles, was ich von ihm noch habe, haben werde.

Nachher kleine Fährfahrt in Schmöckwitz. Vielleicht noch Eisdiele. Irgendetwas für Paul. Spazieren am Wasser, im Sommertag am Rande von Berlin. Am Rande des Wahnsinns, in den einen dieses Leid, dieser entsetzliche Verlust doch eigentlich sofort, unwiederbringlich werfen müsste. Und doch, bisher sind wir noch hier, als Ein-Kind-Familie, als Eltern, die weiter machen, trotz allem, ohne ihn, mit ihm.

Di. 26.07.2022, 14:10
auf der Fähre

Mit dem *„Fährbär"* vom Seeblick rüber nach Krampenburg. Dem Fährmann ist auf gemütliche Art alles Wurst. Kommse einfach alle rinn. Wer 'ne Fahrkarte will, soll eene koofen. Maske: ejal, is ja jut Luft hier. Familienzusammenführung mit meinem Bruder. Paul findet es super auf dem Boot. Ein paar dunkle Wolken, Wind, ansonsten mild. Am Ufer Bungalows, Bootshäuser, bunte Blumen. Bestes Angelwetter. Berliner-Weisse-Wetter. Karl ist nicht da.

Di. 26.07.2022, 15:29
unter Kiefern

Spaziergang durch die *„Interessengemeinschaft Krampenburg"*. Die erdverbundene Schlichtheit der Bungalowsiedlung rührt meine berliner Seele an. Ruine der alten Ausflugsgaststätte. Die krampenburger Bungalowbewohner, man sieht nicht viele, sie sind in ihren Hütten hier, oder, es ist ja Dienstag, gar nicht da, sehen alle auf sympathische Art so aus, wie man sich köpenicker Landzungenlaubenpieper vorstellt: irgendwie zahnlos, aber mit Seele und Biss. Ich stehe mit meinem Bruder still im anlandigen, jetzt doch ziemlich stark in meinen wirren, stumpfen Trauerhaaren zerrenden Uferwind. In der Gaststätte vom Zeltplatz *„Kuhle Wampe"* habe ich ein bisschen das Gefühl, den Laubenpiepern beim Klogang im Weg zu sitzen. Eingeschworene Gemeinschaft. Halbinsel der Halbgeweihten. Ich trinke eine Berliner Weisse, grün, in der Schale. Der Pflaumenkuchen, den der wortkarge Gastwirt hinterm Tresen stehen hat, ist vorzüglich. Saftig, fluffig, pflaumig, keiner Worte bedürftig. Ein Trupp radelnder Rentner, gut gelaunt, durstig, aufgewiegelt und ertüchtigt von ihrer eigenen Entschlossenheit, fit im Leben zu stehen. Sie nehmen ihre Helme nicht ab und beratschlagen und rätseln an der Schiefertafel herum, als würde der Wirt ewig leben. Und dann noch ein großes Hallo an unseren Tisch. Bodo, das ist doch der Bodo, meine Güte, lange nicht gesehen, wie gehts denn so, gut siehst Du aus, was macht die Arbeit, gehst Du noch arbeiten, bist doch auch schon verrentet, oder? Mensch, Sachen gibts. Wie ist der Kuchen?

Auch sie wissen nichts. Wir sagen nichts. Ich schaue weg, als wäre ich vierzehn Jahre alt und ließe mich ungern mit meinen Eltern irgendwo sehen. Der Leichtsinn, die Unbedarftheit, das normale Hallo der anderen Menschen sind kaum zu ertragen. Auf dem Campingplatz Schilder mit Warnungen vor dem Wildschwein. Ich stehe saftlos im Sand auf dem Spielplatz. Paul ruckelt wie ein Duracellhäschen auf dem Wackelnilpferd herum. Oben, über den hohen, bis hoch oben astlosen Kiefern, die regelmäßig dahindüsenden Flugzeuge. Das Leben geht in alle Richtungen, in allen Richtungen, weiter. Seltsam, seltsam.

Di. 26.07.2022, 15:55
zwischen den Ufern

Mit dem Fährbär wieder rüber. Immer 25 und 55 fährt die Fähre von Krampenburg ab.

Di. 26.07.2022, 16:24
im Auto

Zurück nach Bohnsdorf. Am Grünau Hotel vorbei, vom Kablower Weg in die Dahmestraße hinein, passieren wir eine kleine Seitenstraße. Ihr Name sticht etwas in mir. Die *„KARLSTRASSE"* war mir vorher im Ort nie bekannt.

Di. 26.07.2022, 17:44
Bohnsdorf, im Bad oben

Bodo tafelt Kaffee und Kuchen auf, aber niemand will so richtig. Carina fährt zu Ikea, nach einer Kiste für Karls Sachen schauen. Paul und seine Oma gehen raus in den Garten. Ich sitze mit Bodo im Wohnzimmer und wir reden über die Beisetzung und die Unterschiede von Traueranzeigen und Trauerfeiereinladungen. Was man so macht und machen kann, ob und wieviele Fotos man hinstellt, bei der Zeremonie und einem Zusammenfinden danach.

Di. 26.07.2022, 17:53
im Garten

Erdbeeren für Paul. Opa füttert ihn mit den kleinen roten Früchten aus den drei Pflanztöpfen an der Terrasse. *FRAGARIA LORAN, ROSANA, TOSCANA*. Sortennamen wie Duftsorten und Urlaubsorte. Ich bin nicht ganz bei der Sache und denke an unseren Strandtag in Lubmin, in der Woche vor Karls Tod, als wir endlich alle wieder daheim waren und rausfuhren ans Wasser. Unter dem Strandzelt hatten wir Erdbeeren gegessen, pulten die grünen Blättchen ab, hatten saftrote Finger, waren glücklich im Schatten.

Ich denke auch an das Abendbrot bald, und die Stille, wenn Paul im Bett ist und schläft. Dass am Abend dann alles wieder *Karl* in mir ist.

Di. 26.07.2022, 23:04
Bett oben Bohnsdorf

Das egalblöde Dokutainmentgeriesel im Fernsehen, ein Nordisch Hell, jetzt ins Bett. Kühl kommt es von draußen durchs angekippte Fenster, dazu Lagerfeuer- oder schon Heizgerüche? Vorhin Telefonat mit Britta, ihr zum Geburtstag gratuliert, mich für ihre Anteilnahme bedankt. Ihr Bestürztsein ging mir nah. Sie hatte uns, da waren die Kinder noch kein Jahr alt, mit ihrem Mann Roland in Greifswald besucht und, wie sie meiner Mutter gesagt hatte, dass wir den Eindruck von zwei ausgeglichenen, guten Eltern auf sie gemacht hatten, das hatte mich damals und jetzt wieder sehr gerührt. Mit ihrem jüngsten Sohn Levi waren wir damals viel verreist. Wir verstanden uns prima und waren nervige Bengel. Dann hatten uns die Orte auseinandergebracht und wir hatten nichts mehr zu tun miteinander, aber unsere Eltern blieben, beruflich, privat und als Freunde, all die Jahre in Kontakt. Am Kinderbett hängt das Hampelhäschen, das sie uns damals mitgebracht hatten, das schon vierzig Jahre vorher am Bett ihrer Kinder gehangen hatte.

Als Paul im Bett war, saßen wir mit meinen Eltern bei einem zweiten Abendbrot zusammen und schilderten nochmal, genau genommen jetzt das erste Mal in Gänze, den genauen Ablauf der Nacht in der Karl starb. Wie Carina Reanimationsversuche machte, kämpfte wie eine Löwenmutter, wie sie mit Karl ins Krankenhaus fuhr und dort nichts mehr half, wie ich dann mit Paul mit dem Taxi dazukam, wie wir Abschied nahmen von Karl, wie alles so schnell ging, wie alles wie ein furchtbarer Albtraum jetzt in unseren Köpfen ist. Wir weinten am Dielentisch, fingen uns relativ schnell wieder und redeten das übliche Zeug, dass es tröstlich sei, dass es so schnell ging, ihm hoffentlich nicht viele Schmerzen bereitete, er ja bei uns war, undsoweiter, undsofort, und fanden dann, obwohl es wirklich so hart und düster war, all das nochmal aufzuerzählen, hinein in den Rest des Abends, räumten das Geschirr ab, zogen rüber ins Wohnzimmer, machten den Fernseher an, ließen irgendwas rieseln, scrollten durchs Handy, tippten im Laptop herum. An diesem Freitag in der Nacht wird es zwei Wochen her sein. Morgen ist Mittwoch. Es ist alles so nah dran und auch so weit weg. Er, so weit weg.

Mi. 27.07.2022, 09:12
Klo unten Bohnsdorf

Kurz nach sieben war Paul wach und wollte Aufstehen. „Aufschdehn, Bodo, Tine auf!" sagte er und so standen wir alle auf, Bodo und Tine auch, machten Frühstück und saßen im glatten Licht in der Diele. Draußen bewölkt, angenehmes Wetter, die Hitze der Sonne wie rausgefiltert, nur ihre Hellheit wie zur besseren Sicht in die Stadt gestellt. Stadtwetter also. Karl als Gedanke und Gefühl immer dabei, die Trauer heute bis hierher nur hintergründig, eher ein Hinfühlen zu Karl und sich erinnern und denken: „Ach, Du."

Der fehlende Kinderstuhl am Frühstückstisch dann aber doch: furchtbar, ganz schlimm, eine Lücke, ein Loch, ein Schmerz ohne Boden. Bei jeder Mahlzeit. Er fehlt in jeder Sekunde. Er wird auch gleich, bei der immer so seltsam unverplanten Zwischenzeit nach dem Frühstück, sehr fehlen, wenn Paul mit den Bauklötzen im Wohnzimmer rumstapelt, wir uns langsam in den Tag trödeln, man nochmal auf Klo, in die Dusche und durchs Handy geht, bevor wir dann losfahren, in die Stadt, vietnamesisch essen, am Nachmittag zu den Schwiegereltern. Ich freue mich, dorthin zu fahren. Vielleicht denke ich, dass der Ort weniger Karl in mir wachruft, vielleicht tut es auch einfach gut, mit möglichst vielen verschiedenen Menschen all das jetzt zu teilen.

Mi. 27.07.2022, 09:50
Esstisch Diele Bohnsdorf

Paul hatte riesig Freude daran, den Tisch abzuräumen. Er trug die Sachen vorsichtig vom Esstisch in die Küche, *rannte* zurück, um weiteres Geschirr abzudecken, lief dann wieder mit diesem vorsichtigen Kindertippelschritt, freute sich, eine gute Hilfe zu sein. Ich habe das Gefühl, wir finden seit ein, zwei Tagen wieder einen unbeschwerteren Zugang zu ihm, auch weil die Großeltern dabei sind, wir mal aufs Klo gehen, im Handy wischen und uns gehen lassen können. In vielen Momenten denke ich Karlchen immer mit, setze ihn in mein Bild, und denke dann oft, dass das vielleicht ungerecht Paul gegenüber ist, dieses Vergleichen seiner Gegenwart mit uns mit unserer Vergangenheit mit Karl. Würde Karl auch so freudig den Tisch abdecken, oder hätte er auf halber Strecke schon was anderes gefunden, das ihn abgelenkt hätte, das er erkunden und begreifen hätte wollen. Karl: das träumerische Kind.

Paul ruft mich und zeigt mir am Dielenfenster einen kleinen Käfer. Wir lassen ihn raus und ich sage Paul, dass der dort jetzt *schön weiter krabbeln* kann, und meine damit viel mehr als sein sechsbeiniges Freisein im Vorgarten meiner Eltern.

Mi. 27.07.2022, 09:59
Wohnzimmer

Im Wohnzimmer will Paul auf dem Handy Fotos anschauen. Fotos von Karl und ihm und uns laufen übers Display, als rührig animierte Diashowstories. Beim Zusehen Kloß im Hals, eher vor Rührung, natürlich auch aus Kummer.

Mi. 27.07.2022, 10:33
Esstisch, Diele, Bohnsdorf

In der Dusche eben einige dichte Gedanken zu allem gehabt. Jetzt nichts mehr davon da. „Unser Sohn. Unsere Trauer.“ dachte ich so, als Phrase, als Satz, der sagt, dass wir das schon so machen, wie es unsere Weise ist, wie wir es unserem Sohn gegenüber, in uns, und mit unseren Söhnen und in unserer Familie *fühlen*. Und dass Außenstehende keinen Deut hier mitdenken, mitfühlen können, sich zwar versuchen können, da reinzudenken, reinzufühlen, nie in ihrem Urteil aber an das herankommen, was in uns umgeht, was uns was angeht. Anders: es gibt keine Skalen, in denen man Trauer messen und bewerten kann. Jeder trauert seine Trauer. Jeder ist allein und damit frei. In dieser Freiheit kann man sich zusammenzufinden versuchen. Dort entsteht Gemeinsamkeit, Verständnis, Heilsamkeit, vielleicht auch sowas wie Heilung. All sowas hatte ich eben *NICHT* in der Dusche gedacht. Es war viel klarer, heilsamer, als gute, gut sortierte innere Regungen jenseits einer genauen Sprache. Also, gar nicht so schlimm eigentlich, eher gut, gut tuend. Nur leider als Text jetzt vergessen. Aber sicher noch irgendwo in mir drin. Gleich fahren wir los in die Innenstadt. Langehosenwetter, Turnschuhwetter, Mittagsauswärtsessenwetter.

Mi. 27.07.2022, 11:33
im Auto

Im Auto, über Grünau, Köpenick, am Wasser lang, Wuhlheide undsoweiter, raus nach Hohenschönhausen. Paul erzählt und staunt über die Autos, LKW, Kräne, Bagger, Kipplaster, Kleinlaster, Busse, Straßenbahnen. Er freut sich, dass wir uns freuen, wenn er die Farbe des Postautos richtig benennt.

Er zeigt auf die Ampel, an der wir gerade warten und sagt „hoht" für „rot". „Gut, Paul", sage ich, „bei rot musst Du warten, bei grün darfst du...", ich schaue ihn fragend an, „gehn" sagt er – er bringt die beiden, das Selbe meinenden Reime aus den Kinderbüchern manchmal durcheinander. Ich lache und sage „jaa, oder auch STARTEN. Bei rot musst Du warten, bei grün darfst du starten." Paul nickt und sieht zufrieden aus, wie Kinder aussehen, wenn eine Kommunikation geglückt ist. Wir fahren vorbei am Tierpark, am Bäreneingang, traubenweise Menschen davor. 19 Grad zeigt das Autothermometer. Am Montag waren es doppelt so viel. Montag: Hundstag. Und heute: bestes Tierparkwetter. Weiter jetzt zum Don Xuan Center, Mittagessen. Dann in Schwiegerelterns Garten.

Mi. 27.07.2022, 17:39
im Auto

Von Hohenschönhausen zurück nach Bohnsdorf geht es mit dem Auto durch – oh my, oh my: *„KARLSHORST"*.

Mi. 27.07.2022, 17:52
auf dem Adlergestell

Der *„BETRIEBSBAHNHOF SCHÖNEWEIDE"* heißt jetzt: *„JOHANNIS-THAL"*. Alles: immer im Wandel. Die Welt: kennt unseren Kummer nicht. Wir: nur noch zu dritt.

Mi. 27.07.2022, 22:15
Bohnsdorf, Wohnzimmer, auf dem gelben Schaukelstuhl

Nachmittag im Garten bei den Schwiegereltern. Paul hat einen roten Mund von Oma Bärbels Erdbeeren. Ich putze ihn mit den Kindermotivtaschentüchern sauber, die wir im Krankenhaus, am 1. Juni, zum Kindertag, in einer Überraschungstüte geschenkt bekommen hatten. Dabei war auch ein kleiner Umkrempeloktopus, der auf einer Seite fröhlich, auf der anderen grimmig dreinschaut. „Fröhlich, grimmig, fröööhlich, grimmig" sagte ich und krempelte an dem türkis-lila Stoffkraken herum, während Karl auf dem Wickeltisch giggelte und kicherte. Manchmal fand er Wickeln doof und wand sich und strampelte auf dem Wickeltisch, der im Krankenhaus viel kleiner als bei uns Zuhause war. Da war es gut, wenn man ihn mit irgendwas beschäftigen konnte. Der Minikraken kam eine Zeit lang gut an. Die Papiertaschentücher mit den bunten Lamas drauf hatten wir nie geöffnet. Ein kleiner Karlstich in meinem Herzen jetzt, während ich Paul in Schwiegerelterns Garten mit dem Lama am Mund rumwische. Paul riecht an der gelben Blüte, die auf dem Tisch in einer kleinen Vase steht, eine Margerite vielleicht. Paul schnüffelt laut hörbar, schnüff, schnüff, wie es Hase Valentin im Hasenbuch macht. Er hat eine gelbe Nase vom Blütenstempel. Im Don Xuan Center aßen wir das erste Mal seit bestimmt zwei Jahren wieder. Vor den Kindern waren wir dort oft, wenn wir in Berlin zu Besuch waren. Paul hatte gut und viel gegessen und sich mittendrin an einer langen Nudel verschluckt. Kurz bisschen Angst und Aufruhr und Aufdenrückenklopfen. Aber er fing sich schnell wieder und holte die Nudel mit seinen Fingern aus dem Hals, wie ein Zauberer ein Schleifenband.

Ein Spaziergang durch die Sparte. Die Hochspannungsmasten brummen, das Windrad und ein Kran stehen still. Hinter den Bäumen Baumaschinengeräusche und sandgelber Staub. Der Friedhof ruft an. Termin für die genaue Grabplatzwahl nächste Woche Mittwoch. Termine, Termine, Termine. Auch mit dem Tod. Paul hat die Windel voll. Zurück in den Garten, Wickeln, Kaffee und Kuchen, Plaudern und Schweigen. Ich döse so vor mich hin, denke wieder an etwas wie einen Ring für Karl an meinem Finger, google kurz im Internet nach schlichten Ringen und suche dann nach Anzügen, denke aber, dass ich was passendes zuhause im Schrank haben sollte. Ich habe ungefähr drei ungetragene, geradezu farbenfrohe, mindestens ziemlich karierte Anzüge im Schrank, die ich dann und wann mal kaufte, im Sale, mit der Idee, dass ich die irgendwann bestimmt mal anziehe, für ein Promofoto, für einen Aufritt, für einen Ausritt in abendliche Vergnügungen, die ja seit den Kindern *noch* seltener geworden waren, als in den letzten Jahren ohnehin schon. Aber, genau genommen war ich vor den Kindern schon für zwei Leben genug ausgegangen. Ich hatte das seit den Kindern nicht wirklich vermisst. Meine ein, zwei Biere, manchmal auch ein drittes, abends und nachts Zuhause, reichten mir, am Schreibrechner, beim Musikmachen oder einfach so, beim Serienglotzen oder anderen passiven Abendaktivitäten. Ich war gut reingewachsen in das Leben als Vater und Freund des leisen Feierabendglücks.

Die Sonne kommt raus. Schrebergartenwetter. Oma Bärbel schenkt einen Erdbeerlimes ein. Opa Eckhard tobt mit Paul um den Apfelbaum. Zuletzt waren wir hier zu Ostern, alle vier, mit unseren beiden Kindern. Karl würde sich jetzt ein Buch anschauen mit Oma, vielleicht auch ein bisschen toben, aber nicht so viel, eher in seiner Teddyart auf der Wiese sitzen und an irgendwas rumpolken, aus seinem Sonnenschlapphut, mit dem er aussieht wie ein Angler, ab und zu mal einen Kontrollblick richtung Eltern blinzelnd. Es wäre so schön für ihn hier, in diesem Julitag in Berlin. In diesen hitzigen Hochsommerwochen, ja sogar in diesem weltpolitisch so beängstigenden Jahr, in seinem Leben als Kind, als heranwachsender Mensch, als unser lieber Sohn. Aber er ist nicht da und während ich das schreibe, werde ich wieder bleiern, antriebslos, so unendlich traurig und bekümmert, ihn wie wahnsinnig vermissend. Den Tag über ging es. Ich war nur ziemlich still und im Innenleben auf einer Kurve ohne besondere Ausschläge in irgendwelche Richtungen. Ich floss so durch den Tag.

Irgendwann dann fuhren wir, Paul schlief natürlich im Auto ein, zurück nach Bohnsdorf. Durch den schönen Wolkensommer Ostberlins, vorbei an Lichtenberg, Friedrichsfelde und, auch das noch, alle Orte verweisen wieder auf ihn: *„KARLSHORST“*.

Karl ist überall.

Vielleicht morgen in der Innenstadt mal zum Friseur?

Mi. 27.07.2022, 23:35
im Bad oben in Bohnsdorf

Ein bisschen fühlt es sich heute an, als wären wir verreist ohne Karl. Als träfen wir ihn bei der Rückkehr wieder. Was Quatsch ist, weil wir wären nie ohne Karl verreist.

Das Foto, das meine Eltern unten auf der alten Kommode im Wohnzimmer zu stehen haben, ist von Mitte Mai. Man sieht meine karierte Brightonhose darauf. Ich sitze auf dem schräg gestellten Krankenhausbett, Karl sitzt zwischen meinen Beinen und lächelt und hält das Schaf im Arm. Man erkennt die angemalten Küken hinten an der Wand. Sie lassen Drachen steigen. Zimmer 13 in der 11.2-A. Das Zimmer sieht schon ziemlich bewohnt aus. Carina war schon eine kleine Weile mit Karl dort, bis ich sie dann, am Tag dieses Fotos, abgelöst hatte und sie dann mit Paul zuhause war. Das Licht im Zimmer ist hell und freundlich, nicht krankenhauskalt, aber sauber und klar, wie eine gesunde Umgebung. Auf dem Krankenhauszimmertisch, unter den Küken, ein schönes Blumenbouquet. Ich weiß noch, wie es schön war, wieder bei Karl zu sein. Am selben Tag gingen wir nachmittags raus, ins Arboretum. Auf den Fotos davon sieht der Frühling satt und grün aus, lichtes, lindes Leben überall, ich sehe ziemlich zerrupft aus, als käme ich von einem Festival, dabei war ich einfach eine Weile ergrippt und hatte mich nachts mit Ibuprofen fit gehalten, um ein paar Sachen zu schaffen, bevor ich ins Krankenhaus ging. Karl sieht etwas blass und nachdenklich, aber nicht unglücklich aus. Ich spüre mich zu dieser frühen Zeit im Krankenhaus hin. Da war alles noch gut. Da war die Krankheit noch am Anfang und das Leben im Krankenhaus war bestimmt vom hoffnungsvollen Ausblick nach vorn, dorthin, wo so ein Krankenhaus doch hinführen soll: ins Gesundwerden. Ich spüre, wie ich mich mit diesen Erinnerungen an diese *besseren Zeiten* klammere, wie ich mich in diesen Erinnerungen und dem Zustand, den sie in mir aufmachen, gern aufhalte.

Er war so ein hübsches, fröhliches, im Kontakt mit Erwachsenen so ausgeglichenes, ausgleichendes Kind. Er liebte sanfte An- und Zusprache und kuschelte gern. Er konnte natürlich auch schimpfen, zog sich bei Wutanfällen manchmal an den Haaren, an die er mit den kurzen Kinderarmen gerade so herankam, er warf sich manchmal regelrecht rücklings hin und bockte herum, und er fand es lustig, dass die sieben Hasen im einen Hasenbuch auch „bockig“ sind. „Bockeh“ sagt er dann und zeigte auf die Hasen und lachte.

Immer wieder diese Angst, dass alle diese Erinnerungen mir abhanden kommen könnten. Auch wie es sich anfühlte, ihn zu halten und zu heben und zu tragen, die Schwere seines Körpers, die Art, wie er sich immer beim Tragen eher mit den Achseln in den Händen hängen ließ, anders als Paul, der sich immer eher steif macht, den man eher an den Seiten des Brustkorbs hochhebt, die Art, wie Karl mit seinem Hintern auf dem Unterarm saß, wenn man ihn seitlich trug – all das ist jetzt schon spürbar nicht mehr so präsent, in meinem Kopf und im Körpergedächtnis. Auch eine Schutzarbeit des trauernden Körpers? Eine Phase der Trauer? Ein Loslassen durch Unscharfwerdung der Erinnerungen? Oder einfach nur müde, so müde, vom täglichen Weitermachen mit all diesem Kummer innendrin, mal mehr mal weniger an der Oberfläche, im Hals als Klöße und Zuschnürungen, im Gesicht als Tränen und Furchen, im Herzen als furchtbar fließendes Blei.

Oder, nochmal das von weiter oben anders gedacht: als wäre Karl – und nicht wir – jetzt *auf Reisen*. Nicht als ein Transzendieren irgendwo anders hin, nicht aus der Idee heraus, dass der Tod ein Übergang sei, wohin soll er denn auch gehen, er soll doch irgendwie hier bleiben, auf welche Art auch immer, oder soll man die Gestorbenen loslassen, ihre Wege wehen, rüber, raus und woanders hin hingehen lassen, aber das wäre doch Quatsch, als Eltern lässt man seine Kinder nicht einfach so *gehen*, man lässt ihnen natürlich so viele Freiheiten wie fürs Glück nötig und möglich, aber man schreit an jeder Straßenkreuzung, dass sie – halt, stop! – stehen bleiben sollen, also lässt man das tote Kind auch nicht einfach so in ein Wegwehen weggehen, das fühlt sich nicht richtig an – es ist müßig, aber man erlebt sich immer wieder durch solche Ideen, Bilder und Phrasen krauchend. Aber irgendwie klingt es gut – auf Reisen – als hätten die Welt und alles darunter und dadrüber noch was für ihn parat, als wäre er eben nicht ganz weg. Als stünde, wie bei Holly Golightly, auf einem Klingelschild, das zu ihm gehört, das zu ihm hinführt: *„Auf Reisen"*?

Und dann gehen die Finger doch von den Buchstaben, es ist still, keine Taste klackert, man fragt sich, wo das kaputte Bild mit dem Capote-Klingelschild jetzt herkam, und das Kind ist nicht da. Und man hält inne, lässt ab vom Text, weiß nicht, was los ist, versteht sich selber nicht, und weiß nicht mehr wohin.

Mi. 27.07.2022, 23:44
Gästezimmer, Bohnsdorf

Ich tapere ins halbdunkle, nur vom Leuchte-Ei, auch so eine Anschaffung der frühen Kinderzeit, warmgelb erahnbare Zimmer, hin zum Gästebett, funzele mit dem Handydisplay in das daneben stehende Kinderbett, in dem Paul mit seinem Kuschellöwen so friedlich schläft. Ich streichle ihn und lege den Nuckel, den er nicht im Mund hat, in die Nähe seines Kopfes. Damit er ihn im Halbschlaf, falls er ihn braucht, leicht findet. Ich krieche unter die Bettdecke und merke meinen Blutdruck, der von der Flasche Rotkehlchen beim Schreiben eben auf dem Schaukelstuhl, wahrscheinlich erhöht ist. Ich bin zu faul, runter ins Erdgeschoss, zu meiner Umhängetasche zu laufen, in der die Betablocker sind.

In ein oder zwei Stunden wird Paul nachts aufwachen, wie immer, und nochmal Milchdurst haben. Das Dorf draußen sagt nichts, Carina ist am Handy eingeschlafen, Karl und sein Schaf, ja sogar sein Kinderbett sind nicht da.

Do. 28.07.2022, 01:06
Gästezimmer, Bett, Bohnsdorf

Ein Uhr, Paul will eine Nachtmilch. Ich tapere runter, in die Küche meines Elternhauses, rühre eine Milch an, reiche sie Paul, der sie sich mit geschlossenen Augen nimmt und mechanisch in den Mund steckt. Ich gehe ins Bad, pinkeln, wie ich es nachts immer ein, zwei mal mache.

Durchs Badfenster, über den Grundstücken in Richtung Waltersdorfer Straße steht der Nordstern, hell und funkelnd, wie es Sterne dem Sprichwort nach tun. Die anderen, die endlosen kleinen, spitz und in Vielzahl in den Weltdeckel installierten Sterne *funkeln* ja nie richtig, sie stecken einfach wie Nadelköpfe im dunklen Tischtuch, das da oben lakritzschwarz hingespannt ist. Den Nordstern konnte ich als Kind schon ausmachen. Kassiopaia, Himmels-W, Kleiner Wagen, ich wusste bescheid.

Ich muss an das Zitat von Saint-Exupéry auf der Kondolenzkarte der Kita denken und fühle mich gut damit. Die Kita hatte ein gutes Händchen bei der Auswahl der Motivkarte mit dem silbermetallic eingeprägten Michelangelo-Zitat vorne drauf und dem handgeschriebenen Kleiner-Prinz-Zitat innendrin, das sinngemäß besagt, dass jener funkelnde Stern ein von dort oben herunterschauender, lachender Jemand ist. Das ist eine schöne Art der Sicht dieser Dinge und ich stelle mir vor, dass dieses Szenario vielleicht auch was für Paul sein könnte, dafür, wie man ihm die Situation und *was* und *wo* Karl jetzt ist, ein bisschen ausmalen könnte. Wir wollen die Dinge schon irgendwie beim Namen nennen, aber vielleicht ist etwas Poetisches dann doch gut, für so etwas, das für uns Erwachsene fern guter Worte ist und das in einem Kleinkindkopf noch keinen Namen kennt. Ich muss, da so am Fenster zum Nordstern stehend, auch an die Aura des Dorfes und dieses Gartens in der Nacht hier denken. Wie ich oft nach Konzerten, die ich ein, zwei Mal im Jahr in der Stadt hier spielte, meist im Frühjahr, ziemlich besoffen schon, nach endlosem Nachtbusgejuckel, dann immer noch eine kleine Momentweile im Garten meines Elternhauses stand und in den so angenehm von allen Nebengeräuschen befreiten, aufgefalteten Klangkörper der frühfrühlingshaften, oft schon von Morgenvögeln langsam aufbrechenden Dorfnacht hineinhorchte, mich das Grundbrummen der Welt unterm, wie für den Hall hochgezogenen Deckel als was ganz Genaues kurz erreichte.

Dass das auch wieder eine andere Zeit war, vor den Kindern. Vor Karls Tod. Eine auch irgendwie trostlose Zeit, manchmal nur melancholisch, damals noch nicht wirklich angekommen in irgendwas, das mein Leben war. Draußen bewölkt jetzt, ziemlich kühle Julinacht. Ich gehe wieder ins Bett. Paul hat die Flasche ausgetrunken, sie neben sich aufs Bett fallen lassen und sich bäuchlings hingedreht, um seinen tiefen Kindschlaf weiterzuschlafen, noch hoffentlich bis mindestens sieben Uhr morgens.

Do. 28.07.2022, 09:32
oben im Bohnsdorfer Bad

„AUF REISEN“. So hieß mal ein nie veröffentlichtes Lied von mir. Auch das dazugehörige Album trug das als Arbeitstitel. Auch das war vor Jahren. Vor den Kindern. So 2005, 2006 irgendsowas. In diesem Sommer, in dem ich so durchhing und endlos lang an *„FRÜHSTÜCK BEI TIFFANY“* herumlas, bis das kleine alte Taschenbuch in der Mitte durchriss. Ich war zerfranst, versuchte so viel wie möglich zu lesen, verstand aber nur die Hälfte und behielt, so hatte ich damals gedacht, noch viel weniger. Dass es beim Lesen nicht zuvorderst ums Verstehen und Behalten geht, dass diese Dinge erst entstehen und *vorgehen*, wenn man sie nicht herbeizuzwingen versucht, war mir damals noch nicht ganz klar. Auch meine Musik war noch nicht so offen, wie später. Ich kam mir vor, wie der Blödmann, den es in mein Leben verschlagen hatte. Ich wusste nicht, was ich wollte, wusste aber schon ganz gut, was ich nicht wollte. Ich schrieb im frühen Internet Tagebuch, es war eine kleine Community, es gab dort andere kaputte Textausschüttende, man ließ einander teilhaben am jeweils eigenen Leben, von dem jeder glaubte, dass das noch gar kein richtiges Leben sei. Wir waren jung und dumm, im Nachtleben waren die Orte des Lichts, und manchmal hielten die Texte sie hell. Hunderte Seiten, irres, wirres Schreiben. Prägende Jahre. Tiefe, lange, alkoholhaltige Nächte. Verschlafene Tage, endloses Driften, Formierung und Freiwerdung. Das Buch gehört irgendwie, als mit Tesafilm geklebte Sammelstelle alter Flyer, zu dieser Zeit. Als es mir auch nicht so gut ging, als Anfangzwanzigjähriger mit den lächerlichen Problemen eines Anfangzwanzigjährigen. Das wirkt alles so lachhaft jetzt, da man das Schlimmste im Leben erlebt hat, das man als Eltern erleben kann. Draußen Sonne, das Plätschern der Gartenteichpumpe und die durstige Taube im Baum. Sofort habe ich Karls flötiges „Huhuu“ im Ohr. Ich stehe im Badezimmer, die Geräusche des Sommers kommen durchs Badfenster auf Kipp.

Bodo kommt vom Zahnarzt. Wir aßen Frühstück, dann hatte ich eben Paul gewickelt, jetzt duschen, nachher bald in die Stadt.

Heute wieder sehr kraftlos. Auch irgendwie zu antrieblos, hier was reinzutippen, die Raserei des Sichzukarlhinschreibens und des reinigende Gedonner, diese eigenen, so unfassbar schweren, bisher nie gekannten Gefühle wegzutexten, der blinde Schockwahn der ersten Tage ist abgeebbt. Schwer und sackig saß ich am Frühstückstisch. Auf der Ablage hinter der Dielenbank steht die Karte, die wir damals zur Geburt unserer Kinder geschickt hatten. Paul wollte sie anschauen. „Paul, Karl, Bebi" sagt er. Das „Karl" spricht er immer mit langem „a" aus – wie „Kaahl". Sein Name fällt immer wieder, von Paul und von uns. Was gut ist. Weil sein Name ihn meint. Weil das Wort ihn bedeutet.

Do. 28.07.2022, 10:04
Bohnsdorf oben im Bad

Nach dem Duschen trockne ich die Fliesen und die Glasscheibe mit dem Duschabzieher, wie ein richtiger Erwachsener, creme mich ein, merke, dass ich mich doch rasieren wollte, wasche die Creme unwirsch wieder ab, hobele mit dem Elektrorasierer über diesen spärlichen Bartwuchs eines vierzigjährigen Jungen, sehe aus, als hätte man mir Fliegenbeine ins Gesicht geworfen, wasche das Waschbecken aus, salbe mein rasurrotes Gesicht samt Hals dann wieder ein, verstaue den Rasierer in seinem Reiseetui, ziehe behutsam den Reißverschluss zu, wie ein feiner Mann *auf Reisen*, und mir fällt dann kurz ein, dass ich, wenn schon nicht jenes Album, so doch ein Stück namens *„AUF REISEN #2"* ja doch damals veröffentlicht hatte, im Jahr 2009 auf diesem Sampler, den ich mit drei Freunden kuratiert hatte, eine #1 gibt es bisher nicht offiziell, ich bin ein Anhänger des Seriellen, Freund der Weglassungen und Kontinuitäten, ich denke also kurz an dieses alte Lied, schaue dann mein sonnengerötetes, übermüdetes, vom Trauern doch irgendwie sehr verdüstertes Gesicht im Spiegel an, überlege, ob es essentiell anders aussieht als die sonstigen oder die früheren, zum Beispiel vom chronisch melancholischen Saufen und Sinken damals an mich gemalten und in mich reingemahlten *Fertigkeiten*, finde aber in meinem Ebenbild keinen guten Grund irgendeiner Erkenntnis, ziehe mich an und gehe runter, wo ich Paul schon erzählen höre.

Do. 28.07.2022, 13:54
Kollwitzplatz

Friseursuche mit Google Maps. Es ist sehr nervig. Beim Suchen von Fotos, wie ich mal aussah und vielleicht wieder aussehen wollen könnte, um sie gegebenenfalls dem Friseur zu zeigen, stoße ich auf einen Strom von Karlfotos in meinem Handy in der vom Handy angelegten Kategorie „Personen". Karl, ganz viel Karl aus den letzten Monaten. Mein Handy weiß nicht, dass alles die selben Karls sind und sortiert das als verschiedene Personen ein. Kloßwallung im Hals, während ich da so, wie anscheinend alle Eltern hier auf dem Spielplatz am Kollwitzplatz, im Handy rumwische wie ein Gestörter.

Davor gutes Schawarma und Köfte im Imbiss ums Eck. Es ist schön hier. Der Kiez sieht aus wie Berlin und riecht wie Berlin, aber man merkt, dass das Leben hier Geld kostet. Der Wohlstand der Ökoeltern erscheint mir selbstgefällig. Das Lebensglück der anderen ist mir suspekt. Ich fühle mich fremd, aber vielleicht auch eher, weil ich ohne Karl hier bin. Ich sehe aus, wie ein Computernerd mit meiner verlotterten Nichtfrisur und finde einfach keinen Friseur hier. In irgendwelchen Drittanbieterportalen im Internet kann man Zeitfenster anwählen für Friseurläden, die nicht mal eine eigene Webseite haben. Ich bin verwirrt und rufe bei jenem *Cut & Go* in der Kastanienallee an, von dem ich glaube, dass es der ist, bei dem ich damals manchmal war, als alle noch *Cut & Go* hießen, als das anfing mit diesen Discounterfriseuren. Nix frei, schönen Tag noch, danke, tschüs. Wo ist die nächste Einkaufspassage, wo ist der Arkadenfriseur ohne Anmeldung? Ich will keinen Sekt, keinen Kaffee, ich brauche nur neue Haare und ich will meinen Karl wieder haben.

Paul buddelt allein im Kollwitzsand. Bruderloses Buddeln, als das plötzliche Einzelkind von zwei derangiert und unfrisiert im Glückskiez hockenden Trauereltern schippt er da herum. Es ist zur Zeit alles sehr anstrengend. Mit beiden Kindern zusammen war alles leichter. Was soll das überhaupt mit dem Friseur jetzt?

Do. 28.07.2022, 23:55
Bohnsdorf, Stube, Stubentisch

In irgendeinem Hauseingang war dann doch noch ein Friseurtermin frei. Die einzige Kundin war gerade fertig, die Friseurin schüttelte sie gerade aus dem Friseurumhang heraus, als wir zur Tür hereinkamen und fragten, ob heute noch was möglich sei. Ich komme zuerst ran und Carina schiebt mit Paul draußen herum. Direkt in mir wieder dieses komische Friseurgefühl von früher. Eine kleine Beklemmung im Stuhl, auf dem man mit Fußtritten hochgepustet wird. Eine idiotische Unbeholfenheit im Smalltalk. In der Jugend konnte ich meinen eigenen Anblick im Salonspiegel nicht ertragen. Ich war mit einem CD-Cover einer Jugendband damals zum Dorffriseur gegangen und hatte gesagt, dass ich so ähnlich aussehen will, wie die Leute darauf, wobei ich mir sehr bescheuert vorkam, wie jemand ohne eigene Ideen, wie ein Teenager mit Idolen. Die Friseurin sagte dann, als ginge mein Haarwunsch gegen ihre Berufsehre, dass das eher eine Frisur *für Frauen* ist, was ich mir da vorstelle. Sie schnitt an mir herum, als stähle ich ihre Zeit, und ich verließ den Laden, toupiert wie eine schrille Tante. Sie hatte aus den coolen asymmetrischen Haaren der identitätsstiftenden Musikgruppe eine aufgepustete Gabi-Frisur gemacht. Ich brauchte eine gewisse Zeit, bis ich, der fünfzehnjährige im Selbsthass badende, mit den neuen Haaren umgehen konnte und sie richtig zurechtzuwuscheln wusste. Alle solche Teenagersorgen, diese zehrenden Zeiten der Ichfindung waren dann mit den Jahren des wilden Lebens, vor den Kindern, mit endlich eigenen Ideen eines richtigen Lebens irgendwann verflogen. Und dann, mit den Kindern, war sowieso alles anders. Man war als Mensch in neue Sphären von Verantwortungsbewusstsein, Fürsorge und Sorge um den Mitmenschen, der die eigene *Brut* ist, geworfen. Ich war als Mensch weiter gewachsen, an und mit den Kindern gewachsen.

Und jetzt: ist man nach dem Tod seines Kindes dann, im Wortsinne: *komplett fertig*? Da geht ja nichts mehr drauf. Das Leben ist durchgelevelt. Für Karl jedoch nicht. Er hätte noch so viele Level zu leben gehabt. Er war viel zu früh fertig mit dem Leben gewesen. Er war perfekt so wie er war, aber er war überhaupt noch nicht fertig, da hätte noch was kommen sollen.

Die Friseurin weiß nichts von Karl und meiner Jugend. Wir reden kaum und ich trinke keinen Kaffee. Dann ist Carina dran. Paul schläft jetzt im Wagen, meine Haare sind mir egal, ich schiebe uns in einen Rossmann, kaufe was zu trinken und ein paar Drogeriewaren, als wären beide Babies hier.

Danach besuchen wir Janka. Paul spielt in ihrer großen Wohnung. Wir essen und quatschen bis dreiviertel zehn. Zurück durch die wunderschöne Berliner Autonacht und ihre Lichter, die sie um unser Schunkeln herumperlt. Ich denke an Kindheit. Wie ich es als Kind damals immer liebte, dieses aus allen Zeiten enthobene Rausstarren aus dem Fenster vom Rücksitz, bei einer spätabendlichen Heimfahrt, wenn wir bei Freunden meiner Eltern zu Besuch waren und die Berliner Nacht ein weicher Teich war.

Paul schlief natürlich im Auto ein. In diesem innen so verschrullt verdunkelten Second-Hand-Shop in der Kastanienallee hatte ich am Nachmittag, aus der Bücherkiste draußen, für einen Euro *„Mutter werden"* von Phyllis Chesler gekauft. In Tagebuchform berichtet sie darin davon, wie sie Mutter *wird.* Sie hat aufgezeichnet, was es mit ihr und ihrer Umwelt gemacht hat, was sie aufgegeben und bekommen hat, wie es sie hin- und hergerissen hat. Wie es war, ein Kind in die Welt hinauszutragen. Ich habe kaum einen Satz drin gelesen, aber ich fühle mich dem Thema nahe. Die Tagebuchform erscheint mir gut, als Form des ersten Buches, das ich kaufe, nach Karls Tod. Vielleicht wird ja dieses Trauertagebuch, mein Karltext hier, wenn alle Trauer ausgetextet ist, sie so in Worten hingeballert, ihre erschlagende Trostlosigkeit verliert, zu einem Lebensbuch über meine neue Zeit, *mein neues Leben* mit meinen beiden Söhnen, von denen einer leider viel zu früh gestorben war.

Im Fernsehen Inas Nacht. Ich lausche nebenher immer mal wieder kurz hin und ihr rauchiger Frohsinn erzürnt oder erschlägt mich nicht mal. Ist das auch wieder eine Phase des Übergangs in eine andere Phase der Trauer? Wieder so müde jetzt, einfach auch äußerst müde von der Stadt und der Sonne, vom Leben nach seinem Tod. *„Die Geschichte einer Verwandlung"* ist übrigens der Untertitel von Cheslers Buch.

Fr. 29.07.2022, 10:18
im Klo unten

Mit Socken in Zehentrennern war ich zum Auto geschlappt und hatte den Beutel mit den Sachen von Janka geholt. Sie hatte uns gestern noch Klamotten und Kinderspielzeug mitgegeben. Dann spätes und ausgedehntes Frühstück. Paul schlief bis kurz vor neun. Wir saßen und redeten, bei Brötchen, Mangolassi, gezuckerten schwarzen Johannisbeeren, über Leben und Arbeit und Job, wie früher, vor den Kindern, als wir als kinderloses, mitteljunges Pärchen hier zu Besuch waren, sie Studentin, ich in der Luft. Frühstücksgespräche, die so leicht dahinwabern, ab und an geht wer auf Klo, kocht neuen Kaffee, sowas. Irgendwann abräumen, langsam in den Tag gleiten. Kleine Andeutungen von Leichtheit, als wäre ein Morgen eines freien Freitags. Und trotzdem: immer die Lücke. Karl ist nicht da. Gerade weinen wir seit ein, zwei Tagen nicht. Immer nur Klöße im Hals, Schnüre um den Hals, Stiche im Herzen, Schwere im Atmen. Dazwischen sowas wie ganz normaler Tag. Paul spielt und beschäftigt sich ganz gut selbst. Heute, es ist wieder ein paar Grad wärmer geworden, ins Freibad Grünau. Alltag für Paul. Planschen mit Paul. Vielleicht Pommes. Und ab jetzt immer alles ohne unser wunderbares zweites, erstgeborenes, zwei Minuten älteres Kind: ohne Karli.

Auf dem Klopapier steht ein bescheuertes schlaues Sprüchlein. *„Das Beste in meinem Leben bist Du“*. Alle paar Blätter mal sondert die Rolle diese Worte ab. Dazwischen niedliche Bilder von Blumen, Herzchen, Hunden und Katzen. Ich frage mich, warum meine Eltern *Motivklopapier* haben, und denke dann, dass es wahrscheinlich im Angebot war.

Fr. 29.07.2022, 11:42
im Badezimmer

Duschen. Das Salbeideospray das ich gestern im Rossmann kaufte. Anziehen. Ansprühen. Runtergehen. Ich rieche wie Saunaholz. Ein neuer Geruch.

Fr. 29.07.2022, 11:57
wirr im Haus

Meine Mutter und Carina machen mir Vorwürfe wegen meines desolaten Finanzhaushaltes. Das Arbeitsamt will Geld von mir zurück, weil ich ein paar Mucken noch nicht ordnungsgemäß gemeldet hatte. Das sei doch nicht so schwer, das kann man doch anmelden, sagen sie mir eindringlich, als wäre ich ein Volldepp – der ich in allen bürokratischen Dingen natürlich auch bin. Das Gespräch, in das wir aus einem einfachen Rumsitzen draußen am Gartentisch irgendwie so reingeschlittert sind, kocht hoch. Ich sage, dass das für so ein Thema echt der falsche Zeitpunkt ist. Und was ist überhaupt mit der Steuererklärung, fragt man mich. Ich fühle mich in die Enge getrieben und rechtfertige mich ungelenk, sage, dass ich all das nach dem Krankenhaus machen wollte, wenn sich alles wieder normalisiert hätte. Aber jetzt ist Karl ja tot, jetzt kann ichs ja alles prima machen, entfährt es mir laut, höhnisch und hilflos. Ich bin aufgebracht und renne ins Haus, wie ein bockiges Kind. Furchtbar alles. Kleines Weinen wegen Karl oben im Gästezimmer. Die Härte und Normalität von Leben und Geld deprimieren mich, sind mir gleichzeitig auch furchtbar egal. Ich will nur, dass Karl nicht tot, sondern hier ist.

Fr. 29.07.2022, 12:39
in der Stube

Leere Zeit in der Stube vor dem Mittagessen. Carina und ich sitzen rum. Paul spielt mit Autos. Er sieht das Krankenhausfoto von Karl auf der Kommode und sagt „Karl, Aua-Weh“. Sofort schnüren sich unsere Hälse zu. Wir sagen sowas wie, „Ja, Karl hatte ein großes Aua-Weh“, eine unbeholfene Pause, „Budha“ sagt Paul, „Ja Karl ist dein liebes Brüderchen“ sagen wir, etwas ratlos, was noch zu sagen sei. Paul nickt und spielt bald wieder mit den Autos und den Klimperinstrumenten, die uns Janka mitgegeben hatte. Dann ist das Mittagessen fertig.

Fr. 29.07.2022, 14:05
im Bad oben

Ich putze mir die Zähne, trage die Haarcreme auf, die ich im Krankenhaus trug, schaue mich im Spiegel an, nehme eine lose Wimper von der linken Wange, mache das Fenster auf, puste die Wimper von meinem Zeigefinger und denke einen Wunsch.

Fr. 29.07.2022, 15:29
Strandbad Grünau

Geparkt bei *Hanff's Ruh*, fußwärts, mit schlafendem Paul im Kinderwagen, durch den Wald zum Strandbad Grünau. Neue Betreiber, neues Konzept, nur

Kartenzahlung, Clubflair und abends auch mal laute Musik. Ein Scheiß alles. Wann war ich das letzte Mal hier, zum Baden? Es muss mehr als zwanzig Jahre her sein. Irgendwann Mitte der 2000er war ich dann nochmal hier, nachts auf dem Heimweg aus der Stadt kommend, vielleicht war das sogar in meinem halben Zwischenjahr zurück in Berlin, hier noch bei einem Rave gelandet, ich glaube auch dazu steht was in meinen damals noch geschriebenen, tagebuchartigen, tausend Tonnen hingedonnerten Täglichtexten.

Paul ist uns in den letzten Tagen wieder sehr nah geworden. Wie tapfer er mit uns durch diese harte Zeit gerade geht. Was er alles aushalten muss. Unsere Ratlosigkeiten, unser Ungehaltensein, diese Leere in unseren Gesichtern, dieses Weinen, das Fehlen von menschlicher Präsenz. Das Fehlen von Karl. Im Spiegel von Pauls Temperament erinnere ich mich an Karl, als den kindlicheren, verträumteren, unbedarfteren, vielleicht unschuldigeren Jungen. Aber so langsam entdecke ich auch den goldigen Kleinkindzauber wieder bei Paul. Er ist anders verspielt. Aktiver und actionorientierter. Er will sehr viel mit uns machen. „Mama mit. Papa mit" sagt er. Er will uns behalten. Er will uns bei sich halten, will nicht, dass wir weggehen, in allen Wortsinnen. Er benötigt Sicherheit und wir verwenden alles an Kraft, ihm die irgendwie zu vermitteln, als Eltern, die bei ihm sind. Manchmal wird die Erinnerung an die Art, wie Karl mit uns redete, uns ansprach undsoweiter, schon etwas unschärfer. Was ein bisschen auch das Loslassen leichter macht, vielleicht, denke ich, und weiß nicht was dieses Denken soll. Draußen 29 Grad und obenrum unbewegte, große Wolken im Himmel.

Fr. 29.07.2022, 19:31
Küche im Elternhaus

Im Strandbad die glücklichen Eltern mit den glücklichen Kindern. Manchmal denke ich, es wäre leicht, innen so düster wieder zu werden, wie ich es vor den Kindern manchmal war, so enttäuscht von den Menschen, so vergraben, ans Depressive grenzend melancholisch, einfach auch sehr, sehr gern allein mit dem was *in mir* ist.

Aber ich bin weiterhin stark und voll von Liebe, auch wenn mein einer Sohn, der daran Teil hat, dass es diese Liebe gibt, nicht mehr lebt. Meine Eltern sind zu einem lange schon gebuchten Festival. Wir sind zu dritt allein hier in meinem Elternhaus. Beim Abendbrot vorbereiten dachte ich über die Rede nach. Was wir darin schreiben, wer sie hält und, das dachten wir so laut vor uns hin, während wir zurück durch den Grünauer Wald vom Freibad zum Auto schoben, ob *ich* die halten könnte, falls wir keinen Redner fänden. Ich weinte still und mit Tränen in der Küche vor mich hin. Das erste Mal seit ein, zwei Tagen, dass die Gedanken an Karl mir so massiv das Herz und den Hals zuschnürten. Und, darüber waren wir uns im Wald einig, dass das eigentlich noch gar nicht wirklich zu uns durchgedrungen ist: dass Karl jetzt tot ist. Dass er vor fast zwei Wochen gestorben ist. Ich schreibe lieber *gestorben*, das klingt mehr nach einem *Prozess* als das Adjektiv *tot*. Ich ging raus zum Kompost, schnitt etwas Lauch von den dort sprießenden Zwiebeln und deckte den Tisch weiter ein, für ein sommerliches Abendbrot, machte sogar einen Tee, mit verschiedenen Beuteln dieser Reformhaustees mit den grotesken New-Age-Namen. Ich schmiss zwei davon in eine Kanne, goss heißes Wasser auf und stand kurz so rum, im Abendlicht, als Teedruide, ein absurdes Amalgam aus *„Heartwarming"* und *„Feel New"* in meinem Kessel – wie ein jetzt gerade eigentlich ganz grundsätzlich sehr, sehr falsches Gebräu.

Fr. 29.07.2022, 22:36
in der Stube

Mutter Beimer erzählt in der nebenher rieselnden NDR Talkshow von Tod und Trauer. Die Trauer ist endlich, aber sie kommt immer wieder, sagt sie. Ich horche kurz auf und halte im Schreiben inne, als hätte ein Schlagwort ein eventuell relevantes Strömen im ständigen Rauschen für mich herausgefiltert und in mich gelenkt, als pausierte ich kurz, für eine Art Update im *Programm* meiner Trauer. Als hätte ich was gehört. Ich nicke, wie meine Mutter manchmal nickt, wenn im Fernsehen was Schlaues, Schönes oder ihr irgendwie Entsprechendes gesagt wird, und nehme das Nicken gleich mit, als suchende Bewegung zurück in den Text. Beim Abendessen hatte Carina dann noch ihre zwei, drei Weinminuten. Er fehlt einfach so sehr. Karl fehlt einfach so sehr. Als Chemie, als Baustein, als Mensch unserer Familie. Danach Paul geduscht und mit einem Hasenbuch ins Bett gebracht. Er schlief dann einen eher flachen Schlaf, so dass er immer wieder aufwachte, wenn wir ihn ins Kinderbett hinüberzulegen versuchten. Also ließen wir ihn im Gästebett, haben ein Kissen davor auf den Boden gelegt und das Babyphon hier unten in die Stube gestellt.

Fr. 29.07.2022, 23:42
im Gästezimmer

Heute wenig hilfreicher Karltext hier. Am Anfang, das Reingeflute der Trauer aus dem Schock des Verlustes, das war tatsächlich reinigend, vielleicht auch manches sortierend, emotional auswertend, verwertbar machend, was weiß ich, aber jetzt: weiß ich einfach nichts zu sagen. Nur: er soll wieder hier sein. Bei uns. Ich will wieder leben wie vorher. Er soll wieder leben. Es gibt kein zurück. Es geht nie wieder zurück in dieses so wunderschöne Vorher mit ihm. Es gibt jetzt nur noch dieses Nachher hier, ohne ihn.

Matt, müde und doch fassungslos, also innerlich irgendwie *ungefasst*, hilflos im Strudel dieser harten Gefühle zerbröselnd, hing ich vorhin im Bad überm Waschbecken, zähneputzend. Er wird nie mehr auf meinem Schoß sitzen, auf meinem Bauch liegen, nicht mehr flötig vor sich hinbrabbeln, sich nicht als Wüterich im Bock die Haare zwirbeln, sein Hummelpo nicht durchs Wohnzimmer wackeln, nicht mehr loswiehern, wie er es manchmal tat, bevor er übermütig irgendwohin loswieselte, wie Kinder ja immer alles rennend, wieselnd, flitzend und wackelnd machen – das alles wird einfach nie mehr sein. Und wenn das als Fakten und Erkenntnis durch den trüben Schleier der Trauer zu einem durchdringt, da fällt es schwer, bei Verstand zu bleiben. Es war so schön mit ihm, ich habe noch nie einen Menschen so sehr vermisst. Es sind noch nie durchgemachte Gefühle, die einen hier innerlich kaputt machen. Ich würde gern genauer und besser darüber schreiben, aber ich bin entsetzlich kraftlos. Verabschieden sich mein Überlebens- und Weitermachenswille jetzt? Wie soll das alles weitergehen? Ziemlich düster drauf jetzt hier, nachts in Bohnsdorf, in dieser Nacht von Freitag auf Samstag. Vor zwei Wochen ist in dieser Nacht Karl gestorben. Vor zwei Wochen um diese Uhrzeit war er noch am Leben. Wenige Stunden später starb er an einem Herzinfarkt. Es ist alles so bitter, ungerecht und endlos, endlos traurig. Er sollte jetzt eigentlich hier, wie Paul, zwischen uns liegen und den guten, erholsamen Nachtschlaf eines Kleinkindes schlafen. Ob er von all dem, von diesen Schmerzen in uns, von unserer so großen Sehnsucht nach ihm, jetzt, irgendwie, etwas *mitkriegt*? Als sowas wie einen kosmischen Ausgleich unsehbarer Energien? Als etwas, das aus uns rausströmt und im Äther ihn erreicht? So stark wie diese Gefühle der Trauer sind, *MUSS* es einfach so sein, dass sie *IRGENDWO* anders landen und etwas *BEWIRKEN*. Vor zwei Wochen gingen diese Energien, als ihm persönlich entgegengebrachte zwischenmenschliche Liebe und Akte, noch direkt und körperlich, persönlich an ihn, als Kuss, als Worte, als kleines Knuffen in die Seite, als ein Streicheln seines Kopfes, als ein Aufgehen der Augen, als Größerwerden der Pupillen, als Freude, als *KÖRPER* und *KONTAKT*. Jetzt muss es doch andere Wege und Kanäle dafür geben. Sonst geht man doch kaputt, an dieser Einbahnstraße der eigenen, ihn so sehr suchenden Gefühle.

Sa. 30.07.2022, 10:09
Klo unten

Paul schlief lange. Zwischenmilch um vier Uhr nachts, da war es noch dunkel draußen. Das Jahr geht wieder bergab. Es geht wieder in die *Zeiten des abnehmenden Lichts*. Bald ist Weihnachten. Erstes Weihnachten ohne Karl. Im Oktober ist sein zweiter Geburtstag. Ohne ihn. Natürlich auch mit ihm. Aber wie soll sowas gehen. Heute ist es zwei Wochen her. Wir weinten beim Frühstück. Paul saß am Boden, spielte mit dem kleinen *Baumernter*, sagte „Karl weg", als hätte er jetzt verstanden, dass er nicht wieder kommt, nicht mehr mit am Frühstückstisch oder im Auto neben ihm sitzt, sich nicht mehr die Zähne putzt, seine gestreifte Mütze nicht mehr aufsetzen wird und auf den neuen Fotos nicht mehr zu sehen sein wird.

Wir sind allein in meinem Elternhaus, die Eltern auf dem Festival, und es ist schwer, schwerer, ohne andere Menschen um einen herum. Morgen fahren wir wieder nach Greifswald, in unsere Wohnung ohne Karl. In unsere Wohnung. Ohne Karl. Meine Eltern kommen dann morgen Abend vom Festival direkt zu uns nach Greifswald, um uns mit Paul zu unterstützen. Die kommende Woche ist voll von Terminen für Karl. Montag, Dienstag, Mittwoch, Donnerstag, an jedem Tag ein Termin mit dem Tod.

Sa. 30.07.2022, 10:18
Wohnzimmer

Im Radio läuft *„TOUCH ME"* von den Doors. Komischer Backflash in *mein Ich*, als ich 14, 15, 16 war, hier in diesem Haus, in diesem Leben damals, noch selbst halb Kind, lange vor meinen Kindern, lange vor diesem Drama, das jetzt Teil unseres Lebens ist.

Komisch, dieser seltsame Vorwärtsdrive in der Musik. Die erste Musik, die ich gerade, aktiv hörend, auf eine Art vertrage. Seit Karls Tod habe ich keine Musik aktiv und selbstgewählt gehört. Bei anderen *lebensverändernden Dramen*, wie dem Ende einer Liebesbeziehung oder dem *Nichtwissenwohin* in der späten Jugend, was jetzt alles so lächerlich kleinlich und unbedeutend erscheint, hatte ich mich gern in die Musik gestürzt. Jahrelang war dauernd die Musik da, in jedem Winkel meiner Zeit. Musik war der Grundton, der Puls in meinem Leben. Ich ging nicht ohne aus dem Haus. Ich liebte die Wege, in die Nacht und wieder zurück, auf allen Wegen war immer Musik und wenn man irgendwo war, war auch dort Musik da. In späteren Jahren verlor das etwas an Stellenwert, ich hörte eher bewusst und ausgewählt, wo ich mit den Jahren gelandet war: in Geräuschmusik und Drone, experimentelles Zeug, freie Musik, solche Sachen, Musik als Mahlstrom, als Grundpuls im Leben. Seit dem Tod meines einen Kindes ist Musik so kokett, sichwichtignehmend, so wenig heilsam, einfach nur aufgeblasen und in keinster Weise Trost spendend, wie jemand, der einem unerbeten in die eigene Gefühlswelt reingrätscht, wie ein altkluger Guru, wie ein Aufschwatzer, wie ein Anruf zu einer *unmöglichen Zeit*. Nichts kann hier Trost spenden. Nicht irgendein Singsang von irgendwem, oder besonders milde-melancholisch tröpfelnde Sounds, keine Songs, keine Lieder, keine Musik. Alles wirkt jetzt nur wie ein blödsinniger Bohei, wie etwas, das an meine Gefühle nie herankommen kann, und mir Karl auch nicht wieder zurückholt. Ich weiß auch noch nicht, wann ich wieder selbst Musik machen kann, aber ich kann mir vorstellen, dass mich das eher zu erreichen im Stande wäre, als das Anhören irgendwelcher, von anderen für *andere Anlässe* gemachten Musik. Andererseits: keine Kräfte für irgendwas.

Oder eben: ich höre wieder die Doors. Wie früher, ganz früher. Vielleicht ginge das ja gerade *wegen* der weit entfernten, in meiner Hör-Vita weit im Damals verankerten Verwurzelung dann ja *doch*: dass ich darin wieder was finde, das mich berührt und wo ich auch meinen Karl mitdenken und mitfühlen kann.

Sa. 30.07.2022, 10:24
im Flur

Ein paar Minuten stehen wir da und schauen dem Staubsaugerroboter zu, wie er sich mit seinen drolligen Borstenfühlern vorne dran durch Flur und Küche rüsselt. Paul findet ihn erst etwas gruselig, tänzelt dann aber aufgeregt um das hin und her und hick und hack, diese Haken schlagenden Richtungswechsel des „Botta“ umher. Karl fand die Transportroboter im Krankenhaus immer spannend. Wie massige Gürteltiere tuckerten sie über die Gänge. Mit ausgestrecktem Kinderzeigefinger zeigte er auf sie, wenn wir ihnen begegneten. Manchmal öffnete sich eine Fahrstuhltür und ein Roboter rollte heraus, bat mit einer freundlichen Frauenstimme, um Vorsicht und Achtung. Die Roboter waren sehr höflich und zurückhaltend, lieber hielten sie an, als dass sie versuchten doch noch schnell durchzuhuschen. Sie waren Teil unserer Flurspaziergänge und Karl zeigte auf sie und sagte „Botta“, oder auch „Mittaaakl“, wenn sie die Warmhalteschränke für das Essen geschultert hatten und wir ihnen bis auf unsere Station folgten, wo Karl dann gleich, nachdem wir den roten Buggy in unserem Zimmer abgestellt hatten, loswieselte und vorsichtig hinter die massige Metalltür linste, die die Schwestern bereits geöffnet und schon angefangen hatten, die Tabletts auf die Zimmer zu verteilen.

Sa. 30.07.2022, 10:33
Bad oben

Irgendwo schrieb ich hier, dass „Er, so weit weg" sei. Aber in den traurigsten Momenten ist er natürlich immer auch ganz nah. Es geht echt vom einen zum anderen Extrem. Von Tag zu Tag. Die Trauer geht durch alle Räume, vermisst das ganze Innendrin des trauernden Menschen, scannt unterschiedliche Ebenen auf irgendwas Erkenntnisreiches ab, geht durch alle Erinnerungen und Dimensionen, ist wortgemäß eine *Auseinandersetzung* mit dem Tod und dem Leben. Um vielleicht irgendwas Schlüssiges daraus dann wieder zusammenzusuchen. In dieser unmöglichen Zeit.

Sa. 30.07.2022, 10:47
Bad oben

Geduscht. Saunaholzdeo. Finde meine halbnassen Haare im Spiegel als Frisur dann doch etwas zu *unangebracht fröhlich*. Wie sie sich da so *hochstriezeln*. Diese kürzeren Haare sind ein irgendwie deplatzierter Eindruck von Ordentlichkeit. Ich ziehe mir das T-Shirt über wie einen Reifen und gehe in den heißen, aber bedeckten Garten, über dem die Flugzeuge hin und her und niedrig durch den Himmel schneiden.

Sa. 30.07.2022, 14:37
Friedrichshagen, Müggelpark

Nach einem kleinen Einkauf sind wir dann nach Friedrichshagen gefahren, wo die vorbeiflanierenden Leute sich am Telefon zum Salsatanzen am Abend verabreden.

Wir aßen im unprätentiösen Dönerimbiss und schoben dann mit dem Kinderwagen die Bölschestraße runter zum Wasser, gingen in den Müggelpark, vorbei am Restaurant in dem wir damals, kurz nach unserer Hochzeit, den runden Geburtstag meiner Mutter in kleinem Kreis begingen, hin zum Spielplatz, auf dem die graumelierten Friedrichshagener Späteltern schon mit ihren Gören hocken.

Ich sitze mit Paul im kleinen Spielplatzschiff. Er steuert und hupt und macht und tut. Ich schrumpfe, wie ein Riese in das kleine Boot gekrümmt, stumpf und starrend, gute Miene zur schwierigen Zeit machend, in meiner Weltwahrnehmung zusammen und sacke kurz ab in einen Zustand, der die Sinne verdichtet und das drumherum als unwirkliche Bildmontage in mich reinsinken lässt. All diese Familien hier. Eltern und Kinder, luftige Sommerröcke, pastellbunte Boutiquemode aus Naturstoffen, Thermotrinkflaschen mit farbigen Deckeln, Lebensleichtheit, Barfußschuhe und Lachshosen. Wie Paul da so alleine im Torf neben den Trampolins hockt, darauf wartend, bis die großen Kinder ihn auch mal lassen, sieht traurig und einsam aus. Eine junggebliebene Oma liegt mit ihrem Outdoorrucksack im Gras. Eine Mutter sitzt mit ihren vier Kindern unterm Baum, eingerichtet für einen langen Parktag mit Picknick. Wahrscheinlich ist sie wieder im Mutterurlaub und erlebt mit dem vierten Kind gerade wieder jenes Glück, das ihr die anderen, geschätzt jeweils so zwei, drei Jahre älteren Kinder auch schon brachten. Eine große Gruppe Großfamilien spielt Wikingerschach. Ein Straßenmusiker mit flickenbraunem Stoffzylinder und kumingelben Zähnen spielt live geloopte, windham-hill-mäßige New-Age-Pickings mit der Halbakustischen. Ziemlich gut, nicht zu aufdringlich, solide, sacht und ein kleines bisschen schläfrig. Die Sonne hinter den flachen, brotpapiermäßig halbopak aufgespannten Wolken, scheint auf das Restaurantschiff „Windflüchter". Der Müggelsee schmatzt. Auf einer Bank sitzt ein Säufer und säuft *Gutshaus*, das Billigbier das ich damals, im Bafögleben in den Bars, vor 15, 16, 17 Jahren auch oft trank. 23 cent die Flasche. Monatsendegetränk. Er steht irgendwann auf und lässt seine zwei geleerten Flaschen sauber nebeneinander gereiht auf der Bank stehen. Wie Zwillinge, denke ich. Dann setzt sich eine nicht mehr ganz so junge Schwangere mit zwei älteren Damen dahin und holt ihren Bauch aus der Bluse, hält ihn zum Lüften in den warmen Sommertag, zeigt ihn der Welt hier im Park. Ein Greis im elektrischen Rollstuhl fährt schürfend über den leicht kieseligen Parkweg. Junge Familien treffen sich, lachen sich an, leben das Wochenendglück und erzählen sich leichten, seichten Scheiß. Alles ist wirklich sehr unwirklich.

Ich habe das Boot verlassen und stehe krumm in mein Handy gebückt in dieser hier so *hingeparkten*, friedlichen kleinen Welt, schreibe diese Zeilen, schaue um mich herum und in mich rein, denke immer wieder nur: da fehlt doch ein Kind, in diesem Bild des buddelnden kleinen Sohnes dort, allein im Sandkasten unter der Schaukel.

Sa. 30.07.2022, 20:45
am Stubentisch

Im *rbb* Rückblick auf Berlin im Jahr 2006. Ich habe direkt Flashbacks in jene Zeit, da war ich ein paar Jahre schon in Greifswald, hatte keinen Fuß irgendwo in der Tür, mein Studium quasi schon verabschiedet, war immatrikuliert für das schöne, süße Leben, mit den Nebenfächern Niedergeschlagenheit, Resignation und Melancholie. Die alten Tagebuchtexte von damals sind die schlecht abgehefteten Mitschriften. Das dort niedergeschriebene gemütsschwere Gelaber wirkt heute, in diesen üblen Kummertrümmern jetzt, äußerst grund- und haltlos.

Zur WM 2006 war der Marktplatz in Greifswald voll beim Public Viewing. Ich nutzte diese Tage der Spiele immer zum Einkaufen, die Läden leer, das Leben neben den Wegen angenehm entschleunigt. Das alles war lange, lange vor Karl und Paul, eigentlich ein anderes Leben. Aber auch das Leben, das mich hierher brachte, in diese Version meines Lebens. Ich dachte auch als frisch gemachter Vater, in den Monaten nach der Geburt der Kinder, viel über mein damaliges Leben nach, vermisste manche Aspekte, fand insgesamt aber alles sehr richtig, wie es war, nun mit den Kindern, mit diesen neuen emotionalen Facetten, mit diesem Sinn, dieser Freude und dieser Verliebtheit, dieser Liebe für die Kinder, für uns als Familie.

Sa. 30.07.2022, 22:52
Bohnsdorf Stube, am Stubentisch

Wir hatten dann spontan noch eine Rundfahrt über den Müggelsee gemacht. Wir waren ja ohne große Pläne nach Friedrichshagen gefahren, da drüben war früher mein Zahnarzt, hatte ich noch beim Imbiss gesagt, und dann hatten wir uns treiben lassen, zum Spielplatz und dann aufs Schiff. Oben an Deck brach die Wolkendecke auf und ich verbrannte mir Nacken und Gesicht. Eine urberlinische Oma beugte sich von der Bank hinter uns nach vorn und suchte, in bester berliner Seelenart, das Gespräch mit Paul. Der hat doch bestimmt so rote Haare wie ihr *Oskar*, sagte sie. Ich zuckelte an Pauls leichter Sommermütze so herum, dass vom Pony vorne was rausfusselte und sagte ja. „Meen Oskar is zweie", sagte sie und sprach das „z" eher wie ein „ß" aus. Die alte Dame war liebenswürdig und nett, aber unser Karl war tot und so geriet diese auf dem Ausflugsdämpferchen so dahintuckernde Plauderei bald ins Stocken und die Dame lehnte sich, ohne einen sich abgewiegelt fühlenden Eindruck auf uns zu machen, denn so welterfahren war sie, das sah und hörte man ihr an, wieder nach hinten, legte die Hände in den Schoß, schaute sich um, knuffte den neben ihr sitzenden Mann, wahrscheinlich ein Sohn, mit ihrer Schulter an und zeigte auf irgendwas am Ufer, als würde sie dessen Umrisse in die Luft zeichnen und erzählte vom Leben hier.

Wir tranken ein sprittig gemischtes, zum größten Teil aus Bier bestehendes Radler und schoben dann, etwas bräsig vom Alkohol und der Sonne, zurück zum Auto, redeten dabei nochmal über die Nacht, in der es passiert war. Ob wir *alles Mögliche* getan hatten. Ob die Sanitäter und Ärzte alles Mögliche und Nötige getan haben, solche Sachen. Wir sprachen wieder darüber, wie unwirklich und noch nicht angekommen das alles bei uns ist. Dass es sich anfühlt, als würde Karl irgendwann vielleicht wieder bei uns sein, als sei er grad woanders, temporär, irgendwo in Aufsicht, einfach nur kurz weg.

In Bohnsdorf bereitete ich Abendbrot vor, während Carina den Rasen sprengte und Paul ihr durch den Wasserstrahl hüpfte. Beim Tomatenbrot und beim Abwischen des Kinderstuhls, bei allem denke ich an Karl. Im Nachbargarten grillen sie mit Kindern und Enkelkindern. Ich denke darüber nach, ob man als von Kindstod und Trauer befallene Großeltern und Eltern *auf dem Dorfe* irgendwie aussätzig wird, ob sowas ein dunkler Grund sei, der die Leute heimlich reden ließe, ob der Tod immer Dunkelheit bringt, ob er eher im Dorf oder in der Stadt zuhause ist. Ich habe keine Antwort darauf, bin froh, dass unser Umfeld uns auffängt und mir fällt dann wieder ein, dass dies hier genau genommen kein Dorf, sondern eher ein Randort ist, dessen nächste S-Bahn-Station sogar noch mit dem Tarifbereich B erreichbar ist.

Sa. 30.07.2022, 23:11
Bohnsdorf Stube, am Stubentisch

Im Krankenhaus hatte ich nachts immer ein Tomatenbrötchen gegessen. Als Karl schlief und nachdem ich die erste Stunde geschrieben hatte, nahm ich den Schusterjungen, den ich mir vom Frühstück, eingewickelt in diese betongrauen Papiertücher, im kleinen Schrank aufgehoben hatte, schnitt ihn auf und füllte ihn mit Scheiben von der apfelharten, blassen Tomate, die oft, wie ein Dekoartikel aus Kunststoff, auf dem Abendbrotstablett lag, streute Salz und Pfeffer aus den Papiertütchen drauf, klappte das Brötchen wieder zu, drückte mit den Händen alles etwas zusammen, aß meinen Nachtimbiss und mochte das Asketische darin.

Ich bin in letzter Zeit abends immer so müde, zu müde zum Schreiben eigentlich. So entsetzlich müde vom Kummer, und dazu so sommermüde, so ausgebrannt von den Tagen in der Hitze. Und doch, es ist gut, dass Sommer ist, sonst würde man diese Düsternis innendrin vielleicht *noch weniger* ertragen? Obwohl es eigentlich keine Schattierungen gibt: Karl ist weg und kommt nie wieder. Das ist der Fakt und Grund der Düsternis. Wie also wird es wieder hell, und wann, und wird das überhaupt möglich sein, jemals – Helligkeit im Leben ohne diesen Menschen, den man so geliebt hat, der einem Antrieb war für das eigene Leben, für das Licht im eigenen Leben?

Und immer wieder auch: da ist ja Paul. Paul, den ich auch liebe, aber anders liebe, weil es Paulliebe und nicht Karlliebe ist. Und die Karlliebe findet ab jetzt keinen Widerhall durch den echten, vor mir sitzenden, vor sich hin quatschenden, auf meinem Bauch schlafenden, lieben, kleinen Karl. Es ist alles so bitter. Und doch fühle ich mich ihm mit jeder hier so aneinander geratterten, verzweifelt ihn suchenden Zeile ein bisschen nah – als Resultat und als *Grund dieses Schreibens*.

So. 31.07.2022, 08:47
Küche unten, Bohnsdorf

Beim Eierkochen eben achtlos das Geschirrhandtuch zu nah an die Flamme gelegt. Es fing Feuer, ich stand zum Glück daneben und nicht etwa auf Klo, löschte das lodernde Ding im Waschbecken und warf es weg. Eier: 6:37 Minuten. Das ist in meinem Timer im Handy seit ewig so drin. Ab jetzt immer nur drei Eier. Am „Sundag", wie Karl immer sagte. Aufgewacht mit eher leichten Gedanken an ihn. Wie schön es war mit ihm, was für eine schöne Zeit. Im heißen Gästezimmer lag ich am Morgen da, halbnackt und schwitzend. Dann runterstolpern, Rollläden hoch, Kaffee an, innerlich einigermaßen gefasst, aber matt, untröstlich, trübe, ihn so sehr vermissend. Paul hatte etwas länger geschlafen und wir hatten schon bisschen was für die Rückreise heute am Mittag zusammengepackt.

So. 31.07.2022, 10:45
im Garten unterm Apfelbaum

Beim Frühstück fragten wir Paul, hatten wir gestern auch schon in Friedrichshagen getan, ob er sich irgendwann ein Baby wünsche. Er nickte, grinste lieb, machte Babyweingeräusche, sagte „Eiei" und machte eine Streichelgeste.

Dann Auto eingeräumt bei Affenhitze. Herr Sperling fragte von gegenüber wo der andere Zwilling sei, wie es ihm gehe, Mutti habe ja erzählt, dass er krank sei. Ich erzählte, kurz schwer atmend, kraftlos zu einer weiteren Erläuterung ausholend, von unserem Trauerfall. Herr Sperling äußerte sein Beileid. Ich sagte danke. Das käme bei Zwillingen öfter vor, dass einer schwächer ist, sagte Herr Sperling dann ziemlich deplatziert. Ich nickte nicht, sagte nichts und ließ meine Arme schlaff über das schulterhohe Zauntor hängen. Der Vorstadtvormittag stand hell, klar und freundlich zwischen uns. Die Straße ohne Verkehr, hinter den Hecken war Frieden. Nach einigen Momenten sagte ich, wahrscheinlich eingeleitet von einem in unbestimmtem Tonfall hingeworfenen „Naja...", dass alles ganz furchtbar ist und wir da halt jetzt *irgendwie durch* müssen, auch ihm zuliebe, und zeigte auf Paul, der da gerade an den Margeriten in der Einfahrt rumfingerte.

So. 31.07.2022, 11:16
unter der Dusche

Wünschte mich beim Wechselduschen mal wieder zurück ins Krankenhaus, in jene intensive Zeit mit Karl dort. Wie in den ersten Tagen nach seinem Tod auch ständig. Ich kriege Herpes auf der Oberlippe. Gleich zu den Schwiegereltern zum Mittag.

So. 31.07.2022, 14:36
Wartenberger Garten

Müde vom Mittagsbier sitze ich unter der Pergola im Wartenberger Schrebergarten. Paul planscht und spritzt mit der grüngelben Wasserpistole. Die Gartennachbarin Irma kommt rüber, kondoliert, schenkt Paul zwei Traktoren und bleibt für ein halbes Radler aus dem am Schaft gerillten Mitropasaftglas. Ruhe und Eintracht wehen als kleiner Wind durch diesen heißen, letzten Julitag. Beim Abschied nochmal warme Worte, für unseren Sohn, über uns als so gute Eltern, für uns viel Kraft in dieser schweren Zeit. Bei aller Bleiernheit, egal wie wortgewieft und einfühlsam, die solchen *Beileidsbekundungen* immer anhaftet, tun sie doch trotzdem immer gut, geben einem das Gefühl nicht allein zu sein, obwohl man es ja *ist*, allein mit diesen schlimmen Gefühlen durch diesen schlimmen Verlust.

Opa und ich sollen barfuß mit in Pauls kleines Planschbecken kommen. Während ich sie zum Trocknen in die Luft halte, beschaue ich meine hornigen Füße und muss wieder ans Krankenhaus denken. Ich hatte dort wieder angefangen meine eingerissene Hornhaut am Hacken zu behandeln. Jedes Jahr im Sommer, wenn ich so in Zehentrennern herumschlurfe, verhornen mir die Füße, als wollten sie sich selbst zu festem Schuhwerk verpuppen. Am Hacken kriege ich dann schnell Risse, meist einen, alljährlich wiederkehrenden, fiesen, tiefen Riss. Erst letztes oder vorletztes Jahr hatte ich verstanden, wie man das mit Fußpflege beheben und verhindern kann. Meine Füße waren mir immer eher egal. Sie waren und sind ja so weit weg von meinem Kopf. Aber dem entstandenen *Hufschaden* ließ sich, das lernte ich, wunderbar mit einfachen Mitteln der grobmechanischen Körperpflege entgegenkommen. Ich hobelte nachts im Krankenhaus, mit der Fußfeile als schweres Gerät, die Füße umständlich ins Waschbecken gehievt, ganze Späne da runter. Die banalsten Dinge erinnern mich jetzt an Zeiten mit Karl. Genau diese Alltäglichkeiten, diese kleinen unbedeutenden Sachen, Sorgen und Routinen mit und um das Kind herum oder einfach aus der Zeit in der das Kind Teil des eigenen Alltags war, wünscht man sich als Trauernder so sehr, immer wieder als geistiges Rewind, so stark zurück.

Paul geht mit Oma und Opa das Hündchen anschauen im Nachbarsgarten. Wir beide, die halbverwaisten Trauereltern, sitzen schweigend an unseren Handys. Die hohen Pappeln hinten am Parkplatz rauschen wie das Meer.

So. 31.07.2022, 17:45
im Auto, kurz hinter Klockow-Ost

Auf dem Rückweg nach Greifswald, bei 28 Grad eine kurze Rast auf dem Parkplatz Klockow-Ost. Paul schlief die Fahrt bis hierhin und war etwas knautschig aufgewacht. Wir sitzen auf den öden Rastplatzmöbeln, essen irgendwas und Paul hühnert durchs gelbe, ganz verdorrte Gras. Er läuft achtlos auf einen riesigen Haufen Hundekacke zu, ich rase hin wie ein Filmheld und hebe ihn in letzter Sekunde hoch. Er findet es lustig und ich lasse ihn ein bisschen wie im Karussel im Kreis in der Luft herumfliegen.

Für den Rest der Rückfahrt setze ich mich hinten neben ihn hin. Das in Kopfhöhe so reingenestelte Mulltuch im Kindersitz lässt mich an Lehsten im letzten Sommer denken. Es war die erste längere Reise mit den damals vielleicht acht, neun Monate jungen Kindern, mit anderthalb Stunden eigentlich keine Entfernung, aber weit genug weg für Urlaubsgefühle. Ich hatte auch damals hinten bei den Kindern gesessen, zwischen den Babyschalen, die gegen die Fahrtrichtung angeschnallt waren, so dass die Kinder nicht viel zu sehen hatten und ich sie ein bisschen bespaßte. Es war eine leichte Zeit. Es war Hochsommer, wir waren immer noch beide zuhause, ganz für die Kinder da, die gerade angefangen hatten, sich robbend durch die Zimmer zu bewegen. Die Ferienwohnungen in der Büdnerei waren voll von Holz und Licht, es war genau das selbe Sommerlicht, wie bei unserer Hochzeit, zwei Jahre davor. Ich mochte diesen Ort und es war toll, wieder mit den Kindern dort zu sein. Von diesem Urlaub gibt es ausnehmend schöne Fotos von den Kindern und Carina. Auf einem Foto hat Carina Karl zwischen den Knien, er lehnt sich in ihre beiden Hände, mit denen sie ihn am Brustkorb festhält, ganz wie ein Baby noch fast, sie grinst und er schaut sie mit einem hellwachen Lachen an, etwas schelmisch vielleicht, aber voll von hellster Liebe, ein wunderschönes Mutter-Kind-Foto. Auf der Glasplatte des flachen Wohnzimmertisches, natürlich auch in freundlichster Holzoptik, Rattandetails an den Ecken, steht ein kleiner Strauß Kornblumen in einer Minitafelwasserflasche. Im Hintergrund, vor dem karamellfarbenen Kachelofen, wurschtelt Paul mit den Bechern eines Stapeltürmchens herum. Er liegt bäuchlings und die Füße und der Kopf gehen hinten und vorne hoch, als machte er eine Turnübung. Ein anderes Foto zeigt Carina mit Karl von hinten, vor einem Theaterplakat, das im Esszimmerchen im Holzlicht an der weißen Wand hängt. Karl hatte noch nicht ganz so lange Haare, aber es wuschelte schon ordentlich was. Goldblondes Leuchten. Und diese gesunden, wachen, weiß umfassten, blauen Kinderaugen. Ich denke an diesen Sommer und sein besonderes Licht. Ich schaue mit Paul ein Buch an und bekomme Beklemmungen beim Gedanken an Greifswald und unsere karllose Wohnung.

August

Mo. 01.08.2022, 00:06
Greifswald, im Bett

Manchmal lege ich mich abends schlafen, müde von einem weiteren Tag, und hoffe, dass ich schnell einschlafe und tief und lange von ihm träume, von der Zeit in der alles gut war, von unserem Leben, in dem er da war, in dem wir waren. Wie zuletzt als Kind, dieses Wünschen eines Traums, dieser Versuch, sich im Einschlafen hineinzulenken in einen Wunschtraum. Beim Michbettfertigmachen im Bad saß ich eine kleine Weile auf dem Klodeckel und schaute mir bewusst – mir dabei auch bewusst, dass das nicht leicht, nicht leicht zu ertragen und deshalb aber einfach auch etwas wäre, dass ich ihm *schuldig* bin, dieses Suchen der Nähe zu ihm – Fotos und Videos von Karl an. Ich weinte nicht, fühlte mich ihm so nah, fühlte die Zeit dieser Fotos seltsamerweise aber so weit weg, als wäre das alles schon so lange her. Ich ging die Krankenhausetappen in den Fotos durch, immer wieder diese Einweisungen und Entlassungen. Fotos von uns beiden im Zimmer und uns als Familie bei den Spaziergängen draußen. Karl mal mehr, mal weniger kränklich aussehend, später dann vom Cortison ziemlich dicklich geworden, so süß und hübsch natürlich *„trotzdem“*. Er sah aus, wie eine *dicke Tante* beim Kaffeekränzchen, die Wangen rosig, das Kindergrinsen quietschig zwischen die *Backen* gespannt. Ich wollte sofort so sehr zurück ins Krankenhaus mit ihm, wünschte mir, dass er nicht gestorben wäre vor zwei Wochen sondern etwas anderes in jener Nacht passiert wäre, das uns in die Notaufnahme gebracht hätte, zur nächsten Eskalationsstufe seiner Krankheit, für deren Behandlung wir einfach noch ein paar Wochen, bis in den Herbst hinein oder länger, von mir aus für immer, im Krankenhaus hätten wohnen müssen, ich wäre so gern dort bei ihm, an seiner Seite, seine Gesundwerdung begleitend, ich hätte vielleicht nachts weiter geschrieben, aber, wenn es seine Betreuung erfordert hätte, auch nicht, ich hätte einfach ewig weiter sein Krankenbett gehütet, mit ihm gewartet, dass es besser wird, ihm zur Seite gestanden bei allen nötigen Therapien, ihn getröstet und behütet, ihn nicht allein gelassen, wir hätten ihn nicht allein gelassen. Ich vermisse ihn so sehr und weine nun doch wieder, beim Schreiben dieser Zeilen. Er fehlt mir so, gerade scheint es wieder unmachbar, niemals nie schaffbar, über diesen Verlust hinwegzukommen. Er war so ein süßes Kind. Unser Kind. Unser Karl.

Jetzt wünsche ich mich in den Schlaf, lieber ohne Traum, im Geiste reglos, ohne diese quälenden Vermissensgedanken. Einfach nur schlafen, nichts spüren, keine Stiche in der Brust, keine zugeschnürte Kehle, einfach nur Schlaf, als Mensch für ein paar Stunden *off*.

Wahnsinn, wie schnell alles dann doch immer umschlägt. Die inneren Verfassungen, die Gemütszustände, die Stabilität. Das Leben, von einem Moment in den anderen, in den Tod zum Beispiel. Und wie man immer dachte, dass einen sowas doch nie träfe. Wie man eigentlich nie genau darüber nachdachte, dass einen sowas treffen könnte, wie man immer nur so lebte, nur in wenigen Momenten vielleicht doch mal dankbar feststellend, dass einen *sowas* ja nicht trifft.

Mo. 01.08.2022, 09:19
Greifswald, Küche

Paul schlief lange. Seine ersten Worte „Karl aufschdehn". Gleich Frühstück mit meinen Eltern. Zum Glück ist jemand da. Nachher zum Hausarzt, Überweisungen zum Psychologen und neues Rezept für die Betablocker besorgen. Im Radio dudelt Berliner Radio. Wie immer eigentlich, obwohl wir schon seit 20 Jahren hier wohnen. Mit den Kindern hatte ich morgens auch immer *radioeins* an, beim Anziehen und Essen, beim Wäschehängen im Zimmer, zum Gleiten durch den Tag, als ganz klassisches Radio eben, als ein den Tag begleitendes Programm, in das man sich ein- und ausklinken kann, das in der collageartigen Ineinanderwebung der einzelnen Bestandteile, den eigenen Tag als Kulisse, als Rahmen und Grundierung immer irgendwie mitausmalt, ihm eine Farbe und Tönung gibt.

Ich decke den Tisch ein. Paul quackelt drüben irgendwas im Wohnzimmer. Draußen hell und bewölkt. Mein Kind fehlt mir so. Als mein Sohn, als mein Freund, als mein Glück.

Mo. 01.08.2022, 11:01
Greifswald, Küche

Alles kostet einfach wahnsinnig Kraft. Paul mal eben schnell zwischenzuwickeln, dabei lustig was erzählen, ihn vom Wickeltisch heben, Kleinkram herumräumen, das Bett machen, Schuhe anziehen, Zeugs zusammensuchen fürs Rausgehen. Immer kurzatmig, immer am Rand aller Kraft. Einfach alles kostet wahnsinnig Kraft. Die körperliche Dimension der Schwermut. Das Schlauchende, das Kraftverbrauchende, das Energienraussaugende des Trauerns.

Mo. 01.08.2022, 11:23
Greifswald, Arztwartezimmer

Im Arztwartezimmer das leise Gebimmel des Praxistelefons, das Rattern des Nadeldruckers, das Rammdösige des kleinen Radios, das Geröchel und Gehuste der hier wartenden Kranken, das Aufgehen des Sprechzimmers, das Rauswehen der Ärztin in ihrem offenen, weißen Kittel.

Vor dem Arzt, direkt unten am Eckhaus, trafen wir Harald. Er war auch sprachlos, empfahl uns ein Buch und sagte, trocken und ohne Ausrufezeichen, „Ihr macht das" zum Abschied. Wie er das sagte, klang es ebenso ratlos, aber auch auf eine okaye Art ernstgemeint und an irgendwas in uns als Menschen *glaubend*. Nach dem Arzt, vor der Apotheke, bei der ich endlich meine Betablocker abholte, mit dem Optiker gegenüber und dem Bratwurstladen hinter mir, denke ich, da so an der Apothekenecke stehend, mich, krumm und leer, etwas auf die, an die Hauswand befestigten Fahrradanlehnbügel stützend, an unsere Babies. Ich denke an die Wochen und Monate der Babyzeit. Wie wir zur Anfangszeit ständig auswärts in der Stadt was snackten, Bratwurst, was Belegtes von der Bäckerkette, was Überbackenes vom Billigbackshop, aus der Hand, im Sitzen auf dem Rand des Zierbrunnens am Fischmarkt, im Stehen, im Gehen, beim Spazieren durch das neue Glück, das unser Leben geworden war. Und wie ich dann damals direkt zwei, drei, eher sogar vier, fünf Kilo mehr gewogen hatte, was einem Papa natürlich völlig würdig und gut und ganz gemütlich, mir selbst eigentlich auch völlig egal natürlich war.

Zwei Studierende tragen einen großen Regalschrank durch die Stadt. Der Leichtsinn und die Fröhlichkeit, ja die geradezu von mir als Aufdringlichkeit empfundene Lockerheit dieser von ihnen hier so aufgeführten *Sperrmüllshow* nerven mich. Auf der Bank vor dem Bäcker in der Knopfstraße sitzt die zahnlose Irre, schaut streng und schiefschrötig in der Gegend herum und malmt ihr tic-artiges Mimenspiel mit unruhigen Lippen.

Alles ist wie immer, in allem hier ist auch *er*. Schmerzlich verweist alles auf *ihn*. Ob irgendwann alles auf gute oder irgendwie erträgliche Art auf ihn verweist? Als eine kostbare, immer wieder durch wachsames Durchdieweltgehen abrufbare, aktivierbare Erinnerung, und einem darin gespeicherten Gefühl, das, obwohl es weiß, dass er tot ist, genau das selbe Glück in mir aufzufalten im Stande ist, wie in der Zeit, als er lebte?

Mo. 01.08.2022, 12:42
Greifswald, Badezimmer

Gemüse von *der Polin* am Mühlentor geholt. Sterbeurkunde beim Bestatter abgeholt. Um die Trostlosigkeit des Amtsdokuments etwas zu dämpfen, hat man es in einen sagenhaft kitschigen Schutzumschlag gesteckt. Ein Baum im Morgennebellicht, eine Art Symbolbild aus der Trauerschlagwortschublade, irgendwie einfallslos und eine fehlumgesetzte, im Kern ja nicht komplett falsche, aber doch bitte, weil im Ansatz ja schon beladen mit dem Verdacht der Abgeschmacktheit und Klischeehaftigkeit, mit Vorsicht zu behandelnde Idee. Auch noch schlecht gedruckt, mit Kompressionsartefakten und vom Bürodrucker so raufgematschten Tonerfarben. Einfach kein schönes *Stück Papier*.

Termin für die Beerdigung vorläufig festgesetzt. An der kleinen Vitrine stehen wir vor den Erinnerungsstücken mit Aschefach. Wir sind uns uneinig, ob wir den stilisierten Tropfen in hellem Naturholz oder das handschmeichelnde Herz in poliertem, etwas dunklerem Holz haben möchten. Ich will eher das Naturding, auch aus der Idee heraus, dass wir das eh irgendwo vergraben, an einem für uns wichtigen und schönen Ort. Ich habe aber das unbestimmte Gefühl, dass ich das so beim Bestatter nicht laut sagen sollte. Wir vertagen die Auswahl auf später. Beim Rausgehen fängt Carina an, bitter zu weinen, den ganzen Radweg bis nach Hause, auf dem Hof, am Gartentisch weint sie weiter, hebt den, in seiner klischeehaften Schnörkelhaftigkeit mir plötzlich nicht nur stil-, sondern fast taktlos erscheinenden Umschlag mit der Sterbe- und Geburtsurkunde darin hoch, zeigt auf das billige Motiv mit dem blassen Baum im Laserdruckermorgenlicht, schüttelt den Kopf und weint und zündet sich eine Zigarette an. Ich sage, dass ich es wichtig finde, wenn wir etwas von ihm überall hin tragen, das Gefäß ist mir deshalb eher egal. Oma, Opa und Paul kommen vom Spielplatz. Paul hat eingekackt und ich wickle ihn während Mama das Mittag warm macht.

Alles erinnert an Karl. Das lila Auto mit dem Schwungradmotor, mit dem Paul spielt, das ich zur Krankenhauszeit mal für Karl gekauft hatte. Das Verbinden der Bluetoothbox mit dem Handy erinnert an die Zeit mit den Kindern daheim, da fing ich mit sowas, mit Bluetoothboxen und kabelloser Musikbeschallung überhaupt erst an. Weil das plötzlich Sinn machte, weil man ja dauernd das Zimmer wechselte. Auch Spotify nutzte ich dann plötzlich. Vorher hörte ich immer Musik mit meinem Laptop, am Kabel meiner Stereoanlage, in meinem kleinen Zimmer.

Draußen ziehen sich die Wolken zusammen, für den gegen 13 Uhr angekündigten Regen. Es ist abendartig dunkel, Paul isst Mittag und ich habe das Bedürfnis irgendwie rauszugehen. Spazieren. Irgendwie raus aus der Wohnung.

Mo. 01.08.2022, 14:21
Greifswald, Wohnzimmer

Ich mache Paul fertig, ziehe ihn an, für das Einkaufengehen mit seinen Großeltern. Die Oberlichter sind den ganzen Tag lang offen. Damit die Geräusche und die Welt von draußen und irgendwas von ihm damit reinkommen können.

Mo. 01.08.2022, 14:27
Greifswald, Schlafzimmer

Nachdem die Großeltern mit Paul raus sind heftiger Weinanfall bei Carina. Ich sitze nutzlos daneben auf der Bettkante, Kloß im Hals. Wir wandern weinend durch die Wohnung, sie weint und ruft und brüllt nach ihrem lieben Kind, macht Gesten der Umarmung in die leere Luft, sagt, sie will ihn wieder umarmen, will ihn drücken, ruft und weint und lässt sich ungelenk von mir am Rücken streicheln, eine kurze Umarmung, und sie räumt Kleinkram im Bad umher, die Wäsche zum Aufhängen in den Wäschekorb, in dem die Kinder so gern zu zweit saßen und lachten, sich von mir darin, der Wäschekorb war natürlich ein Boot, durch die Wohnung schippern ließen.

Ich räume die Fahrradpacktaschen mit den Sachen des letzten Auftritts aus, den ich während Karls Krankenhauszeit gespielt hatte, von dem ich direkt wieder zurück ins Krankenhaus gefahren war, für den ich vorher im Krankenhaus gelötet und gebastelt hatte, nachts, wenn Karl schlief. Ich war irgendwann schon mit halbem Hausstand ins Krankenhaus eingezogen. Es war alles so friedlich.

Carina geht auf den Dachboden, Wäsche aufhängen. Ich packe Pfandflaschen in die Packtasche, nehme den Papiermüll mit, treffe Carina auf dem Flur, als sie schon wieder vom Dachboden runter kommt, wir geben uns still einen Kuss, ich sage „Mach dir Radio an oder sowas“, und fahre mit dem Rad los, in die Welt hinter den Oberlichtern.

Mo. 01.08.2022, 14:59
Martin-Luther-Straße

Ich werfe den Papiermüll in die blaue Tonne und denke an dieses kleine Gedicht, das ich vor Jahren, lange vor Handy und allem, mal in ein Notizbuch gekrickelt hatte. Ich hole eine Rolle gelbe Säcke vom Tintenpatronennachfüllmann, der zenmäßig alles in Zeitlupe macht, seit Jahren schon, als eine Art Konstante in meinem Leben in dieser Stadt, setze mir die Kopfhörer auf und höre, zum ersten Mal seit alldem, Musik zur Zerstreuung. Ich stehe am Rand der Straße, das Fahrrad zwischen meinen Beinen, mache am Handy die Doors an, *„TOUCH ME"*, vielleicht ginge das ja, dachte ich so, versucht's doch mal, denke ich, und fahre weiter zum Getränkemarkt. Nordisch Hell.

Mo. 01.08.2022, 15:02
Steinbecker Straße

Volllaut diese Musik im Ohr, durch die Fußgängerzone, der Pfand scheppert in den Packtaschen. Ich höre davon nichts. Mein Kind ist tot. Es ist absurd. Ich halte an und tippe Brocken ins Handy. Ein gebrochener Mann. Ich scrolle in der Playlist der zuletzt geliebten Lieder ein anderes Lied an. *„LOVE'S IN NEED OF LOVE TODAY"* singt Stevie Wonder, und ich weiß nicht was los ist.

Mo. 01.08.2022, 15:25
im Getränkemarkt

Eine Guaranacola aus dem Kühlschrank an der Kasse des Getränkemarkts. Wie ich sie damals, als ich so viel und so weit mit den Babies herumschob, auch oft gekauft hatte, als müder, glücklicher, dauernd auf gute Art von Müdigkeit ummantelter Vater zweier Kinder in ihrem ersten Jahr. Ich bin kurz traurig, als ich neue Sorten Bier und Erfrischungsgetränke im Regal sehe, weil Karl nichts *Neues* mehr erleben können wird, weil alles was jetzt *neu* ist immer etwas ist, das er nie kennenlernen wird. Irgendwas sagt mir, dass ihm das, er ist ja tot, wahrscheinlich völlig egal ist, aber wie soll ihm was egal sein, wenn er tot ist, also ist er ebenso wenig traurig darüber, etwas nicht kennenlernen zu können, wie es ihm auch ebenso wenig egal sein kann, da er ja jetzt gar keine Bezüge dazu mehr herstellen kann und *braucht*. Ich bin mir unklar, ob das was gutes oder furchtbar deprimierendes ist und schüttele diesen metaphysischen Exkurs erstmal aus dem

Haus meiner Gedanken, während ich bezahle und den Kronkorken der Cola mit dem Mercedesstern abhebele.

Stevie Wonder aufs Ohr und mit dem Rad mittelschnell durch den jetzt wieder ziemlich abgekühlten Tag. Durch die Credner Anlagen, am Rutschenspielplatz vorbei, an dem immer großes Elterngewusel ist, den ich bisher eigentlich immer gemieden hatte und mich lieber irgendwo auf die Wiese setzte, mit meinen beiden auf der von unten folienisolierten, oben freundlich blau karierten Picknickdecke so herumkrabbelnden Kindern. Wir waren ja gerade erst dabei, ins Spielplatzalter hineinzuwachsen.

Mo. 01.08.2022, 16:01
an der Unterführung

Darf man mit dem Fahrrad auf den Friedhof? War dann doch noch, sehr spontan, sehr schnell, zum Neuen Friedhof gefahren. Weil Karl jetzt hier sei, ins Krematorium überführt, wie uns der Bestatter wissen ließ. War dann den langen Parkweg langgelaufen, auf den wuchtigen, von Efeu und rundgestutzten großen Buschbäumen umfassten Bau des Krematoriums hinzu, lief da so ziellos drumherum, an den kleinen flachen Nebenbauten vorbei, aus denen die Kaffeepausengeräusche der Friedhofsarbeiter drangen, setzte mich auf eine Bank und fühlte mich zu Karl hin.

Zum Glück ist die Grabstätte luftiger, offener, leichter als dieser zugepflasterte Monumentalplatz vor dem Krematorium und der Trauerhalle hier, dachte ich, versuchte aus diesem Gedanken, den ich offenbar, ich war mir selbst gar nicht mehr sicher, welche Worte mein Denken gesagt hatte, völlig unpassend, mit der Schrottfloskel „*zum Glück*" eingeleitet hatte, irgendwas Gutes zu ziehen, fand aber nichts darin und saß einfach eine kurze Zeit so da, war dann froh, als ein Vogel sein Schnattern in das Brummen der von der Feuerhalle herschallenden Lüftungsanlage setzte, lauschte dann weiter in die Welt hier hinein und hörte hinten Verkehrsgeräusche, oben- und überallrum die Vögel in den Bäumen, Menschen manchmal, das Rasseln eines durch die Speichen gezogenen Fahrradschlosses vom Personalbungalow, das insgesamte Rauschen der nachmittäglich sanft belebten Welt in der Friedhofsruhe der Toten hier.

Darf man nachts auf den Friedhof? Hat ein Friedhof Öffnungszeiten? Die Idee, dass die Toten in der Nacht hier alleine sind und niemand sie besuchen kommen kann, deprimierte mich und bestärkte mich in der Idee, dass wir Karls Asche auch anderswo hinbringen müssen.

Ich ging dann zurück zum Fahrrad, hatte irgendwie ein doofes Gefühl, dass ich mich hier nicht so zu ihm hinzuspüren im Stande war, wie vor dem Krankenhaus, machte wieder Stevie Wonder an, dachte: *„Stevie Wonder*, seit wann denn Stevie Wonder jetzt?“, und fuhr nach Hause über die Verlängerte Scharnhorststraße, auch so ein Weg den wir mit den Kindern oft geschoben waren, vorbei am Baum in den ich letztens Tildas Strauß geworfen hatte und den ich im Vorbeifahren, aufgeputscht vom schnellen Radeln und ausgefüllt von einem Gleichmaß mit meinem schweren Gemüt, mit einem hoch in den Fahrtwind geworfenen Winken grüßte.

Mo. 01.08.2022, 16:20
im Hof

Kam nach Hause, stellte mein Rad im Hof ab, die Nachbarin bemerkte meine neue Frisur und sagte, mit einem leichten *Olala*, dass das andere *aber auch gut* ausgesehen hatte, woraufhin ich mich kurz ärgerte, meine langen Haare hatte kürzen zu lassen, mir war mein Haar dann aber am Ende wieder auch einfach egal.

Ich brachte die Getränkeeinkäufe hoch und gab Carina, die auf der Couch lag, Schokolade aß und *Tablet schaute*, die kleine Cola, die ich ihr mitgebracht hatte. Paul und die Großeltern waren noch unterwegs. Carina sagte, sie wolle alleine sein. Also ging ich mit meinem Trauerlaptop runter in den Hof, grüßte den anderen Nachbarn, der mit seiner Tochter was am Zaun rumharkte, sah ihre Häschen frei auf der Wiese hoppeln, und dachte an Karl, der hier am Zaun jetzt fehlte, mit seinem Hummelpo auf und ab hüpfend, den dort drüben langhoppelnden Kaninchen und dann auch mir, um mir zu zeigen, was er gesehen hat, „Häschchn, Häschchn“, so leicht nuschelnd, dabei zurufend. Ich war sofort wieder stichig im Herzen, setzte mich an den Holztisch neben dem Buddelkasten den ich im März, nach zwei Wochen Corona in der Bude, für beide Kinder aufgebaut hatte, als Projekt eines frühen, sonnigen Frühlingstags, klappte dann den Laptop auf, war zu antriebslos mich dort zu meinem Trauertextdokument hinzuklicken, das als Icon im sogenannten *Dock* mit nur einem Klick erreichbar wäre, und schrieb stattdessen nur schnell diese Zeilen hier ins Handy, das vom vielen Schreiben unterwegs und dem Musikhören nur noch bei 34

Prozent war, und wartete auf das quietschende Geräusch des Hoftors, um dann mit Paul, Oma, Opa und Carina bei Kaffee und Kuchen in den weiteren Verlauf dieses weiteren Tages ohne Karl hineinzutriefen.

Mo. 01.08.2022, 19:53
Küche

Dem Toten ist der Tod egal. Er merkt nicht, dass er tot ist. Die Hinterbliebenen merken es dagegen sehr. „Tod" und „tot" als Worte, so hart, so düster, kalt und schrecklich, falsch und ein Fehlen meinend, wirklich nicht ins Themenfeld *Kind* passend.

Mo. 01.08.2022, 23:27
in der Küche

Auf dem Fahrrad, am Feldbaum vorbeisausend vorhin, war ich kurz erregt davon, wie gut das war, dass ich da letztens diesen Strauß reingeschmissen hatte, und dachte das in diesem Wortlaut so, fast ein bisschen heiter, *geschmissen*, ging es mir als Wort, fast schon als Geste im Kopf herum, und ich blieb dann den Rest des Abends gern in diesem Gefühl drin, wie sich das da vorhin, dem beschmissenen Baum zuwinkend, so gut und richtig angefühlt hatte.

Im Garten trinken wir Café. Paul spielt mit den beiden Nachbarsenkeln. Wir sprechen über den *schweren Gang*, über die Beerdigung, palavern ansonsten so rum, in der aus den Wolken rausgekommenen, auch um halb sechs noch ziemlich scharf brennenden Sonne. Dann Abendessen unten. Dampfende Nudeln im Augustabendlicht. Ich gehe nochmal hoch, was holen, und stehe im Wohnzimmer, gerührt davon, dass Paul heute so einen schönen Tag hatte. Dass wir ihm in letzter zeit so dünnhäutige Eltern waren und er einfach besseres verdient. Paul geht im Hof herum, zeigt auf unser Auto und das Auto der Nachbarn und sagt, immer im Wechsel, „euer Auto" und „unser Auto". Auch Karl hatte neuerdings immer „meiner" und „deiner" gesagt, zu den Sachen, die er den Schwestern im Krankenhaus aus der Kitteltasche moppste. In Carinas Handy suchen wir nach Bildern von Karl und den Schwestern. Auf diesen Fotos sieht er so dunsig aus, wie ich ihn gar nicht in Erinnerung habe. Ich war ja so nah dran an ihm, die ganze Zeit im Krankenhaus, ich hatte die Veränderung ja gar nicht richtig wahrgenommen. Er ist natürlich trotzdem und sowieso superniedlich auf den Fotos, grinst und lacht und blinzelt.

Nachdem Paul im Bett war und meine Eltern zum Hafen, was trinken gegangen waren, kam Helena zu uns, direkt vom Zug aus Berlin, von der Beerdigung ihrer Oma. Wir saßen im Hof und erzählten über Beerdigungen, den Tod, die vielen Tode, die um uns herum gerade so passieren, die Gefühle und Empfindungen von Ungerechtigkeiten, besonders beim Tod von so jungen Menschen, besonders beim Tod eines Kindes, des eigenen Kindes, diese unfassbare, fassungslos machende, einem alle Böden wegziehende Ungerechtigkeit, dass ein Kind einfach stirbt, und wie man bei und *nach* einem 90-jährigen Leben eher einverstanden ist, wenn es mit dem Tod endet.

Wir sprachen über die Beerdigung, was man da wie machen kann, über eine mögliche „Kleiderordnung", und dass wir sowas eher unsinnig finden, aber es doch irgendwie irgendwas Einheitliches haben sollte. Helena schlug vor, dass alle doch in *einer* Farbe kommen könnten. Dass das doch schön sein könnte. Das hätte System und wäre eine Ordnung, wäre aber auch bunt und damit, das ist uns sehr wichtig, sowas wie kindgerecht, einem Kind gerecht, dem Leben und dem was das Kind ausstrahlte, was es für uns war, der kindswesentlichen, unverdorbenen Lebensbejahung damit gerecht.

Der Abend wurde dann zur Nacht, und kalt. Sterne ohne Wolken über uns. Wir sagten, als wir da so ins Haus gingen und uns mit leisem, schwachem Gemurmel verabschiedeten, nochmal alle ihre Namen kurz nach oben: die eine Oma, die andere Oma, der Opa, Anja, Karl. Alle die gestorben waren, jüngst, in letzter Zeit, in diesem traurigen Jahr. Ziemlich angeschickert von zwei Nordisch Hell und einer dünnen Davidoff räumte ich dann die Spülmaschine aus, deckte den Frühstückstisch für morgen früh ein, schreibe noch kurz hier in den Kummercomputer hinein und stelle den Wecker für morgen ziemlich früh. Um neun Uhr Termin mit dem psychologischen Dienst im Krankenhaus.

Das Reden mit Helena tat gut. Auch das Teilen der Trauererfahrung und der hilflosen Einigkeit darüber, dass das alles einfach ein riesiger Scheiß ist. Helena sagte nochmal, wer, wenn nicht wir, könnte denn sonst durch diese tiefe Krise gehen. Irgendwie macht das Mut und gab Wertschätzung. Und sie hatte da diese Idee, das hatte sie irgendwo gesehen, vielleicht auf einer anderen Beisetzung, eines einzelnen Pusteblumensamens in einem kleinen Fläschchen, als Andenken, als Symbol, als kleine Geste, als was zum Mitnehmen. Das war schön. Auch die wolkenlosen Sterne über uns. Was für ein riesiger Scheiß.

Heute viel Text hier. Heute viele Gefühle und viele davon heftig und doll, bitter und besänftigend. Am frühen Abend war ich noch erstaunt über die Feststellung, dass ich nicht so tiefmüde, wie sonst war. Jetzt, vom Bier und der Zigarette, bin ich's doch wieder, klappe meinen kleinen Karlschreiber zu, wasche mir das Gesicht und lege mich schlafen zu Carina und Paul, Karl ganz fest im Herzen, bei mir. Doch leider nicht sein atmendes Gesicht, wie sonst, wie noch vor wenig mehr als nur zwei Wochen, ganz dicht neben dem meinen, in dem mit ihm und Paul und Carina und mir so randvoll vollgestopften Elternbett.

Di. 02.08.2022, 00:16
im Bett

Nach Rumliegen und Rumlesen am Handy stehe ich nochmal auf, gehe pinkeln und hole aus dem Wohnzimmer Frau Elster zu uns ins Bett.

Di. 02.08.2022, 06:43
Küche

Kurz vor dem Wecker, der auf 06:35 gestellt war, aus einem seltsamen Sci-Fi-Alientraum aufgewacht. Kaffee. Klogang. Duschen. Die anderen beiden und die Großeltern unten schlafen noch. Fühle mich wie ein früh aufstehender Familienvater, der die ersten, leisen Minuten des Morgens *für sich* nutzt. Ohne größere innere Reaktion ist mir bewusst, dass gleich nur eines meiner Kinder aufwachen und mit uns den Tag beginnen wird. Und doch, ich weiß nicht genau wieso, liegen mir die Formulierungen fern wie *„Karl schläft für immer"* oder *„Karl wacht nie mehr auf"*. Er ist auch hier: in der Stille des Morgens, in der Disneyfigur an meinem blauen Kaffeepott, mit dem ich auch *damals* immer meine Tage startete, der mich, mit mehreren aus ihm getrunkenen Kaffees, an den meisten Tagen begleitete.

Di. 02.08.2022, 08:51
vor dem Klinikum

Um das Areal der Sitzensembles unter dem Mensavordach haben sie jetzt Windschutzwände drumrumgebaut. Es sieht aus, wie vor einem McDonald's an der Autobahn. Wir schließen die Fahrräder an. Die Morgensonne brennt hochsommerlich von vorne oben, schräg links über dem Klinikumshauptgebäude herunter. Möwen, Geräusche von Betrieb und Geschäftigkeit, von ankommenden und abfahrenden Zulieferfahrzeugen und arbeitenden Menschen. Im Raucherzoo, an dem „Raucherzo" steht, weil jemand das „ne" weggerubbelt hat, sitzen die Kaputtnicks in ihren Krankenhausschlappen. Röhrende Altmännergespräche, der Duft gestopfter Zigaretten, Mullverbände an Köpfen und Gliedmaßen. Wie Kriegsversehrte hocken sie da. Wie die Säufer vorm Supermarkt. Wie welche, die dem Leben nichts Schönes, nur noch das Rauchen abgewinnen können. Studis radeln zur Bibliothek und machen ihre Eltern bestimmt stolz. Gleich haben wir das erste Gespräch mit der Krankenhauspsychologin. In mir irgendwie okaye Karlgefühle, keine Stiche, nur sanftes Michbeiihmfühlen, wie immer sonst auch hier, an diesem Ort, an dem er krank und zur Gesundung so viele Wochen war.

Di. 02.08.2022, 12:43
im Garten, am Holztisch

Im Klinikum gibt es keine Securities mehr. Eine, meiner Sprache fällt in ihrem matt herumeiernden Mäandern kein besseres Wort ein, etwas *burschikose*, ältere Frau in einem blauen Krankenhausoberkittel, der über ihr sonstiges Wirken hier keine Auskunft gibt, steht stattdessen da und hilft, wenn Hilfe benötigt wird. Ich muss, weil sie in ihrer *Arbeitskleidung* wirklich so aussieht, als ob sie eigentlich was Richtiges zu tun hätte, und hier nur ersatzweise sich hatte hinstellen lassen, an die Essensfrauen und Reinigungskräfte im Krankenhaus denken. In all den Wochen waren sie tägliche Besucher in unserem Zimmer. Sie kamen, um ihre Arbeit zu machen und mir war das etwas unangenehm, dass ich, mit meinem Kind auf dem Bett sitzend, ein Buch anschauend, was malend, oder ins Tablet glotzend, ihnen dabei keine Hilfe, vielleicht eher sogar ein Hindernis war. Wir kannten uns irgendwann alle einigermaßen persönlich und machten auch mal ein paar leichte Gespräche, während sie im Zimmer herumfeudelten, im Badezimmer sauber machten, und mir dieser ganze Service immer irgendwie eher unangenehm war, weil ich Aufrisse und Dienstleistungen, die von orts- oder sonstwaswegen, per Beruf also, jedenfalls nicht von mir dazu aufgefordert, für mich und uns gemacht werden, immer irgendwie unangenehm sind. Also machte ich diese dümmlich vorsichtigen Tippelschritte, wenn ich über ihr frisch gewischtes Linoleum musste, oder hob mit einem unbeholfenen „Hupsi" meine Füße so hoch, dass sie besser unter das Krankenbett kamen. Bei allem gaben sie mir auf gute Art nie das Gefühl, der undankbare Inanspruchnehmer zu sein. Sie machten ihre Arbeit, leisteten ihren sogenannten *Dienst* und ich war ihnen einfach dankbar, freundliche Menschen in dieser schwierigen Zeit zu sein, und ich mochte, wie wir auf stille Art wie Reisende im Zug der selben Geschichte waren. Ich habe alle Menschen im Krankenhaus in guter Erinnerung und irgendwie fehlen sie mir.

Ich sehe das Bücherwägelchen im Gang hinter dem Foyer und es juckt mich, dort hinzugehen, um zu schauen, was so Neues drin liegt. Meist lag da nur Mist drin. Ostseeromane, zeitlose Krimis, alte Abenteuerromane, neuer Kitsch. Ab und an nahm ich da was mit, das dann doch interessant war. Ich hatte immer so vier, fünf, sechs Bücher auf dem Beistelltischchen neben meinem Krankenbett, kam zwar nie dazu, in allen ausgiebig zu lesen, weil ich auch mit meinem mitgebrachten *Lesestoff* irgendwie voran kommen wollte, las also jedes der Wagenbücher mal so ein bisschen an und stellte, was wirklich doof war, bei einem meiner oder unserer vielen Gänge durch die Flure, wieder zurück in den Bücherwagen.

Das Gespräch mit der Psychologin war okay, es half, zu reden, war aber auch nichts, das uns irgendwie auf irgendeine Art neu hinbog oder uns und unsere Trauer in nennenswert neue Richtungen wies. In ihrer weichen Stimme sagte sie Sachen und lobte uns, dass wir vieles instinktiv schon richtig machten. Sie lobte unsere *Leistungen* als Eltern und als Paar, als Team in dieser zermürbenden Zeit im Krankenhaus. Sie hätte selbst eine Enkelin im selben Alter und war ganz bewegt. Wir sprachen anderthalb Stunden, das Zimmer in einem oberen Stockwerk war hell. Ich habe, auch wenn ich in all den Jahren der nachjugendlichen Wankel- und Schwermut vielleicht mal hätte gehen können oder sogar sollen, mich stattdessen immerhin irgendwie immer wieder selbst auf- und aus Löchern rausraffte, und einer lange her gewesenen Beziehung mit einer Psychologin, keine nennenswerten Erfahrungen mit der Psychologie als Wissenschaft und Therapie. Die Sitzung heute brachte uns keine neuen Erkenntnisse, aber das ist vielleicht auch nicht die Erwartungshaltung, mit der man dorthin geht. Es war auch hier, wie bei allem Reden mit anderen Menschen zur Zeit, gut einfach viel zu reden und zu erzählen. Für die Trauerarbeit mit Paul empfahl sie uns eine Ansprechpartnerin beim Kinderhospizdienst. Die ehrenamtliche Arbeit beschäftigt sich auch zu großem Teil mit trauernden Kindern, Geschwisterkindern und Eltern.

Danach gingen wir raus aus dem Krankenhaus, schlossen die Räder ab, hatten auf okaye Art nicht allzuviel Auszuwertendes darüber zu reden, und fuhren zurück nach Hause. Ich sagte auf dem Rad, hinter Carina fahrend, nur sowas wie, dass sie sich ja auch mal an so symbolische Akte, wie das Werfen eines Blumenstraußes in einen Baum am Feld, wagen könnte, mal überlegen könnte, ob das was für sie sei. Im Gespräch mit der Psychologin waren nochmal unsere beiden, etwas unterschiedlichen, dadurch wohl so gut zusammen passenden und *funktionierenden* Wesen zur Sprache gekommen. Sie eher rational und kontrollfreudig, ich eher emotional, melancholisch, phlegmatisch fast manchmal, auch eher so im Innendrin verhaftet. Mein da so in den Fahrtwind zu ihr nach vorne gerufener Ratschlag zum Ausprobieren einer solchen, von mir ja schon praktizierten

Facette der Trauerbewältigung kam mir, auch weil so etwas atemlos vom Radeln vorgetragen, gleich irgendwie etwas dümmlich, in unangemessener Weise sie zu irgendwelchen Akten und Aktionen verpflichtend vor. Zu etwas animierend, das sie vielleicht, vielleicht auch nur zur Zeit, nicht war und wollte. Ich wollte nur irgendwie, dass ihr irgendwas hilft. Wie mir dieser symbolische Akt mit dem Karlbaum irgendwie geholfen hatte. Ich hatte mit meiner ganz persönlichen Aktion, gar nicht mal so spirituell gemeint, wie es nacherzählt klingt, einfach etwas Symbolisches *ausgeübt* und *hergestellt*, eine Art sphärische Markierung gesetzt, sachlich zwar schon, mit einem alten Blumenstrauß, aber auch unstofflich, metaphysisch vielleicht, indem ich den Baum, als Sache meiner Wege, für mich zu mehr *erklärt* hatte. Und diese Wegmarkierung ist bleibend, Karl ist darin jetzt *gesetzt*. Und das war irgendwie gut und deshalb hatte ich, wie ein ergriffener Idiot, beim Rasen gewunken und es war etwas, das in meine bröckelnden Zustände passte, ohne sich – für mich – völlig weltfern anzufühlen.

Irgendwie sowas dachte ich, da so hinter Carina herradelnd, wie ein Hündchen strampelnd, es war heiß und wir hatten gerade mit der Psychologin zwei Stunden über unser gestorbenes Kind gesprochen und ich war vielleicht weniger beieinander, als ich glaubte, und dann dachte ich darüber nach, ob wir noch genug Reis für das Mittagessen zuhause haben und ob wir nicht vielleicht nochmal Reis kaufen fahren sollten, beim Netto oder Norma, die lägen ja auf dem Weg, dachte ich, und musste scharf bremsen, als die Ampel rot war.

Zurück zuhause waren meine Eltern gerade dabei, mit Paul eine Runde rauszugehen. Paul sagte »Schüssi« zu uns und ging gern mit den beiden los. Carina machte Mittag, ich ging raus, setzte mir Kopfhörer auf, hängte die Wäsche mit viel zu wenig Klammern in einem komplizierten System in- und übereinander geklemmter Wäschestücke auf und hörte dabei, das erste Mal *seitdem*, einen Podcast. Das Gelaber des Musikers mit der Interviewerin in dem Gespräch, das ich im Krankenhaus nachts, beim Löten meiner Installationsmodule, mal angefangen hatte zu hören, war aushaltbar und schnürte mir nicht, wie ich erst befürchtet hatte, da es mich in jene Krankenhauszeit und in meine Zeit mit Karl zurück und in eine Hilflosigkeit des Vermissens werfen könnte, die Kehle zu.

Im Garten das Rauschen der Osnabrücker Straße an den Gleisen, das Zuhauen von Mülltonnendeckeln und Autotüren, ein Hahn kräht, das regenbogenbunte Windrad klappert leise im Hochbeet. Karl mochte die Dinger, wir haben natürlich *zwei* davon. Meine Mutter brachte die schöne Idee ein, dass sich auch ein Windrad an seinem Grab drehen sollte. Auch wenn es noch einige Wochen, vielleicht zu viele Wochen hin ist: die noch zu machenden Planungen für die Beerdigung, die Anzeigekarte, der Blumenschmuck, die Musik, die generelle Ausgestaltung der Trauerzeremonie, am liebsten draußen und direkt am Grab, allerdings haben wir dort ein Sitzmöglichkeitenproblem, all sowas ist gleichermaßen deprimierend wie tagfüllend. Die Psychologin bestätigte, dass viele Menschen nach der Beerdigung nochmal in ein Loch fallen. „Muss aber nicht sein", sagte sie, und ich hatte keine genauen Empfindungen in irgendwelche Richtungen und die Möwen machten draußen auf dem Flachdach des angrenzenden Gebäudes ihr freundliches Geschrei.

Aber, allein an dem, noch herauszusuchenden, schönen, lebendigen, ihn in all seiner Freundlichkeit und Kindlichkeit zeigenden Bild dort am Grab zu stehen, wird sehr schwer, glaube ich. Gleichzeitig ist es gut, dass wir nach dem Zeremoniell eine Zusammenkunft bei Alexander und Sonja im Garten abhalten werden. Eine eher lockere Sache im Grünen, ganz im Sinne von Karls Liebe für die Natur soll es sein.

Di. 02.08.2022, 14:08
Küche

Nach dem Mittag steht in mir – Carina ist im Hof mit Paul, baut das Planschbecken auf; meine Eltern in der Stadt und holen Kuchen – beim Ausräumen der Spülmaschine plötzlich der klare Gedanke: dieses Buch schreibt sich von selbst. Ich muss es nur schreiben.

Di. 02.08.2022, 17:51
am Gartentisch

Tilda hat jetzt ein Lastenrad. Vier Sitzbänke vorne drin. Ein Schiff von einem Fahrrad. Sie brachte mir mein Zeug vom kleinen Konzert letztens vorbei. Fünf Gitarren, ein Bass, kleiner Verstärker, viel buntes Klimmbimm und Kabel, Kabel, Kabel. Das war das Konzert, gut zwei Wochen vor Karls Tod. Ich hatte im offenen, zum Innenhof hin vollverglasten Flurgang in der Medienschule drei Ecken mit jeweils zwei Saiteninstrumenten und rotierenden Stoffpompons bespielt, als selbstlaufende Installation, als Sound

und Teppich der Vernissage dort. Mit Ach und Krach hatte ich das in den Abenden, wenn Karl schlief, aus dem Krankenhaus heraus vorbereitet, dort die Drehmotoren für die Stoffpömpel gelötet und geschraubt, an einem kurzen Nachmittag, an dem Carina dann bei Karl im Krankenhaus war, von zuhause die Gitarren und die Kabel und alles gegriffen, und alles ohne Probeaufbau dann vor Ort aufgebaut, die Installation ihren aleatorischen, musikalischen Dienst machen lassen und war dann, gegen halb acht Uhr abends, Carina hatte mit Karl dort Abendbrot gegessen, wieder ins Krankenhaus gefahren. Ich weiß noch, wie sie beide auf dem Bett saßen, schon gegessen hatten und Karl so erfreut schaute, als ich zur Tür hereinkam, wie er immer erfreut schaute, wenn ein Elternteil hereinkam und wie friedlich beide dort gespielt hatten und wie sehr ich mich, schon bei der mit Ach und Krach über's Knie gebrochenen Konzertperformance so sehr auf Karl und darauf gefreut hatte, wieder schnell zu ihm zu radeln, den kurzen Weg von der Medienschule zum Krankenhaus, über die Pappelallee, paar hundert Meter eigentlich nur, und wie ich dann so gerne wieder bei meinem Karl war und mir mein Konzert und meine Technik und wie alles gelaufen war eher egal waren und ich die Technik, die ganze Installation erstmal aufgebaut vor Ort gelassen hatte, um sie irgendwann später dort abzuholen.

Ich hatte dann Karl wie üblich ins Bett gebracht und war dann gegen neun, halb zehn am Abend nochmal rüber in die Medienschule gefahren, ein wenig Musik im Ohr, auf der Radmagistrale den lauen Frühsommerabend entlangrollend, hatte dann die Installation abgebaut und alles in einem Raum verstaut, um es dann andermal abzuholen. Tilda war auch noch vor Ort und ich aß noch schnell einen Kartoffelsalat im Stehen. Ein paar junge Medienschulemenschen saßen vor dem Gebäude und tranken Bier und Biermischgetränke. Auch hier schwang ich mich bald wieder, so voller Vorfreude, und ohne Lust noch länger zu bleiben, auf mein Fahrrad und fuhr zurück zu Karl, um dort, im Krankenhaus, an dem flachen Tisch in unserem angenehm großen Zimmer, noch ein wenig zu schreiben, erleichtert und befreit von den dann doch ziemlich in Stress ausgearteten Fernvorbereitungen der Performance. Alles war gut in dem Moment. Karl schlief, seine Entzündungswerte wurden jeden Tag kontrolliert und irgendwann waren sie dann medikamentös erfolgreich runterreguliert. Draußen war der Frühsommer lange hell, die Möwen, die Schwalben, das Übliche. Ab und zu dröhnte der Rettungshubschrauber los und ich machte das sonst immer angekippte Fenster dann kurz zu, damit Karl nicht aufwachte. Nachts, nach dem Schreiben, ging ich duschen wie immer, besonders an diesem Abend tat es gut, weil ich beim Aufbau der Installation so unsagbar geschwitzt hatte, aus Unwirschheit und weil es so heiß war, die Tage wurden da gerade heißer, der Sommer war in voller Fahrt. Nach dem Duschen las ich, wie so oft, noch das Geschriebene vom Abend in meinem Kontroll-PDF am Handy, stellte dann den Wecker auf fünf nach Sieben und schlief den festen Schlaf, den ich dort im Krankenhaus immer neben Karl schlief. Er war nachts immer am Pulsoximeter angeschlossen, manchmal auch Dioden am Herzen und hin und wieder, wenn es die Therapie erforderte, trug er einige Tage eine Flexüle an Arm oder Bein. Beim Stechen der Flexüle weinte und schimpfte er immer sehr, war danach aber immer schnell wieder besänftigt, in meinem Arm, saß mir im Arm, wie ein kleiner Koala, hielt sich an meinem Hals fest, manchmal sogar mit beiden Armen darum geschlungen, wie ein kleiner Tragling, was mich immer besonders rührte und auch heute bei Paul noch sehr rührt. Wir waren ein gutes Team im Krankenhaus. Wir waren auf einem guten Wege. Das alles war zwei Wochen bevor er starb.

Ich sitze im Garten, der Tag kühlt endlich ab, das Planschbecken steht im Licht der von Wolken wattig verunschärften Sonne. Natur. Immer wieder Natur hier, im Text. Es gibt hier in dem täglichen Strömen immer wieder diese Naturtexteskapaden. Wir tranken und aßen mit Tilda und meinen Eltern Kaffee und Kuchen, es gibt hier in den letzten Tagen dauernd Kaffee und Kuchen, wie bei *richtigen Leuten*, Tilda musste dann los, mit ihrem Viersitzer ihre Kinder aus der Kita holen, Carina ist mit Paul, der zwischenzeitlich sehr quenglig war, zu Helena in den Garten gefahren und meine Eltern fuhren los zu einem nahen Strand, nochmal kurz ins Wasser springen. Ich räumte den Kuchentisch leer, stapelte alles in die Spülmaschine, es fällt doch ziemlich viel an, bei all dem Geesse mit so vielen Leuten, hörte dabei den Podcast zu Ende, hörte dann wieder Stevie Wonder und es kloßte mir dabei, auf eine erträgliche, auf eine bewegende und bewegte Art im Hals herum. Vielleicht könnte das eine Art *gutes Lied* zu dieser schlimmen Zeit werden? Die Psychologin heute riet in einem Nebensatz als Stressbewältigung auch zum *Musikhören*, das sei doch gut, da könnte man auch an Karl denken und das baue auch Emotionen ab und irgendsowas sagte sie, was alles grundsätzlich richtig ist, mich, der ich mein ganzes junges Erwachsenenleben *wie ein Bekloppter* Musik gehört und aus ihr gezehrt habe und mit den Jahren, wie jeder Musikfreund, immer mehr auch die Stille zu schätzen wusste, aber auch nicht so richtig überzeugte, da ich, wie irgendwo hier in der Textflut reingeflossen steht, zur Zeit noch nicht wirklich aktiv Musik hören kann, als emotionaler Trigger oder als Ventil, und schon gar nicht zur *Entspannung*. Mit dem Stevie-Wonder-Lied ging es letztens aber wieder dann doch irgendwie. Ich hatte es erst in der Woche vor Karls Tod entdeckt und in dieser Zeit dann, das zeigt ja die Spotify-Hör-Historie, viel gehört, beim Rumradeln und Erledigungen machen, endlich wieder aus dem Krankenhaus entlassen, kleine Freiheiten beim abendlichen Einkauf auslebend, da hatte ich es viel gehört und fand es so gut, so schön, so melancholisch auf eine seelenbelebte Art auch. Und seit gestern oder wann das war, seit meinem Rumgeradel vom Getränkemarkt zum Krematorium hin zum Feldbaum und nach Hause, höre ich dieses Lied häufiger und bin dann auch immer irgendwie bei Karl damit, stelle mir vor, wie ich mit ihm im Arm dazu so leicht durchs Zimmer tänzele, wie ich es bei manchen Musiken eben immer so getan hatte, weil ich die Musik so schön fand oder weil ich merkte, dass die Kinder die Musik so schön fanden oder, das war meistens der eigentliche Grund, weil die Kinder das so amüsant fanden, auf dem Arm herumwippend durchs Zimmer zu wackeln.

Jetzt bin ich also so ein Stevie-Wonder-Fan oder was, auch verrückt. Aber das dazugehörige Album ist wirklich wahnsinnig *groß*, wunderschön produziert auch, samtig im Sound und allsowas, ich bin zu faul das jetzt auszuführen, obwohl ich früher gern so ausführlich über Musik schrieb, aber das war meist experimentelle, irgendwie auch kaputte Musik, und da lässt sich leichter drüber schreiben. Über diese Eleganz und diese Ausgewogenheit in diesem Großwerk Stevie Wonders zu schreiben führt nur zu unqualifiziertem Gesülze, also lasse ich es lieber. Ich denke aber, Karl hätte es gefallen, zu „*LOVE'S IN NEED OF LOVE TODAY*" durchs Zimmer geschaukelt zu werden.

Im Krankenhaus hatten wir auch viel Radio und Musik gehört, häufig nur nebenbei, aber oft, wenn irgendein Lied, eine schöne Tonfolge oder ein Gesangspartikel aus dem mittelleisen Hintergrundgedudel des uns den Tag verkürzenden Radios hervorstach, zeigte Karl auf die Bluetoothbox und sagte »MaNN« und manchmal auch »WRaU«, wenn dort ein Mann oder eine Frau erzählten oder sangen. Manchmal sagte Karl auch »maNI«, wenn etwas nicht klappte oder nicht nach seinen Vorstellungen lief, was er sich wahrscheinlich bei mir abgehört hatte, da ich mich manchmal dabei ertappte, wie ich „man!“ sagte, wenn irgendwas nicht klappte oder nach meinen Vorstellungen lief. Das war auf eine Art immer sehr niedlich, da es bei ihm, wenn er das da so hinauszeterte, wie ein richtiger eigener Wesenszug, aber auch so kindlich überbetont, wie etwas pantomimisch, auf jeden Fall doch ziemlich komisch Nachgemachtes wirkte. Ich lachte dann immer und versprach mir innerlich, dass ich nicht mehr so viel „man!“ sagen möchte, weil das ja schon die kleine Art des Fluchens ist.

Für das Abendbrot hatte ich eben in der Küche oben schon bisschen was hingestellt und zurechtgeschnippelt, wir essen hier bei dem Wetter ja gerne Tomatenbrot, mit Zwiebeln, war dann runter in den Garten gegangen, hatte ein bisschen das sommerliche Chaos auf der Wiese aufgeräumt und mich dann, so angenehm bewegt und angeregt vom Lied in der Küche, für ein paar kurze Zeilen, aus denen wieder ganze, stoßweise rausperlende, und also aus meinem Innersten heraus- und hier hinein geschüttete Absatzketten wurden, an meinen Karltext gesetzt.

Auch der kleine Schlumpf mit dem Saugnapf unten dran, eines dieser Wegwerfgeschenke, das man im LIDL oder irgendwo an der Kasse zugesteckt bekommt, wenn man einen bestimmten Einkaufswert übersteigt, war bei den Kindern nur der „MANN“. Da unsere Kinder eigentlich nie so richtig irgendwelche Sachen unkontrolliert in den Mund gesteckt hatten, die orale Phase irgendwie schnell vorbei war und eigentlich auch nur babymundtaugliche Dinge angelutscht und angesabbert wurden, und man nie so die Sorge haben musste, dass sie irgendwas überhaupt nicht essbares, zu essen versuchen würden, waren wir nicht *allzu* panisch hinterher, tendentiell *zu kleine* Spielsachen immer gleich aus ihrem Einzugsbereich wegzuschaffen, und so war dann irgendwann auch dieser Minischlumpfmann, diese kaum wachteleigroße Figur, fest in einer der Spielzeugkisten wohnhaft und ab und zu griffen Karl oder Paul nach ihm und sagten „MANN“ und setzten diesen blauen Mann dann auf die Holzfeuerwehr oder pümpelten mit dem unten am Schlumpf angebrachten Saugnapf auf unserem alten Holzparkett herum.

Di. 02.08.2022, 21:19
Sofa im Wohnzimmer

Heute ist unser dritter Hochzeitstag. Statt abends ausgehen: jetzt auf dem Sofa. Den Fernseher rieseln lassen, im Handy wischen, in den Laptop tippen. Und das ganz genau und plangemäß als Wunsch und Wille und Vorstellung eines entspannten Abends nach einem heißen, langen Tag. Heute nicht geweint, nur vorhin kurz, an der Spülmaschine, aus Rührung und gutem Bewegtsein durch die Musik, ein Tränchen für Karl ins Knopfloch gedrückt. Am Tag, der heute viel draußen, im Garten und morgens, kommt mir sehr lange her schon vor, auch am Klinikum, stattfand, dachte ich oft mal an Karl, als kleinen Typen, der da jetzt auch rumstiefeln müsste, auf der grünen Wiese, um uns herum, sich freuend, dass alle da sind, dass irgendwie was los ist, dass alles in seiner Betriebsamkeit um ihn herum so beruhigend, ihm bekannt und zufriedenstellend, ganz unbekümmert ein gutes Kinderleben für ihn ist. Aber er ist nicht da und ich hoffe, es geht ihm gut, *wo* und *wie* er jetzt ist. Wenn er der Geist und die Idee von sich ist, die ich immer aktiviere, durch mein Denken *an* und Hinfühlen *zu* ihm, dann geht es ihm ohne Zweifel gut. Doch was heißt gut. Besser ginge es ihm, wäre er am Leben, oder? Ich bin zu müde für genauere Gedanken hierzu, schreibe nur schnell ein paar Kleinigkeiten noch auf:

Carina kam gegen halb sieben zurück, mit Cleo, Helena und Hauke, die kurz noch bei uns mit auf den Hof kamen. Hauke und ich drückten uns fest, das erste Mal, seit sehr langer Zeit. Er wusste keine Worte, sagte nur sowas wie „Och, Mensch, Martin...“. Die Umarmung tat gut. Wir waren in den letzten Jahren, auch durch den Job in der Firma, wo es mir so schlecht und ihm so gut ging, irgendwie auseinander geraten, vielleicht weil ihm dort das, was mir so zuwider war, auf groteske Art Spaß zu machen schien, was mich innerlich auf seltsame Art von ihm trennte. Auch die Coronajahre hatten ihn irgendwie mürrischer, stofeliger, vielleicht misanthrophischer gemacht, als eine Art Enttäuschtsein von der Vernunftunfähigkeit der Menschen, schien mir. Im Kern konnte ich das verstehen, ich fühlte mich an mein zynisches Herz vergangener Jahre erinnert, auch das war eher aus Schwermut wegen der von mir immer etwas übersensibel vielleicht empfundenen Grobheit der Welt. Aber mit den Kindern hatte ich andere Sorgen. Der Schwachsinn der großen Welt tangierte mich nicht, weil im kleinen, weil mit den Kleinen, alles so riesig und schön war. Dass wir während Corona als Eltern beide zuhause und für die Kinder da waren, war das Beste, was uns und ihnen passieren konnte, gerade jetzt, wo Karl tot ist und diese Zeit auf abrupte Art von etwas abgeschnitten wurde. Hauke und ich redeten nicht viel, aber es war gut, dass er da war. Paul und Cleo planschten im Planschbecken, wir erzählten alle ein wenig, matt und kraftlos, aber okay und, wahrscheinlich jede und jeder auf ihre und seine eigene Art, gemeinsam im Gefühl nicht allein zu sein, und nachdem die drei nach Hause gefahren waren, aßen wir, Carina, Paul und ich, in Gesellschaft vieler Wespen, draußen unser Abendbrot, das ich vorhin vorbereitet und dann hinunter in den Hof geholt hatte.

Meine Mutter brachte eine Sonnenblume, so groß wie Paul, von unterwegs mit. Ich stellte sie in eine große Vase und wir brachten, während meine Eltern draußen nun ihr Abendbrot aßen, Paul ins Bett. Er schlief relativ schnell ein und ich sagte meinen Eltern, dass wir statt abends ausgehen – was sie uns, sie würden dann Pauls Schlaf hüten, angeboten, fast ans Herz und als Aufquatschung regelrecht nahe gelegt hatten – heute lieber stumpf *einen Ruhigen* vorm Fernseher machen werden. Sie gingen dann runter in die *Gästewohnung*, Mutti nahm noch ein Buch aus unserem Regal und ich gab beiden noch jeweils einen Schlummertrunk mit.

Morgen um zehn Uhr Termin mit dem Friedhof, Grabplatzwahl *parzellengenau* festlegen. Unter dem Laubbaum, am hellen Platz dort, wo sich abends Fuchs und Elster, das fände ich als Vater und sicher auch Karl ganz schön, bestimmt auch mal, mir gefällt die Idee des Friedhofs als ein von Tieren belebter Ort, gute Nacht sagen, oder?

Di. 02.08.2022, 23:42
im Bett

Immer minutengenau ähnlich im Bett, immer so abends zwischen elf und zwölf die letzten Einträge eines Tages hier. Seltsam, diese Routine, diese Struktur. Jeden Abend ab elf: völlig fertig und müde. Das Zuziehen der Gardinen erinnert mich an die Zeit, als beide Kinder da waren, als ich nachts noch die Gardinen zuzog, um dann zu beiden Kindern und Carina ins Bett zu schlüpfen. Ich ging meist als letzter ins Bett, saß noch so ein, zwei Stunden länger im Wohnzimmer und schrieb oder schaute fern. Dann, eventuell schon, wie ein richtiger Vater im Feierabend, kurz mal weggenickt, stand ich auf, machte mich bettfertig und zog, in den Fenstern der Nachbarhäuser waren die meisten Lichter schon aus, die Gardinen nochmal ordentlich zu, so dass nicht zu viel Licht am frühen Morgen, aber doch auch die ganze Nacht etwas Luft durchs angekippte Fenster herein kommen kann. Dann legte ich mich dazu, ins Bett, zu meiner Familie, an meine schmale Kante. All das war schön und neu in meinem Leben: der Frieden der eigenen Kernfamilie in der Nacht. Der Schoß der Familie als atmender Ruhepol. Jetzt klafft eine Lücke in unserer Familie und diese Lücke ist eine Lücke im *sozialen Gefüge*, in der Chemie, im *Prinzip* der zwischenmenschlichen Vernetzungen. Oder anders gesagt: er fehlt mir so. Er fehlt uns so. Er war doch einer von uns. Er war der, der meist auf meiner Seite des Bettes schlief. Er war die kleine Version meiner *träumerischen Erwachsenenseele*. Paul hingegen ist ein ziemlich genaues Abbild von mir als Kind: unternehmungslustig, aktionsbegeistert, aktiv und oft auch laut. So war ich als Kind. Gern erzählt meine Mutter die Geschichte, wie sie mal, da war ich zwei, vielleicht eher drei, aus einem Restaurant geworfen wurde, weil ich so *herumgebockt* hatte, unzumutbar für die anderen Gäste, hatte der Wirt gesagt. Später, so ab der Jugend, wurde ich ziemlich ruhig, introvertiert, unsicher, ein richtiger jugendlicher Junge, die anderen Jungs waren mir zu laut und die Musik war mein Thema. Null Bock, nur Musik.

Jetzt ziehe ich die Gardinen zu und lege mich in das Bett, in dem nur noch Paul zwischen uns liegt. In den letzten Tagen war das irgendwie aushaltbar, ich legte mich ins Bett, Karl fehlte sehr, aber ich war auch froh, meinen Paul bei mir, bei uns zu haben und schlief, für die Verhältnisse dieser grotesken, tauben, grauen Tage, einen guten Schlaf neben ihm.

Mi. 03.08.2022, 07:54
in der Küche

Manchmal zeigte Karl morgens auf eine leere oder halbvolle Milchflasche die noch, vom nächtlichen Zwischendurst, am Bett stand und sagte, das „t" am Wortende so überdeutlich betonend: „altttt", und blinzelte dabei sein freundliches Lachen. Ich hatte ihm mal, als seine erste Idee nach dem Aufwachen das Weitertrinken der dort noch stehenden Nachtmilch gewesen war, gesagt, dass die Milch *alt* sei und man die nicht mehr trinken könne, und es sowieso gleich Frühstück gäbe. Karl schien das einzuleuchten und seitdem freute er sich immer daran, wie ich mich freute, wenn er die Milch „altttt" nannte, was für ihn, diese richtige Benennung der *Eigenschaft* des Gegenstands, wahrscheinlich eine angenehme Erfahrung der sogenannten *Selbstwirksamkeit* war.

Das mit der Milch fiel mir eben wieder ein, als ich aufstand und an einer Milchflasche der Nacht vorbei in die Küche ging, Kaffeekochen undsoweiter. Ich hatte dann ganz deutlich sein liebes, verschlafenes Kindergesicht vor Augen, mit diesem Lächeln, diesen lang in der Stirn hängenden Haaren, in dem weiß-türkis-grünen Schlafanzug mit den Nilpferden drauf.

Paul schläft noch. Carina ist im Bad. Ich mache Kaffee und stehe in Unterhose in dem neuen Tag in der, im letzten Jahr, als Karl noch lebte, neu gemachten Küche.

Mi. 03.08.2022, 10:23
Friedhof

Sitze auf dem Friedhof, im Schatten der Traubenkirsche, die über Karlis zukünftigem Grab ihre Blätter hellgrün in die Sonne hebt. Carina telefoniert mit der Arbeit, läuft dabei auf dem schönen Weg nebenan umher. Mir gegenüber eine Birke, ihre kleinen, dicht und hoch angehängten Blätter rauschen bei jedem kühlenden Windstoß. Es sind jetzt schon 28 Grad, bis zu 31 sollen es heute werden, 35 morgen.

Hier auf dem Friedhof, hier in den Bäumen, ist wunderschönes Klima. Es ist wirklich irgendwie *dann doch* ein freundlicher Ort, an dem die Ruhe und Einkehr einen nicht ins dunkle Ichinnendrin sondern eher hin ins hell hier herumäthernde Unsichtbare der hier wohnenden Seelen bringt. Ich finde die Vorstellung schön, dass diese sogenannten *Seelen*, die hier bestatteten Menschen und das was von ihnen nach dem Tod bleibt, hier nicht nur *ruhen*, sondern *wohnen*. In ruhiger Lage wohnen. Hier und in der Gegend.

Ging dann die Treppe zum wuchtigen Bau des Krematoriums hoch, der, so grün umrankt, eingewachsen und bis zur Tür umwuchert von wildem Wein so *verwunschen* und filmartig aussieht, dass ich an den Affenpalast im Dschungelbuch denken muss, freundete mich mit der Szenerie und dem Ausblick auf den Vorplatz *nun doch etwas* an, ging die Treppe wieder herunter, lief mit Carina den Parkweg richtung Ausgang, aß einen Sahnebonbon und roch dem Rauch des vor uns in grüner Latzhose laufenden, seine Glatze in der, schon die Mittagshitze mitmeinenden Vormittagssonne bratenden, bis zum Nacken tätowierten Friedhofsarbeiters nach.

Mi. 03.08.2022, 13:29
Küche

Vor dem Mittag war wieder der Kleine Fuchs in der Küche. Durchs weit geöffnete Fenster lassen wir den Schmetterling, den ich vor einigen Tagen, vor dutzenden Seiten hier, fälschlicherweise für ein Tagpfauenauge gehalten und den meine Mutter natürlich sofort richtig erkannt und bestimmt hatte, wieder raus. *Kleiner Fuchs*, auch das noch. Fuchs und Elster. Ich fass' es nicht. „Fatter, Fatter" sagt Paul und macht flatternde Gesten mit den Händen. Auf dem Mittagstisch der Wildblumenstrauß meiner Mutter.

Paul spielt auf dem Boden, mit sich, bei sich, für sich, während wir einen Kaffee nach dem Essen trinken. Einmal sagt er unvermittelt und zum ersten Mal „Vielen Dank", als irgendwer von uns, wahrscheinlich beim Herüberreichen des Zuckers oder irgendetwas, für das man sich bei so einem Kaffeetrinken bedanken könnte, „Vielen Dank" sagt. In letzter Zeit macht er das häufig, irgendwas, das er nur einmal zu hören braucht, direkt nachsprechen. Carina und ich denken sofort an Karl und wie er immer, seit ziemlich langer Zeit schon, „Danke" gesagt hatte, immer sehr betont, „Dang-ke", auch im Krankenhaus ständig, immer wieder „Dang-ke", wenn die Schwestern ihm was gaben oder aus ihren Hemd- und Kitteltaschen herausnehmen ließen. „So ein höfliches Kind!" hatte Schwester Babette dann immer mit einem Schnutenmund-„Oooh" gesagt und sich wie mit einem kleinen Knicks zu Karl heruntergebeugt, damit er besser an ihre Kitteltasche herankam, um dort ihr Telefon, einen Holzspatel oder irgendwas anderes herauszufummeln.

Mi. 03.08.2022, 15:58
Küche

Vergebliche Versuche des Mittagsschlafes mit Paul. Carina räumte im Bad rum, brachte die Seifen- und Duschgelkörbe an die Wand, die sie bestellt hatte, damit nicht alles so auf dem Badewannenrand herumsteht und immer in die Wanne fällt. Carina holt dann das Gemüse aus der *Straze* und ich bleibe mit Paul zuhause. Während er seine Feuerwehr in der Küche herumschiebt, skippe ich *random* durch die Musik auf meinem Handy und lande plötzlich, unter sofortigen Tränen der Rührung und der Karlsehnsucht, beim Soundtrack von *„ABOUT A BOY"*, von Badly Drawn Boy. Die CD hatte ich vor gut 20 Jahren, im hiesigen und einzigen Second-Hand-Musikgeschäft gekauft, und sie dann vor einiger Zeit mal ins Auto gelegt. *„SOMETHING TO TALK ABOUT"* hatten wir damals immer im Auto gehört, als wir die Kinder, in den ersten Tagen nach der Geburt, in der *Neo* besuchen waren. Ich sage Paul, dass ich weine, weil die Musik so traurig und schön ist und, dass alles okay ist und dass wir gleich, wenn Mama mit dem Gemüse zurück ist, losfahren zu Kristof und Rabea. Carina kommt nach Hause und Paul sagt zu ihr „Papa weint". Ich lache, wie man eben lacht nach einem Weinen, etwas schniefend, auf eine unschuldige Art leicht und erleichtert, und sage, dass wir vielleicht das Lied ja bei der Beerdigung spielen könnten. Carina sagt, dass man das ja vielleicht bei der Aktion mit den Luftballons spielen könnte. Ich nicke, wir verstauen das Gemüse, und ziehen uns dann alle fürs Losgehen an.

Mi. 03.08.2022, 22:58
auf dem Sofa

Im Fernsehen eine Doku von dem Regisseur, der vor 13 Jahren, lange vor den Kindern, mal eine Kurzdoku *über uns* gemacht hatte. Dieser CD-Sampler mit der bildenden Kunst im Booklet und dem zweiwöchigen Releasemarathon in den Orten der Stadt. In seinem Kurzfilm sind wir wie junge Hunde, brabbeln in die Kamera, sitzen zum Interview aufgereiht, wie vier verschiedene Ideen, ein Leben mitte zwanzig zu leben. Lange her. Mittlerweile sind alle, den Ideen mehr oder weniger hinterher, in alle wortwörtlichen Winde weg. Und dann war ich eben, ideenlos vorm Fernseher, wieder konkret melancholisch, nostalgisch vielleicht, verdrießlich durch das Verschwinden von Zeit geworden. Vorhin zu Besuch bei Rabea, Kristof und Tochter. Kuchen, Baclava und wieder diese angenehme Unaufdringlichkeit des Beisammenseins. Paul badete und wasserspielte mit ihrer Tochter im kleinen Aufpusteplanschbecken. Gespräche über Karl und wie und was war, in jener Nacht. Rabea sagte, dass wir es *professioneller* nicht machen könnten, so wie wir aktuell durch unsere schlimme Zeit gerade gehen. Beim Abschied noch Gurken und selbstgemachte Marmelade. Zuhause Abendbrot und dann direkt ins Bett. Paul schläft schnell ein. Noch kurz rumsitzen mit meinen Eltern, dann vor den Fernseher und an den Laptop. Jetzt diese Doku im TV. Morgen früh Termin mit dem Kinderhospizdienst, die hatten heute angerufen. Abends dann der *schwierige* Termin mit den Ärzten, zum Obduktionsbericht. Aber irgendwie, das geht so als generelles, unscharfes Gefühl in uns herum, wird er vielleicht auch sowas wie *Klarheit* bringen und ist deswegen hoffentlich *gut*.

Vorhin, am Handy, auf dem Friedhof, während Carina da so mit dem Telefon am Ohr auf dem Nebenweg herumwehte, hatte ich eine Hand voll kleiner Ansteckbuttons mit Frau Elster drauf bestellt.

Do. 04.08.2022, 00:31
im Sofa im Wohnzimmer

Habe, das erste Mal seit Karls Tod, wieder meinen großen, *regulären* Arbeitslaptop hier auf dem Wohnzimmertisch aufgeklappt. Jener Laptop, an dem ich immer nachts schrieb, Musik machte oder hörte, Videos in Mediatheken schaute, Zeit verstreute, prokrastinierte, sogenannte Feierabende machte. Ich war mit unserem – wann eigentlich genau? – vor oder während der Babyzeit angeschafften Smart-TV noch nicht so richtig vertraut, fummelte also immer, als wäre 2009, meinen Laptop übers Kabel hinten in den Fernseher rein.

Die letzten Einträge in der Browserhistory sind Fahrplanrecherchen auf bahn.de gegen vier Uhr morgens, als ich, meine Mutter am Telefon, versuchte Zugverbindungen für sie zu recherchieren. Wir hatten ja in der Nacht noch unsere Eltern angerufen, gegen halb drei, drei war das. Und dann immer wieder hin und her telefoniert, um zu klären, wann sie am Morgen hierher kommen würden. Die Zugverbindungen waren alle schlecht und nur mit Umstiegen. Also fuhr meine Mutter bei meinen Schwiegereltern mit. Sie fuhren gegen acht Uhr morgens los, niemand hatte die Nacht mehr richtig geschlafen, und dann waren sie gegen halb elf, elf endlich bei uns. Bei Paul, Carina und mir.

Vor den Zugrecherchen sind die letzten Einträge, alle gegen 0:50 Uhr aufgerufen, meine Roman-Notizen in meiner Arbeitsplattform, sowie Musik von Do Make Say Think. Ich war in jener Nacht gerade, schreibend am Roman, dabei, mich musikhörend in die Zeit von 2005, 2006 zurückzuversetzen. Do Make Say Think, die hatte ich damals viel gehört, im Discman noch, unterwegs, draußen rumstromernd, nachts und an den Katertagen, in den Ausläufen meiner mich über alle melancholischen Maßen in die Mahlwerke von Müßiggang und endlos lang verschlafenen, bis in den Abend hinein verpennten Tagen jagenden Jugend. Besonders „*HOORAY! HOORAY! HOORAY!*" hatte mich, es war die Zeit der jugendlichen Postrockliebe, als Lied und als ständig im Repeat so in meinem Leben schwebende Stimmungssteilvorlage, damals durch so manche dunkle Nächte getragen.

Jetzt sitze ich hier, höre dieses Lied, und fühle mich gut darin aufgehoben. Obwohl diese Nächte hier eigentlich viel, viel dunkler sind. Obwohl es jetzt einen einzigen, viel, viel tieferen Grund gibt, sich viel, viel dunkler und dem, vielleicht sogar finalen, Endlosschlaf zugetan zu fühlen.

Wäre also doch Heilsamkeit in Musik zu finden? Könnte ich, etwas angeschwippst, auch jetzt noch nachts immer wieder mich in schöne leichte Jenseitigkeiten hinfinden, durch Musik? Statt damit jetzt in irgendwelche lange vergangenen jungen Jugendjahre, einfach zu Karl hin? Ginge sowas? Wäre das komisch? Sich schwelgerisch zu ihm, mit Musik und Bier, hinzusehnen? Wie ich es früher gern in andere, jüngere, meinigere Zeiten tat?

Do. 04.08.2022, 01:11
Wohnzimmer, Sofa, in der Browserhistory

Ebenso offen, als Tab auf dem Regulärlaptop, ein Videomitschnitt von meinem Konzert im März diesen Jahres in der *Straze*. Ich hatte das damals, kurz nach dem Auftritt hochgeladen, mich dann nicht weiter damit befasst. Ließ es eben nebenher kurz laufen und fand es ganz gut. Ich war damals so auf Arpeggios getrichtert, auf endlose, minimalmusikalisch, repetetiv und clusterweise in- und umeinander plätschernde, puckernde Synthesizerarpeggios orientiert, hatte dafür an meinem Setup rumgebastelt, es bis zum Konzert, gemessen an den mir vorgeschwebt habenden Möglichkeiten, irgendwie nur so halb fertig bekommen und spielte das Konzert dann als spontane Improvisation mit allen möglichen Klangerzeugern, Gitarre, Plattenspieler, Kinderglockenspiel und eben diesen, endlos knöpfchendrehend bearbeiteten, synthetischen Tontrauben. Eben, nach zweieinhalb Nachtbieren diesen Mitschnitt hörend, dachte ich so: vielleicht könnte ich ja demnächst doch wieder und bald oder jetzt demnächst schon, jedenfalls irgendwie *auch*, neben dem Schreiben, Musik machen? Aus der Idee und dem Willen und dem Vorhaben heraus, dass all das mich dann auch immer wieder näher, besser und hin zu Karl brächte, bringen könnte, vielleicht? Gerade, so ziemlich angeschwippst vom Bier, so in etwa wieder diesem Ich-nachts-am-Laptop-Modus, wie ich es damals immer war, fühlt sich das alles möglich und in nicht allzu ferner Ferne machbar an. Sehr seltsam, aber so fühlt es sich gerade an, vielleicht wäre das auch im Sinne von Karl? Als ob er *von oben*, was auch immer ich damit als Ort jetzt meine, eher also natürlich von überall, und von hier in der Gegend her, sich den beschwippst hier tippenden Vater anschaute und sowas sagte wie: *Ja*, oder genauer noch: „Ja".

Do. 04.08.2022, 08:09
Küche

Beim Vorbereiten des Frühstücks denke ich an das Frühstück im Krankenhaus, wie das so war, wie wir damit unseren Tag starteten, was das für ein Systemgastroessen immer war, und denke dann gleich an die Essensbestellaufnahmefrauen, wie sie da alle ein, zwei Tage in der Tür standen und, je nachdem wer von ihnen in der Tür stand, mal mit mehr, mal mit weniger Worten unsere Essenswünsche aufnahmen. Ich hatte erst sehr spät, in den letzten Wochen im Krankenhaus, verstanden, dass irgendwo Essenspläne ausliegen, auf denen steht, woraus man wählen kann. Vorher hatte ich mir die Wahlmöglichkeiten immer kurz vorlesen lassen, und nahm meist einfach sowieso das erstbeste, was sie uns empfahlen und wählte dann später, da sich die warmen Mahlzeiten dort ungefähr alle drei Tage wiederholten, einfach das, was ich schon kannte und wovon ich wusste, dass Karl und mir das ganz gut schmeckte. Karl aß, nicht nur vom Cortison, sowieso fast alles. Sofort bin ich wieder im Alltag im Krankenhaus und habe Stiche im Herzen und vermisse Karl und die Routinen dort.

Sonja schrieb kurz nach sieben eine SMS. Sie sitzen heute Abend auf ihrer Terasse und denken an uns. Falls wir reden wollen, können wir einfach klingeln. Um 18 Uhr haben wir den Termin mit den Ärzten im Krankenhaus, zur Auswertung des Obduktionsberichts. Je näher der Termin rückt, desto mehr Bammel haben wir davor. Ich dachte eine Weile, dass mir dieser Termin, besonders weil wir dort mit der Kardiologin sprechen, die so einen guten Draht zu Karl und zu uns hatte, dass mir dieser Termin vielleicht *helfen* könnte, einen Schritt beim *Verstehen* des Ganzen oder Abschied nehmen oder Abschluss finden, oder wie man dieses Unmögliche hier nennt. Kurz nach Karls Tod, als wir diesen Termin für den vierten August genannt bekommen hatten, kam mir das unmöglich lange hin vor und ich fühlte mich etwas hilflos, so lange in der Luft hängen zu müssen. Nun ist der Termin heute abend. Carina hat auch wenig Lust drauf. Ich sage mir und uns beiden, dass wir danach vielleicht *etwas mehr Klarheit* haben werden, was jedes Mal, wenn ich das sage oder so in mir drinnen denke, gleich wie eine furchtbar leere Floskel klingt.

Do. 04.08.2022, 15:25
Küche

Während wir beim Kinderhospizdienst waren, brachte unsere Hebamme einen wunderschönen Satz Blumen zu uns nach Hause. Sie kam unangemeldet und traf nur auf meine Eltern, redete ein wenig mit meiner Mutter und ließ diese wirklich sehr schönen, geschmackvollen Blumen da. Überhaupt: Blumen, überall Blumen. Wie zur Geburt der Babies damals. Hebammen: die, die die Babies ins Leben heben. Wir haben jetzt einen Termin mit ihr für morgen vereinbart. Kaffee, Kekse, Quatschen.

Frau Sommerfeld vom Kinderhospizdienst sagte, dass erfahrungsgemäß, oft nach der Beerdigung, nochmal ein Tief kommt, alles absackt, dass einem wohlmöglich nochmal der Boden unter den Füßen weggezogen werden würde. Sie sagte aber auch, dass wir schon sehr viel *richtig* machen. Wie die Psychologin meinte sie, dass es vielen anderen Leuten schwer fiele, *darüber* zu reden, überhaupt zu *reden*, sich zu öffnen, ihre Gefühle zu erkennen, zu bezeichnen und auszusprechen. Für den Umgang mit Paul gab sie uns ein paar hilfreiche Impulse. Wie sie da so, in der netten, freundlichen, unvoreingenommenen Art mit uns redete, das gab irgendwie doch *Mut*. Sie hat ja tagtäglich mit schwerst kranken, irgendwann sterbenden Kindern und ihren Angehörigen zu tun. Und ich merkte, wie ihre *Leichtheit*, mit der sie darüber sprach, nichts unangemessen Unbedarftes, sondern eher etwas von einem offenen und guten Umgang mit *der Sache* hatte. Respekt, Würde, Liebe – dass das genau die Dinge sind, die es braucht, wenn man dem Tod so nah ist. Dass das ein Fundament sein kann, um dem Tod als Lebender zu begegnen, mit ihm umzugehen, ihn in sein Leben einzubauen.

Ich bin heute ein bisschen überreizt, vom vielen Reden und den vielen Gesprächen etwas überspannt. Heute morgen etwas aufgekratzte Stimmung beim Frühstück. Meine Mutter mutmaßte irgendwelche nicht wirklich hilfreichen Dinge in der Luft herum, Karls Krankheit betreffend. Carina war davon angenervt und wies meine Mutter, barscher, als sie es selbst vielleicht erwartet hätte, in der Unangebrachtheit und vielleicht sogar Irrtümlichkeit ihrer Rede zurecht.

Nach dem Mittag, meine Eltern hatten mit Paul Pizza aus der Stadt geholt, hatte ich mich mit Paul kurz aufs Bett gelegt, zum Bücher anschauen, und war dann dabei sehr schnell selbst eingeschlafen, für nur ein paar

Minuten, in denen Paul dann lieber in die Küche ging und dort meinen Eltern und Carina beim Reden zusah, sich dort lieber aufhielt, im angenehmen Geplätscher der ausgetauschten Worte.

Carina war nach dem Mittag in die Stadt gefahren, Kaffee und Drogeriewaren kaufen. Ich schob mit Paul, draußen 36 Grad im Schatten, kurz zum Norma und kaufte Milch, Oblaten, Süßkram, Cola und Bier. Paul schlief währenddessen ein und nun steht er, mittagschlafend im Wagen im Hausflur unten und ich schreibe hier, völlig ermattet vom unmöglichen Wetter draußen. Beim Wagen schieben draußen hörte ich wieder die Liste meiner „Lieblingslieder" im Zufallsmodus und landete bei *„IN MY LIFE"* von den Beatles – sofortige Halszuschnürung und die Idee, dass das vielleicht auch was für Karls Beerdigung sein könnte; ob das nicht auch irgendwie was kindskopfartiges in sich trüge, dieses Lied von der Liebe und dem Leben.

Do. 04.08.2022, 17:51
im Klinikum

Bei frühabendlichen 35 Grad rollten wir im Fönwind dahin. Irgendwann war es dann, nach Kaffee und Keksen, heute kein Kuchen, doch soweit, dass wir losmussten, zum lang ersehnten, heute eher mulmig und mit unbestimmtem Bammel erwarteten Arztgespräch über Karls Tod.

Vorm Klinikum alles wie immer, nur heiß wie im Grill: die rauchenden, spröde röhrenden Kaputtikowskis im Glasverhau, die Möwen, die Schwalben, die Menschen, alle sirrten in ihren Bewegungen, Beweglichkeiten und Bewegtheiten durch das was sich als Leben in diesen zwei Minuten, in denen wir die Fahrräder anschlossen und langsam zum Klinikumseingang liefen, in ihnen abspielte und um sie herum abspulte. Beim Reingehen, es war drinnen von einer Klimaanlage so temperiert, dass der Körper kein genaues Temperaturempfinden in irgendeine Richtung feststellen konnte, bekamen wir beide dann doch Klöße und Knoten im Hals, wir zeigten auf die Dinge, an denen wir vorbeiliefen mit den Worten, wie Karl sie immer benannte: die „Bume", der Automat für den „Kaffä", der „Fahschduhl", alles bewegte uns innerlich sehr. Nach einigen Metern war es dann doch angenehm kühl. In diesen, um diese Zeit leeren Fluren liefen wir, über einen kleinen Umweg, da wir früh dran waren, zum Sprechzimmer 9 und setzten uns, klimatisiert und mit Klößen im Hals, vor das Behandlungszimmer der Kinderkardiologin, die wir als Eltern, und ich denke auch Karl, so schätzen gelernt hatten und mochten und mögen.

Do. 04.08.2022, 21:34
Wohnzimmer, Sofa

Draußen wollen die Wolken den Regen. Drinnen schläft Paul im Schlafzimmer und ich sitze am Radeberger und sehe mir eine weitere Folge jener Serie an. Einige Monate nach dem Season-Break geht es jetzt weiter. Vor dem Season Break war alles noch gut. Jetzt sitze ich hier, und schaue mal, ob das Anschauen mir gut tut oder irgendwie machbar und aushaltbar ist. Leichter Zeitvertreib und müßiggänglerische Freizeit haben, wenn man in Trauer ist und ein geliebter Mensch gestorben ist, *irgendeine* Art von *Geschmäckle.* Es fühlt sich im ersten Impuls *nicht richtig* an, sich einfach so die Zeit *zu vertreiben,* als wäre davon genügend und im Übermaß da. Am Ende gibt es natürlich in fast allem hier, in diesen, von jedem hier betroffenen Menschen ausgeführten und herumrudernden Akten der Versuche der Bewältigung dieser unerwarteten, unfassbaren, in Sinnhaftigkeitssystematiken nicht vermittelbaren, unendlichen Tragik und Trauer, in dem was und wie und wo ein Trauern also ist, kein richtig oder falsch.

Ist also das Trauern, dieses Durchgehen durch diese in einem drin herumgehende Trauer, nicht eventuell sowieso hochegoistisch und höchstindividuell, egozentrisch, eine der intensivsten Sachen des Ichs? Der Tote trauert ja nicht. *Ich* bin es doch, dem sein Tod so leid tut. Es tut mir so leid.

Fr. 05.08.2022, 00:15
im Bett

Nach einer Serienfolge, immer wieder pausiert, um irgendwas am Handy zu recherchieren, auf Klo zu gehen, ganz allgemein als Mensch ein bisschen zu zerfransen, war ich so elends müde, dass ich ins Bett musste, mich bettfertig machte und nun hier sitze, im Bett. Carina ist noch unterwegs bei Hauke im Garten. Draußen regnete vorhin der Regen, es blieb erst unverändert warm, jetzt aber kommt langsam, durch die gardinenlos weit geöffneten Fenster, hin und wieder ein Luftzug hier herein.

Das Arztgespräch tat gut. Es gab noch keinen endgültigen Obduktionsbericht, aber Frau Dr. de Beauvoir hatte sich mit der Pathologie telefonisch in Verbindung gesetzt, um uns wenigstens schonmal irgendwas sagen zu können. Sie erläuterte uns, dass Karls Todesursache, wie vermutet, ein akuter Herzinfarkt war. Die vernarbten Kleinstarterien an unteren oder hinteren Arterienwegen hätten letztlich zu einem Nichtmehrfunktionieren des Herzmuskels geführt. Eine Thrombose war es nicht. Die Zweifel – was wäre gewesen, wenn; hätte man nicht dies und das; könnte es nicht so und anders; hatten wir wirklich alles menschenmögliche unternommen? – zerstreute sie, indem sie sagte, dass, wäre er im Krankenhaus geblieben, oder am Freitag vor seinem Tod wieder stationär aufgenommen worden, es auch zu diesem Infarkt gekommen wäre. Der *Outcome* wäre derselbe gewesen. Einen Stent hätte man nicht setzen können, in diesen so kleinen Gefäßen. Die auch anwesende Frau Dr. Sandner, die Ärztin jener Nacht, in der er in die Notaufnahme kam, versicherte Carina, dass sie alles richtig gemacht habe, bei den Reanimationsversuchen. Der beteiligte Notarzt hatte das selbst so gesagt: sie hat alles richtig gemacht. Frau Dr. de Beauvoir sagte, sie habe so große Achtung vor Carina, dass sie selbst diese Reanimation durchgeführt hatte, hier zuhause. Sie selbst ist auch Mutter, sagte sie, und dieses private Detail gab dem was sie sagte und der Art ihrer Anteilnahme genau die richtige Form von Tiefe. Frau Dr. de Beauvoir versicherte mehrmals, aber nicht zu oft, immer genau an den richtigen Stellen, mit feuchten Augen, dass ihr das alles so leid tue und nah ginge. Das tat irgendwie gut. Und dass wir wirklich, wirklich gute Eltern seien. Dass wir alles so toll gemanagt hatten, in der Zeit im Krankenhaus mit Karl. Und dass er so ein fröhlicher, zugewandter Junge war. Frau Dr. Sandner sagte, sie kannte Karl ja nicht, aber im Nachgang habe ihr das Personal von der Station erzählt, wie goldig er war, wie er auf der Station so war und dass er so ein lebenslustiges Kind war. Ich horchte bei jedem Wort, das die Ärztinnen über Karls Wesen sagten, sehr genau hin, war hochempfänglich für jedes Kompliment, war ergriffen davon, dass Karl in anderen Menschen, sogar in *professionellen Menschen*, wie Ärztinnen und Krankenhausfachpersonal, Liebe entfachen konnte. Als Eltern von neu geborenen und gerade gestorbenen Kindern dreht sich jeder Gedanke nur um dieses Kind und man will deshalb, auch wieder sehr egozentrisch, dass eigentlich jedes Wort von jeder Person nur dieses Kind zum Thema hat. Frau Dr. de Beauvoir sagte noch sowas wie, dass Karl und die Zeit, die er auf der Welt sein konnte, *ein Geschenk* waren. Das half nicht wirklich was und ich wusste in dem Moment nichts dazu zu sagen, stutzte vielleicht sogar kurz, als kleines, reflexhaftes Aufrichten des Körpers eventuell erkennbar, was soll das mit dem Geschenk, dachte ich, er war mein Sohn, er war unser Sohn und Carina hat ihn geboren und wir waren ihm gute Eltern, das hatte mit einer Schenkung und einem Beschenktwerden nichts zu tun, oder – da verstand ich dann die von ihr vielleicht gemeinte Dimension der Dankbarkeit – könne man es doch so denken: dankbar für die Zeit mit ihm, für diese viel zu kurze Zeit, die wir mit ihm hatten, die uns das Leben gegeben oder von mir aus auch *geschenkt* hatte, da war ich etwas unschlüssig, wie man das genau in Worten benennt, aber wir waren uns sicher, dass sowas, diese *Dankbarkeit* und die Liebe, irgendwie auch auf die Trauerkarte müssen, und ich fand es letztlich dann doch, auftauchend aus meinem ziellosen Grübeln, sehr gut und angenehm gesagt von der Kardiologin, da genau das eine eher unärztliche, emotionalere Seite an ihr zeigte und das deshalb, egal, ob sie damit irgendeinen Kern der Zuversichtlichkeit und Dankbarkeit angemessen umrissen hatte, gut und schön war, was sie sagte.

Wir redeten ungefähr 75 Minuten mit den Ärztinnen. Sie fragten uns auch, wie es *uns* jetzt ginge, wie wir das alles verkraften, wie wir zurecht kommen. Wir erzählten von den Sachen, die wir machen und in Anspruch nehmen. Alles wurde sehr gut gefunden und man gab uns das gute Gefühl, dass wir auf einem okayen Wege sind, dass wir einfach „gut“ mit der Situation umgehen. Ein richtig und falsch gibt es nicht, sagte Frau Dr. de Beauvoir, jeder trauert anders, da komme auch nicht jeder Psychologe ran, und sie sagte, auch das war wieder so ein weicher, fast mütterlicher Zug in ihrer Art der Rede mit uns, zu Carina, sie solle nicht so streng mit sich sein, „Seien sie nicht so streng mit sich“, sagte sie, mit dieser süddeutschen Dialektfärbung, die immer alles, was sie sagt, irgendwie weltgewandt, gebildet, einfach überlegt und wohlartikuliert klingen lässt. Carina nickte, schaute ein bisschen in ihren Schoß, und nickte wieder, fragte dann im weiteren Verlauf noch ein paar Sachen über eventuell gestiegene Häufigkeiten des Kawasaki-Syndroms im Zuge von und mit Corona, suchte nach Daten und Fakten, wie es ihrem rationalen Wesen entspricht, mit dem sie, und dafür danke ich ihr, bei allem irgendwie den Überblick behält.

Insgesamt machten wir, glaube ich, einen sehr *gefassten* Eindruck. Besonders in den ersten Minuten war mir die Kehle aber so zugeschnürt, dass ich dort nicht hätte reden können und froh war, dass Carina es tat. „Hat gut getan", sagte ich bei der Verabschiedung und meinte damit weniger die Aufklärung durch das Inhaltliche, sondern vielmehr die Art ihrer Nähe, die mich wieder in die Karlzeit und die Besuche bei den Ärztinnen mit ihm zurückgekapselt hatten. Frau Dr. de Beauvoir nickte und Carina und ich gingen dann, Hand in Hand, vorweg, während die Ärztinnen, etwas Abstand wahrend, hinter uns in die selbe Richtung liefen, bald aber in einen Nebengang einbogen, wahrscheinlich ins Sprechzimmer 9, vielleicht aber auch nur, um dort eine Minute stehen zu bleiben und uns den Raum für das weitere Vorgehen zu lassen. Wir liefen durch den immer noch leeren Flur des Erdgeschosses richtung Haupteingang und fühlten uns beide dann doch irgendwie erleichtert. Wir gingen raus in den immer noch so fönheißen Abend, in dieses Brüten des Sommers, schlossen unsere Fahrräder ab und fuhren über die Pappelallee nach Hause. Die meiste Zeit fuhren wir hintereinander, nur hin und wieder schoss ich vor, links neben sie, und wir sagten uns kleine, das Gespräch und unsere Gefühle auswertende Sachen.

Zuhause fingen die Großeltern gerade mit dem Abendbrot mit Paul an. Pauls Gesicht hellte sich, da so in seinem Hochstuhl sitzend, auf, und er lachte, als er uns durch die Tür kommen sah. Er aß gut und viel zum Abendbrot, Carina duschte ihn dann und machte ihn bettfertig. Ich machte ihm eine Milch und schaute noch zwei Bücher mit ihm an, während Carina rüber in den Garten von Hauke und Helena fuhr. Paul schlief dann relativ bald ein und ich setzte mich aufs Sofa, Serie schauen. Ich kam gut klar, gut aus mit der Stille der Wohnung, unerwartet gut sogar. Es war okay.

Ich bin sehr müde jetzt, muss schlafen, vorher nochmal pinkeln. Von draußen der wunderschöne Geruch der nassen, warmen Straße.

Fr. 05.08.2022, 08:49
Küche

Meine Eltern hatten nachts noch die Blumen gegossen und den Rasen gewässert. Gegen halb zwei hatten sie geschrieben, dass sie gut wieder in Berlin angekommen waren. Carina kam gegen ein Uhr nach Hause. Ich hatte da schon eine kurze halbe Stunde geschlafen. Sie erzählte, dass es schön war bei den Freunden im Garten. Sie hatten alle viel und lang erzählt. Hauke hatte sich etwas geöffnet, darüber warum er zwei Wochen gar nichts gesagt hatte, und dass er es nicht fassen könne, was *so etwas* mit Menschen mache, dass Carina ja jetzt bestimmt ein völlig anderer Mensch sei. Carina sagte ihm sowas in die Richtung wie, dass sie *trotzdem* ja immer noch Carina sei. Und ich denke mir, hier schreibend während das Wasser für den Kaffee hochkocht, dass man ja nicht nur *trotzdem*, sondern auch *mit dem*, mit diesem schmerzhaften Verlust, nun weiterhin der Mensch ist, der man früher war, nur eben mit dieser traurigen Erfahrung, um das, was sie in einem macht, dort freisetzt und lahm legt, beschlagen. Von dieser Last natürlich auch, kein Zweifel, völlig erschlagen, vom Leben aus der Bahn geschlagen.

Draußen ist der ganze Himmel lückenlos bedeckt und es ist so grau, als ob es heute nicht mehr hell werden würde. Ich war in dieses verdunkelte, keiner Jahreszeit so richtig zugehörende Wetter, etwas bedrückt und traurig aufgewacht. Paul hatte bis halb neun geschlafen. Ich war gegen sieben auf Toilette und war froh, dass Paul uns nochmal etwas länger hatte schlafen lassen. Beim *Aufwischen* meines Handys sah Paul das Hintergrundbild und sagte „Paul, Karl". Das Bild zeigt Paul und Karl an der Badewanne stehend, in weißen Bodies, von hinten fotografiert, ein bisschen wie zwei Badende im Freibad aus dem frühen vorigen Jahrhundert.
Meine Eltern sind in Bohnsdorf. Es ist ruhiger. Das sonst nervige, düsige Gedudel der Radiowerbung hilft etwas.

Fr. 05.08.2022, 09:10
Küche

Paul spielt mit dem grünen Spielzeugtrabbi, der ziemlich kaputt ist, von dem die Bodenplatte abgebrochen ist, aus dem der Aufziehmotor und die kleinen Räder immer wieder rausfallen. Das macht mich kurz etwas traurig. Den Trabbi hatten wir auch im Krankenhaus mit. Dort war er irgendwann kaputtgegangen. Karl hatte manchmal Sachen aus seinem

Kinderkrankenbett geworfen, aus Ärger oder auch, weil er es lustig fand, wenn die Schwestern diese Sachen dann, mit einem kleinen theatralischen Ächzen, aufhoben und ihm wieder in die Hand drückten. Der andere Trabbi ist orange. Ich hatte ja damals im Mai, beim Stadtteilflohmarkt, Karl war das erste Mal aus dem Krankenhaus entlassen, natürlich *zwei* Trabbis gekauft. Wie wir vieles immer zweimal kauften. Für unsere beiden Kinder.

Die Wohnung ist noch aufgeheizt vom heißen Tag gestern. Ich räume das Fensterbrett leer und mache das Küchenfenster weit auf. Der Tag, das Gehupe der Autos, das Rauschen der großen Straße an den Gleisen, der Wind und der leichte Regen, der jetzt wieder aufs Wellblechdach des Carports im Hof zu tröpfeln beginnt, kommen herein.

Fr. 05.08.2022, 10:29
Küche

Zum Frühstück essen wir wenig. Paul will Karlfotos kucken und im Bildstrom im Handy taucht das Ringelreihvideo auf und Paul will Ringelreihe machen. „Hingelheihe" sagt er. Carina und ich weinen sofort los, versuchen uns etwas zusammenzunehmen und dümpeln schluchzend, weinend, uns alle drei an den Händen haltend, im Kreis herum und singen, jaulen fast, „Wir sind der Kinder dreie ...", statt wie sonst „... viere", und gehen dann, beim sonst so heiteren, für die Kinder immer einen Riesenspaß bedeutenden „Husch Husch Husch" kraftlos in die Hocke. Das war wirklich hart, ganz ganz heftig. Es war klar, dass wir nie wieder mit Karl dieses Ringelreihe-Ding machen werden. Paul fand das immer äußerst toll und auf dem Video, das war in der Woche nach Karls letzter Entlassung, leitet er Karl beim Ringelreih-Tanzen an. Unsere beiden Kinder tanzen da im Kreis, wir singen den Ringelreihe-Text, Karl weiß nicht so richtig, wie es geht, torkelt ein bisschen ungelenk herum, hat natürlich trotzdem eine sichtbare, riesige Freude daran, und lässt sich von Paul führen und beide Kinder kichern und drehen sich da so im Kreis herum, und es ist sehr, sehr goldig. Karl geht am Ende des Videos kichernd aus dem Bild, so halb auf die Kamera zu, wie er es bei vielen Videos tut, weil er so elternaffin war und eigentlich jede Möglichkeit der körperlichen Nähe suchte und so immer auch zur filmenden Person hinlief und viele Videos immer mit diesem Hingewackel Karls zum Kameraobjektiv enden.

Videos anschauen ist nach wie vor eine Herausforderung, da Karl dort so lebendig ist. In den besseren Momenten ist es einfach rührend und schön, ihn dort zu sehen. In den düsteren Episoden ist es furchtbar, und nicht zu ertragen, dass man genau das dort im Video festgehaltene, nie mehr mit ihm erleben wird.

Immer wieder lande ich bei nur diesen, viel zu leeren, voll von Leerheit hilflos hingestoßenen Worten: er *FEHLT* mir einfach so.

Fr. 05.08.2022, 13:23
Küche

Im Bad eben, ich wusch mir das Gesicht, weil ich unterwegs so geschwitzt hatte, dachte ich, die Creme erinnerte mich mit ihrem Geruch daran, wieder ans Krankenhaus. Sofort war Karls Gesicht wieder da, wie er im Hochstuhl saß, zum Mittag, wie er immer gerne auch ins Badezimmer mitkam, wenn ich dort seine Essschüssel auswusch oder schnell pinkeln ging oder sowas, wie er dann immer kurz ins Badezimmer wackelte, sah, dass alles gut war, dass Papa ja da war, und dann wieder ins Zimmer tippelte und sich dort eine Beschäftigung suchte und irgendwo so karlmäßig vor sich hinbrabbelte, völlig friedlich, zufrieden und in guter Laune.

Ich dachte dann wieder an meinen Roman, an dem ich im Krankenhaus nachts so erfolgreich gearbeitet hatte, und dachte dann daran, wie ich oft das Gefühl hatte und habe, dass mir *als Künstler* die Jahre so bisschen davonrasen, dass eventuell das „Thema“ meines Buches in einem anderen, gerade geschriebenen oder, schon fertig geschrieben, irgendwo angekündigten Buch, schon *abgehandelt und bedient* würde. Dass mein kleiner Roman, der natürlich kein großes Thema hat, irgendwie „geklaut“ werden könnte, aber – ich wusste eigentlich gar nicht so richtig, was ich da genau dachte. Und ich dachte dann, dass mir *dieses Buch* hier, meinen Text, in dem ich mich zu meinem toten Sohn hin und vielleicht in ein Leben *ohne* ihn als lebenden Menschen hineinzuschreiben versuche, niemand, wirklich niemand wegnehmen kann, dass dieses Buch das individuellste, von ganz und gar niemand anderem ebenso schreibbare Buch ist. Dieser Gedanke gab mir kurz sowas wie *etwas Kraft*. Weil ich mich meinen Gefühlen so nah fühlte, als etwas, das *nur ich* in mir trage, und nur ich deshalb auf nur meine Art nach außen bringen kann. Anders gesagt, es gab mir Kraft, weil nur ich und nur wir diesen einzigartigen Sohn machen und haben konnten. Wäre es also doch möglich, dass Karl, auch nach seinem Tod, uns *stark* macht? Und wäre er dann damit nicht sogar auf gute Art *immer da*, als Stärke, in uns.

Sa. 06.08.2022, 00:26
Wohnzimmer, Sofa

Irgendwann heute im Verlauf des Tages, ich weiß nicht mehr genau wann, hatten wir wieder Gespräche über irgendwann ein weiteres Kind. Und wie es wäre, wenn es auf irgendeine Art aussähe wie Karl. Ich sagte, die Wahrscheinlichkeit wäre ja da, weil doch Paul so aussieht wie ich und Karl aussah, wie Carina. Und das wäre doch nicht schlimm. Dann sagte ich noch sowas wie, wenn es ein Mädchen würde, wäre es doch „nah genug dran und weit genug weg" – keine Ahnung, was ich damit ausdrücken wollte. Wahrscheinlich sollen uns solche Äußerungen, auch das generelle Reden über die Möglichkeit eines weiteren Kindes, selbst davon abbringen, anzunehmen, dass ein neues Kind als *Ersatz* für Karl wahrgenommen werden könnte, von uns oder von irgendwem. Er ist natürlich nie und nicht und niemals ersetzbar.

Draußen war es heute, in der ersten Hälfte des Tages, sehr schwül. Schwitzend schob ich durch den windlosen Regen unter dem vollverhangenen Himmel zum Einkaufen. Richtiges Waschküchenwetter, stehende Luft, hohe Luftfeuchte. Bei solchem Wetter klebe ich immer am ganzen Körper, die Vollrandbrille rutscht mir von der nassen Nasenwurzel und ich ziehe instinktiv die Nase kraus, eigentlich das ganze Gesicht, um sie, die Brille, daran zu hindern, mir vom Gesicht zu fallen. Auf dem Edekaparkplatz der übliche Rummel der Einkaufenden an einem Freitagvormittag. Rentner, erste Wochenendhamster, Studierende, Arbeitslose, wer halt so einkaufen geht um diese Uhrzeit, vor dem wirklichen Wusel.

Ich schob Paul im Wagen zum Laden. Wie ich so viele Male mit den Kindern einkaufen geschoben war. Routinegänge, kleine organisatorische Ausflüge, die man mit Kinderbespaßung verband, oder andersrum.

Im DM sitzt Paul in dem großen Kinderauto, an dem hinten ein Einkaufswagen dran ist. Ich kaufe Milchpulver und andere Sachen, und alles erinnert an Karl. Das Apfelmus, die Cracker, die Babyshampoos, der ganze hier in den Regalen aufgebaute Schrein der Drogeriewaren. Irgendwann hatten wir mit diesen Crackern angefangen, es gab dann immer, bei Ausflügen oder zuhause am Nachmittag, die sogenannte Crackerzeit, die Paul in letzter Zeit auch bei diesem Namen nennt, „KeckerZeit" sagt er dann oft, wenn wir, aus dem Kindergarten gerade wieder zurück zuhause, ihm die Sachen an der Garderobe ausziehen.

Im Edeka sitzt Paul im Einkaufswagen, seine Beine baumeln mir entgegen, er freut sich und hat Spaß, alles anzuschauen, und manches anzufassen. Am Trabbi will er aus dem Wagen und er läuft den Rest des Einkaufs im Laden herum. An der Kasse kommt er wieder in den Wagen, damit er besser helfen kann, Sachen aufs Kassenband zu legen.

Am Kiosk ließ ich meinen Lottoschein von letztens prüfen. Kein Gewinn. Ob ich nochmal spielen wolle oder die Spielquittung fürs nächste Mal zurück haben wolle, wurde ich gefragt. Ich wusste kurz nicht, was zu tun, stammelte, nahm dann die Spielquittung zurück, so wie ich derzeit diverse *Zeugnisse* aus *diesen Tagen* ansammle. Jüngst erst sortierte ich in meinem ziemlich dick gewordenen Portemonnaie die Kassenzettel, Bons und den Papierkram aus, den ich nicht mehr benötige. Alles, was mich irgendwie mit Karl verbindet, behielt ich und trage es erstmal weiter im Portemonnaie mit mir herum, so auch die Kassenzettel vom letzten Urlaubs-T-Shirt-Kauf am 15.07., da steht es drauf: 15.07., 16:12 Uhr – an diesem Nachmittag war noch alles gut. Karl war am Leben, seit sechs Tagen endlich mal wieder entlassen aus dem Krankenhaus, wir hatten bereits eine schöne Woche als wiedervereinte Familie gehabt und einen Tag später, am 16.07., wollten wir losfahren, ins Urlaubshaus. In der Nacht starb Karl dann an diesem akuten Herzinfarkt. Es ist immer noch, auch bei dutzenden, hunderten Seiten hingedonnertem Trauertext, unbegreiflich.

Mit all den Einkäufen, dem Sechserpack Nordisch Hell, den schrumpffoliert verpackten, kleinen Colaflaschen, dem Saft und anderen *schweren Dingen*, hatte der Kinderwagen auf dem Rückweg, es nieselte wieder leicht, das Gewicht wie mit zwei Kindern. Also schob ich da, trank eine Büchse *Dr. Peppers Zero* und hätte mich in den Gedanken reinsteigern können, dort vorne, im Wagen den ich schob, säßen meine beiden Kinder, ich würde sie nach Hause schieben und dann, die Anschnallgurte lösend, beide herausnehmen, sie neben den Wagen stellen, ihnen sagen, dass wir jetzt die Einkäufe hochbringen, dass ich noch schnell den Kinderwagen unterstelle, und dann gehen wir alle rein, vorsichtig die Treppe hoch, an Papas Hand, dann klopfen wir an der Wohnungstür, sie klopften beide gerne, ihr Klopfen war etwas, das etwas auslösen konnte, und dann macht uns Mama auf und beide Kinder wieseln rein, setzen sich auf die Bank und freuen sich, wieder zuhause zu sein. Zuhause ankommen fanden sie immer toll.

In diesen Gedanken, dass ich also immer noch zwei Kinder vorn im Wagen vor mir her schübe, steigerte ich mich jedoch nicht rein. Wir sind beide, Carina und ich, zur Zeit in einer Phase der ziemlichen Gefasstheit. Allein von unseren Naturellen her sind wir wohl einfach auch zu *realistisch*, uns in solche *falschen* Gedanken reinzusteigern. Und doch: immer wieder wünscht man sich, denkt man sich, wie es wäre, wenn alles nicht gewesen wäre und man einfach die Zeit zurückdrehen könnte. Dieses unrealistische Szenario spiele ich manchmal durch, merke aber, wie realitätsverweigernd das ist, und lande immer wieder in der ungreifbaren Leere dieses einen, realen Faktes: Karl ist gestorben.

Manchmal streiche ich das eben gedachte Wort „gestorben“ und denke lieber „verstorben“. Das klingt weniger danach, als hätte er das Sterben *gemacht*, eher, als wäre das Sterben, völlig widernatürlich und viel zu früh und unerwartet, in ihn gegangen. Was auch irgendwie nicht gut, und eigentlich nur wie eine gehobene, förmlich distanzierende, distinguiert klingende, aber die Härte des Fakts gar nicht umfassende Hülse klingt. Vielleicht kommt das Sterben doch aus dem Sterbenden, Gestorbenen heraus, und ist deshalb etwas, mit dem der *Verstorbene* sich einlassen konnte, in diesem letzten Moment, in dem das Leben aus ihm wich und durch den Tod ersetzt wurde?

Dass also der Gestorbene nicht *traurig* ist, nicht verzweifelt an seinem Tod – sowas in die Richtung hoffe ich immer wieder. Weil wir ihn ja jetzt nicht *erreichen*, er außerhalb unserer Reichweite ist, was für Eltern instinktiv etwas äußerst unbehagliches ist, denn man möchte doch auf sein Kind aufpassen, er braucht uns doch, er sucht uns doch. Und dann wieder der Gedanke: er ist ja tot, er vermisst uns nicht als *aktives*, von ihm *gemachtes* Gefühl, denn er ist tot und da läuft das alles etwas anders, wie genau weiß ich natürlich nicht, ich bin jenseits eines gesunden Verstandes, ich bin in Trauer, ich bin innen kaputt, ich bin allein, ich habe mein Kind verloren. Dass wir, die Hinterbliebenen, so schrecklich leiden müssen, das ist okay, da gehen wir durch, aber er, es soll bitte jetzt *gut sein* für ihn. Es soll für ihn jetzt einfach so sein, wie es immer war, als *Zustand*, als ein auf einen Zustand zusammenkomprimiertes Surrogat all seines Lebens, seiner zu Lebzeiten gemachten Erfahrungen, Gefühle, Erinnerungen und Lebenseindrücke. Er soll jetzt, gestorben, einfach *dort* und *das* sein, was ihn ausmachte: sein *Wesen*. Dass man im Tod zum *Wesentlichen* wird.

All das dachte ich *nicht*, als ich da so zurück vom Einkaufen schob, mit einem meiner beiden vor zweiundzwanzig Monaten und vier Tagen geborenen Kinder. All das strömte erst eben hier, nachts in meinem Trauertext sitzend, so aus mir heraus.

Nachmittags war unsere Hebamme, Annika, zu Besuch. Wir hatten drei Stunden geredet, es tat sehr gut. Sie sah Paul das erste Mal so richtig, seit dem letzten Treffen zur Beikosteinführung. Karl sah sie auch das erste Mal. Auf Fotos im Handy. Auch sie weinte und war gerührt. Während wir da so saßen und redeten, fand ich es einen guten Zeitpunkt – Annika war ja die erste, die früh, also schon vor der Geburt, während der Schwangerschaft, so nah an den Kindern dran war –, mein immer mürber werdendes Krankenhausbändchen abzuschneiden. Ich hatte am Nachmittag im DM so Schlüsselanhänger zum selbst befüllen gekauft. Da faltete ich jetzt dieses Bändchen hinein, das mir *was* bedeutet, nämlich diese intensive Zeit mit Karl im Krankenhaus. Jetzt ist dieses Bändchen an meinem Schlüsselbund und es fühlt sich gut so an. An meinem mittlerweile ziemlich gebräunten Arm ist ein heller Ring, an der Stelle, wo das Bändchen war.

Ich hatte auch fünf Ansteckbuttons mit Frau Elster drauf bestellt. Einen trage ich gerade am T-Shirt. Bei baldigem Jacketwetter kommt einer natürlich auch ans Revers. Ich trug schon länger keine Buttons mehr am Revers, hatte damit so mit Anfang, Mitte dreißig aufgehört, glaube ich. Nur an manchen der Jackets hängt noch einer, Dinosaur Jr., Built To Spill, solche Musikgeschmack kennzeichnenden Buttons. Jetzt kennzeichnet mein Elsterbutton mich als etwas viel Tieferes, Genaueres, Wesentlicheres, vom Grunde her auch Traurigeres, mich aber ab jetzt und jetzt für immer auch in allen Facetten bestimmendes: als Vater zweier Kinder, von denen eines viel zu früh verstarb.

Danach gingen wir nochmal mit Paul im Regen spazieren, um den Scharnhorstteich. Er fand es super und lachte und freute sich, auch dass wir so voll und ganz *bei ihm* waren, mit ihm in unseren Händen, zwischen uns. Er fand dann Pfützen und hüpfte darin herum, bilderbuchreif, wie Kinder eben in Pfützen hüpfen. Dann nach Hause, Abendbrot, und vor acht Uhr war Paul dann schlafend im Bett.

Carina trifft sich mit ihrer Band in der unteren Wohnung. Ich schaute Serie und nahm mir vor, später hier noch einen, genau *diesen* Eintrag zu machen. Mein allabendlich fleißiges Schreiben, wie es mir im Krankenhaus gelang, weicht hier zuhause wieder langsam dem Prokrastinieren. Statt zu Schreiben, schaue ich Serie, oder lese bestenfalls in den Büchern. Nun sitze ich hier, bin vom Tag und vom Schreiben müde, und weiß nichts mehr so richtig anzufangen, mit dem angeglimmten Abend. Vielleicht noch ins Bett, zu Paul, ein bisschen lesen, dann schlafen. Abends, wenn ich hier so vor meinem Laptop sitze, sieht es aus, wie *früher*, als Karl noch lebte. Aber es fühlt sich so leer, so still, so lückenhaft an.

Im Tierpark, auf der Bank vor dem Känguruhgehege, hatten wir manchmal Crackerzeit gemacht. Es gibt ein Foto, da sitzen beide Kinder auf dieser Bank, lassen die Beine baumeln, in den kleinen Bäumen drumherum die ersten Blüten eines frühen Frühjahrs.

Sa. 06.08.2022, 00:48
Schlafzimmer, im Bett

Ich ging ins Bett, legte Paul, der quer im Elternbett schlief, gerade hin, und er strampelte sich dann so in seine neue Schlafposition hin. Ich dachte an Karl, wie er sich immer so hingestrampelt hatte, und wie diese Bewegungen des Menschen im Raum auch so fehlen, neben der Stimme, der Art und dem Inhalt, dem wie und dem was gesagt wird, der Mimik und Gestik, dass neben alldem auch all das fehlt, was sonst der Körper, der kleine Mensch ausgefüllt hatte, als ein *Jemand*, der Bezüge herstellt zu den anderen Dingen, Sachen und Ereignissen im Raum, in seiner Umwelt; zu dem andersherum alles um ihn herum auch ständig Bezüge hergestellt hat – dass all das jetzt fehlt.

Dass Karl als Reize anziehender und aussendender Mensch, als, ach was labere ich, dass er als *Kind*, als unser Kind hier einfach furchtbar fehlt. Die Lücke, die der Mensch im Raum hinterlässt. Dass sein Dasein ein Wegsein geworden ist. Dass er jetzt, in mir und aus mir heraus, an ihn denkend, ihn fühlend, in einem für uns Angehörige jetzt neu zu erforschenden *Hiersein* bei uns sein und bleiben können wird. Er ist hier, auch wenn er nicht da ist. Undsoweiterundsofort, zu müde, da jetzt noch, in diesen Gedanken und was er aufmacht, reinzugehen. Immerhin, ich weiß schon ungefähr, mit zwei schlichten Worten, was ich meine: *ER FEHLT.* Dass er nicht hier ist, ist ein Fehler. Da ist nichts richtig dran. Dass er da war, das war, zusammen mit Paul, das Richtigste in meinem Leben. Und seltsamerweise fühlt es sich falsch an, zu sagen, dass es falsch ist, dass er jetzt weg ist, denn es ist wahr und es stimmt: er ist nicht mehr da. Die Frage der Wahrheit und des Wahrhabens. Fragen, Antworten: alles erscheint jetzt sinnlos, nicht zielführend, ja sozusagen: falsch.

Im Bad wusch ich mir mein klebriges Gesicht und schmierte was von dieser Creme aus dem Probetütchen drauf. Ich ließ mir von Carina diverse solcher, sich durch Reisen, Parfumerieeinkäufe und wasweißich angesammelt habende Duschgel-, Shampoo- und Creme-Proben ins Krankenhaus bringen. *Damit die mal weg kommen*, oder sowas hatte ich wahrscheinlich gesagt und damit wahrscheinlich, un- und unter- und sonstwiebewusst, das große Ganze gemeint.

Und so wusch und cremte ich mich ein, mit irgendwelchen uralten Drogerieprodukten, in schon teilweise weit herumgetragenen, zerknitterten Probepackungsabpackungen, und verbinde mich mit diesen Gerüchen nun mit jener Zeit mit Karl im Krankenhaus. Gerüche, Geräusche, Geschmäcke, Gegenden und Gegebenheiten: alles schaltet Signalwege und Bahnen zu Karl hin frei.

Ob wir schlafen können, hatte jemand, Frau Sommerfeld vom Kinderhospizdienst oder die Ärztin, uns gestern gefragt. Wir waren selbst erstaunt, aber wir sagten: ja, schon, doch, das geht. Wir fallen irgendwann, einfach so müde immer auch, in den Schlaf. Verrückt, was so ein Körper alles macht, als Schutz, als Mechanismen, die er ohne unser Zutun auffährt, um uns anderswo die spärlichen Reserven der verbleibenden Lebensenergien noch bereit zu halten. Als Heranwachsender hatte ich Monate und Jahre, wo ich schlecht einschlafen konnte oder, ganz im Gegenteil, endlos lange schlief. Aber wie lächerlich die natürlich jetzt erscheinen: diese immer nah an der Düsternis langgeschrammten Antriebslosigkeiten, diese Jahre dumpfer, immer auch beseelter und beseelender, am Ende aber das Leben immer in gedämpften Launen haltenden Melancholie.

Und dann hatte ich nochmal an dieses verworrene Denken über dieses nur von mir schreibbare Buch hier gedacht. Ich schämte mich dann fast für diesen kurzen Moment der inneren Kraftfindung und Erbauung durch diesen irgendwo weiter oben aufgeschriebenen Gedanken, dass nur ich und wir diesen Sohn hatten haben können und, dass nur ich dieses Buch werde schreiben können und niemand sonst sonst, und, dass darin irgendein Wert oder sowas drin verborgen sein könnte: dass es damit auch irgendwie meine Aufgabe jetzt sei, dieses Buch zu schreiben. Dieses wirre Denken da oben, das kam mir irgendwie seltsam, vielleicht sogar egoistisch vor, ich wusste nicht genau, wie diese Gedanken einzupacken, anzupacken, wie da genauer drin zu denken.

Denn da liegt natürlich nichts, ganz und gar nichts Gutes, kein Wert drin, keine Kraftgabe – es ist ja einfach schlicht nur ganz und gar furchtbar. Dass er tot ist.

Und so gerät man immer wieder mal in höchste Befremdlichkeiten, in diesen rausflutenden Rümpfen von Gedanken. Denn eigentlich flutet und fließt immer nur Gefühl. Das Denken stottert, holpert, hakt und hickst, bremst und geht wieder zurück, sucht und sagt. Das Gefühl sieht und meint und ahnt und fragt.

Und ich: irgendwo dazwischen.

Sa. 06.08.2022, 07:56
Bad

Aufgewacht und daran gedacht wie es war, ihm morgens den Nacken zu kraulen, seine lockigen Haare dort. Einfach ein paar Momente lang, nach dem Augen aufmachen, kraulen, leise was sagend oder ihn nur anschauend, während er da noch so schlief oder auch gerade die Augen langsam, sich in den Tag hineinklimpernd, aufzumachen begann.

Sa. 06.08.2022, 08:11
Schlafzimmer

Ich ziehe Paul in der Morgensonne seine Tagsachen an, darunter die regenbogenbunt gestreiften Strümpfe, die auch Karl oft im Krankenhaus trug, die farblich eigentlich zu nix und deshalb natürlich zu allem passen. Wie das Licht hier so morgens in den Zimmern zur Straße raus steht, so hell und freundlich auf dem alten Parkettboden, all das erinnert mich immer wieder sehr an die Zeit, als ich eine Weile lang, seit Oktober letzten Jahres, die Kinder morgens zuhause anzog, dann in die Kita fuhr, oder, das war oft, wenn einer von beiden krank war, meistens waren es ja beide zusammen, gleich den ganzen Tag mit ihnen zuhause verbrachte. Diese Zeit ist als so *licht* und lichtvoll in meiner Erinnerung eingespeichert. Auch wenn es manchmal nervig war, wenn eine Woche am Montag mal wieder mit einem kranken Kind startete und klar war, dass ich in dieser Woche wieder tagsüber zu nichts kommen würde. Es war die Zeit des neuen Lichts.

Sa. 06.08.2022, 09:16
Küche

Seltsam, nicht schon vorhin, beim ersten Augenaufschlag, sondern eben in der Dusche kam erst der Gedanke: heute vor drei Wochen war der erste Morgen ohne ihn. In der Nacht heute vor drei Wochen war es passiert. Vor drei Wochen ist Karl gestorben.

Gleich fahren wir zum Ernteeinsatz unserer Landwirtschaftsgemeinschaft. Ich habe eher wenig bis keine Lust auf die damit verbundenen Geselligkeiten. Zum einen, weil mir nicht zum Reden mit mir Unbekannten zumute ist, zum anderen, weil ich niemanden in irgendwelche Verlegenheiten bringen möchte. Weil mir ein bisschen einleuchtet, dass das schon der erste Schritt zum vorauseilenden Eingraben des Trauernden in sein dunkles Loch ist, und natürlich auch, weil das für Paul sicher ein schöner Ausflug ist, fahre ich natürlich doch mit.

Sa. 06.08.2022, 22:53
Sofa, Wohnzimmer

Beim Zwiebeln ziehen leichte Gespräche mit Bene. Wir *bearbeiten* das Beet vom hinteren Ende her, Carina und Milena zupfen vorne rum. Die Kinder düsen kreuz und quer übers Gelände. Haken schlagend macht ein Vogelschwarm sein Luftballett überm Mais, dreht ein, zwei Runden, zerstäubt sich dann in den Wind. Und obenrum das blaue Meer des Himmels. Ich weiß es doch auch nicht. Bene kennt sich aus mit Kleingärtnerei, er hatte in diversen Schrebergärten schon gekleinlandwirtschaftet. Er macht außerdem verschiedene Sportarten, spielt Musik und macht auch sonst alles. Ich stehe krumm überm Zwiebelbeet und versuche, an der frischen Luft hier klappt es gerade ganz gut, im Leben zu bleiben.

Paul tobte etwas verhalten mit anderen, älteren Kindern auf dem Trampolin herum. Als das Trampolin irgendwann frei war, half ich mir auf und hopste darin mit ihm herum. Alles kostet immer noch wahnsinnig Kraft.

Nach der Beetarbeit hatten wir, mit anderen Helfenden, in der Mittagsluft des Sommers gesessen, gegessen und getafelt, über das Rauschen der Birken palavert, darüber, dass Pappeln anders rauschen, dass Pappeln eher so *pappeln* und – da nickten wir dann wie ein paar Einfältige, denen ein guter Gedanke zugefallen war – dass insgesamt einfach jeder Baum anders rauscht. Wir waren Dreirad gefahren und hatten die beiden Esel gestreichelt, die stoisch, in dieser lieben, eventuell als etwas verkniffen, eigentlich aber extrem zurückgenommen und gutmütig zu deutenden Eselsart zwischen den Äpfelbäumen standen. Nina kam mit ihrem Pferd geritten. Paul rannte mit Lucie durch die Stallungen, Lucie gab sich, wiehernd und galoppierend, als Pferd aus und Paul war dann selbst natürlich auch ein Pferd. Er trabte, mit dieser kindseigenen, von der frischen Luft nochmal besonders heraufgewehten, freiluftleichten Lebensfreude ihr hinterher und sie jagten sich über das große Gehöftsgelände.

Paul war im Auto auf dem Rückweg fast eingeschlafen. Also gingen wir zuhause mit ihm aufs Bett, im Versuch eines Mittagsschlafes. Paul wollte aber nicht, lief in der Wohnung herum und räumte Kisten aus und machte Sachen, während ich auf dem Bett kurz wegpennte und Carina im Handy Bilder und Videos von Karl ansah und zu weinen anfing, woraufhin ich auch zu weinen anfing, wir uns die Bilder zusammen ansahen, beide weinten, und ich dann mit Paul, der Hunger anmeldete, in die Küche ging und, verheult und mit brüchiger Stimme, ihm Joghurt und Brot auftischte, während Carina sich nun in meinem Handy die Bilder und Videos ansah, die sie ja nicht zur Gänze alle kannte, und dann wieder klagebrüllend zu weinen anfing, woraufhin Paul dann zu ihr wollte, und wir dann, nach ein, zwei Minuten, von denen ich dachte, die wir Carina zum Weinen lassen sollten, wieder zu ihr gingen, ich mich zu ihr auf die Bettkante setzte und Paul, etwas irritiert wieder, wie oft, wenn wir so stark weinen, auf dem Zimmerboden saß und unmotiviert vor sich hinspielte. Wir sagten ihm, warum wir traurig sind und dass unser Weinen nicht an ihm liegt und dass wir ihn sehr lieb haben und dass wir auch Karl sehr lieb haben und traurig sind, weil Karl gestorben ist.

Auch dieses Mal war das Weinen reinigend und wir waren froh, dass Helena gerade eben eine Nachricht an Carina geschickt hatte, und darin fragte, ob wir nochmal nach Lubmin kommen wollen, da war sie gerade mit Cleo und Hauke in Hedos Sommerhaus.

Wir packten ein paar Sachen für den kurzen Ausflug und waren froh, nochmal raus, in die Nachmittagssonne, aus der Stadt raus, richtung Lubmin zu fahren. Auf der Fahrt sprachen wir über das Weinen und Carina sagte, sie hatte, das hatte sie auch so gerührt und bewegt, in meinem Handy ein Video gefunden, das sie noch nicht kannte. Da alberte ich mit Karl im Krankenhaus herum. Wir machen da eine Art Kissenschlacht. Karl sitzt auf meinem Gästebett, lehnt sich in das von ihm mit der Bettfernbedienung wieder in gemütliche Schräglage gebrachte Kopfende, schaut erwartungsfroh und lässt sich von mir mit meinem Kopfkissen bewerfen. Das Kopfkissen landet meistens am obersten Ende des angeschrägten Bettes und kullert dann langsam herunter, über Karls Kopf und seinen Bauch, um dann irgendwo am Fußende zu landen. Karl findet das alles urkomisch, wie das Kissen da von oben runtergepurzelt kommt, er dann kurz nichts sieht, weil das Kissen ja über sein Gesicht holpert, und ich dieses Gepurzel des Kissens mit irgendwelchen Rumpelgeräuschen vertone. Karl lacht und kichert in diesem Video so heiter, fröhlich und gelöst, das fand Carina rührend und schön. Wir stellten wieder fest, was für ein schönes, hübsches, liebes Kind er war. Und dass es gerade wieder so unwirklich, so nicht angekommen in uns ist, der Fakt, dass er tot ist.

In Lubmin parkten wir das Auto unter den dicht gestellten Kiefern. Hier waren wir früher, auch vor den Kindern, oft. Doll durchsoffene Nächte, Haukes Geburtstage, schöner, besoffener Schlaf in den kühleren Nächten des ausgehenden Sommers, in den knurrenden Gästebetten dieses kleinen Holzhauses. Cleo spielte mit Paul und es war gut, dass er so von anderen, etwas älteren Kindern betreut wird, wie auch vormittags schon von Lucie beim Ernteeinsatz. Ich redete mit Hauke ein gutes Gespräch und wir tranken jeder ein Bier. Jever, wie wir es immer in Lubmin tranken. Es schmeckte toll, da draußen im Garten an dem kleinen Holzhaus. Er wich *dem Thema* nicht aus und wir beide redeten frei heraus. Das tat gut. Helena, Carina, Paul und Cleo waren dann kurz runter an den Strand gegangen. Irgendwann wurde Abendbrot vorbereitet, Nudeln mit Tomatensauce und Zucchini-Auberginen-Pfanne. Ich half dabei nichts, es gab auch nichts so richtig zu helfen, also wischte ich nur den Tisch draußen von Kiefernadeln und Zeugs frei. Zwischendrin las ich immer mal wieder ein, zwei Absätze im neuen Buch. Ich lese es zur Zeit gern, ich fühle mich dem dort Geschilderten verwandt, es ist mir bekannt, und es schmerzt mich beim Lesen nicht, eher im Gegenteil.

Zurück fuhren wir mit Helena. Sie saß hinten neben Paul. Wir erzählten leichte Sachen, Paul benannte die Farben draußen, von Autos und Häusern. Ortsauswärts, kurz vor Greifswald, rechts an der Straße ein breiter Streifen Sonnenblumen, gelb, endlos gelb, dahinter die Felder und dann der Bodden. Pittoresk. Landschaft, wie hingemalt von der Natur.

Zuhause duschte Carina Paul und wir brachten ihn zu Bett. Er schlief, nachdem wir nochmal, in der üblichen Einschlaferzählerei, den Tag rekapitulierten, relativ bald ein, ich brachte die alten Windeln raus, schüttete Chips in Schüsseln, machte ein Bier auf und setzte mich mit meiner täglichen Textausschüttung auf dem Schoß vor den Fernseher.

Immer, wenn es ganz schlimm ist, wenn der Kummer und das Vermissen und das Weinen mit aller Kraft in einen rein und aus einem raus rinnen, dann würde man entweder am liebsten: die Zeit einfach zurückdrehen, oder, einfach sprichwörtlich raus aus seiner Haut, aus seiner Haut raus, weil in dem für was sie die Einfassung ist, einfach nicht genügend Platz ist, für diese ausweglosen, heftigen Wallungen unänderbarer Gefühle. Raus aus seiner Haut, als würde all der Druck, das Stechen und Drücken und Zerren und Ziehen in einem, damit irgendwie in alle Richtungen verpuffen, vergehen und in alle Weiten weg, hinweg, verwehen. Als würde dadurch dann innendrin irgendwas besser. Als würden Energielevel und Druckverhältnisse dadurch ausgelevelt, als entlaste sich dadurch in einem was, als könnte man seinen Kummer osmotisch raus ins Kosmische lassen.

Als hälfe es, bräche man entzwei.

So. 07.08.2022, 01:27
Sofa, Wohnzimmer

Vorhin, als wir da so am späten Nachmittag nach Lubmin gefahren waren, nach dem heftigen Weinen davor, rechneten wir nochmal im Auto zurück: vor drei Wochen ist Karl gestorben. Vor drei Monaten, Anfang Mai, wurden beide Kinder mal wieder krank. Da fingen Karls Symptome an, da fing sein Kawasaki-Syndrom an.

Könnte nicht irgendwie damals dort, an diesem Zeitpunkt, an einem Zeitpunkt davor, eine andere lebensläufige Abzweigung genommen worden sein? So dass er einfach nicht krank geworden wäre, oder, wie sonst oft, er einfach an einer Erkältung oder Grippe wieder etwas länger herumlaboriert hätte, er dadurch wieder eine Weile nicht in die Kita hätte gehen können und wir oder ich ihn zuhause behalten hätten, bis er wieder gesund geworden und dann alles wieder den ganz normalen Gang des jungen Lebens eines anderthalbjährigen, glücklichen Kindes gegangen wäre. Er läge dann jetzt im Nebenzimmer, bei Carina und Paul, die schon seit einigen Stunden schlafen, und auch ich würde mich gleich, nach irgendeiner Tätigkeit, die alles andere als das Schreiben dieses Textes ist, dazulegen, morgen früh mit etwas zu wenig Schlaf von den Kindern geweckt werden, und wir würden dann ein langes Sonntags-Frühstück machen, »SUNdagl« würde Karl sagen. Danach vielleicht ein Ausflug in den Tierpark und am Montag dann letzte Ferienwoche, und danach, Mitte August, würden die Kinder wieder in die Kita gehen.

Hätte da nicht irgendwann vor drei Monaten was *anders gelaufen* sein können? Hätte sein Körper sich bitte einfach nicht gegen sich selbst richten können? Hätte es nicht einfach bei einem dieser „regulären“ Infekte bleiben können, wie er sie oft bekam und auch immer stärker hatte als Paul. Ich würde mir gern vorstellen, er schaute jetzt von *woanders* all dem hier zu, aber hieße das nicht auch, dass er ebenso mit eventuell diesen Änderungswünschen in die Vergangenheit schaute? Ist alles cool für ihn, wie es jetzt ist? Interessiert ihn das alles jetzt überhaupt, wie es jetzt mit ihm ist? Hat er dazu einfach jetzt, wo er tot ist, keine Haltung – im allerpositivsten Sinne: dass es ihn nichts angeht, dass er jetzt genau dieses *ist*: tot und nicht mehr da. Dass das ein *Zustand* ist, der keine Rumwünscherei und Rumdeuterei mehr braucht, dass es jetzt *eben halt so ist* und er sich sagt: ... ja, was eigentlich? Wäre genau das nicht tröstlich: dass der tote Mensch sich nach dem Tod eben *nichts* mehr zu sagen braucht. Dass das alles dann hinfällige Kategorien sind und nur der Hinterbliebene hier derjenige ist, der den ihm nun noch bleibenden Worten hinterherstrampelt und Sätze auftürmt, die nirgendwo ankommen.

Ich nehme auf jeden Fall mal besser Frau Elster wieder mit ins Bett. Damit wir da, irgendwie, zu viert sind. Habe neben den gestern schon zugesandten Elster-Buttons heute den Elster-Aufbügler bekommen. Der ist genäht und schick und kommt irgendwo auf ein Hemd oder ein Jacket oder irgendwohin, wo er, der Aufbügler, und damit er, mein Karl, immer bei mir ist.

So. 07.08.2022, 08:41
Küche

Paul kommt in die Küche und sagt „Eier essen, Sunntag". Dreiviertel acht hatte er eine nasse Schlafanzughose. Die Windel war voll, ich hatte sie gewechselt und wir hatten tatsächlich nochmal 45 Minuten Rumdösen im Bett gewonnen.

So. 07.08.2022, 09:11
vor dem Bäcker

Das erste Mal *seitdem* eine Tüte Brötchen beim Bäcker geholt. Gleißendes Morgenlicht, freundlicher, früher Wochenendtag in der Straße vor unserem Haus. Es gab eine Zeit, da schaffte ich es nicht, am Sonntag zum Bäcker zu gehen, der bis 10:30 geöffnet hat. Ich lag ja meist bis in den Nachmittag im Bett. Überhaupt, Bäckerbrötchen waren eigentlich früher nie ein Thema, erst seit rund 10 Jahren, seitdem wir in dieser Wohnung nahe des Bäckers wohnen, hole ich am Wochenende regelmäßig dort morgens Brötchen. Seit den Kindern, seitdem die Tage naturgemäß früher beginnen, sowieso.

So. 07.08.2022, 10:40
Küche, an der Spülmaschine

Das leise Geräusch der Spülmaschine nachts: ein Geräusch der friedlichen Nächte, als noch beide Kinder im Bett bei uns schliefen und ich der letzte war, der noch wach und in der Wohnung aktiv, sprichwörtlich der letzte, der das Licht ausmacht, war. Wenn die Spülmaschine lief, war der Tag zu Ende, die Kinder im Bett, und die stillen Stunden der Nacht dann für mich da, bevor am nächsten Morgen, meistens eher zu wenig als ausreichend

Stunden nach meinem Zubettgehen, die Kinder wieder den Tag beginnen wollten. Jetzt zuckelt die Spülmaschine, spürbar seltener, für das Geschirr von nur drei Menschen. In den gegenwärtigen Tagen, in diesen Tagen von Besuch und Kaffee und Kuchen immerhin, hat sie viel zu tun.

Während ich duschte packte Carina Karls Sachen in die neue Ikea-Kiste und erklärte Paul das mit Karl. Beim Frühstück überlegten wir, wen wir, an diesem bisher noch ungeplanten Sonntag, nach Gesellschaft anfragen könnten, bisschen komisches Gefühl dabei.

Im Wohnzimmer spiele ich mit Paul im Pappkarton. Wir passen beide kaum hinein und er findet es superlustig und ich bin barfuß und er will es auch sein. Die große Pappe auf dem Boden, mit den vielen von mir gemalten Baggern, erinnert mich auch wieder an *früher*. Irgendwann, gar nicht lange her, fing ich an, viel für die Kinder zu malen. Das muss in einer der längeren Zuhausezeiten während einer der Kinderkrankheiten, die sie aus der Kita mitgebracht hatten, gewesen sein.

Gleich gehe ich erstmal raus mit Paul. Wo die Taube in der Korkenzieherweide gurrt. »Taue« und ein hohes, hingeflötetes »Huhuu« machte Karl bei Tauben immer.

So. 07.08.2022, 11:05
Erich-Böhmke-Straße

Beim Einbiegen in die Böhmkestraße schallt aus einer offenen Autotür der Jingle von Deutschlandfunk Kultur. Die Frau im Beifahrersitz schaut mich mit ihrem freundlichen bildungsbürgerlichen, nichts von meiner Trauer wissenden Sonntagsgesicht an, als ich da so mit dem Kinderwagen vorbeischiebe. Ihr Mann startet den Motor und ihr, in seiner bescheidenen Nutzgegenständlichkeit unprätentiöses, aber gut ausgestattetes, sauberes Auto fährt los, wahrscheinlich zu einem *kulturell interessanten* Ausflug, ins Umland, in die Region, in ihr Leben, das wahrscheinlich, frei von größeren Problemen, ohne Geldssorgen, ohne Ärger im Beruf, ohne Zweifel und innere Kaputtheiten, und wahrscheinlich, und das ist auf ungerechte und neidvoll mürrische Art natürlich der eigentliche Grund meines kleinen Grimms, auch ohne einen toten Sohn, einfach so, Tag an Tag gereiht, als ein Leben von *richtigen Leuten*, immer täglich neu am Küchentisch vom Kulturradiojinglegebimmel eingeläutet, vor sich hinströmt.

Ich schiebe, verkniffen im Gesicht, von Sonne halb blind, mit meinem einen Kind durch sommergrüne Seitenstraßen richtung Innenstadt und bin genervt von all diesen vom schönen Wetter so grußfröhlich und gutgelaunt gewordenen Passantengesichtern.

So. 07.08.2022, 11:12
Augusta-Brücke

Grütze grün auf dem kleinen Rinnsaal im Wallgraben unter der Augusta-Brücke. Ich schiebe vorbei am Kruppkolleg, im Schatten der kleinen Lappstraßengasse, in Richtung Rathaus. Auf dem Markt ein Kindertheaterzelt, aus dem, es ist nicht so ganz genau erkennbar, ob es Freude oder Panik ist, schrilles Kinderschreien und mikrofonierte Theaterstimmen dringen.

Ich schiebe in die Fußgängerzone zum Kettenbäcker, vorbei an diversem Jungelternglück, kaufe ein halbes geschnittenes Brot bei der Studentin, die ihre Verkaufsansprachen und tagesaktuellen Grußformeln nur widerwillig abzuleiern scheint, und schiebe zurück zum Markt. Ich fühle mich ihrer Arbeitsunlust nahe. Carina schreibt eine Nachricht, dass wir am Nachmittag nun mit Bella und Jules verabredet sind. Von weitem sehe ich den *anderen* Zwillingvater aus unserer Kita, mit seinen jetzt auch schon laufenden Zwillingen. Sofort Stiche in meinem Herzen und Erinnerungen an das Bringen der Kinder zum Kindergarten. Wie er und ich da immer morgens, beide irgendwie so bisschen verfusselt und wie gerade aus dem Bett gefallen, einigermaßen zeitgleich auftauchten, unsere Kinder, typisch für Fusseleltern, immer erst um neun Uhr hinbrachten, und dann, so schien mir das immer, erst zuhause, nach dem Bringen der Kinder, uns frisch machten. Jedenfalls machte ich das so, auch weil ich bei dem ziemlich weiten Fahrradgeradel, kaum mehr als zwei in mich geschüttete Kaffee im Magen, immer schwitzte und dann immer erst im Laufe des Vormittags duschte, und auch der *andere Zwillingsvater* war dann, wenn man ihn tagsüber, wenn die Kinder in der Kita waren, in der Stadt sah, immer sehr gepflegt, fast *adrett* angezogen. Auch heute: in eleganter kurzer Hose, Polohemd, vital und grau, als nannte er eine kleine Yacht sein eigen, steht er da in der Sonne auf dem Markt. Er hat gerade eine angeregte, auf mich fürchterlich fröhlich anmutende Unterhaltung mit einem anderen Mann. Seine beiden Kinder wackeln um ihn herum und ich habe seltsame Gefühle in mir. Vor allem sowas wie *Neid*. Ein völlig unsachlicher und hochemotionaler Neid auf das was er hat: das schöne Leben mit zwei Zwillingskindern.

Kein totes Kind, sondern einfach ein schönes Leben als Vater mit seinen beiden Kindern. Ich will das auch. Ich möchte nicht der sein, der als Wrack durch den schönen Tag hier geht. Ich will wieder der fusselige Vater meiner beiden Kinder sein.

Ich schiebe mit Paul weiter die Fußgängerzone herunter, nehme ihn aus dem Wagen und er läuft herum und ich trödele langsam hinterher. Eine Gruppe junger Menschen, wahrscheinlich Studierende, vielleicht Medizin, vielleicht aber auch BWL, so genau lassen das weder ihr Äußeres, noch der Inhalt ihrer Rede erkennen, redet über *Herzinfarkt, Schicksalsschläge* und die *Stehaufmännchenfunktion des Körpers*. Genau diese drei Wendungen erreichen mein Ohr und ich bin kurz wie blockiert, halte an und bin sehr verwirrt und fühle mich und mein Kind und unser familiäres Schicksal kurz angesprochen und gemeint und *behandelt*, als spräche dort das mit unserem *Fall* vertraute medizinische Personal. Stattdessen sind es aber nur diese vier, fünf jungen Sonntagsmenschen im Sommerdress, die an mir und Paul vorbeilaufen, nicht wissend, dass wir hier ohne unseren Karl unterwegs sind. Ich bin so verwirrt, dass ich kurz den Impuls habe, ihnen böse zu sein – wofür eigentlich? Für ihr Thema, über das sie reden? Für ihr Unwissen uns betreffend? Für ihre gute Laune? Für ihr Glück, einfach so, leichten Gemüts und locker labernd, an einem Sonntag durch die helle Innenstadt zu flanieren?

Ein paar Meter weiter treffen wir Ellen und Matteo mit Kind und Hund. Der Hund ist ein Schnautzer. Ich sage, seitdem ich Kind bin, immer „Schautzer“ dazu und muss jedes Mal an das Onkelgesicht von Max Schautzer und den Hausmeister meiner ehemaligen Grundschule denken. Der hagere Hausmeister, prototypisch und verschlagen habe ich ihn in Erinnerung, hielt zwei *Riesenschautzer* in einem Wellblechzwinger direkt neben dem Schulgebäude. Als Kinder, verschlagen in unseren Vorstellungsgaben, malten wir uns aus, wie sie, der Hausmeister und die Hunde, im oder, viel irrer noch, *unter* dem Schulgebäude wohnten, einsam, eremitenhaft, dreisam als Mensch-Hund-Gemeinschaft mit eigenen Regeln jenseits von Schulklingel, Zensuren und Sitzordnung. Als Kind dachte ich immer, dass alle Hausmeister in der Schule wohnen und ich vermutete seine Wohnung im Keller, von wo der Geruch gerauchter Zigaretten hoch ins Schulhaus stieg. Ich weiß bis heute nicht, ob er dort wirklich wohnte, oder ob es eine Werkstatt oder ein anderer Ort seines sinistren Wirkens war, aber ich fand die Vorstellung schon damals, eher die Unterbringungsweise der *Schautzer* betreffend, grotesk, dass der dort diese beiden Höllenhunde halten durfte, wo doch Kinder im Hause waren. Was wäre, wenn sie mal *ausbrechen* würden, fragte ich mich, wie Löwen im Zoo, dachte ich mir, was wäre, wenn eines Tages ihre riesenraubtierhaften Triebe über sie kämen und selbst der Hausmeister sie nicht zügeln könnte. Ich war ein verträumtes, fantasievolles Kind. Etwa sowas ähnliches erzähle ich Matteo im Laufe unseres Gesprächs, nur der Hund, den sie dabei haben, ist eher klein, also kein Riesenschnautzer, sagt Matteo, „also Standardschnautzer" sage ich, und wir lachen ein bisschen.

Vorher, als wir aufeinander getroffen waren, fragten sie, etwas überrascht und mit der Situation wahrscheinlich genauso überfordert wie ich selbst, „Na, wie geht's", und ich fragte, da ich es ihnen irgendwie ansah, „Nicht so gut. Wisst ihr's schon?". Sie wussten es seit gestern von Sonja und Alexander. Ich erzählte unsere Geschichte, den ganzen tragischen, traurigen, entsetzlichen Scheiß. Sie waren froh, dass ich und wir so offen darüber reden können, das sei ja nicht selbstverständlich, sagten sie. Ich sagte, dass es mir ohnehin leichter fiele über meine Emotionen zu sprechen. Smalltalk sei oft anstrengend für mich, sagte ich, und fühlte mich etwas kindisch dabei, denn wir hatten doch gerade, über Hausmeister und Hunde, ein ganz okayes Kleingespräch geführt, denn wo ist überhaupt das Problem mit Smalltalk, dachte ich innendrin, Smalltalk ist nicht das Problem, das Problem ist, dass Karl tot ist, dachte ich dann noch und war froh, dass die beiden keine Angst vor dem Thema hatten.

Interessanterweise, das ist so eine Erfahrung als Trauernder, sind viele Menschen unsicher, *ob* wir darauf angesprochen werden oder überhaupt darüber reden wollen, weil sie eventuell glauben, dass man damit irgendwas aufrisse, dass das *nicht* darüber reden vielleicht gut sein könnte, weil wir dann, wenn man uns zum Beispiel in einem Zustand der *einigermaßigen* Gefasstheit antrifft, sonst gleich wieder kaputt gingen, auseinanderfielen und völlig aus der Fassung gerieten oder sowas. Ich denke dann immer nur: naja, ein anderes Thema *gibt* es ja gerade nicht, es *geht* ja gar nicht anders, als darüber zu reden. Und es tut ja auch gut. Und es *ist* ja nunmal so! Ellen und Matteo schienen erleichtert, dass ich noch irgendwie als eine Art Mensch erkennbar war und weder ich sie, noch sie mich in irgendwelche ungelenken Verlegenheiten gebracht hatten. Freunde von ihnen hatten vor einigen Jahren eine Totgeburt. Sie haben mittlerweile neue Kinder. Wenn wir möchten, können sie uns ja mal mit denen zusammenbringen, sagten sie. Ich sagte „gern", und dann gingen wir, es gab ja auch bald Mittag schon wieder, unserer Wege.

Ich gehe mit Paul über den Rubenowplatz und den Innenhof des Audimax zurück nach Hause. Paul spaziert und erzählt, hat richtig gute Laune und findet es toll, mit seinem neuen Rucksack, der genau die richtige Größe für ihn hat, einfach so durch das gute Wetter zu laufen. Es ist *wie* ein schöner Sommertag.

So. 07.08.2022, 20:47
am Handy

Habe endlich Hagen eine SMS geschrieben wegen der Trauerrede.

So. 07.08.2022, 21:59
auf dem Sofa

Habe endlich angefangen, die Trauerkarte zu gestalten. An meinem anderen, *regulären* Laptop, der im Vergleich zu meinem kleinen Karlcomputer hier so klobig groß, so obszön überdimensioniert erscheint.

So. 07.08.2022, 23:53
Sofa

Vormittags, als ich kurz in den Hof gegangen war, um den Kinderwagen rauszustellen, ein Gespräch mit der Nachbarin. Wie es uns geht, fragt sie. Auf und ab, sage ich. Und, es werde ja jetzt merkbar früher dunkel, sage ich. Die Gänse ziehen schon, sagt sie. Es wird deshalb ein früher Herbst, sagt sie. Ich überlege kurz, ob es mich ärgern sollte dass ich jüngst noch keine Gänse habe ziehen sehen. Ob ihr Zug irgendwas mit Karl zu tun haben könnte, ob das ein verpasstes *Symbol* für ein Michzuihmhinfühlen gewesen sein könnte, wische diesen verzweifelten Gedanken aber beiseite und schaue in den sommerblauen Himmel. Am Dienstag fahren sie mit dem Wohnmobil los, nach Norden. Wie jedes Jahr. Unser Gespräch ist angenehm und unbefangen wie unsere Hofgespräche immer sind. Als wäre Karl noch am Leben.

Am Nachmittag waren wir nach Jeeser zu Bella und Jules gefahren. Der Weg dorthin geht durch Kirchdorf, ein langes Ein-Straßen-Dorf, wo die vollen Blumen ihre Köpfe bunt durch die Zäune, raus auf den Gehweg recken. Es tut gut, so unterwegs zu sein, einfach zu fahren durch das helle, flache Land.

Bei Bella und Jules war es schön. Sie haben jetzt, seit ein, zwei Jahren dieses Haus vor der Stadt, mit dem großen, an Stellen wild verwucherten Grundstück. Ihre Hühner haben gerade Küken. Drei davon wurden von der Mutter nicht angenommen und sie werden jetzt per Hand aufgezogen und piepsen neben uns in einem kleinen Gatter herum. Wir sitzen im Schatten der Wäsche, trinken Kaffee, essen Kuchen, und das leise, milde Kükenpiepsen wirkt sehr befriedend und beruhigend auf mich. Es erinnert mich an das leise, vertiefte, vor sich hin glucksende Geplapper unserer Kinder beim selbstständigen Spielen, wie sie ab einem gewissen Alter ihre Körper und ihre Stimmen auszuprobieren begannen, als Halbjährige oder wann das losging, da wühlten und rollten sie auf dem Boden herum, streckten Arme und Beine in die Luft, tapsig, niedlich, auf den Fotos von damals sieht es aus wie bei Ringern, mit ihren stolzen Gesichtern, halb sabbernd, auf den hochgehobenen Hälsen an den akrobatisch durchgestreckten Rücken, es war ein tolles Alter, sie dallerten so herum, irgendwer giggelte oder brabbelte immer vor sich hin, während wir Eltern endlich auch Mal ein paar Minuten Gelegenheit hatten, am Handy zu wischen, ein Buch zu lesen, die Wäsche aufzuhängen, kurz einfach nur so rumzusitzen mit einem Kaffee oder Tee und dem angenehm ziellos aus uns herauswehenden Tröpfeln von Ruhe und Zeit.

Ihr uralter, sehr kranker Hund humpelt halbblind umher. Er läuft schief und sieht aus, als könnte er jeden Moment umkippen. Gleichzeitig wirkt er aber nicht hilflos, nur irgendwie abgekoppelt vom für ihn kaum noch sehbaren Drumherum. Er macht seine Hundesachen, schnüffelt herum und sieht animalisch beschäftigt aus, wenn auch äußerst langsam und torkelnd dabei. Er geht wahrscheinlich bald zum Sterben in den Wald, sagt Bella. Sie sagte das voller Liebe, als wäre das noch etwas, das im domestizierten Rahmen seines freien Wesens läge. Der Tierarzt hatte letztens gesagt, dass man ihn auch einschläfern könne, aber das erschien ihr nicht richtig, sagt sie, jedenfalls zu jenem Zeitpunkt nicht, aber ich merke, wie sie jetzt unsicher ist und der Hund ihr leid tut. Wir gehen vom Vorgarten nach hinten. Zwei alte Wohnwagen stehen herum, einer für die Hühner, einer für die Kinder. Alles ist grün und zu den Bahngleisen hin stehen die Sträucher hoch unter dem taghellen Himmel. Mit Jules ein schönes Gespräch, sitzend im Laub auf dem Trampolin, über *unser Schicksal,* und ob wir es überhaupt so benennen würden, und wie wir es *annehmen* undsoweiter. Ich habe für all das natürlich keine guten, gültigen oder sonstwie irgendwas in irgendeiner Art ausreichend benennenden Worte und so kommen wir beide, vielleicht in einem spirituellen, eher noch in einem metaphysischen Sinne, und ganz allgemein aus der Idee heraus, dass Sachen nicht einfach so wegnullen und wegvergehen, zu dem Schluss, dass Energie irgendwie, in welchem Sinne, in welcher Form, auf welchen Leveln und in welchen Weisen auch immer, doch erhalten bleibt am Ende.

Paul hat wieder sehr viel Spaß. Es tut ihm sichtlich gut, unter anderen Menschen zu sein, hier in einem anderen Garten, zu spielen und bespaßt zu werden, von uns und anderen Menschen, von diesem Nachmittag *woanders.*

Zurück fahren wir wieder übers immer noch helle Flachland, durch die in allen Getreidefarben schon langsam wirklich herbstlich, eventuell, da fehlt mir das Gefühl für die Zeiten, auch gerade erst altweibersommerlich werdenden Felder. Paul erwähnt auf der Fahrt nochmal Karl und zeigt auf den Sitz neben sich und sagt dann, als wollte er das Thema wechseln, auf seinen Anschnallgurt deutend, „klick“, womit er meint, dass man den Gurt ordentlich mit einem *„klick“* festzuschnallen habe. Und ich dachte dann, dass dieses *„klick“* von Karls Kindersitzgurt jetzt auch ein fehlendes Geräusch ist.

Mo. 08.08.2022, 08:25
Küche

Heute ist es das erste Mal morgens richtig still in der Wohnung. Carina ist zur Arbeit, Organisatorisches klären. Paul schläft noch und ich sitze allein in der Küche. Wenn die Kinder krank und ganztags zuhause waren, in der Zeit, als Carina schon wieder Arbeiten war, so ungefähr als die Kinder ein Jahr alt waren, hatte ich auch manchmal diese Minuten zuhause, morgens, mit dem Pott Kaffee, am Handy oder Laptop paar kleine Sachen organisierend. Dann wachten irgendwann die Kinder auf und meistens kamen sie selbst in die Küche, um zu schauen, wo die Eltern sind. Selten weinten sie im Bett auch mal, weil niemand da war. Meistens aber, da lief ja ein Radio in der Küche, hatten sie die Sicherheit, dass irgendwo irgendjemand in der Wohnung da war, stiegen dann aus dem Bett, ließen sich, mit den Füßen voran, bäuchlings davon herunterrutschen, was, als sie das lernten, ein Zugewinn von Bewegungsspielraum und Selbstständigkeit für sie war, aber auch neue Aufmerksamkeiten in ihrem nun ausgeweiteten Aktionsradius für uns Eltern bedeutete.

Als ganz kleine, nur auf dem Rücken herumliegende Babies konnte man sie auf dem Sofa oder der Récamière liegen lassen, links und rechts mit den länglichen Stillkissen abgepolstert. Mit jeder Wochen entwickelten die Babies dann neue Fähigkeiten, Eigenarten und Superkräfte. Für Menschen, die das erste Mal Eltern sind, sind diese ersten Wochen und Monate nicht weniger als die Teilhabe an dem Wachsen des Wunders des Lebens. Obwohl natürlich die Schwangerschaft und Geburt davor schon die eigentlichen *Wunder* waren. Eigentlich war alles ein Wunder. Ihr Aufwachsen, ihr Größerwerden, die Art, wie als Eltern neue Gefühlsebenen in einem freigeschaltet werden, wie Verantwortungsbewusstsein nochmal neu, für mich eigentlich das erste Mal *richtig* definiert wurden. Alles war wunderbar. Im Job zum Beispiel war mir Verantwortung immer eher egal, da die meisten meiner Jobs nie etwas *mit mir* zu tun hatten. Und was, wenn nicht die eigenen Kinder, haben etwas *mit einem selbst* zu tun? Ja, es ist oft stressig, manchmal nervig, man kommt oft zu nichts, in den ersten Kinderjahren, aber es gibt eine nie endende *Verknalltheit* in die eigenen Kinder. Carina sagte das mal so schön, als wir, vor Monaten irgendwann, als alles *noch normal* war und die Kinder mal für einige Tage oder Wochen regulär in der Kita waren, darüber sprachen, wie das so ist, wenn man sie, nach einigen Stunden dann am Nachmittag aus der Kita abholen fährt. Dass es bei ihr immer so ist, dass sie sich innendrin sehr freut, sie wiederzusehen, sie abzuholen, sie wieder zu *treffen*, dass sich das anfühlt „wie Verliebtheit eigentlich, als wäre man verliebt“ hatte sie gesagt, mit einer leichten Stimme und einem leichten Straffen des Körpers. Und genau das war es: wie die unschuldige, in einem leicht und in alle Richtungen *flatternde* Liebe, die man als Mensch einem anderen Menschen am Anfang einer Liebesbeziehung gegenüber empfindet. Und bei kleinen Kindern ist diese Verliebtheit immer da.

Ich hatte mich natürlich immer auch auf die kleinen Freiheiten und Freizeiten gefreut, die ich hatte, wenn die Kinder in der Kita waren, oder nachts, wenn sie schliefen, aber im Grunde meines Herzens – auch wenn ich am frühen Nachmittag hektisch meinen Laptop schloss, einen großen Schluck vom Kaffeepott nahm, mir die Tasche überwarf, den Schlüssel von der Kommode vorne griff und schnell losradelte zur Kita, um sie *rechtzeitig* im, von Corona und vom Kita-Organisatorischen her, abgesteckten Zeitfenster, dort abzuholen – war immer diese Freude durch das grundsätzliche Gefühl der Liebe für sie da. Und wie mir wirklich jedes Mal das Herz aufging, wenn ich in die Kita kam und bei beiden, wenn sie mich sahen, sich das Gesicht auf diese Art aufhellte, wie sich sonst bei keinem das Gesicht aufhellt, wenn man gesehen wird. Wie diese Freude bei den Kindern auch das war, was sie mir gaben: Liebe und Sicherheit.

In der Nacht hatte ich mir auf meinem Handy noch viele Videos von Karl angesehen, war sehr gerührt und so verliebt und auch voll Freude, ihn da so zu sehen. Ohne, dass ich weinen musste, einfach nur glücklich ihn dort so glücklich zu sehen. Er hat ja so viel gelacht, auf so vielen Videos lacht er und hat Spaß und giggelt und erzählt. Man filmt ja natürlich nur die schönen Dinge. Wie auch die Erinnerung, so hört man doch immer, irgendwann nur das Schöne abspeichert. Und dass die Zeit mit ihm im Krankenhaus eine für ihn gute Zeit war, in der er keine Schmerzen und einen Alltag hatte, ist immer wieder tröstlich für mich, es zerrt aber auch an mir, da diese Zeit so intensiv war und ich, wenn ich an ihn denke, auch viel an ihn im Krankenhaus denke und wie nah wir uns da waren und dann wünsche ich mich in *diese Zeit* im Krankenhaus zurück, fühle mich dann aber kurz seltsam, weil eigentlich müsste ich mich doch in die Zeit *vor* dem Krankenhaus zurückwünschen. Diese Davorzeit kommt mir so lange her vor.

Im Frühjahr war alles noch gut. Oder rumorte da auch schon was in ihm? Das ist bestimmt auch so ein Mechanismus den das Trauern freisetzt: mein Geist hält sich an den letzten, ganz nahen und unverwaschenen Erinnerungen fest. Zu denen neben der Krankenhauszeit auch die letzte Woche als Familie zuhause gehören. Und diese Woche war nie als *letzte Woche* erkennbar, zu keiner Zeit. Es kam ja alles so unerwartet. Deshalb war diese Woche so gut und *schön wie immer*. Aber hätte man diese Zeit anders gelebt, wenn man gewusst hätte, es wäre bald zu Ende? Was wäre eigentlich, wenn sein Krankheitsverlauf irgendwann dahin geführt hätte, dass die Ärztinnen und Ärzte uns im Krankenhaus eröffnen hätten müssen, dass es *nicht gut aussieht* und wir uns *auf das Schlimmste* vorbereiten müssen? Ich glaube, das hätte uns zerrissen. So hat uns nun das Unerwartete zerrissen. Oder ist es immer noch dabei, im Abtauen des Schocks, uns nach und nach, überall in der Psyche schon perforiert, auseinanderzureißen, wie das sprichwörtliche Blatt Papier, das man als Trauernder, strukturlos, blass und dünn, jetzt ist?

Paul schläft immer noch. Ich habe Klöße im Hals vom Schreiben hier. Ich decke den Frühstückstisch für zwei Menschen. Für ein Vater-Sohn-Frühstück, das ehemals ein Vater-Söhne-Frühstück war. Mir fehlt Karl so, bei allem. Mir fehlt, wie beide so perfekt in unser Leben passten. Mir fehlt, wie sie miteinander all das waren, was uns als Familie zu einer Einheit machte. Wir waren zu viert ein Ganzes. Jetzt sind wir zu dritt und da wo Karl war, ist jetzt immer eine Lücke. Da wo er als Mensch im Raum war, ist er jetzt nicht mehr. Denke ich an ihn, sind natürlich immer noch die Gefühle da, die immer für ihn da waren, oft natürlich durchsetzt und zugeschnürt von Kummer und Vermissen, aber diese Gefühle sind da, unänderbar, unwegnehmbar, inmirdrin.

Ich habe gestern abend noch möglichst viele einzukaufende Dinge auf einem Teebeutelumschlagspapier gesammelt, um gleich nach dem Frühstück mit Paul in die Stadt zu gehen und etwas zu tun zu haben, das nicht Rumsitzen in der Wohnung ist.

Es ist hoher Sommer, mein Kind ist nicht mehr da, und heute hat meine Mutter Geburtstag.

Mo. 08.08.2022, 09:56
Schlafzimmer

Unter dem Nachttisch eben den Deckel einer Spritze aus *jener* Nacht gefunden. Ich hatte an sowas schon ein paar Mal gedacht, und darüber, was das mit mir machen würde, wenn ich irgendwas vom Notarzt, ein Zeugnis der Nacht in der er starb hier finden würde. Ich nahm das Deckelchen, wog es in der Hand und prüfte innendrin in mir, ob das einen sentimentalen oder gefühlsdokumentarischen, vielleicht auch zerstörenden Wert hat, spürte in diese Richtungen nichts Relevantes und warf das Deckelchen, das am Ende *ja auch nichts mehr gebracht* hatte, weg in den Müll.

Mo. 08.08.2022, 10:41
vor dem Dom

Geht man *bei sowas* nicht auch mal in die Kirche? Egal, ob glaubend, gläubig oder nicht. Dachte ich so, und schob mit Paul in das kühle Schiff des Doms, aus dem massive Orgelcluster tönten, offenbar spielte sich jemand gerade warm für eine Mittagsandacht. Wir gingen kurz rein, Paul machte große Augen, wollte dann »RUMtohm«, woraufhin ich sagte, dass wir zum Rumtoben mal besser wieder raus gehen. Den großen, guten Karl-Aha-Moment gab es in der Kirche natürlich nicht. Aber ich wollte mal kurz drin gewesen sein. Man hält sich ja an allem fest, probiert alles aus, geht alle Wege des Trauerns. Außerdem war mir heiß. Wieder so ein Wetter, insgesamt ganz angenehm, in der Sonne aber viel zu heiß.

Ich setzte mich auf eine Bank vor der Kirche und Paul öffnet seinen Rucksack und holte sich einen Snack heraus. Der Rucksack ist jetzt das neue Ding. Er liebt es, damit ein Stück selbstständig zu sein, packt dort Essen und Spielzeug rein und will ihn überall hin mitnehmen.

Während ich so da saß wurde ich unkonzentriert, nicht bei der Sache, kein Gedanke führte so richtig zu was. Ich griff immer wieder zum Handy, wollte auf die Uhr schauen, verlor mich in Notizen und Paul spielte auf dem Kopfsteinpflaster des Kirchenvorplatzes mit seinen Autos.

Mo. 08.08.2022, 13:01
Küche

Auch im Laden und an der Kasse, das Gefühl des Abgekoppeltseins von allem. Innen wirr, leicht, flüchtig und ungeerdet im Denken, bodenlos und schwach. Kein Augenkontakt mit der freundlichen Hippiefrau die hinter uns das Salz aufhebt, das Paul beim Rauflegen auf das Kassenband heruntergefallen war. Auch die Kassiererin sucht lange meinen Blick, während ich die EC-Karte fahrig aus dem Portemonnaie ziehe und mich nur mit Mühe an die lange nicht mehr eingegebene Geheimzahl erinnern kann. Es ist, als wäre ich über oder neben Allem, in meiner Welt, die die Trauer ist, in jenem sprichwörtlichen Schwebezustand. Ein Schweben, wie hineinbalanciert in eine weiche Mitte. Wirrheit und Konfusion, Vagheit als Schutzmaßnahme, als Fernhalten von irgendeiner sogenannten Härte des sogenannten Bodens der sogenannten Realität. Alles klingt hingeschrieben schnell so sprichwörtlich. Es gibt nichts Poetisches, nichts Gewitztes, nichts Schönschreibbares in dieser Leere. Es ist alles vage. Es ist unsagbar.

Beim Schieben die Bahnhofstraße lang fliegt links, im blauen, nur sparsam bewölkten Himmel, der rotweiße Nothubschrauber vom Krankenhaus. Es ist gut, ihn zu sehen. Karl hatte sich im Krankenhaus immer gefreut, wenn der Hubschrauber hinter unserem Fenster, auf der Hubschrauberwiese, abhob oder landete, „Schraua, Schraua“ sagte er, mit seinem immer so akkurat geradehin gestreckten Zeigefinger.

Wie er da so langfliegt, denke ich, dass irgendwo ein Notfall ist. Es ist ja ein Rettungshubschrauber. Also wird irgendjemand in Not sein. Irgendwer muss irgendwo gerettet werden. Eigentlich traurig.

Kurz darauf spricht mich ein zotteliger Jugendlicher an, ich denke sofort das Wort „Bongraucher“, er sieht aus, wie jemand, der den ganzen Tag Playstation spielt und Bong raucht, er macht einen irgendwie *ungewaschenen* Eindruck auf mich. Wie ein in einer märchenartigen Geschichte plötzlich aus einer verpuffenden Bovistwolke auftauchender Kobold hatte er sich in mein schwebendes Wirrsein geschraubt. Wo denn hier der nächste Arzt sei, fragt er. Was für ein Arzt denn, frage ich. Na, wo man *einen Durchlauf* machen kann, sagt er. Ich weiß nicht, was er meint, mit dieser antiquiert und, für einen bekifften Jugendlichen, ziemlich beflissen anmutenden Formulierung und schicke ihn, nicht weil ich den empfehlen könnte, sondern weil er am nächsten dran ist, zu Dr. Kaupe. Die Wege zu allen anderen mir bekannten Arztpraxen sind mir in meinem Zustand unmöglich zu beschreiben. Da vorne an der Ampel links rüber und hinterm Klodöner dann linkerhand, da ist das dann, sage ich und fuchtele mit der Hand in der Luft herum. Der Bongjunge geht seinen, den also eben von mir beschriebenen Weg, ich werfe eine hochdosierte Magnesium ein, die ich eben im Laden gekauft hatte, und schwebe, weiterhin wirr, in meinem immer wirrer werdenden Schiebezustand weiter nach Hause, zum Mittag, und denke, während der kiffende Kobold die Straßenseite an der Ampel wechselt: könnte nicht *all das hier* nur ein Märchen sein?

Ein paar Meter weiter, an einer Straßenecke in unserem Quartier, treffe ich Sonja und Alexander. Sie fragten wieder, wer was wie für uns tun könne. Ich sagte, ein Gespräch an der Straßenecke sei schon gut. Sie sagten, wir sollten nur Bescheid geben, wie das Get Together sein soll, sie machten dann alles weitere. Sonja sagte, sie habe es noch nicht geschafft, die Fotos vom letzten Gartenfest mit Karl, das war an ihrem Geburtstag, anzusehen. Ich erzähle von meinen Anschaugewohnheiten, wie wir gerade Fotos anschauen können oder eben nicht. Wie es ihnen ginge, hatte ich gar nicht gefragt, stellte ich beim Essenwarmmachen am Herd jetzt fest.

Mo. 08.08.2022, 13:37
im Hof

Ich stehe mit Paul im Hof und mache Riesenseifenblasen. Irgendwer hat eine kleine Badeentenfamilie auf das umgedreht auf der Wiese liegende Planschbecken gesetzt. Sie passen, so klein gedrungen und rundlich, genau in die kleinen Wölbungen im Beckenboden. Das ist kurz etwas befriedigend.

Habe dann, in meiner Orgatabelle, eine erste neue Notiz für den Roman gemacht: „Regenrückhaltebecken: Ellernholzteich“ steht da. Nachher ist irgendein Aktionstag für die Erhaltung guter Gewässer, da gehen wir hin, irgendwie raus irgendwohin, und irgendwie auch als Kinderbespaßung am Nachmittag. Ausflugsziele sind uns gerade immer sehr willkommen. Auf dem Flyer zum Event steht der Name dieses Teiches, den ich im Roman noch anders betitelte, was mir die ganze Schreibzeit schon noch nicht so richtig richtig erschienen war. Deshalb war ich froh, dass mich dieser Name nun, auf diesem Plakat, angesprungen hatte.

Die letzte Romannotiz die ich in der Nacht vor Karls Tod machte, am 15.07.2022, um 23:05, lautete *„MOOD: Astrobotnia“* und verwies auf ein Ambientalbum, das ich vor genau 20 jahren, als ich neu in Greifswald war, immer gehört hatte, damals im Wohnheim, im so deprimierenden

November, in der so schön alle Orte egalisierenden Musik. Diese Musik hatte ich wahrscheinlich wirklich seitdem nicht mehr gehört, war jetzt durch irgendwas wieder drauf gestoßen und nahm mir vor, da mal wieder reinzuhören, als sogenannte *Mood* und Inspiration für einen Teil des Romans, der zu einem nicht unbedeutenden Teil auch mit jener damaligen Zeit zu tun hat und ich wollte, deshalb die Remindernotiz, demnächst in einem nächtlichen Schwallschreiben, ein paar Absätze auf genau dieses Album hindonnern, das würde sich gut machen, es gab da ein paar Kapitel, die im tiefsten Winter spielten, nah an der Silvesternacht, und ich hatte in Erinnerung, dass jenes Ambientalbum mit dem anheimelnden, feierlichen Gefackel und Geknatter eines mittelfern abgefeuerten Feuerwerks beginnt und ich war mir sicher, dass diese lange, so lange nicht mehr gehörte Musik einen ganz brauchbaren Textexzess in mir abfeuern würde. Also hatte ich diese kleine, unscheinbare Notiz gemacht, keine große Schriftausschüttung war mir in jener Nacht gelungen, nur dieser kleine, audioautobiografische Stichpunkt, der, während ich eben so darüber nachdachte, dann doch mehr nach sich zog, als ich zuerst gedacht hatte.

Mo. 08.08.2022, 14:49
im Wohnungsflur

Eben rief Hagen an. Morgen treffen wir uns wegen der von uns zu schreibenden, von ihm dann vorgetragenen Rede. Seine bärige Stimme am Telefon tat gut. Er wird der richtige Redner sein.

Mo. 08.08.2022, 17:51
Küche

Der Gute-Gewässer-Aktionstag entpuppt sich sehr schnell als, im Kern ja nett gedachte, aber, das war schon auf dem Plakat erkennbar, weil da als Ausrichtende und Ansprechpartner nichts so richtig Seröses, geschweige den Wissenschaftliches genannt war, irgendwie auch seltsame Hippiescheiße.

Weil alles so sonderbar ist, stehen wir, weiterhin wirr und schwebend, mit befremdetem, eingefrorenem Freundlichkeitsgrinsen zwischen den anderen Leuten hier. Viele Familien sind gekommen, am Ufer liegen in alten Kartoffelkisten schimmlige Klumpen rum. Die sollen nachher alle hier in den Teich reingeschmissen werden. Damit es dem Teich besser geht. Es ist alles etwas seltsam hier. Zusammengetackertes Infomaterial gibt auch nicht so richtig Aufklärung, wie das genau funktionieren und wirken soll.

Es wirkt alles ein bisschen, auf bescheuerte und gänzlich unüberlegte Art *quer* gedacht. Kinder und ihre Eltern quälen kakophonischen Frohsinn aus orffschen Instrumenten, die auf Bastmatten am Ufer liegen. Unbeholfene soziale Akte zwischen den Eltern. Durch einen mobilen, viel zu leisen Verstärker holpert eine selbsternannte Schirmherrin, durchschnitten von einem vorbeiknirschenden Jogger, eine Willkommensrede, die in ihrem huhnhaften Gebrabbel nur so an mir vorbeirauscht und auch keine genauen Aufschlüsse darüber gibt, was hier heute genau passiert. Danach schmeißen die Menschen die Matschbälle in den See und wir fühlen uns sehr fremd in diesem irgendwie weltfern anmutenden Aktionismus. Die Veranstaltung löst sich dann in ungelenkem Auseinanderdriften auf und ich ärgere mich, hier gewesen zu sein, weil mir das alles in seiner Unklarheit und Naivität vorkam, wie etwas, das nichts mit meiner Trauer zu tun haben soll.

Ich war danach nach Hause gegangen und hatte, während Carina mit Paul zu Hauke und Helena in den Garten ging, an der Trauerkarte weitergestaltet, die Spülmaschine ausgeräumt und etwas für das Abendbrot vorbereitet.

Mo. 08.08.2022, 20:25
vor dem Klinikum, unterm jetzt eingezäunten Mensavordach

Die Großgastro-Verschalung des Außenbereichs der Mensa ist, das sah ich jetzt erst, mit Türen ausgestattet und wird zur Nacht wahrscheinlich verschlossen. Eine Tür, die Tür richtung Klinikum raus, stand *sperrangelweit* offen, wie nach einem hastigen *Bruch*, also ging ich da rein und sitze jetzt an den apricot-orangen Bank-Tisch-Ensembles, habe den Karlcomputer aufgemacht und atme kurz durch. Ein bisschen ist das, mit diesen hohen Glasfenstern hier um mich herum, auch wie auf einem Ausflugsdampfer. Die Möwen schreien unter den Vanillewolken, die in ihren der Sonne weggewandten Wolkenwölbungen schon ins Grau übergehen. Vielleicht noch Regen? Ich fuhr spontan und rasend doch nochmal los, zum Krankenhaus, wollte mal in mir nachhorchen, wie sich das anfühlt, ob hier immer noch die Karlgegend ist, die es so lange und auch nach seinem Tod einige Tage sehr stark war.

Die Sonne steht jetzt, um 20:31 schon merkbar tiefer. Am Kaffeeautomaten im Erdgeschoss, den ich meist so zwischen zehn nach neun und halb zehn aufsuchte, stand die Sonne immer noch ein gutes Stück über den Häusern dahinten, hinter den Fenstern. Der Abend war da noch in vollem

Gange, mindestens noch die erste Stunde, die ich mit meinem Kaffee dann oben in unserem Zimmer erstmal schrieb, bis ungefähr halb elf.

Im Raucherkabuff wie immer die Kaputten, die Kaputtgerauchten. Sie hocken da, reden kehlig, sind unter sich, nur Gleichkaputte sieht man zu ihnen hinhumpeln, mit den steifen Hüften und der leicht seitwärts eingeknickten Entlastungshaltung von Leberkranken.

Es ist schön hier. Es ist schon noch Karlgegend hier. Die Möwen sind Karl. Die Schwalben, die tief unter den auf runden Säulen aufgestützten Vordächern der Klinik ein- und ausschießen, dort in ihren Speichelnestern verschwinden und gleich wieder Haken hauend in die Luft steigen und ihre hektischen, aber auf mich so friedlich, so beseelt von ihrer eigenen Natur wirkenden Flugmuster machen, auch diese Schwalben sind Karl. Das Abendlicht ist Karl. Die Sandsteinklinker des Klinikums sind Karl, die Fahrräder sind Karl, ja sogar die Kabuffkaputten und ihr undeutlich aus dem Kabuffglas hierher dröhnendes Lallgelaber sind Karl. Alles hier hängt mit Karl zusammen. Alles hier bringt mich ihm nah.

Zwei der Kaputtnicks stehen jetzt auf, gleichzeitig, als müsste man sich daran messen, der eine kneift sich in die Arschritze, der andere zottelt seine Jogginghose hoch, wie einen Hula-Hoop-Reifen greift er sie am Bund und dreht sie hin und her, bis sie wieder richtig auf dem nassen Krankenhausarsch sitzt. Sie stehen noch eine Weile am Aschenbecher, machen Gesten wie Jugendliche, die sich was beweisen müssen, besonders lockere Bewegungen, besonders lautes Husten, mal bisschen Rotze von ganz unten die Kehle hochziehen, den ganzen Körper mal bisschen aufgockeln und aufplustern, sich die Falten aus dem Sack schlagen, sich und der Welt zeigen, dass man da ist, das ganze Programm.

Die Sonne schießt nochmal von ganz unten ihr wärmstes Orange in die Wolken über den Bauten gegenüber des Klinikums und sinkt dann, in einer kriechenden, nicht beim bloßen Hinsehen sichtbaren, aber als plötzliches Resultat einer Zeitlupe dann doch eingetretenen Grauwerdung des ganzen Areals vollends hinten in den Weltboden. Die Möwen machen nochmal lauter und dann, ich merke das, während ich meinen Laptop zuklappe und ins Klinikum gehe, ist dieser seltsame Moment eines zäh fließenden *Jetzt* da, an dem der Abend in die Nacht umklappt. Nachdem die Sonne weg ist, bleibt es nochmal eine halbe, vielleicht sogar eine knappe Stunde lang grau, die Nacht schiebt den Tag und sein letztes, leises Leuchten weg, und die Unibibliothek, diese riesige Glasfassade wird bis zu ihrer Schließung zum Lichtpunkt des Geländes hier.

Das Jahr geht zu Ende, möchte man fast sagen, so viel zu früh wird es jetzt dunkel. Von mir aus kann es gleich tausendmal rumgehen, dieses Jahr in dem mein Sohn starb. Geht das vielleicht auch rückwärts, bitte, dieses Rumgehen eines Jahres? Dachte ich, und taperte ins Klinikum.

Mo. 08.08.2022, 21:21
Sofa, Wohnzimmer

Carina schaut im Flur unserem Staubsaugerroboter beim Rumrüsseln zu. Das Paket kam heute an. Ich überlege kurz, ob eine solche Anschaffung ein erster Schritt in den Versuch der Weiterführung eines regulären Lebens sei, finde dann aber, dass das Quatsch ist, da wir so ein Haushaltsgerät auch und sowieso *mit* Karl angeschafft hätten, nicht zuletzt, weil Carina sowas mag, und auch, weil wir ja seit Tag eins nach Karls Tod, allein Paul zuliebe, versuchen sowas wie ein *reguläres Leben* aufrechtzuerhalten.

Di. 09.08.2022, 00:10
Sofa, Wohnzimmer

Im Klinikum, vorhin am Abend, war es still und friedlich. Ich traf auf dem Flur oben die Krankenschwester mit dem auberginenroten Haaren. Sie grüßte und ich wusste nicht, ob sie noch wusste wer ich bin. Ich hatte kein Krankenhausbändchen mehr um und das machte mich wahrscheinlich verdächtig, jedenfalls erkennbar als jemand, der hier nicht eingewiesen ist, als Patient oder Begleitperson. Also musste ich wohl ein Besucher sein, müsste sie wohl denken, dachte ich mir, und Besuchszeit ist abends kurz vor neun wahrscheinlich nicht. Die Stationsschwestern sagten uns damals immer, man könne grundsätzlich eigentlich immer kommen, aber ich wusste nicht, was das bedeutete, ob das zum Beispiel auch halb drei Uhr nachts meinte, wahrscheinlich schon, denke ich mir jetzt, denn wer sehr krank im Krankenhaus ist, kann zu jedem Zeitpunkt Besuch benötigen. So wie unser toter Karl in der Nacht vor dreieinhalb Wochen, als ich dort nachts um zwei mit Paul mit dem Taxi hingefahren war.

Di. 09.08.2022, 09:25
Küche

Dienstag: Gelbe Säcke raus. Draußen auf der Straße helle Morgensonne. Im Hof das Gras noch nass vom Tau. Der Nachbar packt das Wohnmobil und grüßt mit einem „Moin, Moin“ von der Treppe. Heute abend soll es losgehen.

Ich gehe in der *unteren Wohnung* auf Toilette weil Carina oben im Bad beschäftigt ist. Das tat ich manchmal, wenn morgens großer Wusel oben war oder Carina gerade duschte und Karl und Paul bei ihr im Bad und damit unter Aufsicht waren. Unten auf dem Klo ist nochmal eine ganz andere Ruhe. Die sprichwörtliche Ruhe eines *stillen Örtchens*. Auch das erinnert mich an unser Leben, als Karl noch lebte. Manchmal ist es so, dass ich nicht direkt an Karl erinnert werde, sondern an Szenen aus der Zeit und dem Leben mit ihm. Und darin erkennt man die Lücke, die er hinterlässt immer besonders deutlich.

Es ist so ein freundlicher Tag draußen, hell aber nicht zu heiß. So war es auch im letzten Jahr, als unser Babyjahr im August, September langsam zu Ende ging und unser nächster großer Schritt die Eingewöhnung in der Kita war, die uns neue Freiheiten in unserem Leben versprechen sollte. Besonders das Licht und wie es in der Welt steht, auch das ist Karl. Ich muss an das Licht morgens im Krankenhaus denken.

Di. 09.08.2022, 10:02
Küche

Frühstück. Carina ging nach einem halben Brot mit ihrem Staubsaugerroboter spielen. Mich strengen neue technische Anschaffungen eher an. Eben rief die psychologische Beratungsstelle vom kreisdiakonischen Werk an. Ich wusste erst nicht, wer dran war und dachte an die Psychologin vom Klinikum, und so stammelten wir ein paar Momente beide aneinander vorbei, lachten dann gemeinsam hin und her und die Telefonatatmosphäre war gleich ungewöhnlich heiter, zutraulich und ungefährlich und wir machten dann, das war ja der eigentliche Grund ihres Rückrufs gewesen, einen Termin am 30. August aus, für eine psychologische Beratung, die wir in Anspruch nehmen wollen, als trauernde Menschen, als Eltern unseres toten Kindes. Ich legte auf und der Frühstückstisch stand vor mir wie was ganz Normales. Butter, Kaffee, Käse, Wurst, Aufstrich, Saft und Marmelade. Wie wir immer frühstückten, wenn wir als Familie vormittags Zeit hatten.

Di. 09.08.2022, 11:53
Hundenetto, Anklamer Straße

Ich gehe mit Paul in den Hundenetto, kleine Einkäufe machen. Paul sitzt voll lieb und ohne zu quengeln im Kinderwagen. Ich erinnere mich an die sorglose Zeit der kleinen Einkäufe damals. Also, auch ganz damals, vor den Kindern. Das Einkaufen und das damit verbundene lustwandlerische Herumtreibenlassen. Auch wenn ich nie Geld hatte, um irgendwas Spezielles zu kaufen. Allein das Hingehen und Reingehen und Durchgehen durch die Neutralität des Warenangebots unterm kalten Ladenlicht wirkten beruhigend auf mich. Auch im Roman: ständig geht der da einkaufen. Toast und Bier, mal Zigaretten hier, ansonsten nichts, weil natürlich nie Geld da ist.

Ich erinnere mich auch an meine Abendeinkäufe zur Babyzeit, wenn die Kinder schliefen und ich nochmal in den leeren Laden gegangen war. Und an meine kleinen Hundenettoeinkäufe im Frühling. Als Carina die ersten Tage mit Karl im Krankenhaus war. Der Netto lag auf dem Weg zum Klinikum und ich hatte dort eine Kleinermaulwurftasse für Karl und mir Stoffschuhe und Gürtel gekauft.

Ich schiebe aus dem Hundenetto raus und nochmal, vor dem Mittag so herumspazierend, mit Paul in der Gegend herum. Ich stelle mir vor, wie es wäre, jetzt mit beiden zu spazieren. Immer wieder diese Fantasien, Gedanken und Wünsche, „wie es jetzt wäre mit ihm".

Di. 09.08.2022, 15:38
Küche

Eben war Hagen da. Gutes Gefühl. Kein Weinen, nur gute Gefühle. Ein paar hilfreiche Impulse für den Ablauf der Bestattung, die Einbettung der Rede, seine Arbeit dort als Zeremonienmann.

Beim Paulzubettbringen, gestern Abend, hatten wir schon die Rede skizziert. Jetzt gilt es, sie bald mal aufzuschreiben. Fragen, die Hagen einbrachte: wer ist *der Adressat* der Rede? Ist es ein *Nachruf* oder ein *Nachhall*, soll die Rede ihn *hochleben* lassen, ihn verabschieden, ihn betrauern, und so weiter, und so fort – vom Herzen her natürlich alles irgendwie zusammen, dachte ich, vor allem auch, das war uns irgendwie sehr schnell klar, ihn als das tolle Kind darstellen und zeigen, das er war. Ein Lebenstext.

Di. 09.08.2022, 23:51
Sofa im Wohnzimmer

Nachmittags, nach Hagens Besuch, so gegen vier, dann zu Sonja und Alexander in den Garten. Weinschorle, Wasserspiele, und zum Abendbrot Burger. Es tat gut. Paul tobte herum, hüpfte nackt im Garten umher und der Gartenschlauchwasserstrahl malte einen Regenbogen. Sonja schaute das erste Mal Videos und Fotos von Karl auf Carinas Handy an und sagte, dass es wider Erwarten schön war und nicht so unmöglich, wie sie erst gedacht hatte. Ich sagte, dass es mir letztens ähnlich gegangen war und war froh, dass wir alle nicht wegsehen, nicht wegrennen vor unseren Hürden. Ich hatte wieder das sehr starke Gefühl, dass ich Karl damit deutlicher bei mir zu halten im Stande bin.

Mi. 10.08.2022, 00:13
Sofa im Wohnzimmer

Paul will nachts eine Flasche Milch. Ich bringe sie ihm und er nimmt sie, wie immer, mit diesem automatischen, irgendwie niedlichen Handgriff im Halbschlaf und trinkt, die Flasche dabei hochhaltend wie eine Flöte. Auch Karl machte das immer so. Wenn sie ihre Nachtmilch tranken waren sie wie Babies. Und immer schliefen sie danach sofort wieder ein. Wie Babies.

Habe neben dem Serienglotzen eben einen grauen Anzug bestellt. Nachdem Carina vorhin über die Entwürfe geschaut hatte, hatte ich die Traueranzeigekarte weiter umgestaltet. Ich hoffe, wir kriegen die in den nächsten ein, zwei Tagen fertig.

Abends wurde ich dann doch, nach einem insgesamt guten, fast *leichten* Tag, etwas schwermütig und dachte immer an Karl, auch weil ich vorsichtig ein bisschen rückwärts, kreuz und quer las, hier im Text. Er fehlt so sehr, in jeder Sekunde. Und doch, das ist seltsam und ich fühle mich schlecht dabei, sind die Tage ohne ihn nun schon so etwas wie *gewöhnlich* geworden. Es sind Tage, bald vier Wochen, an denen er *nicht mehr da* ist. Manchmal kommen wir *gut* durch die Tage, und besonders an diesen Tagen fühle ich mich schlecht dabei, dass ich gut durch den Tag gekommen bin. Aber genau treffen diese Sätze meine Gefühle dazu noch nicht. Ich muss da nochmal ran, schreibend, nachdenkend. Aber ich bin in den letzten Tagen wieder abends so sehr müde, kaum gutes Schreiben möglich. Obwohl es ein paar Themen gibt, die ich gern ausführlich aus- und aufschreiben wollen würde hier. Zum Beispiel das Glück der ersten Wochen mit den Babies, im ersten Jahr damals. Wie wahnsinnig sonnig sich alles anfühlte, ohne dabei süßlich und schrill zu sein. Wie schön und im Gleichmaß ich dann doch mit meinem Leben war. Obwohl es manchmal natürlich stressig war, man zu nichts mehr so richtig kam, was die eigenen Projekte betraf, aber ich lernte schnell, diese Dinge hintenan zu stellen und es war ein großes Glück, dass wir beide als Eltern uns von aller Einkommensarbeit frei gemacht hatten. Ich habe Angst, dass der Schmerz des Verlusts diese vielen Eindrücke der feingliedrigen Zeit damals, alle diese kleinen Kleinstmomente darin, langsam weichzeichnet und wegwischt, und nur ein paar große Jubelgefühle, als Selbstschutz oder so, beibehält, an denen man sich dann festklammern soll. Ich will doch aber bitte alles, ALLES, ALLES, was mit Karl war, jede Kleinsteinheit der Zeit mit ihm, in mir drin gespeichert haben, so dass ich immer wieder dahin zurück kann, in Erinnerungen an alles, an ALL DAS, an ALLES mit ihm.

Kommt sowas dann nach der Beerdigung? Ist das dann der viel berufene Hammer und das Tief, das nach der Beerdigung kommen soll, bis zu der man ja durch *Organisatorisches* so abgelenkt sei? Hat man dann wieder Zeit in all dieses *ALLES* reinzusteigen, sich da voll Vermissen wieder drin zu vertiefen? Wäre das nicht schön sogar – dass man dann wieder Zeit dafür hat?

Sonja sagte vorhin, dass vielleicht dieser Hammer bei uns deswegen auch *nicht* kommen könnte, weil wir ja jetzt schon alles so detailliert durchgehen und durchdenken, so sei zumindest ihr Eindruck. Weil wir jetzt schon so offen über alles reden – das hören wir von so vielen Seiten. Was sollen wir denn sonst auch machen? *Verschlossen* über all das reden? Offenheit ist hier unser einziges Ventil, um irgendwie an der Umwelt weiter dranzubleiben, um dort anzudocken, uns anzudrahten, nicht wegzuschwimmen im Kummer.

Die Welt hatte Karl offen gestanden, ging mir dann noch als letzter Tagessatz durchs Gemüt. *Jetzt stehen wir da*, dachte ich dann und machte mich fertig fürs Schlafen.

Mi. 10.08.2022, 09:30
Küche

Am Frühstückstisch kurz geweint, gerührt von guten Erinnerungen, geschüttelt vom ratlosen *Erfehltunsso*. Der Robbie rüsselt im Flur. Paul will immer „kuckn mal". Heute noch keine genauen Pläne für irgendwas. Nur den Bestatter müssen wir anrufen.

Mi. 10.08.2022, 13:17
Wohnzimmer

Vor dem Mittag rahmte ich das Laubblatt-K von Erik in den eben gekauften Rahmen ein und stellte es aufs Fensterbrett. Nach dem Essen stießen wir darauf und fanden es beide schön, weinten dann sehr schnell erstmal wieder los. Wir schauten dann nochmal über den Entwurf der Trauerkarte und ich bastelte weiter daran.

Mi. 10.08.2022, 15:45
neuer Campus, Innenstadt

Beim Rumschieben ist Paul eingeschlafen. Ich wollte was in der Stadt kopieren, versuchte es bei der Post und im DM, nirgends gab es einen öffentlichen Kopierer. Früher ging ich für sowas in den PC-Pool der Uni, ins Rechenzentrum oder in die Stadtbibliothek. Heute kopiert ja keiner mehr was, oder wie? Ich kaufte dann Biere im Zisch und sitze jetzt auf dem neuen Uni-Campus, zwischen Hörsaal und Mensa, an den pistaziengrünen Tischen auf der Außenterrasse, durch die Wind brist und diesen, die Hitze der nächsten Tage schon ankündigenden, warmen Tag erträglicher macht. Vormittags kaufte ich Drogeriewaren und ging dann in den Woolworth, das erste Mal seit Karls Tod. Irgendwas trieb mich, nochmal nach den T-Shirts im Ausverkauf zu schauen. Ich hatte nie so richtig passende Kleidung für heißes Wetter. Jahrelang keine kurzen Hosen, erst vor ein paar Urlauben mal, da war es so heiß, im Urlaubsort diese blaue Kniehose mit den Blümchen drauf erstanden. Erst mit Kindern wurde ich überhaupt erst richtig ein T-Shirt-Träger, einer, der außer Haus im T-Shirt rumläuft. T-Shirts waren für mich eher Schlafanzugoberteile. Meine Schwiegereltern hatten mir, vor zwei, drei Jahren einige, schlichte weiße T-Shirts geschenkt. Die waren dann meine, oft mehrmals täglich gewechselte Oberbekleidung in der Babyzeit. Vor dem Woolworth gibt es einen Wickelraum. Den hatte ich mit den Kindern diverse Male aufgesucht, wenn einer von beiden bei einem Innenstadt-Ausflug eingekackt hatte. Man wird als Eltern sehr umsichtig für Wickelräume im öffentlichen Raum. Der Wickelraum, schon seine Tür von außen, rühren mich stark an, ich sehe sofort Karlchen, wie er da auf dem ausklappbaren Wickeltisch vor mir liegt, sein fröhliches, gut gelauntes Gesicht, wie er es auch immer irgendwie lustig fand, auswärts gewickelt zu werden, bildete ich mir ein.

Zurück zuhause aßen wir Mittag. Reste von den Vortagen. Ich aß das Taboulé, das Carina am Samstag für den Ernteeinsatz gemacht hatte, Carina und Paul aßen die Nudeln von gestern. Der Vater isst immer die ältesten Reste, das scheint sich durch Generationen zu ziehen, das war schon bei uns zuhause, in der Kindheit von mir und meinem Bruder so.

Morgens nach dem Frühstück hatte ich noch beim Bestatter angerufen und für morgen um 09:00 einen Termin für weitere Besprechungen ausgemacht. Nach dem Mittag hatten wir weiter an der Traueranzeigekarte gebaut. Ich bin als ausgebildeter Mediengestalter für Digital- und Printmedien extrem faul und lustlos. Meine Arbeitsweise ist uneffizient und eher künstlerisch-herumlaborierend. Deshalb muss ich jetzt, wo wir die passende Grundanmutung der Karte entwickelt haben, alles nochmal, *from scratch*, aufbauen, da die Zierelemente, die Strukturoverlays, alle solche Kleinigkeiten mit denen ich gern arbeite, die ich, wie in meiner Musik auch, sozusagen immer nach komplizierten Prinzipien des Zufalls in *mein System* einbaue, nochmal sauber anfertigen und reinzeichnen. Das muss ich heute Abend machen und dann die Karte endlich in den Overnightdruck schicken, damit wir sie bald versenden können. Als Umschläge haben wir welche aus Kraftpapier gewählt, was Naturnahes, wir ziehen dann selbst noch einen Trauerrand mit schwarzem Stift oder so, dachten wir uns.

Auf der Traueranzeigenkarte sind selbstverständlich Herr Fuchs und Frau Elster vorne drauf. »Ellssaa, Ellssaal«. Bisschen handgemalte Sterne hier und da, eine schlichte, abgerundete, serifenlose Schrift. Alle Entwürfe mit Serifenschriften, die man gefühlsmäßig erstmal mit Texten der Trauer assoziiert, in italic leicht ins Ornamentale, in einen festlichen Charakter geneigt, sahen irgendwie dröge, zu schnörkelig, zu *alt* und zu verbacken einfach aus. Schon unsere Karte zur Geburt beider Babies war klar gehalten. Ein helles babyblau und weiß, Futura als stabile Schrift. Unsere Kinder. Klare Sache. Die Klarheit, das Erdende, das Leichte und Unverzwirbelte, das geradeheraus Konkrete der dick ins Rückgrat gestrichenen Liebe. Das ganz Direkte der direkten, direkt gefühlten, unverstellt und unverstelzt fühlbaren Gefühle des irren Elternglücks. Deshalb auch auf der Trauerkarte keine Zwirbelschrift.

Gleich, wenn Paul aufwacht, holen wir das Gemüse von der Solawi und dann schieben wir nach Hause, wo Carina vermutlich den Rasen gemäht hat, sie hatte vorhin sowas angedeutet, wo wir dann wieder das Planschbecken aufbauen und später Helena, Hauke und Cleo zum Abendbrot dazustoßen werden. Deshalb auch der Bierkauf eben. Nordisch Hell, natürlich.

Auf der Campuscafeteriaterrasse hier leichtes Studentengelaber um mich herum. Sie reden über betriebswirtschaftlichen Firlefanz und es klingt furchtbar in meinen Ohren, wie Parkplatzgespräche von Geschäftsmännern, jedenfalls nach nichts, das Menschen zwischen 20 und 30 an einem frühen Nachmittag in der Sonne ihres süßen Lebens besprechen sollten.

Paul wacht auf. Wir holen das Gemüse. Zwischen lauter heiter quasselnden, gesellig sich *aneinander* und an ihrem Gemüseabo und am Leben im Glück des guten Gewissens freuenden Landwirtschaftsgemeinschaftsteilnehmern fuchtele ich, der düstere Unglückliche, die elf auf der Schiefertafel notierten Erntepositionen in meine Packtaschen hinein und wir schieben nach Hause. Mein Grimm gegen die gute Laune der Menschen ist ungerecht und tut mir ein kleines bisschen Leid, aber eigentlich ist mir auch alles egal. Im Garten planscht Paul in der Sonne und Karl fehlt.

Mi. 10.08.2022, 23.45
Sofa, Wohnzimmer

Svea war nachmittags da, stand plötzlich auf dem Hof, während ich gerade mit Paul noch draußen stand, eben vom Spazierengehen zurückgekommen. Svea weinte ein bisschen, sagte, sie wollte eigentlich nur die Karte einwerfen und den Kerzenhalter, den sie in beiden Händen hielt, wie ein kleines Tierbaby, in den Flur stellen, „für den Friedhof oder so", sagte sie; aber dann hatte Frau Liebing ihr die Tür aufgemacht und sie war einfach rein in den Hausflur und hatte von dort dann mich auf dem Hof stehen sehen und dann waren wir hoch, zu Carina, und die beiden redeten dann eine kleine Weile. Svea weinte bei Carinas Schilderungen. Wir erzählen diese Geschichte, von Karls Tod, wie alles kam und gekommen war, wie es war in dieser Nacht und so weiter, in diesen Tagen ja dutzendfach immer wieder verschiedenen Leuten. Ich räumte noch Sachen im Hof rum, setzte mich dann auch zu den beiden und fühlte mich wieder mal irgendwie aufgefangen und berührt von der Anteilnahme der anderen Menschen. Bald kamen Helena und Cleo, gegen halb sechs, kurz darauf auch Hauke. Wir aßen Abendbrot im Hof. Hauke hatte Gazpacho aus eigenem Gartengemüse mitgebracht. Wir aßen, und sprachen, da so draußen am Gartentisch sitzend, nochmal über die Härte der Trauer, über die Beisetzung, über Seebestattung und Feuerbestattung, was es so alles gibt und was für uns und für Karl so in Frage käme. Karl soll hier sein, bei uns und in der Gegend, das ist immer wieder sehr klar. Deshalb kein Friedwald, weil die gibt es nur weiter weg.

Carina traf sich dann gegen halb neun mit Milena zum Bierspazieren. Reden, Trinken und Gehen. Ich finalisierte die Karte und lud sie zum Druck im Übernachtexpressservice hoch. Am Freitag soll sie hier ankommen.

Do. 11.08.2022, 09:55
Sofa im Wohnzimmer

Vormittäglicher Termin beim Bestatter. Ein paar Sachen *festgeklopft*. Die CD mit der Musik für die Beisetzungszeremonie solle am besten ein paar Tage vorher abgegeben werden. Als erstes Lied sollte man was langes wählen, am besten so 15 bis 25 Minuten, weil das die Musik ist, die läuft während sich alle einfinden und ihre Plätze in der Trauerhalle suchen. Der Bestatter nannte immer ein Beispiellied, irgendwas Klassisches wahrscheinlich, aber ich verstand beim besten Willen nicht, wovon er sprach. Er hat eine sehr schnelle, leicht nuschelige Aussprache, die den Eindruck vermitteln könnte, er würde sich um gewisse Sachen einfach so drumrumnuscheln wollen, nichts, was mit fehlender Leidenschaft für seinen Beruf zu tun hätte, eher wie eine Art persönlicher Tic, wie Menschen, deren Sprechen an gewissen Punkten ihres Redens leise wird, weil sie dem was sie sagen keine Bedeutung beimessen oder Angst haben, was Falsches zu sagen. Carina schrieb dieses unverständliche Wort irgendwie lautmalerisch auf und ich musste innendrin ein bisschen schmunzeln, konnte aber auch ihre Version seines Wortes nicht vom Blatt entschlüsseln und so wird uns der genaue Titel dieses vom Bestatter so hingenuschelten Beispielliedes wahrscheinlich für immer verborgen bleiben.

Der Bestatter sprach von der Musik immer so, als sei das nur ein funktionaler Aspekt, der vor allem aufgrund seiner *passenden Länge* ausgewählt würde. Wenn man ihn ließe, würde er wahrscheinlich irgendwas von anderen Beerdigungen schon bewährtes und möglichst langes spielen, schien mir. Ich fand überhaupt die Vorstellung absurd, dass man die Zeremonienmusik, wie eine Art Modul, einfach so mitbuchen könnte. Dass man überhaupt den Ablauf der Beisetzung jetzt planen muss. Dass man sich hier Mühe für etwas geben soll, das jetzt vor einem liegt, durch etwas, das man nie haben wollte. Keiner wollte, das Karl tot ist. Und jetzt müssen wir seine Beerdigung schön machen. So schön, wie wir es *wollen*, jetzt sozusagen wollen *müssen*. Ein, zwei Lieder sind für uns schon einigermaßen fest. Auch die Anfangsmusik, dieses vom Bestatter entsprechend lang gewünschte Lied, soll doch aber *was mit Karl zu tun haben*. Es ist alles nicht so einfach. Überhaupt ist doch die Musik sehr wichtig! Sie soll bestenfalls den Gestorbenen abbilden, etwas aus seinem Leben sein, etwas, dessen Töne zu ihm hin zeigen. Aber der Gestorbene ist ein kleines Kind. Es gibt noch nicht das eine große, gute, wie mit Fanfaren sein gesamtes gelebtes Leben in alle Winde hinaustrompetende Abschiedslied. Es gibt nicht sein hocheigenes Lebzeitenlieblingslied. Und das macht es irgendwie sogar leichter. Es soll einfach schön sein. Schöne, *passende* Musik. Von mir aus auch sehr, sehr lang. Damit die Musik, die zu ihm geht, nie endet.

Der Trauerredner drückt während seiner Rede eine unsichtbare Klingel, die einer, nur für die Musikabspielung im Nebenraum bereitsitzenden Person, das Signal zum Abspielen der Musik gibt. Diese Person drückt dann auf „Play". Deshalb ist es wichtig, dass die CD fehlerfrei gebrannt ist. Ich male mir den Musikabspielraum als eine Art Abseite mit veralteter Alleinunterhaltertechnik aus. Unser Redner ist natürlich mit genau diesen Abläufen und technischen Gegebenheiten vor Ort nicht vertraut, was unserem Bestatter, so hatte ich den Eindruck, etwas Unbehagen bereitete, da das alles Sachen außerhalb seiner Kontrolle und Reichweite wären. Er würde uns lieber einen ihm bekannten, beerdigungsbewährten Trauerredner mit Orts- und Abseitenkenntnis geben, schien mir. Ich sagte, dass wir unseren eigenen Trauerredner entsprechend rechtzeitig vor Ort in die Technik einweisen lassen, und dass dann schon alles klappen sollte. Der Bestatter schien besänftigt und strich einen Punkt in der Liste seiner Dienstleistungen durch und schrieb etwas Unleserliches daneben.

Wir wollen die Zeremonie jetzt doch in der Trauerhalle. Auch darüber scheint der Bestatter erleichtert. Allein die Möglichkeit eines Regens wäre einfach nicht händelbar, bei all den Leuten. Durch die Trauerhalle ändert sich nun die Uhrzeit von 10:00 auf 09:45 – unsere Overnight-Express-Drucksache, die ich gestern nacht noch hochgeladen hatte, ist damit hinfällig. Sie ist, das sagt mir mein Kundenkonto bei der Druckerei, bereits im Druck und nicht mehr rückrufbar. Ich habe die neue Karte nun als neuen Auftrag hochgeladen und wir haben dann bald 100 ungenutzte, fehlgedruckte Trauerkarten hier im Haus. Sofort die Idee: dass ich mir aus diesem Stapel fein strukturierten Kartonpapiers jetzt immer Lesezeichen schneide. Wie ich in letzter Zeit ständig aus irgendwas und allem Lesezeichen schneide. Tiefkühlpizza-Kartons, Flyer, Postkarten, gefundene Papiere, all sowas, hauptsache farblich oder haptisch irgendwie schön. Auch im Krankenhaus schnitt ich mir, ich hatte ja immer meine wechselnden Bücher vom Bücherwägelchen da, Lesezeichen aus allem möglichem, aus Arzneimittelumverpackungen, Pflasterstreifen, all sowas, und manchmal waren in den Büchern vom Wagen auch schon welche drin: antike Postkarten, jahrzehntelang gepresste Pflanzen, uralte Bibliothekskärtchen, kleine Schätze fremder Vorbesessenheiten, Magie der Bibliophilie.

Der Bestatter zeigte uns wieder laminierte Beispielfotos. Rosen, Rosen, rot, weiß, Trauerbänder, helle und dunkle Stehlen, Efeu, Rosen, Rosen, bleiern-blumige Zeremonienzierden, die ganze Schnörkelwelt des Todes. Wahrscheinlich ist das alles *normal* so, aber wir wollen eher was luftigeres. Feldblumen, Wiesengräser, Natur, Licht, Luft, Kind und Liebe. Unser Bestatter schlug dann ein hellblaues Tuch vor, mit dem er den für meine Begriffe etwas drögen Terrazzoplattenboden, um die Stehlen herum so bisschen schmuckvoll hochgerafft, ausgestalten könnte. Das erleichterte mich und gab mir das Gefühl, dass er *doch* irgendwie in der Lage ist, sich in unsere Vorstellungen reinzudenken und ich war weniger pedantisch und eher bereit, ihm Teile *der Sache* in die Hand zu geben.

An einer Beerdigung hängen, als ein zu planender Akt, doch viele Details. Es ist naturgemäß gut und notwendig, dass man als Hinterbliebener, versunken in den Wirren des Trauerns, viel davon abgibt. Mir gehen viele, vielleicht auch unnötige Fragen im Kopf herum: Wann geht man rein, wie geht man rein, wann kommt welche Musik, wann geht man bei der letzten Musik raus und welche Musik ist dann passend, weil diese Musik wird ja nicht zu Ende gehört, weil man währenddessen ja rausgeht, auch diese Rausgehmusik sollte also lang sein, was sie für mich gleich wieder in den Verdacht der reinen Funktionsmusik bringt, undsoweiter, undsofort.

Jakob schrieb, er habe Halsschmerzen, Schnelltest sei aber negativ, ob es okay für uns wäre, wenn wir uns trotzdem träfen. Für uns war es okay und ich schrieb ihm, dass wir im Hof sitzen können, bei Kaffee und Kuchen und Planschbecken. Wir haben uns seit Jahren nicht gesehen und er war einer der ersten, der am Tag nach Karls Tod, auf meine SMS folgend, versucht hatte, mich anzurufen. Ich war damals nicht rangegangen und dann hatten wir uns immer irgendwie verpasst und letztens hatte er geschrieben, dass er in der Gegend sei, es ist schließlich Urlaubszeit, und ob wir uns treffen mögen.

Heute morgen kurz Weinen nach dem Frühstück. Carina sagte, dass auch die Geräuschkulisse, der Lärm, den beide Kinder machten, einfach so sehr fehlen. Das Gebrabbel, Gequatsche und Gequackel, das Rumerzähle und Losgekicher, das Losgeflitze und Rumgewackel – all das fehlt von Karl. Paul macht das alles natürlich auch, aber auf die Paulart. Es fehlt die Karlart hier. Es fehlt das Zusammenspiel der beiden. Das Zusammenleben von uns allen als Familie.

Während ich die korrigierte Karte bastelte und das hier schnell noch hinschreibe, habe ich Paul die Teletubbies angemacht. Sie laufen hier nebenher und mir schmelzen nun vollends alle Gehirnzellen. Gleich mit Paul in die Stadt. Spazieren, kleiner Drogerieeinkauf, Mittagessen in der Innenstadt. Draußen sein, im sorglosen Sonnenwetter sein hilft. Gestern in der Innenstadt allerdings kleiner Spießrutenlauf. Ich senkte manchmal meinen Blick, wenn ich in mittlerer Entfernung fernere Bekannte sah, die von Karls Tod wahrscheinlich schon wissen *könnten*, ich aber gerade in diesem Moment keine Kräfte hatte, mich mit denen und ihrer eventuellen, bei so einer Nachricht natürlich verständlichen, aber mich tendentiell wahrscheinlich nervenden sozialen Inkompetenz auseinanderzusetzen, dann von mir aus auf sie zugehen zu müssen, um sie nicht in Verlegenheiten zu bringen oder ihnen das Gefühl zu nehmen, mich und uns in Verlegenheiten zu bringen, sie in ihrer Unbeholfenheit aufzufangen, ihnen das Gefühl zu vermitteln, dass sie mit uns ganz normal reden können – denn das ist es ja, was wir uns wünschen: dass man mit uns redet, dass man nicht nicht redet, weil man glaubte, damit sei alles besser. Es ist etwas mühselig, das hier gut und genau in Worte zu fassen. Denn eigentlich fühlen wir uns ganz gut getragen von unserem nahen Umfeld. Nur das sorglose Weitermachen der nichts ahnenden mittel- und fernfernen Welt, besonders das einfach so weiterblubbernde Social-Media-Geblubber, der normale Stumpfsinn der Welt, all das, was einem auf dem Handy ja irgendwie doch noch erreicht, alles nervt sehr. Man ist innen leer, wie in einem Kokon ist man tief in der Trauer, und trotzdem dringt die Welt manchmal zu einem durch – in ihrer grotesken Leichtheit, die im trauernden Menschen nur Schwere erzeugt.

Do. 11.08.2022, 16:53
im Flur

Wir müssen mal die Elster rasieren. Dachte ich so, als ich sie, gerade mal kurz hochgegangen, um neues Sprudelwasser für uns unten im Garten zu holen, auf der Bank an der Kindergarderobe sitzen sah. Fusselig, struppig, etwas pillig, kleine Stoffknötchen an ihrem weißen Brustgefieder aus Filz, vom vielen Unterwegssein mit uns etwas mitgenommen. Wir nehmen sie ja überall hin mit. Carina hat da diesen elektrischen Textilentfussler. Damit *rasiert* sie manche Pullover und andere Kleidungsstücke. Dem sprolkigen Elsterfederkleid täte das auch mal gut, und warum sitzt sie überhaupt hier oben rum, denke ich, und nehme sie, mit den beiden frisch gesprudelten Wassern – Spülmaschine, Sprudelautomat, man gelangt als Eltern ja in neue Komfortzonen – mit runter in den Hof, wo wir mit Muriel, Jakob und ihren beiden Kindern zusammen sitzen, das erste Mal seit drei Jahren, seit unserer Hochzeit.

Fr. 12.08.2022, 00:26
Sofa, Wohnzimmer

Bei den Kindern empfand ich das erste Mal so richtig dieses: Liebe als *Bewunderung* des Menschen gegenüber. Wie man dann an allen Facetten dieses Menschen interessiert ist, alle Entwicklungen, alle Regungen hochinteressiert und bewundernd verfolgt, der Zauber dessen, was die andere Person da macht oder nicht macht oder machen wird, einen ganz unmittelbar, als eine vorher nicht gekannte Form der Liebe im Innersten erreicht. Elternliebe, aus anderen Drähten nicht nachbiegbar. Und bricht ein Draht zum Kind weg, weil es tot ist zum Beispiel, bricht die Liebe nicht weg, aber das eigene Leben hängt in der Luft, kraftlos, ratlos, drahtlos, nicht mehr angedrahtet an alles was hier ist.

In der Rotgerberstraße, kurz hinterm Rubenowplatz, nahe der Fußgängerzone, steht eine weinende junge Frau im Sommerkleid, reibt sich die Augen, wischt sich mechanisch, sorgfältig, fast mondän, wie ein alter Filmstar, die Tränen nach rechts und links aus den Augen, den anderen Arm fest unter der Achsel eingeklemmt. Ihr Mann steht daneben, ratlos, nichts sagend, irgendwie unbeteiligt, wie eine falsche Figur im Bild, an seiner Hand hängt eine Leine, an der ein kleiner Hund hängt. Es ist unklar, was da los ist, aber ich fühle mich der Weinenden sofort verbunden, hätte am liebsten gefragt was los ist, ob sie *auch einen Verlust zu beklagen* haben, habe sofort ein wirres Wir-Gefühl, verbunden in der großen, großen Traurigkeit, fühle mich direkt etwas weniger allein, auf seltsame Art, und dann aber denke ich, vielleicht, und da schäme ich mich gleich wieder für mein an Aufdringlichkeit grenzendes Mitgefühl, hatte er ihr aber auch nur gerade gesagt, dass er jetzt *andere Pläne* habe und er mal *etwas Zeit für sich* brauche und ihm das alles *zu schnell* ginge und sie doch auch *in letzer Zeit gemerkt haben* müsse, und dass er sie jetzt jedenfalls *erstmal* verlässt, den Hund könne sie behalten, er muss jetzt auch gleich los, die Fahrkarte ist zugbindend, ein Taschentuch hat er leider auch gerade nicht zur Hand, auf Wiedersehen, machs gut, ich wünsch' Dir viel Glück in deinem Leben.

Etwas konfus schob ich mich in die Fußgängerzone, ging zum Woolworth und kaufte, wie gestern oder wann das war, nochmal T-Shirts im Radikalausverkauf für zwei Euro das Stück. Damit käme ich doch durch den Sommer, dachte ich, was mich deprimierte, weil alles doch furchtbar egal eigentlich ist, weil Karl tot ist. Ich saß dann eine kleine Weile wie Falschgeld auf der Bank vor dem Douglas, neben der mit Aufklebern zugepflasterten Holzmetallskulpur, die über die Jahre zum Fahrradständer geworden ist, was irgendwie auch egal ist, weil Kunst im öffentlichen Raum auch egal ist, weil Karl tot ist, weil eigentlich alles egal ist.

Paul isst Brötchen, Touristen in Sommerhosen flanieren vorbei, ich starre ins Leere, genieße den Schatten und die Kühle hier im schönen Stadtwetter zwischen den Häusern, wo es weniger brütet als in der brennenden Sonne, halb zwölf hier im August.

Wieder der Zwillingsvater, jetzt auch mit kürzeren Haaren. Oder war das letztens schon? Wir grüßten uns kurz mit einem Nicken während ich gerade meine Eltern in der Hand hielt, im Handy, am Ohr. Wir sprachen über den Blumenschmuck, welche Floristin wir haben, welche Farben, ob es bestimmte Farben gäbe, es schien, als ob sie von Ferne her was organisieren, vielleicht ein Blumengesteck hier lokal telefonisch ordern wollten. Ich hatte Verständnis, wollte ihnen soweit wie möglich Auskunft geben, war aber wieder etwas kurz angebunden, da ich gerade, als sie anriefen, in den Rossmann gehen wollte.

Im Rossman kaufte ich Honigmandelnüsse, gerade im Angebot, 20 Prozent billiger. Die hatten wir *zu Anfang* auch immer. Die ganze Wohnung war voller Nussschüsseln, Schüsseln voll Nüsse in den Zimmern, am Bett, im Wohnzimmer, in der Küche, überall, wo man hätte plötzlich, mit einem Kind auf dem Bauch, landen und festsitzen können. Nüsse braucht ihr, Stillkugeln, schnelle Energiespender, besonders natürlich die Mutter, nach den Strapazen der Geburt. Tipps von anderen Müttern und unserer Hebamme. Ich vermisse die Babyzeit.

Beim Subway bin ich etwas ratlos beim Bestellvorgang. Aus einem halben dutzend Brotlaibe, jeweils noch in den Längen wählbar, fünf verschiedenen Käsesorten, und unendlichen Kombinationsmöglichkeiten unzählbarer Beläge soll ich mir mein Sandwich zusammenstellen. Mir ist eigentlich alles egal und gleichzeitig lähmt mich meine kognitive Langsamkeit und die leichte Panik, dass ich darin festzukleben drohte. Mein Sandwich ist in seiner Zubereitung bereits bei Salat und Gemüse angekommen, die Sandwichzubereiterin, die wahrscheinlich eigentlich studiert und sich nur des blöden Geldes wegen hier mit so entscheidungsschwachen Schnarchnasen wie mir abgibt, schaut mich, so glaube ich jedenfalls zu spüren, etwas ungeduldig an und ich sage, halbautomatisch, einfach „machense alles ruff", in genau dieser, meiner immer wieder, bei Aufgeregtsein oder guter Laune aktivierten berliner Mundart, was die Sandwichstudentin offenbar etwas vermessen oder unangebracht findet, denn sie holt jetzt eine Kollegin dazu, die mein unterbeingroßes Sandwich jetzt zu Ende *beladen* soll, da sie, in ihrer Sandwichzubereitungsstrecke, schon das nächste und übernächste Schnarchnasensandwich vorbereiten muss, und ihre Kollegin nun, „für den Herren hier", sie zeigt auf mich, wie auf ein ungezogenes Kind, das Sandwich *weiterbauen* soll, „da muss noch einmal alles rauf" sagt sie und zeigt auf die Gastroschüsseln mit dem Gemüse drin und ich stehe hinter der Spuckschutzscheibe wie ein Tölpel.

Und final, als letzte Prüfung, soll ich dann noch aus zahllosen Toppings, Dressings und Saucen auswählen. Ich fing an, die angeschriebenen Saucennamen, ohne sie zu verstehen, durchzulesen wie kleingedruckte Vertragsbestimmungen und sagte einfach „Ja" zur erstbesten Sauce, die mir die Sandwichmacherin vorschlug. Ich fühlte mich an Besuche mit meinen Eltern, kurz nach der Wende, vor Äonen von Jahren, bei McDonald's erinnert. Nur dass hier, im Laden der live belegten Brote, ich der völlig überforderte Elternteil vor der erschlagenden Vielfalt der Möglichkeiten war, unfähig die angebotenen Möglichkeiten, die Bild- und Textsignale, die auf mich einprasselnden Brotbelagsabfragen zu verarbeiten, sofern sie mich überhaupt erreichten und nicht an meiner wirren Kummerhülle eingangslos abprallten. Ich bin zur Zeit ja auch sehr geräuschempfindlich, ich höre schlecht, kann Geräusche schlecht voneinander trennen und sie manchmal nicht so richtig orten. Ich bin echt nicht auf der Höhe. Ganz im Gegenteil. Ich hätte vielleicht einfach sagen sollen: „Entschuldigen Sie bitte, ich bin in Trauer. Ich muss nur schnell irgendwas essen, damit das auch erledigt ist. Ich schleppe mich so durch die Tage, mal besser, mal schlechter. Was auf dem riesengroßen Brot da jetzt drauf ist, ist gar nicht so wichtig. Wichtiger wäre, dass Karl wieder hier ist". Das wäre die Wahrheit gewesen und hätte mich erklärt. Stattdessen sagte ich, das Rückgeld knüllig in mein Portmonnaie nestelnd, einfach „Vielen Dank, auf Wiedersehen", klaubte fahrig noch ein paar Servietten aus dem Halfter und ging mit meinem, einen halben Meter langen, randvoll vollgestopften, gar nicht mit bloßen Händen essbaren, riesengroßen Schnarchnasensandwich raus auf die neuen Sitzmöbel in der Kuhstraße. Dort aß Paul seine Pommes, in einem Moment kurzer Klarsicht hatte ich die immerhin für ihn noch mitbestellt, und ich kämpfte mit dem triefenden, kaum zu bändigenden, in der Mitte sich dauernd selbst aufklappenden, wie eine große Wunde aufklaffenden Riesenbrot und war nach der Hälfte nicht wirklich satt, aber ordentlich vollgesaut. Den Rest des tropfenden Brotes rollte ich wieder in das Sandwichpapier ein, so dass es sich anfasste wie eine volle Windel, und stopfte es oben unter das transparente Regenverdeck des Kinderwagens, damit es dort in der Mittagssonne, durch die wir dann nach Hause schoben, nochmal ordentlich *weitergaren* konnte.

Nach Hause schieben in die jetzt doch sehr leere Wohnung. Carina ist zur Arbeit. Ich mache TV für Paul an, weil ich kurz Ruhe brauche. Aufschub des Trauerns bis in den Abend ist manchmal nicht leicht.

Paul machte dann Mittagsschlaf. Gegen viertel vor drei kam Carina nach Hause und aß den Rest des Sandwichs, was mir ein gutes Gefühl für das große Ganze gab, da ich es mag, wenn alles in sich aufgeht, nichts aufgehoben wird, nichts weggeworfen wird, Reste verwertet werden, auch aus ökologischer Bewusstheit, aber vor allem aus vielleicht fast schon latent zwänglerischen Gründen, im eigentlichen Kern natürlich auch wegen immer nie Geld. Und als Vater ist man sowieso immer der Resteesser, war bei uns zuhause schon so, ist auch bei mir jetzt so, auch deswegen wird man, weil manchmal so viele Reste da sind, etwas väterlichvoller um die Hüften rum. Wohlstand durch Reste.

Tagsüber hatten wir Jakob und Muriel, während ihre Kinder mit Paul im Hof tobten und Wasserspiele spielten, auch nochmal *das mit Karl* erzählt, in allen Details. Sie hatten ihn ja noch nicht kennengelernt, sahen ihn jetzt das erste Mal, auf Fotos. Beide fanden ihn süß, waren auch fassungslos, und doch war es fast wie ein normales Gespräch im Sommer, nachdem man sich Jahre nicht gesehen hatte. Was macht ihr jetzt so, wie ist dies und das, wie ist die Arbeit, wie ist es mit alten gemeinsamen Bekannten, wer baut ein Haus, wer zieht grad wieder aus, wie kommt ihr klar, was ist bloß los. Auch hier wieder: reden hilft.

Jakob machte oben, wir gingen kurz mal irgendwie beide in der Wohnung herum, in einem Moment freundschaftlicher Stille, als wir uns im Flur einander gegenüber standen, wortlos ratlos große Augen. Ich war zu müde, um zu sagen, dass es schon alles irgendwie geht, dass es ja furchtbar alles ist, aber dass wir ja noch hier sind, dass wir für Paul da sind, dass wir Karl immer im Herzen haben und all das, statt all das zu sagen, stand ich einfach auch still da, wir sahen uns an, und ich machte auch große Augen.

Fr. 12.08.2022, 01:16
im Bett

Ich gehe ins Bett und weiß, dass Karl dort nicht liegen wird. Das ist irgendwie angekommen bei mir. Aber der Satz: *Karl ist vor fast vier Wochen an einem Herzinfarkt gestorben*, der Inhalt dessen, kommt gerade nicht an, mein Körper sträubt sich, diesen Satz anzunehmen und aufzunehmen als Gehörtes, ihn auszuwerten als etwas Verstandenes. Ich vermisse ihn so unendlich sehr. Es fühlt sich so lange her an, dass ich ihn das letzte Mal hielt und hörte. Es sind erst vier Wochen, aber vier Wochen *sind* ja auch lang – im Vergleich dazu, dass er jetzt für *immer* weg ist, jedoch nicht lang. Die Zeit und wie man sie empfindet: bizarr und unklar. Das viele Fotos anschauen heute morgen und die Gespräche mit Jakob und Muriel haben alles wieder hochgeholt. Nichts, wirklich nichts hat mir jemals so gefehlt wie er.

Zwischendurch immer wieder Meldungen von irgendwoher. Der Maler schrieb gestern abend eine liebe E-Mail. Und der Mann vom Festival in Dresden versucht mich hartnäckig am Telefon zu erreichen.

Fr. 12.08.2022, 02:42
Küche

Paul will seine Nachtmilch. Carina wechselt die Windel, ich gehe in die Küche und rühre das Pulver ins abgekochte Wasser. Der Mond hell und gelb und rund wie eine Kellerlampe über den Gleisen hinterm Küchenfenster. Das Licht im Hof, das Treppenlicht der Nachbarn von unten, flackert, geht immer an und aus, als machte eine Motte den Bewegungsmelder wahnsinnig. Ich nehme die Milch, mache das Küchenlicht aus, gehe zurück ins Bett und draußen ist die Nacht wach.

Fr. 12.08.2022, 09:08
in der Küche

Während Paul im Wohnzimmer spielt, telefoniert Carina mit Helena. Organisatorisches für Karls Bestattung und Cleos Einschulung.

Die Kindergartenapp poppt am Handy auf. Ich denke an die kommende Elternversammlung. Dass wir da was persönlich sagen sollten. Und ob man den Krankheitsverlauf kurz erläutert, und ob man dann anstandshalber direkt am Anfang, nach diesen Worten des Dankes und der Erklärung, gleich wieder gehen sollte, damit das reguläre Elternversammlungsprogramm ohne irgendwelche Verlegenheiten anderer abgehalten werden kann. Und ich denke dann, dass das vielleicht schon wieder Quatschgedanken sind. Und dann denke ich wieder an die Zeit mit Karl im Krankenhaus und an die Karte an die Station. Dass ich noch eine Karte an das Personal dort schreiben möchte, mit Dank für Alles und die Anteilnahme. Dass es für Karl gut war, auf Station. Dass wir eine gemeinsame Zeit dort hatten, in der er glücklich war, er trotz Krankheit eine Art Kindalltag haben konnte. Sofort Klöße im Hals, schneller Puls und seufzendes Atmen, ich laufe zwischen Bad und Küche, schnell und ziellos, hin und her, als wollte ich vor meinen eigenen inneren Regungen fliehen, als *zerliefen* die sich vielleicht dadurch. Heute morgen sind die Gefühle für ihn wieder sehr präsent, im Vordergrund, sehr heftig, sehr stark, sehr pochend. Ich vermisse ihn so.

Nachher mit Paul raus. Eine Runde durch die Stadt und dann zum Friedhof.

Fr. 12.08.2022, 09:47
auf dem Klo

Dass wir schon so „weit“ sind, dass es *schon jetzt* manchmal *erträgliche* Tage gibt, liegt vielleicht auch daran, dass wir die Orte die uns mit Karl verbinden eben NICHT meiden. Dachte ich eben so. Denn da will ich immer wieder hin: wo er war, wo wir mit ihm waren, wo er jetzt vielleicht gerade ist, wo etwas von ihm durch mich wachgerufen wird, aber wo er eben auch faktisch gerade ist. Im Krematorium auf dem Friedhof. Dort ist Karl. Dort kann ich ihn finden.

Fr. 12.08.2022, 15:11
Wendeschleife am Grünland

Die Friedhofsöffnungszeiten, er hat tatsächlich Öffnungszeiten, variieren je nach Jahreszeit. Im Sommer, bis in den Herbst, hat er bis 21 Uhr abends geöffnet. In den dunkleren Monaten nur bis 18 Uhr.

Auf dem Friedhof erklären wir Paul, wo man drauf laufen darf und wo nicht, dass man die Spielzeugautos und all die anderen Andenken und Gedenkobjekte auf den Gräbern lieber liegen lässt und generell auf dem Friedhof nicht sooo doll rumtobt. Paul ist sehr verständig und wir laufen, als Lückenfamilie, die wir sind, durch den Hochsommervormittag unter der wirklich schönen, an jeder Ecke neu gemischten Mischbewaldung des mit schönen Fußwegen, fast schon *Fußalleen*, durchzogenen Friedhofs.

Frau Ahrens rief an. Sie ruft eine Trauergruppe für verwaiste Eltern ins Leben. Wir waren Initialzündung dafür. Ob wir Interesse haben. Ort noch unklar. Wir sagen ja, grundsätzlich ja, und empfehlen außerdem den Kontakt zum Kinderhospizdienst, der so eine Gruppe auch ins Leben rufen wollte. Frau Ahrens meldet sich dann, wenn es soweit ist, in ungefähr ein, zwei Monaten vielleicht. Ich sitze auf der schattigen Bank am Friedhofseingang, Paul läuft herum und ist ausgeglichen und isst eine Fruchtschnitte. Carina läuft mit Frau Ahrens am Ohr ein bisschen hin und her und das Telefonat wird immer länger, ich rutsche ein bisschen ungeduldig auf der Bank umher, weiß noch gar nicht, wer dran ist, und will wissen, wer genau was gesagt hat, denn das Gespräch klingt so, als ob es Karl und uns betrifft.

Dann holen wir das Paket beim Landwerthof ab. Die schmucklose Großhandelshalle ist seit geraumer Zeit der Ablagerungsort für die DHL-Pakete unseres Zustellbezirks. Sie ist etwas abgelegen gelegen, am einen Ende der Stadt, nahe des Friedhofs, kurz vor den Koppeln. Im Paket ist das Einschulungsgeschenk für Cleo. Mittags essen wir dann Burger im Burgerrestaurant. Dann zum DM, zum Depot, zum Fielmann und ein Brot vom Markt. Viel zu tun. Seltsam. Wo doch eigentlich gar nichts mehr stimmt in unserem Leben.

Etwas rammdösig eiere ich, auch satt vom Mittag, mit Paul durch die Läden. Die Verkäuferin im Depot sagt, dass er ja *heute besser drauf als letztens* sei, und zeigt auf Paul. Ich weiß nicht, was sie will, bin sehr irritiert, wir waren doch gar nicht hier in letzter Zeit, sie muss uns verwechseln, irgendein anderes Kind muss hier letztens einen Aufstand im Laden veranstaltet haben, aber wir waren das nicht, was tut die Frau denn so, als kannten wir uns von letztens, ich bin verwirrt, bin ihr nicht böse, bin einfach nur verwirrt und traue meinen eigenen Erinnerungen kurz nicht mehr richtig, aber ich bin mir dann doch sicher, wir waren nicht hier, nicht neulich, nicht letztens, was sollen wir denn auch dauernd im Depot hier tun, wir sind in Trauer, was soll ich mich denn mit meinem Kind ständig in irgendwelchen Wohnaccessoiregeschäften rumtreiben, wo doch mein anderes Kind tot ist, was will die Frau, was soll das alles, wir sind doch gut drauf heute, was redet die davon, er sei besser drauf als letztens, wie sollen wir schon drauf sein, wir sind in Trauer, mein Kind ist tot; ich verzettele mich immer weiter in meiner Verwirrung, gebe der Dame vom Depot mein Geld und gehe mit Paul raus, auf den Parkplatz, wo die Welt, das denkt sich die Kassiererin vielleicht, wenn sie ihre Pausenzigarette hier raucht, wahrscheinlich auch gerade *besser drauf* ist als *letztens*.

Danach in die Innenstadt. Auf dem Markt brütet der Sommer seine Touristen aus. In den Cafés die Müßiggänger, die Reisenden, die Wohlhabenden, die wahrscheinlich glücklichen Menschen. Carina ging mit Paul in den Fielmann, um seine Brille mal wieder anpassen zu lassen. Die sehr nette, liebenswürdige Mitarbeiterin, die uns, seitdem die Kinder eine Brille brauchten, immer betreut, sagte, sie traue sich gar nicht zu fragen, fragte dann aber doch, wie es denn dem Bruder ginge. Carina sagte es ihr und die Mitarbeiterin stieß kurz was Rufähnliches aus und fing an zu weinen. Ich kaufte derweil draußen ein Walnussbrot. Allein, dass sie fragte, war sehr mitfühlend und rührend. Dass es sie auch so mitnahm natürlich auch. Aber wen nähme sowas nicht mit? Ist Mitgenommensein etwas, das wir von allen anderen jetzt erwarten?

Carina kaufte dann heftchenweise Briefmarken in der Post und ich kaufte kalte Getränke am Kiosk bei Mikele. Dann fuhren wir über Umwege nach Hause, in der leisen Hoffnung, dass Paul vielleicht einschliefe und einen seltenen Mittagsschlaf macht. Er macht sonst fast nie Mittagsschlaf und ist den ganzen Tag *on*, schläft dafür abends relativ früh ein.

Schon der zweite Bus wendet in der Wendeschleife, in deren Insel ich unter einem Baum, an einem hölzernen, verwitterten, an Stellen schon aufgespalteten Hochspannungsmast im Schatten sitze. Paul schläft, er war beim Zurückfahren aus der Stadt eingeschlafen und ich war kurz zuhause, holte meinen Karlcomputer und den Abholzettel für das andere Paket am anderen Ende der Stadt, stieg wieder aufs Rad und sitze nun hier, auf halbem Weg zum Paket, in diesem seltsam suburbanen Areal an den Gleisen in der Obstbausiedlung. Hinter den Gleisen ist die neue Fahrrad-Cross-Strecke, die Obdachlosenunterkunft, dann kommt ein Paint-Ball-Areal und dahinter dann wieder die in Reihe geschalteten, ins dröge Zwischenfeld der Stadtrandwelt hingestellten Neubaudoppelhäuser, hinter denen sich die Verwaltungsapparate von Arbeits- und Finanzamt in knastähnlichen Gebäuden eingebunkert haben, bis dann, dahinter, die Stadt langsam ausfranst, in die Felder und Wälder, in das weite, von Windrädern durchrührte Land.

Dass Karl nicht bei all diesen profanen und organisatorischen Erledigungen des Alltags und der Trauer dabei ist, ist seltsamerweise schon sowas wie *normal* geworden. Vieles was wir jetzt tagsüber machen, machen wir ja *für* ihn, für seine Beisetzung. Ist das dieses viel berufene Abgelenktsein durch Beschäftigtsein, das dann mit der Beerdigung wegbricht und dann nochmal einer neuen Ebene, einem neuen Loch der Trauer Raum macht?

Paul schläft so friedlich im Wagen. In der Wendeschleife weht Wind, hinter den Gleisen rauscht die Welt. Im Paket am anderen Ende der Stadt sind hoffentlich die Traueranzeigekarten. Oder mein grauer Anzug. Wie ein mobiler Digitalnomade sitze ich hier mit meiner kleinen, silbergrauen, jahrzehntalten Trauertextmaschine auf dem Schoß im halbverdorrten Gras, die Füße auf dem Kopfsteinpflaster, mit dem der unbegrünte Teil der Wendeschleifeninsel in den Asphalt der Straße übergeht. Es ist beschaulich hier, ab und zu Fahrräder, Kinder, Autos, und die wie Wale in großen Kreisen durch die Wende ziehenden Busse. Es fühlt sich ein bisschen so an, wie *damals*, als die Kinder endlich in der Kita waren und ich diese drei, vier Stunden vormittags Zeit hatte, mich auch damals manchmal *irgendwohin* setzte, in die Unibibliothek zum Beispiel, E-Mails oder Text schrieb, diese Ruhe und die Konzentration genoss und mich innendrin sehr aufgehoben und wohl in meinem Leben fühlte, in dem jeder Moment ihrer Abwesenheit immer auch das Dasein, das Inmeinemlebensein meiner Kinder mitmeinte. Es war gut zu wissen, dass man mal ein bisschen Zeit hatte, für sich und was man so tun muss. Es war aber auch schön: dieses Gefühl, dass man irgendwann im Verlauf des Tages wieder die Kinder dann dabei haben würde: in diesem *Verlauf des Tages* – dass das Leben in Dynamik war, dass das Leben in eine helle Richtung verlief.

Tröstlich ist, dass all das ja nicht *komplett weg* ist. Wir leben immer noch ein Leben als Eltern mit Paul. Aber ohne Karl. Er ist nicht da. In den besseren Stunden dieser Tage ist er jetzt immer schon ganz in mir, als Liebe, als mein Kind, als das was ich für ihn, wegen ihm empfinde, was ich mit ihm verbinde, was mich mit ihm verbindet. Heute Nacht ist es vier Wochen her, dass er verstarb.

Fr. 12.08.2022, 16:43
zuhause im Hof

Ich holte das Paket im Angelshop *am anderen Ende der Welt* ab, beim Mann, der aussieht, als kannte er sich gut mit *True Symphonic Power Metal* aus. Hier landen unsere Pakete nur sehr selten, aber ich war auch schon mal früher hier, in der Zeit vor den Kindern. Auch dieser Angelladen ein komischer Karlstich.

Fr. 12.08.2022, 18:06
kurz in der Küche

Hochsommerhitzeheute. Im Garten wieder Wasserwahnsinn mit Planschbecken. Paul liebt es. Cleo, Helena und Cornelia kamen vorbei. Helenas Vater dann auch noch. Er übernachtet in unserer unteren Wohnung. So viel Leben im Haus und im Hof. Hätte ich früher gar nicht *ertragen*. Jetzt tut es gut, nicht allein zu sein. Während Paul mit Cleo da so tobte, sprachen wir darüber, wie Karl immer eher auch ganz gern *sein eigenes Ding* machte – ganz der Vater. Und beide zusammen waren die perfekte Einheit, stellte Carina wieder fest. So war es. So ist es.

In den Nachbargärten gehen die heiteren Geräusche des beginnenden Wochenendes los. Väter lachen laut, Kinder schreien und gackern, hüpfen auf dem Trampolin, es riecht nach Grillen, die Sonne steht nicht mehr ganz so steil hoch oben, brennt aber immer noch so, dass ich die gerade eben fertig gewordene Wäsche nochmal draußen hinhänge.

Fr. 12.08.2022, 22:59
Sofa, Wohnzimmer

Die Sonne stand so tief, man musste den Schirm fünf Meter wegstellen, damit man am Tisch im Schatten sitzen konnte. Ich hatte Brote gemacht und wir aßen Abendbrot draußen, tranken Radler und Paul hatte Hunger vom vielen Toben, vom langen Tag in der Sonne.

Zwischendrin, am frühen Abend, als alle unten im Hof waren und ich mal kurz oben, Kuchengeschirr für Helena und Cornelia holen, immer dieser Kuchen dieser Tage, hatte ich die fertigen Traueranzeigekarten probehalber in einen der Kraftpapierbriefumschläge gesteckt und war zufrieden und *versöhnt*, dass wenigstens das irgendwie gut gelungen war, dieser organisatorische Teil der Beerdigungsvorbereitungen. Man will ja, dass dieser *letzte Weg* so schön und stolperfallenfrei wie möglich für alle Beteiligten und vor allem für und im Sinne Karls gestaltet wird. Gleichzeitig ist man so matt und kraftlos, treibt so auf einem Minimallevel der inneren Kräfte durch diese Tage, dass alle solche Sachen, sich da reinzudenken, sich was auszudenken, sich mit irgendwas zu *befassen*, sehr anstrengend sind und man sich immer ein bisschen zusammennehmen und einfach seinen eigenen Impulsen und Instinkten trauen muss. Denn alles was man jetzt macht, ist für Karl, ein bisschen auch für uns als Trauernde, aber man geht doch mit einer Umsicht und Vorsicht an alles, was ihn betrifft, wie die Beerdigung, weil es wirklich einfach alles *ihm würdig*, so schön und bezaubernd sein soll, wie er es für uns war.

Heute Nacht wird es vier Wochen her sein, dass Karl starb. Schrieb ich das schon? Wöchentlich ist es genau eine Woche mehr her, dass er gestorben war. Die Nacht seines Todes wiederholt sich damit auf bizarre Art als Szenario im Kopf. Diese wiederholten Nächte haben an einer bestimmten Uhrzeit einen Punkt der Unumkehrbarkeit. Es gibt in diesen Nächten eine Zeit, in der es genau eine Woche mehr her ist, dass er noch am Leben war und eine Zeit, in der er genau eine Woche länger tot ist. Kann man *länger tot* sein? Hat Totsein eine Dauer, überhaupt irgendeine Dimension? Nichts ist wiederholbar, nichts wiederherholbar. Zeit schiebt sich aufeinander und man möchte, dass die sich heranschiebende Zeit sich staucht, damit der Abstand zur davorliegenden Zeit klein bleibt.

Heute Nacht, zwischen ein und vier Uhr soll man, wegen der *Perseiden*, hier in der Region besonders gut besonders viele Sternschnuppen sehen können. Ein alljährliches Schauspiel, das ich noch nie gesehen habe und sowieso immer erst, wenn überhaupt, am Tag darauf oder noch später davon erfahren hatte, von dem ich aber natürlich jetzt gereizt bin, es irgendwie mit Karl *zusammenzubringen*, jede Sternschnuppe als einen Wink von ihm zu deuten oder zu verstehen, ihn in jedem welt- und überallräumlich stattfindenden *Phänomen* zu *erkennen* bereit bin.

Sa. 13.08.2022, 01:40
Badezimmer

Ich war dann nochmal kurz rausgefahren, mit dem Rad, in die Stadt und aus der Stadt raus, einen dunklen Ort suchend, an dem Sternschnuppen eventuell sichtbar wären. Aber der Mond war prall und ballhell, schien den halben Himmel voll und meine Augen fanden keine Dunkelheit, in die sie hätten sinken können, wartend auf das Aufsprühen einer Sternschnuppe. Aus den Schrebergärten hinter den Gleisen, ich hatte gehofft, dort eine *gute Dunkelheit* zu finden, drangen junge Männerstimmen von Lagerfeuern in die Kühle in der ich am Feldrand an meinem Karlbaum stand. Zurück durch die Innenstadt, hier und da kajohlende Jugendliche, auf dem Weg zur Party. Ich schloss unser Hoftor auf, buckelte das Rad in den Unterstand und schlurfte ins Treppenhaus, rein in die Wohnung, in der es still, aber nicht schlimm still, sondern gut und nächtlich still war, in der die Spülmaschine noch ihr leises Gluckern gluckste. Paul und Carina schlafen. Karl ist seit bald ganz genau vier Wochen tot. Wieso eigentlich wir? Wir waren auf einem so guten Weg, als Familie, als Menschen, er als Gesundwerdender. Es ist, jetzt gerade besonders doll, immer noch, immer wieder, absolut unfassbar, nicht greifbar – dass er einfach nicht mehr *da ist*. Dass das jetzt das weitere Leben sein soll, ein Leben ohne ihn.

Immerhin, statt also wegzugehen, gehe ich immer wieder hin, ihm hinterher. Ein Hingegehe und Hinterhergeradel, zu den Dingen, Sachen und Zeichen, die mich mit Karl verbinden. So radle ich da unter dem Ballmond, stehe, vom Lagerfeuergelalle umgeben, in der sternschnuppenlosen Stille am Feldbaum, und suche nach Anzeigern und Zeichen, die Karl *bedeuten* könnten, schaffe mir damit selbst meine ganz eigenen Zeichen und Anzeiger, Symbole und Sachen.

Sa. 13.08.2022, 09:19
Küche

Seitdem Karl tot ist, geht das Aufstehen morgens schneller. Ich trödle nach dem Augenaufmachen kaum noch rum, scrolle nicht groß im Handy, stehe bald auf und mache Kaffee. Das Aufwachen, hinein in einen Tag ohne ihn, ist ein Aufstehen hinein in den Kummer, kalt, hart und klar.

Sa. 13.08.2022, 09:38
Küche

Heute wird Cleo eingeschult. Mit einer Feier am Strand in Lubmin. Wir wollen dort gleich auch Strandsand für Karl holen. Karl wird, das stellte Carina eben so fest, als wir über den Tagesplan sprachen, ja leider nie eingeschult werden. Er selbst wird das nicht vermissen, er ist ja tot und schaut nicht gramvoll auf das, was hätte noch sein können, er fließt als die Energie die in ihm war, jetzt irgendwie woanders rum, möglicherweise in sämtliche Richtungen, materienlos, alles neu, alles offen, alles eins, im Alleins-Sein, kurzum: ihn stört das nicht die Bohne, dass er in ein paar Jahren nicht zur Schule gehen kann.

Oder doch?

Müsste man jetzt mal weiter grübeln, forschen, bewusstseinserweiternde Dinge nehmen, um mit ihm in dieser Frage in Verbindung zu treten. Könnte man vielleicht noch paar andere Sachen gleich fragen. Ob das auch er war, was da letztens, als Flattern in den Flügeln dieses Schmetterlings, als Kleiner Fuchs am Fenster in der Küche hier war.

Ich gebe zu, manchmal schlagen diese Einträge hier unvermittelt Haken ins Wunderliche. Und wann, wenn nicht in der erdrückenden, rumrauschenden Leere nach dem Tod eines geliebten Menschen, wäre sonst der Ort, an dem man zu Suchen beginnt, nach den Wundern und dem Wundern, nach den eventuell ja erklärenden, den vor Fassungslosigkeit schlicht schnell *wunderlich* werdenden Worten.

Es ist alles nicht so einfach.

Aber ich bin immer noch hier.

Als Teil der Welt und meiner Familie.

Als Vater meines verstorbenen und meines lebenden Sohnes.

Als Aufschreiber wunderlicher Wünsche, trockener Trauer und karlwärts strömender Sehnsucht und Liebe.

Der Trauernde, der Hinterbliebene, der zurück im Leben bleibende: der Wunderliche.

Und, *oh Wunder*, von wem war hier schon oft die Rede: Stevie *Wonder*! Wie gesagt, man ist als Trauernder geneigt, Bezüge und Symboliken, irgendwas sternschnuppenhaft Aufblitzendes in allen Dingen zu suchen und zu sehen.

Aber so ausgesprochen, *er wird nie dies und das und jenes und solches machen können*, klingt es einfach erdrückend, traurig, deprimierend und nach einer immer wieder hell aufleuchtenden, dunklen Leerstelle.

Sa. 13.08.2022, 10:19
am Küchenfenster

Und wo wir schon bei Zeichen und Anzeigern sind: im Hof eine Elster! Nach dem Duschen sah ich durchs Fenster, unten im Hof, meine erste Elster seit Karls Tod. Sie hüpfte unter der Wäscheleine, die Hofwiese lang, um unser in dieser letzten Zeit der Geselligkeit so viel genutztes Ensemble der Gartenmöbel herum, stand dann ein bisschen glotzend unterm Stuhl, blieb lange in Sichtweite, hier und bei uns, im Einzugsbereich meiner Annahme und Deutung.

Innendrin in mir direkt ein kleiner Aufruhr der Freude. In mir ging sprichwörtlich das Herz, eher der Brustkorb auf und hoch, und ich atmete leicht und tief, ohne diese Hürde der Kurzatmigkeit der letzten Zeit. Die erste Karlelster. Vier Wochen. Ich glotzte beim Schreiben dieser Zeilen noch ein paar mal raus in den Hof, wie ein fröhlicher Idiot, sah dann Wind in den Bäumen und hoffte, dass die für heute angekündigte Hitze, irgendwie dann doch erträglich sein würde.

Sa. 13.08.2022, 11:12
Krokodilsspielplatz

Auf dem *Krokodilspielplatz*. Der Tag bedeckt und schwülwarm. Ich weiß nichts so richtig mit Paul hier zu spielen. Die Geräte sind eher für größere Kinder, die Umgebung ist aber nett und schattig. Paul scharwenzelt bisschen im Sand herum und ich wische dumpf im Handy herum. Beim Öffnen der Fotogalerie poppt der Strom von Karlfotos auf, in dem ich heute Nacht so herumgescrollt hatte.

Ein anderer Vater kommt durch das quietschende Tor und trödelt hier auch mit seinem Kind rum. Vor dem Mittag sieht man sie häufig, die trödelnden Väter auf den Spielplätzen. Müde und lustlos hantieren sie mit ihren Kindern herum, während die Mutter daheim das Mittagessen macht. Andere Väter deprimieren mich zur Zeit. Und ich bin gerade genau selbst einer dieser tumben, mit dem Kind vorm Mittag auf dem Spielplatz die Zeit breit schlagenden Papas. Während Carina zuhause das Mittag macht.

Sa. 13.08.2022, 13:02
Küche

Zum Mittag Gemüselasagne, alles von der reichen Erntegemeinschaftsernte rein, Sauce rinn und Käse ruff: fertig ist das „Mittaaakl". Im Krankenhaus gab es gelegentlich auch einen Gemüseauflauf, der war erwartbar fettig, ein großes, aus einem wahrscheinlich meterlangen Backblech geschnittenes, von einer dicken Käseschicht zusammengehaltenes Stück bekam man da auf den Teller. Und es schmeckte gar nicht so verkehrt. Dem Vater wie dem Sohne. Karl aß ja wegen des Cortisons so viel. Er war auch vorher schon ein guter Esser, er aß gerne und war nicht wählerisch.

Sa. 13.08.2022, 23:04
Sofa, Wohnzimmer

Vor der Einschulungsfeier am Strand hatte ich schon seit Tagen, vielleicht sogar Wochen, richtiggehend *Angst*. Ich bin alles andere als ein Strandmensch, jedenfalls nicht bei bretternder Sonne, halbnackt, halbohnmächtig, von der Sonne gestochen, sinnlos und ohne Dach im Sand herumliegend. Eine Art Urangst vor dem fehlenden Unterschlupf ließ mich das nie so richtig verstehen, weshalb sich Leute unter den offenen Gluthimmel legen, ins grelle Helle der erbarmungslos ballernden Sonne. Nun also diese Feier am hellichten, höllenheißen Tag am Strand. Ich muss einen sorgenerregenden, fast schon pampigen Eindruck gemacht haben, da so sonderbar abseits, unbeteiligt und lustlos unter unserer Strandmuschel hockend. Ich bewegte mich dort nicht heraus, sagte kein Wort und trank auch keinen Sekt mit irgendwem oder irgendwas. Carina kennt das, sie weiß meine düsteren Seiten zu lesen. Alle anderen waren geradezu verstört, dachten sicher das sei wegen der Trauer, war es ja vielleicht auch, aber es war wahrscheinlich einfach beides: Strandhass und Todestrauer, irgendwie auch ein Zurückfallen in alte Muster, in diese halbparanoiden Zustände unter fröhlichen Menschen. Sonja kam dann sogar zu mir, hockte sich vor mein Stranddach, wie neben jemanden, der irgendwie aus der Bahn geraten ist, den man mit einer letzten, lieben Ansprache vielleicht noch zurückholen könnte. Sie fragte, was los sei. Ich winkte ab und sagte, dass ich Strand nicht mag. Ich war wie ein Jugendlicher, eine pampige Pappnase am Strand.

Ich dachte an neue Mürbheiten und alte Muster. Ich dachte an die letzten Jahre der beruflichen Zermürbung, an die Medienjobs, die mir so zuwider waren, die meiner Ausbildung und meinen sonstigen Tätigkeiten entsprachen, die ich aber immer so furchtbar schwachsinnig fand, sinnlos wäre das falsche Wort, ich suchte nie Sinn im Beruflichen, das hatte ich lange schon aufgegeben, es ging immer nur ums Geld, von dem immer nur gerade so was da war, ich landete vom Studium und den Studienjobs im Callcenter, von dort in einer Umschulung, ging dann in dieses Startup, in dem ich der zehn Jahre ältere komische Grafik-Typ war, zwischen den jungen Businessmännern, die *Wolf of Wall Street* spielten, was ich alles nicht aushielt, was jeden Tag, den ich da mit dem Fahrrad hinradelte, wie ein Abgehacktwerden vom eigenen Leben war, es war mir alles so fremd, fremder als ich zuerst geahnt hatte, ich hatte ja gedacht, ab einem gewissen Alter und Grad der *Professionalität* als erwachsener Berufsmensch, steht man über diesen Dingen, aber ich fand alles furchtbar, das Büroleben, die sauteure Kaffeemaschine mit eigenem Mahlwerk, die in der Küche aufgetürmten Energydrinks, die ganzen *Benefits*, die das Büroleben wie ein Leben aussehen lassen sollen, es gelang mir auch einfach grafisch nichts gutes, ich war ein schlechter Mediengestalter, ich verzettelte mich und wusste einfach nicht, wie es aussehen soll, es war mir dazu alles viel zu sehr egal. Man hatte mein Aufgabenfeld dann auf *Content Marketing* ausgedehnt, ich sollte Texte schreiben über Dinge, von denen ich keine Ahnung habe, damit Google sie später gut findet. Das hatte das Fass meiner tiefsten Trostlosigkeiten zum Überlaufen gebracht und ich hatte dann gekündigt und war wieder im Callcenter gelandet, mit anderen abgebrochenen Studenten und *Lebenskünstlern*, es war eine okaye Zeit, ich mag die Anonymität von Großraumbüros bis heute lieber. Ich wurde dann in diese Computerfirma geholt, weil man mir attestierte, ich könne doch gut schreiben, auch in englisch, und ein bisschen Arbeit an den Kunden gäbe es auch, das läge mir doch, Schreiben und Kundensupport, das hatte ich doch all die Jahre irgendwie auch gemacht, also war ich in diesen Job gegangen, und wusste nach wenigen Tagen, dass das nichts für mich war, quälte mich irgendwie so durch, wurde immer zermürbter und mürber, es tat mir leid für das Team, das aus Freunden bestand, alle waren nett und ich war der Depp, der nichts gebacken bekommt, auch hier wieder, grafisch und textlich nur künstlerisch verquasten und für Suchmaschinen unbrauchbaren Scheiß ablieferte, bis irgendwann Corona kam und ich im Home Office letzten lästigen Scheiß abzuhaken versuchte, bevor dann irgendwann unsere Kinder geboren wurden und das Leben wieder schön und ich nach der Elternzeit arbeitslos und wieder ein Teilhaber an meinem seelischen Innenleben wurde. Die Babyzeit, die ganze Zeit, bis Karl starb, konnten wir als Eltern so in größtem Umfang für unsere Kinder da sein. Wir *hatten* die Zeit. Wir waren immer zusammen.

Auf dem Rückweg vom Strand, in der Wolgaster Straße kurz vor der Tankstelle, die Abendsonne donnerte von vorn ins Auto, rechts unter den Bäumen: die zweite Elster dieses Tages.

Als Paul abends dann, sehr schnell, eingeschlafen war, ging Carina duschen. Ihr Tablet schlug ihr ein Erinnerungsfoto von *heute vor einem Jahr* vor. Es war Karl, als zehn Monate junges Kind. Ich hörte sie im Badezimmer schluchzen, dann weinen, ging hin und sah das Foto von Karl auf dem Tablet, er hockt da so krabbelnd auf dem Boden, schaut in die Kamera, äußerst süß, niedlich, berückend, berührend. Ich rechnete im Kopf zurück, wie alt er auf dem Foto ist, weinte auch ein bisschen, räumte ein paar Geschirrsachen vom Strandtag in die Spülmaschine, nahm eine Magnesium und gleich noch alle anderen Nahrungsergänzungsmittel die da lagen, machte ein Bier auf, schaltete den Fernseher als Hintergrundrauschen an und setzte mich an die Laptops, während Carina, etwas weniger weinend, auf dem Klodeckel saß und sich langsam sammelte. Später ging sie dann nochmal rüber zu Sonja und Alexander, Nachglühen, Absacken im Garten. Ich blieb zuhause, fertig vom Strandtag, irgendwie auch, obwohl ich mich doch in meiner Strandgrotte verkrochen hatte, schon wieder puterrot, halb verglüht, und probierte, müde, klebrig und mit Sand im Haar, meinen steingrauen Anzug an, der heute angekommen war.

Am regulären Laptop lege ich ein Dokument im Textsatzprogramm an und kopiere meinen jetzt schon bei gut fünfundsiebzigtausend Worten angelangten Trauertext vom Karlcomputer dort hinein, um daraus ein Schreibbuch, eine *Arbeitsumgebung* für mich zu machen. Ich lege Absatzformate für den Fließtext, die Datums- und Ortsangaben, sowie Zeichenformate für Hervorhebungen, Eigennamen und Markierungen an. Die formalästhetische *Arbeit* am Buch. Wie am Roman, den ich auch im Textsatzprogramm, als optische Annäherung der angestrebten Drucksache, erst so richtig nochmal neu mit Energie weiter zu schreiben begann. Auch mein Karltrauertext sollte irgendwann ein Buch werden, denke ich in letzter Zeit. Was, wenn nicht das, wäre denn sonst mein einzig richtiges, gutes, wahres, wahrstes Buch über das was war, gewesen ist und nie mehr sein *Sein* sein wird – und deshalb um so mehr, zwischen zwei Buchdeckel, in einen abgeschlossenen Text gehört? Das Buch Karl.

So. 14.08.2022, 10:22
Küche

Carina kam gegen zwei Uhr nachts nach Hause, legte sich weinend ins Bett. Ich wachte kurz auf, merkte wie der Schlaf und das Magnesium es mir besser gehen ließen, gab Paul eine Milch und schlief bald wieder ein.

Vor dem Frühstück, nach dem Anziehen, weinte Paul stark als wir sagten, dass er morgen wieder in die Kita geht. Er war seit Monaten nicht mehr dort. Wir hatten ihn schon während Karls Krankheit nicht dorthin geschickt, damit er nicht eventuell wieder einen Infekt mitbrächte, den er dann, bei seinen Besuchen im Krankenhaus, an Karl hätte weitergeben können. Am Frühstückstisch schaute Carina Videos von Karl an, von vor einem Jahr. Sofort heftiges Weinen. Paul reagierte wieder etwas verwirrt, ging ein paar Schritte zurück, ließ sich dann in enger Umarmung, seinen Kopf auf meine Schulter gelegt, lange von mir halten, was er in letzter Zeit nicht so gemacht hatte, und wollte dann, als sie weniger weinte, wieder zu seiner Mama.

So. 14.08.2022, 11:05
Sofa, Wohnzimmer

Robbie rödelt im Badezimmer. Im Vorbeigehen schaute ich auf die Uhr am Backofen und war sofort in Erinnerungen an die Zeit im Krankenhaus drin. Was hätten wir dort jetzt um diese Uhrzeit gemacht, wie waren genau die Sonntage dort? Die Cafeteria machte immer erst um 12 Uhr auf. Das war ein Unterschied zu den Wochentagen. Ansonsten sind die Tage im Krankenhaus immer ähnlich. Ich vermisse so, ihn herumzuschieben im roten Wagen und wie er sich umdreht und hochschaut, mit dem Sonnenschlapphut, seinem Karlgrinsen, seinem ausgestreckten Kinderfinger, der auf die Dinge und Sachen seiner Welt zeigt.

Carina sieht auf gute Art sommerlich angezogen aus und sagt, sie geht mit Paul mal rüber zu Helena und Cleo. Hauke sitzt verkatert in der Wanne, sie wollen mal schauen, was man mit dem Tag noch anfangen kann. Ob es *okay für mich* sei, zuhause alleine zu bleiben, fragt sie, eher rhetorisch, und ich richte mich, wie von dem freien Zeitfenster aufgeweckt, aus meinen Handynotizen, meiner Schlaffheit im Sofa hier hoch, raffe gleich meine Laptops zusammen, baue sie in der Küche auf und lege, während die Tür ins Schloss fällt und Paul brabbelnd die Treppenstufen runtersteigt, ein

Tabellendokument für die Traueranzeigenkartenversandsachen und ein Schreibdokument für die Karlrede an. Ich notiere ein paar Abrissstichpunkte für die Rede, richte die Spalten für Name, Adressen und versandt ja/nein und Zusage ja/nein ein, schließe die Dokumente dann wieder und schaue in mein gestern angelegtes Schreibdokument im Indesign. Sieht immer noch ganz gut aus. Ich bin immer noch auf Schriftartsuche für die Hervorhebungen, aber so kann ich erstmal arbeiten. Die Arbeit am Text befriedigt mich, ich kann darin versinken und es ist eines der wenigen Gebiete, auf dem ich strukturiert arbeite und mir sogar, wenn ich mal nicht weiter weiß, *andere Baustellen* im Text suche, krumme Abschnitte sauberschreibe, Zeichensetzungen prüfe, strukturformalen Feinschliff mache, millimeterweise an Einrückungsabständen, Absatzhöhen und Kapiteltiteln herumfeile. Es ist jedes Mal ein ganz wunderbares Gefühl, wenn ein Text auf dem Bildschirm gut aussieht. Ich lese ihn dann einfach gern und immer wieder. Und die Herausforderung am Karltext ist natürlich: wie bekomme ich den Text so hin, dass er kindlich *aussieht*, aber lesbar ist, die Schrift natürlich hintergründig bleibt, der Lesbarkeit untergeordnet, als insgesamte Anmutung aber dem Buch genau jene *Stimmung* gibt, die in diesem Text lebt und leben soll. Dass eben kein Wald aus Serifen, sondern ein Meer aus hellen, weichen, in seine Richtung weisenden Worten und Zeichen entsteht. Dass im Text, der nur da ist, weil er tot ist, sein Leben lesbar bleibt.

So. 14.08.2022, 13:11
im Hof

Schreibpause. Wäsche aufhängen im Hof. Kopfhörer, Podcast, 26 Grad, als wäre ein *ganz normaler* Sonntag in der Welt. Als ruhte man nochmal im pflichten- und ereignislosen Leerlauf und startete morgen wieder in eine neue, an vielen Stundenpunkten mit der Vorwoche und den Vorwochen deckungsgleichen Woche. Als wäre alles so wie immer. Als sei jetzt gar nicht alles so wie es niemals hätte sein sollen. Und manchmal strampelt Carina beim Weinen mit den Beinen, wie ein Kind, wie auf der Suche nach einem Ausweg für diese schier unaushaltbaren Gefühle. Wahrscheinlich ist das bei ihr das, was bei mir das rast- und ratlos zwischen den Zimmern herumlaufen ist, dieses ziellose, keine Ruhe findende Umhergegehe, fast panisch und pathologisch, ein kurzes, heftiges Umherstreifen, das am Ende aber auch nicht schafft, was vielleicht helfen würde: mich umzustülpen, so dass aller Kummer raus kann, aus mir raus fließen, eine andere Form finden kann.

So. 14.08.2022, 13:46
Küche

Nach dem Wäscheaufhängen, mache ich mir ein Frühstücksbrötchen vom Freitag warm, mit Knoblauch, Olivenöl, Tomate, Basilikum, überbacken mit einem abgelaufenen, schon ziemlich säuerlich riechenden Mozzarella.

Als die Kinder endlich einigermaßen regelmäßig in der Kita waren lief das auch so. Ich kam morgens vom Kinderindiekitabringen nach Hause, setzte mich an den Küchentisch, trank Kaffee und schrieb, gelegentlich ein bisschen Staubsaugen und Wäscheaufhängen vorher, machte mir dann Reste warm, oder alte Konserven, die seit Wochen, Monaten im Kühlschrank standen, brauchte letzte Brotreste auf und verbackte alten Kram im Ofen zu zweckdienlichen Mahlzeiten. Auch da wieder: das gute Gefühl für Alles und das Ganze. Jetzt sitze ich neben dem Ofen, der Mozzarella schlägt langsam Blasen, ich warte nur noch, dass er anbräunt, und in diesem Gefühl für das große Ganze klafft eine Lücke. Er fehlt. Karl ist nicht da. Die Küche ist hundert Grad heiß, der Ofen lüftet die Backluft aus und das weiße Fenster auf Kipp lässt die Hitze von draußen rein. Alles ist hell und friedlich. *Im Allen* fehlt er.

So. 14.08.2022, 15:34
vor dem Klinikum

Und plötzlich wieder vor dem Klinikum. Im Schatten des Mensavordachs. Ich war dann plötzlich losgefahren, hatte den Rechner, an dem ich die Rede nochmal weitergeschrieben und einem ehemaligen Arbeitskollegen endlich auf seine Mail von Ende Juni, da war ich mit Karl im Krankenhaus, geantwortet hatte, zugeklappt, mir ein Wasser in die Thermosflasche gegossen, den schwitzenden Müll rausgebracht, den dazugehörenden Eimer ausgespült, zum Trocknen in die Sonne gestellt, und war dann aufs Rad gestiegen und losgefahren, richtung Obstbausiedlung, in den Stadtrand rausrasend, nur mit der vagen Idee, vielleicht zwei Biere für abends an irgendeiner Tankstelle zu kaufen.

Ein Rollstuhlraucher schiebt sich zu den anderen Kaputten in die Raucherkombüse, aus der der Geruch gestopfter Filterzigaretten zu mir dringt. Die Flaggen rattern im Wind, der die Hitze, im Schatten zumindest, erträglich macht. Carina und Paul sind immer noch unterwegs. Ich habe eine Art freien Tag. Das fühlt sich gut und leicht an. Beim Schreiben der Rede kam ich hier und da dann doch ins Weinen. Seltsam, wie manchmal zwei, drei unerwartet aus einem rauspurzelnde Worte, eher durch ihren *Wert* im insgesamten Text, durch das was sie dann noch aufmachen und hochholen, einen so plötzlich ins Weinen werfen können, wo man doch gerade eben noch einen Gedanken im Kopf, kurz vor dem Hingeschriebenwerden, sortiert und für das Aufschreiben vage geistig vorformatiert und sich, fast sachlich, mit dem demnächst Sag- und Schreibbaren *befasst* hatte.

Als ich am Klinikum langradelte plötzlich die in mir *auftauchende*, mich wie ein Befehl angehende Idee: Dankestext an die Station schreiben, jetzt. *Okay*, sagte ich, eventuell sogar laut vor mich hin, schloß das Rad an, lief zu meinen Sitzmöbeln in Altorange hier an *meinem, kleinen Ort*, legte das Handy neben mich – kein Anruf, keine Nachricht darauf, nur freie, ungewohnte Zeit um mich herum – und schrieb.

So. 14.08.2022, 23:36
Wohnzimmer

Ich war dann, nach dem Schreiben noch kurz hinein ins Krankenhaus gegangen, hatte am Büchertisch durch die Bücher geflippt, ging kurz hoch zum Storch, tippte ihm an den Fuß, ging nochmal hoch zur 11.2-A, lief die Treppe runter und ging, am Kaffeeautomaten vorbei, wieder raus ins Sommerlicht, das immer noch so aussah, wie in den Wochen, als ich mit Karl dort war. Ich kaufte dann Biere bei Frau Brettschneider, fuhr nach Hause, bereitete einen großen Salat für das Abendbrot vor, wusch die Salatblätter, schnitt die Tomaten, viertelte die Gurken, pulte schwarze Oliven von ihren Kernen und bröselte Feta in große Krumen, stellte alle Bestandteile einzeln in Schüssel und Schälchen in den Kühlschrank und fuhr dann nochmal kurz los, irgendwie in der Gegend herum, über das Pathologiegelände, unter seiner Linde lang, am Tierpark vorbei, über den Wall, dann zurück nach Hause, wo Carina mit Paul gerade vom stundenlangen Tag auswärts wieder heimgekehrt war.

Während Carina im Hof noch Blumen goss, spielte ich mit Paul im Wohnzimmer. Er holte Krams und Zeugs aus den Spielkisten, darunter die kleine Wolkenlampe, die, wenn man sie anschaltet, langsam ihre Farben wechselt. Ich hatte davon, schon lange her, etliche gekauft, um irgendwas lichtmäßiges für meine musikalischen Aktivitäten daraus zu basteln, hatte dann schon zur Babyzeit eine davon immer den Kindern ins Bett gestellt und hatte eine Wolkenlampe auch mit ins Krankenhaus genommen. Karl fand die prima. Er nannte sie immer „Weuke". Beim Einschlafen machte uns die Lampe immer so schönes, gedämpftes, langsam changierendes Licht. Karl mochte es, diesen Farbwechseln zuzusehen und mich dabei die Namen der Farben aussprechen zu hören. Er sprach dann immer mit und traf oft auch die richtige Farbe, die die Lampe gerade leuchtete. Paul tat genau das jetzt auch, während ich da so, kurz vor dem Abendbrot, mit ihm im Wohnzimmer saß. Das Thema Farben ist bei ihm gerade hoch im Kurs.

Nach dem Abendbrot brachten wir Paul ins Bett, er schlief schnell ein und ich pennte auch kurz weg, wachte auf ohne ein Gefühl für die genaue Zeit und war kurz etwas verwirrt. Dann beschriftete und befüllte Carina die Briefumschläge der Traueranzeigekarten. Ich tippte und hakte die bereits fertig gepackten Umschläge in meinem Tabellendokument ab. Wir waren dann beide zu fertig, zu faul, zu müde für ein Durchsehen meines Entwurfs der Rede. Wir überlegten kurz den Ablauf des morgigen Vormittags. Paul geht ab morgen, nach Monaten, mal wieder in die Kita. Er hat keine Lust. Und wir wissen selbst kaum noch, wann man da genau aufstehen muss, das Frühstück und die morgendlichen Routinen takten muss, wann man losfahren muss, damit man rechtzeitig nach dem Frühstück und vor der freien Spielzeit im Kindergarten ankommt. Unsere Bezugserzieherin will morgen früh kurz mit uns reden. Danach wollen wir ein paar der Karten, wo es passt, persönlich in die Briefkästen werfen.

Dieser Wiedereinstieg in die Kita fühlt sich an, wie ein weiterer Schritt in einen neuen Lebensabschnitt. So wie es sich damals angefühlt hatte, als die Kinder vor einem Jahr im Herbst in die Kita eingewöhnt werden sollten. Jetzt geht die Kita wieder *neu* los, für Paul, ohne Karl. Etwas in mir sträubt sich gegen diesen Wiedereinstieg in einen neuen Lebensabschnitt. Als wäre das ein weiterer Schritt weg von Karls Tod, weg von der illusorischen Möglichkeit, ihn vielleicht ungeschehen zu machen, ein Schritt mehr zur Akzeptanz und Unwiederbringlichkeit. Grotesk.

AVENT

Mo. 15.08.2022, 07:33
Badezimmer

Erster Kita-Morgen ohne Karl. Ich denke daran, wie ich damals, als Carina wieder zu arbeiten angefangen hatte, beide Kinder morgens fertig machte und in die Kita brachte. Bis zum Herbst letzten Jahres waren wir als Eltern beide zuhause und für die Kinder da. In der Elternzeit beginnen die Tage zwar früh, aber einigermaßen drucklos, man gleitet mit den Kindern in den Tag und hat so sein Tun. Ich brauche morgens immer eine Weile, bis ich ansprechbar bin und als Mensch funktioniere. Aber auch das sind Luxussorgen. Mit Kindern funktioniert man morgens ganz automatisch irgendwie. Als Carina dann immer früh aus dem Haus war, brauchte ich einige Zeit, bis ich meine Abläufe gefunden hatte, bis ich einigermaßen eingespielt war und einen guten Zeitplan hatte, um die Kinder rechtzeitig in die Kita zu bringen. Wegen Corona waren die Hinbringzeitfenster enger gesteckt als sonst. Ich kam manchmal zeitlich ins Schlingern, aber ich erinnere mich an diese Morgende als eine schöne, helle Zeit. Wie schön es war, beide in den Kinderwagen zu setzen und loszufahren, wie ich die Radwege durch den hellen Herbst, hin und zurück zur Kita mochte, wie kaputt ich immer auch vom Geradel eigentlich war, was sich mit der Zeit aber besserte, ich körperlich etwas fitter vielleicht wurde. Wie es schön war, sie dorthin zu bringen und später wieder abzuholen. Wie ich die Institution Kita schätzen gelernt hatte. In der Kita waren beide immer zusammen. Wir hatten nie einen einzeln geschickt.

Mo. 15.08.2022, 08:13
im Flur

Ich wickle Paul. Erinnere mich, wie es damals in Stress ausartete, wenn beide kurz vor dem Losfahren zur Kita, schon eingepackt in ihre Wollwalkanzüge, nochmal gekackt hatten und ich sie dann wieder auspacken, wickeln und wieder anziehen musste, womit dann der Zeitplan ins Wanken geriet und ich dann etwas schneller, noch kaputter, zur Kita rasen musste. Ich war ja so dankbar für die Arbeit der Kita und wollte denen keine Umstände machen, kam völlig zerrupft dort an und machte einen wahrscheinlich ziemlich unrastigen, vielleicht sogar *umständlichen* Eindruck. Ich ließ mich vom Alltag mehr unter Druck setzen, als es mir selbst lieb war. Ungeduld und Hektik gehören nicht in das Leben mit Kindern. Ich wollte nie so ein Elternteil sein, der die Kinder als Beschneidung der eigenen Zeit empfindet. Deshalb hasste ich mich für meine Unrast. Und doch will ich genau diese zerrupften Herbstmorgende von damals jetzt zurück haben. Irgendwas von damals. Immer wieder dieses Zurückwünschen.

Mo. 15.08.2022, 08:24
draußen im Hof

Ich koppele den Kinderwagen hinten ans Fahrrad, belade seinen Kofferraum mit Wechselklamotten und Bettwäsche. Draußen ist es noch angenehm kühl. Kühler als drinnen. Der Kaffee, den ich morgens aus dem großen, blauen Pott immer sturzweise trinke, treibt trotzdem schon aus. Keine Kondition, kaputter als immer. Zwischendrin denke ich kurz an meinen Bruder, seinen heutigen Geburtstag und die Baustelle zwischen uns.

Mo. 15.08.2022, 10:54
am Küchentisch

Küchenoffice. Nennen wir es: *Koffice.* Paul ist in der Kita, Carina zum Arzt. Paul gelang das Ankommen in der Kita heute morgen besser als erwartet. Der Weg dorthin auf dem Rad war schön, die Morgensonne in den Bäumen der Pappelallee. Paul weinte auch nicht, als wir aufs Kita-Gelände fuhren. Das hatten die Kinder in den ersten Kita-Wochen manchmal gemacht, weil sie da nicht so richtig Lust drauf hatten, weil es ungewohnt war. Irgendwann ging es aber. Auch Paul fing heute bald wieder an, den Kita-Hof zu erkunden, lief zwischen den Spielgeräten umher, suchte sich ein Wackeltier und wackelte ohne sich nach uns umzuschauen ein bisschen allein darauf herum.

Alleine.

Das Kita-Personal bekundete Beileid und wir besprachen mit unserer Bezugserzieherin Sina ein paar grundlegende Sachen. Wie wir *das* zuhause benennen, ob wir sagen Karl sei „im Himmel“ oder wie unsere Wortwahl diesbezüglich ist. Die Kita will eine Andacht für Karl machen. Das ist schön. Die *anderen Zwillinge* wurden auch gerade gebracht. Es gibt in der Kita jetzt sogar noch mehr Zwillinge, bald kommen noch welche dazu, sagte Sina. Auf dem Rückweg sagte Carina, sie wolle auch so gern wieder Zwillinge. Sie will so gern Karl zurück. Wir fuhren in die Klinik, gaben Traueranzeigekarten für Frau Dr. de Beauvoir und die Neonatalogie ab, verteilten dann noch diverse Karten in der Innenstadt in den Briefkästen der Freunde. Zuhause beschriftete und befüllte Carina weitere Briefumschläge, ich hakte sie in meiner Tabelle ab. Wie im Büro. Montagmorgen. Leichte Routinebüroarbeit. Seltsam. Carina fuhr dann zum Arzt und ich überwies längst fällige Gelder, in der Hoffnung, das Schlimmste noch abwenden zu können, machte neuen Kaffee und klappte dann meinen Karlcomputer auf.

Mo. 15.08.2022, 16:01
in den Papieren

Am Nachmittag, auf dem Radweg zur Kita war ich sehr sentimental. Es war der Abholweg wie immer, wie damals.

Irgendwer hatte es gut mit uns gemeint und uns eine riesige Zucchini vor die Türe gelegt, groß wie ein Pferdekopf, ich war kurz richtig erschrocken, es war wie im Film.

Carina sortiert Bücher aus, ich blättere im Entlassungsbericht herum, lese die guten Prognosen darin, der ärztliche Fachsprech beruhigt mich, die Worte klingen wie das, was im Krankenhaus immer Thema war, setzen damit verbundene Gefühle verschiedener Art in mir frei, auch die Erinnerung an die so gute Vater-Sohn-Zeit dort. Ich fühle mich innendrin, als wäre ich noch da.

Mo. 15.08.2022, 22:03
auf dem Sofa

Sehr müde jetzt. Waren nochmal in der Stadt. Trafen Helena und Cleo am Wall. Helena sagte, sie findet die Karte gut. Sie sagte, die Karte hätte die richtigen Worte gefunden, es wäre alles ganz *schön*, so wie sie geworden ist. Das fand ich gut. Was schön und gelungen gefunden wird, hat damit sowas wie Würde. Wir verabredeten uns zum Abendbrot draußen im Hof. Pasta und Brot. Cleo war von ihrem ersten Schultag eher nur so halb begeistert. Pauls Kitatag lief ganz gut. Hauke meinte auch: Karte gut, gute Mischung aus Traurigkeit und Zuversicht. Paul hatte Spaß beim gemeinsamen Essen, wie ein König saß er im Hochstuhl, tobte dann mit Cleo, war am Ende des Tages sehr müde, wie wir, und schlief nach dem Duschen schnell ein.

Mo. 15.08.2022, 22:26
im Bett

Früh ins Bett. Heute kaum Arbeit am Text abends, an der Rede nichts gemacht, wir sind einfach beide weggepennt auf dem Sofa. Habe dann im Bad ausführlich Zähne geputzt, weil Termin diese Woche. Langsam wird die Erinnerung daran, wie Karl sich anfühlte, wenn er bei uns mit im Bett lag, unschärfer. Ich bin ihm nah wie sonst auch immer, aber bestimmte Aspekte des Körperlichen verwischen schon, scheint mir. Aber genau im Sinn habe ich die Schwere seines Körpers, wenn er beim Kuscheln auf meinem Bauch lag und ich endlos lang und versonnen seinen Kopf streichelte, die langen, weichen Haare, seine dicken Wangen, die auf meinem Brustkorb lagen, zwischen denen sich der Schlafmund so halb öffnete, ein Bild absoluter Friedlichkeit. Das ist alles sehr deutlich vor mir und in mir.

Wollte kurz schreiben: heute seit Wochen das erste Mal kein Bier abends, aber das stimmt nicht, ich trank drei Schlucke von Helenas Radler beim Abendbrot. Ansonsten immer ein oder zwei, am Wochenende auch mal drei Biere abends. Im Krankenhaus trank ich nie was, natürlich, nur Kaffee abends. Auch deshalb, vielleicht, waren das so intensive, produktive Schreibwochen. Meine Schreibnächte mit Karl.

Morgen früh Paul zur Kita und dann keine Termine.

Di. 16.08.2022, 11:03
Küche

Paul zur Kita. Er aß kaum Frühstück. Auf dem Rad immer diffuse Karlerinnerungen. Daran, wie das damals war, beide Kinder zur Kita zu bringen. Wie wir so durch den neuen Herbst rollten, die Kinder hinten im Wagen sich rumschaukeln ließen, beide so bisschen rausschauten, staunten, über die vielen Autos an den Kreuzungen, die Kräne, die Bagger, das Strömen des Morgens in der Stadt. Und wie sie manchmal halb wegdösten in diesen gut zwanzig Minuten Fahrt, sich dann im Kinderwagen streckten und gähnten, und wie ich sie dann wie zwei große Blumensträuße aus dem Wagen hob, sie hinstellte und sie in ihren dicken Anzügen rumstanden, kleine, wartende Zwerge, während ich das Rad anschloss, um dann mit ihnen rein in die Kita oder, bei gutem Wetter, auf den Kitahof zu gehen. Anfangs, als sie noch nicht laufen konnten, trug ich beide noch, links und rechts wie Kartoffelsäcke in den Armen, oder schob den Wagen bis zur Terrassentür ihrer Kitagruppe. Es war wegen Corona alles anders, man gab die Kinder an der großen Glastür ab und bekam sie beim Abholen angezogen wieder ausgehändigt. Ich hatte großen Respekt vor dem Mehraufwand, den das Kitapersonal damit hatte. Und dann, im Dezember, zwei Monate nach Kitastart, hatten Karl und Paul zu laufen angefangen und ich brauchte sie nicht mehr tragen und sie staksten und tapsten durch den Kindergartengarten, wie die sprichwörtlichen Stöpsel, etwas ungelenk anfangs noch, aber hochmotiviert und höchstniedlich natürlich, und auch das war wieder eine neue Episode in diesen sich andauernd aneinanderreihenden Entwicklungsschritten und Schüben, in diesem Leben, das mit den Kindern, obwohl ich bald vier Jahrzehnte schon darin verbracht hatte, in so vielen Dingen, innerlich und äußerlich, nochmal komplett neu und niegekannt auf einmal war.

Auf dem Rückweg der Mond im Tagblau am Himmel über der Franz-Mehring-Straße. Erste Zusagen zur Trauerfeier trudeln ein. Jede davon tut gut und baut irgendwie auf. Milena sagte auch, dass die Karte sehr schön sei. Auch das tut gut. Zuhause dann wieder die neu verschickten Karten in der Tabelle abgehakt.

Auf dem Weg zum Einkaufen warf ich noch zwei Karten ein. Die Türen der Mietshäuser waren zu und die Klingelschilder hatten viele Namen. Ich bimmelte wahllos überall, log dann, als mich irgendwas Unverständliches aus dem Lautsprecher ankrächzte, einfach „Post!“ in die Gegensprechanlage und hatte kurz ein schlechtes Gewissen, dachte dann aber, als die Tür summte und ich mich in die zähe Schwere ihrer Hydraulik warf, dass ich ja genau das tatsächlich bringe: eine von allen so schön gefundene, mit Fuchs und Elster und Sternen bedruckte, traurige *Post.* Ich steckte sie in die Briefkästen unserer Freunde, setzte mich wieder aufs Rad und war innen leer und erledigt.

Im Norma erinnern die Tools an Karl. Ständig gibt es dort irgendwelches Werkzeug in der Aktion. Ein guter Teil meines über die Jahre so zusammengesammelten Werkzeugs stammt aus dem Norma. Und irgendwie erinnern mich die rammeligen Aktionsauslagen hier an Karl. Vor wenigen Wochen hatte ich hier, da war Karl mit Carina im Krankenhaus, zwei, drei Pappkinderbücher gekauft. Ich hatte, als beide in der ersten Woche im Krankenhaus waren, ständig irgendwelche kleinen Mitbringsel gekauft, wie die Maulwurftasse, oder diese Tierbüchlein hier. Ich hatte auch eine kleine Reißverschlusstasche, wie ein Teddy sah die aus, mit Kleinkram gefüllt, mit Wachsmalstiften, einem Matchboxauto, einem kleinen Zollstock, irgendwelchem Spielkram, mit dem Karl halt so rumfingern könnte, hatte ich gedacht. Carina hatte mir dann ein Video geschickt, wie Karl diese Krimskramstasche im Krankenhaus auspackte und dabei so flötig irgendwas vor sich hinquasselt. Aus der Teddytasche wurde dann sehr bald seine Medikamententasche. Und ich weiß noch, wie ich mich gefreut hatte, dass diese kleine Kurzweil, die diese Tasche hatte bringen sollen, offenbar gelungen war. Diese Tasche war ein Teil der Tage, die ich allein daheim mit Paul war. Sie war ein Teil unserer Erledigungen gewesen, mit denen wir unsere Tage ohne Carina und Karl zu strukturieren versuchten.

Vorm Süßigkeitenregal treffe ich eine ehemalige Arbeitskollegin und muss kurz überlegen, aus welchem prekären Arbeitsverhältnis genau wir uns kennen, in welchem Callcenter sie mit mir im Großraumbüro gesessen hatte. Oder war es der komische Medienjob im Startup damals? Die Grenzen im Trudeln durch meine Anstellungsverhältnisse der letzten Jahre verschwimmen. Sie sagt heiter „Tach!“ und ich erinnere mich, sie hatte damals auch immer „Tach!“ gesagt, ich glaube sie kam aus Brandenburg, das war das worüber wir uns zwischen den Telefonaten unterhalten hatten, wir waren dialektisch, also dialekttechnisch irgendwie verbunden. „Tach!“ also. Brandenburg also. Also doch Callcenter. Ich muss überlegen, ob es eines der Scheißprojekte oder irgendwas okayes war. Im Grunde war das meiste okay, ich hatte nie Scheiße verkaufen müssen, ich war immer Servicedienstleister, das war okay, und ich hatte, bei aller antiautoritären Freiheitsliebe, im Beruflichen eine Art kleinmütige Dienermentalität entwickelt. Ich machte den Job, ich war kein Lotterielose verkaufender Telefonteufel, es waren Dienst- und Hilfeleistungen, mir waren Aufstiegs- und Entwicklungsmöglichkeiten, Prestige und persönliche Sinnfindung schlichtweg egal, ich machte den Job, und nach Feierabend war ich wieder frei. Ich verdiente mein kleines bisschen Scheißgeld und hatte alle Freiheiten fern des Berufs. Mit den künstlerischen Dingen war nie Geld zu holen, was sie, die Kunst, damit auf gute Art frei von allem Drängen, allen Zwängen und allem Druck machte. Das war ihrem Wachsen und der Schärfung meines künstlerischen Profils zwar nicht unbedingt förderlich, weil ich so dann auch jahrelang nächtelang häufig lieber in Bars statt in meiner Kunst war, aber ich spürte schon damals, als ungeschärfter Schwimmer in den Räumen der Räusche, dass irgendwas in diesen Jahren der drucklosen Nächte im Entstehen war. Unendliche Texte, unveröffentlichte Musiken, nie aufgenommene Lieder, die photographischen Farbflächeneskapaden, all das Rumlaborieren, das Zweifeln, Zergrübeln und Niezuendebringen, all die angefangenen Enden, es wurde ein irres System aus immanenten Bezügen, aus halbem Wahnsinn und ganz viel Unverstandensein. Aber es wurde leichter, als es mir egaler wurde. Ich jobbte und ging aus. Ein ehrliches Leben. Irgendwann vergaß ich die Semestergebühr zu überweisen, hätte gerade sowieso kein Geld dafür gehabt, und war plötzlich auch formal kein Student mehr, arbeitete dann ein paar Stunden mehr in der Woche und fühlte mich auf bizarre Art wie ein richtiger Arbeitnehmer. Ich blieb erstmal im Callcenter, es war die Zeit, als Boris und ich mit unserem experimentellen Musikprojekt öfter mal Auftritte spielten und ich musste mir jetzt immer irgendwie Tage freischaufeln, was seltsam war, da ich als Student immer irgendwie Schichten schieben konnte, sich einfach alles auch weniger ernst und verpflichtend angefühlt hatte, ich teilweise auch einfach direkt von der Bar zum Job gewankt war. Ich jobbte meine hürdenlosen Kleinjobs und ein kleines bisschen zermürbte es mich doch. Mein Umfeld sah mein *Potential* verschwendet, aber ich hatte nie Arbeitsorte gefunden, in denen ich hätte irgendwas *von mir* einbringen können. Man war ja jahrelang seiner eigenen Potentiale nie so richtig gewahr. Man sagte jahrelang zu sich selbst einfach „man". Es war okay „ich" zu sein, aber irgendwie auch egal. Potentiale zu haben war auch eher was für strebsame Tageslichtleute. Das Wort „Selbstoptimierer“ war damals noch nicht Thema, aber es war klar, dass solche Leute seltsame Ziele verfolgten. Mit den Jahren wurde dieses Leben neben den Wegen etwas weniger verwegen. Man passte bald gar nicht mehr so richtig rein, in die verrauchten Jackets, in die zeitenthobenen Abläufe der Nächte. Die Kater wurden größer, anderthalb Tage oder länger brauchte man, um wieder ein Mensch zu sein. Also wurde auch das Ausgehen seltener und selektierter. Die Jobs, so klein und unoptimierend sie auch waren, fingen ja oft auch morgens an, oft noch im wöchentlichen Wechsel, mal früh, mal spät. Aber auch die Schichtarbeit war irgendwie scheißegal. Wir hatten noch keine Kinder. Und ich war rausgewachsen aus dem Vakuum der Nächte, reingewachsen in sowas wie Alltag. Andere wurden Profs, Doktorinnen, Medientypen, Lehrerinnen, Ärzte, richtige Berufliche, und ich kroch durch diese niedrigschwelligen, niedrig bezahlten Jobs, die mir immerhin, mal mehr mal weniger, Raum und Luft zum Atmen der Luft in den Niederungen und Höhen meiner künstlerischen Flausen gaben. Aber irgendwas in mir zerfranste.

Mit den Kindern hatte sich alles geändert. Das Anstellungsverhältnis, durch das ich apathisch noch so dümpelte, dessen spätkapitalistischer Suchmaschinentexteschwachsinn mich geradezu zerrieb, endete mit der Geburt der Babies. Von der Elternzeit rutschte ich in die Arbeitslosigkeit und hatte ein Jahr meine kleinen dreistelligen *Bezüge* und konnte mich ganz den Kindern und unserer Familie widmen. Es war ein gutes Jahr. Im Rückblick war das perfekt so, wie es war, denn wir hatten die Zeit, die wir mit Karl hatten, so intensiv, beide Eltern gleichermaßen, dicht an den Kindern erleben und leben dürfen.

Die Arbeitskollegin war längst weitergeschoben. Ich hatte auch nur mechanisch und, ganz und gar nicht zu ihrer kumpelhaft schnippischen „Tach!“-Tonart passend, kleinlaut und leise sowas wie „ja, tach, hi, grüß dich“ gesagt, wollte ihr nicht meinen Lebenslauf seither, seitdem sich unsere Wege getrennt hatten, auftischen. Ich wollte nicht sowas sagen wie, „Ach Du, weißt Du, ich hab geheiratet in dem Jahr, ein paar Wochen nachdem ich da im Callcenter gekündigt hatte, dann waren wir in New York, in New York, meine Güte, New York, ich kenn' ja Berlin, weißt Du ja, aber New York, das ist nochmal ganz was anderes, New York, als verheiratete Eheleute, MoMa, Whitney, Mac'n'Cheese, und die Eichhörnchen im Central Park, ich war noch niemals in New York, weißt Du, naja, und im Jahr darauf hatten wir dann zwei zauberhafte Kinder bekommen. Eins davon ist jetzt tot."

Also nichts mit „Tach!". Was soll ich auch sagen? Aber so war es. Nichts anderes hätte ich sagen können, wären wir für einen Plausch stehengeblieben. Mit Kloß im Hals schob ich an die Kasse, in die hustende Schlange der vormittäglichen Discounterkundschaft und packte noch ein *Fritt* aufs Band, das war irgendwie auch was von „früher", von „ganz früher" eigentlich, von irgendwann damals, als die S-Bahnen in Berlin an einem Wandertagsausflug der Schule plötzlich elektrische Türöffner hatten, als ich selbst noch ein Kind gewesen war.

Di. 16.08.2022, 15:26
im Flur

Paul machte keinen Mittagsschlaf in der Kita. Stattdessen erzählte er seiner Erzieherin Sina alles mögliche, setzte sie zum Beispiel ausführlich darüber ins Bild, wie unser Nachmittag so ablaufen wird, was wir ihm heute morgen alles so am Frühstückstisch erzählt hatten, in seiner Sprache eines zweiundzwanzigeinhalb Monate jungen Kindes. Sein Sprachverständnis und aktiver Wortschatz werden immer gelobt. Er ist zur Zeit sehr anhänglich und es hilft ihm, wenn das Kita-Personal ihm detailliert alles erzählt, dass sie zum Beispiel gleich wieder da ist, wenn mal eine Erzieherin den Raum verlässt, dass in der Zeit dann eine andere Erzieherin ja da ist, dass dieses und jenes gleich gemacht wird, undsoweiter, undsofort. Übersicht hilft Paul gerade sehr.

Haukes Mutter hat heute Geburtstag. Es ist seltsam, aber: life goes anscheinend doch überall on. Vor dem Abholen aus der Kita hatte ich den ersten Entwurf der Rede rundgeklopft und Carina als PDF zum lesen geschickt. Sie weinte ein wenig, was hier eher ein gutes Zeichen war. Sie war gerührt und bewegt, fand alles ganz gut getroffen. Es müssen noch mehr biografische Sachen rein, sagte sie. Sein erstes Lachen, die Großeltern, all die Eckpunkte seines Lebens. Das Krankenhaus hat in diesem ersten, von mir noch allein verfassten Entwurf einen ziemlich hohen Textanteil.

Jetzt noch drei Stunden bis zum Abendbrot. Komische Zwischenzeit, Eltern kennen das.

Di. 16.08.2022, 17:12
im Garten

Paul war im Wagen eingeschlafen, beim Schieben in die Stadt, um Brot zu holen, ein bisschen sinn- und richtungslos durch die fahle Welt der Trauer laufend. Er schläft jetzt im Kinderwagen, ich sitze im Garten, schreibe in den Karlcomputer auf dem Holztisch. Nachher kommt Meret zum Abendbrot. Statt ständig Kaffee und Kuchen jetzt also alltägliches Abendbrot mit Freunden im Garten. Paul liebt es. Und auch ich bin, mal mehr, mal weniger, einigermaßen *gesellig* in diesen Tagen. Leute *um sich* zu haben ist, bei aller Liebe für das Alleinesein, doch sehr viel wert.

Di. 16.08.2022, 21:18
Badewanne

Mein erstes Vollbad seit Karls Tod. Ich höre leichte, melancholische elektronische Musik. Lowtec – *„MITRE PEAK“*. Untitled A1. Die leise Lesemusik des im Dimmlicht badenden, und draußen setzt in dieser Minute, nach dem heißen, schwülen Tag, der Regen ein. Er schlägt ans Fenster, erst heftig, jetzt ruhiger, rieselnd, die Welt draußen erfrischt und belebt sich an ihm. Ein Gefühl des Gleichmaßes geht in mich, als pegelte der Regen, innerlich, äußerlich, körperlich, geistig, seelisch, die Druckverhältnisse in Allem wieder aus.

Ich war schon immer ein Bader. Seit den Kindern etwas weniger. Meist freitags, wenn Carina Bandprobe hatte, ließ ich mir jetzt immer Wasser ein. Das Babyphon neben der Badewanne, bisschen was *zu knabbern*, ein, zwei Biere, Musik und Buch. Das volle Spar-Spa-Programm. Jetzt fehlt etwas. Im Programm stimmt was nicht. Dass kein Karl da im Bett ist, während ich hier, im Druckausgleich der einfach so weiterrieselnden Welt, meinen Brustkorb in die Wassersäule der Wanne tauche, ist etwas, das sich nicht, durch keinen Regen und kein noch so tiefes Untertauchen auspegeln ließe.

Di. 16.08.2022, 23:51
Bett

Beim Zubettbringen hatte ich gleich zwei Milchflaschen gemacht, da Paul zur Zeit abends immer viel trinkt. Er nahm dann eine der beiden Flaschen und sagte „KARL. KARL TRINKEN“. Ich reagierte weniger zerrissen und zerwühlt als ich dachte und antworte ganz klar und nett nur „Ja, stimmt, sonst hatten wir immer zwei Flaschen, eine für Dich und eine für Karl", woraufhin Paul nickte und ich sagte „Aber die hier sind beide für dich, weil du doch immer abends so viel trinkst. Die kannst du beide trinken". Paul überlegte kurz, lächelte dann aus diesem versunkenen Gesicht des Überlegens heraus und sagte ein erfreutes, kurzes, schnelles, klares „Ja" und kletterte aufs Elternbett, legte sich rücklings hin, ließ sich eine Flasche Milch von mir geben, trank und schaute zu, wie ich mich neben ihn legte und ein Hasenbuch zur Hand nahm. Karl war auf gute Art kurz Thema gewesen, und das Thema hatte kein düsteres Loch in den Moment gerissen, wir hatten sozusagen auf gute Art *drüber gesprochen*.

Eben hatte ich kurz in den ersten Einträgen hier gelesen. Es stehen nun, nach vier Wochen, rund achtzigtausend Worte in meinem Karltext. Und ich staunte wie wenig düster, eher ätherisch weichgezeichnet, hell, und auf vom Schock durchgangene Art *kraftvoll* dort, am Anfang, in den ersten Tagen und Wochen, das Schreiben war. Nicht verzweifelt, fast schon sowas wie betäubt trosterfüllt. Auf jeden Fall *offen* und das Trauern als aktives Rum- und Reinhorchen in sich selbst betreibend. Seltsam, als hatte da schon eine Form des Abgefundenhabens stattgefunden, was ich mir aber nicht von irgendwo herleiten kann, denn es hatte nichts gegeben, das uns darauf vorbereitet gehabt hätte, das dahin gezeigt hätte, dass *es* passiert, es kam völlig überraschend und überraschte uns im Leben als gemeinsam glückliche Menschen.

Mi. 17.08.2022, 08:32
im Wohnungsflur

Wagen angespannt. Angenehme Kühle im Hof. Mittelkurzes Gespräch mit Frau Liebing im Hausflur. Das Wetter, die Hitze die Schwüle. Furchtbar alles. Und dann noch ihr „Scheiße fressender Hund" wie sie sagte, schroff wie einen mahnenden Kosenamen in Richtung ihres auf der Treppe wartenden Hundes. Ich lachte kurz und wir schwiegen ein paar lange Flursekunden. Ich stand unten, sie war schon eine halbe Treppe hochgegangen. Und dann, kurz bevor sie ihren Gang die Treppe hoch fortsetzte, am Ende des Gesprächs doch noch die Frage, wie es uns überhaupt geht jetzt. Ich fand diese Nachfrage angenehm und erzählte ein bisschen, von dem sonderbaren Gefühl, sich manchmal gefasst zu fühlen, so wie jetzt gerade, mit Menschen sich unterhalten zu können, und den düsteren Episoden in anderen Momenten. Wir treffen uns eher nur selten im Hausflur hier. Auch sie ist ungeschickt im Zwischenmenschlichen. Auch sie hat ihre Päckchen. Es war ein schönes Gespräch unter sich selten mal im Hausflur sehenden Nachbarn. Und ich war froh, dass wir nicht achtlos und wortlos aneinander vorbeigegangen waren. Dass unsere zwischenmenschlichen Ungeschicktheiten außer Kraft gesetzt waren. Dass wir beide kräftige Menschen waren, unsere Kraftlosigkeiten überwunden hatten, mit ein paar Worten miteinander und füreinander da waren.

Mi. 17.08.2022 10:23
in der Küche

Carina fuhr Paul zur Kita. Ich machte neuen Kaffee, eine Kanne hatten wir schon zum Frühstück geleert, und druckte den Redeentwurf an meinem lange nicht genutzten, zum Glück noch reibungslos druckenden Drucker aus. Steckt da was Gutes, irgendwas Zeichenartiges jetzt drin? Dass der noch druckt? Drucker sind doch sonst NIE gängig, wenn man sie braucht.

Hagen kommt die Treppe hoch, wir stöhnen beide und ächzen übers Wetter, ohne dass es ein Smalltalk ist. Ich räume Kaffeetassen auf den Tisch, gieße Kaffee auf, während Hagen sich setzt, kurz durchatmet, wie ein Angekommener, wie einer, der im Durchatmen routiniert ist und nur ein, zwei mal *durchzuatmen* braucht, um in einer Situation anzukommen. Ich gebe ihm die Rede, sechs Seiten, und während er liest sprudle ich Wasser auf, stelle Gläser hin, mache das Radio an, und versuche ihn möglichst unbeeindruckt von meiner Unsicherheit und Verletzlichkeit lesen zu lassen, schaue möglichst wenig zu ihm rüber, um zu schauen, wie er schaut.

Carina kommt zurück von der Kita, stöhnt und ächzt und fügt sich nahtlos ein ins zwischenmenschliche Zwitschern. Als Hagen fertig gelesen hat, nickt er und sagt sowas wie „wow“ oder „sehr schön“, ich weiß es nicht mehr genau, er ist jedenfalls auf gute Art sichtlich ergriffen und es gibt mir ein gutes Gefühl, dass er, als Außenstehender, offenbar von der Rede bewegt ist und ihn in diesen Worten etwas innendrin erreicht hat, dass Karl und unser Leben mit ihm und der so schmerzhafte Verlust darin angemessen niedergeschrieben und dargestellt sind. Ich sage zu Hagen, dass in dem Entwurf noch sehr viel Krankenhaus drin ist, vielleicht zu viel, dass ich gerade immer noch sehr im Krankenhaus bin, dass das Leben im Krankenhaus meine aktuellsten, direktesten, konkretesten Erinnerungen mit Karl sind. Und Hagen nickt und sagt mit dieser weltgeerdeten Art eines Theatertypen, „Ja, das is' wie beim Theater. Die Themen liegen obenauf. Damit arbeiten wir im Theater“, und gibt mir mit dieser kleinen Wahrheit ein gutes Gefühl des Verstandenseins und versöhnt mich um ein Weiteres mit dem Zauber des Zwischenmenschlichen.

Wir gehen die Rede durch. Kaffee in den Tassen, Hitze draußen, gute Gespräche, gute Vibes, gute Impulse für das weitere Schreiben der Rede und die organisatorischen Moderationen durch Hagen drumrum. Wie *kommt* eine Trauergesellschaft überhaupt bei einer Bestattungszeremonie *an*? Versammeln sich alle *vor* der verschlossenen Trauerhalle, wird sie dann geöffnet und die Trauergesellschaft *marschiert* hinein. Oder, das erscheint mir im ersten Impuls ganz gut und angenehm so, ist sie die ganze Zeit auf und es läuft bereits Musik, der Raum belebt sich langsam, mit *hineinschreitenden*, sich hinsetzenden, ankommenden und *durchatmenden* Menschen – oder wäre genau das dann Potential für Irritation wie „was passiert jetzt, was darf ich machen, darf ich vorne zum Bild des Toten, darf ich Rumlaufen, darf ich was anfassen?“. Sollte also alles so reglementiert sein, dass wir als trauernde Eltern alles „vormachen“ und die Anwesenden dann nur „nachzumachen“ brauchen, undsoweiter, undsofort. Ich mache mir natürlich wieder viel zu viele Gedanken.

Mi. 17.08.2022 14:31
Küche

An der großen Kreuzungsampel, in der Brathähnchenhitze am Straßenbeton, dachte ich an die Unwiderrufbarkeit des Todes, die Unwiederbringlichkeit des Verstorbenen. Und dass, wenn jemand stirbt, dann auch das, was getan wird, damit er *nicht* stirbt, zwar nichts hilft, weil von irgendwoher der Tod schon in den Menschen reingegangen ist – irgendwo muss es da ja eine Schwelle geben, wo, rein medizinisch, körperlich, die Fehlfunktion, das Nichtfunktionieren, das *Aufhören* eines Organs dann wohl doch unwiderruflich zum Tode führt – dass diese scheinbar nutzlosen Maßnahmen, die Erste Hilfe, die dann doch nichts hilft, in keinem Sinne *falsch* oder *vergebens* sind, denn sie sind einerseits natürlich einfach moralisch richtig, andererseits sind sie schlicht das einzige, das man in dem Moment tun kann und muss. Man denkt ja nicht darüber nach, ob die Hilfe hilft, man hilft einfach.

Irgendwie sowas dachte ich, verworren und ziellos, heftig schwitzend, mir rutschte wieder die Brille von der Nase, an der Ampel, die Sonne bretthart und brutheiß in meinem Gesicht, das ich zukniff, um die Sonne nicht reinzulassen und die Brille auf der Nase zu halten. Starr vor Schweiß und den schwallhaften Gedanken stand ich da, verharrte ohne Blick nach draußen, die Ampel war längst grün und die Leute zogen an mir vorbei. Ich musste mich kurz sammeln, versuchte mich aus der verzettelten Kette wirrer Gedanken herauszuschütteln, sie zumindest irgendwie in lose Brocken wieder aufzulüften, bevor ich dann, mit Paul, den ich eben von der Kita abgeholt hatte, hinten im Wagen, wieder in die Pedale trat und weiterfuhr, mit dem unbefriedigenden Gefühl, nicht die Kraft, nicht die geistige Klarheit, nicht die nötige Nüchternheit für eine schlüssige oder wenigstens anschlussfähige Überlegung gehabt zu haben.

Was diesen wirren Gedanken voraus gegangen war, war die Erinnerung an die Nacht, in der Karl starb. Ich erinnerte mich, wie Carina ihm Erste Hilfe geleistet hatte. Irgendeine große Regung in mir sagte ganz deutlich, dass das alles richtig war, was sie gemacht hatte. Und ich war verwirrt von dem Gedanken, dass diese Hilfe – vielleicht schon von Anfang an, weil die Schwelle da schon überschritten war? – am Ende ja nichts geholfen hatte, aber mir war klar, dass es darum gar nicht geht. Ich empfand es so, dass dieser *Akt des Helfens* von Carina, eine große Art von *Kraft* und tiefem Verbundensein zu Karl war. Dass sie alle Fäden gezogen hat, um alles,

ALLES, ALLES zu tun, um unserem Kind zu helfen. Und dass man dadurch also eben *doch* geholfen *hat,* und dass Carina, wie der Notarzt bestätigt hatte, nichts verkehrt gemacht hatte – und dass sie dort, in dieser Nacht, die wahrscheinlich größte Großtat getan hatte, die ein Mensch für einen anderen Menschen machen kann. Dass alles zwar nichts half, dass sie aber doch alles tat, um zu Helfen. Das erreichte mich, unter der sengenden Ampel, wort- und bewältigungslos meinem Innenleben ausgeliefert, als *irgendwie ganz großes Gefühl.* Ich kam mir etwas dämlich vor, wusste aber, dass irgendwas an diesem Gefühl gut und richtig war, es nur noch nicht richtig in ein *richtiges Denken* transformiert worden war und deshalb so belämmert und hilflos *klang,* als Geräusch meiner inneren Zerfahrenheit. Ich empfand in dem Moment Liebe für Karl und Liebe für Carina. Es waren starke Gefühle und ich wollte irgendwie was davon an Carina weitergeben. Dass die in diese Gefühle eingezimmerte Überzeugung, dass es gut war, was sie tat, irgendwie auch in ihr einen Platz findet.

Ich hatte, bevor ich dann Paul abholen gefahren war, *noch gut was weggeschrieben,* an der Rede gefeilt, in meinem Karltext redigiert, war ganz in Textarbeit versunken. Paul war dann im Wagen eingeschlafen und sitzt jetzt im Kinderwagen im kühlen Hausflur und schläft.

Die Kitawege sind immer auch Wege am Krankenhaus lang. Auch das ist irgendwie gut so. Es wäre idiotisch, jetzt andere Wege zu fahren, das Krankenhaus zu umfahren, generell all die Dinge zu *umschiffen,* die einen in die Fahrwasser von Karlerinnerungen ziehen könnten. Im Gegenteil: ich bin oft dankbar für jedes besonders klare Bild von Karl und wie es war mit ihm, für Szenen und Sequenzen aus unserem und seinem Leben in meinem Kopf. Besonders dankbar auch dann, wenn diese damit verbundenen Gefühle sich, anders als in der Ampelaffenhitze, in Gedanken und *Worte* überführen *lassen.* Dass aus dem Gefühlsdusel ein aufschreibbarer Text, ein festhaltbarer *Wert* aus der Welt, als er noch in ihr war, wird. Dass Karl, obwohl er tot und nicht mehr hier ist, konkret wird, als Text und als darin sagbare Wahrheit über das was war.

Ich schwitze immer noch nach, das T-Shirt nass, ich selbst ganz klebrig, die Luft feucht, die Welt brummend vor Hitze. Immerhin: das Geradle zur Kita trainiert etwas, das merke ich am dritten Tag schon, am Herzen, insgesamt. Ich war das letzte Mal im Frühjahr, April oder wann das war, regelmäßig zur Kita geradelt. Vor *alldem.*

Mi. 17.08.2022 15:55
Badezimmer

Nackt am Laptop noch kurz eine Notiz. Dass ich dieses Buch dieser Tage ja vielleicht bis zum 02. Oktober schreiben könne – und dann irgendwie *weitersehen*. Bei den ersten hier hingetrauerten Einträgen nahm ich mir nichts genaues vor, wie lange ich hier schreiben möchte oder muss. Ich hatte eine vage Ahnung, dass ich vielleicht wirklich ein ganzes Jahr hier *durchschreiben* sollte, das erste Jahr in und mit der Trauer schreibend *durchleben*. Dass ich überhaupt wieder täglich Tagebuch schreiben sollte. Ich hatte ja seit den Kindern, nach langer Pause, gelegentlich wieder Tagebuchartiges notiert.

Und eben, ich hatte mich ausgezogen, um mich nochmal *abzubrausen*, kam mir, nackt im stillen Badezimmer stehend, plötzlich die sich sehr gut und richtig anfühlende Eingebung, dass ich *das hier* auf jeden Fall bis zu seinem Geburtstag schreiben müsse. Bis zur Beerdigung sowieso. Und weiter, das war auch klar. Aber würde mir der weitere, hier, nach und nach, rein- und auflaufende Text im langen Jahr, in den nun folgenden Jahren der Trauer *helfen*? Oder wäre das irgendwann ein Kreiseln um immer dieselben Fragen und wäre damit eher ein Strudeln in was Einbahnstraßenartiges? Bis zu seinem Geburtstag, bis zum 02. Oktober, das schien plötzlich sehr richtig: das Buch Karl. Von seinem Tod bis zu seinem Geburtstag.

Carina ist mit Paul, Cleo und Helena in die Schwimmhalle. Ich fahre gleich in die Stadt, Anziehsachen für mich, Trinkflasche für Paul, Schokolade und Zeugs einkaufen, außerdem das Solawi-Gemüse abholen. Seltsames Freizeitgefühl am Nachmittag. Viel lieber würde ich doch mit den Kindern, mit Karl und Paul, durch den Nachmittag schieben, schauend, was man so machen könnte, mit dem *angebrochenen Tag*. Mit unserem Leben als zu viert glückliche Familie. Immer wieder dieses rückwärts blickende, hilflose, jetzt leer gewordene Wort: *glücklich*.

Stattdessen muss man jetzt *mal schauen*, wie man so klarkommt, mit dem *angeknacksten Leben*, dem Leben das einen Riss hat, eine Lücke, mit einem Leben ohne Karl.

Mi. 17.08.2022 20:50
unterm Mensavordach am Klinikum

Dass sie jetzt die rammeligen Türen aus der Umzäunung meines Sitzensembleorts vorm Klinikum rausgenommen haben, es damit gleich wieder viel luftiger hier an den Tischen, alles viel freundlicher, den Wusel des Klinikumsvorplatzes durchlassend, viel lebendiger wieder ist, freut mich und gibt mir das gute Gefühl, dass es ein bisschen wieder näher dran ist an dem, wie es *damals war.*

Ich bin also wieder hierher geradelt. Es zog mich, nachdem Paul im Bett war, raus aufs Rad. Ich fuhr zum LIDL in der Anklamer Straße, ging dort wegen nichts Bestimmtem, höchstens vielleicht wegen neuer *Zehentrenner* hinein, kaufte eine Leinenhose und ging hinaus in die schwüle Luft des jetzt schon ziemlich angedunkelten Abends, der auf mich so luftlos windflau, schwül und schwerelos, fast unbeschwert wirkte, wie ein Urlaubsabend irgendwo an irgendeinem Mittelmeer.

Ein paar hundert Radmeter weiter, Luft und Licht vorm Klinikum wie vor einem Gewitter. Es ist noch unklar, ob die Schwüle des Abends in etwas Unruhiges umschlägt. Noch herrscht Wetterfrieden hier im in die Welt wellenden Lichtermeer vor dem Krankenhaus. Zwei Raucher im Kaputtenkabuff, sitzen sich gegenüber, rauchen und schweigen, gelegentliche Worte und Geräusche in denen sie sich ihres Gruppengefühls als kranke Männer versichern. Es ist jetzt, um zehn vor halb zehn schon fast völlig dunkel. Noch blauschwarz, noch Abend, noch nicht Nacht, aber warm und in schönster Weise dunkel als ein angenehmes, *gutes Dunkel.* Doch man merkt, dass die Jahreszeit die Welt jetzt abends anders ausgestaltet. In meinen kurzen Ausflügen hier draußen, damals, während unserer Krankenhauszeit, nachdem Karl eingeschlafen war, ging ich durch ein *anderes Licht.* Es war dieses schöne, lange helle Naturlicht der Abende zwischen Mai und Juli. Und jetzt, in der rückweglosen Mitte des Augusts nach Karls Tod, steht unser ganzes Leben in einem, das läge jetzt nahe zu sagen: Nichtlicht. Aber es stimmt nicht. Ich nehme das Leuchten wahr. Wie die Welt auf mich einwirkt, ihre von ihr weiter raussendenden Signale und Reize, alles ist weiterhin da und ich schwimme darin, etwas orientierungslos oft, aber wahrscheinlich sind es genau diese Banalitäten der Natur und des Lichts, diese basalen, elementaren Erscheinungen dessen, was um mich herum ist, was mich, in diesem Zustand, in dieser wahrscheinlich immer noch andauernden Schwere und Schwebe des Schocks, zu orten und erden im Stande ist. Ich bin oft woanders, in verworrenen Gedanken und in alle Richtungen wehenden Gefühlen, aber meine Teilhabe an der Welt ist noch da, ja sogar geradezu hypersensibilisiert. Und es ist schwer, dafür Worte zu finden. Ist es was Spirituelles, was Metaphysisches, was Atmosphärisches? In allem ist immer auch heftige Regung, also kann es so körperlos nicht sein. Alles, was ich empfinde ist auch organisch, manchmal ist es ein Kitzeln, ein Aufschäumen von Seufzen und Stößen von leisem Trost. In allem Körperlichen steckt immer auch die ab jetzt nur noch körperlose Verbindung zu ihm. Und während ich hier so sitze, im anderen Licht, am selben Ort, und so drin bin in den sachten Spektakeln der Natur, denke ich kurz, dass vielleicht jetzt die Welt auch sein Körper ist.

Vor der Unibibliothek die Geräusche einer Party. Die Studierenden grillen dort, sitzen auf der Treppe und machen, was junge Menschen so tun. Ich fühle mich dem nicht wirklich verbunden, ich fühle mich tatsächlich ein bisschen *zu alt*, momentan generell sowieso zu kraftlos für Vergnüglichkeiten, und, als trauernder Vater, wirklich nicht wie ein Gast einer Party. Früher, in jüngeren Jahren, waren Geräusche von Party und Nachtleben immer etwas sehr verheißungsvolles. Der Sound der Nacht. Es zog mich dort immer hin. Ich war kein Partyboy, eher ein Herumstreifender, aber das nachts aus den Bars klingende Geklimper und Gelaber, die weit durch die Luft wehenden Bässe eines kleinen Outdoorraves, das Gerassel unserer Schrotträder, wenn wir besoffen irgendwo hinstromerten, meine einsamen Fußwege durch die innere Stadt, mein zerfranstes Grübeln über die äußere Regulärwelt, all das war, vor 15, 16, 17 Jahren, genau genommen auch einige Jahre danach noch, ein Motor, ein Motiv meines Lebens. Und irgendwann hatte ich angefangen, alles aufzuschreiben. Und erst Jahre später war dieses Schreiben dann gut.

Die Studierenden dieses nun aktuellen Jahres sitzen auf den Stufen und lachen und trinken, und ich, ich sitze hier, an meinem Schreibtisch, in diesem wunderschönen Wetter, bin geerdet, mittendrin in der Schwere meines Kummers, kenne mich gut aus in meiner Trauer, und denke kurz an den Roman. Freitags, in den Wochen mit Karl hier, ging ich manchmal die paar Meter rüber zum *Geokeller*, schaute nur kurz vom Weg auf den Hof des Institutsgeländes, wo die Studierenden sich langsam versammelten. Es wurde gegrillt, es fand wegen Corona möglichst viel draußen statt, aber so langsam waren auch Parties wieder möglich. Das Leben draußen ging seinen Gang. Ich ging nicht zu diesen Parties. Ich lief nur kurz vorbei, um mal zu gucken. Es zog mich nicht dorthin. Ich war nur kurz ein paar Minuten draußen, holte einen Kaffee am Automaten und ging wieder ins Krankenhaus zu meinem schlafenden Sohn und schrieb und es war gut.

Während ich so vorm Klinikum saß, rief Pielmann an. Beileid und Projektbesprechung. Die Plattenproduktion vertagt sich mal wieder, keine Eile nötig meinerseits, wir sprechen nach der Beerdigung wieder. Er erzählte von einem Bekannten, der auch einen Zwilling verloren hat. Als würde mir das was helfen, horchte ich kurz hellhörig auf, hatte großes Mitgefühl für den Zwillingsvater, fühlte mich weniger allein mit *unserem Schicksal* und überlegte, ob es irgendeinen Sinn machte, den Zwillingsvater zu kontaktieren. Ich fuhr dann durch den milden Mittelmeerabend über die Pappelallee, mit einem Umweg am Museumshafen entlang, wieder nach Hause, fuhr dabei schnell mit dem Rad durch die Nacht und genoß die körperlichen Effekte, das schnellere Schlagen meines Herzens, das sich, nach den letzten Tagen des Rumradelns, endlich wieder etwas gekräftigter anfühlte.

Bei uns im Nachbarhof das filmreife Festlicht einer abendlichen Sommersause, vielleicht für die Schwangere, eine Art Welcome-Party, die müssten ja bald soweit sein, dachte ich. Der Vater hatte mich damals, es muss Anfang Mai gewesen sein, vor dem Krankenhaus angesprochen, er sei unser Nachbar sagte er und ich war etwas neben der Spur und fragte, was er hier mache. Er habe eben Prüfung gehabt, sagte er, und zeigte auf die vielen Biere trinkenden Studierenden vor dem Haupteingang, er studierte also was medizinisches und ich erzählte ihm, dass meine Frau mit einem unserer Söhne gerade hier im Krankenhaus ist, und ich weiß noch, wie ich sagte, dass er aber auf gutem Wege sei, und es ihm gut geht. Irgendwann hatte sich der Nachbar dann nochmal Fahrradwerkzeug geliehen und jetzt war da dieses Sommerfest bei denen im Hof. Lichterketten, hell und gelb, in leichter Krümmung über den Hof gespannt. Ein paar birnengroße bunte Glühlampen im Baum. Menschen in Cocktailkleidern und geblümten Hemden. Leichter Look, junges Leben. Und an allen Orten diese Mittelmeerluft, dieses warme Wehen vom Wind, der das Glück des Sommers in die Stadt trägt, dachte ich, etwas blumig, während ich das Rad im Hof abstellte und mir wieder einfiel, dass ich am Tage, auch so eine mechanische, rückwärts an die *damalige* Zeit gerichtete Handlung, drei Lottotipps für die heutige Mittwochsziehung gespielt hatte.

Do. 18.08.2022, 10:14
Küche

Zwanzig Minuten Zähne geputzt, mit allen Werkzeugen für Oberflächen, Zwischenräume, Zahnfleischtaschen, Zungenfläche, Rachenraum. Geschrubbt, gezahnseidet, gegurgelt wie blöde. Nachher Familientermin beim Zahnarzt. Ich war ewig nicht und finde mal wieder mein Bonusheft nicht, in dem der letzte Eintrag auf 2006 oder so datiert. Ich war seit 2006 tatsächlich schon wieder einige Male beim Zahnarzt, habe sogar eine Zahnärztin gefunden, die mir die Ängste genommen und ein paar notwendige Reparaturen gemacht hat, ein paar marode Erwachsenenzähne irgendwie *wiederhergestellt* und auch meine Krone am Schneidezahn neu aufgebaut hat, was ich nur durch glückliche Fügungen irgendwie zu bezahlen im Stande war. Ins Bonusheft hatte ich mir aber nie was abstempeln lassen, aus Vergesslichkeit, irgendwie auch aus dem Gefühl der Vergeblichkeit, weil da ja *sowieso* schon so viel *fehlt* im Heft, weil ich das mit dem Bonussystem auch nie so ganz verstanden hatte, weil doch trotzdem immer alles so viel Geld kostet und es für den prekären Menschen keinen Unterschied macht, ob man 100 oder 500 Euro plötzlich stemmen muss, weil beides, *außer der Reihe*, finanziell eigentlich nie drin ist, weil Geld ab einer gewissen Menge einfach nur noch angsteinflößend, unkontrollierbar und erdrückend ist.

Eigentlich hätten wir alle vier, mit Paul und Karl, irgendwann schon einen Termin haben sollen. Wegen Corona mussten wir den verschieben. Nun gehen wir nur zu dritt hin. Das ist irgendwie traurig. Ich bin aufgeregt wie immer vor dem Zahnarzt. Das wortwörtlich *mulmige* Gefühl im Bauch. Irgendwas zieht sich zusammen, mir ist schlecht und ich merke, wie die Zeit bis zum Termin gnadenlos schrumpft. Früher, also ganz früher, bin ich oft einfach nicht zum Termin hin, oder hatte einfach jahrelang keine Termine, war nie zu Routineuntersuchungen und hatte mir, ich war erst Mitte zwanzig, zwei kaputte Backenzähne einfach ziehen lassen, weil mir diese kurze Tortour irgendwie aushaltbarer schien, als eine lange Wurzelbehandlung und ein Wiederaufbau, den ich sowieso nicht bezahlen zu können geglaubt hatte. Ich hatte mein Leben als zwar immatrikulierter, aber die Uni selten von innen sehender Student, der eigentlich, von Dienstag bis Sonntag nur nachts draußen unterwegs war und tagsüber schlief, gar nicht als so verlottert, versifft und kaputt empfunden. Aber, während ich da so über meine Zähne nachdachte und diesem Termin entgegentrieb, erschien mir mein damaliges Leben fast wie ein anderer Film.

Mit den Jahren einer festen Beziehung, mit den Brotjobs, durch die ich so treidelte, mit der Heirat und zuletzt natürlich mit den Kindern, war ich in sowas wie *normale Strukturen* reingewachsen. Ich hatte sogar meine 20 Jahre alte, schon länger eingerissene Frontzahnkrone machen lassen. Und ich war auf einem guten Wege, wenn Karl wieder gesundet gewesen wäre, mich weiter in so ein *richtiges Leben* wieder reinzufinden. Das war ja durch die Zeit im Krankenhaus erstmal pausiert. Während des Krankenhauses lief mein ALG1 aus, es drohte wieder knifflig zu werden, aber der Amtsärger war noch weit weg, auch weil ich mit Karl dort in so einer Art Parallelwelt lebte, gelang es mir gut, mich davon frei zu machen, mich nicht verkniffen machen zu lassen, es war ja auch furchtbar egal, der eigentliche Ärger war seine Krankheit, und es war einfach wichtiger, dass wir unseren beiden Kindern in dieser Zeit gute Eltern waren. Alles was Alltag war, war für mich immer irgendetwas, durch das ich mit Ungeübtheit und Ungeschick stolperte, aber all das war hinfällig, als es darum ging, den Kindern einen guten Alltag zu bieten.

Wegen des Zahnarzttermins hole ich Paul heute schon viertel nach elf ab, absurd früh. Aber sogar diese zwei Stunden, diese *kinderfreie Zeit* am Vormittag sind schon was wert. Wir haben an der Rede geschrieben, ich habe die wirr hinstenographierten Einträge aus dem Handy von gestern in meinen Karltext hier eingepflegt und dann zwanzig Minuten lang Zähne geputzt.

Wir müssen noch die Liste der zu spielenden Songs für die Beerdigung vervollständigen. Die Diashow mit Fotos und Videos von Karl müssen wir auch noch machen, die soll am Nachmittag nach der Beerdigung, bei der Zusammenkunft im Garten bei Sonja und Alexander gebeamert werden. Das wird bestimmt irgendwie hart, aber Karl soll natürlich dabei sein, wenigstens bildlich. Das ist wichtig. Für uns. Für ihn. Es geht ja um ihn. Es ist ja seine Beerdigung. Und ich spüre immer wieder, wie wichtig diese Zusammenkunft im Garten sein wird, nach dem Zeremoniell auf dem Friedhof, das wir auf eine würdige Art ja auch *locker* halten wollen. Dass wir trauern, aber ihn und die Zeit mit ihm auch *hochleben* lassen wollen, mit solchen Worten endet unsere Traueranzeigekarte. Von vielen Seiten immer wieder die Meldungen, dass es eine schöne Karte ist, die gute Worte findet, genau richtig, kindgerecht und nicht zu düster. Es ist mir doch sehr wichtig, dass alles, was wir jetzt wegen Karls Beerdigung machen, *irgendetwas hat* vom Leben mit ihm, von seinem Leben. Dass die Akte und Zeremonien anlässlich seines Todes, nicht nur seinen Tod benennen, sondern auch das Leben miterzählen. In den besseren Momenten immer wieder diese *Dankbarkeit*, ihn gehabt zu haben. In den düsteren Episoden Wut und Ärger, Fassungslosigkeit und Ohnmacht, dass das alles jetzt nicht mehr sein kann. Mir fehlt sein Körper, die Schwere seines Gewichts, der Geruch seiner Haare, die Weichheit seiner Haut, das Lachen seiner Augen, das quietschende Grinsen zwischen seinen Wangen, das Gewackel seines Hinterns, wenn er so über die Wiese draußen watschelte, sein kindliches Fingerzeigen auf die Dinge, die er staunend wahrnimmt, sein Erzählen darüber und davon, sein sich absicherndes Umsichschauen, während er spielte, die Zufriedenheit und das Friedliche, das er ausstrahlte, als Kind gut aufgehoben in *seiner Welt*. Mir fehlt mein Kind in *unserer Welt*.

Carina telefoniert im Wohnzimmer, schon länger. Sie telefoniert und redet, das hilft ihr. Reden hilft. Ich bin der asoziale Tropf, der immer nur hier schreibt. Was wäre ich ohne dieses Schreiben? Was wäre Karl ohne dieses Schreiben?

Do. 18.08.2022, 16:58
im Garten, am Holztisch

Die Zahnärztin fand eine Wurzelentzündung samt schon leicht angegriffenem Knochen in meinem hinteren rechten Backenzahn. Nächste Woche Montag wird er aufgemacht und es kommt da ein Medikament rein. Irgendwie sind das gute Aussichten. Dass sich da vielleicht mal was *bessert*, in meinem maroden Mundraum, in diesem Entzündungsherd, den ich da schon sehr lange eigentlich gespürt hatte, der bestimmt auch – auch vor Karls Tod schon – dafür verantwortlich war, dass das Herz, als Organ, nicht als Seele, so schwer zu tun hatte.

Beim Brot holen in der Stadt traf ich Hauke, Helena, Cleo, Sonja und Alexander. Ich war kurz angebunden und genervt und verschwitzt.

Jetzt mit dem Schwenkrasensprenger im Garten. Paul hüpft um die sich hin und her bewegenden Wasserstrahlen herum. Das Ding hatte ich damals, während der Krankenhauszeit, irgendwo gekauft. Es war gerade runtergesetzt und das wäre doch lustig für die Kinder, im Garten, im Sommer, hatte ich gedacht. Wenn Karl wieder gesund ist und toben kann.

Do. 18.08.2022, 19:51
draußen in der Welt

Nochmal raus mit dem Rad. Die Pappeln in der Gützkower Landstraße brausen wie weißes Rauschen. Kein Rhythmus, keine Patterns, nur stetiges, stehendes, vom Wind in die Bäume gedrücktes, mit jedem *Aufdrehen* des Windes stärker werdendes Rauschen. Das Gewitter, das beim Gartenabendbrot vorhin schon, weit entfernt, an einem anderen Ort, überm Land leise brummte, rumort nun drüben über den Feldern hinterm Proberaum. Der Himmel zieht sich zu, wie der sprichwörtliche Vorhang. Das Wetter dimmt die Beleuchtung. Die Welt der Menschen sieht zu, dass sie ins Trockene kommt.

Do. 18.08.2022, 20:47
vorm Klinikum

Und dann plötzlich: ach nee, doch nicht. Gewitter doch nicht. Flaute. Wind wird still, in den Wolken über der Stadt oben weißes *Engelslicht*, wie in einem Deckenfresko. Überm Land draußen noch grau, aber man spürt, dass der Wind das Gewitter auseinander und woanders hin schiebt, die Wolken hier und da aufbricht, dem dunklen Grau die augustabendlichen Vanilletöne beimischt. Unklare Verhältnisse. Die Welt wettert.

Im Suburb-LIDL hatte ich – *um jetzt doch mal mit dem harten Saufen anzufangen*, dachte ich, halb im Spaß, halb fatalistisch – einen Likör gekauft. „Eine feine Melange von Wodka, Bitterorange, Kräutern und einem Hauch von Karamell." heißt es auf dem Etikett. Auch das wieder so ein Hau zurück in die Zeit *früher*. Vor den Kindern hatten wir uns manchmal, aus Jahreswechselurlauben an der polnischen Grenze, Haselnussschnaps mitgebracht. Bei einer Vernissage einer befreundeten Künstlerin in Hamburg, als ich mit meiner Band, unserem Drone-Duo, ein Konzert gespielt hatte, hatten wir abends dann noch mit dem Galeristen Haselnussschnäpse bis zum sprichwörtlichen Umfallen gesoffen. Der Galerist servierte immer geviertelte Zitronen zu dem Schnaps. Ich fand das irgendwie unnötig, trinkrituell etwas exaltiert, aber irgendwer hatte dann erklärt, dass das Vitamin C darin auch eine Art Katervorsorge sei und so war am Ende des Abends ein ganzes Tablett mit ausgequetschten Zitronenvierteln voll. Wir schliefen nach diesem Zitrushaselgelage als Band in der Galerie und ich stolperte, bei einem Gang zum Klo, nachts über dieses Tablett mit den Gläsern und den Quetschzitronen, machte loriotmäßig ein kleines Chaos auf dem Fußboden und es sah aus wie Sau und es war ein Glück, dass ich nicht noch in die Bilder gefallen war.

An all das hatte ich schlagartig und ausschweifend gedacht, als ich diesen bernsteinfarbenen *Żołądkowa Gorzka* da im Aktionsregal des LIDL stehen sah. Der Griff zur Flasche: ein Griff zurück. Ein Eingriff in das Fließen der Trauer. Mir war sofort klar, dass die Flasche für die Zusammenkunft nach Karls Beerdigung ist. Obwohl es Karl egal gewesen wäre, ob da Schnaps steht, und obwohl ich mir fast nie harten Alkohol kaufe, schon gar nicht in Flaschen im Laden. Aber diese Flasche war karamellgelb und in ihr strahlte die Zeit vor Karl und damit, auf eine komische Art, *um's Eck*, auch die Zeit *mit* Karl. Die kinderlose Zeit war die Zeit, in der wir das Kinder haben noch *vor uns* hatten. Deshalb ist die kinderlose Zeit in der Erinnerung immer auch eine Zeit des Erinnerns an das tote Kind, an Karl. Seltsam.

Ich fuhr dann vom LIDL in den Suburbs, weiter stadtauswärts, in den Bezirk der von Ferne her über den Feldern wühlenden Windräder, fuhr im Areal vor dem Proberaum herum, alter Ort der langen Babywagenausflüge. Die *beiden alten Griechen* kamen mir entgegen. Die Griechen, die vielleicht gar keine Griechen sind. Sie kamen mir damals in jener Gegend öfter entgegen. Sie gingen spazieren und unterhielten sich, wirkten verbrüdert und als kannten sie sich aus, in allen Ecken des Lebens. Ich schob den riesigen Kinderwagen, hatte nicht selten ein Kind in der Trage vorn am Bauch, und hatte immer den Eindruck, dass *dieses Bild* für diese beiden alten, grauen, zigarillorauchenden Herren mit den Schuhbürstenschnurrbärten etwas war, das sie seltsam, vielleicht einfach *drollig* fanden, jedenfalls hoben sie kurz ihre Köpfe aus ihrem ansonsten sehr innig erscheinenden Dialog. Ich nickte ihnen dann zu wie ein Wanderer und war der stolzeste Vater der Welt.

Über den Südbahnhof, durch die Plattenbauten, dann hin zum Klinikum, den Gewitterwind im Rücken, rasend.

Von hinten ans Klinikum, wo die Wolken weiß drüber stehen. Ein Bauarbeiter macht den Bauzaun an der Parkplatzbaustelle vor der Nierenklinik zu. Ich schaue von außen, vom Hinterhof, wo das Dixie und immer noch Bauzeugs der Elektrohandwerker stehen, in die Fenster der Zimmer der Neo, in *unser Zimmer*. In manchen Fenstern vage Umrisse des arbeitenden Personals. Ihr Hin- und Herlaufen wirkt friedlich, die Szenerie innerhäuslich belebt wie Wohnzimmer an Festtagen. Ich warte, dass eine Schwester, wie in einem Vorweihnachtsfilm, ans Fenster kommt und bedeutungsvoll ihre Hand ans Fenster legt, grüßend ein angedeutetes, sachtes Nicken, dazu Musik von John Williams. Der Himmel weint ein bisschen. Die Autokorrektur meines Handys schmiert mein Tippen zu den irrsten, andersten Worten. Ich habe gute Gefühle hier. Das Dixie steht da, blau und gut. Wie ein Portal in die Zeit, als Karl noch lebte. Möwen auf dem Dach, letzter Krach vor der Nachtruhe.

Das Gewitter ist weiter weg gezogen, knistert dort trocken und holzig wie Rollkoffer. Vor dem Hintereingang der Klinik, wo ich kurz Schutz vorm Regen suche, kommt eine Frau auf dem Rad angerollt, fragt, ob man *hier noch rein kann*, durch die Tür. „Ich weiß nicht", sage ich. Ich war schon länger nicht hier. Sage ich und meine damit instinktiv die Zeit als ich mit Karl hier wohnte. Ich war nach seinem Tod ja doch sehr oft hier draußen. Die Frau sagt, sie geht lieber vorne rein sonst muss sie so umständlich „mit dem Schloss und sowas". Ein Patient im Rollstuhl kommt, auch wieder wie im Film, wie die jetzt genau richtige, in einem smarten Drehbuch hineingeschriebene Figur, angerollt und redet freundlich und fragt nach der Uhrzeit. „Zehn vor halb neun", sage ich und staune wie abenddunkel das schon ist und denke wieder an das ablaufende Jahr. „Och, müsste noch jehn", sagt der nette Patient, winkt einen unkomplizierten Wink und rollt durch die Hintereingangstür die sich ohne Murren automatisch öffnet.

Hier lebte ich mit Karl. Hier leben immer irgendwelche Leute. Hier werden Leben gerettet, Leben verlängert und Leben gestorben. Und dass all diese Dinge hier zusammen passieren, gibt mir ein gutes Gefühl für das Ganze der Welt, des Lebens, des Krankseins, des Gesundens und Sterbens. Dass alles doch irgendwie *seine Zeit* hat? Wäre das ein tröstlicher Gedanke? Denke ich, innendrin wissend, dass das, mindestens Karl betreffend, völliger Quatsch ist, und rolle vorbei an Neugeborenengeräuschen aus einem offenen Fenster, vorwärts vor das Klinikum, wo das Licht gelb, dunstig und freundlich über dem Parkplatz und den Würfelbauten steht und mich plötzlich an den Ausblick des Zimmers denken lässt, in dem wir beide damals, im Oktober vor zwei Jahren, nach der Geburt unserer Kinder untergebracht waren. Es war ein Einzelzimmer und man hatte es für uns mit einer Liege aufgebettet und es war ziemlich eng und wenn die Nachtschwestern kamen, kam ich mir immer vor, wie ein Filou, der sich ins Mädcheninternat geschlichen hatte. Karl und Paul waren die ersten

Tage noch auf der Neonatalogie, sie hatten etwas Starthilfe gebraucht, nichts schlimmes, aber sie waren dadurch nicht bei uns und nicht bei ihrer Mama. Wir konnten immer nur stundenweise hin, Carina war geschwächt von der Geburt und das Krankenhaus war kein schöner Ort für sie. Sie hatte mindestens ambivalente Gefühle dafür und das war auch der Grund, weshalb unsere Arbeitsteilung, ich mit Karl im Krankenhaus und sie mit Paul daheim, so gut und richtig war und funktionierte.

Vor dem Haupteingang keine Leute, im Raucherkaputtkabuff umso mehr. Gesellige Geräusche, lallige Lachlaune. „Wie heißt die Mudder von Niki Lauda“ sagt einer mit Säuferstimme. „Mama Lauda“ sagt er, und *singt* dann nochmal, „Mama Lauda, Mama Lauda“, er singt tatsächlich, als höbe das seine Knallerpointe nochmal ein Stück höher. Keiner lacht so richtig, alle kennen den Witz bestimmt schon. Es ist wie im Schrebergarten. Als würde gleich noch gekniffelt. *DIE PARTY DER KRANKEN*, denke ich, in Großbuchstaben, wie einen Buchtitel. Ich fühle mich ihnen nah. Sie sind immer hier. Sie waren auch damals hier. Aus den Schwalbennestern sanftes Gemurmel und leises Zwitschern. Gewitterbrummen jetzt von überall bisschen her. Die Welt brummt in Stereo. Alles lebt und atmet. Der August summt. Irgendwo in *allem diesem* ist für mich mein Karl.

Vorhin, als wir gemeinsam die Rede weitergeschrieben hatten, hatten wir beide, Carina und ich, gestaunt und waren in einer guten Weise *eins* damit, wie gut unser beider Schreiben zu *einer* Rede wird. Dass unsere Worte zu einem Text werden. Dass das eine Bündelung ist, die etwas Gutes entstehen lässt. Und als ich diesen Gedanken auf die Geburt unserer Kinder übertrug, ging in mir ein Jubeln rum und ein Schluchzen aus mir heraus.

Fr. 19.08.2022, 07:21
Küche

Leichter Regen vor dem Küchenfenster. Kühle in der Luft. Gräue im Himmel. Temperatursturz. Carina zur Arbeit. Paul schläft noch. *Jetzt* ist es wirklich still in der Wohnung. Ich mache das Radio an, trinke Kaffee und fühle mich wie nach dem Saunieren. Ausgemergelt und ausgedampft, von der Hitze und dem Schwitzen der letzten Tage.

Der Regen nimmt zu. Nachher Paul mit dem Rad zur Kita.

Fr. 19.08.2022, 09:54
am Küchentisch

Im Nu ist das Leben vorbei. Plötzlich ist man tot. Die große Dose „Im Nu"-Malzkaffee hatte ich mir mal für das Krankenhaus gekauft. Damit ich da nicht immer nur den Krankenhauskaffee, sondern auch mal – die Pumpe, die Pumpe – was koffeinfreies, aber im weitesten Sinne nach Kaffee schmeckendes trinke. Das lösliche Pulver hatte ich immer einfach mit dem heißen Wasser direkt aus dem Hahn aufgegossen. Im Krankenhaus gab es sehr heißes Wasser. Auch der Malzkaffee bringt mich – *im Nu* natürlich, direkt und ohne Umweg, als sofortiges Hochwallen konkreter Erinnerungen – zurück zu Karl. In einem guten Sinne.

Es soll wohl auch Trauernde geben, die meiden jegliche Impulse, die sie in Verbindung mit dem verstorbenen Menschen bringen könnten. Ich selbst bin jedes Mal froh, wenn ich etwas *Weltlichem*, einer Sache, einer Handlung, einem Geruch, dem Eindruck eines Lichts, allen solchen Sachen begegne, die mit Karl zu tun haben. Nur selten gerate ich dann in verbittertes, trostloses, zermürbendes Weinen. Oft bin ich einfach froh, ihm auf diese Weise wieder nah sein zu können.

Draußen schüttet sich der Regen auf die ausgetrocknete Welt, drischt aufs Carportdach unterm Fenster, steht als grauer Dunst über dem Land hinter den Hochspannungsmasten.

Ich hatte Paul zur Kita gefahren. Ich habe seit jeher keine richtige Regenkleidung, schwitze unter regenfesten Sachen wie ein Tier, hatte mich in Regencapes auf dem Fahrrad immer nur verzettelt und verheddert, komme mit Schirmen nicht klar, weil darunter seltsame Winde mir immer auf groteske Art die Haare vom Kopf hochheben, bin insgesamt kein Outdoortyp in dem Sinne, dass ich, obwohl ich schon gerne *draußen bin*, passende Kleidung dafür hätte. Meistens fuhr ich zu meinen Brotjobs, falls es regnete, einfach mit einer Garnitur Wechselsachen hin und zog mich dort, in der deprimierenden Enge zwischen den Trennwänden der Klos, einfach nochmal *neu* an. Für den Weg zur Kita hatte ich mir, eine Wollmütze schien mir auch irgendwie zu blöd, vorhin ein albernes, weißes Basecap mit der Aufschrift „Hawaii" aufgesetzt. Trotzdem kam ich tropfnass, auch am Kopf, völlig durchnässt in der Kita an. Vom Mützenschirm troff Wasser vorne runter wie vom Vordach eines Schuppens. Ich brachte Paul, der war im Kinderwagen mit dem Regenverdeck zum Glück trocken geblieben, hinein in die Kita, zog ihm neue Strümpfe an, da er auf dem Kita-Hof direkt in eine Pfütze gelatscht war, verabschiedete mich, unter etwas Protest seinerseits, und fuhr dann triefnass und noch triefnasser werdend zurück nach Hause durch den Regen. Zuhause zog ich mich nackt aus und eine Badehose an, goss mir meinen Malzkaffee auf, baute meinen Karlcomputer auf den Küchentisch, und übertrug die Notizen und Einträge von gestern Abend, klappte dann den *regulären Laptop* auf, machte Musik an und es war fast ein bisschen, wie an meinen Küchenoffice-Tagen *damals*, als beide Kinder endlich in der Kita waren und ich vormittags in der Küche, wenn ein Arbeitsamttermin nahte, Bewerbungen zusammenstümperte oder an meinem Musiksetup schraubte, in Aussicht jenes Konzertes im März dieses Jahres.

Von der Elternzeit war ich direkt in die Arbeitslosigkeit gegangen. In einer Art Einvernehmen mit meinem Arbeitgeber hatte ich dort gekündigt. Ich war irgendwie fehlbesetzt, mir gelang nichts Gutes, ich war auf dem Papier – als Grafiker und „Autor" – eigentlich meinen Fähigkeiten entsprechend eingestellt, aber Symbolbildchen und Suchmaschinentexte für Irgendwas im Internet zusammenscheißen zu müssen war furchtbar und es zermürbte mich – nicht weil ich mich unterfordert fühlte, eher sogar im Gegenteil. Ich war in den Dingen, die ich eventuell einigermaßen gut kann, nie ein guter Auftragsarbeiter. Alle Versuche, mit dem Schreiben oder dem sogenannten Mediendesign irgendwie regelmäßig Einkommen zu generieren scheiterten immer. Die räumliche Regelmäßigkeit, dieses tagtägliche Insbürogehen fürs fließbandkreative Hingehudele kopfgeschöpfter Arbeit für anderer Leute Ideen und Zwecke, war immer aufreibend, deprimierend und resultatarm. Es war, als wäre ich an der Türschwelle einfallslos und geistig eng geworden. Ich war unsicher und unkreativ. Eigentlich, das muss ehrlicherweise gesagt werden, war ich aber auch unlustig. Ich hatte keine Lust, so ein Leben zu führen. Und so hatte ich diverse dieser tendentiell einträglichen Anstellungsverhältnisse, auch eine freie Mitarbeit bei einer großen Rundfunkanstalt, immer irgendwann gekündigt, und hatte dann wieder irgendwas gejobbt und fühlte mich wieder näher bei mir. Dieses Mal hatte ich keinen Anschlussjob und so war ich von der Elternzeit direkt in den Zuständigkeitsbereich von Frau Lüdemann gerutscht, mit der ich jetzt einmal im Monat einen Termin zum persönlichen Telefonat hatte, bei dem ich ihr, jungenhaft kleinlaut und fügsam, aber auch angemessen dankbar und einigermaßen glaubhaft motiviert, von meinen holprigen Bewerbungsversuchen berichtete. Nebenher sprachen wir über meine Kinder und ich hatte immer den Eindruck, dass die gute Frau mit mir auch nichts so richtig anzufangen wusste. Meinen sogenannten Qualifikationen entsprechend gab es in ihren Amtskarteien keine Angebote und so schanzte sie mir irgendwann, weil ich in einem Nebensatz erwähnt hatte, dass ich als Student dort viel gejobbt hatte, irgendwelche Callcenterjobs zu. So ging das monatelang und ich wurde bei diesen Rechtfertigungstelefonaten zunehmend zerfranster, hatte irgendwann einen kleinen Job, für den ich zeitweise den ALG1-Bezug unterbrach und danach, wegen irgendwelcher falsch ausgefüllten Formulare aber nicht mehr zurück in die Amtsfürsorge fand und so wieder monatelang ohne Krankenversicherung war und irgendwann war Karl gestorben und ab da war sowieso alles egal und ich wollte auch irgendwie nicht mehr mit Frau Lüdemann sprechen müssen, weil auch sie, als eine außenstehende, ferne Person, so sonderbar dicht an meinem Leben und Glück mit meinen beiden Babies gewesen war. Ich wollte ihr nicht zumuten, mich über irgendwelche idiotischen Mithilfepflichten und Eingliederungswilligkeiten informieren zu müssen. Und so war dann jetzt wieder der Weg offen für finanzielle Miseren, Pfändungsandrohungen und den ganzen altbekannten, fürchterlichen Scheiß, der jetzt so völlig egal und sinnlos ist.

Der Regen draußen hat aufgehört. Die Spatzen fangen wieder an, ihre Stadtvogelgeräusche zu machen. Das Rauschen der Autos über die nasse Osnabrücker Straße schwappt durchs weit offene Fenster, das ich, wie in allen anderen Zimmern, voll geöffnet habe, um die Hitze der letzten Tage rauszulassen. Auch, um die Betriebsamkeit der Vormittagswelt von draußen reinzulassen, um das Leben hineinzulassen, das sich draußen anhört *wie immer*, wie damals, als die Kinder in der Kita waren und ich wieder langsam – nach dem Kinderjahr, in dem ich mich von größeren künstlerischen oder beruflichen Dingen freigemacht hatte – anfing, mich *neu aufzustellen*, als Vater zweier Kinder, als prekär lebender Künstler, als Brotjobber, als Mensch, dem das Leben mit den Kindern neuen Lebensmut gegeben hatte, die Schwermut etwas besänftigt und mich ermutigt hatte, *nach vorn* zu blicken.

Die wunderbare, dem Regen immer folgende Luft von draußen kommt mit ihren Gerüchen und Geräuschen in die Wohnung, lüftet in Stößen durch die Zimmer. In der Lärche draußen sitzen Vögel, ich schaue kurz, ob eine Elster dabei ist, aber es sind Amseln oder Stare, schütteln ihre Gefieder, warten, ob das alles vom Regen war. Der Landdunst da draußen ist aufgeklart und hat die Windräder, hinter den Bäumen am Feld, wieder ins Bild gestellt. Gern würde ich einfach nachher die Laptops zuklappen, meine Tasche und den Schlüssel von der Flurkommode *schnappen*, loseilen zur Kita, meine beiden Kinder abholen und dann den pflichtärmeren Teil des Tages, den *Kindernachmittag*, mit ihnen starten.

Die Lücke die Karl in unserem Leben hinterlässt ist eigentlich was anderes: eine Vielzahl vieler Lücken, in jeder Handlung, jeder Minute, jedem Moment, in jedem Partikel gelebten Lebens, ein Fehlen in der Vollständigkeit *des Ganzen*. Und ist nicht da die Schwelle zum Wahnsinn nah: am Bedauern einer Unvollständigkeit? Ich war als Mensch, der durchs Leben fließt und vieles so nimmt, wie es kommt und wie es fällt, immer dem Zufall zugeneigt, am allermeisten natürlich in der Kunst und der Musik, eigentlich insgesamt kein pedantischer Verfolger fest definierter Vollständigkeiten. Doch, wo und wann, wenn nicht hier und jetzt, ist genau das ja der Mangel, der Makel, das Falsche: dass Karl nicht mehr bei uns ist, ist die entsetzliche Unvollständigkeit unseres Lebens und unserer Familie.

Und dann, in den besseren Momenten, dieses: die Gefühle für ihn *sind* ja *da*, die *bleiben*, die *werden* auch weiterhin ihren Weg als Gefühle durch unseren inneren Haushalt machen – und genau damit jene Puzzleteile sein, die uns, immerhin nur innendrin, vielleicht zu vervollständigen im Stande sind?

Im Nu hatte der Regen dann aufgehört und wie eine Oma gehe ich immer wieder zum Fenster und schaue nach den Vögeln.

Fr. 19.08.2022, 11:50
Koffice

Die anderen, noch *seitdem* geöffneten Tabs im Browser meines *Regulärlaptops*, von links nach rechts:

Zum Tod von Klaus Lemke | Doku: Champagner für die Augen – Gift für den Rest
https://www.br.de/mediathek/video/zum-tod-von-klaus-lemke-doku-champagner-fuer-die-augen-gift-fuer-den-rest-av:6284e4a94fecac00080c903b

DAS BO – Youtube
https://www.youtube.com/user/DASBOriginal/videos

Justus Köhncke & Band (live) – Live @ Mayday 30.04.2003
https://www.youtube.com/watch?v=vYgdXYoJp9U

die_PaPPe – Youtube
https://www.youtube.com/user/diiiePaPPe/videos

Do Make Say Think – Hooray! Hooray! Hooray!
https://www.youtube.com/watch?v=BW14MgCVg9w

Klaus Lemke war am 07. Juli 2022 gestorben. Am 08. Juli kam ich mit Karl aus dem Krankenhaus und verbrachte dann meine Abende wieder zuhause, auf der Couch, an Laptop und Fernseher. Die Lemke-Doku hatte ich in einer Nacht dieser Woche vor Karls Tod angefangen zu schauen, war aber nicht wirklich bei der Sache und hatte dann zu einem anderen Geriesel gewechselt, ich weiß nicht mehr welches. Auch die offenen Tabs sind etwas, das ich festhalten will. Sie sind etwas, aus der Zeit, als Karl noch lebte. Ich speichere alle offenen Tabs in einem eigenen Bookmark-Ordner, damit ich sie eventuell wieder, in genau der gleichen Anordnung und Reihenfolge öffnen kann, falls mein Browser wiederherstellungslos abstürzt, was regelmäßig passiert.

Die Browserhistorie, die Liste der zuletzt besuchten Seiten, nennt als die letzte am 07. Juli, also in der letzten Nacht im Krankenhaus, besuchte Webseite, ein Trello-Ticket zur Arbeit am Roman. Es ist eine Notiz, die kurz eine Szene im Roman skizziert, eine kleine morgendliche Episode in der Absturzkneipe. Der erste Eintrag am 08. Juli, wieder zuhause, abends auf der Couch, ist die Google-Suche „klaus lemke br“, die Doku des BR suchend.

Diese Browserhistorie ist mir gerade ziemlich wichtig. Auch sie ist ein Weg zu Karl, in die Zeit mit ihm, in die Zeit im Krankenhaus, aber auch in die *letzte Woche* zuhause. Alle Einträge in diesem Browserverlauf sind Zeugnisse der Zeit, in der Karl lebte, in der ich, meist abends, wenn beide Kinder schliefen, meine Sachen am Laptop machte. Sachen, die ich machte, als Karl noch lebte.

Der Browserverlauf zwischen Mai und Juni, die Zeit im Krankenhaus, ist eine sehr detaillierte Schilderung der Arbeit an meinem Roman. Dort finden sich Wetterübersichten aus jener Zeit, in der der Roman angelegt ist, es finden sich Songtextsuchen, die ich immer wieder machte, für die Kapitelmotti, die ich öfter mal änderte, aber auch einfach die Suche nach Liedern *jener Zeit*, als Mood-Vorlage, als *Schreibunterlage*. Auch das offene Justus Köhncke-Tab ist etwas, das in den Roman hineinspielt. Aktuell ist sogar ein Fünf-Worte-Zitat aus einem seiner Lieder das schlichte, einen irgendwie auch heiter aus dem Buch herausschickende Abschlussmotto des Romans. Beim Durchscrollen dieser Suchhistorie bin ich sofort in diesen friedlichen Schreibnächten im Krankenhaus, ich höre Karl, wie er rechts neben mir, unter dem gedimmten Licht meiner Schreiblampe, unter dem leisen Geblinke der medizinischen Geräte, friedlich schläft und seufzt. Ich rieche seinen Schlafanzug, ich rieche die Creme, die ich ihm abends vor dem Einschlafen manchmal ins Gesicht machte, was ich oft auch vergaß, was auch gar nicht so wichtig war, wir hatten sie nur als Babies immer eingecremt, Cremegeruch ist Babygeruch, ich rieche den Krankenhauskaffee, den ich nachts trank, ich schmecke mein Tomatenbrötchen, das ich nachts aß, ich sehe mich, wie ich nochmal kurz durch die Krankenhausflure laufe, zum Snackautomaten, eine Tafel Ritter Sport Marzipan ziehen, ich erinnere mich an die vom Krankenhaus gestellte Kinderbettwäsche, die die selbe war, unter der die Kinder damals, in den Starthilfe-Tagen nach der Geburt, auch geschlafen hatten. Ich erinnere mich, wie groß Karl jetzt schon geworden war. Und ich erinnere mich, dass Karl, bis auf die übliche Zwischenmilch, in unserer Zeit dort jede Nacht durchgeschlafen hatte. Im Schlaf sah man ihm seine Krankheit nicht an.

Ich hatte mir für mein Durchsehen der History Do Make Say Think angemacht, merke ein tiefes Atmen in mir und bin noch unsicher, ob dieses Treiben durch die Suchverlaufserinnerungen mich gleich noch betrübt, oder ob es *beim Guten* bleibt, das es gerade in mir macht: dem Zurückversetzen in diese Zeit, in diese Krankenhauszeit, in diese Schreibzeit, in diese Karlzeit.

Ich versuche, den Browserverlauf mit einer komplizierten Software in einer eigenen Datei abzuspeichern, gebe nach frustrierenden Fehlversuchen erstmal auf, hoffe, dass mein Browser den Verlauf nicht, irgendeinem automatischen Turnus oder einer mir ungefragt aufgebrummten Updateroutine folgend, irgendwann löscht, will mich andermal nochmal an das Exportieren des Verlaufs setzen, und überlege erstmal, ob ich was essen sollte.

Ich esse zur Zeit wieder kein Frühstück. Auch so eine Sache, die ich zur Karlzeit, vor dem Krankenhaus noch, manchmal machte, um von der *Weihnachtsfigur* wegzukommen, um für den Märzauftritt *in shape* zu sein. Und irgendwie würde ich gern zu Karls Beerdigung auch so sein: *in shape.* Ich weiß nicht, ob dieser Gedanke eitel und unangemessen ist, ein Verrat an der Trauer oder was weiß ich. Ich weiß ja nichts. Ich weiß es doch auch nicht.

Fr. 19.08.2022, 13:31
Küchentisch

Gegessen. Uralter, jahrelang eingefrosteter Rosenkohl mit zwei Wochen *abgelaufenem* Tofu, abgewürzt mit einem verdünnten Rest Sojasauce und Kreuzkümmelsamen. Reste die noch *weg mussten.* Wenn der Papa allein daheim ist, gibt es immer sowas zu essen. Reste mit Zeugs. Auch hier wieder: das gute Gefühl für das Ganze in Allem. Dass nichts wegkommt. Dass alles irgendwohin kommt. Und sei es altes, abgelaufenes Essen, in den krudesten Kombinationen, in Papas Bauch.

Davor Telefonat mit Carina. Sie holt Paul nachher ab. Ich soll nochmal bei Frau Haller, der Krankenhauspsychologin anrufen und einen Termin machen. Ein paar kleine Planungen für die Beerdigung und die Zusammenkunft danach hatten wir auch besprochen. Ein gutes Karlbild müssen wir noch aussuchen. Wir hatten gestern in Carinas Handy noch zwei supersüße Bilder von ihm gefunden. Es ist gar nicht so leicht genau *ein* Bild für die Bestattung auszuwählen. Ein Bild, dass dann dort gerahmt und in A4 hingestellt wird. Ein Bild, das unseren Karl und sein Leben zeigt. Es ist natürlich klar, dass wir ein Foto *aus dem Leben* dort hinstellen. Wir haben auch überhaupt keine professionellen Familienfotos, waren nie beim Kitschfotographen, der uns als Quartett in seinem Studio hinstellt und ablichtet wie Schießbudenfiguren. Ich fand das immer seltsam, schon Passbilder machen war ja ein Graus, aber als wir dann Kinder hatten verstand ich, warum Leute sowas machen. Solche Fotos sind eine Art Beweis. Man will irgendwas haben, das dieses Glück zeigt, das kinderlose Menschen nicht kennen. Und dieses Glück ist natürlich etwas, das kein Studiofoto ablichten kann. Ich denke wieder an die Lichtbilder aus Lehsten, aber das ist ein Jahr her. Also muss irgendwie meine Hand aus dem ansonsten perfekten Karlfoto raus, das wir in die engere Auswahl genommen haben.

Jetzt duschen. Als Musik: *„THE END OF THE WORLD“* von The Cure, von diesem 2004er Album, das ich damals, neu, also erst ein, zwei Jahre in Greifswald wohnhaft, gelegentlich gehört hatte. Bei The Cure immer wieder schön: dass auch die *späteren Alben* oft wirklich richtig gut sind, dem *Frühwerk* in nichts nachstehen, teilweise einfach genauso klingen, da wunderbar dran anschließen. Das gute Gefühl für das große Ganze. Die Kontinuität in Allem. Trotz allem. Mit allem. Auch mit Karl. *„The Cure“*. Was für ein Name, in diesem Zusammenhang hier. Oh my, oh my.

Fr. 19.08.2022, 14:17
Küche

Habe eine Spotifyplaylist mit Namen „Karl“ angelegt. Für das Karlfest im Garten. Ein seltsamer Akt. Ich habe eigentlich keine Kraft und Nerven dafür, bin zur Zeit ja so unkonzentriert, sinnesüberlastet, überreizt, unfähig, viele auf mich einsingende Signale voneinander zu trennen, bin kein guter Musikzusammensteller, aber irgendwie ist die Musik natürlich sehr wichtig. Seltsamerweise ist auch das Datum meines Spotify-Beitritts jetzt irgendwie wichtig. Als die Kinder Babies waren, war ich auch Streamingkunde geworden. Ich nehme mir vor, nachher in den Mails zu suchen, wann Spotify mir zum Beitritt gratuliert hatte.

Fr. 19.08.2022, 23:33
Wohnzimmer

Hatte vorhin die Einträge der aktuellen Textdatei hier ins Indesign übertragen. Das scheint ein guter Modus zu sein: am Freitag das Geschriebene der Woche aus der Rohtextdatei, mittlerweile schreibe ich in die *TEXT 3.TXT*, hinein in die Textsatzdatei, dort dann sanftes Redigieren und *Reinschreiben* des Reingeschriebenen. Mancher über die Tage so reingedonnerter Text ist doch ziemlicher Bruchstücksalat, eine Art eigener Stenografie, die daher rührt, dass ich manches mit ungelenken Fingern nebenher ins Handy hacke oder einfach, im Strömen des Alltags, aber auch ganz allgemein, wegen Trauer, Kummer und Karllosigkeit, zu konfus bin, etwas sinnvoll auszuformulieren, mir stattdessen nur kleine Wortfetzen, Sinnchiffren und Satzversatzstücke hineinnotiere, die ich später, ich kenne ja mein Denken und mein Schreiben, aber zeitnah genug muss es trotzdem sein, zu dem *zurechtzuschreiben* versuche, wie es ehemals in mir drin vielleicht gedacht, gefühlt und gemeint war.

Immer wieder als textmachender Mensch, und jetzt, als trauernder Mensch noch viel, viel härter: die *Arbeit* des Schreibens, der Aufwand, das Aufwändige, das Aufwendige. Dass man viel aufwenden muss, um im Text dem nah zu kommen, was vor dem Text in einem drin sich aufwallte, von Worten noch nicht verwaltet, als rohe Regung, als tief empfundenes, aber oft nur flach, an seinen Oberflächen umreißbares, hinschreibbares Gefühl.

Sa. 20.08.2022, 09:11
Küche

Heute fünf Wochen. Im normalen Lauf eines Jahres ist das eigentlich nicht viel. Auch als Zeit des bisherigen Trauerns, wenn man bedenkt, wie lange man bei so einem Verlust *vermutlich* trauern wird, ein Leben lang, wie viel *Leben lang* noch *vor* einem liegt, ohne Karl, ist das ein Witz. Und doch: es ist so viel passiert seitdem. Jeder Tag hat seine Treffen, Termine, Erledigungen und *Things to Do*. Abends weiß ich manchmal nicht mehr, was genau am Morgen war. Und zwischendurch immer wieder die Minuten, die man mal ohne Inputs irgendwo in der Wohnung steht, auf der Couch sitzt, auf dem Rad allein herumradelt, in denen man ganz bei sich sein kann, Raum für die Tiefe der Trauer hat. Aber eigentlich ist Karl immer irgendwie im Kopf, als Grundlage allen Denkens, er und die Bilder von und mit ihm schwirren die meiste Zeit im Hintergrund herum. Auf oft okaye, aushaltbare Art. Was würde Karl jetzt machen, würde ihm das gefallen, würde ihm das schmecken, würde er kichern, wie würde er im Kindergarten auf einen warten, würde er auch so auf einen zugerannt kommen, wie Paul in diesen Tagen? Es ist in jedem Tag, bei all den Dingen, die zu tun sind, immer auch Luft für Karl da. Das ist irgendwie gut und so kann sich nichts *Ungetrauertes* anstauen. Ich habe nach wie vor das Gefühl, dass wir erstaunlich gut durch diese Trauer gehen, bisher.

Und dann wieder steht man da, in einem stillen Wohnungsmoment, an einer Ampel wartend, irgendwo in einer kurzen Leere des Herumwartens hockend, durchs Handy und die Bilder von ihm scrollend, und es geht eine Blase *des Realisierens* auf, verteilt sich im ganzen Kopf und Körper: Karl ist für immer weg. Er ist gestorben, es war so schön mit ihm, ab jetzt werden wir ihn nie mehr halten, nie mehr riechen, nie mehr hören – nur in seinem gestreiften Body, in gelegentlichen Reizen eines unvermittelt irgendwoher wehenden Geruchs, wie dem eines Babyshampoos, oder eines selbst gekochten Kartoffel-Pastinaken-Stampfs, auch in den Videos von ihm: da haben wir immer einen *Weg* zu ihm hin. Tröstlich und traurig zugleich.

Carina ist im Schwimmbad mit Paul.
Ich gehe Einkaufen.

Der Tag draußen bedeckt nach längerem Regen.

Sa. 20.08.2022, 12:26
Wohnzimmer

Mit Paul spielen. Die Spielsachen erinnern mich an Karl. An die Zeit, als sie anfingen zu spielen, in einem sich aktiv beschäftigenden Sinne, als wir mehr gemeinsam, *miteinander* spielten, als die Kinder, mit jeder Woche, sozialer, sozial verspielter wurden, ich denke so an die Zeit mit ungefähr einem Jahr, als wir viel zuhause waren, als die Kinder auch gut *nebenher mitliefen*, weil sie sich selbst zu beschäftigen anfingen.

Ich wickle Paul. Am Wickeltisch die Lichterkette, der lange ungenutzte Heizstrahler an der Wand, für dessen Stromleitung ich extra einen oberirdischen Kabelkanal angebaut hatte, weil von Opa Eckhards elektrotechnischen Bauarbeiten beim Neumachen der Küche im letzten Jahr noch Kabelkanal da war. Die Infrastruktur der Babyzeit. Alles zeigt auf eine Zeit von früher.

Ich mache mitten in einer Notiz aus Versehen, weil mir die ungefragt aufpoppende Updatenachricht vor den Finger springt, eine Softwareaktualisierung am Handy und kann es zwanzig Minuten nicht nutzen, fühle mich auf brutale Art abgekoppelt von meinem Text und damit von Karl.

Vormittags einkaufen. Lotto gespielt. Keinen getroffen, nur die eine, die kurz vor uns ihr Kind bekam und jetzt wieder schwanger ist. Es riecht nach Mittag. Nachher zu Bella und Jules. Aus der Bluetoothbox: *„STUPID THINGS“* von Yo La Tengo. Schönes Lied.

Sa. 20.08.2022, 14:42
Küche

Nach dem Mittag weggedöst während Paul die Bude auseinandernahm. Streit mit Carina. Ich hätte ihn doch beschäftigen können, während sie sich ausruhen wollte. Geladene Stimmung. Paul weint. Carina und ich jetzt doch am Rande unserer Kräfte? Ich räumte in der Küche meine Tasche leer. Darin die Kappen von den Krankenhausspritzen, ich hatte die gesammelt, weil sie, so griffig geriffelt außen, prima Potiknöpfe abgäben, hatte ich gedacht. Außerdem ein Woolworth-Kassenzettel vom 15. Juni und die Halstabletten. Wir waren Anfang Mai alle krank, grippaler Infekt oder irgendwas, jedenfalls langwierig. Ich hatte damals neue Brillen online geordert. Hatte mir diverse Modelle zum Anprobieren nach Hause liefern lassen. Die Handyfotos von mir mit diesen anprobierten Billigbrillen zeigen, wie fertig ich damals aussah. Carina war mit Karl dann Anfang Mai ins Krankenhaus gegangen. Nachts baute ich zuhause, wenn Paul schlief, krank und schwitzend, die Ohren dröhnend, mich mit Ibus wach und aufrecht haltend, am Flyer für den Stadtteilflohmarkt.

In jener Woche, bevor Karl ins Krankenhaus kam, war ich mit ihm, mit beiden Kindern, beim Kinderarzt, wir waren in dieser Woche mehrmals beim Kinderarzt, weil sich Karls Zustand nicht so richtig besserte, und die Vertretungsärztin hatte dann, alle Symptome zusammenbringend, den Verdacht, dass es Kawasaki sein könnte, sie rief mich an, ich solle nochmal in die Praxis kommen, also gingen wir nochmal hin und von dort überwiesen sie Karl dann direkt ins Krankenhaus. Ich rief dann, noch aus der Praxis, Carina an und sie weinte sofort, als ich es ihr sagte. Sie hatte viel recherchiert und schon geahnt, dass es Kawasaki sein könnte. So ging es damals los. Die Zeit im Krankenhaus. Als noch niemand ahnte, dass Karl zu den Patienten in der verschwindend geringen Mortalitätsrate des Kawasaki-Syndroms gehören würde.

Ich schüttelte meine Tasche über der Wanne aus. Der Sand. Die Krümel. Der ganze Dreck.

Sa. 20.08.2022, 15:07
Schlafzimmer

Bevor wir nach Jeeser fahren, hole ich aus dem Schlafzimmer noch mein Ladegerät. Neben dem Bett, in der Kiste mit der Bettlektüre, das dicke Beastie-Boys-Buch. Auf der Rückseite isst einer eine Pizza. Manchmal stand Karl vor dieser Kiste, zeigte auf das Buch und sagte „Pizza“ und freute sich. Wie er sich immer freute, wenn er irgendwas benennen konnte und wir als Eltern, erfreut, weil er in Freude war, immer dann dieses selige, glückshormonell durch einen durchgehende Grinsen im Gesicht hatten, stolz und mit dieser elterneigenen Entzücktheit über schlicht *Irgendwas*, das die Kinder machen. Seine erste Pizza hatte Karl vor einem Jahr in einem Restaurant in der Nähe von Lehsten gegessen. Beide Kinder, gerade mal neun oder zehn Monate jung, saßen draußen bei bestem Wetter mit uns, in Hochstühlen oder auf unserem Schoß, aßen ein bisschen an unseren Pizzen mit, kniffen ein bisschen die Augen zu wegen der Sonne und waren ganz die knuffigen Zwerge, die Kinder in diesem Alter so sind. Noch halb wie Babies in den Körperproportionen, so knuffig und immer noch mit einer Hand herumtragbar, aber auch schon agil und mobil, wortwörtliche *Racker* – obwohl ich mir nicht sicher bin, ob wir sie so je nannten. Es gab ja unzählige, über die Wochen und Monate immer wieder wechselnde und sich neu, aus Ableitungen, Sprachverknappungen oder Silbenanhängungen formierende Kosenamen. Irgendwann wollten wir die mal alle aufschreiben. Es war ein sehr entspannter Restaurantbesuch. Dieser Sommer des letzten Jahres. Sorglose Zeit.

Sa. 20.08.2022, 21:43
Wohnzimmer

Nachmittag bei Bella und Jules. Einschulungsfeier für den Jüngsten. Ihre Kinder spielten mit Paul. Er hatte sichtlich Spaß und es tut immer gut, ihn so zu sehen. Es gab leckere Pizza vom Freiluftgrill. Paul schlief dann abends, zuhause, nach fünf Minuten im Bett ein. Carina ist dann nochmal für zwei Stunden nach Lubmin. Milena feiert in ihren Geburtstag hinein. Ich bleibe zuhause, lasse mich vom Fernseher anflimmern, probiere Anzüge an, bin zu kraftlos für Karltext.

So. 21.08.2022, 20:18
Mensavordachsitzensembles again

Mit der abendlichen Windstille hin zum Karlort. Im Kaputtenclub heute großes Meeting. Die Röchler und Raucher hocken hustend, spuckend und krank im Glasstall und ziehen ihre Zichten weg, holen den Rauch tief in ihre Lungen, von wo die Gifte ihren Weg in das Blut und den Kreislauf gehen, dort ihre Wirkungen entfalten, den Rauchenden ihre Räusche geben. Ich hatte gestern, für acht irre Euro, eine Schachtel der dünnen Davidoffs gekauft, eine bizarr schmale Schachtel, ich wollte immer mal wieder ein paar Zigaretten rauchen, all die Jahre schon, seitdem sich das so *ausgeschlichen* hatte, seitdem ich nicht von Dienstag bis Sonntag *abends aus* war, seitdem ich nur noch ab dem dritten Bier rauche, was ich eine tolle *Lösung* fand, für das *Problem* des gerne rauchens, es aber nicht so richtig vertragens, weil mir eigentlich, auch als Jugendlicher schon, davon immer eher übel wurde. Mit den kaputten Jahren als eingeschriebener aber immer abwesender Student war das Rauchen dann allnächtlich, oft auch alltäglich, im Herumstromern durch die Katertage, durchgeführte Praxis bei der Auftürmung und Verlängerung des Rauschs. Da ging man ja vor dem dritten Bier auch nicht mal los, raus in die Nacht. Ich war immer einer, der sich zuhause warmbadete und warmtrank, ich hielt nie was vom Vorglühen bei Leuten. Ich war eigentlich sogar ganz gern allein, aber ich war auch einsam, und in den Nächten, gemeinsam allein mit den anderen Stromernden, war es schön unter Leuten. Ich wachte immer spät nachmittags auf, machte meine kleinen Einkäufe, badete heiß und lang und glimmte mich langsam wieder warm für die Nacht. Für andere wäre das ein trauriges Leben, aber ich fühlte mich damals sehr frei. Aber wäre das, was ich da in den guten, wilden Jahren zwischen 20 und 30 gelebt hatte, so weitergegangen, wäre ich jetzt vielleicht auch – wie mein Sohn Karl, der hatte mit seinen 21 Monaten nicht geraucht und nicht gesoffen – schon tot oder führte jetzt auch ein geselliges Leben im Club der Kabuffkaputten hier vorm Krankenhaus.

Stattdessen geriet ich, man rutscht ja so ins Leben rein, von den Studentenjobs in Teilzeitanstellungsverhältnisse und jobbte mich so durch, war dann irgendwann vom Status her kein Student mehr und jobbte und lebte wegen der Jobs irgendwann auch etwas gesünder. Anfangs ging ich auch mal besoffen und ohne Schlaf zur Arbeit. Das war im Callcenter nicht immer so hinderlich, das merkte keiner, das war auch alles scheißegal, es war nur ein Job, den ich nie so richtig als zu meinem eigentlichen Leben dazugehörig betrachtet hatte. Arbeitskollegen waren immer irgendwie fremde Wesen. Von *Work-Life-Balance* hatte ich damals noch nichts gehört, oder es einfach als dummes Geschwafel von mir damals noch mehr als heute eher verhassten *Lebensoptimierern* abgetan.

Irgendwann heirateten wir, nach 12 Jahren Zusammensein, es gab ein tolles, großes Fest in Lehsten, mein Onkel hatte uns, auch zum Rathaus in Greifswald, den ganzen Tag mit seinem alten, cremeweißen Mercedes kutschiert, in dem wir hinten drin saßen, wie auf einer Couch, es war ein irres Gefühl, als uns die halbe Stadt zuwinkte, ja sogar die Müllautos zuhupten, alles an diesem Tag war freundlich, und etwas mehr als ein Jahr später kamen Karl und Paul zur Welt. Am Anfang von Carinas Schwangerschaft trank ich auch keinen Alkohol, aus Kollegialität und Koschwangerschaft. Irgendwann dann trank ich aber wieder meine ein, zwei Biere abends daheim. Bis zum dritten, bei dem ich dann zu Rauchen hätte angefangen, kam es oft gar nicht. Es waren Feierabendbiere. Ich war spießig und erwachsen und es war schön. Als die Kinder auf der Welt waren, trank ich die ersten Monate nichts. Meinen Kindern in der Nacht mit Bieratem die Flasche zu geben, fand ich irgendwie einen seltsamen Gedanken. Dann liebte ich es irgendwann sehr, abends mich wieder etwas anzuglimmern, mit der natürlich trugschlüssigen Idee, daraus hinein wieder ins Schreiben zu geraten. Die Kinder brauchten nachts nicht mehr so oft ihre Milch, sie schliefen ziemlich früh schon einigermaßen durch und es war mehr der sogenannten *Me-Time* für uns Eltern da, in diesen dünnen ein, zwei Stunden, bevor man allabendlich dann, müde vom schönen, neuen Zwillingswirbel, doch irgendwann zu fertig für irgendwas war.

Was ich mit alldem sagen will, wo mich dieser Text hier wieder hingeführt hat: ich bin durch meine Kinder ein gesünderer und, egal wie es klingt, auch *besserer* Mensch geworden. Das geht mir manchmal so im Kopf herum, bei dem Gedanken, *WAS* man seinem toten Kind so sagen mag, wenn man ihm in irgendeiner Zwischensphäre begegnete und die Gelegenheit zu einem Plausch haben sollte, oder, eher realistisch, wenn man auf einen Zettel einen Gruß an das verstorbene Kind schriebe und diesen dann zeremoniell mit einem Luftballon in den Himmel steigen ließe. Dass ich auf diesen Zettel unter anderem und vor allem auch sowas schreiben würde wie: „Du hast mich zu einem besseren Menschen gemacht. Danke, liebes Kind.“ Und ob das nicht ein seltsam egoistischer Gedanke ist, ist dann die nächste Überlegung. Aber der Satz stimmt und das Denken dieses Satzes rührt mich an. Deshalb kann er so falsch nicht sein.

Am Klinikum wieder vanillelilahellblauer Abendhimmel. In den nächsten Minuten, mit den nächsten hier hineingekarlten Trauertextabsätzen wird die Welt um mich, diese für alle Menschen, auch anscheinend uns, einfach so weiter *verfahrende* Dramaturgin der Tageszeiten, ihre szenische Aufstellung für die nächsten, nächtlichen Stunden hier hineinschieben, in diese, mir so im Tages- und Abendlicht geliebte Kulisse meines Karlorts.

Heute morgen bei Sonja und Alexander, Details des Garten-Get-Togethers besprochen. Dann Rumschieben in der Stadt, ein Imbiss am Hafen, Bratwurst und Pommes, Warten bis zum Date mit Kristof, Rabea und Tochter am Nachmittag. Wegen Krankheit mussten sie aber kurzfristig absagen und so gingen wir, die lückenhafte Kleinfamilie, Mutter, Vater, Sohn, allein in den Tierpark. Das erste Mal seit Karls Tod.

Der Tierpark, ein toller Ort für die Kinder, als Ausflugsziel, als Spazierpark. Die Stadt ist klein und die Parkanlage überschaubar genug für einen kurzen Nachmittagsausflug dorthin. Wie man andernorts zum Spielplatz ausfliegt, geht man hier mal eben in den Tierpark. Auch so ein Segen der Klein- oder mittelgroßen Stadt: kurze Wege, alles immer parat, Tierpark ist kein Tagesausflug, die Jahreskarte kostet soviel wie zwei Kinokarten. Wirklich *alle* Eltern, die wir kennen, *haben Jahreskarte*. Im Tierpark treffen sich Eltern immer unverabredet, hier erfährt man die neuen Elternnews. Wer schon läuft, wer gerade in die Kita kommt, wer mal wieder krank ist und wer schon wieder schwanger ist.

Vom Tierpark zurück nach Hause über den Ellernholzteich und die dortige Gegend. Alte Kinderwagenschiebewege der Babyzeit. Dabei lange Gespräche mit Carina, unter anderem über ihre Mutter, wie die Trauer, das Trauern der beiden, die jeweils eigene Trauer und das Mutterbedürfnis einer gemeinsamen Trauer das Verhältnis zur Zeit etwas angespannt machen.

Ich muss sehr dringend auf Toilette und gehe ins Krankenhaus. Ich kenne meine Toiletten dort. Auch so ein Ding des kaputten Lebens damals: ich *besorgte* mir mein Klopapier zu einem guten Teil in den Universitätsinstituten. Die Nachfüllrollen standen dort so herum, an manchen Klos konnte man die Riesenrollenspender mit einem Schlüssel *auffriemeln*, diese Schlösser waren schon ganz zerschlissen, ich war wohl nicht der einzige, und so schleppte ich manchmal diese pizzatellergroßen Großrollen nach Hause. Heute mag das etwas arg verlottert erscheinen, aber damals dachte ich, dass ich meine monetäre Mangelsituation, dieses freie Leben unter dem sogenannten, rechnerischen *Existenzminimum*, eigentlich ziemlich elegant und erfinderisch *meisterte*. Ich fand das damals nicht weiter bedenklich oder verwerflich und erklärte mir das in meinem ständig so halb verkaterten, zurückblickend und genau genommen nicht so richtig zurechnungsfähigen und schon gar nicht *erwachsen* denkenden Kopf damit, dass das ja eigentlich in der Semestergebühr enthalten sei. Und da ich nie zur Uni, also dort auch nicht auf Toilette ging, was mir aber zustünde, als immatrikulierter Student, könnte ich das ja auch zuhause abhandeln und die dafür notwendigen *Materialien* deshalb mit nach Hause nehmen. Ja, es war eine wilde, gute, gut kaputte Zeit. Von alldem handelt auch jener hier schonmal angerissene Roman. Das Klopapier in unserem Badezimmer ist heute rechtschaffen erkauft, die Geldsituation ist oft genug immer noch scheiße, aber all das ist egal.

Vor der Klinik keine Möwen, keine Schwalben, fast dunkel schon, der Sommer geht aus dem Jahr. Vor fünf Wochen ging Karl aus unserem Leben, ging das Leben aus ihm heraus. Woanders hin, hoffentlich nicht allzuweit weg von uns. Wir sind noch auf der Suche nach den genauen Koordinaten und *Zustandsverhältnissen.* Aber vielleicht sind wir auf einem guten Weg.

Am Freitag wird er beerdigt.

Der Sommer geht.

Das Jahr und die Zeit ohne Karl gehen voran.

Und die Kaputten in der Glaskiste machen weiter ihr krankes, rauchendes Ding.

So. 21.08.2022, 21:14
vor dem Krankenhaus

Die Handdesinfektion nach dem Klogang. Der mit dem Ellenbogen zu bedienende Hebel. Der alkoholisch-zitrische, mandelbitterartige Geruch. All das gibt mir Flashbacks in die Karlkrankenhauszeit.

Der rote Notrufknopf neben dem Klo, ein weiterer Flashback. Karl drückte den manchmal, so wie Kinder eben gern Knöpfe und Schalter drücken. Manchmal zog er auch an der Notrufleine in der Dusche oder drückte den Schwesternrufknopf am Krankenbett und fand es lustig, wenn kurze Zeit später eine Krankenschwester ihren Kopf durch die Tür steckte, der ich dann abermals, das war wahrscheinlich an meinem Gesicht schon erkennbar, erklären musste, dass Karl mal wieder *den Knopf* gedrückt hatte. Ich erklärte Karl dann, dass man diese Knöpfe nicht einfach so drücken soll, und musste mir Mühe geben, wenigstens eine Andeutung von Ernsthaftigkeit und erzieherischem Mahnton in meine Rede zu legen, da es ja eigentlich schon wieder sehr niedlich alles war und Karl mich so entwaffnend angrinste und mit den Füßen wackelte, erfreut, dass irgendwas los war. Mein Empörtsein war eher eine Art Show, die Karl mit Vergnügen verfolgte.

Oben am Stupsstorch lang. Die an die Wand neben der Stationstür angemalte Maus mit den großen Comicaugen erinnert mich an Schwester Silvia und ihr exzentrisches Makeup. Auch sie war eine der vielen Charaktere in Karls Leben im Krankenhaus. Auch sie war eine Meisterin ihrer eigenen Show, mit der sie den Kindern begegnete, ihnen den Alltag, das Leben und die Behandlung im Krankenhaus auflockerte. Karl war ein sanftes, geselliges, unkompliziertes Kind. Er war ein dankbares Publikum. Es gab schöne Showmomente. Und dafür bin ich den Krankenhauspersonal dankbar.

Ich gehe den Flur im Erdgeschoss lang, wieder zurück zum Haupteingang, den Weg am Kaffeeautomaten an der HNO-Anmeldung vorbei. Dort stand damals um halb zehn immer noch Sonne drin. Jetzt ist es nahezu lichtlos finster draußen, nur hinten, über den Würfelbauten noch blasses Blaulicht, und meine warmen Gefühle für diesen Ort, der jetzt so sonntagnächtlich deprimierend leer ist, kriegen kurz einen Knacks. Ich denke dann, wie es gewesen wäre, wenn wir hier länger geblieben wären, zum Beispiel weil Karl statt einem Infarkt was anderes passiert wäre, das uns wieder für lange

Zeit hierher, ins Krankenhaus gebracht hätte. Es ist nicht einfach. Es war das Krankenhaus der Ort, in dem ich mit Karl zwei Monate lebte. Ort einer innigen Zeit. Aber es ist auch der Ort, an dem am Ende nichts geholfen hat.

Ich gehe dann raus, in den nochmal kühler gewordenen Abend, den menschenleeren Klinikumsvorplatz und seine unklaren Zustandsverhältnisse. Es ist, als wäre ein Loch im Abend, es fehlt eine zeitliche Richtung, ich weiß nicht wohin, und mir kommt der verwirrende Satz in den Sinn, ob nun auch noch das Jahr aus dem Sommer gegangen ist.

So. 21.08.2022, 22:26
Küche

Beim Nachhauseradeln durch den nächtlichen Abend dachte ich an die Nächte der Kaputtzeit damals. Wie tiefmelancholisch und angenehm die waren. Immer ab Herbst kamen die hoch, da jedenfalls besonders stark. Ein paar Jahre war das. Stromern, Nachtleben, auf irgendeine Art war es auch Stillstand – als wäre alles Zaudern, aber auch aller Zauber der ziellos tröpfelnden Postadoleszenz in einen Zustand verpackt, der sich gleichermaßen wie eine Leere, aber auch wie viele Möglichkeiten eines Lebens anfühlte. Damals war alles noch einfach. Und doch war dieses Rumsumpfen und Suchen auf seltsame Art die Grundlagenarbeit für all dieses Ich jetzt. Ohne diese Jahre wäre ich vielleicht nicht hier. Auch davon spricht jener Roman. Zuhause dann ein Nordisch Hell, die Rede in die vorfinale Fassung gebracht und an Hagen geschickt.

Mo. 22.08.2022, 00:02
Bett

Beim bettfein machen die Lottozahlen gecheckt. Wenn ich das richtig deute, *vier Richtige.*

Mo. 22.08.2022, 07:27
Wohnzimmer

Die Gerüstbauer bauen ein Gerüst vor unseren Fenstern auf. Mir ist flau, wie mir vor einem Zahnarzttermin immer flau morgens ist.

Die Geräusche der Geschäftigkeit, das Geschepper und Geschurre, das Gehuste und mannhafte Gerede der Gerüstbauer draußen erinnern mich an die Elektrotechniker vor dem Krankenhausfenster und ihr hygieneblaues Dixie. „Dichsie, Dichsie!" karlklingt es sofort in mir. All das gehörte zum Gleichmaß jener Wochen im Krankenhaus damals.

Mo. 22.08.2022, 09:25
im Hof

Ich gehe mit Paul raus und er schaut sich das Gerüst an. Dann setze ich ihn in den Anhänger und wir fahren los in die Sonne, unseren Radweg zur Kita. Angenehm kühl noch, aber schon schwül. An der roten Ampel steige ich vom Rad und justiere das Sonnenverdeck am Anhänger. Nur ein Kind blinzelt gegen die Sonne, die an der großen Kreuzung morgens immer besonders grell ist. Auch das Zurechtzuppeln des Wagenverdecks ist ein Karlstich. Auf dem Rückweg hüpfte auf Höhe des Hubschrauberlandeplatzes eine Elster direkt vor mir über die Pappelallee. Wie groß die eigentlich sind. Ein paar Meter weiter, vor dem Krankenhausflachbau gegenüber der Universitätsbibliothek, singt ein Grüppchen Leute einem Patienten ein Geburtstagslied. Das Leben geht also doch immer weiter, immer wieder weiter, hier draußen und drinnen, in dieser für uns karllosen Welt?

Während ich am Rand der Pappelallee stehend in mein Handy schreibe, kommt Tilda vorbei. Sie hält mit ihrem streitwagenartigen Riesenlastenrad und wir reden kurz. Ich fuhr dann in die Stadt, warf einen Brief ein und machte noch ein, zwei Biegen durch das Innere der Stadt, meinen flauen Magen irgendwie zerstreuend.

Vor unserem Haus sitzen die Gerüstbauer in ihren Transportern und essen Frühstück. Morgens halb zehn in Deutschland. Ich, der Vater des gestorbenen Kleinkindes, rolle zurück auf den Hof. Mir ist nicht nach Essen.

Mo. 22.08.2022, 10:20
Küche

Geduscht, gezähneputzt, gesucht nach den kleinen Tübchen der Creme aus dem Hotel in New York. Auch davon hatte mir Carina welche ins Krankenhaus gebracht. Dieser New-York-Geruch, den ich so liebte, war damit dann auch Krankenhauszeitgeruch geworden. Der Geruch war jetzt sehr wichtig, aber wir hatten keine der damals aus dem Hotel mitgebrachten Tuben mehr. Es gibt diverse Zettel mit Wortwechseln mit dem Zimmerservice. In New York bezahlt man ja für alles endlos viel Trinkgeld, so legten wir auch dem Room Service täglich was hin, wovon wir glaubten, dass das anerkennend genug, aber auch nicht irgendwie überheblich gönnerhaft sein könnte. Wir legten immer einen kleinen, mit dem Hotelkugelschreiber geschriebenen Dankeszettel daneben und es entwickelte sich ein freundlicher Zettelwechsel. Der Roomservice schrieb uns, mit den Tagen immer ausführlicher werdende, hier und da mit Smileys versehene Antworten, und wir schrieben zurück und legten was hin und ich sammelte unsere, wenn auch vor Ort ausgetauschten, doch irgendwie interkontinentalen Liebesbriefe in irgendeinem Buch, in dem sie heute noch liegen. Der Room Service stellte uns jeden Tag eine gute Zahl der höchstexklusiven, jedenfalls für normalsterbliche im Internet Einkaufende nicht zugängliche Hotelkosmetik hin: Cremes, Shampoo, Duschgel, Handseife, eine ganze hotelerieexklusive Körperpflegeserie irgendeines Modetypen. Wir hatten irgendwann eine gute Sammlung von den kleinen Tübchen mit nach Hause genommen. Wie richtige Leute. Wie deutsche Urlaubsleute. War das irgendwie auch, um die Ecke eines richtigen Erwachsenenlebens gedacht, eine Weiterführung meiner Klopapierklauereien an der Uni damals?

Das Problem jetzt: es gibt diese Kosmetika nicht zu kaufen und ich lasse die letzte leere New-York-Tube erstmal irgendwo im Bad liegen, damit ich später nochmal daran erinnert werde, in noch anderen Ecken des Internets nach dem Zeug zu suchen.

Die Gerüstbauer haben das Gerüst jetzt bis hoch vor unser Fenster gezogen. Ein Vormittag, ein Hausgerüst. Die Effizienz der echten Welt der

Lebenden. Ich muss gleich zum Zahnarzt und mir wird immer flauer. Aber ich freue mich auch auf *danach*. Dass es mir dann vielleicht sogar besser geht, am Zahn und *insgesamt*.

Mo. 22.08.2022, 12:10
Küche

Stolz und erleichtert wie Bolle, mit dicker Betäubungsbacke und drei Folgeterminen schritt ich aus der Zahnarztpraxis. Aus dem maroden, aufgebohrten Kauzahn kamen Gerüche wie aus einem alten Hafenbecken. Zwar kaputt, aber vom Aufbau her ein Vorzeigezahn, dessen Wurzelkanäle sich bilderbuchreif *darstellten*, so die Zahnärztin. Da ist jetzt ein Medikament drin und ich hoffe auf schnelle Besserung, auch meines insgesamten, am Herzen immer so hitzigen Allgemeinzustands des Körpers.

Auf dem Rückweg nach Hause traf ich Stippe. Er wusste auch schon bescheid, hatte sogar eine SMS geschrieben – an meine uralte, nicht mehr existente Handynummer. Wir tauschten neue Nummern aus, er fuhr sein Kind aus der Kita holen und ich warf ihm gleich noch eine Traueranzeigekarte in den Briefkasten. Er hatte es schon von Hagen erfahren und der hatte ihm erzählt, wie beeindruckt er von der „Klarheit" war, mit der wir durch unsere aktuelle Zeit gehen. Das klang, wie Stippe das erzählte, irgendwie ein kleines bisschen aufbauend. Stippe, das war so sein Name irgendwann, für diesen großen, immer etwas älteren Alternativen. Ein klassischer Altpunkname. Wegen der michaelstipemäßigen Sanftmut, aber auch optisch, wegen dem Haarelosen obenrum. Es ist immer schön, wenn wir uns an den immer selben ein, zwei Straßenecken treffen, und ich fühle mich in seiner Gegenwart immer unverhältnismäßig unstet und flirrig, so erdmännchenmäßig aufgekratzt. Er ist nochmal zehn Jahre älter, hatte aber zur selben Zeit wie wir nochmal ein kleines Kind bekommen. Und das war dann eines unserer Themen, das Vatersein, in unseren Unterhaltungen damals, auf unseren väterlichen Wegen, an den uns gut bekannten Ecken dieser Stadt. Und jetzt musste ich ihm vom Tod eines meiner Kinder erzählen und es war seltsam, weil ich kaum reden konnte, mit meinem betäubten Gesicht.

Mo. 22.08.2022, 12:26
draußen in der Stadt

Die Gerüstbauer dösen in ihren Transportern. Mittagspause. Wie Uhrwerke. Ich fahre raus, ein Foto entwickeln.

Mo. 22.08.2022, 13:33
Küche

Habe testweise ein Foto von Karl per Sofortbild auf A4 entwickeln lassen. Für das finale Beerdigungsfoto haben wir noch keine genaue Wahl treffen können. Aber ich bin bei Dingen, die von technischen Geräten abhängen, deren Eigenleben ich nicht kenne, immer sehr vorsichtig. Die Sofortdruckstation im DM nimmt zum Beispiel keine Fotos via Bluetooth von Carinas iPhone. Tut sie einfach nicht. Geht irgendwie nicht. Da ich schonmal da war und den Sofortdruck abwarten musste, kaufte ich noch ungeplante Kleineinkäufe. Tofu, Teriyakisauce, eine Lotion der Creme die wir am Anfang der Babyzeit immer benutzt hatten. Dass es ein ähnlich riechendes Produkt der selben Sortimentslinie war, erschien mir, ich wusste nicht, was ich damit genau denken wollte, angemessen nah und nicht zu dicht dran genug. Auf dem Foto das ich entwickeln ließ, schmiegt sich Karl, mit so leicht geneigtem Kopf an sein Kuschelschaf, das er unter die Achsel geklemmt hat. Es ist ein Bild vom 18. Mai dieses Jahres, um 08:10 Uhr. Beim Frühstück. Im Krankenhaus.

Mo. 22.08.2022, 22:03
Bett

Abends trudelten viele Mails und Nachrichten ein. Telefonate auch. Das meiste Zusagen. Nur Boris sagte ab. Carina ist sauer und enttäuscht. Ich bin irgendwie indifferent. Arno sandte zwei SMS mit einem Zwischenstand. Er war gerade seit langem mal wieder am Briefkasten, er war im Urlaub oder so, bittet morgen um Sonderurlaub. Gutes Gefühl bei seiner klaren Kommunikation. Er setzt alle sprichwörtlichen Hebel in Bewegung. Hagen mailte, dass die Rede schön sei. Mein Konzert am 10.09. wurde von der Veranstalterin abgesagt, was mir sehr entgegen kommt. Ich hatte es, ebenso wie das Festival in Dresden, alles erstmal in der Schwebe gelassen, hatte gedacht, vielleicht könnte ich das ja machen, spürte innendrin aber, dass das, kaum zwei Monate nach Karls Tod, eigentlich nicht möglich gewesen wäre. Auch das Festival am 24.09., an dem ich in mehreren Konzertkonstellationen und mit Klanginstallationen vertreten sein sollte, sogar schon groß auf dem Flyer stand, habe ich nun mit langer Mail abgesagt. Es fühlt sich gut an. Ich hätte nicht die Kraft gehabt, das alles vorzubereiten. Und es hätte sich sowieso finanziell nicht gelohnt, bei dem *Mehraufwand* den das in der Trauer jetzt kräftemäßig einfach gehabt hätte.

Also erstmal keine Termine. Volle Konzentration auf das hier, das Karlbuch. Jeder Tag in diesem Text hält mich über Wasser und nah bei meinem toten Kind. Immer wieder schwappt die Idee hoch, dass dieser Text ein Buch werden muss. Heute früh ins Bett. Der Zahn.

Di. 23.08.2022, 07:43
unten im Bad

Unten auf Klo. Die Art, wie die Badspiegellampe hier das Zimmer beleuchtet, erinnert mich an die schöne, eher atmosphärische, weniger zweckbewusste Beleuchtung in Hotelbadezimmern. Auch das – das Licht, die Lichtverhältnisse, die Lichtarten, die in meinem Leben waren, als er lebte – all das ist Karl. Draußen kühl und der Geruch von feuchtem Rasen.

Di. 23.08.2022, 10:43
Küche

Paul in die Kita. Er weinte bei der Übergabe. Ich fuhr dann in den Elisenpark. Neue Zehentrenner. Zurück übers Klinikum, vom hinteren Parkplatz kommend, an der Baustelle vorbei. So lange diese Baustelle da ist, ist die Zeit mit Karl noch in Reichweite. Ich phantasierte mich wieder in das Szenario hinein, was gewesen wäre, wenn statt einem Herzinfarkt etwas anderes Schlimmes passiert wäre, er jetzt im Koma läge und auf ein neues Herz wartete. Ich wäre der Mensch, der dort jetzt 24/7 an seinem Komabett säße, ihm Sachen einflüstern, auf jede Regung achten würde, auf etwas, das vielleicht eine Art der Kommunikation zeigen könnte. Ich würde warten auf ihn, wäre wartend ja immer schon bei ihm, würde ganz andere, wahrscheinlich auch schwere innere Wege gehen, aber ich säße bei meinem Kind und mein Kind wäre nicht tot.

Di. 23.08.2022, 23:41
auf dem Schreibsofa

Gestern Vormittag hatten wir wieder nach Musik für die Beisetzung gesucht und nun, hoffentlich, endlich auch die besten guten Lieder für diesen traurigen, unsinnigen, von uns nun trotzdem schön auszugestaltenden Anlass gefunden.

Carina ist mit Paul und Cleo und Helena nach Lubmin. Ein bisschen Baden und endlich den Strandsand für Karls Beisetzung holen, das hatten wir letztens, im hitzigen Einschulungsjubel, dann natürlich vergessen gehabt. Ich fuhr mit dem Rad zum Einkaufscenter in Neuenkirchen. Es gibt jetzt einen durchgängigen Radweg parallel zur Landstraße dorthin. Früher musste man immer durch den Ort, oder, wie ein rollendes Hindernis, am Rand der großen Straße lang, immer in der Sorge, von einem etwas zu scharf vorbeifahrenden Auto ins Straucheln gebracht zu werden und im Graben zu landen. Jetzt konnte ich, meine Füße voll und ohne Pause in die Pedalen streckend, direkt durchballern. Im DM kaufte ich eine Trinkflasche für Paul. Im Marktkauf, den ich in falscher Erinnerung für ein Kaufland gehalten hatte, gab es natürlich gerade keinen Sekt im Angebot. Also kaufte ich, eher aus Verlegenheit, nur einen blauen Gürtel für mich, der aber, wie sich zuhause heraustellte, zu nichts so richtig, schon gar nicht zu meinem, wie ich aus irgendeinem Grund erst annahm, blauen Anzug passt.

Wieder zurück in der Küche schnitt, faltete und lochte ich Luftballonzettel, knapp 100 Stück, und hörte, bastelnd in meiner Zettelmanufaktur, zur Probe die Beisetzungslieder.

Zum Abendbrot machte ich einen üppigen Salat aus Zeug und Gemüse das echt mal weg musste. Wieder das Gefühl fürs große Ganze. Während ich den Tisch eindeckte, duschten Carina und Paul gemeinsam den Lubminsand ab. Paul findet abends duschen immer super, kommt dann richtig gut gelaunt und strahlend aus dem Bad. Hunger hatte er dann aber nicht, wollte nicht essen, und ging lieber gleich ins Bett. Er schlief schnell ein und wir saßen zu zweit dann am Tisch, in unserem Leben mit dem Verlust und dem großen Salat.

Mi. 24.08.2022, 11:38
Küche

Paul unter Weinen in die Kita gebracht. Vier Kisten Sekt im Kaufland gekauft und schwitzend und klimpernd im Kinderwagen nach Hause gezogen. Den alten Laptop mit dem CD-Brenner und die Spindel Silberrohlinge, die ich noch für meine musikalischen Kleinsteditionen habe, aus der Unordnung meines kleinen Wühlzimmers rausgebuddelt. Dabei das Bonusheft gefunden. Letzter Eintrag anno 2003. Vielleicht habe ich ja *noch ein* Bonusheft irgendwo? Der blaue Anzug war angekommen. Anders blau als mein blauer Hochzeitsanzug, wahrscheinlich auch schon wieder ein Fehlkauf, aber ich schwitze wegen Hitze und kann ihn erst nachher anprobieren.

Ich brannte außerdem, zur Sicherheit, die CD auch auf meinem *Musikmachlaptop* nochmal. Es gibt hier für alles einen eigenen Laptop. Meine Steuererklärung mache ich auf einer Uraltmöhre vom Aldi, der Regulärlaptop ist für Grafik und Video und sonst alles und der Karlcomputer ist natürlich für Karl und den Karltext. Als ich den Musikcomputer anmachte poppte sofort die Wiedergabe der zuletzt abgespielten DVD auf: Herr Fuchs und Frau Elster schnarrten und schnatterten sich gegenseitig an und es war, als hätte die Zeit kurz einen Sprung zurück gemacht. Ich hatte diesen Laptop zuletzt im Krankenhaus benutzt und sein Aufklappen jetzt war wie das Öffnen eines Fensters dorthin. Ich hatte mir den Laptop von Carina ins Krankenhaus bringen lassen, um die DVD mit Herr Fuchs und Frau Elster für das Anschauen auf dem Tablet zu *rippen*. Das Konvertieren hatte damals einen halben Nachmittag gedauert und ich hatte Carina den Laptop dann abends wieder mitgegeben und ihn seitdem nicht mehr in der Hand gehabt. Ich warf jetzt die DVD aus dem Slot, packte sie in die dazugehörige Hülle, wo noch die Kante-Making-Of-DVD drin war, auch so ein romanbedingter Rekurs in 2006, legte die Kante-DVD in ihre Hülle, wo wiederrum die Brinkmann-DVD drin war, die ich dann in ihre buchartige Schuberhülle steckte. So ging ich zurück, in die Karlzeit, in die Romanzeit, in all die Zeiten und jetzt hochgewühlten Gefühle, die an diesen DVDs, selbst ja schon aus der Zeit gefallene Medienträger an sich, dranhingen. Dann druckte ich eine schnell gestaltete CD-Hülle mit Tracklist und Anweisungen für das friedhofseigene Musikabspielpersonal, staffierte alles zusammen in eine etxra schmale, cremeweiße DVD-Hülle und legte sie zu den Sachen, die ich nachher, für letzte Absprachen, mit zum Bestatter nehmen will.

Mi. 24.08.2022, 21:04
Wohnzimmer, Sofa

Beim Bestatter klärten wir die letzten Details. Ich trug meine Fragenliste vor und fühlte mich gut beraten. Den schweren Schuhkarton mit dem Strandsand hatte ich hingebracht, auch die Luftballonzettel und die einhundert Pappkugelschreiber. Wir erwarten rund sechzig Gäste bei der Trauerfeier und es rührt mich, dass sich so viele für Karl auf den Weg machen, von überall her, viele haben ihn noch nie getroffen, und ihr Kommen jetzt setzt starke Gefühle in mir frei.

Die Rede finalisiert und Hagen geschickt. Dem Bestatter auch ein Skript der Rede gegeben, für die Musikeinsätze, und dass er eine Ahnung bekommt. Auch das endlich gefundene Foto von Karl, aus dem ich gestern noch schnell eine Hand von seiner Schulter gephotoshopt hatte, beim DM ausgedruckt. Ein wunderschönes Bild, das ihn und wie er war, so sanft und hübsch, ganz wunderbar zeigt. Mir fehlen ein bisschen die Worte. Es ist ein herzallerliebstes Bild, ein unfassbar niedliches Foto aus dem Leben unseres gestorbenen Sohnes. Vielleicht finde ich ja, ein paar dutzend Seiten werde ich hier sicher noch schreiben, später mal Begriffe und Beschreibungen für all das, was in diesem Foto steckt.

Abends dann diverse Anzüge anprobiert und direkt losgeschwitzt. Auch so eine Sache des prekär lebenden Anzugträgers: in meiner Preisklasse gibt es nur Polyesther. Muss also morgen, im *trockenen Zustand*, nochmal alles anprobieren.

Seltsam: hinsichtlich Freitag habe ich mehr und mehr ein „gutes", zuversichtliches Gefühl. Es tut gut zu sehen, wie alle Planungen jetzt ineinander greifen und irgendwie alles *laufen* wird. Ähnlich war es vor der Hochzeit damals. Da war sogar noch mehr zu planen. Unterkünfte der Gäste, wann wer unserer Freunde welche Musik auflegt, Essen, Trinken, Ankunft, Abreise. Wir hatten zwei Tage in Lehsten gefeiert, unsere Kinder waren noch nicht auf der Welt, es war das Jahr vor Corona und ich war gerade wieder dabei, in einen neuen Job zu rutschen.

Die Beisetzung am Freitag wird, wenn alles einigermaßen so klappt, wie gedacht, doch irgendwie „schön". Also, auch *für Karl*, als den, um den es geht, hoffentlich schön. Die Rede ist schön. Anrührend, angemessen, denke ich. Die Blumen, das Wetter, der Ort seiner Beisetzung. Alles wird Würde haben. Und Traurigkeit. Weil sein Tod noch mehr Wirklichkeit wird. Ich weiß noch nicht, was der Tag, die Zeremonie und das Garten-Get-Together am Nachmittag mit uns machen werden. Es kommen viele Menschen zusammen, die sich seit Jahren nicht mehr trafen. Und das ist irgendwie, dieses Wort in diesem Zusammenhang, immer wieder grotesk: *schön.*

Do. 25.08.2022, 08:43
Küche

Carina fährt Paul zur Kita. Wetter für morgen: bis 26 Grad, Luftfeuchte 81 Prozent. Ich warte, bis Robbie im Bad fertig gerüsselt hat, um dann zu duschen. Absurde, neue Welt. Vormittags werden wir weitere Getränke für das Karlgartenfest einkaufen fahren. Nachmittags kommen beiderlei Eltern und wir wissen noch nicht so richtig, wie wir die in den Tagesablauf heute *einbauen* sollen. Ich fühle mich etwas zerfranst, habe nicht alle zu organisierenden Enden mehr im Kopf – bis auf die Getränke und die Diashow ist wahrscheinlich gar nichts mehr zu tun. Ich bin in sowas immer nicht gut, ich bin ein ungeplanter Mensch, ich bin ein furchtbar langsamer Planer, ich mag keine Pläne, und ich danke unseren Freunden, die uns so viel abnehmen. Ich denke auch an Helena, die damals bei der Hochzeit so viele Fäden in der Hand hatte, neben Job und Kind und ihrem eigenen Alltag. Sie hatte all die kleinen Details im Kopf, die Fotoecke, die Marmeladenglaslichter, die auf dem ganzen Büdnereigelände verteilt waren, sie hatte etliche Chatgruppen, in denen sie die Leute koordinierte, sie war Carinas Trauzeugin und sie hatte dafür gesorgt, dass alles gut war an dem Tag. Ich war nur der Tropf, der die Einladungskarten und alles Grafische gestaltet hatte. Immer wieder Gefühle der Dankbarkeit für all die Mühen der Menschen. Und immer wieder das eigene soziale Ungeschick, diesen Dank auch allen angemessen auszusprechen.

In den letzten Tagen hatte ich immer wieder Karlfotos durchforstet, für das Zeremoniefoto und die Diashow, war immer sehr gerührt und rührselig und ihn vermissend, hatte aber nicht mehr losgeweint wie irre. Das Beschäftigen mit ihm und dem Organisatorischen seiner Beerdigung lenkt ab und hält uns ihm gleichzeitig nah. Bricht dann all das weg, nach der Beisetzung morgen? Oder ist dann der Kopf freier, weil das Herz dann weiß, wo es hingehen kann. Zum Friedhof *und* überall hin, an all die Orte, die ihn kennen. Immer wieder ist es manchmal, als wäre das Anschauen von Fotos und Videos nur ein temporärer Ersatz, als käme er vielleicht doch irgendwann wieder. Aber ich weiß, dass das irrsinnig ist, denn WOHER sollte er denn wiederkommen? Er ist ja gestorben. Immer wieder, in diesem *aktiven Auseinandersetzen*, dieses Hin- und Hergerissensein, zwischen Wunschdenken, Phantasiererei, Rationalität und Nüchternheit, Ernüchterung der Trostlosigkeit vielleicht. An den besseren Tagen habe ich das Gefühl, dass gerade *dieses Aktive* dabei hilft, zu erkennen oder zu verstehen oder, das Wort klingt aber falsch hier, *anzunehmen*, dass er nicht mehr bei uns ist, nie mehr sein wird, UND, dass wir ihm aber immer im Herzen nah sein können. In den dunkleren Momenten ist genau das deprimierend, weil dieses Nahsein im Herzen nur was *Unfassbares* ist. Eine *Leistung* in und aus unserem Innersten heraus, ein *Akt* der Liebe, eine Aktivität, eine *Handlung* des Herzens, etwas zu ihm Hingetragenes, mich zu ihm Hintragendes. Und dass genau die Handlungen von *seiner* Seite, sein Menschsein dann fehlen. Dass unsere Gefühle immer nur in eine, in seine Richtung gehen. Dass von seiner Seite nichts zurück kommt, weil er ja nicht *da* ist, nicht im Zimmer sitzt, mit seinen Spielsachen herumfummelt, man ihn nicht dort brabbeln hört, er nicht am Essenstisch sitzt und sein „gut, gut" flötet. Und dass man sich alles, was man als eine Reaktion von *seiner Seite* deuten könnte, natürlich eventuell nur *einbildet*? Dass jede Elster nicht er *ist*, sondern ein Zeichen, ein von uns aufgeladenes *Symbol* für ihn, ein Zeichen in seine Richtung ist. Eine *Erscheinung*, die in uns die Liebe aufklappt und besonders stark zu ihm hin strömen lässt. Und ist es nicht deshalb, egal, wie man es deutet oder erkennt, wahrnimmt oder annimmt, *gut so*, dass es uns *so erscheint*?

Robbie hat fertig gerüsselt, ist selbstständig zur Ladestation gefahren und seine Roboterstimme hat irgendwas gebrabbelt. Absurde, neue Welt.

In den letzten Tagen nur wenig, nur Bruchstücktext hier. Das Rausfließen des Textes der ersten Wochen ist einem Ansammeln von schnellen Notizen im Stress und der Lähmung des Alltags gewichen. Vielleicht finde ich nach der Beisetzung wieder mehr Zeit, klareren Kopf, wieder bessere Worte. Und gibt es überhaupt bessere Worte? Werden die Worte, mit jedem Mal neu aufschreiben, mit jedem neuen Einkreisen eines Gedankens, vielleicht wirklich besser? Wird man besser im Umgang mit dem Verlust dadurch? Wird es irgendwann besser?

Do. 25.08.2022, 13:57
Wohnzimmer

Krawattenknoten binden. Wirklich auch keine meiner täglichen Übungen. Das letzte Mal hatte ich für unsere Hochzeit, vor drei Jahren, einen Krawattenknoten gebunden, an meinen beiden blauen Krawatten, die für solche seltenen Anlässe tief hinten im Schrank hängen, wie irgendwas, das man fast niemals braucht, wie Ballpumpenadapter, Nippelspanner oder Römertöpfe. An meiner schwarzen Krawatte, die ich zur Beerdigung tragen werde, war kein Knoten dran. Also knotete ich, am Handy ein Video, wie man Knoten knotet anschauend, einen doppelten Windsor in meinen traurigen, schwarzen Schlips. Nach ein paar Anläufen war er technisch gut und hatte die richtige Länge. Ich war nie der anlassbezogene Anziehsachenträger. Aber als *Akt des Ankleidens* hatte das mit der Krawatte jetzt etwas sehr meditatives, die Zeit kurz still haltendes. Es fühlte sich seltsam an, sich mit dem, was und wie man das anzieht jetzt so lange *aufzuhalten*. Als Vater wird man von einem Tag auf den anderen, spätestens aber innerhalb der ersten Monate, bei all dem fehlenden Schlaf, dem Geklecker mit Milch und Speisen, dem Gekacke und Gesabber, bei all den herzenssüßen Dingen, die Babies halt so tun, etliche Level uneitler. Das Thema *Funktionskleidung* gewinnt an Bedeutung. Ich schrieb bereits von meinen beuligen, weißen Zuhause-T-Shirts. Eine Outdoorjacke habe ich zwar noch nicht, aber ich gehe zumindest im Winter nicht mehr in Chucks raus, wie früher. Jedenfalls bei Matschwetter nicht.

Der Geruch von hochfeierlichen Veranstaltungen. Der Geruch von selten getragenen, feinsten Kleidungsstücken. Der Geruch von Schrank. Mottenkugeln, Dufthängerchen, Lavendelkissen. Meine weißen Hemden und das dazu benötigte *Unterhemd* – ich trage sonst keine Unterhemden, meine T-Shirts waren immer meine Unterhemden – haben auch diesen Geruch. Nicht muffig, aber irgendwie *alt* und *lang verstaut*, nobel, holzig und schwer, vielleicht etwas angestaubt auch. Wenn wir früher, also sehr viel früher, damals, Besuch aus dem Westen hatten, roch es so. Es ist ein erwachsener Geruch. Es ist der Geruch von *Erwachsenen*. Und irgendwie mag ich das. Denn in die Gerüche von Schrank mischen sich auch die kultivierten Düfte von teuren Parfums, wertigen Seifen und feinem Duschbad, vielleicht sogar Körperpuder. Ein bisschen Zigarettenrauch schadet auch nicht. Der Duft und die Feinheit des Alters. Und irgendwie sind wir tatsächlich jetzt dort: in einem Alter.

Carina holt Paul von der Kita ab. Ich kaufte vorhin Getränke für morgen im Garten. Bei all der Organisation wenig Zeit für näheres Hinfühlen zu Karl. Er ist nach wie vor immer da, im Herzen, in dem herumschweifenden

Denken und Erinnern, in den Bildern, die im Kopf immer ablaufen, in vielen Momenten, die man dann immer irgendwie auch mit jenen Momenten vergleicht, in denen Karl noch da war – sie wie eine Folie darüber legt.

Den ganzen Tag fühle ich mich irgendwie *glühig*, heiß, es *ist* ja auch heiß, aber so blutdruckbedingte, innere, unrastige Hitze. Morgen soll es auch heiß werden. Am Nachmittag immerhin dann sogar gewittern, hatte Sonja vorhin gesagt, als ich sie zufällig im Laden traf. Sie sagte, wir brauchen uns um nichts kümmern, sie alle organisieren gerade eine *Schlechtwetter-variante*. Draußen, mit Pavillons. Auf jeden Fall draußen, sagte ich, das ist schön. Es muss draußen sein. Bei und nach einer Beisetzung irgendwo *drinnen* zu sein schien mir schon immer, auch aus der Ferne her, als ich noch niemanden selbst beisetzen musste, grotesk und unangemessen. Der Tod und alles was ihm folgt sollte mit Frischluft zu tun haben. Der Verstorbene soll im Atmen und im Atem der Natur seine *letzte Reise* antreten können. Er soll, wenn er mag und möchte, im Wind immer herumreisen können, als von allen Modalitäten und Griffeln des Lebens ja nun bedauerlicherweise freigestellte Wesenswolke. Ich glaube nicht an sowas wie eine letzte Reise, auch diese *Wesenswolke* ist eher natürlich etwas Gefühlswetterliches in mir, Sehnsucht und Sachlichkeit wechseln sich ab, ich weiß, dass sein Tod das Ende seines Lebens ist, aber der Tote sollte jetzt irgendwie frei sein können, das fühlt etwas in mir, ganz stark. Sein Tod sollte nicht von irgendwelchen oder irgendwessen Wänden eingemauert sein. Deshalb ist draußen gut. Der Tod und wie wir mit ihm umgehen sollte nicht starr sein. Ich kann ihn nicht festhalten, aber ich will Kanäle kennen, die mir Zugänge zu ihm geben – zu meinem Kind und seinem Tod.

Unsere Rede hat sechs Seiten. Die Lieder sind lang und allesamt schön. Tiefe, schöne Lieder. Ich weiß nicht, ob wir irgendwelche Zeitfenster sprengen, ob nach uns noch eine Beerdigung ist, ob nach uns andere in der Trauerhalle auch ihre langen Lieder spielen, es gibt keine Generalprobe für sowas, sein Tod war einfach so in unser Leben gefallen.

Nachher kommen unsere Eltern. Ich bin heute, auch wegen der Hitze, eher ungesellig. Und irgendwie jetzt doch aufgeregt wegen morgen. Wegen der Beisetzung am Vormittag. Die rund 60 Leute, die kommen werden. Viele kannten Karl gar nicht. Wegen Corona und weil ja jeder so sein Leben lebt, viele woanders, in anderen Städten, in anderen Lebensumständen und -abschnitten, in anderen Verhältnissen, in ihren Familien, mit ihren Kindern, in ihren Ideen ihrer Leben. Auch deshalb ist die Diashow so wichtig. Auch deshalb müssen wir die heute Abend noch fertig machen. Immer abends aber: so müde.

Fr. 26.08.2022, 06:16
in der Küche

Aufgewacht. An der Diashow weitergeschnitten. Den ganzen Abend und die halbe Nacht daran gebaut, es ging ewig nicht, Computer sagte nein. Dann also Diashow bauen mit Handyapp. Bisschen verpennt und verquollen jetzt. Uns beiden ist sehr flau im Magen. Eine seltsame Atmosphäre liegt in diesem Morgen, wie vor dem Antritt einer Reise. Ist alles gut vorbereitet, haben wir alles beisammen, stimmt der Zeitplan, wann müssen wir wo sein, damit alles reibungslos abläuft? Aber es ist kein Aufbruch, eher ja ein Abschied. Aber auch das ist nicht der richtige Name dafür. Sein Grab wird ja ein Ort sein, an dem er bleibt.

Heute wird Karl beerdigt.

Fr. 26.08.2022, 07:32
Hausflur

Nach dem Duschen schwitzend Brötchen holen. Der lebendige Strom der zur Schule und zur Arbeit fahrenden Wochentagsmenschen rollt an mir vorbei wie etwas, das nicht in mein Leben gehört, wie etwas Unpassendes, wie etwas Ignorantes. Der Bäckerin fällt das Wechselgeld aus der Hand. Sie macht einen lockeren Spruch, ich kann nichts Schlagfertiges entgegnen, habe keinen Elan, bin wie betäubt, dahinter auch traurig natürlich, aber in erster Linie auch ziemlich kraftlos. „Schönen Tag", sagt sie. „Ja", sage ich, und wanke die paar Meter zurück. Die Fassadenreiniger sind schon auf dem Gerüst. Helena und Cleo kommen mir entgegen. Sie sind auf dem Weg zur Schule. Wir sehen uns nachher. Ich sähe ein bisschen *blass um die Nase aus*, sagt Helena, als hätte ich ein bisschen zu wenig Obst und Schlaf in letzter Zeit gehabt. Aber wie sie das sagt, klingt es auf gute Art umsichtig und fürsorglich, obwohl der Grund meiner Blässe natürlich nicht das späte Insbettgehen oder ein Mangel an Äpfeln, sondern sein aus meinem Leben gegangenes Leben ist.

Fr. 26.08.2022, 15:57
zurück zum Gartenfest

Am Nachmittag, wir sitzen alle schon eine kleine Weile im Garten zusammen, hole ich das Bild vom Bestatter, gehe kurz nach Hause und akklimatisiere mich dort, halte kurz inne und lasse mich sacken. Dann gehe ich mit seinem Bild in der Hand, auf seltsame Art stolz wie jemand, der etwas sehr, sehr Kostbares trägt, über die Straße zurück zum Gartenfest. Gutes Gefühl. Dieses große Foto von Karl gibt mir Kraft. Vorhin stand es noch im Blumenmeer in der Trauerhalle. Jetzt suchen wir einen Platz im Garten dafür. Zwischen all den anderen Bildern von ihm. Meine Eltern haben Fotos von ihm mit kleinen Schmetterlingsklammern in die Hecken und Bäume gesteckt. Wir können ihn immer sehen.

Fr. 26.08.2022, 04:31
Badezimmer, tief im Rausch

Besoffen. Schlammfüße. Tisch decken.
Vorsorglich diverse Tabletten gegen den Kater. Ab ins Bett.

Sa. 27.08.2022, 14:23
irgendwo im Tag danach

Morgens heftiges Weinen, Winden bei Carina. Der Wahnsinn, das Pochen, das Leiden am Kummer, der keinen Trost findet, einfach nur irgendwie, als insgesamtes, in allen Ritzen und Reserven des Menschseins hängendes Brennen aus dem Leib raus will. Ich stimme mit ein, weine auch, und versuche gleichzeitig Paul zu beruhigen, der ernsthaft irritiert ist, aber auch nicht von der Seite seiner Mutter weicht. Carina geht duschen und weint eine Weile so weiter, lamentiert und klagt und weint, heult, schluchzt, hockend in der Dusche. So heftig war es in der letzten Zeit nicht, nur am Anfang, in den ersten Tagen nach Karls Tod, in unserem karllosen Elternbett morgens, in der Stille des Urlaubshauses auf Rügen, in all den schrecklichen Momenten, die seit dem 16. Juli alle ohne ihn stattfinden mussten, die wir ohne ihn *leben* mussten.

Ich holte Brötchen und Croissants, wir aßen Frühstück mit Oma Bärbel und Opa Eckhard. Keiner kann so richtig was essen, auch des Katers wegen. Um halb fünf war ich im Bett, rotzbesoffen. Opa hatte auf Paul aufgepasst, während er schlief. Wir konnten als Trauerpaar die ganze Nacht beim Gartenfest sein. Mit lange nicht gesehenen Freunden reden, stundenlang, im nächtlichen Regen rückten wir an den Kerzen unterm Pavillon zusammen, das Wasser tropfte in unsere Rücken, es wurde geweint und gelacht. Als das Bier alle war, war noch Sekt da, als der zur Neige zu gehen drohte, mischten wir Schnäpse mit Mate. Es war fast wie früher, als der Kern der *tüchtig Trinkenden* zu später Stunde, tief im schönen Glimmer, in alten Geschichten und der betrunkenen Euphorie freundschaftlicher Gefühle angekommen war und keiner ein Ende fand, immer noch irgendwas Neues losging, eine neue Geschichte, ein neues Gefasel, ein neues Getränk, ein neues Zusammenrücken.

Nach dem Frühstück konvertiere ich die Diashow in ein sendbares Dateiformat und schicke sie den Großeltern. An Helena schicke ich eine mittellange Nachricht des Danks für ihre Mühen und sende ihr außerdem die Karlrede, die sie nicht hatte hören können, weil sie sich um Paul gekümmert hatte, als ihm das Zeremoniell irgendwie langweilig geworden war und er lieber rausgehen, spielen wollte.

Auch wegen diesem dröhnenden Kater bin ich sehr rührselig, sehr anrührbar. Gerührt vom Luftballonbild, das uns Freunde vorhin in die Chatgruppe schickten. Und auch das erste Mal so richtig, richtig mutlos, zuversichtslos, innen leer und kaputt, alle, aus, ende. Im viel beschworenen Loch dann jetzt doch geendet?

In der Stadt findet heute der Caspar-David-Friedrich-Tag statt. Wie taub und betäubt gleiten wir durch den Frohsinn, wie damals beim Fischerfest. Auf dem Markt allerlei Budenzauber, Karussels und ein Mitmachtheater für Kinder. Cleo und Helena sind auch da, sitzen ganz vorn beim Theater. Hauke ist nach Lubmin gefahren. Carina und Paul setzen sich zu den beiden. Ich habe keine Kraft, dort auch in der ersten, eventuell von den Theaterleuten für interaktive Mitmachspielchen vorgesehenen Reihe zu hocken und verziehe mich nach hinten, gehe in den DM und kaufe dreierlei Brausen gegen den Brand. Das Brummen des Katers umhüllt meinen Kummer, macht an den Außenrändern alles leer und dumpf, aber ich spüre ihn innen ganz deutlich. Es ist seltsam: außen, vom Kater her, bin ich wie im faden Nachhall einer Euphorie, wie in einem Vakuum, wie wieder im trüben Alltag gelandet, erdrückt von der Normalität des Alltags, aber auch beseelt von den sozialen Akten der Nacht. Ein bisschen ist es, wie nach einem Festival oder so. Das klingt seltsam, aber genau das war das Karlgartenfest ja auch. Ein Fest, das ihn und das Leben das wir mit ihm hatten hochleben ließ. Auch das Leben und die Leben, die wir vor ihm hatten, mit all den lange nicht getroffenen Freunden. Auch da war irgendwie Karl drin, in diesen alten Geschichten, dem Beisammensein aller dort im Garten zusammengekommenen Menschen, die biographische Abschnitte gemeinsam gegangen waren, immer noch oder immer mal wieder miteinander gehen. In uns und wie wir uns begegnen sind ab jetzt immer auch die Kinder und damit Karl Teil unserer Geschichten. Und deshalb waren der Tag und die Nacht im Garten so sehr bewegend, feierlich – einer Feier des Toten und des Lebens würdig. Ich bin verkatert und gerührt davon, dass der Tag seiner Beisetzung so schön und gelungen war. Aber, innen, vom Kummer her, ist es auch wie eine neue Last auf den Schultern jetzt. Die Absolutheit und Unumkehrbarkeit, die das Begräbnis gestern nun endgültig manifestiert hat, ist eine neue Form der Schwere in der Gewissheit, dass er tot ist.

Wo vormals die Liebe für Karl mich innen stark machte, fehlt jetzt, wo er im Grab ist, alles Rückgrat. Ich fühle mich klein und kraftlos, irre mit meinen Brausen ratlos herum, brauche irgendwas zu essen, am besten sehr, sehr salzig soll es sein, bin aber zu entscheidungsschwach, bin verkatert und verkummert, stehe neben mir und stelle mich in irgendwelche Schlangen irgendwelcher Fressstände, wo sich die abgefeimten Volksfestväter wieder vor mich drängeln, als wäre ich gar nicht da. Ich glitsche einfach so durch den Trubel dieses traurigen Tages und es ekelt mich nicht einmal, dass die Biobratwurst fast nur aus Knorpel und der Ökoimbisstyp fast nur aus aufdringlicher Freundlichkeit bestehen.

Auf dem Hof des St. Spiritus sitze ich, rastend auf einer Bank am Rand, zwischen stempelnden Kindern und Kuchen essenden Rentnern. Ich denke daran, dass ich den gestrigen Tag, die Beisetzung, das Zusammenkommen im Garten, das wiehernde Lachen, wie bekifft, bei alten Geschichten im Nachtregen, kurz vor vier unterm Pavillon, die menschliche Wärme und die dann doch, aus aller endlosen Schwere, irgendwie herausgeströmte, ausgewogene, auswiegende Feierlichkeit dieses schweren Gangs sehr bald aufschreiben will, in allen tiefen, traurigen, bewegenden, und ja, auch *schönen* Details, bin aber zu müde, zu kaputt, zu leer, zu verkatert, zu traurig, zu allein, zu kraftlos, zu sinnelos und, bei allem Text, jedes Mal einfach nur zu wortelos.

In dieser Leere meiner Lebenslustlosigkeit erreichen mich über den Tag immer wieder Nachrichten und Gespräche, gestern und heute, dass es alles so angemessen, so würdevoll und *gut* war, dass alles richtig war an diesem Tag, der natürlich einen komplett falschen Anlass hatte. Arnos Lob und Zusprachen zum Beispiel, und die Art, wie er, obwohl wir uns schon wieder Jahre nicht sahen, er natürlich auch Karl noch nie gesehen hatte, kurzfristig an allen Hebeln gehebelt hatte, um bei uns zu sein, ist mir viel wert. Ich trinke meine Brause aus, Paul und Carina holen mich von meiner Bank und wir gehen irgendwelche Wege nach Hause und Carina sagt, dass sie gleich noch mit Paul rüber geht zu Helena und Cleo.

Sa. 27.08.2022, 21:27
Sofa, Wohnzimmer

Beim ersten Getröpfel radle ich am späten Nachmittag los, kein Schirm, keine Wetterjacke, nur ich und mein buntes Hemd. Bei strömendem Regen erreiche ich den Friedhof und laufe den Plattenweg hinein. Ein Jugendlicher kommt mir auf seinem BMX entgegen. Auf dem Hinterrad fährt er vom Friedhof runter. Ich laufe, nass bis auf den Schlüpfer, den Weg lang, auf das so schön natürlich, leicht wildwüchsig, mit Halmen und Gräsern bepflanzte Hochbeet zu, das, auf halber Strecke zum Hauptplatz, den Grundriss einer hier mal gestandenen Kapelle darstellt. Links und rechts die Bäume im Regen. In der nassen Luft steht das Licht als wäre es, wie der Regen, anfassbar. Mit Klößen im Hals, gerührt und aufgewühlt von dem malerischen Moment und der Sehnsucht nach meinem Sohn, sage ich halblaut, unter einem nass ausgestoßenen Schluchzen, „Oh Gott, ist das wirklich schön hier!". Unter einem dicht belaubten Baum links auf dem Vorplatz, da wo es in den von Birken umfassten Weg in Richtung Karls Grab hineingeht, ist es für zwei Quadratmeter noch vollständig trocken. Ich bleibe dort kurz stehen, notiere mit tropfenden Fingern ins Handy und schaue um mich, sehe den Eingang der Trauerhalle, auf dessen Infotafel die Kreideschrift *„9:45 Karl Köhn"* von gestern schon abgewischt ist, was sich zum Glück sofort *nicht* wie etwas Falsches oder sogar Achtungsloses, sondern wie etwas Okayes, etwas Hinnehmbares, in diesem Fall etwas Erwartbares im Fortlauf der Zeit, also einfach wie Etwas im großen Ganzen, anfühlt. Ich schaue, ob ich die gelbe Hinterherziehente von Milo irgendwo sehe. Der Regen rauscht in den Baumkronen und prasselt in den Hecken. Die große Musik der belebten Natur. Kurz sowas wie erbauliche Gefühle in mir. Aber ich bin noch nicht am Grab. Ich laufe vorbei an den, von Nadelbäumen so friedhofsmäßig verdüsterten, mir fällt kein besseres Wort dafür ein, *Oma- und Opagräbern*, hin zu *unserem* Platz, wo das Licht unter der Traubenkirsche steht. Wo Karl liegt. Sein Grab ist voller Blumen von gestern. Sie sehen alle noch frisch und satt aus. Nur hier und da lässt eine kleine Blüte mal den Kopf hängen. Auch die Kuschelteddies, die Leute dazugestellt hatten, sind durchnässt und sehen aus wie gebadete Hunde, aber insgesamt ist alles frisch und belebt hier, nicht trostlos, nicht tot, nicht wie von der Floristik hingewuchtete Todesbeweise, eher wie, und auch hier fehlen mir die Worte, eher wie versammelte, in Blumen gebundene und verbindende Zeugnisse von dem was bleibt: Liebe.

Im Baum am Weg gegenüber seines Grabs hängen noch die Luftballons von gestern. Ihr buntes Gebammel und das leise, lufthohle Knattern, das der Regen auf ihnen trommelt, finde ich schön. Ich stehe eine kleine Weile vor Karls Grab, setze mich dann auf die Bank daneben und schaue mir im strömenden Regen die mit Musik unterlegte Diashow auf meinem Handy an. Vom Display rutschen Regentropfen, kein Mensch ist bei diesem warmen, wie wahnsinnig vital von oben herunterschüttenden Wetter auf dem Friedhof. Ich heule ein paar Minuten heftig, lege meine Stirn in meine Hand, weiß nicht so richtig wohin mit mir und meinem Innenleben, merke aber gleichzeitig, dass das Weinen mir gut tut, dass ich nah bei Karl bin, dass diese vielen, vielen Blumen auf seinem Grab irgendwie auch in konkreter Weise ihn meinen, auf ihn hinweisen, dass das florale Leben in diesen Sträußen und Gestecken dort auch etwas ist, das Karl ist. Denn das sind ja Blumen: leises Leben.

An einem Busch entdecke ich einen Luftballon. Der an ihn gestern festgemachte Zettel ist aufgeweicht und heruntergefallen. Ich sammle ihn auf, falte ihn mit nassen Händen vorsichtig auseinander. In freundlicher, geschwungener Kugelschreiberschrift steht darauf: *„Lieber Karl, viel Freude und Sonne wo immer Du bist.“* Die Vorstellung, dass jemand unserer Trauergesellschaft das für Karl gestern auf diesen Zettel geschrieben hat, berührt mich zutiefst. Ich werfe den grauen Buschluftballon zu den *„nicht-verrottbaren Abfällen“* und fühle mich gut dabei. Das große Ganze. Ich gehe, noch nasser kann ich gar nicht mehr werden, ein paar Wege und schaue, ob noch mehr Luftballons und Zettel herumliegen. In der Birke zwitscherts. Ich muss an die Elsterfeder denken, die Gesa gestern hier gefunden hatte. Ich stecke den Zettel unter eines der Blumengestecke auf Karls Grab und zupfe eine Sonnenblume aus einem der Bodensträuße und stecke sie mit ihrem kurzen Stiel in die Schnalle am Gurt meiner Umhängetasche.

Zurück fahre ich, durch immer noch in Strippen strömenden Regen, über die Scharnhorststraße, belebt vom Regen und meiner rasenden Fahrt, vorbei am Karlbaum, ziehe mich zuhause einmal komplett neu an, stecke die Sonnenblumenblüte in eine kleine, grüne Glasvase auf dem Küchentisch und gehe zu Helena, Cleo und Carina. Zum Abendbrot essen wir Nudeln. Paul und Cleo toben herum. Das Essen schmeckt gut.

Daheim bringen wir Paul ins Bett und schauen, unter immer wieder aufflammendem, mal gerührt und sich getragen fühlendem, dann wieder völlig hoffnungslosem Weinen, die Kondolenzkarten in der Kiste durch. Ich starre stumpf dann kurz noch etwas in den rieselnden Fernseher, schlafe quasi sofort ein, mache mich dann bettfein und gehe halb zehn ins Bett.

So. 28.08.2022, 08:20
Küche

Draußen Sonntagsruhe und Morgengeruch nach dem Regen. Er fehlt uns so. Das Vermissen pocht in mir. Ausgeliefert der Unumkehrbarkeit seines Todes sind die Gefühle des Leidens so stark, weil man wahrscheinlich weiß, dass es nie mehr so sein wird wie es war mit ihm. Das Leiden ist nicht änderbar, es wird nur irgendwann vielleicht weniger.

So. 28.08.2022, 12:50
Flur in Wohnung

Free as a bird.

Auf geht's.

Zu ihm.

Hin.

So. 28.08.2022, 14:26
auf dem Friedhof

Vormittags waren wir kurz im Garten bei Helena und Cleo. Meret war auch da. Wir sammelten Äpfel, unter leichten Gesprächen, waren bald wieder zurück zum Mittag daheim.

Ich duschte mich mit dem Krankenhauskarlbabyshampoo, ließ die Bluetoothbox laut *„FREE AS A BIRD"* ins Badezimmer flöten, machte mir ein Pflaster auf den Außenspann des linken Fußes, der vom Regenflipflop gestern wund geworden war, steckte mir den Elsteranstecker an, der Pin vom Kleinen Prinzen, den ich bei der Beisetzung trug, liegt auf den Kacheln im Bad, zog mir dann eine kurze Hose an, kurz am Schrank hadernd, ob man auf dem Friedhof überhaupt *kurze Hosen* tragen darf, dachte dann sehr hell, deutlich und klar: natürlich darf ich da kurze Hosen tragen, da liegt mein totes Kind, da kann ich ja wohl hin, wie es mir und ihm beliebt. Also zog ich meine blass geblümte kurze Hose an, notierte *„Free As A Bird. Auf geht's. Zu ihm. Hin."* in meinen seit zwei, drei Tagen nicht mehr besuchten Karlcomputer, ich hatte ja neben all dem Stress vor der Beerdigung nur Bruchstücke und Fetzen ins Handy notiert, nahm den

Windelbeutel mit zum Müll, gestern hatte ich sogar ganze vier, sich über die letzten stressigen Tage so angesammelt habende Beutel runtergebracht, hängte draußen noch unwirsch, weil getrieben, Wäsche auf der *rostigen*, sich in ihre äußeren und inneren Bestandteile auflösenden Leine auf, eine Wäscheleine besteht offenbar innen aus Draht, der nun rostet und mir die helle Wäsche rostrot zu versauen droht, was mir Unbehagen bereitete, ich aber zugleich zu sehr los wollte, als dass ich die Leine schnell hätte austauschen können, weshalb ich die Wäsche sehr kompliziert so aufhängte, dass die Wäsche, an den Stellen wo die Leine ihren inneren Rost absondert, die Leine nicht berührte, musste dabei um einen Haufen Katzenkacke vom Viech aus dem Nachbargarten herumtänzeln, las und antwortete dann auf eine eher verstörende Nachricht meiner Eltern, sie hatten offenbar auf der Rückfahrt nach der Beisetzung einen Autounfall, tickerte mich durch die „Karl"-Playliste zu einem guten Lied, stieg aufs Rad und fuhr mit einem starken inneren An- und Hintrieb, mit großer Sehnsucht, größter Liebe, einer fast schon majestätisch-gravitätischen Energie, fast schon sowas wie einer sanften Form von Gier, los, zu ihm, zu Karl, zum Friedhof, raus in den schon wieder ziemlich heißen Augusttag. Diesen zweiten Tag nach seiner Beerdigung am Freitag.

Fuhr da so herum, in der schönen Grüne des Augusts dieses furchtbaren Jahres, hörte *„BACHELOR KISSES"* von den Go-Betweens, war plötzlich voll von verwaschen in mir umherschweifenden Gefühlen von Romantik, Jugend und Liebe, und war dann traurig, dass Karl das nie erleben können wird: die Musik, all die Gefühle, die sie aufzumachen im Stande ist, die süße Schwere der unklaren Jugend, das Driften in der Leichtheit und Ziellosigkeit, die die Melancholie als Luxusproblem in das übersensible, junge Menscheninnenleben bringt. Ich war einerseits selbst traurig, wegen ihm, wegen seines Todes, aber ich war auch traurig *für ihn*, als eine Art Stellvertreter war ich traurig, dass alles Zukünftige ihm nicht möglich ist. Aber irgendwas, vielleicht die Musik, zerstreute all das wieder und ich besann mich und sagte mir, dass ihn das ja nicht stört, denn er ist ja jetzt überall und *ALLES*, er ist Jugend und Alter, Baby und Kind, er ist alles was fließt, er ist jetzt ein Teil der Welt, in einem größeren Sinn, den ich auch am Ende dieses Buches nicht erschlossen haben werde, der deshalb größer ist als jeder Sinn und deshalb vielleicht Sinn an sich ist. All das dachte ich, da so radelnd, und fühlte mich auf eine seltsame Art sehr *drin* in der

Mitte meines Lebens, hingelassen und hinbeschwert, hineingelassen in das was jetzt mein Leben ist, in dem ich eher zerfranst als zerrüttet, und hypersensibel für alles um mich herum, in dem ich irgendwie doch noch, ohne meinen Karl neben mir, am und im Leben jetzt war und bin. Ein Amlebensein in dem was mein Leben ist.

Fuhr dann Luftballons auf dem Areal hinter dem Friedhof suchen, wo ich glaubte, dass der Wind sie dahin hätte getrieben haben können. Schaute von der dortigen Straße raus auf die Felder, die Strohballen, Windräder und Hochspannungsmasten, die Pappelreihen an den Feldwegen, die Waldlinie dahinter, das ganze Panorama der noch immer ziemlich warmen, vom Wind erfrischten Welt unter den langsam, kaum sehbar, so dahinziehenden Wolken, über denen sich am Freitag die Luftballons vielleicht irgendwo verteilt haben müssen, bevor sie dann, etwas später, etwas mehr *irgendwo*, woanders, überm Land und im Umland, auch *hier in der Gegend* wieder heruntergekommen waren, mit all den Worten und Grüßen die sie an Zetteln karlwärts mit sich trugen.

Nahm dann einen hinteren Seiteneingang, schob mit dem Rad hinein in den Friedhof, und dachte wieder zuallererst, die von den Birken dort umrauschten Wege *entlangschreitend*: wie wirklich schön das hier ist. Vorbei an den Sarggräbern unter den Nadelbäumen. Irgendwer hatte seine bananengelbe Gießkanne und eine alte Kurzstielharke in die Äste des Baumes hinter einem Grab gehangen, was ich in seinem Pragmatismus irgendwie erheiternd fand, was mich in die Praktiken und Gepflogenheiten, die Do's und Dont's des *Friedhofslebens*, ein komisches Wort für einen Ort der Toten, ein Stück weiter einführte, mich hier etwas mehr heimisch machte.

Ich schaute links und rechts in die Kronen der Bäume, immer achtend auf eventuell dort bunt baumelnde Luftballons. Sah auf Bänken die grauen Hinterköpfe reglos sitzender Witwen und Witwer, sah harkende und pflanzende, spazierende und leise plaudernde Menschen, es war richtig was los in dieser schönen Parklandschaft der Gräber. Eine Oma überholte mich, auf dem Fahrrad fahrend, eine grüne Gießkanne am Lenker baumelnd, mit einem Blick der nicht bekümmert, nicht verloren und trostlos, sondern fast schon voll von Vorhaben, wahrscheinlich der Blick einer Gärtnerin war.

Sie ging jetzt Blumen gießen hier, an einem Grab in dem jemand liegt, der ihr lieb ist. Sonntag: Besuchstag auf dem Friedhof. Die Lebenden sagen Hallo zu ihren Toten. In der großen Kastanie gegenüber von Karls Grab immer noch die, in ihren Ästen verzettelten, jetzt schon etwas luftloser gewordenen, mit all den Karlgrüßen behangenen Luftballons.

Ich aß dann eine Banane auf der Bank neben Karls Grab, die hohe Sonne des Nachmittags im Rücken, warf die Bananenschale in den Abfallkorb für die *„verrottbaren Abfälle"* und fand im Rhododendron neben der zwitschernden Birke das kleine regenbogenbunte Windrad, mit dem Paul, das fiel mir erst jetzt wieder ein, während der Beerdigung am Freitag herumgespielt und es offensichtlich, Kind das er ist, dort im Gebüsch platziert hatte. Ich holte es unter dem Busch hervor und stöckerte das Windrädchen zu Karl. Zwischen dieses schöne, kindgerechte, aber nicht schrille, mit Sonnenblumen, Gräsern und etlichen von mir nicht näher benennbaren Blüten, so schön naturnahe Meer aus Blumen, und entdeckte dabei die vielen Traubenkirschen die vom Baum über Karls Grab heruntergefallen waren, und war innerlich kurz wieder dem großen Ganzen, dem zärtlichen Grundbrummen der Welt, des Lebens und des Todes nah.

So. 28.08.2022, 14:51
Karlbank auf dem Friedhof

Während ich schrieb, kamen und gingen immer mehr Totenbesucher, es war ein richtiges Gewusel. Nach und nach leert es sich jetzt wieder, die frischen Schnittblumen leuchten in den Vasen, die Menschen gehen zu Kaffee und Kuchen. Die irre Zahnlose, die in der Innenstadt immer, brummig schauend, mit dem Mund malmend, vor den Cafés und auf den Bänken in den Marktseitenstraßen sitzt, geht mit Gießkanne, irgendwas vor sich hinbrabbelnd, auf dem Parkweg vor meiner Bank lang. Sie ist also vielleicht gar nicht richtig irre, sondern nur in Trauer. Was nah beieinander ist, das weiß ich jetzt. Man kann von der Trauer irre werden, in einem ungesunden Sinne Knicke und Knackse im Herzen und im Geist davontragen. Bin ich hier, auf meiner Karlbank in meinen von der Sonne geblendeten Karlcomputer schreibend, gar nicht so verkehrt unterwegs? Oder *ist* das schon irre, dieses Schreiben hundertfacher Seiten? Irgendwer sagte beim Gartenfest wieder, dass es so beachtlich sei, dass wir schon so „weit" sind, mit unserer Trauer, unserem Trauern, unserem Trauerprozess.

Karls Asche liegt hier im Grab neben mir und ich würde gern an die Luftballons in der Kastanie ran. Eine ziemlich starke Lust, das was auf den Zetteln steht zu lesen, ist in mir. Die Zettel, die nicht in den Bäumen hier gelandet sind, hat es hinausgetragen, hinter den Friedhof, wer weiß wie weit und wohin. Irgendwo müssen diese Zettel aber heruntergekommen sein. Die Vorstellung, dass andere Menschen diese Zettel vielleicht finden und lesen finde ich schön. Dass Menschen etwas Nettes, Liebevolles, Liebenswürdiges am Freitag auf diese Zettel geschrieben haben rührt mich an. Allein, dass irgendwer irgendwas an irgendwen gerichtetes auf einen Zettel schreibt, rührt mich an. Im Aufschreiben wird etwas hinsendbar, auch zu dem, der nicht mehr da ist. Ich schrieb auf meinen Zettel, dass Karl mich zu einem besseren Menschen gemacht hat. Den zweiten und dritten Satz kann ich nicht mehr erinnern, es war irgendwas mit „Glück" und sprudelte spontan nach dem ersten Satz heraus, der mir in den Tagen davor bereits immer wieder sehr klar im Kopf herumgegangen war.

Immer wieder sonntags: Tag der Übertragung der Texte vom Karlcomputer in das Indesign-Dokument. Dort wird aus dem Karltext langsam, nach und nach, das Karlbuch. Im Karltext bin ich ihm nah. Im Karlbuch ist dieses Nahsein dann fest gespeichert. Da will ich hin. Zum festen Gefühl, meinem verstorbenen Kind weiter und dauerhaft nah zu sein, in den Worten als Orte in denen alles ist, was karlwärts geht, von karlwegen her kommt; in denen Karl *klar* wird. Das Buch Karl: das Klarbuch.

So. 28.08.2022, 15:40
unterm Mensavordach vor dem Klinikum

Im Kabuff zwei Kaputt Brothers. Sie stoßen Rauch und Kaputtengeräusche in ihren Glasverhau hinaus. An den Klinikumsflaggen reißt zärtlich der Wind, hin und wieder pfeift ein Mast. Der Himmel blau, die Wolken wattig hingelupft wie Schaufensterdeko zu Weihnachten. Keine Schwalben mehr, keine Möwen. Der Wind bringt Frische in das Ende des Sommers. Mein Fahrrad habe ich dort angeschlossen, wo es zuletzt immer stand, als ich die letzten Wochen mit Karl hier war. Auch das war jetzt wichtig und hatte eine Bedeutung, dass das Rad genau dort steht.

In der Klinikumscafeteria kaufte ich, immer noch restverkatert und geschlaucht von Freitagnacht, eine Knacker mit Senf, dazu eine Cola ohne

Zucker. Im Klinikum der Wusel der sich hier umeinander sorgenden Menschen. Sonntag: Besuchstag im Klinikum. Hier sitzen sie, bei Kuchen und Plauderei, mit ihren kranken Angehörigen. Ich sitze draußen an meinem Apricot-Ensemble unterm Mensavordach und quetsche das Senftütchen auf die Wurst in dem Brötchen. Ich beiße ab, merke, wie mein Körper sich auf die Elektrolyte stürzt und fange an, vom Freitag zu schreiben.

So. 28.08.2022, 23:32
Sofa, Wohnzimmer

Am Freitag wurde unser Sohn Karl beerdigt. Wir hatten die beste Trauerzeremonie, die man sich vorstellen kann. Es waren viele Leute da. Wir waren ein feierlicher, auch lebendiger Trauerzug. Die Luftballonaktion war schön. Einige verfingen sich in den umliegenden Bäumen. Auch das war toll. Da hängen sie heute noch, da hat Karl jetzt noch was von. Das Gartenfest danach war wunderschön. Alles wurde uns als Menschen, uns als Familie, unserem Sohn Karl und unserem Leben hier in der Stadt und in *unserer Welt* auf wunderbare, auch auf *unsere* Art gerecht. Unser Kind Karl, seine Asche, liegt jetzt an einem wunderschönen Platz auf dem wunderschönen Friedhof. Ich war nach nur dreieinhalb Stunden Schlaf aufgestanden und war dann schwitzend in diesen Tag des *schweren Ganges* gekrochen.

Wir parkten auf der Seitenstraße neben dem Friedhof, ich stieg aus, immer noch schwitzend, trug mein Anzugsakko über den Arm gelegt und hoffte, dass der Wind mich abkühlen würde. Helena, Meret, Chloe, Nina und Svenja waren am Seiteneingang gerade dabei, die Luftballons mit Helium zu befüllen, in Zehnerbündeln aneinander zu heften und in Svenjas Kleinbus zwischenzulagern. Sie schauten zu uns und sahen festlich aus. Wir begrüßten uns. Die Luftballons waren bunt, und wir gingen weiter zum Friedhofsplatz, ums Krematorium herum, vor die Trauerhalle, auf deren Infotafel mit Kreide geschrieben *„09:45: Karl Köhn“* stand. Helena hatte noch gesagt, wir sollen uns nicht erschrecken, sie selbst hatte das, da so zu lesen, unerwartet mitgenommen. Carina, Paul und ich gingen vor die Trauerhalle, schauten uns suchend um, außer uns war noch niemand da, es war auch noch früh, erst gegen neun. Carina wurde trotzdem langsam unruhig, da Hagen, unser Redner, nicht zu sehen war. Ich lief zum Hintereingang der Trauerhalle, ging dann wieder vor und nach und nach kamen einige unser Trauergäste an. Ich war etwas fahrig und schwitzig, hatte mein

Jacket und meine Tasche mit der Bluetoothbox auf der Bank am Halleneingang gelegt und fächerte mir mit einer alten Versandkartonpappe, die ich noch in meiner Tasche hatte, als Verstärkung für zu transportierende Dokumente, Luft zu. Carina ging allein ein paar Meter über die Friedhofswege und ich versuchte den etwas schlecht gelaunten Paul bei mir und bei Laune zu behalten. Irgendwann waren genügend Leute da, so dass sich unsere Gereiztheit etwas legte und auch Paul dann beschäftigt war. Ich ging wieder zum Hintereingang, auf dem Weg dorthin sagte Sonja, sie habe Hagen schon gesehen, er liefe hier irgendwo rum. Ich legte meine Tasche in der Trauerhalle unter einer Bank in der ersten Reihe ab, besprach Organisatorisches mit dem Personal des Bestattungsinstituts und sah dann endlich Hagen hinterm Fenster, er kam gerade von draußen herein. Er stellte mit dem Personal die Lautstärke des Mikrofons ein, eine Art Soundcheck, und wir überlegten, wo er gleich sitzen würde. Als Redner am besten ganz vorne, gleich der innen äußerste Platz auf der vordersten Bank in der linken Reihe. Von dort könnte er immer zum Pult gehen und sich während der Lieder dann hinsetzen.

Ich ging dann wieder nach vorn und es waren mittlerweile viele Leute da. Begrüßungen, Umarmungen, etwas Wind frischte auf, ich zog mein Sakko an und war dann im vollen Dress. Ans Revers hatte ich mir eine Brosche vom *kleinen Prinzen* gemacht. Arno lobte die später noch, in seiner weltliterarisch gebildeten Art regte das irgendwas in ihm an.

Die Trauerhalle ging auf, wir als Eltern gingen mit Paul voran, bekamen vom Personal jeder ein Teelicht, das wir vorn an den großen Kerzen anzündeten und in den Sand auf den links und rechts neben dem blumenreichen Aufbau aufgestellten Tischchen stellten. Alles sah sehr schön aus, so schön, dass ich im guten Sinne gerührt war. Die Blumen waren wunderschön, sommerlich, leicht, mit Ähren und Dolden von irgendwas, Sonnenblumen, andere geschmackvolle Blüten, deren komplizierte Namen ich nicht kannte. Die Farben passten perfekt zur Urne. Sogar Karls Foto, von dem er alle so freundlich anschaute, passte farblich perfekt, mit dem orangebraunen Halstuch. Wir setzen uns vorne hin und es dauert eine Weile, fast bis zum Ende des 17einhalbminütigen Stücks von Brian Eno, das ich für den *Einzug der Trauergesellschaft* herausgesucht hatte, bis alle hereingekommen, ihre Kerzen angezündet, Blumen an den Altar und Karl auf dem Foto begrüßt hatten. Alles lief geordnet, langsam, aber nicht steif und verklemmt ab. Manche machten eine Art Knicks, verbeugten sich andächtig vor Karl, andere standen einfach für einen gedehnten Moment vor dem Foto, manche sagten leise was und nickten dann. Wir als hinterbliebene Eltern saßen in der ersten Reihe, nah am Altar, und etwas in mir, fand es seltsam, so nah an dem intimen Moment der anderen dran zu sein. Die Würde und Schönheit ihrer Anteilnahme war aber etwas, das mich heftig berührte. Von draußen kam das Licht des Vormittags durch das Buntglas der hohen Fenster. Alles *entsprach unseren Wünschen*, eine Formulierung, die ich später am Tag in meinem Dank an das Bestattungshaus verwendete und mir dabei seltsam *erwachsen* vorkam. Die Gäste sahen alle toll aus. Es gab keine Kleiderordnung. Es gab Anzüge, Kleider, Hemden, Cardigans, Bomberjacken, zu den Menschen *passende* Sachen. Ich saß in meinem blauen Hochzeitsanzug mit schwarzer, schmaler Krawatte und den sonst nie getragenen, schwarzen Derbyschuhen da, neben meiner Frau, ebenfalls in schwarz und blau. Nichts war unverbindlich. Es war kein Driften in der Art, wie wir uns in der gegenwärtigen Welt platzierten. Es war uns, ganz ohne Verkrampfung, ernst, dass es gut werden müsse. Für uns und für Karl. Für alle, die da waren. Paul spielte und lief herum, erzählte und laberte, lockerte den Raum damit auf gute Art auf.

Nach Brian Eno kurze Besinnungspause. Gute, helle Stille. Dann ging Hagen ans Rednerpult und begann die Zeremonie mit *organisatorischen Worten*. Er wies auf die Zettel und Stifte hin, die auf den Bänken lagen. Dann hörten wir Musik und schrieben unsere Wünsche, Grüße, Gedanken und Worte an Karl auf die Zettel. Ich weinte kleine Weinmomente, war innerlich aber ganz gut beisammen. Der Moment und der Raum, die Trauergesellschaft, alles hatte eine unsichtbare Form innerer Stabilität. Wir waren stark an diesem Tag, der nur statt fand wegen etwas, das eigentlich sämtliche Stärke aus uns herausgerissen haben müsste. Nach dem Lied verlas Hagen die Rede, die wir für unseren Sohn geschrieben hatten. Die Worte lagen gut in seinem Mund. Es war eine wunderbare Rede von sechs Seiten. Fünfzehn, vielleicht zwanzig Minuten. Wir kannten die Rede auswendig, aber ich liebte es, sie aus seinem Mund zu hören und jedes Wort drang nah an mich heran. Es gab Schmunzler und ein, zwei Lacher. Die Rede bildete Karls Leben und sein Wesen ab. Die Leute sagten danach immer wieder, wie schön sie war. Nach der Rede ein kurzes Lied. Dann ein paar Zeilen aus dem *kleinen Prinzen*, etwas Rede noch, dann Jeff Buckley.

„*HALLELUJAH*“. Es war ein naheliegendes Lied und meine ersten Zweifel, ob das nicht zu abgedroschen wäre, hatte ich schnell ausräumen können, allein aus dem Grund, weil es ein gutes Lied ist, gerade in dieser Interpretation, die in alle Richtungen einen offenen Atem sendet. Ich liebte immer schon, die Art wie er Gitarre spielt, wie die hohen Noten so warm und weich und doch, wie von Sprungfedern losgelassen, mit dieser Art des Saitenanschlags, so *lebendig* gespielt werden. Wieviel Soul da drin ist. Und es war dann natürlich auf einmal wirklich wie im Film: in einem Moment des Liedes, im genau natürlich *richtigen* Moment drang hell und warm die Sonne, die sich aus den Wolken rausgewühlt hatte, von draußen in die Halle hinein. Ich stupste Carina an und sagte, kuck mal, das Licht. Carina nickte. Alexander hatte genau das, wie er beim Gartenfest später sagte, auch getan: Sonja angestupst und auf das Licht hingewiesen. Auch andere Gäste erzählten davon.

Nach dem Lied kurze Pause, Nachhall und Atmen. Laut Redemanuskript sollte dann, wie von Hagen vorhin anmoderiert, die Rausgehmusik gestartet werden, aber das Personal wartete wahrscheinlich auf ein Gebimmel der Lied-weiter-Bimmel und so passierte einige Momente lang nichts und es entstand ein kleiner, aber nicht peinlicher Moment der Unklarheit und ich winkte Hagen, der ein paar Plätze weiter, auf der Bank gegenüber des Mittelganges saß, ein dezentes Signal zu und er ging ohne Hast zum Pult, drückte den Lied-weiter-Bimmelknopf, nahm das Manuskript und setzte sich behutsam wieder auf seinen Platz. Alles war gut. Die Situation war nicht kaputt. Die Rausgehmusik, wieder Brian Eno, floss langsam in den Raum und zwei Urnenträger öffneten die Trauerhallenausgangstür. Einer von ihnen trug eine Taxifahrermütze. Durch die große, geöffnete Tür, an der er wartend stand, kam der Sommer mit seinem Licht herein. Sein mützenloser Kollege kam herein, knickste vor Karls Urne, nahm sie dann vorsichtig vom Sockel, darauf achtend, dass er nicht auf die Blumen trat, die davor auf dem Boden lagen, was ihn dazu nötigte, einen unverhältnismäßig langen Arm zu machen, und ging dann langsam voran. Carina und ich reihten uns mit Paul hinter ihm ein und eröffneten den *Trauermarsch* zum Grabplatz. Der Urnenträger lief irrsinnig langsam, es war fast ein bisschen komisch, aber ich versuchte mich auf das Tempo, das nicht so richtig meiner Schrittlänge entsprach, einzulassen und so tippelten und schlichen wir über den Friedhof. Gelegentlich schaute ich hinter uns und dieser beachtlich lange Trauerzug, diese vielen Gesichter und würdevoll *schreitenden* Menschen, berührten mich. Carina und ich hielten uns an den Händen. Paul wollte bald woanders hinlaufen und Helena nahm sich seiner an, während wir Eltern weiter dem Urnenträger über das wunderschöne Areal folgten.

Am Grab stülpte er die Urne in eine Art Apfelsinennetz, was etwas umständlich war, weshalb ich gar nicht richtig hinschauen konnte, weil ich glaubte, das würde seine Hände nur noch zittriger machen. Irgendwie ging es dann aber und die Urne wurde in dem Netz langsam in das kleine, ausgehobene Loch heruntergelassen. Links und rechts davon standen Schalen mit Blüten und Sand. Carina warf Blüten rein, ich ließ Sand durch meine Hände in Karls Grab rieseln. Danach ging jeder der Trauergäste ans Grab, gab Blüten oder Sand hinein, kam zu uns, die wir da so am Rand standen, umarmte uns, sagte was beileidsartiges, manchmal auch einfach nur was liebevolles, aufbauendes, manchmal auch nur ein leichtes Heben der Mundwinkel, ein unbeholfenes, aber auch großes, uns alle verbindendes Lächeln, das sich völlig gut und richtig anfühlte. Immer wieder auch Stöße von Weinen. Dann wieder fest geklopfte Schultern, tiefe Umarmungen, echte menschliche Nähe. Diese Rituale dauerten eine Weile. Als alle fertig waren, schauten wir nochmal ins Grab. Oma Bärbel hatte einen Brief an Karl ins Grab gelegt. Ich sagte ihr, dass ich hoffe, dass es ihr jetzt irgendwie leichter fiele, Abschied zu nehmen. Ich wollte sie irgendwie auffangen und sie stützen. Sie nickte und schluchzte und ich schaute mich um und sah all die Menschen dort stehen. Sie hatten sich irgendwie auf den Wegen um Karls Grab herum verteilt, standen wartend da, sahen alle immer noch toll aus, ich fühlte mich jedem einzelnen verbunden und war, als Mensch, der das Alleinsein eigentlich liebt, sehr dankbar, dass alle hier bei uns sind.

Die Luftballons wurden verteilt und jeder machte seinen Karlzettel daran fest, und mir fiel plötzlich auf, dass ich das nun folgende irgendwie anmoderieren müsste. Als alle mit den Ballons in der Hand dastanden, dieses bunte schwerelose Meer hier an Schnüren im Friefhof schwebte, sagte ich ein paar eher glanzlose Stegreif-Worte und wir ließen die Luftballons los und es war sofort sowas wie Freude und Feierlichkeit da. Menschen lachten und lächelten. Die Ballons flogen ins hohe Blau, viele blieben in den Bäumen dort hängen, auch das erzeugte Lachen, es war sofort völlig gut so, dass diese bunten Zettelträger sich erstmal hier festsetzten, dass einige der Nachrichten hier bei Karl bleiben würden, andere nach oben hin weg, richtung landwärts nach draußen, ins helle, weite Irgendwo flogen.

Danach fluides Rumstehen und Reden. Frau Dr. de Beauvoir, der ich beim Kondolieren noch gesagt hatte, dass es gut war, dass sie da war, entfernte sich irgendwann leise und auch die Erzieherinnen von der Kita verabschiedeten sich. Mit den Freunden und der Familie gingen wir zurück vor die Trauerhalle. Dort war loses Beisammensein, keine Eile, kein festes Protokoll, Freunde packten Alkoholisches aus und nach einer guten Weile gingen wir nochmal zum Grab, wo das Personal mittlerweile das Blumenmeer aus der Trauerhalle hingebracht hatte. Helena und Meret hatten die Sträuße und Bouquets dann nochmal ordentlich hindrappiert. Es sah wunderschön aus. Es hatte alles Würde und Größe und Liebe und sogar sowas wie Kindlichkeit in der Art, wie es Natürlichkeit ausstrahlte.

Carina und ich waren ziemlich unterzuckert. Es war kurz nach zwölf und wir verabredeten uns mit vielen der Gäste dann für den Nachmittag beim Gartenfest, andere, die schon wieder losmussten, irgendwelche Züge und Mitfahrgelegenheiten erwischen mussten, verabschiedeten wir und so löste sich die zeremonielle Gemeinschaft dann doch irgendwann auf. Auf dem Autodach hatte Helena Spritzkuchen und Cola hingelegt. Als Carina die Flasche im Auto aufmachte, spritzte alles in alle Richtungen. Auf den Autoarmaturen, ihrem Rock, dem Beifahrersitz, im Fußraum, überall war Cola. Zuhause machten wir uns kurz frisch, zogen uns um und gingen dann rüber in Sonja und Alexanders Garten, wo schon einige eingetroffen waren, es aber erst um 15 Uhr *offiziell* losgehen sollte und eine angenehm ziellose Zeit der letzten Vorbereitungen und ersten geöffneten Getränke in den vollen Sommersträuchern hing. Zum Glück waren schon welche da. Es war gut, dass so viele da waren. Es ist gut, gute Menschen um sich zu haben. Ich spürte Dankbarkeit.

Ich unterbreche mein Schreiben über den Tag der Beisetzung und gehe nochmal ins Krankenhaus, unsere Wege ablaufen, stupse den Storch, fahre mit dem Fahrstuhl hoch, bin gebackflasht von seinem Gebimmel, das ich lange nicht gehört habe, da ich in letzter Zeit hier immer Treppen gegangen war, schaue auf der 11.2-A nach, lese eine Schautafel über die Ausbildungsstation, als hätte das was mit meinem weiteren Leben zu tun, und gehe dann unten, am »Kaffä«-Automaten, an der großen »Bume« und dem Bücherwagen vorbei, wieder hinaus.

Ich gehe dann rüber ins Arboretum, das erste Mal seit Karls Tod. Ich hatte es bisher irgendwie vermieden, hierher zu gehen. Auf meinen abendlichen Radbesuchen am Klinikum war das Arboretum dann sowieso bereits geschlossen. Das Arboretum ist natürlich ein großer Karlort. Hier waren wir während der Krankenhauszeit sehr oft. Ich schob mit ihm vormittags meine Runde hierhin, und nachmittags, nachdem Carina uns die Sachen ins Krankenhauszimmer gebracht hatte, gingen wir, oft mit irgendeinem Snack oder Kuchen aus der Klinikcafeteria als Familie hierhin. Hier gibt es mehrere Karlbänke. Orte an denen wir saßen. Vorne, die orange Bank unter dem namenlosen Chinabaum. Es gibt Fotos und Videos meiner ersten Zeit hier mit ihm, damals im Mai. Da sehe ich, von Erkältung noch gezeichnet, ziemlich kaputt, eigentlich wie zwei Nächte durchgesoffen aus. Karl sitzt da auf der Bank, lässt die Beine baumeln, hat den Schlapphut auf und wir sehen aus wie zwei, wie was aushecken.

Ich stecke eine der beiden weißen Rosen, die ich auf dem Friedhof von einem Sträußchen abgezupft hatte, ins obere, holzige Gestrüpp der Rankpflanze über der Bank unterm reich berankten Dreibein, setze mich mit dem Karlcomputer auf eine andere Bank am Teich, wo die Frösche ihr „Gapp" quaken. Tauben gurren und Menschen sitzen hier und da auf den anderen Bänken. Einer liest ein Buch, einer sitzt einfach nur so da, eine Gruppe älterer Menschen, eine Oma im Rollstuhl, sitzen in der letzten Nachmittagssonne am Ufer gegenüber und reden sorgenlosen Sonntagstext. Das Arboretum schließt um 18 Uhr, der Akku meines Karlcomputers geht zur Neige, ich gehe für zwei Tafeln Ritter Sport nochmal kurz ins Klinikum und fahre nach Hause. Das Licht steht schon tief. Immer wieder kleine Karlstiche beim Radeln über das Gelände ums Klinikum. Ich werfe die zweite Blüte in einen Strauch unter dem Fenster unseres letzten Zimmers im Krankenhaus und erfreue mich daran, wie sie, wie ein Dartpfeil mit ihrem kurzen Stengel eine ovale Flugbahn *beschreibt* und mit einem leicht rupfenden Geräusch in der Buschkrone stecken bleibt, ihr weißer Blütenkopf fest vom Blattwerk umschlossen wird und hier jetzt also auch ein Karlding hingebracht worden ist. Vielleicht hilft es ja. Mir hilft es ja. Obwohl doch alles nichts hilft und Karl nicht wiederkommt, da wir ihn doch vorgestern gerade erst beerdigt haben.

Zurück von der Zeremonie auf dem Friedhof, hatte ich mir zuhause diese sandfarbene Hose angezogen, dazu das dunkle Hemd mit den ähnlich ockerbraunen Blumen drauf. Carina hatte ihre Colaklamotten gegen den langen, hellen, champagnerfarbenen Knitterfaltenrock getauscht und dann waren wir gegen ein Uhr mittags rüber in den Garten, wo also schon einige da waren und dieses unbestimmte, noch abwartende Schwirren einer größeren sozialen Zusammenkunft in der Luft lag, gedämpft natürlich, denn das Fest hier im Garten hatte diesen unendlich traurigen Anlass. Biere wurden schon getrunken, es wurde gesessen und geredet. Das Buffet wurde langsam aufgebaut. Manche spielten Schach, saßen auf weichen Sofas und hatten das Brett auf einem flachen Tisch zwischen sich aufgebaut. Überall Sofas, bunte Stoffdecken, Sitzbänke und Niederlassgelegenheiten. Alles war so schön hergerichtet wie es immer hier schön ist, in diesem Garten von Sonja und Alexander. Es war ein freundlicher, guter Ort. Zuletzt waren wir mit Karl Anfang Juli hier, in jener Woche nach seiner letzten Entlassung. Auch da war der Garten voll von Menschen und am späten Nachmittag war dann wieder ein Trinken und Grillen aus dem Frühsommertag geworden. Jetzt, wenige Wochen später, der Sommer war voll da, stand auch diese Möglichkeit einer Roséweinleichtheit im Raum. Es war klar, dass dieser Tag hier schön werden würde, aber alle waren unsicher, wie dieser leisen Schönheit der Szene jetzt zu begegnen sei. Bella und Meret fingen dann auch an zu spielen. Sie holten sich ein Backgammonbrett und saßen am großen Holztisch mit der marzipanweißen Tischdecke und schoben ihre Steinchen hin und her. Es war interessant zu sehen, dass Menschen mal wieder Spiele spielten. Vielleicht auch aus Unsicherheit, wie mit der Gesamtsituation jetzt umzugehen sei. Aber es war zu spüren, dass es das Gartenfest werden könnte, zu dem wir ja eingeladen hatten. Wir hatten in der Traueranzeigekarte geschrieben, dass wir trauern wollen, aber auch unser geliebtes Kind hochleben lassen wollen. Das war die Maßgabe. Es sollte gelebt werden, auch wenn jemand sehr wichtiges jetzt tot war. Es sollte gegessen und getrunken, gern später auch gesoffen werden. Es gab natürlich keinerlei Programm. Es war nur eine Zusammenkunft. Es sollte ein soziales Strömen sein, wie immer bei den Gartenfeiern hier.

Wir hingen ein großes Karlbild, jenen Probedruck von letztens an den Schuppen, der zentral bei den Sitzmöbeln stand. Das Karlbild von der Beisetzungszeremonie reiste gerade noch im Bestatterauto irgendwo umher. Er würde mich später anrufen, wenn der Wagen zurück sei, dann könne ich es schnell abholen, hatte der Bestatter gesagt, als ich ihn vorhin angerufen hatte. Manche Menschen waren nach der Beisetzung erstmal noch irgendwohin. Claus, Arno, Joni und Jakob waren nach Wieck gefahren, für das obligatorische Fischbrötchen, dem sich Besucher von auswärts offenbar immer verpflichtet fühlen. Meine Eltern kamen bald von ihrem Stadtausflug und hatten handliche Fotodrucke von Karl mitgebracht. Die hingen wir mit Schmetterlingsklammern überall im Garten auf. In Sträuchern, an Zweigen, an Lichterketten, überall flatterten diese Fotos von ihm. Cleo kam irgendwann zu uns und klammerte im Vorbeigehen auch jeweils ein Foto an mich und Carina. Ich war gerührt von dieser zarten Geste dieses quirligen Mädchens und trug Karl an meinem Hemd wie eine höchste Auszeichnung.

Ich schnitt zwischendurch noch schnell die Diashow am Handy zu Ende, spielte sie auf Alexanders Laptop, von wo aus sie dann ins Wohnzimmer gebeamert wurde. Dieses Videowohnzimmer war ein Ort etwas abseits, den man bewusst aufsuchen musste. Es standen diverse Liköre und Schnäpse bereit, selbstgebraute Sachen von Alexander und Hagen. Auch den *Żołądkowa Gorzka*, meinen karamellgelben Zeitenspringer, stellte ich dazu. Immer wieder waren die Leute hier, saßen lange und schauten, manche weinten, viele kamen ins Reden miteinander. Ich war wieder sehr gerührt und wusste ihre so direkte Auseinandersetzung mit Bildern von Karl zu schätzen. Viele hatten ihn nie getroffen, sahen ihn jetzt zum ersten Mal, in all seinen Lebensphasen, in verschiedenen Größen und Glückszuständen.

Ich war immer mal wieder bei der Diashow, schaute auf dem Weg zum Klo immer mal kurz vorbei, war immer sehr froh, diese Endlosschleife der Karlbilder da langschweben zu sehen, war sofort auf gute Art drin in all den an diese Bilder angekuppelten Erinnerungen. Falls jemand fragte, sagte ich hier und da was dazu. So gegen halb fünf, ich saß gerade mit lang ausgestreckten Beinen auf dem Boden am Schnapstisch und lehnte mich ans Sofa, auf dem Joni und Claus saßen, setzte sich Arno neben mich. Er nahm meine Hand in seine großen, dünnen Hände und schüttelte sie wie Kleingeld, fuchtelte mit ihr rum, suchte Nähe und versuchte mir welche zu geben. Ich war in diesem Moment, trotz oder gerade wegen der dort ablaufenden Bilder von Karls viel zu kurzem Leben, in ziemlicher guter Verfassung und war im guten Sinne gerührt davon, wie Arno so konkret mich gesucht hatte, für eine weitere Anteilnahme, aber auch als Ventil für seine Gefühle. Es war der große, gute Geist der Freundschaft, der von ihm, da so neben mir auf dem Boden sitzend, auf mich einging. Ich kumpelte ihn ein bisschen mit der Schulter an und unsere Worte waren wenig und wie hingeschnaufte Platzhalterlaute. Er weinte ein bisschen und ich war derjenige, der ihn jetzt tätschelte und an ihm herumpäppelte. Er schmunzelte und ich hob ein paar Schnapsflaschen hoch wie ein Kellner. Wir nahmen irgendwas mit Kräutern und es schmeckte toll. Er roch ein bisschen verlottert, nach Rauch und nach Fisch. Er sagte, sie wären vorhin, auf dem Weg nach Wieck, noch zur Tanke und hatten Kippen gekauft und Schnaps. Sogar Joni hatte geraucht. Sie raucht seit 20 Jahren nicht mehr. Dann hatten sie ihre Fischbrötchen und zwischendurch wahrscheinlich immer wieder Schnaps. Arno machte diesen so sympathisch abgerissenen Eindruck auf mich. Sein Hemd war weiß, der oberste Knopf offen, seine Anzughose wertig, seine Füße nackt und seine sonst eher strengen, streng gekräuselten Haare ein kleines bisschen wild. Er sah jetzt, am späten Nachmittag, schon ein bisschen aus, wie jemand um zwei Uhr nachts auf einer gelungenen Hochzeitssause. Aber er würde sich all die noch folgenden Stunden prima halten, er sah später sogar wieder viel frischer aus, roch auch nicht mehr nach Fisch, war wach, vital und eloquent wie man ihn kennt, wir waren alle wie einmal kalt geduscht, später dann doch in Fahrt gekommen und von den Räuschen belebt, irgendwie dann doch sowas wie selig und gesellig auf diesem Fest für das gestorbene Kind.

Ich kam eine Weile gar nicht mehr weg von dem Video. Menschen gingen ein und aus, steckten vorsichtig die Köpfe zur Terassentür rein, als wäre es ein heiliger Ort vielleicht, oder als schliefe hier ein kleines Kind, was auf bizarre Art ja irgendwie wahr war. Schnäpse wurden getrunken, alle studierten diese handgeschriebenen Etiketten der Spezialgetränke und probierten sich durch, wie bei einer Verkostung. Es entstand schon hier, am mittelspäten Nachmittag, sowas wie leicht ausgelassene Stimmung. Die Atmosphäre war interaktiv und sozial hell. Ich floss als Teil dieses traurigen, freundlichen Tages ganz organisch mit. Zwischen den Fotos der Diashow tauchten immer wieder Bewegtbildschnippsel auf. Diese Videosequenzen sind dann doch irgendwie *hart*, weil sie das gestorbene Kind so lebendig erscheinen lassen. „Besonders der Ton ist heftig!" sagte Carina in einem stillen Moment. Wie man Karl dort quackeln und brabbeln hört. Auch Hauke hielt all das kaum aus, ging immer wieder raus, stand dann aber doch in der Tür, von der man alles sehen konnte, irgendwie schwach um die Schultern, aber doch zusammengehalten von all den anderen, aus dem selben Anlass hier zusammengekommenen Menschen. Insgesamt war alles auf gute Art *weihevoll*. In meinen Erzählungen und in den Fotos war nichts trauriges. Nur, dass er tot ist, und dass das Anschauen der Bilder davon schon weiß, machte es so traurig. Aber die Bilder sind da. Und auf den Bildern geht es Karl gut. Erst am nächsten Tag war es mir nahezu unmöglich, diese Diashow wieder anzusehen.

Im weiteren Abend immer wieder nette Begegnungen am Buffet, zwischen den Büschen und überall dort im Garten. Präsente von Freunden. Ein Glas voller Ereignisse. Dutzende Zettel darin mit Einladungen und Unternehmungsangeboten all unserer Freunde. Wir sollen einen Zettel ziehen, in nächster Zeit, oder irgendwann, wenn uns danach ist, alles was auf den Zetteln steht würde dann wahr gemacht. Ein Glas gegen das Alleinsein.

In der Nacht irgendwann plötzlich ein Lied aus dem Dunkel. Meret sang etwas für Karl, ihre Stimme war tief und nah. Ich umarmte sie und setzte mich zu ihr und Nina, die beide im Raucherpavillon eine Zeit schon verweilten. Nina sagte, dass sie sich Sorgen um mich machten. Sie sagte das in der Mehrzahl. Sie machten sich alle Sorgen um mich. Am Strandtag da letztens, da hätte ich gar nichts gesagt, nur still und abseits unterm Strandzelt gesessen. Ich setzte mich links neben sie und lehnte mich mit so einer „Ach, weißt Du, Nina"-Geste an ihre Schulter und sagte „Ach, weißt Du, Nina" und erzählte ihr dann, dass ich mit meinem Schreiben ziemlich viel für mich *klar kriegen* kann, dass mir das sehr hilft und ich ja sowieso eher der Typ sei, der es Aufschreiben muss, wohingegen Carina die Worte tauschen muss, mit anderen Menschen, und ihr deshalb das Reden, das Immerwiederreden so hilft und sie deshalb natürlich mehr *beieinander* und zugänglicher wirkt, einfach vielleicht greifbarer in ihrem Trauern. Und dass Strandtage im Sommer wirklich das Letzte sind, was irgendwie zu mir passt. Dass ich vor allem der bollernden Hitze wegen an jenem Strandtag so abseitig war. Und dass sie sich nicht sorgen brauche, dass ich und auch Carina, dass wir uns beide einigermaßen mental stabil fühlen zur Zeit. Meine längere Erklärung schien ihr irgendwas zu sagen und sie nickte und sagte, das das stimmte. Dass sie alle diesen Eindruck hätten. Und dass sie es bewundern, wie wir mit all dem umgehen. Ich fragte vorsichtig zurück, auch um mir selbst die Frage nochmal zu stellen, ob wir irgendwie *leichtfertig*, zu *unbekümmert* oder wasweißich wirken. Nina verneinte stark und sagte nochmal, dass wir alles so gut machten, und dann erzählte sie von ihrem familiären Trauerfall von vor Jahren, und dass sie jetzt da erst richtig *rangeht*, seit Karls Tod, seitdem der Tod so nah und ungerecht in unseren Freundeskreis seine Schneise reingehauen hat. Ich sage, dass das gut ist und wir sitzen noch ein bisschen so rum, Meret erzählt, was sie da sang, dass es wichtig für sie war und dass sie aufgeregt war und ich gehe dann irgendwann pinkeln und stelle mich irgendwo an eine Hecke im Dunklen und bin in der plötzlichen Ruhe, in dieser summenden Nacht, für eine kleine Weile zurückgeworfen auf meinen Rausch und merke, wie das Blut in mir strömt, wie vorne im Garten die Musik läuft, die Lichter so schön in den Pavillons, den Sträuchern, den Bäumen und am Schuppen hängen, wie Menschen reden, hier und da auch lachen, wie die Nacht ihre ineinander verschachtelten *Vorgänge* macht. Vom Pinkeln gehe ich zurück in ein anderes Grüppchen. Am Schuppen die beiden großen Fotos von Karl, jetzt lila im Licht von den LED-Spots. Der Junge, wegen dem wir hier sind. *Der Junge dieser Nacht*, denke ich, angeschwippst und feierlich, irgendwie auch traurig natürlich, aber alles was von dem Foto auf mich zugeht ist freundlich, hell, wach und zart, und so ging ich mit diesem Kind in mir dann rüber in irgendein anderes Grüppchen, saß da ein bisschen herum und hörte zu, ging vielleicht mal zum Buffet, rauchte ein paar Zigaretten, ließ mich treiben in die hoffentlich immer noch junge Nacht. Das Gefühl für die weitere Zeit verschwamm naturgemäß bald und am Ende blieben wir im Regen mit Claus, Joni, Arno, Hauke, Bärbel, meinen Eltern, Lektor und Alexander. Der Regen war lang und ausdauernd. Er tropfte vom Pavillon auf die Rückenlehnen der Sofas, die nicht mehr dichter an den Tischen in unserer Mitte heranrückbar waren, so dass irgendwann auch alles egal war und wir uns die Rücken nassregnen ließen, uns sowieso ständig irgendwie eher nach vorne lehnten, vertieft in Gespräche, hinein- und hingelehnt zu den guten Gesichtern der immer noch hellwachen, guten, uns und unserem Kind gut gesonnenen Menschen.

Am Freitag wurde unser Sohn Karl beerdigt. Vor sechs Wochen und einem Tag war er gestorben Am diesem Sonntag um 23:32 Uhr beende ich diesen Eintrag, den ich vorhin, vor dem Uniklinikum, im Kopf schon am Friedhof, begonnen hatte. Morgen geht eine weitere Woche mit einem weiteren Montag los. Paul wird in die Kita gehen. Wir haben nichts vor uns.

Mo. 29.08.2022, 09:44
Koffice

Morgens Blumen von Sonja unterm Briefkasten. Nachts kam noch von Arno eine rührende SMS, wie schön er es am Freitag fand und, dass es toll ist, dass wir, nach Jahren des Nichtsehens, immer wieder so unkompliziert zusammenfinden.

Carina fuhr Paul zur Kita, Höhe Krankenhaus sagte er „Karl, Karl. Karl suchen". Er wollte Karl besuchen.

Mo. 29.08.2022, 10:25
Koffice

Als eine Art weiteren Schritt ins nun vor uns liegende, karllose Leben, nahm ich den riesengroßen, unhandlichen Karton voll Papiermüll aus meinem Rumpelzimmer und brachte ihn zur blauen Tonne ein paar Straßen weiter. In diesen Riesenkartons wurden immer die Windeln geliefert. Schnell wurden diese Kartons dann zu Höhlen umfunktioniert. Auch wurden sie dann, nach und nach, bunt bemalt mit Wachsmalstiften, von den Kindern und von mir. Eine Zeit lang sollte ich immer Bagger malen. Ich wurde ein richtig guter Baggermaler. Das muss so die Zeit anfang dieses Jahres gewesen sein, als die Kinder wegen irgendeiner Krankheit wieder ganze Wochen zuhause waren, Karl aber noch weit entfernt war von der Einweisung ins Krankenhaus. Es waren grippale Infekte, die üblichen ersten Kitakrankheiten, und ich blieb mit den Kindern zuhause, während Carina, seit dem Herbst ja schon wieder, morgens zur Arbeit fuhr.

In der nächsten Zeit hätte ich mein Rumpelzimmer endlich freiräumen und meinen ganzen Musikmachkram und all das, die losen Enden künstlerischen Halbwahnsinns, aufräumen wollen, meine Sachen irgendwo einlagern und das Zimmer endlich zu einem Kinderzimmer für Karl und Paul umfunktionieren wollen. Nun muss ich das, auch ohne Karl, natürlich trotzdem tun. Vielleicht hilft das, eine neue Ordnung ins Leben zu bringen. Aber die Vorstellung, dass Paul in diesem Zimmer dann alleine spielen und irgendwann vielleicht auch schlafen soll, deprimiert mich. Die Vorstellung, dass Paul seinen Bruder nicht mehr hat, zerreißt mich. Der Fakt, dass wir ihn alle nicht mehr als Kind um uns haben, macht mich kaputt. „Er fehlt mir so." – dieser Satz, ausgesprochen wie etwas sehr, sehr zartes und zerbrechliches, aber auch beängstigendes, unumkehrbares, nicht änderbares, wie Carina ihn letztens, am Samstag, nach ihrem heftigen Weinkrampf, ausgesprochen hatte, das ist immer sehr schlimm, da kommt der Kummer mit voller Härte, mit aller Trostlosigkeit.

An der blauen Tonne stand ein kleines Pressspannmöbel, ein Flurschuhschränkchen, hässlich und von wahrscheinlich irgendeinem *Studenten*, das ging mir als Stellvertreterwort für alle Menschen ohne schlimmere Sorgen dumm und dumpf im Kopf herum, leichtfertig zum Pappmüll dazugestellt. Auch das hatte mich deprimiert und am großen Ganzen gewackelt. Und, das macht es nicht weniger deprimierend, ich hätte genau sowas auch gemacht, als irgendwie so durch sein junges Leben eiernder Student damals, dem Leben und den Regeln der Abfallentsorgung eher gleichgültig gegenüber stehend. Jetzt wird diese Pressspannkommode dort ewig stehen, weil die Pappmüllabfuhrunternehmen wahrscheinlich keine Möbel mitnehmen, auch wenn Papier und Holz ja irgendwie verwandt sind, was sich die diesen Schuhschrank entsorgende Person wahrscheinlich auch gedacht hatte, als blödsinnige Generalvereinfachung, mit der man sich so durch das sorgenlose Leben eiert. Das trostlose Möbel war ein Symbol für eine in meiner Welt jetzt völlig unpassende Unbekümmertheit. Dass dieses Schuhschränkchen hier so achtlos ausgesetzt worden war, war für mich ein Akt der Unumsichtigkeit, der eine Beleidigung meines Kummers war. Und dann tat mir das Schränkchen plötzlich irgendwie leid, weil es ja am wenigsten dafür konnte. Es stand dort allein, versteckt und hingeschmissen in die Ecke neben der Tonne, wo sich in papiermüllreichen Wochen, wie um die Weihnachtszeit herum, alles auftürmt, was den Menschen zu groß für den schmalen, mutlosen Mund der blauen Tonne ist.

Der Tag begann grau. Jetzt immerhin blaut der Himmel draußen auf. Nachher gehen wir mit Helena und Arbeitskollegen Mittagessen in der neuen Bowl-Bude in der Stadt. Auf andere, mir eher fremde oder nur so halbbekannte Menschen zu treffen, auch das deprimiert mich gerade. Ich will nicht mit irgendwem in seiner deprimierend halben Pausenstunde Mittag mampfen. Ich will zu meinem Karl. Vielleicht auch zum Krankenhaus. Vielleicht reicht das ja, um ihm nah zu sein. Aber auch dieser hilflose Gedanke deprimiert mich.

Carina machte mir einen Termin zur Beantragung eines neuen Ausweises. Sie lenkt sich ab mit Organisatorischem und Formalitäten, weist mich darauf hin, dass ich das Zeug mit Arbeits- und Finanzamt klären soll. Auch das deprimiert und lähmt mich, massiv sogar. Lähmung, Zerfransung, Trostlosigkeit, Alltag.

Morgen früh haben wir einen Termin bei der psychologischen Beratung der Diakonie. Auch das deprimiert mich. Wir nehmen alle Beratungsangebote mit, und ich halte mich offen für alle Möglichkeiten, aber jetzt gerade, so zerfressen vom Kummer, muss ich mir Mühe geben, mich nicht zu verschließen. Ich habe sofort klischeehafte Bilder im Kopf, von einer uns mit salbungsvollem Gesaftel und triefend balsamischen Worten einpastetenden, uns Floskeln an Hand und Herz gebenden, lieblichlammfrommen Tante, die es natürlich *nur gut meint*, die aber ja gar nicht wissen *kann*, wie tief wir schon in der Trauer drin sind, in den düstersten Momenten halb innerlich zerrieben von dem aktiven Drinsein, im Kummer und dem Trauern. Wir stehen ja nicht hilflos in der Trauer, nur einfach mittendrin, in der Senke der völligen Kraftlosigkeit. Ich bilde mir ein, dass ich weiß, wo ich bin. Und dass dort gerade kaum Platz ist, für den Raum, den es bräuchte, um Ratschläge reinzulassen. *Bei Lichte* betrachtet, weiß ich, dass das verdrießlich und düster ist, aber wo soll es auch herkommen, dieses Licht?

Vorhin hatte ich noch das eine Buch ausgelesen. Das wiederum war, wie oft beim Beenden eines Buches, ein ganz gutes Gefühl. Weil ich immer parallel in zwei, drei, manchmal vier Büchern lese und so nie in die Leere nach einem ausgelesenen Buch falle. Jetzt rücken die anderen Nebenherbücher nach und eins davon wird das hauptsächlicher jetzt gelesene. Gestern nahm ich noch ein regionalliterarisches Bändchen aus dem Krankenhausbücherwägelchen mit. Es war ein biederes Büchlein und ich dachte, das sei vielleicht jetzt zu ertragen, würde mich vielleicht sowas wie erden, als hier in der Region lebender Mensch, als hier jetzt ohne Karl leben müssendes Menschlein.

Mo. 29.08.2022, 14:12
Küche

Zum Mittag eine Erdnuss-Nudel-Bowl in der Innenstadt. Carina holt Paul aus der Kita. Ich packe die Retouren der nun doch nicht getragenen Anzüge zusammen und räume ein bisschen in meinem Rumpelzimmer auf, begegne der Technikkiste, die ich im Krankenhaus zeitweilig mithatte, zum Löten der Rotationsmodule für das kleine Konzertchen. Sofort wieder Karlstiche im Herzen, sofort wieder im Innenleben im Krankenhaus – im Gleichmaß der Tage dort, wie erträglich, und, es klingt seltsam, aber wie angenehm das Leben dort war, trotz allem, wie nah ich meinem Kind dort war, wie zuversichtlich, was seine Gesundung betraf.

Mo. 29.08.2022, 17:37
Wohnzimmer

Mich erreicht eine, das Wort passt jetzt wirklich, *unbekümmerte* Facebook-Nachricht von Malkmus aus Wien, einem alten Internetbekannten. Die Leichtheit, Banalität und Sinnlosigkeit dieser Nachricht ist grotesk. Er weiß ja von nichts. Er schreibt alle Jahre mal mehr oder weniger banale Einzeiler an mich, kurze Statusmeldungen, ich habe schon ewig nicht geantwortet, unsere Leben haben seit anderthalb Jahrzehnten keine Berührungspunkte mehr. Wir lernten uns vor zwanzig Jahren im Internet kennen, damals war das ein guter Ort für introvertierte Musiknerds wie uns, schreibend aufeinander treffend, in Diskussionsforen und einer Onlinetagebuchplattform, lange vor Blogs und sozialmedialen Plattformen. Wir schrieben damals oft, jeder nachts an seinem Rechner in seinem spätjugendlichen Leben hockend. Irgendwann verlor sich das, wie auch alle anderen Textbekanntschaften der damaligen Zeit. Ich hatte damals dann auch mehr ins Nachtleben gefunden, ging vermehrt unter echte Menschen. Ich schrieb dann für die Schublade, auch weiter jenes Tagebuch damals, hunderte, vielleicht tausende Seiten. Malkmus und ich lebten so unsere Leben, beide immer, das war ja auch, was uns schreibend so verbunden hatte, nah am Sumpf und fern von Geld. Seitdem schreibt er mich gelegentlich, selten, ab und zu mal wieder an, in einer Bierlaune, nachts im Facebook, ein sozialmediales Winken vom anderen Ende der Straßenseite. Seine Nachricht jetzt ist wie eine Nachricht aus einer Welt, die nichts von Karls Tod weiß. Sie deprimiert mich und ich wische diese am Handy aufgetauchte Pushnachricht einfach weg, als verscheuchte ich eine lästige Fliege.

Ich nehme mir vor, ihm vielleicht später zu antworten, weiß aber nicht so richtig, was er mit diesem Thema jetzt, mit Karls Tod, zu tun haben könnte, und ich ahne, dass mich sein Unbeteiligtsein an diesem Thema und seine dann irgendwie so verlegen übers Internet an mich zusammengedruckste Antwort auch wieder deprimieren würde, mir vielleicht sogar das unschöne Gefühl geben könnte, jemand, der da irgendwie nicht reingehört, dümpelt jetzt in diesem traurigen Themasee so mit herum, nicht direkt als ungebetener Gast, aber trotzdem einfach irgendwie so reingeplumpst, mit der besten und banalen Ursprungsidee eines kleinen, lieb gemeinten, von Bier und besten Absichten befeuerten Einzeilergrußes plötzlich gelandet in der Tragik meines Lebens.

Und dann hatte ich nochmal an *das fehlende Licht* vom letzten Eintrag gedacht. Dass wir ja nicht wegen Ratschlägen zur Psychologin gehen, sondern vielleicht ja auch einfach wegen anderen Arten und Weisen von Ausleuchtung. Dass ein Blick mehr auf *die Sache* ja nie schaden kann. Was sofort aber wieder auch irgendwie blödsinnig, sinnlos und sinnleer klang.

Mo. 29.08.2022, 21:46
Sofa

Von den Beerdigungsgästen ist jemand corona-positiv. Wir sind etwas sauer, Carina noch mehr als ich, da die betreffende Person offenbar am Beisetzungstag selbst schon Symptome gehabt, sich nicht getestet und damit ein Risiko für alle in die Trauergesellschaft hineingetragen hatte. Wir informieren in Rundnachrichten alle anderen Anwesenden und hoffen, dass niemand sich angesteckt hat. Lästiges Nachrichtengeschreibe. Noch bevor ich meine Dankesnachrichten schreiben kann, muss ich jetzt also diese Coronainfo herumschicken. Für eine kombinierte Nachricht aus beidem, Dank und Corona, habe ich gerade keine Zeit und Nerven, da ich los will, in die Stadt.

Carina ist mit Paul zu Hauke und Cleo in den Garten. Ich sende Pakete retour, kaufe Brot und Coronatests. Dann fahre ich auch in den Garten, dort ein spontanes Abendbrot mit den Gartentomaten. Paul genießt das Toben mit Cleo, sie kochen irgendwas in der Kindermatschküche und er sieht aus wie Sau. Wir wechseln seine Sachen und fahren gegen halb sieben alle nach Hause. Es ist schon sehr abendlich kühl, ich friere in meiner kurzen Hose und dem T-Shirt. Paul schläft zuhause schnell ein. Wir dann auch, kurz darauf auf dem Sofa. Eigentlich wollte ich noch ins Schreiben, wenn alle im Bett sind, aber ich war nach dem Sofaschlaf mit dem falschen Bein aufgewacht. Also gehen wir zehn vor zehn ins Bett. Morgen bringen wir Paul schon um acht in die Kita, dann zur Diakoniepsychologin.

Als hätte er sich mit Malkmus aus Wien abgesprochen, kam eben eine weitere, unbedarfte, nichts von Karls Tod wissende Mitteilung aus der Reihe der mittelfernen Internetfreunde. Lucien schreibt. Er antwortet auf eine Nachricht von mir von vor Monaten. Er schaut sonst nicht in sein Telegram, schreibt er. Er schreibt von seiner Musik, wir schreiben eigentlich, wenn wir schreiben, immer über unsere Musiken, und er fragt am Ende ahnungslos, wie es mir gehe, wie es bei mir stehe. Seine Nachricht ist, als Antwort auf meine damalige Nachricht an ihn, wie eine Nachricht aus besseren Zeiten. Ich kann jetzt nicht antworten, mache mich bettfertig und hoffe, schnell wieder einzuschlafen.

Die SMS von Arno hatte ich, bevor ich ihm dann endlich antwortete, über den Tag mehrmals, immer mal wieder gelesen, weil sie so schön und ermutigend war.

Di. 30.08.2022, 11:26
Karlbank auf dem Friedhof

Beim Einbiegen in die Straße zum Friedhof kam, genau wie vorgestern, wieder *„BACHELOR KISSES“* aus der random Playlist in meine Kopfhörer.

Um diese Uhrzeit, an diesem Wochentag, gehört der Friedhof den hier arbeitenden. Ich bin der einzige Grabbesucher. Rasenmäher schrauben sich mit dem Geräusch von dünn knatternden Motoren in engen Wendekreisen um die Bäume. Kleinlaster hoppeln auf den von Birken gesäumten Wegen entlang und entleeren die Körbe mit den „verrottbaren Abfällen“. Ein Specht oben im Baum. Ich sitze auf der Bank neben Karls Grab, habe das Holzeichhörnchen aus Helenas Strauß gezupft und vorsichtig in meine Tasche gesteckt. Das Blumenmeer sieht noch ziemlich gut aus, dafür, dass heute Dienstag ist und Karl am heißen Freitag hier beerdigt wurde. Die Kuschelteddies sitzen nass und *begossen* zwischen den Sträußen. Nach dem Regen jener Gartennacht ist es in den letzten Tagen merkbar kühler geworden. Ich fror heute morgen auf dem Fußweg zur diakonischen Psychologin sogar ein wenig. Auch von ihr wurden wir wieder gelobt, sie war regelrecht gerührt und hatte *Gänsehaut*, wie gut wir das alles machten, wie reflektiert wir seien, wir sehr wir unser verstorbenes Kind bei uns und in uns hätten. Geht man also, wie ich manchmal schon annahm, einfach auch zum Psychologen, um sich selbst bestätigen zu lassen – als irgendwie denkender und fühlender Mensch? Mein Eindruck ist, dass die örtlichen Psychologinnen und Psychologen hier ihre Patienten erst überhaupt zum Denken und Fühlen bringen müssen, bevor die irgendwie mit ihrem deepen Ding loslegen können. Dass das die Arbeit der Psychologie ist: die Menschen *aufzuschrauben*, damit die selbst mal *rankommen*, an ihre eingeglasten, eingemauerten, einbetonierten Innenleben, an das dünne Knattern darin. Und stimmte also all die Jahre das, was ich in mir fühlte: dass ich aus Pappe bin und deshalb so nah an meinen Gefühlen immer war und bin? Oder ist da noch richtig übler Scheiß einfach vergraben? Wie auch immer, meinen Karl habe ich ganz oben auf dem Meer meiner Gefühle. Und ist das gut? Ist das jetzt gut, dass ich ihn *fühlen* kann, wo er doch jetzt *tot* ist? Wäre es nicht besser, wenn er nicht tot, sondern am Leben wäre? Wäre das nicht das *einzig* Gute? Was nützt es mir, *gut zu trauern*, meinem toten Kind in Erinnerung und Denken nah zu sein, wenn er doch nie mehr auf meinem Schoß sitzen wird? Was nützt mir also da ein liebes Lob von einer Psychologin in Gänsehaut?

Grübelnde Grüße aus der Leere und dem Loch nach der Beerdigung. Hier bin ich. Im Karltext auf meiner Karlbank neben dem Karlgrab.

Die Karlluftballons hängen immer noch da drüben in der Kastanie. Sie baumeln da, viel zu weit oben, als dass man mit einer Leiter oder einer Teleskopstange rankäme.

Ich weiß nicht, ob ich zu den Friedhofsarbeitern gehen und fragen sollte, wie „wir" jetzt die Luftballons da runterkriegen. Ich sehe mich schon vor ihnen stehen, eine Hand in die Hüfte gestemmt, einen Fuß papamäßig patent nach außen gedreht, sie in ungelenkem Kumpelton volllabernd, ob die Dinger da stören und wenn ja, ob sie nicht vielleicht eine Hebebühne oder eine Ausfahrleiter oder irgendwas da haben. Ich will aber auch keine schlafenden Hunde wecken, sonst wird uns von irgendwelchen Behörden und Hütern irgendwelcher Ordnungen noch Baumverschmutzung vorgeworfen und wir haftbar für Herunterholung, Abfuhr und Entsorgung der dort hängenden Luftballons gemacht. All sowas, solche den echtmenschlichen Emotionen gegenüber ignoranten Amtsprinzipien, kann ich gerade wirklich nicht gebrauchen.

Und dieses fast schon leichte, heitere *Bild* der da so ins Geäst verknoteten Luftballons mit ihren Zetteln dran: *DAS* nützt mir in diesem Moment dann doch etwas. Ich weiß nicht genau *WAS*, aber.

Hinterm *aber* kommt nichts mehr. Auch nach dem Tod gibt es kein aber.

Aber der Tote ist ja tot.

Kein aber.

Aber irgendwie muss es ja weitergehen.

Denn irgendwie muss es ja weitergehen.

Weil irgendwie weitergehen muss es ja.

Nicht wirklich weiter, aber zurück fahre ich dann mit dem Fahrrad und kaufe am Imbiss Döner und Nudelpfanne fürs Mittag.

Di. 30.08.2022, 12:02
am Imbiss

Und immer wieder dieser Wunsch, statt an seinem Grab jetzt einfach für Wochen, Monate, von mir aus Jahre, im Krankenzimmer, in der *„MKE-4"* zu sein, in der ziemlich falsch betitelten „Mutter-Kind-Einheit" – als *Vater* mit meinem Sohn. Eltern-Kind-Einheit müsste es doch richtigerweise heißen. Aber ich war tatsächlich der einzige dauernd dort wohnende Papa in dieser Zeit. In unserem schönen Zimmer, am Ende des Ganges. Es war das Zimmer neben jenem, in dem wir damals, nach der Geburt, für ein ein paar Tage zu viert gewohnt hatten.

Di. 30.08.2022, 22:14
Bett

Tagsüber war ich mit Paul im Tierpark. Ein Schild weist jetzt, in einem etwas *zu* sehr vorauseilend deeskalierend gemeinten und gleichzeitig nachträglich entschuldigenden, jeden Gegenwind gleich aushebeln wollenden Text, darauf hin, dass altes Brot bloß nix und ganz und gar nicht was für Tiere sei und deshalb hier jetzt nichts davon mehr abgegeben werden darf.

Jahrelang brachte hier die ganze Stadt ihr altes Brot hin, für die Schweine und wenweißichnoch. Einem von den Schweinen muss das alte Knüppelbrot wohl nicht so gut bekommen sein, wer weiß, was da los war. Der pflichtschuldige Ton des Schildes jedenfalls lässt mich plötzlich dann wieder an das Schild denken, dass der Waschsalonmann in die Scheibe seiner Tür geklebt hatte. Der Waschsalon war eine Zeit lang, für eine kleine waschmaschinenlose Weile meines prekärbohèmen Lebens damals, auch so eine Konstante in dieser Stadt. Irgendwann, als wir beide in meinen anderthalb Zimmern in der hofseitig halbverschimmelten Hochparterre zusammenzogen, brachte Carina eine Waschmaschine mit in unsere wilde Ehe und der Waschsalon wuchs aus meinem Leben heraus und wurde selbst immer grauer und oller, hatte unklare Öffnungszeiten und irgendwann hatte der neue Salonherr ein Schild an die Scheibe geklebt, das sich, überladen mit unnötigen Details seiner Abkömmlichkeit, las wie der selbst geschriebene, krakelige Entschuldigungszettel eines Achtklässlers. Der Salon sei wegen Krankheit geschlossen stand da. In einer Zeile darunter, etwas kleiner, hieß es, dass es sich um eine ausgerenkte Schulter handele. Noch eine kleinere Zeile darunter der Vermerk, dass es wirklich dolle schlimm sei. Es wirkte irgendwie hilflos, als fühlte er sich in die Ecke getrieben. Anwohnende hatten zuvor einen Bittzettel an den Salon geklebt, dass sie den Waschsalon unbedingt brauchen und wieder haben wollen. Irgendwann war der Laden leergezogen und ich weiß nichts vom weiteren Schicksal seiner Schulter und der Wäscherei, aber die Erinnerung an das Schild stimmt mich trübe. Und irgendwie macht mich auch das Brotverbotsschild jetzt traurig. Es kommt auf seltsame Art besserwisserisch daher, was dem Schild jedoch nicht gut steht, da es eher vorlaut als weise einsichtig wirkt, da das blöde Schild sich hier mit einem mir eher übertrieben erscheinenden Eifer so aufplustert, als hätte es irgendwo was ganz Schlaues aufgeschnappt und müsse das jetzt jedem ungefragt und unter Aufwendung mehrer Ausrufezeichen und Unterstreichungen unter die Nase reiben. Das Schild weiß einfach nichts von Karls Tod und spielt sich hier unnötig auf.

Vom Tierpark schob ich mit Paul direkt zum Abendbrot bei Helena und Cleo und vergaß dabei mein vor dem Tierpark angeschlossenes Fahrrad. Nachdem Paul im Bett war, holte ich mein Fahrrad dann ab, ein kleiner Abendspaziergang über den Wall, durch die Stille meines leeren Lebens, fuhr noch ein paar Kurven durch die Stadt, schlief zuhause um zehn auf dem Sofa ein, machte mich bettfertig, tippe diese letzte Notiz des Tages in mein Handy und mache das Licht aus.

Mi. 31.08.2022, 07:40
Küche

Letzter Augusttag dieses Jahres. Während ich draußen den Kinderradanhänger ans Fahrrad baue, fühlt sich die Kälte so an, wie damals, vor Jahren, als ich um solche Uhrzeiten oft erst, von einer langen Nacht in Bars, Parties, sonstwo, nach Hause kam. Der Autoverkehr der Berufstätigen, die Radelnden mit ihren Kindern vorne und hinten auf den Fahrrädern, die Spatzen mit ihrem Gezwitscher, Baustellengeräusche, der Zigarettenrauch der Bauarbeiter auf dem Gerüst vor unserem Haus, das morgendliche Licht, zu grell für Menschen aus der Nacht. Es sind jetzt die Wochen, in denen man tagsüber noch im dünnen Hemd, nachts besser schonmal in einer vorne zumachbaren Jacke rausgeht. Die Sakkos, die ich all die Jahre vor den Kindern immer trug, sind meistens eine Nummer zu klein, sind vorn nicht schließbar, ich trug sie immer offen, Sakkos wie Trainingsjacken.

Carina fährt Paul zur Kita. Unten trafen wir noch Helena und Cleo auf dem Rad zur Schule. Ich esse eine halbe Scheibe Brot, dusche und fahre gleich zum Klinikum. Ein weiterer Termin mit der Psychologin. Ich freue mich auf das Klinikum, als Gebäude, als Betrieb, als betriebsamer Ort, dessen Aura immer noch ein Karlort für mich ist.

Ich gehe ins Wohnzimmer, schließe die Oberlichter und die angekippten Fenster, damit die Bauarbeiter draußen ihre Arbeit an *unserer Fassade* (sic!) aufnehmen können. Auf dem Fensterbrett die beiden A4-Portraits von Karl. Nahezu lebensgroß. Heftig.

Mi. 31.08.2022, 07:49
Küche

Ich mache Carina einen Mitnehmkaffee für den Psychologinnentermin und muss, als ich den granatroten Thermobecher in der Hand halte, sofort an die Krankenhauszeit denken. Carina hatte mir nachmittags immer einen Kaffee mitgebracht. In den ersten Wochen, als es noch keinen Kaffee in der Stationsküche gab und ich ihn immer am Automaten zog. Der Becher war auch zur Babyzeit ein wichtiges Utensil. Bei allen Ausflügen, bei unseren Spaziergängen zu viert, wir Eltern mit den Kindern im Zwillingswagen, hatten wir immer diese Becher dabei. Kaffee war wichtig, gegen die schöne neue Müdigkeit, aber auch als eine Art Ritual, als ein paar ruhige Minuten, während die Kinder im Geschunkel so schön schliefen. Es ist nicht lange her, wenig mehr als ein Jahr, aber es war eine andere Zeit, die Kinder sahen auf eine Art ganz anders aus, es waren Babies, ihre Bewegungen waren anders, ihre Regungen waren wie mechanisch, aber trotzdem weich, alles was sie machten war etwas völlig Neues für uns und für sie. Sie waren neu in der Welt und die Welt war wie neu für uns, obwohl es die selben Wege waren, die wir durch die selbe Stadt gingen. Auch der Becher war damals neu. Es war der erste wirklich dicht haltende Thermobecher. Das Leben war sinnvoll und gut.

Mi. 31.08.2022, 20:26
Badewanne

Badewanne. Bier. Und Michael Hurley aus der Box. Dazu drei Bücher auf dem Klodeckel rechts neben mir. In allen Wohnungen war der Klodeckel immer am Kopfende der Badewanne. Gelegentliche Uringerüche, wenn die warme Dampfluft im Bad unter das Klobecken griff. Auf dem Klodeckel immer Essen, Bücher und neuerdings auch die kleine Bluetoothbox. Heute auch ein altes Regalbrett als Ablage vor mich über die Wannenränder gelegt. Der kleine Schreibcomputer steht darauf. Baden wie in Möbeln.

Das Licht der rechts neben mir ans Fensterbrett geklemmten Leselampe ist das Nachtlicht meines Krankenhausgästebettes. Nachts, nach dem Schreiben, klemmte ich dieses Licht an die große, über mein Bett ragende Gelenklampe des Zimmers und las im schmalen Licht meiner kleinen Schwanenhalslampe. Die Lampe hat drei Lichtmodi mit je drei Helligkeitsstufen. Das gelbste Licht auf Stufe 2. Das war das, das die Buchseiten am wärmsten beleuchtete. Das ist mein Karllicht. Karlstiche, während ich die Lampe justiere, die Box einen Volumenpunkt lauter mache und mich ein kleines Stück tiefer ins Wasser sinken lasse.

Die Lieder und Liedzitate im Buch hier sind alle so *gekommen*. Es sind im lieblingsliedlichen Sinne noch nichtmal immer Lieblingslieder, nicht solche immer schon und ewig fest im eigenen Gefühlsgefüge eingebauten Wesensmarker. Sie sind vielleicht auch gar nicht mal besonders *bedeutsam*, bisher jedenfalls. Sie flogen mir in irgendwelchen Karlkontexten einfach immer wieder, immer mal, einfach so zu. Sie sind hier, weil in ihnen irgendwas in Richtung Karl zeigt, manchmal ist es nur die Melodie, das Lied als solches, die Zeit, in der das Lied in meinem Leben war; das Zitat ist nur ein Zeichen, ein Anzeiger zum Lied hin, ein Verweis, kein großer Sinnhinweis, ein Fragment zum Dranfesthalten.

Ich lese in der Curd-Jürgens-Autobiographie, die ich im Krankenhaus aus dem Bücherwagen genommen hatte. Es gibt ein Foto, da sind dieses Buch, ein ziemlicher, dicker Schinken, eine Mini-Packung *Haribo Tropifrutti* und ein Krankenhausautomatenkaffee zu sehen, drapiert als kleines, trist-pittoreskes Ensemble auf dem kleinen Beistelltisch neben meinem Gästebett. Dieses Foto sandte ich am 04. Juni um 19:55 Uhr im Telegram an Carina und meine Eltern, mit der launigen Bildunterschrift, dass dieses hier das kleine Abendglück im Krankenhaus sei. Das war damals, in Zimmer 13 oder 15.

Ich weiß noch, wie uns Schwester Silvia angeschaut hatte, als wir dort das zweite Mal eincheckten, ins Zimmer 13. Als wir nach der ersten Entlassung dann doch wieder zurück ins Krankenhaus mussten. „Ochnee, ne?!" sagte sie, in ihrer unverfroren herzlichen, heiseren Art. Es war irgendwie gut, sie wieder zu sehen. Es war, als wären wir wieder irgendwo angekommen, wo man uns kannte, wo man gut zu uns ist, wo man uns, im zweiten Anlauf jetzt schon, nun hoffentlich aus unserer Misere irgendwie helfen würde. Das war das Krankenhaus, die ganze Zeit. Der trotz allem irgendwie *gute* Ort, an dem man uns so lange dabehalten würde, bis es Karl besser ginge. Es gab dort niemanden, der scheiße war. Die einzige Scheiße war Karls Krankheit. Und auch die wirkte nie, als ob da noch die allergrößte Scheiße auf uns zu käme. Wir waren guter Dinge. Karl war fast immer gut gelaunt dort. Kinder kommen mit so vielem zurecht. Sie jammern nicht nach dem was nicht ist, sie Leben in der Gegenwart. Ich empfinde eine diffuse Form von Stolz, für meinen tapferen Sohn und auch für uns, als Familie, dass für ihn hoffentlich alles gut war in seinem Leben.

Und plötzlich die furchtbar deprimierende Visualisierung einer horizontal, kalt, hart und gefühlelos hingezeichneten Zeitachse, auf der Karls Tod schon rechts außen, ein paar Wochen nachdem ich Curd Jürgens vom Bücherwägelchen griff, zu sehen ist, und dass dort, an diesem, seinem Todestag unsere Zeitachsen abrupt auseinanderdriften. Dass meine und unsere Zeitachse dann ohne ihn fortlaufen, er zurückbleibt, am Punkt, wo seine Lebzeitachse nicht mehr weiter geht. Dass die Scheiße da schon eingezeichnet war. Dass der Tod mit jedem Tag, jetzt im Rückblick gerechnet, näher auf ihn zu rückte. Oder fiel der Tod einfach in jener Nacht des 16. Juli, unerwartet, uneingezeichnet, *organisch* plötzlich als unerrechenbare Katastrophe in dieses dumme Zeitachsenkonstrukt, auf dem unsere Leben als Parallelen lagen? Ich schreibe wirr. Ich meine mit dem Zeitachsengesaftel nicht, dass der Tod dort schicksalshaft schon *vorgesehen* war, ganz und gar nicht, es fiel mir nur eben so furchtbar hart und deprimierend diese Draufsicht auf diese zurückliegende Zeit in den Nacken. Dass das Ansehen dieser Zeitachse jetzt so trostlos ist, weil klar ist, was passiert ist. Was uns damals natürlich nicht klar war, weil niemand ahnte – undsoweiter, undsofort. Später vielleicht mehr dazu. Gerade nur hilflos, hadernd, holpernd, hauruckartig durch diese hochgewühlten Gefühle kämpfend.

Am Nachmittag holen wir Gemüse aus der *Straze*. Dudo ist auch dort, er räumt gerade Kabel und Zeugs zusammen, für ein Festival, das er technisch betreut. Wir hatten damals in dem einen Job zusammengearbeitet. Bevor ich dann gekündigt hatte. Dudo hatte schon von Karls Tod gehört und wir umarmen uns und ich erzähle ein bisschen und er ist ein bisschen ungeschickt, aber sehr herzenswarm und *gechillt*, wie immer. Wie er da so die Kabel durch seine Hände zieht, sie völlig ohne Hast und ohne Eile zu ordentlichen Schlaufen aufrollt, fällt mir nur dieses Wort ein: gechillt. Sie sind eine ganz eigene Sorte Mensch, diese Veranstaltungstechniker.

Paul tobt im Strazegarten herum. Die Klappstühle, die angewitterten Spielplatzspielgeräte, die Bierbänke und die Tischtennisplatte. Ringsum wildes Grün. Ich sah plötzlich einen roten Punkt in einem Baum irgendwo, reckte instinktiv den Kopf, vielleicht war es ja ein Ballon vom Freitag. Wäre das windrichtungsmäßig möglich? Ich rechnete im Kopf herum und dachte nach, versuchte mir die Stadt und den Friedhof und wo alles liegt, wo die Luftballons so hätten hinfliegen können, möglichst klar im Kopf auszumalen, während Paul mit anderen Kindern auf einem kleinen Holzpodest jetzt eine Art Bühnenshow spielte, das Bühnenshowspielen der anderen Kinder imitierte und großen Spaß hatte, was mich wieder sehr rührte, weil jedes Fünkchen Glück ja jetzt so selten, kostbar und manchmal doch so fern aller Logik und Richtigkeit zur Zeit scheint. Aber genau das soll er doch haben können, trotz allem: Glück und Glücklichsein. Er soll das Kind sein dürfen, das er ist. Wir müssen ihn irgendwie mitnehmen, durch diese Zeit, auch diese traurigen Wahrheiten darin. Dass Karl tot ist, ist wahr. Aber Paul soll als Kind nicht im glücklosen Unglücklichsein sein. Er lacht mich an, springt auf dem Podest herum, und ich lächle zurück und bin erleichtert, dass meine Mimik in diesem Moment keine Maske ist. Meine Züge sind oft gleislos und leer, wie entglitten und eingefroren, mein Gesicht oft fahl, leer und verloren, mein Körper als Austragungsort meiner Trauer völlig zerpflückt, aber ich bin noch da und noch stark, für Paul, und auch für mein totes Kind Karl. Wenn ich noch da bin, ist auch Karl noch in mir.

Vorher, vormittags, bei der Psychologin. Sie lobt uns wieder, findet alles beeindruckend und kriegt Gänsehaut, weil wir auf so einem guten Weg sind. Sie vermittelt zu einer Seelsorgerin, die hat eine Trauergruppe, da könne man doch mal hingehen. Als wir nach Hause kamen, lag bereits ein Brief mit einer Einladung zu dieser Trauergruppe im Kasten, frankiert, also offenbar schon vor ein, zwei Tagen an uns abgeschickt. Im Hintergrund fließen die Informationen. Es ist, als läge man als Trauerfall jetzt auf mehreren Schreibtischen. Was irgendwie gut ist, dieses Arbeiten der Instanzen im Hintergrund. Dass der Tod und die Trauer nichts anonymes sind. Dass wir nicht allein sind. Die Psychologin hatte außerdem gesagt, ich könne das Zimmer besuchen, in dem ich mit Karl hier im Krankenhaus lebte. Ich machte innendrin einen Satz und freute mich sehr. Sie will sich um alles kümmern, fragt bei der Station an und meldet sich bei mir, wenn die Gelegenheit gut ist, am besten bei einem Bettenwechsel, so dass ich dann nochmal aufs Zimmer kann.

Spotify spült unvermittelt *„POST-WAR“* von M. Ward in das tägliche Musikgeriesel. Ich hatte das viel gehört, als sie Babys waren, das Lied lief häufig, in Schleife mit noch ein, zwei anderen sanften Sachen, wenn sie auf meinem Bauch Mittagsschlaf machten. Sofort sehe ich uns, auf dem Fußboden vor der Kommode liegend, da lag ich oft mit den Kindern, das war ein guter Liegeort. Ein Baby auf meinem Bauch, das andere neben mir auf einem Fell und einer dicken Decke, meinen Arm drumrumgelegt, selbst auch so wegdösend, oder am freien Arm ein Buch lesend. M. Ward hatte ich vor 20 Jahren, so 2001, 2002 viel gehört, als ich damals hier in die Stadt gekommen war und in meinem ersten Zimmer so bisschen weltverloren aber musikbegeistert, von all den damaligen Musiken getragen, mein kleines spätjugendliches, frühstudentisches, zielloses Leben führte. Mit *„POST-WAR“* hatte ich ihn dann wiederentdeckt, ich hatte das damals, so 2006 herum, in einer meiner ersten Sendungen hier im regionalen Radio gespielt. Sofort gehe ich im Spotify vom random in den linearen Modus und tippe vor und zurück, um zu schauen, welche Lieder ich in jener Zeit, damals in der Zeit der Babymittagsschlafe vor der Kommode, neben diesem von M. Ward, ansonsten noch als Lieblingslieder favorisiert hatte. Auch in diesen Liedern kann ich dorthin zurück sehen, in die Zeit mit Karl und Paul und uns, in das Leben damals, in die Zeit der Spaziergänge mit den Thermobechern und den Schlummerstunden vor der Kommode, auf der schon Carina, in wieder anderen, früheren Jahren gewickelt worden war.

September

Do. 01.09.2022, 00:13
Bett

Angesoffen ins Bett. Das Kinderbett, über das ich eben zwei Mulltücher zum Trocknen hing, ist seit Wochen leer. Paul schläft immer bei uns im Bett. Wie ich die Nächte vermisse, ins Bett kriechend, zum „*C*" gekrümmt, zu unseren *beiden* Babies in unserer Mitte. Manchmal lagen nur vier Stunden Schlaf vor mir, aber es war ein Schlaf bei meinen beiden Kindern. Ich war kurz entmutigt, weil ich nach der Wanne nicht in die späte Textarbeit gefunden hatte, für die ich mich eigentlich hatte warmbaden wollen. Aber dann waren es, in meinem kleinen, treuen Textauffänger hier, ja doch schon wieder seitenweise Flut- und Fließtext vorhin geworden, im Wasser aus mir rausgefallen. Wie gut, dass ich diesen Text hier habe. Manchmal macht er Sachen wie von allein und ich lese später darin von Dingen, an die ich mich nicht mehr erinnere. Und dann bin ich froh, ihn zu haben, den Text und meinen Karl darin. Und beim Schreiben des Datums für diesen letzten Eintrag der Nacht war wieder kurz ein unklares Gefühl in mir, vielleicht Vergeblichkeit, weil mit dem August auch der Sommer irgendwie langsam zu Ende geht und der Sommer die Zeit war, in der Karl noch bei uns, aber in der er auch gestorben war.

Do. 01.09.2022, 10:32
Küche

Apathisch zwischen den Ämterschreiben, Behördenbriefen und verzettelten Finanzen. Mahnbescheide, Lastschriftrückgaben, „Aufforderungen zur Mithilfe", Vollstreckungsankündigungen – ich versuche, Ordnung in meinen Papierkram zu bringen. Bin sofort, wie immer, wie all die Jahre bei diesen Dingen immer schon, jetzt nur noch tausendmal mehr, wie erschlagen, gelähmt, hochgradig deprimiert, ahnungslos, wie ich das alles angehen soll. Völlig überfordert und lustlos, antriebslos, keinen Sinn sehend in diesen Sachen, gerade jetzt, da doch mein Sohn Karl tot ist. Ich klicke wirr in meinem „Einnahmen"-Tabellendokument herum, ein erster Schritt die sowieso immer geldlose Lage fürs Finanzamt aufzuklären. In den Strukturiertheit vortäuschenden Zeilen und Spalten sehe ich darin die letzten gestellten Rechnungen für das kleine Konzert und den Flohmarkt-Flyer aufgelistet, allesamt aus dem Frühsommer diesen Jahres – als ich mit Karl im Krankenhaus war, als er noch lebte, als alles noch gut war, als mir aller auflaufender Papierkram egal war, weil ich dachte, darum könne ich mich später noch kümmern, wenn wir aus dem Krankenhaus entlassen sind, wenn Karl wieder in der Kita ist, wenn ich wieder Zeit und die sogenannte Muse für sowas hätte. Jetzt ist Karl seit fast sieben Wochen tot und, um mich in den gänzlich deprimierenden, karllosen Alltag wieder sowas wie reinzufinden, und weil die Bürokratie keine Trauer kennt, räume ich mein Zimmer auf, wühle die ganzen ungeöffneten und geöffneten aber irgendwo außer Sichtweite wegversteckten Drohbriefe, Schreiben und Zettel hervor, möchte sofort wieder aufgeben, alles irgendwohin wegstecken, damit nichts zu tun haben. Genau also *das*, was ich mit meiner Trauer, mit meinem Trauern *nicht* mache. Mit meinem Kummer kenne ich mich aus, der ist in mir. Aller Amtskram, alles was mit Geld zu tun hat, das Leben als Mensch unter finanziellem und behördlichem Druck hat mir schon immer schwer zugesetzt. Mir als trauerndem, emotional nun so anfälligem, angegriffenem, einfach ziemlich wankelmütigem Menschen setzt es nun nochmal mehr zu. Es ist furchtbar. Ich will zum Friedhof, ich will zu Karl. Im Handy, wo ich mir über meinen Messengerdienst Textbrocken auf den Karlcomputer sende, stoße ich auf Karlfotos. Fotos aus einer besseren, bürokratieloseren Zeit. Familienleben, Nachmittage unterwegs, im Tierpark, in Berlin, zu Ostern, zuhause im Wohnzimmer, Uroma mit Kinderbüchern auf dem Schoß, in denen Karl und Paul herumblättern, als wollten sie ihr die besonders guten Stellen zeigen. Fotos von helleren Tagen.

Carina räumt im Badezimmer herum, hört Podcasts über die dicken Kopfhörer und kommt gelegentlich in die Küche, um mir irgendwas zu sagen oder was zu fragen. Unter ihren dicken Bügelkopfhörern brüllt sie dann immer etwas und ich drehe mich erschrocken um, umgeben von den mir über den Kopf wachsenden Papieren, vertieft in meinen kümmerlichen Karltext, und fühle mich wie ertappt bei etwas Ungeschicktem.

Do. 01.09.2022, 11:38
Karlbank auf dem Friedhof

Ich lasse den Dreckszettelkram erstmal liegen, stopfe den Stapel in meine Tasche, als wäre er damit erstmal weg, und gehe einem inneren Drängen nach: es zieht mich zum Friedhof. Zu Karl.

Ich schmiere mir die Frisiercreme aus der orangen Tube ins Haar, fühle mich dieser Tube sehr verbunden und weiß kurz nicht weshalb, frage mich, ob ich diese Tube, aus der diese so angenehm unaufdringlich, fast schon altbacken duftende, pastige Creme kommt, vielleicht im Krankenhaus mithatte, sehe mich dann, vom Bier und Baden gestern ziemlich fertig, im Spiegel an. Ich bade ja grundsätzlich heiß und stundenlang, sehe am nächsten Tag dann eher aufgeschwemmt als frisch aus.

Mit dem Pfand in den Gepäcktaschen fahre ich vom Hof. Ich spüre im Rücken, wie die Bauarbeiter auf dem Gerüst in ihrem Gehämmer kurz inne halten, während ich da so flaschenscheppernd übers Kopfsteinpflaster holpere. Die müssen ja auch denken, denke ich mir, wie ein Teenager. Bei diesem Wetter jetzt ziehe ich wieder meine alten Jackets an, auch die exzentrischeren. Gestern war ich mit dem olivgrünen Sakko, an das ich die eigens knallgelb umlackierten Holzknöpfe rangenäht hatte, zwei Pizzen kaufen in der Stadt, kam wie ein Zirkusartist mit den Kartons die Straße lang balanciert, zuckelte einhändig unter ihrem Gerüst entlang als wäre das Leben ein großer, bunter Spaß, als hätte die Schule uns heute nach der ersten großen Hofpause für den Rest des Tages freigegeben. Vorgestern saßen wir Döner und Asianudeln essend bei uns im Wohnzimmer. Wie Zootieren bei der Fütterung konnten die Bauarbeiter uns zusehen. Wenn wir nicht essen, sitzen wir auf dem Sofa, starren die Wand an, wischen im Handy, machen vielleicht mal was mit Papierkram oder irgendwer räumt lustlos, als eine Art Übersprungshandlung gegen die Leere, eine Kleinigkeit im Zimmer auf. Wir tröpfeln und triefen, hieven uns irgendwieso, zur Zeit relativ gefasst eigentlich, durch unsere Tage der Trauer. Jedenfalls sehen wir gerade, in diesen seltsamen Tagen, vormittags, wenn Paul in der Kita ist, allein in unserem außen eingerüsteten Daheim, taten-, rat- und kraftlos, für die draußen herumhämmernden Handwerker, wirklich nicht aus, wie *die arbeitende Bevölkerung*.

Zeitlebens, auch jetzt mit 40 – oder wie alt bin ich nochmal hier in diesem grausigen, grausigen Scheißjahr? – war ich immer *der Student*. Auch im Callcenter, auch die Jahre, die ich dort als normal malochender Niedriglöhner arbeitete. Manchmal ziehen wir die Vorhänge tagsüber zu und sperren die starrenden Bauarbeiter aus. Dann hören wir nur noch ihr zweckdienlich lautes Gejohle, mit dem sie sich ums Eck und über die Etagen des hohen Gerüsts verständigen. Seltsam, aber ich fühle mich, als müsste ich mich vor ihnen rechtfertigen und sowas sagen wie: Entschuldigen sie bitte, die Herren, unser Sohn ist jüngst gestorben. Ich würde am liebsten den ganzen Tag nur saufen, aber das geht nicht, also trauern wir uns hier so durch unsere trüben Tage, bitte haben sie ein Einsehen, wir sind nicht arbeitsfaul, wir kochen sonst auch selber, sind aber einfach zu fahl zur Zeit für alles, und ich bin gegenwärtig Autor zweier unverlegter Bücher, von denen kein Verlag noch nichts weiß, und meine Frau hat eine richtige Arbeit.

Ich stecke die Flaschen verschiedenster Macharten und Größen in den beim Edeka zum Glück sehr unwählerischen, sehr unkomplizierten, also sehr *schnellen* Pfandautomaten, drücke mit dem Fingerknöchel des rechten Zeigefingers – auch so eine Corona-Sache – die „Pfandbon drucken“-Schaltfläche auf dem Touchscreen, stecke den Pfandbon so in mein Portemonnaie, dass er mir spätestens beim Bezahlen an der Kasse wieder einfällt und gehe wieder zum Fahrrad, die Packtaschen anklemmen. Gar nicht so lange her, da hatten die Pfandautomaten noch mechanische Knöpfe wie Arcade-Automaten, keine kleinen Eingabebildschirme, denke ich und denke damit wahrscheinlich diffus an eine Zeit vor den Kindern. Immer wieder geht die, ziellos in einem herumwankende Arbeit der Trauer auch in die Bezirke der vergangenen, ferneren und näheren Zeiten, sucht dort Anknüpfungspunkte und Anker zum Festhalten, hält sich an Erinnerungen, Bildern und aufgewühlten Gefühlen fest. Alles was war, ist wichtig und kostbar.

Vor dem DM steht der Schrank mit den Schließfächern. Darin verstaute ich häufig, wenn ich mit den Kindern und vollem Gepäck hier war, einen Teil meiner Einkäufe, wenn ich noch vorhatte, in einen anderen Laden auf dem Gelände zu gehen. Auch die Schließfächer sind Karlstiche. Ich mache einen kleinen Einkauf und hole mir meinen mittleren zweistelligen Lottogewinn ab, spiele die selben drei Tipps nochmal für dieses Wochenende und habe, mit den 40,10 Euro Restgewinn das gute Gefühl, dass ich erstmal ein paar Tage wieder *so hinkomme*, dass ich, irgendwo innendrin mahnt mich zwar eine Stimme, dass das nicht vernünftig sei, den Zetteldreck erstmal vernachlässigen kann.

Ich fahre zum Friedhof und betrete ihn über den Nebeneingang, wie letzten Freitag. Hier ist es wochenvormittags wie im Einkaufsladen: es ist die Zeit der herumschweifenden Rentner. Omis und Opis pflegen die Gräber ihrer

Lieben. Manche wirken etwas senil, starr und knöchrig, wie außen eingepuppt und innen entkernt von der Erfahrung des Verlusts. Andere, oft sind es die Witwen, machen den Eindruck, als brächte ihnen ihr Besuch hier auch so etwas wie Ermutigung. Sie wirken geschäftig, haben Schürzen um und tragen Harken herum, es ist wie in einem alten Zeichentrickfilm. Man hat den Eindruck, als wäre für die Hinterbliebenen hier das Leben in beide Richtungen noch lebbar. Sie machen alles hübsch auf der Erde, richten alles schön her für die unter der Erde ruhende Person. Das Grab ist der Ort für ihre letzte Gegenwart, hier trifft man seinen Toten, hier ist er da, hier kann man bei ihm sein, zusammen mit dem Toten im eigenen, mehr oder weniger lebendigen Leben. Die emsigen Omis sind ein aufbauendes Bild. Aber ihre Toten waren alt, sind mit einem Alter gestorben, ihre Leben sind zu Ende gegangen, sie haben ihre Leben nicht verloren, wie unser Kind Karl.

Es ist grotesk, aber es ist wieder alles *wirklich schön* hier. Das Licht, die Bäume, die Wege, die irgendwo hinter den Hecken rasselnden Geräusche von maschinengärtnerischer Betriebsamkeit, die Vögel, die Glocken aus den Innenstadtkirchen, die jetzt um 12 hier herüberwehen – die furchtlose, friedliche Welt der hier Ruhenden. In der Kastanie immer noch die Luftballons, jetzt zusammengeschrumpft, klein und knittrig. Gern würde ich an die daran im Wind treidelnden Zettel ran, entweder um sie zu lesen oder, um sie, wie die zwei, drei anderen, die ich noch letztens hier aufgelesen hatte, unter einen der Blumensträuße auf Karls Grab zu legen. Die Blumensträuße haben seit Freitag natürlich ihren Glanz verloren, aber es ist immer noch ein gutes Bild, wie die Sonnenblumen, die Feld- und Wiesengräser, wie all diese freundlichen Sommerblumen, von denen ich die meisten nicht benennen kann, da so, zwar etwas schwach auf der Brust schon, aber nicht kläglich, eher *naturgemäß*, also dem Lauf der Natur der Pflanzen angemessen, auf diesem doch ziemlich großen Quadrat liegen, das Karls Urnengrab ist.

Unter der Kastanie werkelt eine Frau an einem Grab. Wie sie da so unter dem, wie eine gigantische Zuckerwatte aufgebauten, sich hochbäumenden, riesenhaften Laubbaum steht, sieht man erstmal, wie groß diese Kastanie ist, wie hoch die Luftballons darin hängen. Es bräuchte mindestens vier oder fünf dieser Frauen übereinander, um an die untersten Luftballons zu kommen. In den Blättern hängen auch in höheren Etagen Luftballons, ganz oben in der Krone auch ein oder zwei Stück. Es ist gut, dass die Ballons da gelandet sind, dass sie seit Tagen hier hängen, bei Karl, und ich betrachte diese bunt im Baum verzettelten Ballons kurz als ein schönes Symbol für die Unplanbarkeit in Allem, was mir, das merke ich sofort, den Verlust nicht leichter macht, aber es ist gut, dass sie hier sind, denke ich, und denke dann, dass wir bald jetzt anfangen sollten, sein Grab zu bepflanzen.

Do. 01.09.2022, 13:53
Pappelallee

Zur Kita. Durch die Würfelbauten nahe des Klinikums. Hier schob ich mit Karl oft lang, wenn wir bei unseren Nachmittagsspaziergängen noch zehn, zwanzig Minuten Zeit bis zum Abendbrot hatten. Ich habe, da so langradelnd, Druck auf der Brust, es fällt mir schwer, zu atmen. Ich setze mich auf die Karlbank auf der Pappelallee, Studenten radeln vorbei, späte Mittagstrupps aus den umliegenden Büros tingeln, undringliche Pausenplaudereien austauschend, zur Mensa. Ich will so sehr mit Karl hier sitzen, nachher mit ihm ins Krankenhaus, Abendbrot, noch bisschen was spielen, dann bettfertig machen, zum Einschlafen noch was vorlesen und erzählen. Ich will den Frieden zurück im Leben. Er fehlt so, so sehr. Alle meine hilfreichen Besuche hier scheinen gerade nichts mehr wert. Ich bin voll erschlagen vom Kummer. Er soll hier sein.

Unter langsam aufbrausendem Getöse hinter den Bäumen hebt sich dann der Hubschrauber in den Himmel vorm Klinikum und ich muss los, zur Kita. Der Weg dorthin führt mich weiter am Gelände der Parkklinik vorbei. In einem der Backsteinbauten hier war ich vor einigen Jahren angestellt, wie eine völlige Fehlbesetzung hingestellt ins Büro dieser Start-Up-Firma. Ich erinnere mich, wie deplatziert und deprimiert ich dort war, aber es war die Zeit vor den Kindern, vor Karls Tod, und allein deshalb war es auch eine leichtere Zeit. Dass dieses Berufsleben so glücklos und unglücklich war, ist egal jetzt, ich würde überall hin zurück gehen, ließe sich dorthin was drehen, an der Zeit, in irgendein Zurück.

Etwas weiter, vor dem Campus des Berufsbildungswerkes, stehen die Berufsschüler und rauchen und reden. Ich hole Paul von der Kita ab, er setzt sich in den Wagen und wir radeln zurück, die Pappelallee lang, über die der Hubschrauber in diesem Moment wieder hinüberkreuzt und zum Landeanflug ansetzt. Das große Ganze.

Do. 01.09.2022, 15:03
Küche

Ich wasche ein paar Möhren als Fingerfood zum Mitnehmen für den Ausflug. Carina führt ein anscheinend anstrengendes Telefonat im Bad. Möhren hatte ich mir, im Rahmen einer Art *Möhrendiät*, wie ich sie manchmal mache, keinem bestimmten Turnus, nicht mal einer konkreten Diätidee, eher dem Gedanken folgend, dass ich mal weniger Scheiß, sondern lieber, als Zwischensnacks, gesunde Karotten essen sollte, auch ins Krankenhaus bringen lassen. So saß ich, abends am Buch, oder tagsüber, wenn Karl auf meinem Bauch mittags schlief und ich irgendwas *knabbern* wollte, mit meinen Möhren, damals im Krankenhaus, und habe nun, plötzlich auch an das Hasenbuch denkend, „Häschchn, Häschchn", ein Möhrenbackflash zu Karl. Die ganze Breite in mir kreuz und quer aufgestellter Karlgefühle faltet sich auf. „Ach, Karli", denke ich und mache den Deckel auf die metallene Stullenbüchse mit den Möhren darin.

Do. 01.09.2022, 15:36
Wohnzimmer

Im Wohnzimmer dudelt aus der kleinen Bluetoothbox die Alltäglichkeit aussendende Fläche des Nachmittagsradios. Auch das, das Dudeln und Rieseln und Senden und Klangflächesein des Nebenherradios, ist ein Karlstich, ein Karlklang. Ein Nachklingen der mit ihm gelebten Zeit.

Do. 01.09.2022, 16:19
vor dem Fielmann

In der Stadt treffen wir unsere ehemalige Nachbarin von unten. Sie tritt in das Fettnäpfchen aller Fettnäpfchen, in das man bei uns in dieser Zeit treten kann. Sie steht da, mit ihrem Kind, das nur ein paar Wochen älter ist, als unsere beiden, und flötet uns, den drei auf sie zulaufenden Trauergängern, Carina mit Paul auf dem Arm, und ich daneben, fröhlich zu: „Na wo ist denn der andere? Ist der schon vorgelaufen?!". Wir sind ihr nicht böse, sie wusste es ja nicht. Wir gehen, wahrscheinlich ziemlich schwerfällig, nicht vorwurfsvoll, einfach eher müde und saftlos in unseren Minen, auf sie zu und erzählen ihr leise, was passiert ist. Sie lacht unbeholfen, als eine Art kurzes Aufblitzen hilfloser Hysterie, über sich selbst und spricht, ihre Stimme ist sonderbar volumenlos, vom „Fettnäpfchen", entschuldigt sich und wirkt kurz hilflos, als wäre ihr alle Kontrolle über alles entglitten. Wir nicken, weil wir es verstehen und sagen nochmal, dass es nicht schlimm ist, sie konnte es ja nicht wissen. Wir reden noch kurz, dann fährt der Poller runter und der Bus muss da lang, wo wir stehen. Ein schneller Abschied und Carina geht dann mit Paul in den Fielmann.

Do. 01.09.2022, 16:55
Wallspielplatz

Carina ist schon allein nach Hause gelaufen, ich watschele noch ein bisschen mit Paul durch die Innenstadt, trage ihn die meiste Zeit herum, da er wegen Schnupfen nicht so richtig Lust hat, selbst zu laufen.

Auf dem Wallspielplatz haben sie die Wackelschnecke entfernt. „Necke, Neckel" sagte Karl immer. Ich habe seine Stimme ganz deutlich, ganz dicht, nicht wie eine abgespielte Erinnerung, eher wie ein kaum abgeflautes Echo in meinem Ohr und frage mich, als einen dieser pathetisch-pampig aus mir rauswallenden Schwerlastsätze, ob auch hier jetzt nach und nach die Karlwelt *zurückgebaut* wird. Auch diese fehlende Schnecke ist ein Akt des ignoranten Weitermachens der an meinem Kummer offenbar völlig uninteressierten Welt. Mir ist klar, dass ich von niemandem, nicht mal von der ganzen, weitermachenden Welt, erwarten kann, dass sie jetzt auch so kummert und trauert wie ich, ich laste es ihr nicht mal richtig an, dass sie für meine Empfindsamkeiten unempfindlich ist, aber – und ich weiß, dass das irrational und irrsinnig ist, aber so ist es – ich fühle mich verlassen und alleingelassen, abgeknappst und rausgekickt, ausgeschlossen von der Regulärwelt und verabschiedet in diese untröstliche Traurigkeit, die jetzt für immer der Grundton meines Lebens ist. Es klingt geschrieben verdrossener, als es ist. Ich komme schon irgendwie klar, ich habe diese hundertfach hingedroschenen Seiten hier, ich bin auch ohne das Mitgefühl der äußeren Unumwelt noch irgendwie *hier*. Aber die Schnecke hätte sie doch dalassen können!

Paul will auch nicht so richtig spielen auf dem Spielplatz, seine Nase läuft, er klingt beim Reden zunehmend verstopft. Ich trage ihn nach Hause und sage, dass wir da ja Teletubbies kucken können. Er bejaht das, weniger euphorisch, als ich erwartet hatte. Ich frage ihn den Rest des Weges über die Teletubbies aus. Wie die heißen, was die Essen, an was ich mich eben noch so erinnern kann. Irgendwann hatten wir angefangen, die Kinder auch mal häppchenweise Fernseher schauen zu lassen. Die von vielen

Eltern, wahrscheinlich nobel mal angedachte, aber im Alltag zwischen Arbeit, Home Office und der Sehnsucht nach ein paar ruhigen Minuten auf der Couch, kaum umsetzbare Idee des „bildschirmfrei bis drei“ hatten also auch wir verworfen, und so schauten unsere Kinder gelegentlich auch mal Teletubbies. Tiersendungen kamen irgendwie nicht so gut an. Der psychedelische Wiederholungswahnsinn bei den Teletubbies hingegen schien, egal wie irre das auf uns Erwachsene wirkt, unsere Kinder, besonders Paul, ganz gut zu unterhalten. Karl fand das alles nie so spannend. Es gibt ein Video, auf dem sieht man Paul, die Hände hochreißend, jubelnd und „Jaaa“ rufend, bei den Teletubbies mitmachend. Karl sitzt, mit seiner Brille wie der sprichwörtliche Bücherwurm aussehend, daneben und betrachtet das Geschehen auf dem Bildschirm relativ unbeeindruckt. Er macht nicht den Eindruck, als verstünde er nicht, was da vor sich geht, es scheint ihn einfach in keiner besonderen Weise anzusprechen. Als sei das nur irgendwelcher Quatsch der da flimmert, und als wartete er darauf, dass gleich das richtige Fernsehen erst noch losgeht. Oder wir vielleicht mal zu Fuchs und Elster umschalten. Auch dieses Video ist ein Karlstich.

Do. 01.09.2022, 18:24
Küche

Zum Abendbrot heiße Tomatensuppe mit selbstgemachten Knoblauchcroutons. Danach räume ich die Küche auf und Carina geht mit Paul ins Bad. Sie findet dort die *Moronal*-Suspension von Karl und wirft sie mit traurigem Gesicht in den Müll. Ich zögere kurz, hole das kleine, schon krustig angetrocknete Pipettenfläschchen dann wieder aus dem Müll und rieche an der Tinktur. Wie erwartet Karlstich und Krankenhausbackflash. Nach den Mahlzeiten trug ich dieses Zeug gegen den Mundsoor auf seine Lippen auf. Ein medizinischer, anisartiger, gar nicht schlechter Geruch. Ein Geruch wie Abendszubettgehen. Er fehlt mir so. Heute war es besonders klar, deutlich und vordergründig, das Ihnvermissen, das Denken daran, wie es jetzt genau wäre, wäre er noch da, das Ihnsuchen in seiner Abwesenheit.

Do. 01.09.2022, 19:54
unterm Mensavordach, wo sonst?

Paul schlief früh ein. Also fuhr ich wieder los, brachte die zu kleine Leinenhose zurück zum LIDL, raste die Anklamer Straße direkt weiter, richtung Klinikum, machte am Hintereingang eine kleine Ehrenrunde, unterm Kran auf der Baustelle stehen schon die ersten Platten für die Außenwände des Erdgeschosses, fuhr dann zum Vordereingang, schloss mein Rad an und ging an meinen Schreibtisch unterm Mensavordach. Im Raucherkabuff das übliche Kaputtenkolloqium. Volles Haus, manche sitzen, andere stehen, alle drehen sich, wie Erdmännchen, wie Prolls an der Bushaltestelle, wie auf ein ihnen, von meiner weichen Anwesenheit, zugegangenes Kommando um, recken die Köpfe und schauen, wer da vom Fahrradständer mit seiner Umhängetasche in sein kleines Schreibkabuff schlurft. Ich bin es nur, holde Rauchgemeinschaft hinterm Glase, der Vater des toten Sohnes, der hier abends öfter hinkommt, seinen kleinen Karlcomputer aufklappt und versucht, aus sich herauszutickern, was da so an noch unversprachlichtem Kummer, an Fassungslosigkeit, an Sehnsucht, an Verzweiflung und Zerrüttung, an unendlichem Vermissen, an größter Liebe, an größtem Schmerz, und was da also an lebenswerten Lebensresten noch so in mir drin sein mag.

Heute wolkenlose, weiche Farbverläufe obenrum. Das Areal des Klinikums steht dunstfrei, windlos, abendlich im Licht und leise, wie romantisch von Computern hier in mein leeres Starren hingerendert, in der Welt, die sich, das ist jedes Mal grotesk zu sehen, anscheinend auch ohne Karl, wenn nicht unbedingt *weiterdreht*, so doch ganz tapfer weiter durch ihre Tage, bis hinein in also heute den ersten September, diesen heutigen meteorologischen Beginn eines Herbstes *tröpfelt*. Der Mond steht als schmale Sichel wie im Dreamworks-Logo über der Anklamer Straße.

Der erste Herbst ohne Karl.

In letzter Zeit denke ich mehr und mehr zurück in all die Zeit mit ihm und Paul vor Karls Krankheit. Der Blick wird klarer für alles was vor dem Krankenhaus war, vor seiner Krankheit. Ich sehe den Winter diesen Jahres, das Weihnachten davor, den Herbst davor, das erste Babyjahr, das Weihnachten davor, als beide noch nicht mal 3 Monate waren, ich sehe den Herbst als sie 2020 geboren wurden, und ich sehe den Sommer in dem wir auf die Kinder warteten, als Carina schwanger war, und wegen Corona alles eigentlich entschleunigt, ich aber trotzdem unzufrieden mit meinem beruflichen und künstlerischen Leben, alles insgesamt also auch *nicht ganz so einfach* war. Und ich sehe von dort wieder vorwärts, wie ich langsam wieder *zu mir* fand, stundenlang die schlafenden Babies durch die wetterlich so angenehm trist und trüben, wohnlich-gemütlichen, und gefühlsinnerlich, vom wunderlichen Glück des Elternseins, milde euphorischen Tage zwischen November 2020 und Februar 2021 schieben. Meine langen Podcastspaziergänge, meine im Frühjahr 2021 wieder langsam aufgenommenen *musikalischen Aktivitäten*, völlig entspannt, ohne Stress, ohne Druck, Musikmachen war ein toller Bonus, aber irgendwie auch egal, denn ich hatte zwei tolle Kinder, das war zuweilen auch anstrengend, aber nichts war schöner, als nachts irgendwann zu ihnen ins Bett zu kriechen, tagsüber mit ihnen rumzudämmern, sie auf dem Bauch liegen zu haben, dabei ein Buch zu lesen, Ambientmusik laufen zu lassen, und jeden Tag aufs neue in den Kindern der Reinheit des jungen Lebens zu begegnen. Das friedliche, endlose, in- und umeinander perlende Klavier von Brian Enos *„1/1“* war, in seinem wolkenartig so im Raum schwebenden, gebildeartig sich wie von einem zu einem anderen Stillstand entwickelnden Klang, alle Anwesenden tragend und begrüßend, natürlich auch Karl in sich tragend, dann auch, absolut passend und wunderbar, die Einzugsmusik zur Beisetzung.

Die Schwalben und Möwen sind immernoch da. Es sirrt und kräht hier immer noch. Nicht mehr so stark wie im Hochsommer abends, aber, nach der Stille im Gewitter letztens, als der Wind die Geräusche umgeweht hatte, ist hier wieder eine gewohnte Kulisse aus Klang. Die Kaputtenshow läuft nach gewohntem Muster. Ein paar Studis radeln zur Unibib oder nach Hause. Kurierfahrer liefern Pizzen an den Haupteingang der Klinik. Auf den Balkonen raucht das Personal, stehen schlumpfig angezogene Patienten und schauen ins letzte, hinter mir versinkende Licht dieses ersten Septemberabends dieses für alle wahrscheinlich ziemlich unterschiedlich verlaufenden Jahres.

Do. 01.09.2022, 23:13
Sofa, Wohnzimmer

Zurück fahre ich durch den Rosengarten, vorbei am Spielplatz, wo wir, da er nicht weit weg vom Klinikum ist, mit Karl und Paul ein paar Mal waren, während der Wochen im Krankenhaus. Diese Gegend, die für mich, seitdem ich in dieser Stadt wohne, immer nur Durchfahrtsort war, anfangs zum Wohnheim in den Platten, manchmal zum Schwimmbad oder zu den Studiclubs, ist auch so ein Ort im Roman. Der Mensch im Roman, der sogenannte *Protagonist*, geht hier auch ab und zu mal lang, läuft, von den Platten kommend, über den Klinikumsparkplatz, durch diesen verwucherten, keinen Anschluss an die Jetztzeit findenden Rosengarten zum Hafen, mit seinem alten Speicher und dem Mond, der ihm am Dach steht. An diesem Ort, an den Kapitelstellen dazu, hatte ich viel im Krankenhaus geschrieben. Das war, weil mir der Ort und die Gegend so unklar immer waren, eine ziemliche Fleißschreibarbeit mit viel Recherche und Verzagtheiten, weil die Gegend, so hingeschrieben, sich dann erstmal nicht las, wie ich es wollte. Wenn es gar nicht voran ging, schrieb ich dann an anderen Stellen im Buch weiter. Ich schrieb gut und viel dort. Karl schlief in seinem Bett neben mir. Ich brauchte nur kurz den Kopf vom Laptop heben und sah ihn dort, sein schönes, schlafendes Gesicht, sein Atmen, die Nilpferde auf seinem Schlafanzug, seine Füße, die er unter der dünnen Decke, es war ja Hochsommer, freigestrampelt hatte. Gelegentlich ging ich hin, schaute, ob alles gut war, schaute ihn an, küsste ihn auf die Wange oder die Stirn, streichelte ihn, ahnte nichts von einem Tod.

In der Anklamer Straße ist *der rote Netto* neu eröffnet und komplett umgestaltet. Er sieht jetzt aus wie der rote Netto in der Wolgaster Straße, wie wahrscheinlich mittlerweile alle roten Nettos, nur der hier, der von mir eigentlich nur als *Plusnetto* bezeichnete, ehemals *Plus* gehießen habende Laden, war bisher nicht hinterhergekommen, in der großoffensiven Filialenmodernisierung, als letzte Bastion einer anderen Zeit, noch halb Plus, halb Netto. Auch das ist, als guter, alter Plusmarkt, ein Ort im Roman. Der nun neu umgebaute, modernisierte, von meinen Erinnerungen an ihn entkernte Rotnetto deprimiert mich kurz. Alles steht jetzt natürlich woanders. Aber das ist nicht das Problem. Das Problem ist, dass hier im Laden nun nichts mehr, kein Regal, kein grelles Discounterlicht, kein Aktionsaufsteller und keine Grabbelkiste etwas von der Zeit mit meinem toten Kind in sich tragen. Das Problem ist natürlich, dass Karl nicht da ist.

Ich kaufe Schokolade und bin zufrieden, weil beim Rausgehen die Lampe draußen genau dasselbe Licht wie damals, wie immer schon, wie als alles noch gut war, vor die Schiebetüre stellt. Ich trete ins angenehme Herbstdunkel, hinaus in den Herbst meines Romans, und es sieht aus wie damals, wie vor fünfzehn Jahren.

Zuhause schlief ich, trotz Red Bull, den ich neben der Schokolade noch gekauft hatte, nach der Dagobert-Doku, die mich auch wieder in sehr damalige Zeiten, in Kind-und-Jugend-Berlin-Feels der mittleren 1990er Jahre versetzte, schwer und matt, mit dem Kinn auf der Brust auf dem Sofa ein, wachte auf, übertrug schnell noch die krummen Handynotizen in den Karltext, mache mich jetzt bettfein und gehe in den Schlaf. Schon wieder zu müde für irgendwas. Abends immer müde. Müde, so heftig, heftig müde.

Do. 01.09.2022, 23:47
im Bett

Und wäre es nicht eine schöne Vorstellung, dass das Karl da ist, auf diesem Dreamworksmond, sorglos sitzend, ein Bein baumeln lassend, das Kind im Mond, eine Angel in den Teich seines Himmels werfend?

„MohN" sagte Karl immer zum Mond. Anfangs waren „Mund" und „Mond" für beide Kinder natürlich das selbe. Worte, denke ich oft, wenn ich sie hier so hineintrauere, Worte, diese oft so ähnlichen, kaum unterscheidbaren Dinger, sind immer nur unzulänglich. Worte, hier im Septembermond, unterm Karlmond, für meinen Mondkarl, der ab jetzt immer, und da geht gleich die hymnisch-melancholische, generalschwelgerische Übermelodie dieses Liedes durch mich durch, der *„MAN ON THE MOON"* natürlich ist.

Fr. 02.09.2022, 08:46
an der Ampel am Gesundheitszentrum

Ich bringe Paul mit dem Fahrrad zur Kita und während ich, wie in einer großen Plansequenz unter ihm hindurchrolle, zersägt der gerade startende Hubschrauber die Luft über der Pappelallee zu einem leiernden Getöse dengelnder, metallisch verschraubter Phasersounds.

Fr. 02.09.2022, 09:35
Küche

Beim Zusammensuchen der Saunasachen, ich weiß schon gar nicht mehr, was man da alles genau braucht, ich darf nur nicht wieder die Badelatschen vergessen, die vergesse ich immer, ein beiläufiger Blick aus dem Küchenfenster. Eine Elster unten im Hof, unter der Wäscheleine. „Elszza, Elszza!" schwirrt es in Karls Kinderstimme gleich in meinem Kopf herum. Wie in allen möglichen Farben schimmernd die eigentlich sind. Es ist nicht alles nur schwarz und weiß, denke ich, etwas schlaumeiernd, fast blödelnd, banal, jedenfalls nichts speziell symbolistisches damit meinend.

Fr. 02.09.2022, 17:36
Küche

Nach der Sauna eiern wir durch die Stadt, auf der Suche nach Essen: der Bowlladen ist voll. Bei Subway ist der Sub des Tages mit Thunfisch. Ich hatte auf dem Weg dorthin noch zu Carina gesagt: „Bei meinem Glück ist der Sub des Tages heute Thunfisch“. Vor der S-Bar Frau Costello und Thea. Kurzes Nicken als Gruß, ich weiß nicht, ob sie es wissen, wir reden nicht, ich gehe weg. Ich kaufte mir einen Döner beim Klodöner, aß den dann zuhause, während Carina, die in der Stadt bereits Süßkartoffelpommes und Currywurst gegessen hatte, Paul von der Kita abholte.

Nachmittags mit Paul spazieren durch die Innenstadt. Wir gehen zusammen in den neuen Secondhandladen. Junge Menschen in Pullovern wie Sitcomväter. Gute Vibes, aber keine Sakkos. Nur bunte Oversize-Hemden und noch buntere Polyesterjacken. Ich bin alt. Carina mähte derweil den Rasen im Hof. Als ich mit Paul zurückkam, ging sie mit ihm, Meret, Hauke, Helena und Cleo Holunder pflücken. Ich nutze die freien Minuten und schreibe ein bisschen den Tag und das Trauern auf und bereite dann das Abendbrot vor. Schon jetzt irre müde von der Sauna am Vormittag. Erstmal ein Kaffee.

Carina weint am Tage zweimal. Auf dem Weg in die Sauna und auf den neuen Sitzgelegenheiten in der Straße vorm Subway, wo ich Gesa und Fred tagsüber am 15.07. noch getroffen hatte, mit meinen beiden Kindern im Wagen da so langschiebend, auf dem Weg zum Rossmann, die letzten Einkäufe für den Urlaub besorgend. Ich hatte eine pluderige Leinenhose an und irgendein altes, aber helles Jacket angezogen, sah wahrscheinlich irgendwie leichtlebig aus und die beiden hatten eine freundliche Bemerkung gemacht und sahen selbst sehr nach Sommer aus, ihre Pommes in der Sonne mit den Gabeln piekend, einen kinderfreien Ferienvormittag genießend, und wir hatten ein bisschen ungezwungen geplaudert und alles war leicht und ich hatte, nach den Wochen im Krankenhaus, überhaupt erst so richtig realisiert, wie frei wir jetzt wieder waren, ich mit den Kindern, wir als Familie, hier in Flanierhosen durch die Gassen ströpernd. Ich hatte dann mit einem nach vorn geworfenen Arm gesagt, dass ich weiter müsse, zum Rossmann und sie hatten uns einen schönen Urlaub gewünscht und ich hatte mit einem leichten Seufzen noch gesagt, dass wir uns so sehr darauf freuen und so erleichtert sind, dass Karl endlich aus dem Krankenhaus entlassen war. Der Tag war leicht und schön. Es war der letzte Tag mit Karl.

Nach dem Holunder bleiben Meret, Hauke und Cleo bei uns und wir essen alle zusammen ein Abendbrot.

Sa. 03.09.2022, 23:47
Sofa

Heute Vogelpark Marlow. Am Nachmittag bekommt Paul Fieber.

Im Hausflur eine zweijährige Linde mit einem Gruß von Sönke. Je länger ich neben dieser halben Meter hohen Pflanze in dem großen Tontopf hocke, desto mehr rührt sie mich an, auch seine kurzen Worte und das nebulöse „M. K. E – K“ auf der beiliegenden Karte, die, aufgefaltet, auf A3, innendrin eine kleine, drehbare, je nach Halterichtung des Papiers was anderes *bedeutende* Zeichnung von vier Blumen offenbart: eine unter der Erde, drei über der Erde, oder eben genau *anders herum*. Poetisch.

Abends, als Paul im Bett ist, gehe ich nochmal einkaufen, Kartoffeln, Hack, Chips und Bier. Ich komme aus dem Edeka, abends um neun, warmer Spätsommerabend, wärmer als gedacht. Das Parkplatzlicht schon herbstlich. Wäre alles anders, wäre das jetzt das Licht, das mich wieder zurück ins Romanschreiben geworfen hätte.

Nachts noch eine Kiezdoku in der Mediathek und jetzt Loren Connors, ein Wohnzimmerkonzert für Keiji Haino 1991 bei Youtube. Bin zu kraftlos, das jetzt schreibend auszubauen, aber Loren Connors ist wichtig, hatte vor Jahren nochmal ganz neue Richtungen in meiner Musik aufgemacht, irgendwie auch im Schreiben. Es ist eigentlich die Musik nach der Romanzeit, aber irgendwie spielt es mit rein, es gibt seltsame Verschränkungen, wie rückwärts echot das in den Roman hinein, wie ein von Ferne her dorthin hineinklingender Soundtrack, es ist irgendwie damit verwickelt, es driftet dort hinein. Und es fühlt sich seltsam an, diese zwischen den Zeiten, nach der Romanzeit und vor der Zwillingszeit, in mein Leben gekommene Musik jetzt wieder zu hören.

In den Vogelpark Marlow hatte ich die vertrockneten Blüten, die unten auf dem Küchentisch standen, eingepackt und wollte sie dort verstreuen, fand aber keinen guten Ort dort, und nahm sie wieder mit nach Hause. Immerhin: sie, und damit Karl, waren mitgereist.

So. 04.09.2022, 00:51
Wohnzimmer

Im Youtube meinen Gig vom 18. April in der *Straze* anschauend, vegetiere ich auf dem Sofa herum.

18.03.2022, von da hatte Karl noch gute vier Monate zu leben. Ich weiß noch, wie ich das Konzert vorbereitet hatte, ein bisschen manisch, aber irgendwie auch scheißegalmäßig. Ich weiß noch, wie ich beim und nach dem Konzert fast nichts getrunken hatte, da ich ja mit dem Auto da war, weil ich nachts noch alles wieder zurück nach Hause fahren wollte. Ich weiß noch, wie ich nach dem Konzert mit Gabor vom Gong-Duo, das nach mir spielte, im Straze-Saal rumsaß, wie er so in seiner Yoga-Hocke da hockte, wir uns über unsere Kinder unterhielten, seine längst aus dem Haus, und ich weiß noch, wie ich mich, bei allem was ich machte, immer innerlich, innendrin, als eine Art grundsätzlichem Ruhepol und Lebensmittelpunkt, auf meine Kinder freute, zu denen ich dann, nachdem ich das Auto mit meinem Equipment nachts, gegen eins, halb zwei, es war eine kalte Märznacht, ich musste am Auto die Scheiben von einem feinen, hartnäckigen Eisfilm freikratzen, bei uns im Hof geparkt hatte, nach noch einem Absackerbier und erster Sichtung des Konzertmitschnitts, endlich ins Bett kroch. Es war egal, wie das Konzert gelaufen war. Meine Kinder waren in allem was ich machte immer irgendwie präsent in mir. Das war neu in meinem Leben und das war gut und ich ertappte mich manchmal dabei, wie ich ungefragt Leuten von ihnen erzählte. Als Mensch war ich durch meine Kinder etwas geworden, das ich vorher nicht war: ihr Vater.

So gerne würde ich, idiotischer Gedanke jetzt, aber so ist es, wie gerne würde ich einfach ein Konzert jetzt spielen und danach, nach ein paar in der Hocke ausgetauschten warmen Worten mit Gong-Gabor, vielleicht noch einem Bier auf dem Sofa nachts, allein, wieder zurück daheim, zu meinen Kindern ins Bett fallen. Der Wunsch nach dem Konzert so stark, als wäre das Konzertspielen etwas, das noch die Möglickeit in sich trüge, dass Karl noch lebte. Weil ich mein letztes Konzert spielte, als er noch am und im Leben war.

So. 04.09.2022, 01:21
Bett

Leicht angesoffen bekam ich Lust, eine zu rauchen, rauchte aber keine, sondern machte mich, mit der wirren Frage im Kopf, ob man auf dem

Friedhof *rauchen* dürfe, langsam bettfertig, hängte den schwarzen Kapuzencardigan mit dem groben Metallreißverschluss, den ich in einer Zu-Verschenken-Kiste, die seit Corona hier im Kiez überall herumstehen, mal gefunden hatte, an den Haken im Badezimmer, ziehe eins meiner weißen Gebrauchs-T-Shirts zum Schlafen an, sprudle nochmal eine Flasche Wasser auf, stelle Carina und mir jeweils ein Glas voll auf unsere Nachttischschränkchen, schiebe mich unter die Bettdecke, stöpsele das Handy an das lange Ladekabel und öffne die *Notes* in meinem Handy für die letzte besoffene Notiz des Tages.

Den Kapuzencardigan hatte ich anfangs, in den ersten Maiwochen, im Krankenhaus auch immer an. Dann wurde es Sommer und ich rannte in diesen beuligen T-Shirts herum. Ich sah selbst aus wie ein Patient. Auf dem Quartiersflohmarkt, am 22. Mai, da waren wir gerade das erste Mal für ein paar Tage aus dem Krankenhaus entlassen, hatte ich mir ein gelb-schwarz-kariertes Hemd für einen Euro gekauft und lief dann damit eine Weile herum, auch weil ich froh war, dass ich da mal so gut reinpasste, da ich mich im Krankenhaus ja *einigermaßen* zwischendurchsnackfrei ernährt hatte.

Und dann wieder, drischt sich, hart und unvermittelt, in mein nächtliches Aufschreiben dieser nostalgischen Karlszenarien, der bittere Gedanke: was ist das hier für ein Scheiß, dass ICH hier mein KIND zu Grabe bringen muss??! Welcher Wichser denkt sich sowas aus? Was soll das alles?

So. 04.09.2022, 10:16
Küche

Carina demontiert das Doppelkinderbett, wirtschaftet im Wohnzimmer herum, stellt die alte Nähmaschine, dieses zum Blumentisch gewordene schwere Möbel, vom Wohnzimmer wieder ins Schlafzimmer, richtet die Kinderspielecke im Wohnzimmer neu ein. Ich werde innen sehr wacklig, nehme Karls ungewaschenen Body aus dem Zipperbeutel aus seinem Erinnerungskarton und rieche dran. Er riecht eher etwas säuerlich. Das Lagern in dem Zipperbeutel tut dem Body nicht wirklich gut. Es riecht nicht direkt nach Karl, aber ein bisschen. Ich habe Klöße im Hals, gehe in die Küche, vorbei an Karls großem Foto auf dem Wohnzimmerfensterbrett, und weine am Küchentisch.

Etwas später nehme ich, vom Weinen etwas gelöst, im freundlichen Frühseptemberlicht im Wohnzimmer, das zurückgebaute Kinderbett auseinander und habe beim Herausdrehen der Sechskantschrauben sofort Backflashs in die Zeit, als ich es damals aufgebaut hatte – in das freundliche Licht des ersten Baby-Herbstes damals.

Das Auseinanderbauen fühlt sich an, wie etwas *gegen* Karl gerichtetes, etwas, das ihn nach und nach aus unserem aktuellen Leben *ausschließt*. Ich baue die Seitensprossenwand an die verbleibende Hälfte des Kinderbettes und finde das Resultat, das Ein-Kind-Kinderbett grotesk schmal, viel zu klein für ein Kind. Viel zu klein für ein Leben ohne Karl. Paul hilft mir mit der Wasserwaage und wir richten die Liegefläche gerade aus.

Wir stellen das große Karlfoto auf den Nähmaschinentisch, der jetzt neben dem Kinderbett im Schlafzimmer steht. Wir weinen ein bisschen. Vom Windelbeutel her weht der Geruch vollgekackter Windeln. Auch ein Geruch, der an früher erinnert. Als beide noch Babies waren, öfter gewickelt wurden, fielen viele Windelbeutel an. Ich vermisse diese vielen, den Tag und seine Ordnung strukturierenden *Versorgungstätigkeiten* der frühen Babyzeit.

Ich lagere die zurückgebaute Hälfte des Kinderdoppelbetts in der unteren Wohnung ein und lehne die Bauteile an die Wand, als stünden sie nur vorübergehend dort, als bräuchten wir die ja vielleicht bald wieder. Es ist gut, dass sie hier und nicht im Keller sind.

So. 04.09.2022, 12:43
Flur

Vom Spazieren zurück in die *neue* Wohnung. Bisschen ratlos Rumlaufen in der Innenstadt, Brot kaufen, über den Wall zurück. Paul immer noch verschnupft, will gar nicht auf den Spielplatz. Telefonat mit Bohnsdorf. Meine Eltern wollen die Lieder der Beerdigung wissen, ich schicke ihnen das Script der Rede mit den Liedern. Paul kramt, etwas gelangweilt während ich telefoniere, die Brottüte mit der vertrockneten, in den Vogelpark Marlow mitgereisten Rose aus dem Gepäcknetz hinten am Kinderwagen und verteilt die Rosenblüten auf dem Wall. Ich habe kurz den Impuls, ihn mit einer idiotisch fuchtelnden Elternhand davon abzuhalten, finde es dann aber, aus Gründen, die im Großen Ganzen liegen, alles ganz gut so.

Paul ist lauffaul und ich nehme ihn auf den Arm. Während ich ihn da so durch die Stadt herumtrage, hält er mir die Nase zu und findet es lustig, wie sich meine Stimme dann anhört. Karl fand das auch immer wahnsinnig, wirklich äußerst lustig und hat sich, seinen Kopf vor Lachen und Begeisterung immer so leicht nach hinten, in den Nacken werfend, sehr *beömmelt*, darüber, wie ich immer meine Stimme verstellt hatte, wie ich dann immer so überzogen genäselt hatte, wie man dann auch als Eltern immer ziemlich clownsmäßig abliefert, angetrieben von der grundgütigen Freude der eigenen Kinder. Paul kichert und giggelt jetzt auch so, und während wir da so den vom späten Sommer warm angestrahlten Wall langnäseln empfinde ich, auf sich äußerst gut und gerecht verteilt anfühlende Art und Weise, große Liebe für meine beiden Kinder Paul und Karl. Und doch sehne ich mich nach einigen Alleinmomenten mit mir und meiner Trauer, für mein Reingehen in die von den Inputs des Alltags immer wieder torpedierte Ruhe, die es braucht, um dem toten Kind nah zu sein.

So. 04.09.2022, 19:12
Küche

Abendbrot draußen mit Helena, Cleo, Hauke. Paul gebadet. Karl fehlt in diesem Bild: die Kinder abends in der Wanne. Auch wie Paul mit dem Handtuchzipfel auf dem Kopf auf der Waschmaschine sitzt: da fehlt Karl. Wie unfassbar niedlich in Badehandtücher eingewickelte Babies und Kleinkinder auch sind!

So. 04.09.2022, 20:48
Sofa

Halb neun abends und es ist dunkel draußen. Paul ist immer noch verschnupft und sehr nähebedürftig; brauchte eine Weile, bis er eingeschlafen war. Carina bleibt gleich bei ihm in unserem Bett, da er auf die kleinste Druckverlagerung auf der Matratze sofort reagiert und wieder wach wird.

Ich setze mich nochmal mit einem Radler an die Laptops und vor die Glotze. Heute war *es*, das Karlvermissen, das Nichtwahrhabenwollen seines Todes, die ganze Kummerscheiße, wieder schlimmer als sonst. Jede Aufmerksamkeit, die Paul einforderte war anstrengend, nahm mir den Raum, mich innen meinen Karlgefühlen hinzugeben. Was mir natürlich leid tut und leid tat, so zu empfinden, so von Paul genervt zu sein. Aber so ist es. So ist das Trauern. So ist die Trauer. So verändert der Tod die Lebenden. So ist das jetzt.

Und vom Foto am Fenster dieser niedliche, unbekümmerte, so liebe, sorglose, wortlose, mit keinen endlosen Worten angemessen beschreibbare Blick von Karl.

Zwischendrin, in den letzten Tagen, immer wieder kleine *Erfolge* in der Trauerarbeit, in der *Auseinandersetzung*, es liegen dann sowas wie gute Gedankenbruchstücke und transzendenztaugliche Gefühlserkenntisse in mir vor, die wieder neue Gedankenstücke auf- und anzubrechen im Stande sind. Diese Regungen finden in mir statt, sie sind sowas wie Lebendigkeit in der vom Tod meines Kindes trostlos tonlos in mich gemühlten Mattheit, sie passen in die Trauer, sind irgendwie aushaltbar, geben mir das Gefühl, *damit umgehen* zu können. Genau all das ist aber abends dann, wenn ich wieder den Kopf und die Zeit zum Schreiben frei habe, oft wieder völlig weg und ich weiß nicht mehr, was ich notieren wollte, habe die Sorge, irgendwas zu vergessen, will aber doch alles, ALLES, ALLES aufschreiben.

Mo. 05.09.2022, 08:20
am Fenster

Ich ziehe die Vorhänge im Wohnzimmer beiseite.
Die Blicke der Bauarbeiter.
Das Rotieren der Welt.

Mo. 05.09.2022, 10:45
Fahrradständer an der Friedhofsverwaltung

Mit Paul raus, erst zum Depot, einen Rahmen für Sönkes Zeichnung kaufen, dann zum DM, Gesichtscreme, die, die ich auch im Krankenhaus mithatte, kurz vorher als günstig, gut riechend und schnell einziehend entdeckt hatte, dazu Duschgel, *„green feels"* auch sowas aus der Krankenhauszeit, Zahnpasta und Zeugs. Drogerieartikel: auch so ein Erinnerungsmotor. Waren sie immer schon, seit Karls Tod und der Zeit mit ihm im Krankenhaus nochmal mehr. Wie alles da roch. Wie alles da aussah. Wie sich die Zeit in diesen Gerüchen, Geräuschen und dem Getriebe des Krankenhauses, wie sich all das angefühlt hatte. Das ist jetzt eingespeichert in der Creme, die ich kaufe. Das ist auch drin in den vielen Dingen des Alltags um mich herum. Die sind noch da. Da ist Karl auch irgendwie drin. So creme und rieche und schmecke und denke und fühle und sinniere ich mich sinnesbewegt zu meinem verstorbenen Sohn hin. Manchmal wirkt es dumm und verzweifelt, dieses Festhalten an den zahllosen karllosen Kleinigkeiten. Dann wieder der Gedanke: immerhin sperre ich meine Sinne nicht ein. Immerhin sperre ich mein Herz nicht zu. Ich bin mit allen Sinnen immer offen und bereit für das, was auf mich einrieselt. Ich könnte mich auch betäuben, alles was sich gut angefühlt hatte einsperren in mir drin, alles was sich schlecht anfühlen könnte für immer aussperren – und damit alles in mir drin, auch das, was sich gut anfühlt, verkümmern und verwelken, verdorren, zu schlechten Schatten der ehemals so deutlichen Gefühle werden lassen. All das mache ich nicht, ich suche die Kleinigkeiten und ich finde mein Kind darin.

Wir fahren weiter, zum Friedhof. Karls Grab ist welk. Vögel singen. Blätter rieseln malerisch im Licht von den Bäumen. Friedhof: Hof des Friedens. Paul erzählt. Er sagt „KaRl, GRab" und redet auch von „ElsteR" und „Fuchs". Er versteht so viel, er schnappt so viel auf. Er weiß wahrscheinlich noch nicht wirklich, was ein Tod ist, was Karls Tod jetzt bedeutet, aber er redet davon, er redet mit uns, er erzählt von dem, was wir ihm sagen. Es hält uns zusammen.

Auf dem Rückweg halten wir am Wallspielplatz. Freundlichster Spätsommermittag. Wieder zuhause, zum Mittag, Gemüselasagne. Bohrmaschinenlärm der Handwerker. Kein Mittagsschlaf möglich. Ich döse kurz auf dem Bett weg, denke an die Mittagsschlafe mit beiden. Wie das immer seltener wurde, je älter sie wurden. Ich denke an die Tage allein daheim mit ihnen. Wie voll mit viel zu tun und wie leicht doch diese Tage waren. Jetzt gerade fällt es schwer, allein mit Paul zuhause zu sein. Es fällt mir schwer, mit ihm zu spielen, Energien aufzuwenden, um sowas wie heiter und ihm umstandslos zugewandt zu sein. Mit beiden Kindern war es leichter. Der Alltag war spielerischer, das Leben lebendiger.

Mo. 05.09.2022, 18:03
Küche

Zu dritt mit dem Rad los. Nochmal zum Friedhof. Wir tragen die Blumen von der Beisetzung von Karls Grab ab und entsorgen sie, in die Körbe für „verrottbare Abfälle“, manche Gräser und Blüten behalten wir, zum Trocknen. Ein paar Blüten und Stengel habe ich außerdem mitgenomnen, um sie hier und da, an Orten und in der Gegend zu verteilen. Das große Ganze. Unter den verwelkenden Sträußen und Gestecken schon einiges Geassel und Getier. Morgen werden wir den dann etwas gelüfteten Boden beginnen zu bepflanzen. Paul war merkbar müde auf dem Friedhof, ein Mittagsschlaf wäre gut gewesen.

Danach holen wir ein Paket beim Landmarkt ab, radeln dann in die Stadt und begleichen die Rechnung bei der Floristin. Paul schlief noch nicht, hatte aber schmale Augen, also radelte ich ewig durch die Stadt mit ihm. Als er dann schlief, fuhr ich heim, brachte die Friedhofspflanzen hoch und wollte just meinen Karlcomputer im Garten anwerfen, als Paul, nach fünfzehnminütigem Powernap, weinend wieder aufwachte. Ich war genervt. Wieder keine freie Minute für ein paar freie Gedanken und Gefühle für Karl. Ich setzte Paul vor den Fernseher und mich daneben. Paul verlor bald die Lust am TV, räumte Schubladen aus und wollte das Angelspiel spielen. Sofort Karlbackflashs. Das Spiel hatte ich im März gekauft, als wir alle Corona hatten und tagelang nicht raus gingen. März, es kommt mir irgendwie länger her vor. Ich scrolle durch meine Bestellhistorien bei den üblichen Onlinehändlern und schaue zurück in die letzten beiden Jahre mit den Kindern. Anfang 2021 hatte ich den Hometrainer bestellt, dieses

Gerät, in das ich mein klappriges Sperrmüllrennrad einspannen kann, das ich damals ein paar mal exzessiv und seitdem kaum noch nutzte. Als wir mit den Kindern, nach einigen Wochen, ganz gut eingespielt waren, hatten wir, wie so viele in den Coronajahren, irgendwelche Fitnessapps installiert, ich hatte digitales Geld ausgegeben für irgendwelche für mich am Tablet vorgeturnten Selbstertüchtigungsübungen, ich hatte sogar eine neue, extra große Yogamatte bestellt, hatte das stinkende Gummiungetüm an einem kalten Januartag draußen im Hof in den Schnee gelegt, damit es ausdünstet und der dichte Schnee die Schadstoffe herauszieht. Ich hatte dann einige Male vor meinem Tablet herumgeturnt und versucht meine spärlichen Yogaersterfahrungen aus dem Fitnesscenter, das wir während Corona gekündigt hatten, wieder zu aktivieren, aber alles war wieder eine ziemliche Farce und so hatte ich dann die Apps wieder gekündigt und war wieder mehr ins Lesen geraten. Auch viele Bücher natürlich in den Bestelllisten. Die Bücher der Babyzeit. Ich erkenne diese Zeit darin sofort wieder, in den Buchrücken im Regal, in den kleinen Stapeln aufgetürmter Lesevorhaben. Jede Bestellung, jeder Artikel, jede Art eines Dokuments der damaligen Zeit ist Trigger und Träger von Erinnerungen.

Während ich mit Paul geangelt und mich in den an den Onlinekaufverläufen hängenden Erinnerungen verlaufen hatte, war Carina im Koeppen, um ein paar *regionale Spezialitäten* zu kaufen, als Dank für Alexander. Sie hatte sich dort mit Meta verquatscht, sie hatten einen Cappuccino getrunken und Meta hatte von Erik und dem Tod seines Bruders erzählt. Und als ich etwas länger darüber nachdachte, war ich sehr traurig und hatte großes Mitgefühl für Erik, der als der hinterbliebene Bruder in seiner Lebensgeschichte ja derjenige ist, der in unserem Drama Paul ist. Und dann dachte ich wieder an Paul, und wie er alles so verkraften wird, in Zukunft, auf längere Sicht, wie es sein wird für ihn, wenn er irgendwann genauer begreift, dass sein Bruder, dass derjenige, mit dem er zusammen im Bauch seiner Mutter war, nicht mehr da ist.

Carina kam dann gegen halb sechs nach Hause und ging mit Paul nochmal raus, Papiermüll wegbringen. Ich bereitete derweil das Abendbrot vor und konnte eine halbe Stunde durchatmen, Musik hören, Essen schnippeln und auftischen. Das war gut und ich wusste, dass ich später, wenn Paul schlafen würde, nochmal mit dem Rad rausfahren würde.

Mo. 05.09.2022, 20:47
unterm Mensavordach

Es ist dunkel wie in der Nacht. Helena erzählte letztens, dass sie gehört hatte, dass das mit dem Hell/Dunkel-Werden übers Jahr so sinuskurvenmäßig, also nicht in gleichmäßigen Abstufungen passiert. Was äußerst einleuchtend ist: in den ersten Wochen nach dem 21. Juni, dem längsten Tag jedes Jahres, denkt man ja noch: aha, so laaangsam wirds früher dunkel, aber *geht ja noch*, ist doch gar nicht so schlimm alles, wir habens ja abends noch gut was hell und dämmerig, bis neune, halb zehne oder was. Aber jetzt, in den ersten Septembertagen, haut die Welt draußen, während man das eine Kind so gegen sieben ins Bett bringt, einfach alle Himmelslampen aus und hinter den Vorhängen ist es, wenn das Kind, mal früher, mal später, dann eingeschlafen ist, einfach deprimierend dunkel, als wäre, während man dem Kind ein Buch vorlas, eine andere Jahreszeit angebrochen.

Als Paul eingeschlafen war, ging ich in den Hof, nahm die Wäsche von der Leine, es war kurz vor komplettdunkel, brachte den Wäschekorb eilig hoch, schmiss mich aufs Fahrrad, kaufte Bier und Energy und Butter im neuen roten Netto und fuhr im Nachtdunklen, kurz nach halb neun, hin zum Klinikum. Kam hier an, in eine völlig andere Klinikumswelt. So sah das Klinikum in den Frühsommernächten aus, wenn ich meine erste Schreibstunde fertig hatte, wenn ich, nach bisschen Kaffee, Klo und Rumlaufpause nochmal tiefer und konzentrierter für ein, zwei Stündchen in meinen Roman reinstieg, mir dort den Herbst und Winter zu erschreiben versuchte, in dem das Buch ja *spielt*, in dem die Nichthandlung dort *stattfindet*, durch die der Protagonist da so, viel *denkend*, wenig *handelnd*, viel saufend, viel schlafend, durchstolpert. Mir war damals schon klar, dass mein Schreiben an diesem Buch jetzt, im anfangenden Herbst nochmal so richtig eine andere Fahrt aufnehmen würde. Ich hatte im letzten Herbst schon viel daran gearbeitet, hatte dann aber die Zeitpunkte verpasst, Verlags- und Förderanfragen in jenem letztjährigen Herbst rauszusenden, um mir, mit einer eventuellen Zusage, nochmal den notwendigen letzten Anschub zum Fertigstellen des Romans geben zu lassen. So lag das Buch dann über den Winter nochmal etwas rum, ich sammelte fleißig Notizen und machte bisschen Strukturarbeit am Buch, fing aber erst so richtig heftig wieder dran zu schreiben an, als ich mit Karl Anfang Mai ins Krankenhaus ging, als Tätigkeit meiner Nächte dort.

Da schrieb ich dann, hier halbdutzendfach schon geschildert, in diesen tiefen Stunden neben dem tief schlafenden Karl. Tagsüber war ich deshalb immer weniger mürrisch als oft zuhause. Ich hatte in der Nacht gut was hingeschrieben und hatte am Tage den Kopf frei für mein Kind, mit dem ich einigermaßen pflichtenlos die Tage im Krankenhaus verlebte. Viel war ja einfach *Warten.* Auf Visiten, auf Arztgespräche, auf Blutabnahmen, auf Medikamentengaben, hoffen auf Wertverbesserungen, „Mittaaakl" essen, spazieren gehen im und um das Klinikum herum, mit meinem Karl *best buddies* sein, ihm eine Form des Alltags dort gebend.

Heute, hier beim leicht verdüsterten Hinradeln zum Klinikum fing ich an, zu merken, dass das Klinikum jetzt vielleicht langsam gar nicht mehr der Ort ist, der das ultimative Karlgefühl in mir hervorhievt. Und ich dachte, dass das vielleicht ganz gut so ist.

Hier, in meinem glasverschalten Sitzensembleensemble unterm Mensavordach, sitzt noch ein Pärchen. Ein langer, hagerer Mann mit Hut, schwarze Sachen, schlabberiges, an seinem Körper keinen guten Fall findendes schwarzes Hemd – er sieht original aus wie *Jandek.* Auf seinem Schoß, ihm rittlings zugewandt, sitzt eine zwei, drei Köpfe kleinere Frau. Ich weiß nicht, ob ich hier in was Romantisches oder Sexuelles reingeplatzt bin. Sonst sitzt hier um diese Uhrzeit ja fast nie jemand, nur mal rauchende Securitytypen, nachtschichtenschiebendes, automatenkaffeetrinkendes Klinikpersonal oder eben dieser trauertextende Vater – sein vom Kummer etwas eingefallenes, freudloses, von den Hin- und Her-Zerwürfnissen, den Herz-Zerwürfnissen, dem Überfordertsein mit den regulären Banalinputs, die der Alltag trotzdem an ihn sendet, seine Reizüberflutung in ihn reindrückend, so seltsam steif und unentspanntes, geplagtes, trauriges, von permanenter Kraftlosigkeit in allen Sehnen, in allem Sehnen zerriebenes, überspanntes, dünnhäutiges, verzerrtes, mundschiefes Gesicht ins fahle Licht seines kleinen Schreibcomputers tauchend.

So ist das hier jetzt. Das Leben und Trauern und Schreiben, in einer Septembernacht am Klinikum, kurz nach neun, an einem einsamen Abend, an dem mein Karl nicht hier und nicht zuhause ist, an dem ich zwischen den Orten bin, als wäre er irgendwo zwischendrin doch noch drin, in meinem Schreiben, meinem Trauern, meinem Leben. Ich habe den Kapuzenhoodie, ein weißes T-Shirt und die karierte Hose mit dem unmöglichen Schnitt an.

Wie damals, als wir hier waren. Es ist meine Krankenhauskleidung. Ich sehe wieder aus wie ein Patient. Ich sehe aus, als ginge ich gleich wieder rein, würde gleich die Flure langschlurfen, den Fahrstuhl hoch nehmen und nach dem schlafenden Kind schauen, vielleicht noch was schreiben, vielleicht dann duschen, noch lesen, bald schlafen, um morgens wieder Karl aus dem Bett zu heben, ihm die Tagsachen anzuziehen und den ein uns aus strömenden Krankenschwestern und Pflegemenschen Guten Morgen zu sagen, als kannten wir uns schon länger, als griffen all unsere Abläufe ganz gut ineinander, als wäre wieder ein früheres Jahr, als wäre morgen früh wieder Frühjahr.

Die Kaputtenshow in der Rauchbude sieht heute ganz besonders aus, wie ein Prolltreffen in der Bushaltestelle. Manche stehen, eine Frau im Jogginganzug sitzt auf dem Boden, die ganz kaputten sitzen mullverbunden auf den zwei, drei Betonhockern – man weiß nie genau, ob die alle hier *in Behandlung* sind, oder ob die Hälfte dort einfach zu Besuch ist. Dass das hier der Treffpunkt ist, wie sonst der Balkon, der Schrebergarten, der Fliesentisch oder das Vereinsheim. Das die Abendzigaretten hier einfach besonders gut schmecken. Dass hier das ganz normale Leben weitergeht, auch wenn der Husten schon blutig aus der Lunge rausbrockt. Falls einer umkippt, ist das Krankenhaus ja schon da. Nur Saufen soll man hier nicht.

Ich, der verdüsterte, trauernde, in der Trauer kauernde Vater mit dem Herbst im Herzen, gehe nochmal rein, meine Wege durch Flur 7, dann hoch, meine Stipp- und Stupsvisite beim Storch auf der Lampe machen.

Hier war ich wochenlang mit Karl.

Hier wurde er am 16. Juli 2022 um 02:18 für tot erklärt.

Und hier bin ich, schon wochenlang, ohne Karl, und versuche mir selbst das alles und mich wieder zurück in ein Leben ohne ihn zu erklären.

Dass vielleicht auch *DAS* wie Sinuskurven verläuft? Dass das Trauern irgendwann, an irgendeinem Scheitelpunkt plötzlich weniger, oder, in der anderen Richtung des Kurvenausschlags, unvermittelt wieder heftiger wird, nicht regelmäßige Wege geht, sondern absackt, aufschäumt, an- und abschwellt, einen immer wieder hineinzieht ins hoffnungslos Trostlose, einen im anderen Moment aber auch wieder freigibt, regelrecht rauswirft in Leere und Leichtheit, über die der trauernde Mensch sich wundert, sich vielleicht sogar fragt, warum denn so leicht jetzt, verwirrt ist, allein ist in den Höhen und Tiefen, aber irgendwann vielleicht, nicht direkt mathematisch natürlich, aber doch irgendwann Muster erkennt und Methoden des Umgangs findet.

Dass immerhin dieses Dunkel der Nacht, irgendwann wieder hochschlägt, in irgendwas Helles, von irgendwelchen, noch vor mir und vor uns liegenden Tagen?

Ist da was Gutes drin zu finden, in diesen wirr kurvenden Gedanken?

Ich sitze auf meiner Schreibbank. Im Kabuff die Geräusche ihrer Party. Es fehlt nur das Zischen und Ploppen von frisch geöffneten Rauschgetränken. Auch ich habe mein Bier hier neben mir in der Tasche. Auf den Radwegen abends kaufe ich mir immer eins oder zwei, für später zuhause, auf dem Sofa, am Text. Werde ich vielleicht bald auch hier, auf meiner abseitigen Bank vor dem Klinikum, schamlos meine Biere trinken? In den noch zu *erfahrenden* Klinikumsnächten, mehr und mehr abgetrennt, durch die kurvenbedingten, so durch alle ihre Jahre kurvenden Lichtverhältnisse der Welt, von meinen Karlgefühlen mit dem Klinikum?

Ich finde keinen guten letzten Satz für diesen Eintrag.

Keine Möwen, keine Schwalben, nur die Kaputtensounds und ein Student auf dem E-Roller.

Noch nie kam mir, als Herbstmensch immer schon, hier sitzend in diesem ersten Wechsel der Jahreszeit nach Karls Tod, die Ankunft des Herbstes so deprimierend vor.

Also gehe ich rein, hoch zum Storch.

Di. 06.09.2022, 09:18
Koffice

Aufstehen, Vorhänge aufziehen, die Handwerker handwerkern sehen, jetzt in dicken Kapuzenpullovern, weil es morgens schon kalt ist. Auf dem Fensterbrett die gestern in diesen schönen Naturholzrahmen gerahmte Zeichnung von Sönke.

Carina bringt Paul zur Kita. Ich lege, unter Backflashs in die Zeit mit den Kindern allein daheim, Kinderwäsche zusammen. Ich vermisse diese Zeit. Als beide ein Jahr alt waren, schon ziemlich mobil und kommunikativ, sich nicht wirklich *miteinander* beschäftigend, aber offensichtlich damit zufrieden, einfach mit irgendwas im Zimmer *herumzuspielen*, während ich die Wäsche abhängte, aufhängte, zusammenlegte und in den Schrank einlagerte, während wir alle einfach da und beieinander waren, ein kleines Rudel Menschen in der Bude. Ich ließ nebenher Musik oder Podcast laufen, die Kinder wuselten und dallerten so herum, ich erzählte ihnen ein bisschen was, nahm ihre Impulse und Regungen auf, half und moderierte, wenn sie fragend aussahen oder irgendwas nicht so richtig klappte, redete einfach viel mit ihnen, paraphrasierte ihre Wort- und Lautmeldungen, und setzte mich, nach Wäsche und Rumräumen, dann mit ihnen hin und malte und machte, las etwas vor, dallerte auch so herum, war froh, dass kein Stress in unserem Leben war, weil ich, der zuhause bleibende Vater, alle Zeit und meistens auch Energien und Nerven hatte, für sie da zu sein, in diesen Wochen, die sie, mit den ersten von dort mitgebrachten Erkältungs- und Durchfallkrankheiten, nicht in die Kita konnten. Damit war ein Teil des Vormittags gut gefüllt. Irgendwann machte ich Mittag, nahm die Kinder mit in die Küche und schnippelte dort Kartoffeln, Pastinaken, Möhren, machte daraus und aus anderen Zutaten den Brei, während Karl und Paul auf dem Boden rumrobbten und -rollten, mit den Magnettieren spielten, die man so schön an Kühlschrank und Mülleimer pappen konnte, die Küchenschränke ausräumten und mit Töpfen und Näpfen herumklapperten. Irgendein Ordnungssinn in mir hätte ihnen vielleicht dieses Ausräumen der Schränke verbieten wollen, aber ich fand es unsinnig, ihnen ihren Erkundungsdrang zu verbieten, und so ließ ich sie mit den Behältnissen herumscheppern und -stapeln, das meiste davon waren Plasteschüsseln, Trichter und Siebe, also war der Krach zu ertragen und ich tänzelte und stakste zwischen den Kindern und dem Geklapper herum und fand mein Leben, das jetzt unser Leben war, in diesen Momenten immer sehr schön. Ich bin ein unstrukturierter Koch, aber für Brei hatte es immer gereicht, auch wenn ich ungleich mehr Unordnung als Carina dabei verursachte. Gelegentlich ließ ich Karl und Paul ein Stück Möhre oder irgendwas kosten. Diese Homedaddyzeit war, gerade im Rückblick jetzt, eine friedliche, eher von Kinder- und weniger von Kopfsachen bestimmte, aber trotzdem, oder vielleicht gerade deswegen, für mich wunderbare Zeit. Nach dem Mittag versuchte ich manchmal Mittagsschlaf mit den Kindern zu machen, was oft nicht gelang, weil sie tagsüber, besonders Paul, gern *durchmachten* und dann dafür abends früh einschliefen. Oder sie schliefen beim Nachmittagsspaziergang im Kinderwagen ein.

All diese Erinnerungen kommen jetzt mehr und mehr und eindringlicher hoch, seit Karls Beerdigung. Die Erinnerungen an das Leben mit ihm und mit beiden, vor dem Krankenhaus. Im Abgleich mit dem Leben, wie wir es jetzt zuhause führen, ohne Karl. Er fehlt so. Er fehlt auch Paul so sehr, denke ich. Auch wenn Paul das nie so direkt benennt. Hier und da erzählt er von Karl, aber man merkt vor allem, dass Paul so sehr anhänglich jetzt ist, bei vielen Dingen, die nicht klappen, zu quengeln und zu weinen anfängt, und generell sehr empfindlich und sensibel ist, was das Gleichgewicht der Harmonie betrifft. Auch wenn ich, dünnhäutig wie ich zur Zeit bin, unwirsch werde, reagiert er schnell, er spürt das natürlich.

All das macht es ziemlich anstrengend, und ich träume mich dann in Phantasien hinein, wie leicht und einfach es mit Karl, also mit beiden zusammen wäre. Mit nur noch einem Kind jetzt ist es mehr als doppelt so anstrengend, wie es war, als wir zwei Kinder hatten. Es ist eine idiotische Rechnung. Es hat nichts mit der Menge der Kinder zu tun, sondern mit der Menge des Kummers. Und für den gibt es kein Maß, der ist nicht messbar, kaum fassbar, nur schwer beschreibbar. Er ist als Schwere etwas ganz anderes, als jedes Gestresstsein oder Abgekämpftsein der regulären *Anstrengungen*, die man als Eltern ja ganz natürlicherweise, als Verantwortliche für den eigenen Nachwuchs, tagtäglich stemmt. Und es war mit den Zwillingen tatsächlich so, dass das Pensum, der Workload, die Arbeit als Eltern nicht zwingend immer doppelt so groß war, wie mit nur einem Kind. Wir kannten es auch gar nicht anders. Es war normal, zwei Kinder zu wickeln, zwei Flaschen zu geben, zwei kleine Wichte an- und auszuziehen. Es war manchmal wie der sprichwörtliche Welpenwurf, man wäre manchmal selbst gern ein Krake gewesen, aber insgesamt liefen sie im

Alltag relativ synchron. Es war kein sisyphushaftes Geschufte, es kostete manches seine Zeit, aber die hatten wir. Wir waren beide zuhause, niemand musste zur Arbeit und das ist rückblickend das Beste, was uns und unseren Kindern passieren konnte. Und auch wenn es Phasen gab, in denen ich gereizt war, weil ich *zu nichts mehr kam*, versuchte ich mich zu besinnen, dass ich mir diese Zeit für die Kinder einfach nehmen muss, diese ja bereits vorhandene Zeit mit ihnen einfach *annehmen* muss. Gerade im Rückblick schäme ich mich für diese unentspannten Phasen, in denen jeder ausbleibende Mittagsschlaf der Kinder tagsüber keine freie Minute mehr ließ. Denn was sind diese kleinen, freien Minuten jetzt im Rückblick wert? Was war eine Romannotiz wert? Die Zeit mit den Kindern, das Leben mit dem jetzt gestorbenen Kind, all das war alles was wertvoll war. Es war alles gut, wie es war. Jetzt fehlt ein Kind und der Alltag ist harte Arbeit und ich fühle mich schlecht gegenüber Paul, dass ich mir Karl zurückwünsche, um ihm gegenüber wieder leichter und entspannter sein zu können. Aber es wäre definitiv natürlich harmonischer jetzt und dieser gewaltige Kummer wäre nicht in unserem Leben. Wir wären einfach vollständiger.

Nachher zum Baumarkt. Dann Friedhof. Pflanzen für Karls Grab.

Di. 06.09.2022, 11:34
auf dem Friedhof

Carina setzt die Pflanzen ein. Ich laufe ein bisschen wie Falschgeld über den Friedhof, gehe aufs Klo, wo es nach Männerkacke und feuchtem Tabak stinkt. In der Kabine ein Gerumpel, als wäre da ein Bär drin. Ich muss sehr dringend und stelle mich ans Pissoir und atme flach und versuche, sehr schnell zu pinkeln. Ich mag es nicht, Menschen, die aus öffentlichen Klokabinen kommen zu begegnen. Die Verlegenheiten, die das auf beiden Seiten auslöst, sind mir unangenehm. Ich bleibe auf auswärtigen Toiletten selbst meistens so lange sitzen, bis ich niemanden mehr höre und wasche mir auch jetzt besonders plätschernd die Hände und reiße die Papierhandtücher extra laut aus dem schon leicht angesifften Spender heraus, um dem in der Kabine sitzenden Bär zu signalisieren, dass die Luft gleich rein ist. Ich gehe wieder raus in den milden Herbst, untersuche Vogelfedern in der Hecke. Keine Elster ist dabei. Pilze wachsen unter Büschen. Ich schleiche unter der Kastanie herum, schaue mit in die Hüften gestemmten Händen hoch in ihre Krone, wo die Luftballons hängen, lese die Jahreszahlen der umliegenden Gräber, schaue in den Korb mit den „nichtverrottbaren Abfällen“, eine Büchse Lübzer liegt darin, stehe vor den anderen Kindergräbern, rechne aus, wie jung die waren, ein, zwei, drei, fünf, acht Jahre, alle viel zu jung, phantasiere mich in die Leben der Hinterbliebenen, der hinter diesen Zahlen stehenden Angehörigen, der anderen, trauernden Eltern hinein, male mir anhand des Grabschmucks aus, wie sie lebten und leben, als Familie, als Menschen, als, wie wir, von dieser Tragik jetzt *getroffene*, lese auf anderen Gräbern die Lebensdaten uralter Omis und Opis, wilhelminische Namen, geboren 1927, 1931, 1919, gestorben in den letzten Jahren jetzt, es waren lange Leben, die *dürfen* hier liegen, denke ich und mache ein Foto von Carina, die wie die Frau auf der 50-Pfennig-Münze, mit dem Schippchen vor dem Grab kniet und hole schließlich, um hier nicht nur als hilflos nichthelfendes Kind herumzustromern, eine Kanne voll Wasser.

Di. 06.09.2022, 15:04
an seinem Grab

Sesleria autumnalis. *Herbst-Blaugras.*

Astilbe arendsii. *Arends-Prachtspiere.*

Echinacea purpurea. *Purpur-Sonnenhut.*

Scleranthus uniflorus. *Neuseeländer Knäuel.*

Erica gracilis. *Glockenheide „Beauty Queens“.*

Calluna Vulgaris. *Knospenheide „Garden Girls“.*

Aster novi-belgii. *Astern Trio.*

Heuchera Hybriden. *Purpurglöckchen.*

Monarda dydima. *Indianernessel, Goldmelisse,*
Scharlach-Monarde.

Die Poesie der Grabbepflanzung.

Di. 06.09.2022, 16:37
am Küchentisch

Carina und Paul sind Brot holen. Ich verzweifle am Zettelkram, öffne mit diesem typischen, selten was Gutes meinenden Geräusch, die ungeöffneten Amtsbriefe, stapele sie nach Themen, Anliegen und Absendern und versuche, Ordnung in das zu bringen, das jetzt mein Leben ist.

Di. 06.09.2022, 20:33
Bank neben dem Cubic-Kunstkubus

Carina ist zur Elternversammlung. Ich aß Abendbrot mit Paul und brachte ihn ins Bett. Er ist weniger quenglig als sonst, blieb vorhin auch mal einen Moment allein im Zimmer. Dieser Abend allein mit ihm erinnerte mich an die erste Woche von Karls Krankenhauszeit. Als Carina mit Karl im Krankenhaus und ich daheim mit Paul war. In dieser Woche wurde Paul äußerst verständig und wirkte auf Carina, die nach dieser Woche, als wir die Positionen wechselten, dann mit ihm allein daheim war, wie ausgewechselt.

Ich war, nachdem Paul schlief, noch kurz nach acht, Carina war gerade von der Elternversammlung zurück, im letzten blauen Licht des Tages, zum Friedhof gefahren und hatte dort die kleine Batterie an dem elektrischen, eigentlich ziemlich kitschigen Teelicht gewechselt, das auf dem kleinen, extra für ein Teelicht abgeflachten Rücken des verträumt die Augen schließenden Keramikschafs steht.

Beim Reinradeln auf den Friedhof, als ich, vom milde laternenbeleuchteten Hauptweg kommend, über einen der unbeleuchteten, dunklen Birkenalleenebenwege zum Areal von Karls Grab rollte, direkt Gänsehaut: all die vielen Grablichter, rot und weiß, glimmten und leuchteten an all den anderen Gräbern, unter den Bäumen, zwischen den Sträuchern, links und rechts neben den Wegen, unter der großen Luftballonkastanie, hier und da auch auf offener Wiese. Die zärtliche Lichtshow der Lebenden für ihre Toten. Ich war sehr gerührt, es hatte etwas festliches, in dem zwar auch die Schwere der Trauer mitschwang, im Gesamtbild aber so sanft und würdevoll, erhaben, die hier liegenden auch irgendwie ehrend, einfach sehr berückend war. Ich hockte mich vor *unser*, also Karls heute neu bepflanztes Grab, friemelte die Batteriekappe ab, pulte die leere Batterie heraus, setzte eine neue ein und etwas hob sich kurz hinter meiner Brust, als ich den Schalter auf *an*, genauer auf *„8h"* stellte und das kleine, aus weichem Plastik geformte Flämmchen glutgelb zu glimmen anfing, für acht Stunden nun, für also die jetzt folgende, ganze Nacht leuchten würde. Ich setzte das Ding auf den Schlafschafsrücken, sah im letzten natürlichen Licht für heute das kleine Diorama der schönen, noch ziemlich frischen, also nicht richtig in den Boden *eingewachsenen*, noch nicht natürlich mit seiner Umwelt zusammengewachsenen Bepflanzung über Karls Urne und war kurz zufrieden mit dem Gesamtbild, sackte dann aber, auch als ich versuchsweise, dieses Sprechen in seine Abwesenheit strömte spontan aus mir heraus, „Gute Nacht, Karli" ins Beet flüsterte, plötzlich zurück in die tiefe Trauer. Einfach äußerst traurig. Traurig, dass wir hier ein so schönes Grab haben für unser totes Kind. Traurig, dass der Friedhof so schön ist und seinem Namen, der *Friedlichkeit* und dem *Frieden* in der Ruhe hier, alle Ehre machte. Traurig, dass Karl hier nicht heute tagsüber mit Paul über die noch grablosen Wiesenflächen getobt ist. Traurig, dass ich jeden Abend den Spuren meines toten Kindes hinterherradle. Traurig, dass ich mir so Mühe gebe, an der Trauer nicht kaputt zu gehen. Traurig, dass ich Karl schon so viele Wochen nicht mehr gehalten und gehört habe.

Eventuell hockten ja noch irgendwo andere späte Friedhofsbesucher auf Bänken hier, dachte ich, fühlte mich kurz nicht mehr so allein und fuhr dann, als einer der letzten Lebenden hier, vom Friedhof herunter, der um 21:00 Uhr dann seine Pforten schließen würde, vorbei an der comichaft, giftig grün leuchtenden Tankstelle vorn an der Kreuzung, links hinein in die Innenstadt, setzte mich dort neben das Neonlicht des gerade leer geräumten Kunstkubus am Karl-Marx-Platz, klappte meinen Karlcomputer auf, öffnete eine Büchse Energy und schrieb ins Blaue.

Mi. 07.09.2022, 07:50
Badezimmer

Paul wachte wieder sehr bald, nachdem Carina das Bett verlassen hatte, auf. Als Karl noch lebte, schliefen beide Kinder oft noch eine kleine Weile weiter, während wir unseren ersten Kaffee trinken, uns duschen, uns fertig machen konnten. Irgendwann hörte man dann, wie die Kinder wach wurden und man ging zu ihnen hin, ins Schlafzimmer, wo sie bei uns im Elternbett saßen, müde und sich orientierend herumschauend. Manchmal stiegen sie auch selbst aus dem Bett und gingen uns in der Wohnung suchen, fanden uns dann meistens im Bad oder in der Küche. Manchmal musste man sie auch wecken, das war besonders niedlich, wie sie sich dann so langsam in den Tag hineingähnten, sich mit hoch in die Luft gehobenen Armen streckten.

Ich rühre einen Müslibrei an und habe sofort Backflashs in die Morgenbreizeit, in jene Zeit im letzten Jahr, als die Kinder morgens immer ihren Brei bekamen. Auch vor der Kita kochte ich immer Haferbrei. Es waren eingespielte Handgriffe. Neben der Kaffeekasserole stand morgens jetzt der Milchpott mit auf dem Herd. An all das erinnere ich mich, während ich das „Kinder Basis Müsli“ in die warme Milch im Emaille-Pott rühre, was dann auch irgendwie falsch war, weil Carina einen Teil der Milch für den Kaffee wollte und das Müsli in einer Schüssel, nicht im Pott, anrühren wollte. Anscheind hatten wir jetzt einen neuen Brei, der nur quellen und nicht kurz kochen muss. Ich kam mir blöd und ignorant, aber auch irgendwie untergraben in meiner Mithilfe vor, und ging dann, eher die Abläufe gestört, als bei ihnen geholfen zu haben, zum Duschen ins Badezimmer und Carina machte den Rest der morgendlichen Sachen mit Paul.

Mi. 07.09.2022, 09:04
Koffice

Carina ist mit Paul zum Augenarzt, dann zur Kita. Ich sitze vor meinen schlimmen Papieren, hefte lose Schreiben und Behördenbriefe in die dafür vorgesehenen Ordner ab. Stoßweise Blätter mit den Betreffzeilen *„Nichtausführung Ihres Dauerauftrags“* und *„SEPA Lastschrift-Rückgabe“*, zahllose Zeugnisse gesammelter Liquiditätsengpässe. Ich werfe diese Infoschreiben weg und hefte die Kontoauszüge chronologisch ab und sehe das als den ersten Schritt meiner nun zu erledigenden Steuererklärungen.

Mi. 07.09.2022, 09:27
Koffice

Auch das Durchgehen und Übertragen der Kontoeingänge in mein Tabellendokument ist eine Reise zurück in der Zeit. Am 27.10.2020 erhielt ich das letzte Mal Lohn von meinem damaligen Arbeitgeber. Danach bekam ich Elterngeld, dann Arbeitslosengeld. Da, im Oktober vor zwei Jahren, begann das erste Jahr, das Leben mit den Kindern. Sogar die Kontoauszüge berichten davon. Ich will zurück zu diesen Kontoauszügen.

Heute ist die Trauer wieder besonders stark. Zwischendurch ging ich ins Wohnzimmer, nahm Karls Foto vom Fensterbrett, schaute es lange an und wusste nicht was als nächstes zu tun. Ich sagte leise „Ach, Karlchen…“ – wie ich in letzter Zeit oft, auch auf dem Fahrrad herumradelnd, solche kurzen Worte in die leere Luft sage, als erleichterte mich das irgendwie – und fand es irgendwie gut, dass er mich vom Foto so sorglos, mit kindlicher Sicherheit, so freundlich und sanft anschaute, so dass es mir irgendwie *besser* ging, gleichzeitig aber etwas in mir wetterte, dass vom Foto anschauen ja auch *überhaupt nichts* besser wird, nichts und niemals nichts diesen Kummer lindern, nichts ihn zurückbringen kann, ich nur durch eine bis zur Groteske ritualisierte Erinnerungs- und Hinfühlkultur, durch ein aktives Suchen und Sehen in der Lücke, die er hinterlassen hat, ihn mir zurückbringen, mir wiedervergegenwärtigen kann, meine Gefühle für ihn in mir wach rufen und damit *seine* Gefühle für mich wieder erahnen und uns damit wieder in eine abstrakte Art der Verbundenheit bringen kann.

Ich nehme die Wohnzimmer-Bluetoothbox vom Fensterbrett, gehe damit in die Küche, in mein idiotisches, von Mahnschreiben vollgezetteltes *Home Office*, schnaube kurz verächtlich, als ich dieses, aus der Welt der Büros kommende Wort in mir denke, weil ich in Büros nie Glück hatte, nie Glück fand, nie glücklich war, entkoppele mein Handy von der kleinen Küchenbluetoothbox und *connecte* es mit der großen Kiste, mache repetetive Minimalmusik laut an, Oren Ambarchi, Johan Berthling, Andreas Werliin – *„GHOSTED“*, und hoffe, dass mir das den Fokus und die Konzentration bringt, die Musik dieser Art mir sonst so gut brachte.

Mi. 07.09.2022, 11:30
zwischen den Papieren

Auf der Suche nach der Lohnsteuerbescheinigung für den einen Job aus 2020 finde ich im gestapelten Wirrwarr in meinem Zimmer den Kramkarton mit den unsortierten Ansammlungen von Dingen, die ich später mal einsortieren, abheften, irgendwo einordnen will. Die Dinge in diesem Karton datieren bis zwei, drei Jahre zurück. Kassenzettel, Rechnungen, CD-Rohlinge, Sticker, Flyer, Broschüren, Probedrucke meiner eigenen Grafiksachen, kleines, unverbasteltes Elektrozeugs, und einiger Papierkram, unter dem ich jene Lohnsteuerbescheinigung zu finden hoffe. Amtsbriefe voll mit Kaffeekreisen, Zettelhaufen, die sich monatelang auf meinem Schreibtisch gestapelt hatten, den ich im Laufe des Lebens mit den Kindern irgendwann aufgegeben und mein Zimmer stattdessen dem Wahnsinn der Verrumpelung freigegeben hatte. In meinem Zimmer war ich kaum noch, stellte dort einfach jeglichen Kram ab, der gerade nirgendwo sonst hin passte. Nur selten bereitete ich in dem kleinen Zimmer mal *eine Mucke* vor, was in den anderthalb Quadratmeterchen, die zwischen dem Gerumpel noch frei waren, immer äußerst deprimierend und kaum zielführend war, auch für den Kopf. Von außen betrachtet: kurz vor Messie. Alle paar Monate, meistens Jahre, ist das Aufräumen eines solchen Kartonzettelkrams dann der Startpunkt für weiter- und tiefergehende Lokalsanierungen meines Lebens. Oft räume ich an den Tagen um solche bürokratischen Kraftakte wie die Steuererklärung herum dann gleich noch mein Zimmer auf. Diese so entstehende *insgesamte Ordnung* in meinem Leben hält dann eine kurze Weile an, bis alles, bei den nächsten Mahnschreiben, dem nächsten bürokratischen Bein, das mir ins Kartenhaus meines prekären Durchgewurschtels grätscht, wieder ins Wackeln, Wanken und in den Wahnsinn kippt.

All dieses Suchen und Durchsuchen, das Beschäftigen mit dem Papierkram der letzten Monate und Jahre ist immer auch eine Zeitreise zurück, in die erste Kinder- und Babyzeit mit Paul und Karl. Elterngeldpapierkrams, Hin und Her mit irgendwelchen Ämtern, Arbeitslosengeldbezugsbescheide und -ablehnungen, kleine Jobs und Konzerte zwischendurch, die immer massiv mit dem Amtsgeld kollidierten und innere und äußere Zerrüttungen in mir und meinem *Finanzhaushalt* verursachten. Monatelang nicht krankenversichert, Pfändungsankündigungen, der ganze Scheiß.

Jetzt hocke ich hier, krabbele durch die Blätter auf dem Boden, häufe alles zu einigermaßen sinnvollen Stapeln auf, Elterngeld, Krankenkasse, Arbeitgeber, Rechnungen, gestellte und erhaltene, Infozettel zu meiner Ausstellung im *Fenster* im letzten Sommer, und ein großer Stapel *persönlicher Memorabilia*, sammle Kassenzettel, die mit meinen künstlerischen Projekten zusammenhängen auf einem Stapel und lege die Kassenzettel, die irgendwas mit den Kindern zu tun haben, von jedem banalen Babyeinkauf, auf einen anderen Stapel, einfach weil dort Datumsangaben von besseren Zeiten drauf stehen, vom letzten November, Dezember, als die Kinder ein Jahr waren und den Herbst und den Winter das erste Mal so richtig draußen miterlebten, als ich morgens immer mit ihnen zur Kita radelte, frierend und doch schwitzend, die Kinder in den Wollwalk-Anzügen, unser Leben als Familie mit zwei Kindern in voller Blüte.

Auch zwei Pfandbons vom LIDL, aus dem Jahr 2016, finde ich. Unter dem Pfandbarcode stehen, in dieser thermodruckerdrögen, schon leicht verblichenen Kassenbonschrift, die Daten: „12-Nov-2016" und „17-Dez-2016". Ich kann mich nicht erinnern, was da genau war, wie der Winter 2016 so war. Man vergisst, wenn man Kinder hat, schnell wie es ohne Kinder war. Es fühlt sich, wenn man Kinder bekommt, sofort ganz normal und wortgemäß *organisch* an. Sie gehören sofort zu einem. Es gibt keine Eingewöhnung, man ist sofort Eltern und man nimmt sich selbst als ehemals kinderlose Menschen einfach ganz natürlich mit, in das Leben als Eltern seiner Kinder. Man gewinnt dann doch, bei allem Stress, bei aller Aufgabe seiner individuellen Freiheiten und Freizeiten, einfach insgesamt *dazu*.

Ich versuche, mich hierin, in diesen Stapeln auf dem Küchenboden, zu ordnen und muss immer wieder inne halten, um nicht sofort wieder alles hinzuschmeißen, komplett aufzugeben, dem Kummer nachzugeben, weil doch alles eh nichts nützt und sinnlos ist. An *Dingen, die zu erledigen sind* konnte ich mich noch nie aufrichten oder festhalten, sie haben mich immer schon nur aus dem Rudern gebracht. So auch jetzt, hier, in der Trauer um meinen verstorbenen Sohn.

Im Radio plötzlich *„REAL REAL GONE"* von Van Morrison. Ein seltsamer Optimismus liegt in diesem vanmorrisontypischen Laberstrom des langen Liedtextes. Okay, Welt, okay Karl, ich versuchs, ich mach ja. Für Dich. *Für* *immer und dich.* Rio Reiser, auch so ein Thema. Eine Frau im Roman hatte ich irgendwann so bisschen an ihn angelehnt. Ich weiß nicht, wann das war, ob es auch die Zeit im Krankenhaus oder schon vorher war. Ich beschließe diesbezüglich später mal, falls ich dran denke, in die Chronologie meiner digitalen Notizen zu schauen, schreibe erstmal aber eine E-Mail an Richard mit der Bitte um Zusendung der mir fehlenden Lohnsteuerbescheide.

Mi. 07.09.2022, 22:13
Sofa

Durch den stoßweise, wie vor Gewittern, wehenden Wind fuhr ich kurz nach acht zum Friedhof. Karl die neue Jacke zeigen. Die Kinder reagierten immer auf neue Sachen. Wenn irgendwas in der Wohnung neu war, man andere Socken oder Schuhe trug, plötzlich ein Pflaster am Finger hatte oder sie selbst ein neues T-Shirt übergezogen bekamen. Sie zeigten darauf, sagten, falls sie es noch nicht kannten, irgendein Wort, das ihnen passend schien, oder schauten uns fragend an und nickten kurz mit den Schultern hoch, als entspannte sich ihr ganzer Körper für diese neuen Informationen, wenn wir ihnen erklärten, was und warum und wie und wieso. Eine Zeit lang wurde Karl nicht müde zu betonen, dass irgendwas gestreift war. „DReIFeN" sagte er dann, zeigte auf das gestreifte Hemd, die gestreifte Hose oder die gestreiften Strümpfe und schaute uns stolz an.

Auf dem Rückweg, im Rewe, kaufe ich Süßkram und Biersorten, die ich schon eine Weile nicht mehr getrunken hatte, zuletzt wohl zu Beginn der Babyzeit, gehe dann raus in den Abend, dessen Luft auf dem Parkplatz schon vom Herbst und dem Roman erzählt.

Tagsüber hatte ich meinen Lottoschein prüfen lassen. Ich hatte nichts gewonnen und hatte nicht nochmal gespielt und kam mir auf bescheuerte Art sehr vernünftig dabei vor. Nachmittags waren wir bei Sonja und Alexander, kleine Präsente und Die Heiterkeit vorbeibringen. Wir hatten ja das eine Lied zur Trauerzeremonie gespielt und Alexander war so gerührt davon und interessiert daran. Er sagte, er sucht gar nicht mehr aktiv nach Musik, sondern wartet, bis sie ihn findet, auf ihn zukommt, ihm begegnet – was ja in heutigen Zeiten ständiger Inputbeflutung sowieso dauernd vorkommt, dachte ich, und so kauften wir ihm die Doppel-LP, dieses Konzeptalbum, in dem es ausgerechnet ja auch, in allen möglichen Facetten und Dimensionen, um den Tod und das Todesdrumherum geht.

Und dann hatte ich kurz an diesen DJ-Mix, eher eine Art Songs-und-Sound-Collage gedacht, die ich in den ersten Coronawochen vor zweieinhalb Jahren für diesen unregelmäßig regelmäßigen DJ-Set/Klangkunst-Podcast gemacht hatte. Ich hatte daran ewig gebaut, es wurden viele Spuren, es war kein DJ-Set, es war etwas aufwendig zusammengebautes, ein Hörstück in dem ich Popmusik und Soundart, eigene und anderer Leute Stücke, kleine Klangkrumen und experimentelles Getöse, alles zusammen zu einem gut einstündigen Mix verband. Es wurde immer autobiografischer, ich verbastelte mehr und mehr mich irgendwie begleitet habende Lieder darin, manches zerdehnte und zerbeulte ich, anderes unterlegte ich mit elektronischem Gefrickel, manches war kaum noch wiederzuerkennen und aus Folkmusik machte ich Dub. Ich hatte mich derart in die Details vernarrt und verrannt, dass ich den mich angefragt habenden Podcastkurator immer wieder vertrösten musste. Ich war in den letzten Zügen des letzten Jobs vor den Kindern und war ziemlich zerrieben und mürrisch, schrieb ihm dann irgendwann einfach, dass das nichts mehr wird und hatte das Klangprojekt dann einfach liegengelassen, keine Kraft und Nerven mehr habend für die letzten Abmischungen und Equalizer-abstimmungen. Irgendwann, Monate später, hatte ich dann ein paar Mal in die Probemixe reingehört und fand es wieder ganz gut und nahm mir vor, das Ding nochmal, an irgendwelchen nicht auf dem Sofa versumpften Elternfeierabenden, in Angriff zu nehmen. Und auch dort, in diesem Projekt vor den Kindern, war schon Die Heiterkeit drin. Ein seltsames Wort. Ein seltsamer Kreisschluß. Eine schöne Musik.

Wir saßen auf ihrer Terrasse, tranken Kaffee und als ich, eher zu mir selbst sprechend, meine Schultern reibend, anmerkte, dass es ja kalt geworden sei, gab mir Sonja eine Trainingsjacke und sagte, ich könne sie behalten. Sie sitzt wie sprichwörtlich angegossen. Alle meine alten Trainingsjacken sind irgendwie zu klein geworden, waren es wahrscheinlich immer schon. Die neue Jacke, die Sonja mal für ihren Sohn gekauft hatte, der die aber nur einmal angezogen und dann in den Schrank verbannt hatte, sitzt mir so gut am Leib, dass ich mich auf idiotische Weise kurz sehr darüber freue, dass etwas mal so angemessen, wie zentimetergenau ausgemessen, so selbstverständlich *passt*.

Die beiden sagten, sie waren tagsüber auch auf dem Friedhof gewesen und hatten einen kleinen Stein aufs Grab gelegt. Das war genau der Stein, der auf dem Foto, das Carina geschickt hatte, zu sehen war, über den ich mich vorhin, als ich das kleine Wolkenlicht, seine so angenehm sanft die Farben wechselnde „Weuke" auf Karls Grab gestellt hatte, noch kurz gewundert, eher sogar, auch wenn ich nicht wusste, woher er kam, gefreut hatte.

Wieder zuhause, haute ich mich stumpf vor den Fernseher und wir ließen eine Sendung plätschern, in der Prominente, oder das was von ihnen übrig ist, wieder in die Schule gehen mussten. Es war das übliche, freiwillig *angelassene* Geriesel, aber den dort herumrätselnden Restprominenten beim ulkig in Szene gesetzten *Dummsein* zuzusehen, denn das war ja das Konzept der Show, es war erst drollig, wenn die Erwachsenen nichts so richtig wussten, das war irgendwie deprimierend. Und dass *Martin Semmelrogge*, der sich dort, mit seiner wieseligen, suffsenilen Trademarktüdeligkeit durch die ihm gestellten Aufgaben gimpelte, den selben Vornamen hat wie ich, machte mich kurz und sinnlos dann ein kleines bisschen traurig.

Do. 08.09.2022, 10:47
Küche

Paul kotzte mehrmals in der Nacht und auch heute morgen. Also keine Kita. Carina ist mit ihm zur Kinderärztin. Ich suche kurz Rechnungen für meine künstlerischen Ausgaben von 2020 zusammen, dusche dann und es macht mich wahnsinnig, dass die Waschmaschine, auf deren Einzeilendisplay eben noch „1" für eine Minute stand, noch endlos, wirklich mehr als ein oder zwei davon, erbarmungslose mehrere Minuten lang noch so bollernd laut vor sich hinschleudert und ich beim Duschen die Musik grotesk laut machen muss, um den Tornado in der Waschmaschine zu übertönen. Ich hatte die Bluetoothbox mit ins Badezimmer genommen und wollte beim Duschen was hören. Wie früher. Die Duschminuten waren irgendwann zu einer angenehmen Abkapselung vom Alltag geworden und ich hatte dort wieder vermehrt Musik laufen lassen, auch irgendwie aus funktionalen Aspekten, es war oft elektronisches Minimalgeballer und zusammen mit dem heißen und dann, wechselduschdiszipliniert, immer kalt endenden Wasser hatte ich mich damit nochmal aufgerafft, für die Schreibvormittage, während die Kinder in der Kita waren. Auch jetzt wollte ich was laut laufen lassen. *„VOODOO CHILE"*, die Liveversion, die hatte sich letztens schon, in ihrem eruptiven Vorwärtswalzen, gut beim Radeln gemacht, dröhnt gut laut zwischen den Kacheln unseres schmalen Badezimmers hin und her und ich versinke in der Dusche in Gedanken, erst an Karl und dann an meine Jugendzeit. Mit vierzehn, fünfzehn, sechszehn hatte ich natürlich auch Hendrix gehört, Doors, den ganzen Kram eben. Und alle Jahre wieder stoße ich dann mal wieder drauf. Und jetzt diese lange Liveversion, in der die als Trio so ein Wahnsinnsbrett zusammendonnern, dass mir sofort wieder Caspar Brötzmann einfällt und der Vergleich zwischen ihm und Hendrix nochmal mehr und schon wieder und immer wieder komplett Sinn macht und stimmt. Eine enorme Kraft, die da in der Musik steckt, die da heraus strömt und beim Machen, selbstverständlich mit einer Leichtigkeit, Eleganz und dem sprichwörtlichen Groove ganz ohne das Gestrampel eines Kraftaktes, sondern ganz ätherisch, aus der sogenannten Seele heraus, hereingesteckt wurde.

Und wie diese beseelte Musik jetzt zusammen mit dem Getöse der Waschmaschine meinen Donnerstagvormittag, bald acht Wochen nach Karls Tod, malmend, mahlend, ausmalt.

Do. 08.09.2022, 15:06
Schlafzimmer

Draußen fast vorabendlich dunkel. Regen tropft von den Brettern des Baugerüsts vorm Fenster. Mittagsschlaf. Weggedöst. Paul hat rote Wangen vom Fieber. Draußen das erste Herbstgrau dieses Jahres. Das erste Herbstgrau ohne Karl. Letztes Jahr war dieser frühe, graue Herbst die Zeit des immer aktiveren Spielens mit den immer mobiler werdenden Kindern, die bald eingewöhnt in die Kita werden sollten. In diesem Jahr bedeutet das Herbstgrau ein Irgendwieweitermachenmüssen, ein trostloses, leeres Grau.

Mail und Telefonat mit Frau Haller vom Klinikum. Morgen schon könne ich sehr wahrscheinlich auf die Station, in das Zimmer, in dem ich mit Karl so lange damals war.

Do. 08.09.2022, 16:25
Wohnzimmer

Die langen Indoor-Nachmittage zuhause. Auch die waren *damals* nie ein Problem. Im ersten Herbst, 2020, sowieso nicht, die waren bestimmt durch den *Babyhustle*, den Trubel des Zutunhabens mit den ständig wiederkehrenden Regelmäßigkeiten, die Neugeborene in die Tage bringen. 2021 war der Herbst dann spielen, malen, Bauklötze auftürmen und umschmeißen, auf dem Wohnzimmerboden rumsitzen, mit den Kindern rumdallern, sie für sich rumdallern lassen. Ich kam manchmal den ganzen Tag nicht aus der Haushose raus. Es war eine schöne, geerdete Zeit. Jetzt sitze ich hier, allein mit Paul, wir malen, und, das ist seltsam, auch das geht gerade irgendwie. Wir malen und er empfindet hoffentlich sowas wie Leichtheit, Geborgenheit und Freude in seinem Leben.

Ich hole die Stehlampe von unten wieder hoch ins Zimmer. Als die Babies mobil und die Tage mit dem Frühling heller wurden, hatten wir sie aus dem Wohnzimmer geräumt. Jetzt steht sie wieder hier. Wie etwas, das einerseits aus der Karlzeit stammt, aber irgendwie auch, als zaghafte Zimmerumgestaltung, eine Form von Neuanfang oder Weitermachen in sich trägt. Ich bin unsicher, ob das gut oder schlecht ist. Aber das Licht ist gut.

Ich wühle mit Paul durch die Holzkiste mit den Karten, die sie zur Geburt und zum ersten Geburtstag bekommen hatten. All die guten Wünsche und lieben Worte. Es stimmt: die Geburt und der Tod haben ähnliche Dimensionen der Anteilnahme. In der Kiste auch frühe Fotos und handschriftliche Babytagebuchnotizen. Wer wann wieviel trank, wann welche einschneidenden Dinge passiert waren, Entwicklungsschübe, beachtliche Babymomente, wann neue *Spezialfähigkeiten freigeschaltet* wurden, wann neuer *next level shit* uns Staunen machte. Wichtige Wegmarken in der viel zu schnell vorbeiziehenden Zeit der ersten Monate, die mir damals paradoxerweise sehr lang vorkam. Auch in der Erinnerung ist dieses erste Babyjahr wie ein eigener Lebensabschnitt abgespeichert, es war ein bisschen wie in der Jugend: in einem Jahr war so wahnsinnig viel drin, auch wenn gar nicht viel los war, innerhalb von Wochen war man schon wieder ganz woanders, in anderen Zuständen, in immer wieder neu austarierten Empfindungen, Einstellungen und Erlebnishaltungen dem Leben gegenüber. Ich war durch die Kinder einfach wieder offener dem Leben gegenüber geworden.

Auf einem Erinnerungskärtchen steht: „29.10.2020: erstes Bad zuhause". Durchs angekippte Küchenfenster kommt hinterm Geprassel des Regens der Geruch eines frisch gebackenen Apfelkuchens hinein. Dass offenbar auch bei den Nachbarn im Haus jetzt Herbst ist, hat etwas beruhigendes.

Do. 08.09.2022, 17:37
Wohnzimmer

Ich komme von der Küche zurück ins Wohnzimmer. Unter dem Licht, das die Stehlampe aus ihrem nach unten offenen Halbkugelkopf auf den Boden sendet, liegen Wachsmalstifte, vollgekritzelte Papiere, ein Spielzeugauto, ein paar Kinderbücher. Es sieht aus wie ein Nachmittag drinnen im Herbst. Aus dem Radio rieselt die konsensnostalgische Uptempo-Melancholie von Scritti Politti. Karls Foto auf dem Fensterbrett, dahinter das Baugerüst, mit blauen Netzen zur Straße hin abgehängt. Über der Stadt immer noch der beharrliche Regen. All das *lese* ich im Abgleich mit dem September des letzten Jahres. Karlstiche im Herzen und seltsamerweise auch, während Paul mehr und mehr wieder sich selbst zu beschäftigen beginnt, mal einen Moment allein in einem Zimmer bleiben kann, irgendwie sowas wie Zuversicht. Ich schaue zu Karl auf dem Fensterbrett. Er sieht so freundlich, ohne Unsicherheit, einfach gut aufgehoben in seinem Kindsein, so *sicher* aus. Ich bilde mir ein, er scheint all das hier, unser Leben ohne ihn, irgendwie zu bejahen und abzunicken, als sei er in diesem nickenden *Ja* trotzdem bei uns.

Do. 08.09.2022, 19:54
Wohnzimmer

Und die Queen von England ist jetzt auch tot.

Fr. 09.09.2022, 08:54
Küche

Paul schlief bis halb neun. Auch als Carina früh aufstand wachte er nicht auf, sondern nahm meine Hand, kuschelte sich immer mal wieder neu hin und wir pennten beide eine Weile weiter, als wären große Ferien. Einigermaßen ausgeschlafen wachten wir auf, eine halbe Stunde bevor wir los zur Kita mussten.

In der Nacht hatte Paul wieder gefiebert. Carina sagte, sie war schlaflos und gelähmt vor Sorge und Angst, dass es auch Kawasaki sein könnte.

Fr. 09.09.2022, 11:37
vor dem Klinikum

In der Kita hatten wir einen Karlbaum gepflanzt. Auf Initiative des Kindergartens hatten wir alle gemeinsam, wir Eltern von Karl, sein Zwillingsbruder Paul, die Erzieherinnen und die anderen Kinder, einen Apfelbaum in die Erde gesetzt und ein kleines Metallschild mit seinem eingravierten Namen an den dünnen Stamm gesteckt. Es war sehr bewegend und ich war gerührt davon, dass alle dabei waren, dass der Tod etwas war, dem sich alle irgendwie stellten. In der Kita hatten sie in den Tagen vorher mit den Kindern über den Tod geredet. Es gab eine Nachricht an alle Eltern in der Kita-App darüber. Falls die Kinder zuhause fragten. Ich fand es gut und richtig, dass ein offener Umgang gepflegt wurde, dass alle irgendwie im Thema waren, aber auf eine Art tat es mir auch leid, dass diese Schwere, diese Leere, diese Tragik jetzt auch in die Leben der eigentlich unbeteiligten Menschen, insbesondere der Kinder gegangen war. Aber ich wusste auch, dass das unsinnige Gedanken waren und war einfach dankbar für ihr Dabeisein und den kleinen, seinen Namen tragenden Baum. Mit Händen voller Erde dann eine Andacht in der Kirche neben dem Kindergarten. Ich hatte, für mich dann doch unvermittelt, ein wenig geweint und es war schön. Es wurde eine große Karlkerze, mit Frau Elster darauf, angezündet. Paul durfte sie nach der Zeremonie auspusten und wir nahmen die Kerze mit nach Hause. Auf dem Nachhauseweg hielten wir an der großen Tankstelle und wuschen wir das Auto in der Autowäsche. Carina ging mit dem Hochdruckreiniger und der großen Besenbürste um das Auto herum, seifte und schäumte es ein, spritzte alles sauber und ich stand mit Paul am Rand, neben dem Hintereingang der Tankstelle, an dem eine Tankstellenfrau ein, zwei Pausenzigaretten rauchte und wir schauten Carina zu, wie sie ihr Auto wusch und es war ein bisschen so, als würden wir demnächst in den Urlaub fahren.

Zuhause rief dann, während ich die Brühe vom letzten Wochenende warm machte, die Klinik an. Ich könne *JETZT* auf die Station und ins Zimmer. Also stellte ich die Flamme aus, stieg aufs Rad, raste zum Krankenhaus und setzte mich draußen dort, Luft holend, mich sammelnd, nochmal kurz auf eine Bank.

Auf dem Klinikumsgelände der Mittagsbetrieb der Kitteltragenden. Sie holen sich was warmes aus der Mensa, tragen diese wiederverwendbaren Pfand-Bowls vor sich her. Andere laufen mit den schmucklos weißen Kaffeepötten aus der Klinikcafeteria herum. Kleine Backflashs in meine Zeit der zahllos hier getrunkenen Krankenhauskaffees. Dann ging ich rein und wartete auf Frau Haller, die mich wieder im Foyer abholen würde.

Fr. 09.09.2022, 12:03
MKE-4

In unserem Klinikzimmer klappe ich den Karlcomputer auf und tippe, aus einem wirren Reflex, einer offenbar tief in mein Körpergedächtnis hineinkoppelnden Verbundenheit mit diesem Ort heraus, das Laptoppasswort mit einer „4“ hintendran ein. Hier, in der *„MKE-4“* waren wir für viele Wochen, in Behandlung, untergebracht und ersatzweise sowas wie *zuhause*. Das Mittagslicht leuchtet weiß und hell hinter meinem Rücken rein. Ich sitze auf dem Stuhl, auf dem ich immer saß, am kniehohen Tisch, an dem wir tagsüber aßen und an dem ich nachts schrieb. Zu meiner rechten saß Karl immer bei den Mahlzeiten in seinem kleinen Hochstuhl. Rechts vom Tisch war auch das Kinderbett und links daneben mein Begleiterbett.

Der medizinische Überwachungsmonitor, die Medikamentenpumpen, die kinderfreundlichen, etwas bizarren Zeichnungen an der Wand. Alles hier im Zimmer sieht aus wie immer und doch völlig anders. Das Kinderbett ist nicht mit drin und eine dieser rollbaren Wickelkommoden mit den blauen Schubfächern steht vorne, wo sonst immer der zweite Erwachsenenstuhl stand. Alles ist etwas richtung Fenster gerückt. Mein Stuhl steht direkt am Fenster. Damals stand hinter mir ein kleines Schränkchen, in dem ich Kleinkram und später auch meine gelöteten Sachen lagerte. Über dem Tisch ist der Krankenhausfernseher, den ich nie angeschaltet hatte, abstandslos an der Wand festgemacht. In Zeiten von Laptops, Tablets und Handys, wirken diese Geräte wie obsoletes, 25 Jahre veraltetes Hi-Tech. In manchen Zimmern gibt es auch kleine Fernseher, die an Schwenkarmen über den Betten angebracht sind. Sie sind gleichzeitig irgendwelche Multimediaapparate, für die man sich auf den Fluren, an irgendwelchen, in irgendwelchen Ecken stehenden Automaten, irgendwelche Karten mit irgendwelchen Krediten aufladen kann. Die Touchscreens dieser kleinen Schwenkfernseher sind so träge und reaktionsarm, dass man sehr fest darauf drücken muss und sich die Kristalle im Display zu öligen Farbpfützen vermatschen.

Ich schaue ins Badezimmer, das immer noch so aussieht wie damals. Auf meinem Handy gibt es ein Video, da gibt Karl eine Art Führung durchs Badezimmer. Er wackelt in dem Video, in gestreiftem Body mit der curryfarbenen Hose und seinem Bauch durch das Badezimmer und zeigt auf die Dinge und bennennt sie und führt sie vor. »Zuu« sagt er, das „z" eher wie ein „ß" betonend, und klappt den Deckel des kleinen Kosmetikmülleimers zu, den ich immer für die Kackwindeln genutzt hatte.

Ich mache nochmal alle Schränke und Schränkchen auf, überlege, ob ich einen von den kleinen gelben oder blauen Waschlappen mitnehmen soll, lasse es dann aber, mache Fotos, auch vom Blick aus dem Fenster, wo immer noch das Dixieklo und verschiedene Transporter verschiedener Gewerke stehen. Dahinter der verglaste Korridor zwischen Haus J und Haus K.

Schwester Jeanette hatte mich ins Zimmer gelassen und wir hatten noch ein bisschen geredet. Ich hatte von unserer *letzten Woche* erzählt, von dem *schönen* und bewegenden Begräbnis und dem Gartenfest danach, und von dem Grab, das wir jüngst so schön zu bepflanzen begonnen hatten. Schwester Jeanette nickte ein Nicken, das meine etwas unbeholfene Umschreibung der Grabbepflanzung auf gute Art wertzuschätzen schien und sie sagte „Ja, das wird dann irgendwann wie ein Garten, auch für Paul." Ich fühlte mich von dieser Aussage angenehm abgeholt in meiner gegenwärtigen Gefühlswelt dem Grab gegenüber und sie fragte mich dann, ob ich was trinken wolle, was ich verneinte, ich könne mich auch ins Bett legen, sagte sie, aufs eben hereingeschobene, noch in Folie verpackte, frische Krankenbett zeigend, als sei das für mich was sehr heiliges, ich sagte, dass das schon okay ist, ich muss gar nicht ins Bett, ich wollte auch keine Umstände machen, denn man hätte das Bett dann wieder wechseln und ein neues, frisch foliertes Bett hereinschieben müssen, und ich war ja nur der trauernde Wiederhierherkehrer und kein Kranker, nur ein von der Trauer natürlich doch irgendwie kranker Mensch, kein Zweifel, aber ich wollte jetzt gar nicht ins Bett, als Arbeit meiner Trauer, ich zeigte stattdessen auf meinen „Schreibtisch", und sagte, dass es mir reicht, einfach hier zu sitzen und vielleicht ein bisschen zu schreiben.

Sie sagte, ich könne mir alle Zeit der Welt nehmen und hier auch zwei Stunden drin bleiben, bevor sie mich dann allein ließ und leise die Tür hinter sich schloss, was mich kurz daran erinnerte, wie damals die Nachtschwestern spätabends nochmal reinschauten, mich vielleicht am Computer sitzend antrafen und, fast mütterlich, auf tolle Art ihrer nächtlichen Arbeit zugetan, auf fachkrankenschwesterliche Art so zwischenmenschlich nett und kompetent, zu mir sagten: „Gute Nacht dann. Machense nich' mehr so lang".

Ich bin dankbar, nochmal hier zu sein, bin insgesamt, auch vom freundlichen Licht das von draußen so wie damals hier hereinscheint, irgendwie *besänftigt*, sehr stark *eins* mit diesem Zimmer und meiner Entscheidung hier nochmal reingegangen zu sein, möchte aber Niemandes Zeit allzu sehr überstrapazieren, spritze mir mit dem Ellenbogen nochmal Desinfektion auf die Hände, um etwas vom Geruch hier mitzunehmen und gehe wieder raus, in den Stationsflur, wo die Psychologin, die mir das hier ermöglicht hatte, die mit mir hierher gegangen war, aus ihrem Handy hochschaut und das Lächeln in ihrem Gesicht wahrscheinlich das Erkennen meines Einsseins ist.

Vor der Stationszentrale stehen wir nochmal kurz so rum, ich bedanke mich bei Schwester Jeanette für *das hier*, für die gute Arbeit, die Psychologin tut das ebenso, selbst gerührt und voll Gänsehaut, und beide tätscheln sich die Schultern hin und her, wie gute Freundinnen, und ich fühle mich auf drollige Art, wie der, der jetzt, wenn nicht zur Eile, so doch immerhin sanft zum *Losmachen* mahnen müsste und bedanke mich nochmal ganz fest und herzlich und dann gehen die Psychologin und ich raus in den Krankenhausflur, sie fragt, ob wir noch weiter drüber reden wollen, ich sage nein, vielen Dank, und sie sieht, dass ich offensichtlich, auf vertrauenserweckend gefühlsmündige Art, Herr meiner hierher mitgebrachten und hier eventuell neu ausgelösten Emotionen bin, und dann geht sie links den Gang runter und ich gehe nach rechts, die Treppe hinunter ins Erdgeschoss, wo ich kurz nochmal zum Krankenhausladen gehe, der aber schon zu hat, weshalb ich mir vornehme, an einem anderen Tag hier eine neue Packung der bunten Bonbons zu kaufen, die ich damals irgendwann hier gekauft, sie seitdem lang in meiner Tasche herumgeschleppt und kürzlich dann doch alle aufgegessen hatte.

Ich sitze für die letzten Worte dieses Eintrags an einem Schattenplatz an meinem Tisch unterm Mensavordach und eine Studentin fragt, ob sie sich *dazusetzen* könne. Ich stottere kurz, bin irritiert von dieser unbekümmerten, mir irgendwie sehr *studentisch* vorkommenden Frage, die mich hier, mitten in meinem Karltext, in höchster Mittagssonne, erreicht, ich fand sich irgendwo dazusetzen immer furchtbar und hatte mir bei meinen späten Mensafrühstücken der damaligen, also sehr damaligen Zeit, immer sehr entlegene Tische gesucht, von denen ich hoffte, dass sie klein und entlegen genug seien, dass niemand auf die Idee käme, sich dazuzusetzen, was unter Studierenden, in dieser komischen, auch wieder sehr *studentischen* Freude am jungen Leben ziemlich weit verbeitet zu sein scheint, und ich merke, unter den freundlich klimpernden Augen der sich dazu setzen wollenden Studentin, was für ein komischer, ungeselliger Tropf ich eigentlich bin, und weiß selbst nicht genau, ob ich damit meinen Zustand als trauernder oder als genereller, generell eher ungeselliger Mensch meine, und sage dann, möglichst gesellig und möglichst wenig traurig, kein Problem, bin eh gleich fertig, woraufhin sie sagt, sie wolle niemanden verscheuchen, ich sage, nee, kein Problem, bin eh gleich weg, schreibe noch schnell ein paar Zeilen, während nach und nach die anderen Studierenden ihrer Mittagsgesellschaft angekleckert kommen, in dieser sonderbaren Mischung aus leichter Verlegenheit und, an eine Unkompliziertheit in Allem glaubender, fröhlicher Dazusetzlaune um mich und mein Schreiben herumstehen, klappe meinen kleinen Karlcomputer zu, sage „Tschüssi“, wie ein schrulliger Mann, der nicht so richtig den *Sound* der jungen Leute trifft, und gehe dann schnellen Schrittes weg, zu meinem Fahrrad, das natürlich dort steht, wo es immer stand, am Fahrradständer aus der Karlzeit. Auch als Trauernder, wenn man alle Facetten von Glück und Leid durchlebt hat, bleibt man ein sozialer Depp.

Ich fahre mit dem Fahrrad nach Hause, mache mir die Brühe wieder warm und erzähle Carina, die gerade neben dem mittagsschlafenden Paul im Bett liegt, wie es war im Krankenhaus und dass ich sie lieb grüßen soll von den Schwestern und der Psychologin. Carina nickt mit glasigen Augen und mir kommt es so vor, als verstünde sie jetzt etwas besser, weshalb ich nochmal in das Krankenzimmer wollte und als sei sie froh, zu sehen, dass es mir gut tat und eher erleichternd als irgendwas aufreißend war.

Fr. 09.09.2022, 21:46
Sofa

Nach dem Mittagsschlaf fuhr Carina zum Friedhof und ich ging mit Paul zum Brotkaufen richtung Markt. In der Stadt traf ich den Maler. Er trug einen langen Trenchcoat eine Sonnenbrille mit Farbverlauf und wirkte auf sympathischste Art verkniffen, knurrig und *schwierig* wie immer. Wir waren beide ungeschickt in diesem unerwarteten Spontangespräch und ich erzählte, fahrig und irgendwie unrastig, gar nicht so bleiern betrübt, wie man sich einen selten getroffenen Trauernden so vorstellen mag, dass wir uns *irgendwie so durchschlagen*, als gingen wir gerade durch eine *finanzielle Krise* oder sowas. Wir wussten nicht so richtig was weiteres zu reden, der Maler wünschte mir alles Gute und wir knufften ungelenk unsere Ellenbogen aneinander.

Kurz vorher war Schwester Silvia an uns vorbeigeradelt. Ich hatte nur im Vorbeifahren ihre rougerot geschminkten Wangen und ihre hinten irgendwie so, wie mit einem schnellen, geübten Hingefuchtel *hochgenestelten* Haare und sie dann langsam auf dem Fahrrad wegfahren gesehen, in dieser komischen, drolligen, im liebenswürdigsten Sinne so clownsartig etwas versteiften Körperhaltung, krumm auf den großen Lenker ihres Rades gestützt, als stemmte sie sich gegen einen Wind, als schöbe sie einen gußeisernen Pflug durch die Innenstadt, am Fuß große Korkschlappen, als sei das hier der Stationsflur, als sei um Schwester Silvia, egal wo sie ist, immer der Stationsflur gleich mit drumherum.

Ich dachte sofort zurück an die ersten Wochen im Krankenhaus, wie sie eines Tages plötzlich mit einem großen Auftritt im Zimmer stand, laut und etwas rauchig „Halloooo“ herausflötete und mir sofort klar war, dass das ihr *Trademark* war, ihre Art war, die Kinder zu erreichen, und dass Karl sie auch super fand und mit ihr immer das Spiel spielte, dass er ihr die

FFP2-Maske vom Gesicht zog, sie dann zurückschnippsen ließ, woraufhin Schwester Silvia, in schönstem Overacting, dann ein, zwei Schritte zurück stolperte und sowas wie „Achjottachjottachjott“ sagte und Karl sich jedes Mal krumm, schief und scheckig lachte, nicht aus Schadenfreude, eher aus gutem Humor, aus einem allen Kindern offenbar eingebauten Gespür für die großen Künste der Körperkomik, sich in seiner Karlart so nach hinten bog, den Kopf leicht nach hinten warf, den ganzen Körper schüttelnd kicherte und ich jedes Mal feuchte Augen von seinem Spiel und seiner Freude bekam. Und ich dachte, während Schwester Silvia da so langsam bis zum Umfallen durch die Fußgängerzone rollte, auch daran, wie mich die an die Wand gemalte Maus, diese Maus mit den kajalgroßen Augen, an der Klingel der Neonatalogie, heute noch an sie erinnert. Und ob sie sich überhaupt an mich erinnern würde, wenn ich sie jetzt anhalten und „Hallo“ sagen würde, was da für ein Moment entstehen würde, ob sie über kurz oder lang auf Karl käme und ob ich sie mit alldem nicht in furchtbare Verlegenheiten brächte. Also rief ich natürlich *nicht*, laut und hektisch winkend, „Schwester Silviaaa! Huuuhu!“, so wie ich sie mir das rufend vorstellen würde, durch die Fußgängerzone, sondern schob einfach mich und meinen Paul in seinem Kinderwagen durch den Innenstadtnachmittag und war auf innerlich theatralische Weise froh, dass es solche Leute wie Schwester Silvia gibt und war sofort noch fröhlicher gestimmt durch diese leichte, einem Buch- oder Liedtitel überaus würdige Wortwendung: „solche Leute wie Schwester Silvia“.

Ich kaufte mit Paul Brot beim Zinnowitzer Bäcker auf dem Wochenmarkt, der jetzt vorne am Mühlentor war, weil auf dem Marktplatz der über das ganze Wochenende stattfindende Handwerksmarkt aufgebaut war. Dann fing es an, dünn und wenig und bei Sonnenschein zu regnen. Wir wurden trotzdem nasser als gedacht und huschten unter verschiedenen Vordächern voran richtung nach Hause. Der Nachmittag war da noch jung und wir spielten und malten irgendwas im Wohnzimmer bis Carina vom Cafétrinken kam, zu dem sie sich nach dem Friedhof noch mit Helena, Cleo und einer ehemaligen Arbeitskollegin getroffen hatte.

Carina erzählte vom Friedhof. Sie hatte zwei kleine Steine zwischen die Blumen aufs Grab gelegt. Jeder soll jetzt immer mal wieder einen Stein dort vorbeibringen, von irgendwoher, gern auch bemalt, das war so die Idee, die letztens hier aufkam. Carina erzählte auch, dass sie das Porzellanschaf und das Wolkenlicht gesäubert hatte. Der Regen hatte die Erde von unten her darauf geworfen. Und sie erzählte dann von einem schrulligen alten Mann, der sie an Karls Grab vollgelabert hatte und alle wesentlichen Details über den Trauerfall wusste. Er hatte wohl letztens ihre oder meine Eltern am Grab getroffen. Sein Schwiegervater läge auch hier auf dem Friedhof und der war mal ein hohes Tier, mit diesen und jenen Politikern war der *dicke* und in dieser und jener Straße hat der Immobilien gehabt undsoweiter. Carina erzählte das leicht belustigt. Es war eine schöne kleine Geschichte zwischen zwei sich nicht kennenden, nur durch den gemeinsamen Ort verbundenen Menschen. Aber ich merkte an ihrer Schilderung auch, dass der redselige Mann irgendwie auch gestört hatte. Beim Besuch ihres toten Sohnes.

Wir brachten Paul ins Bett, er schlief bald ein und um halb acht abends hatten wir beide dann Freizeit. Carina ging mit den letzten Güssen des abends plötzlich losgerauschten Gewitters raus zur *Kulturnacht* und ich machte den Fernseher an und ließ Sondersendungen über die Queen nebenher rieseln, während ich die verstreuten Notizen von gestern und heute in den Karlcomputer übertrug. Da Paul krank zuhause ist kam ich gestern auch zu nichts tagsüber, weder schreibend am Karlbuch, die letzten Tage sind bisher nur bruchstückhaft hier hinstenografiert, noch an der Steuererklärung. Immerhin: Richard hatte mir die Lohnsteuerbescheide von 2020 und 21 tagsüber per E-Mail zugeschickt.

Auf dem Friedhof hatte Carina eine Weile auf der Bank gesessen und geweint, sagte sie. Ich nickte bestärkend und sagte, ja, das hatte ich letztens auch gemacht. Das ist gut, sagte ich. Carina nickte und ich war froh, dass wir heute beide, am Friedhof und im Krankenhaus, unsere jeweils eigenen, kleinen Karlmomente hatten haben können.

Sa. 10.09.2022, 11:05
Küche

Paul ließ uns bis um neun schlafen. Er hatte nachts gefiebert und als Carina dann, ziemlich betrunken, gegen eins nach Hause kam, legte sie sich zu ihm ins Bett und ich trank noch ein Bier und schaute mir Ambarchi, Berthling, Werliin beim Festival Météo bei Youtube an. In dieser endlich eingekehrten Ruhe der fortgeschrittenen Nacht konnte ich, leicht angesoffen auch von den vorher, zwischen Sofa und Pauls unruhigem Fieberschlaf, schon getrunkenen Bieren, angenehm hineinversinken, ohne nebenher am Handy noch was zu lesen oder zu notieren, einfach die Musik hörend und – das war ein bisschen schöneneueweltmäßig absurd – mir dieses Livekonzert im *Browserfenster* ansehend.

Zum Frühstück Baked Beans. Carina erzählte mir von der *Kulturnacht* und der Ausstellung von Sönke und anderen, bei der sie die letzten beiden Stunden dann versackt und weiter betrunken geworden waren. Ich hörte diese Beschreibungen der Nacht gern. Oft reicht mir das, ebenso wie das Schreiben meines Romans, schon aus, um mich ein bisschen wieder mit dem Nachtleben verbunden zu fühlen.

Carina ist mit Paul, Cleo und Helena in die Stadt zum Handwerksmarkt. Ich gehe gleich Einkaufen. Draußen ist bestes Septembersonnenwetter. Alles ist hell und freundlich und immer wieder hängen sich Bilder und Hinfühlungen zu Karl in meinen etwas rammdösigen Strom innerer Empfindungen. Ich fühle mich wohl dabei, wie diese Karlgefühle ganz organisch einfach so *mitfließen* in meinem matten Strömen durch diesen Samstagvormittag in der achten Woche nach Karls Tod. Manchmal denke ich zurück an die ersten Tage ohne ihn. Wie furchtbar das Einschlafen und Aufwachen ohne ihn war. Wie wir immer dann doch, entkräftet und taub, in den Schlaf gefallen waren und morgens in diese Leere, in unser Bett ohne ihn aufgewacht waren, und wie wir diese Leere fast nicht ausgehalten hatten. Und wie ich auf seltsame Art *froh* bin, dass diese Zeit *durchstanden* ist. Dass es irgendwie dann doch *angekommen* bei uns ist, dass wir jetzt immer ohne ihn aufwachen? Dass ich jetzt schon früh am Morgen ihn insgesamt als einen selbstverständlichen Teil meines Bewusstseins und Gefühlshaushaltes in mir trage und nicht mehr so abrupt und brutal in ein Erkennen seiner Abwesenheit geworfen werde. Jetzt Duschen. Dann raus.

Sa. 10.09.2022, 11:23
im Hof

Im Edeka machte ich einen Großeinkauf, darunter auch eine hüfthohe Zimmerpflanze, für nur vier statt siebzehn Euro, die kann man ja mal mitnehmen, hatte ich gedacht, dazu drei kleine Kalanchoe, vielleicht wären die auch was fürs Grab, dachte ich, kaufte im Laden noch lauter Zeugs und Kram und staunte an der Kasse nicht schlecht über die 100,17 Euro, verballerte gleich nochmal zwanzig Euro am Kiosk für Lotto und Zigaretten. Ich kaufte eine Packung P&S, weil ich diese Sorte im Roman zwei Leute rauchen lasse, und fuhr dann mit der brennenden Mittagssonne im Nacken nach Hause, durch diesen Tag an dem von den Herbstwehen der letzten Tage nichts mehr zu spüren war. Als ginge es wieder rückwärts, richtung Sommer, und damit wieder weiter, zurück, hin zu Karl.

Sa. 10.09.2022, 14:20
Karlbank auf dem Friedhof

Die Sonne des Nachmittags und ein leiser, leichter Spätsommerwind stehen im Friedhof. Immer nur Natur. Im Text und um mich rum. Ich war nach einer mittäglichen Brotzeit mit dem teuren, mehllosen Korn-an-Korn-Brot nochmal los, hierher mit dem Rad. Die anderen waren, laut einem Foto in unserer Chatgruppe, was Italienisches essen und bisher war noch niemand wieder zuhause aufgetaucht, so dass ich annahm, dass sie vielleicht auch den Nachmittag noch irgendwo was unternehmen würden, und ich damit freie Zeit haben würde, die ich nun, einem spontanen Impuls folgend, für einen Ausflug zum Friedhof nutzte. Ich putzte die Steinchen auf Karls Grab sauber, legte einen kleinen weißen Stein, den ich mitgebracht hatte, dazu, und putzte auch das Schaf und das Wolkenlicht. Der nächtliche Regen hatte wieder ordentlich Erde hochgeworfen und ich musste kurz an Forrest Gump und die vielen Sorten Regen denken, die dort aufgezählt werden.

Neben Karls Grab lag eine Elsterfeder. Ich hob sie auf, wusste kurz nicht, wohin mit dieser Feder und dieser *Information* dieses starken Symbols. Ich überlegte, die Feder ans Grab zu stecken, dachte dann aber, dass der nächste Regen dieses schöne, makellos unversehrte, zwischen schwarz und weiß benzinartig schillernde Stück Gefieder struppig aussehen lassen würde und steckte sie zwischen die auf Briefformat gefalteten Blätter eines mehrseitigen Schreibens vom Arbeitsamt, das ich im Zuge meiner heimischen Bürokratieoffensive in einem Buch auf dem Fensterbrett des Badezimmers gefunden hatte und dann erstmal, wahrscheinlich aus alter Gewohnheit, statt sie in den Arbeitsamtordner einzuheften, in meine Umhängetasche verstaut hatte und mir wahrscheinlich eingeredet hatte, dass sie mir dort eher begegnen und mich an zu erledigende Dinge erinnern würde, als wenn ich sie im Ordner aus meinen Augen und damit aus meinem kümmerlichen Sinn fürs Bürokratische *geschafft* hätte. Vorher roch ich noch mit unbeholfen hervorgereckter Nase an der Feder, die ich mir zur eingehenden Untersuchung mit spitzen Fingern vors Gesicht hielt. Bis auf etwas, das aussah, wie eine reglose Milbe, sah die Feder aber makellos und bilderbuchreif aus. Vielleicht kann man sie ja irgendwie einrahmen und dann zu Karl ans Grab stellen, dachte ich, und war dann sofort in Gedanken wieder beim nächsten Regen, ihn nicht verteufelnd, eher nur organisatorisch denkend, wie man dem regenbedingten Erdgestöber in Zukunft beikommen könnte.

Sa. 10.09.2022, 16:55
Geokellerinnenhof

Auf dem Weg zum Klinikum, im Kopfhörer die Mountain Goats, radelte ich vorbei an Kindern, die auf dem Laufrad in der Vorabendsonne ihren Eltern vorauseierten, andere Eltern luden Bananenkisten mit Jugendzimmersachen aus den Kofferräumen von Mittelklassekombis. Ihre Kinder studieren bald hier, das Semester beginnt in wenigen Wochen.

Ich fahre am Krankenhaus lang, werfe etwas von den Sonnenblumen von Karls Beisetzungsbouquets in den Teich, wo die »ENtal« und der »Heia« wohnen, fahre dann weiter in den Hof der Geographie, durch den ich nicht nur öfter mal mit Karl *hindurchschob*, auf einem Umweg zum Arboretum, sondern, das fälllt mir plötzlich in aller Bildhaftigkeit ein, auch mal hier am Holztisch mit ihm ge*rastet*, mit ihm hier auf dem Gelände verstecken gespielt hatte. Unser Herumgetolle im Hof hier hatte uns dann bis ins metallumwandete, vor dem Biologiequerbau auf die Wiese gestellte Raucherkabuff geführt, das wochenends, wie der Hof auch, tagsüber immer leer ist. Schwarze Vogelsilhouetten sind aufs Glas geklebt. Karl zeigte darauf und wollte wissen, was das ist. Ich erklärte ihm, wie ich ihm immer alles ganz normal erklärt hatte, nicht in Kindergagagelaber, sondern in einigermaßen gewöhnlicher Sprache, etwas verniedlicht vielleicht in Tonfall und

Inhaltstiefe, dass die Silhouetten dort aufgeklebt sind, damit die anderen Vögel da nicht gegenfliegen. Karl fand das offenbar einleuchtend, nickte jedenfalls sein Kindernicken und ließ die Kinderbeine von der Bank baumeln, auf der wir eine Fruchtschnitte oder irgendwas Kleines aßen. Ich sehe ihn vor mir, wie er gackernd und das Karlkichern kichernd durch die Wiese wackelt und so Freude daran hat, draußen herumzulaufen, sich zu *verstecken*, wobei er sich immer hinter, fast schon eher *neben* irgendeinen schmalen Baum stellte und gluckste, das Konzept des Versteckens und Nichtgesehenwerdens ist in dem Alter ja noch nicht so Thema, oder wie er es immer toll fand, mich zu suchen, nachdem er mir, „Papa decken" sagte er dann immer, aufgetragen hatte, dass ich mich verstecken soll, sich riesig freute, wenn er mich gefunden hatte, hinter der schmalstämmigen Birke oder der kleinen, kniehohen, L-förmig um die Weggabelung angelegten Betonmauer, die mit ihren Holzlatten drauf ebenso auch Sitzgelegenheit ist, und wie er dann auf mich zugerannt kam, sich in meine ausgestreckten Arme warf und ich ihn mit großem Hallo hochhob und die Schwere seines Körpers etwas Wahres in meinem Leben war.

Ich stopfte den Rest der zerbröselten Sonnenblumenblüte hier in einen großen Spalt im Holz einer Sitzbank am Holztisch und warf den krümeligen Rest auf die Wiese drumherum. Wieviel Florales ich hier insgesamt wohl schon hingeschleppt habe, auf das Areal ums Klinikum hier, generell in all die Gegenden?

Ich fahre dann nochmal hinter der neuen Mensa entlang, am Corona-Testzentrum vorbei, über den Parkplatz, auf das MVZ zu und dann nach rechts in die Fleischmannstraße. Ich muss plötzlich an meine Spannungskopfschmerzen und die damit verbundenen Besuche beim Neurologen denken. Ich hatte eine Zeit lang, immer mal wieder, unerwartet auftretend, in der Schläfe sehr stechende, strahlende, piekende und nahezu lähmende Kopfschmerzen. Ich musste mich dann hinsetzen, brauchte eine reizarme Umgebung und musste warten, bis es langsam wieder abklang. Ich nahm ein halbes Jahr lang Schmerzmittel, entgegen jeder Packungsbeilagenempfehlung, bekam davon Magenprobleme, schwitzte noch schlimmer als sonst im Sommer, und war generell wieder in keiner guten Verfassung, schob Arztgänge diesbezüglich aber erstmal vor mir her, aus Unlust und auch weil wegen der Kinder, die fast noch Babies waren, immer so viel zu tun war. Irgendwann landete ich dann bei diesem Neurologen. Es war so ein Arzt, der ungern Arztkittel trug, in Privatsachen hinter seinem Arzttisch in diesem von innen so deprimierend alt anmutenden, irgendwann mal neu gewesenen, jetzt nur noch trostlos vor sich hin funktionierenden Neubau saß und so langsam sprach, dass es gleichgültig anmutete, wie ein Fahrlehrer, den seine eigenen Theoriestunden so sehr langweilen, dass er seine Langeweile zu Thema und Ton macht und alles was er sagt mit einer Beiläufigkeit und Uninterressiertheit ausspricht, dass es wie eine lustige Marotte, wie seine ganz *eigene Art* und damit nicht gegen seine Glaubwürdigkeit wirkt. Ich sollte meine Kopfschmerzen auf Zahlenskalen beschreiben. Woher die kommen, wohin die gehen, wie lange die bleiben, ob es eher zieht, piekt oder sticht oder drückt, ob ich andere neuronale Effekte dabei merke, Orientierungslosigkeit, Ausfälle irgendwelcher Art. Ich bezifferte und benannte alles nach bestem Gewissen und Körperschmerzen, bejahte manches, verneinte anderes, wurde an irgendwelche Geräte angeschlossen, sollte sehr lang still sitzen und kam mir in dem Nebenraum, in dem man mich und meine Hirnströme vermaß, vor, wie jemand, der im Ferienlager böse war. Am Ende bekam ich ein fehlentwickeltes Antidepressivum, das sich bei solchen Spannungs- oder Clusterkopfschmerzen bei manchen Menschen bewährt hat. Ich solle das doch mal versuchen, das könne man bei Bedarf nehmen, er sagte das wie ein Druide, wie jemand, der sich mit Drogen auskennt. Ich nahm das Mittel versuchsweise ein, zwei Mal, war davon völlig erschlagen, kam überhaupt nicht mehr aus dem Bett und erzählte dem Arzt davon, der mir dann ein etwas magenfreundlicheres, flüssiges Schmerzmittel in einer großen Flasche verschrieb, auch das könne ich nach Bedarf und so lange wie ichs brauche nehmen, ich solle das mal beobachten mit den Kopfschmerzen, und wenn es sich nicht bessert, nochmal wieder kommen.

Ich fuhr, irgendwie *ungeheilt*, nach Hause, nahm ein paar Wochen immer mal wieder den Schmerzsaft und irgendwann, es muss die Zeit gewesen sein, als ich die letzten lästigen, noch mit in meine Elternzeit gerutschten Verpflichtungen des letzten, lästigen Jobs irgendwie *abgearbeitet* hatte, ging das mit den Spannungskopfschmerzen wieder weg und ich hatte, bis gerade eben, sehr lange nicht an diese Episode meines Lebens gedacht und hatte sie sofort, als Puzzleteil der Zeit mit den Kindern, sehr deutlich vor mir, als Balken im Gefüge jenes Zeitstrahls, von dem hier irgendwo schonmal die Rede war. Als etwas, an dem ich mich festhalte, weil es etwas ist aus der Zeit, als Karl noch lebte. Meine stechenden Kopfschmerzen als etwas aus einer helleren Zeit.

So. 11.09.2022, 00:20
Bett

Carina ist in der *Straze*. Ich wollte lieber zuhause bleiben. Beim Abendbrot vorhin, Helena und Cleo aßen hier mit uns, erzählte Carina, wie präsent ihr immer wieder die Reanimation und Karls Japsen in Erinnerung treten. Ich versuche, ihr das zu sagen, was ich immer mal wieder darüber denke, dass ich denke, wie hier irgendwo schonmal versucht aufzuschreiben, dass es so eine große Großtat war, was sie da gemacht hatte, mir fehlen wieder etwas die Worte, um ihr angemessen zu sagen, dass alles gut war, was sie da getan hatte, auch wenn es nichts half. Und ich kann mir höchstens vorstellen, nur erahnen, wie die Bilder davon weiter in ihr arbeiten und ich wünsche mir, dass sie etwas für sich Gutes, wenigstens Erträgliches aus dieser Erinnerung, aus diesen Bildern zieht. Dass sie in den letzten Momenten so nah an ihrem Kind war, wie man es nur hätte sein können. Dass Karl das sicher gespürt hat. Carina weint etwas am Abendbrottisch, Paul und Cleo spielen im Wohnzimmer, und Helena und ich sagen, dass Carina das vielleicht doch mal bei der Psychologin ansprechen sollte.

Ich habe dann, als Paul schlief, mein analoges Effektpedalsetup neu verkabelt und ein bisschen damit rumgespielt. Zuletzt hatte ich daran im März, April gebastelt und dann alles für die Konzertinstallation Ende Juni wieder demontiert, da ich die Effekte dafür einzeln gebraucht hatte. Ich wollte dann eigentlich noch was schreiben, bin aber zu müde. Zu müde auch für die Reeperbahndoku im Fernseher. Carina rief gegen 23 Uhr an und fragte, wie es Paul geht und ob er fiebert. Alle seien sie da, in der *Straze*, sagte sie. Mir war es eher egal. So müde, so antriebslos. Vor dem Bettfertigmachen trank ich noch den Rest von Omas Erdbeerlimes, stellte das leere Schnapskännchen und den Korken in die Spülmaschine, schaltete sie ein, als letzten, wahrscheinlich auch mit irgendeinem großen Ganzen verbundenen und verbindenden Akt des Tages, und legte mich ins Bett zu Paul, der dann doch wieder anfing zu fiebern und unruhig schlief. Jetzt noch etwas Kuhlbrodt im Bett, dann schlafen.

So. 11.09.2022, 09:58
Küche

Ich stelle Pauls Fiebersaft an die Spüle in der Küche und vermisse Karls Medikamente, die dort immer standen.

Paul ließ uns wieder lange schlafen. Carina kam kurz vor halb drei aus der *Straze* zurück. Beim Anziehen ihres Schlafkleides sagte sie, Kristof und Rabea seien wieder schwanger. „Is doch gut, oder?“ sagte ich, weniger als Frage, eher als schlaftrunkene Gratulation. Und wir sollten auch wieder Kinder kriegen, hatte irgendwer auf der Party gesagt, sagte Carina.

So. 11.09.2022, 18:41
Küche

Ich gehe nach dem Mittag nochmal mit Paul raus. Carina war vormittags mit ihm zu Helena und Cleo in den Garten. Hauke war verkatert von der langen Nacht nach dem Konzert gestern.

Auf dem Weg in die Stadt treffe ich Sonja und Alexander. Auch er war etwas mitgenommen. Alle waren gestern abend da. Es war wild. Er brauchte frische Luft, sie waren beide eben in der Stadt spazieren und gingen jetzt nach Hause, den neuen Jurassic Park schauen. Ich erzählte, dass ich den letztens auch erst gesehen hatte, dass ich mich kaum noch erinnerte, wie der war, dass mich die Actionszenen, dieser ganze Klimmbimm des zeitgenössischen kinetischen Kinos, eher angestrengt haben und, dass ich den ersten Teil von 1993 aber immer noch für super halte, und dass der neue Film immerhin auch gutes Popcornkino und für einen Katernachmittag nicht verkehrt sei.

Sie erzählten, dass ihr großer Sohn gestern, angestupst von Hauke, der ihn fragte, ob er wisse, was er eigentlich für tolle Eltern habe, einräumte, dass er sehr wohl sehr gute Eltern habe. Und ich sagte, dass das schön ist, dass alle irgendwie in letzter Zeit so zusammenkommen. Dass unsere Eltern mit unseren Freunden beim Garten-Get-Together so gut beisammen gesessen hatten, Schnäpse tranken, erzählten, redeten, sich miteinander unterhielten, altersunterschiedslos, irgendwie auch ununterschieden voneinander durch schlicht diese Fassungslosigkeit darüber, dass Karl gestorben war. Dass alle irgendwie aufeinander achteten und sich gut verstanden, auf 'ne Art. Alexander nickte und sagte, dass es schön sei, dass alle irgendwie mehr *zusammenrücken*. Er machte dabei eine zusammenrückende Geste mit seinen beiden Händen. Ich fühlte mich gut aufgehoben in meiner Umwelt und der Welt meiner Freunde. Ich ging weiter richtung Innenstadt und auf dem Markt traf ich Hagen. Er machte in der Nähe einen Yogalehrerkurs und hatte gerade Pause, vertrat sich die

Beine und wir redeten ein bisschen. Ich sagte nochmal, wie schön es war, dass er unsere Rede vorgetragen hatte. Er sagte, dass ihn das freut, dass es gut für uns war. Für ihn war es auch eine *runde Sache,* sagte er, und er meinte damit, glaube ich, auch einen Kreisschluss in seiner vom Bruderverlust auch tief eingekerbten Lebensgeschichte. Er hatte sich durch unsere Sache jetzt mit seiner Sache nochmal auseinandergesetzt und mir schien, als sei ihm vielleicht irgendwas für ihn gutes dabei gelungen. Er reagierte bescheiden auf meine an ihn gerichteten Dankesbekundungen, ohne die dabei sonst üblichen, verlegen abwinkenden Gesten zu machen. Wir sind uns in der Stadt in all den Jahren oft begegnet, auch damals in den Bars, er war immer schon, auch als ich vor gut zwanzig Jahren in die Stadt kam, der große, bärig-sanfte Theatermensch, wenn er seine Haare lang wachsen ließ, sah er, weil die Haare obendrauf über die Jahre dünner wurden, auf liebenswürdigste Art aus wie ein Bilderbuchclown, wie ein Althippie, wie ein Mensch des Geistes, seine in höhere Höhen strebenden Geheimratsecken sollten den Kopf frei machen, damit er dichter an der Welt sein kann. Wir hatten immer wieder hier und da geredet, aber es war bisher, auch wegen meiner eigenen Sozialidiotien, keine supertiefe Tiefenfreundschaft entstanden, und ich war, während der große sanfte Mann mit dem zur Zeit wieder kürzer getragenen Haar, dem grauen Stoppelbart und der Yogahose vor mir stand, sehr froh, ihn zu kennen.

Während wir uns unterhielten, kam Doris plötzlich, sie stromerte da gerade auf dem Handwerksmarkt umher, auf mich zu und trat, mit diesem unbedarften Tonfall einer normalen Erkundigung danach fragend, wo denn das andere Kind heute ist, ins Fettnäpfchen. Auch sie wusste ja noch nichts. Ich erzählte es ihr und sie wurde etwas blass, bewegte eine Hand in einer fahrigen, schwebenden Bewegung zum Mund, als wollte sie das eben gesagte damit wieder zurücknehmen, ich beteuerte, dass es wirklich nicht schlimm sei, sie wusste es ja nicht, und ich erzählte von meiner aktiven Trauer, von meinem Trauern, vom Schreiben und davon, wie unfassbar und schlimm alles dann doch ist, obwohl ich hier gerade, wie ein Bummler fast, im späten Sommer durch den Sonntag über den Markt schiebe.

Es ist *Tag des Denkmals* und überall ist richtig was los. Ich wandle wieder wie benommen durch die Flanierlaunen der trauerfalllosen Leute. Ich schiebe über die Fußgängerbrücke am Ryck, treffe dort Lektor und Stine, ein kurzer, unbeholfener, aber nicht unangenehmer, eher angenehm zurückhaltender Smalltalk, und gehe dann mit Paul zur Werft, da ist auch wieder das halbe Alternativ- und Kultur-Greifswald. Herr Büchner vom Kulturamt ist auch da. Wir hatten, obwohl die Stadt so klein ist, und weil ich einfach ein sozialer Honk bin, bisher immer nur schriftlich miteinander zu tun und ich hatte, wie *der letzte Depp*, immer mit hanebüchenen Anträgen und Anfragen versucht irgendwelche Gelder aus den Amtsärmeln zu klopfen. Ich war in sowas nie gut, ließ es meistens einfach sein und verballerte all das kleine Kleingeld, das neben den kleinen Kleinjobs oft überhaupt nicht mal wirklich übrig war, für all die Kosten und Posten, die man, wenn man geschickt ist, vielleicht auch hätte *beantragen* können. Während der ersten ein, zwei Coronajahre wurden ja alle Musikkonzerte als Livestreams oder Videoaufzeichnungen in die Welt gebracht. Und für so ein Solokonzert von mir in den Gewächshäusern des Botanischen Gartens hatte ich eine kleine Summe beantragt, um wenigstens ein paar Anschaffungen abzupuffern. Meine endlos langen Schreiben an Herrn Büchner führten, so war immer mein Eindruck, am Ende immerhin dazu, dass er und das Amt mir aus Mitleid, aus der Bitte heraus, dass ich die nicht mehr so *zutexte*, ein bisschen Konzertgeld überwiesen, womit ich ein bisschen Lowlevelvideoequipment anschaffen konnte, um meinen Solovideostream zu realisieren. Ich kaufte genau genommen einfach ein paar uralte Smartphones bei ebay und baute mir damit, mein ganzes künstlerisches, aber auch mein echtes Leben, sind zu weiten Teilen ja Improvisation, ein wackliges Multi-Angle-Setup auf. Das ging alles ganz gut, die aus monetären Mängeln resultierende Lofi-Ästhetik war dem was ich so trieb und treibe immer schon zuträglich und angemessen, aber am Ende, als dann wegen verschiedener Frameraten und anderen, wieder neues Gefrickel erfordernden Unwägbarkeiten, der Videoschnitt etwas mühselig und fummelig wurde, hatte ich gedacht, dass ich vielleicht einfach mal richtig Schotter hätte abrufen sollen, um mal was Ordentliches anzuschaffen, denn wer billig kauft, kauft zweimal, aber wer kein Geld hat, kann nur billig kaufen, und so war ich am Ende wieder einfach nur zermürbt und etwas übellaunig und hatte im Nachhinein auch nur wieder Ärger mit dem Arbeitsamt, das von diesen künstlerischen Nebentätigkeiten nichts wusste, weil ich dachte, das könne ich ja irgendwann noch nachreichen und weil ich eigentlich auch schon wieder nicht genau wusste *wie*.

Auch beim Denkmaltag auf der Museumswerft brachte ich es nicht fertig, Herrn Büchner mal anzusprechen. „Guten Tag, hallo, wir kennen uns ja vom Schreiben, nicht wahr.“ Nichts dergleichen sagte ich. Ich war nie ein Mensch des Netzwerkens. Es liegt mir schlicht völlig fern, mit irgendeinem Kalkül an Menschen heranzutreten. Ranwanzerei hatte ich immer gehasst. Und genau das hätte ich ja hier gemacht, mich an Herrn Büchner rangewanzt, mit einem bescheuerten „Hallo, wir kennen uns von meinen E-Mails“, einer ihm damit ungefragt aufgebürdeten Spontananfrage zur Interaktion mit mir, außerhalb der sicheren Entfernung unserer an verschiedenen Orten aufgestellten E-Mail-Postfächer. Sowieso, und das ist eigentlich der Hauptgrund, stellte ich da so im hyperhumiden, schwülen Schwitzniesel zwischen den alten Booten stehend fest, machen mir alle Behördenmenschen, auch wenn sie so kulturinteressiert, grobcordsakkosalopp und unbedrohlich aussehen, wie der hier am Biertisch eine Bratwurst essende Herr Büchner, erstmal einfach nur *Angst*.

Nathalie war auch da. Wir hatten im Frühjahr eine Weile hin- und hergeschrieben, sie hatte mich für ein Konzert in kleinem Rahmen angefragt und sie war, so hatte ich den Eindruck, eine der wenigen hier vor Ort, die meine musikalischen Sachen, dieses maximal-minimale Möglichstwenige, den ästhetischen und konzeptuellen Ansatz, irgendwie zu verstehen schien. Jedenfalls wollte sie mich für einen Abend mit einem belgischen Bassklarinettenspieler buchen und ich fand das Setting und das Line-Up so angenehm in sich schlüssig und hatte, ich war damals schon mit Karl im Krankenhaus, erstmal zugesagt. Ich dachte ja, dass ich im Herbst, wenn das Konzert stattfinden sollte, wieder längst raus aus dem Krankenhaus sein würde. Dass ich dann, wenn Karl und beide Kinder wieder in die Kita gingen, wenn alle wieder gesund sind, auch wieder Zeit und Nerven zur Vorbereitung dieses kleinen Konzertes haben würde. Dass ich mich diesbezüglich sowieso nicht allzu verrückt machen würde, und einfach, maximal minimal und improvisiert, im besten Sinne frei, und frei musizierend, *irgendwas* spielen würde.

Wir hatten uns bisher noch nie persönlich getroffen, erkannten uns aber gegenseitig, mit diesem typisch grotesken, unbeholfenen Hallo, das man zu Menschen macht, deren Gesichter man nur von irgendwelchen Messengerprofilbildern kennt. Ich fand diesen kommunikativen Scherenschritt vom digital-fernschriftlichen zum echt-zwischenmenschlichen immer schon absurd, hatte nie eine Selbstverständlichkeit darin gefunden, einfach irgendwen anzulabern, dem die eigene Gegenwart aufzudrängen, ja es ist sogar selten für meinem Kopf überhaupt möglich, von jemandem zu *verlangen*, dass wir uns kennen, nur weil wir auf einer anderen Ebene, in miteinander ausgetauschten Texten, bereits Kenntnis voneinander genommen hatten. Nathalie und ich sprachen hier das erste Mal miteinander, an diesem dunstig-warmen Denkmaltag, stümperten zwischen den Schiffen und Imbissständen eine Unterhaltung zusammen. Wir hatten, während ich mit Karl im Krankenhaus war, neben dem Musikalischen auch über Karl und seine Krankheit geschrieben. Nach Karls Tod hatte ich ihr wochenlang nicht geantwortet und hatte mir die Option, dass ich vielleicht im Herbst dann doch wieder, als eine Art Weg der Trauer auch, ein Konzert würde spielen können, erstmal offen gelassen. Dann hatte sie mir irgendwann geschrieben, dass das Konzert leider ausfiele und ich hatte ihr, da war mehr als ein Monat vergangen, geantwortet, dass Karl gestorben war und wir als Familie aber versuchen, stark zu sein, aktiv durch die Trauer gehen und das ganze Zeug. Wir kannten uns genau genommen durch die E-Mails auf persönlicher Ebene schon sehr gut. Aber ich war jetzt sehr ungesellig und wusste nichts mit ihr so richtig zu reden, ich schwitzte vom Wetter und der leichten Panik, die dieser hier gerade so missratende soziale Akt in mir aufmachte. Auch sie fühlte sich vielleicht etwas uneingeladen, wusste vielleicht auch einfach nicht so richtig, was man mit dem Vater eines toten Kindes so *bequatschen* könnte, im Sommerfestgewimmel unter der Markise jener Bude, an der sie gerade ehrenamtlich Getränke ausschenkte. Ich verabschiedete mich ungelenk und schob mit Paul, ohne dass er auf der Hüpfburg war, erstmal nach Hause, sehr erschöpft und schwächlich, irgendwie darauf hoffend, dass dort Carina etwas mehr Kräfte hätte, nochmal raus in diesen eigentlich so erlebnismöglichkeitenreichen Tag da draußen zu spazieren.

Auf dem Rückweg von der Werft, an der Ampel vorm Eckrestaurant, traf ich Sören. Er lud uns ein, am übernächsten Sonntag oder so, das Datum war, wie etwas mir unvermittelt zugeworfenes, sofort durch mich durchgerauscht, im Tierpark den Geburtstag ihres Kindes zu feiern. Ich sagte ja gerne, aber wir schauen nochmal zuhause in den „Kalender", wobei ich mit den Händen Anführungszeichen in der Luft machte, und mir gleich bescheuert dabei vorkam, dass ich glaubte mir bescheuert dabei vorkommen zu müssen, einen Kalender zuhause zu haben und den deshalb mit in die Luft gestrichenen Anführungszeichen markieren müsste. Ich sagte, wir „klopfen den Termin dann nochmal fest“ und meinte damit, dass wir uns „nochmal schreiben“, was wiederum genauer soviel bedeutete wie „Mir geht es heute echt nicht gut, ich schwitze aus Angst und aus Panik, ich bin ganz nass und nicht gut im Smalltalk unter Ampeln, ich muss ganz schnell nach Hause mal.“ Ich nahm mir vor, diesen Termin nochmal mit Carina zu besprechen, wusste aber nicht mal mehr, wann der genau sein sollte.

Mit einem sehr konkreten Gefühl für meine eigenen Wirrheiten schob ich dann mit Paul weiter nach Hause, wo Carina gerade trostlos auf dem Sofa saß, plötzlich kurz und stark weinte, sich dann, weil sie mir vielleicht ansah und meinen Berichten vom Wusel in der Stadt entnehmen konnte, dass ich auch gerade nicht so richtig rund laufe, bald wieder zusammenraffte und wir dann, alle drei, diese karllose Kernfamilie, nochmal zusammen raus, nochmal rüber zur Werft, in diesen erdrückend lebendigen Sommersonntag gingen.

Auch gemeinsam standen und liefen wir dort etwas ratlos herum. Paul hüpfte auf der Hüpfburg, hatte ein bisschen Mühe, im rücksichtslosen Gewackel der anderen, noch doller und wilder herumhüpfenden, größeren Kinder aufrecht zu bleiben, hatte aber seine sichtliche Freude daran und mir kam, trocken und pointenlos, das Wort *Flummimensch* in den Sinn. Wir, die trauernden Eltern, saßen am Rand, ziemlich reglos, mit einem Auge aufpassend, dass Paul keine Füße von irgendwem ins Gesicht bekommt, in der Hüpfburg war der Wahnsinn los und ich stellte mir vor, wie Karl es wohl gefunden hätte. Ihm wäre das wahrscheinlich zu wild gewesen, all dieses Getolle und Getobe. Und dann denke ich an das eine Video, wo Karl im Krankenhausbett, sich an den Stäben festhaltend, so drollig herumhüpft, mit seinem Hummelpo, dabei kichert und sich freut, einen sprichwörtlichen *Rappel* hat, einfach gut drauf ist, zwischen seinen Spielzeugen, der großen Holzfeuerwehr, den Magnetsteckdingern, der Labyrinthschnecke und den Kuscheltieren. Er sagt „Humpa“ und hüpft ein bisschen mit dem großen Kuschelaffen in der Hand, hebt ihn hoch und zeigt ihn her und *watschelt* auf die Kameralinse am Handy zu, streckt seinen Finger lang aus und sagt „Mama“ und ich sage, dass wir das Video gleich Mama schicken können. Das Handy war ein Kanal nach Hause. Wir machten Videoanrufe damit und zeigten uns Fotos und Videos von den Orten und Menschen bei denen wir gerade nicht waren, zu Mama, zu Paul, zu Omas und Opas. Karl kommt ganz dicht an die Kamera, sein Wuschelpony, sein quackelnder Mund, seine Brille und sein rausgeflötetes „Guckuuh" sind ganz nah und es ist eine gewisse Komik darin, vor allem natürlich Niedlichkeit, es ist endlos niedlich, wie er da seine lieblichen Geräusche macht, dieses Gemaunze, das er manchmal machte, wenn er kuscheln wollte.

Ein Mädchen auf der Hüpfburg, erinnerte mich, eventuell, weil ich gerade so an ihn dachte und auch ein Stein mich an Karl hätte erinnern können, eventuell auch, weil irgendwas in ihrer Art oder an ihrem Aussehen so war wie bei ihm, ein bisschen an Karl. Und ich dachte plötzlich sehr stark daran, wie es war, seine Haare zu halten, dass das Streicheln seines Kopfes sich immer ganz anders angefühlt hatte, als bei Paul. Karl hatte von Geburt an schon längere Haare, ein richtiger *Wuschel* war er, er sah aus wie, waren die hier nicht auch schonmal Thema, einer von den Beatles, in ihrer mittleren Phase, es stand ihm hervorragend. Und ich dachte dann auch daran, wie es wäre, noch ein Kind zu bekommen und wie es wäre, wenn es ein Mädchen würde und Karl ähnelte. Dass das irgendwie gut sei. Dass ich manchmal scherzhaft und voller Liebe schon damals gesagt hatte, dass Karl ein tolles Mädchen abgegeben hätte. Es gibt auch ein Foto, wo ich ihm eine von Carinas Kinderhaarspangen ins Haar gesteckt hatte, um seine immer länger werdenden Haare vorne zu zähmen. Irgendwann im Februar dieses Jahres hatte Carina mal ein, zwei Strähnen seines Ponys gekürzt und mit einem Klebestreifen auf eine Karte in unserer Erinnerungsbox geklebt. Haare, ein seltsam lebensnahes Erinnerungsstück, dachte ich und dachte dann an das *Erinnerungsstück*, das Carina gestern, mit der Rechnung vom Bestatter abgeholt hatte. Ein kleines Fotoalbum mit Fotos vom Blumenschmuck und dem *Aufbau* am Tag der Beisetzung war auch dabei. Das fand ich irgendwie gut, denn bis auf diverse Fotos mit den Handies, hatten wir das, zerfranst und irgendwie einigermaßen gedankenlos durch den zeremoniellen Zauber hindurchströmend, nicht so richtig geschafft. Wir hatten zuhause das Erinnerungsstück gleich aufgeschraubt. Es war randvoll mit grauer Asche, ein paar grobkörnige Stücke waren darin. Ich war bereit zu glauben, dass das Karls Asche ist und war versöhnt. Eine kleine Zeit lang, weil das am Beisetzungstag so *untergegangen* war, hatte ich noch gedacht, der Bestatter hätte das mit der Asche und dem Erinnerungsstück vielleicht *irgendwie vergessen*.

Den meisten Menschen auf der Werft, wie Timo und Lara, auch Poldi, der in seiner leichtfüßigen Art an einer Bank nahe der Hüpfburg rumlungerte, gingen wir aus dem Weg. All die Gesichter all der Jahre, ferne und mittelnahe Bekannte des Lebens hier. Alle standen vor irgendwelchen Imbissen herum und waren in irgendwelche Unterhaltungen vertieft, so dass wir einigermaßen unbeachtet wieder nach Hause schoben. Paul war wegen fehlendem Mittagsschlaf ziemlich quenglig. Wir badeten ihn, aßen Abendbrot und er schlief dann bald ziemlich schnell ein.

So. 11.09.2022, 19:27
Friedhof

Nachdem Paul eingeschlafen war, bin ich nochmal, kurz nach sieben, zum Friedhof. Es war noch nicht dunkel, am Himmel noch Hellblau mit den üblichen vanillelila hineingepufften kleinen Kitschwolken. Kaum vorstellbar, dass hier eine Stunde später die Dämmerung in eine Nacht umklappt. Die Sache mit den Sinuskurven. Ich wechselte das Wasser in den Bodensteckvasen, zupfte drei umgeknickte Blüten von den Sträußen darin, räumte ein paar Ästchen und Früchte vom Grab, das ist also der *Nachteil* eines Grabplatzes unter einem doch sonst so wunderschönen Laubbaum, dachte ich, machte die Kerze auf dem Schafsrücken und die »Weuke« an, lauschte noch ein bisschen in den ätherisch hier so, mit den Geräuschen der nahen und fernen Straßen herumrauschenden Abend, grüßte nickend ein auf dem nächsten Nebenweg spazierendes Pärchen und fuhr dann los, wahrscheinlich richtung Krankenhaus, dachte ich erstmal, war aber auch bereit, mich von dem nun folgenden, in die baldige Dämmerung hineinrasenden Geradel überall hin hintreiben zu lassen.

So. 11.09.2022, 19:27
unterm Mensavordach vorm Klinikum

Durch die Fußgängerzone. Leute, die in Schaufenster schauen und an Leinen kleine Hunde haben, mit Blinklicht um den Hals, damit niemand über sie stolpert. Ein feiner, alter Mann in kniekurzen Hosen und Paisleyhemd. Sein Gürtel und die Tasche sind aus Leder. Er flaniert und schaufensterbummelt, sieht *teuer* und nach Urlaub aus. Ich fahre vorbei, in meinem allabendlichen Langrollen hier, fühle mich relativ gefasst, eingefasst in meinen offenen Umgang mit meiner gegenwärtigen *Lage*, aber etwas in mir wünscht sich ganz stark, dass ich, wie er, nur ein Urlauber wäre, in meinem eigenen Leben.

Weiter über den Markt, wo die Schausteller ihre Buden abbauen. Hohe Hänger und Transporter tragen den Handwerksmarkt ab. Im Ohr die Mountain Goats. Auf dem Handy, jedes Mal wenn ich es anschalte um die *Notes* zu öffnen, das Bild von Paul und Karl an der Badewanne.

Ich ströme dann, sehr schnell, sehr schwebend fast, die autofreie Anklamer Straße lang, den Ampellichtern an der großen Kreuzung entgegen, durch die ich, kurz, bevor sie wieder zurück auf rot gehen, ohne zu bremsen durchrausche und dann, meine Fahrt verlangsamend, links auf den Bürgersteig wechsele, um dann bei der Bushaltestelle nach links auf das Klinikumsgelände, mich selbst also in meine eigene kleine Zeitschleife *hineinzubiegen*.

Auf meinen Sitzensembles unterm Vordach stehen auf jedem Tisch überfüllte Aschenbecher. Sonntags macht hier keiner was. Beim Club der Hyperkaputten ist heute wieder volles Haus. Einer geht ein paar Schritte zurück, streckt seinen Arsch angestrengt nach hinten und furzt einen lauten Furz. Es wird ein bisschen gelacht, aber eigentlich scheint es so, als ob sein Beiseitetreten zum Herauslassen des Furzes eher als *vornehm* und die ganze Sache als nicht weiter kommentierenswert empfunden wird. Ich sitze hier, im hellen Licht meines kleinen Laptops, umweht von kalter Asche, und ziehe meine neue Trainingsjacke aus, weil mir heiß ist vom Rasen vom einen zum anderen Ende der Stadt. Ich habe ziemlich großen Bierdurst, übertrage die Notizen des Tages vom Handy auf den Karlcomputer, schaue ein bisschen in den jetzt schon, von den Wolken obenrum fast völlig zugezogenen, nachtdunklen Abend, vermisse die Schwalben und die Möwen, versuche dieser neuen Herbstruhe etwas abzugewinnen, freue mich, als plötzlich ein Trupp rauchender junger Menschen mit einem lauten „Moin!" in meine Sitzecke unterm Vordach kommt, sich ein paar Tische weiter vorne zum Quatschen hinsetzt, höre kurz mit einem Ohr ihren lauten, sorglosen Gesprächen zu. Es klingt nach Stories vom Dorffest. Beim Konzert sei sie fast eingeschlafen, sagt sie, und die beiden Jungs erzählten, wie lange man fürs Bier teilweise habe anstehen müssen. Ich gehe dann, als sie ihre Biere öffnen und die Kronkorken auf die altorange lackierten Metallstreben des Tisches kullern, nochmal rein ins Klinikum und schaue, ob am Süßigkeitenautomaten, im Fach mit den zufällig reinsortierten Sorten irgendeine attraktive Tafel Schokolade vorne liegt.

So. 11.09.2022, 23:12
Sofa

Hoch zum Stupsstorch, die üblichen Wege, gehe dann zum Hintereingang raus, wo die zwei roten Lichter hoch oben über der Baustelle stehen. Den Kran, an dessen langem Arm sie vorne und hinten angebracht sind, sieht man in der Nacht über der Baustelle fast nicht. Auch im Krankenhaus sind die Flure jetzt weniger beleuchtet, scheint mir. Sparmaßnahmen. Die Welt ist kaputt. Energie ist rar. Ich lief nochmal hoch zur 11.2-A. Der Flur, der zur Station an seinem hinteren Ende führt, mit Blick auf die Baustelle, war dunkel. Kein Licht war jetzt an in diesem Zwischengang und ich wunderte mich und fragte mich, ob das in den Nächten hier damals auch schon so war.

Während ich, in dieser Sonntagnacht vor dem Krankenhaus zum Fahrrad laufe, denke ich an das damals fehlende Gefühl für Wochentage hier. Im Krankenhausleben verschwammen die Tage. Immerhin, wenn Wochenende war, war auch in meinem Roman Wochenende. Mein Schreiben daran war dann vielleicht party- und exzessorientierter. Ich widmete mich dann, unterschwellig dorthin getrieben, den Kapiteln des ausschweifenderen Nachtlebens im Buch. Manchmal ging ich abends noch kurz raus und hörte dann die Geräusche des beginnenden Nachtlebens um das Krankenhaus und den Campus herum. Studierende, die heiter ihre Räder vor der Unibibliothek abschlossen, vielleicht schon was zu Trinken öffneten, Atmosphären des gelösten Menschseins, manchmal vom Geokeller her auch Musik und Gespräche, wenn draußen ein Hoffest oder irgendwas war. Das eigentliche Nachtleben war natürlich eher in der Innenstadt. Und diese Innenstadt war auch in meinem Roman. Und neben mir, neben meinem Roman auf dem Schreiblaptop, lag mein Kind Karl in seinem Krankenhausbett und schlief und atmete und ich war guter Dinge.

Mo. 12.09.2022, 00:08
Bett

Ich putzte lang und ausgiebig die Zähne, die Zunge und alles dazwischen und drumherum. Morgen 09:00 Termin an der Wurzel. Am Dienstag Amtstermin für einen neuen Ausweis. Vorher Passfoto machen. Wo nur? Im Fotoatelier im Gässchen? Es scheint schon wieder alles unmachbar. Vor Jahren mal hatte ich es dort versucht, hatte das Shooting dann aber abgebrochen und, unter wirklich verwirrten Blicken des Fotoladenehepaars, Fotoladenbetreiber treten immer ehepaarweise auf, scheint mir, gesagt, dass ich später nochmal wieder kommen müsse, das ginge gerade echt nicht. Keine Ahnung, ob meine schweißgebadeten Gesichtsbilder immer noch dort in einem Umschlag oder auf einer Festplatte liegen. Vielleicht gehe ich in den DM. Da kann man Passbilder machen lassen, an einer Art Aufklappkulisse mitten im Gang, neben der Sonnenmilch und dem Klopapier.

Am Mittwoch und Donnerstag geht es dann weiter mit Zahnarztterminen. Eine, für mich als trauernden, schwergängigen, aber auch insgesamt als *ereignisängstlichen* Menschen verhältnismäßig *ereignisreiche* Woche voller Termine steht bevor. Aber, was hilft das? Lieber würde ich mich, wie im letzten Herbst, jetzt alljedentäglich, meine zwei Kinder hinten im Wagen, durch die kälter werdenden Morgen auf dem Fahrrad zur Kita kämpfen.

Mo. 12.09.2022, 12:08
Küche

Beim Zahnarzt lag ich zwei Stunden unterm Kofferdamm, und während die Zahnärztin da so diese zwei Stunden in den drei Wurzelkanälen meines rechtshinteren Backenzahnes herumfeilte, überkam mich kurz dieses lächerliche Gefühl, dass ich manchmal bei diesen Zahnarztbesuchen, nach Monaten oder Jahren des Nichthingehens habe: dass dies ein Schritt dahin sei, einen Teil meines Lebens wieder in den Griff zu kriegen. Früher besoff ich mich manchmal in der Nacht vor einem ernsten Zahnarztbesuch, ging also ganz normal meinem Nachtleben nach, und schleppte mich dann, verkatert und belämmert in die Praxis, in der Hoffnung, das machte es erträglicher, so im halbwachen Zustand, ohne mir genaue Gedanken darüber zu machen, was die armen Zahnärzte, die ich damals wechselte wie die sprichwörtlichen Unterhosen, dabei zu ertragen hatten, diesen unausgeschlafenen, maroden, an Stellen schon Lücken aufweisenden, einem

Mark E. Smith bald zu aller Ehre gereichenden Biermund auf ihrem Stuhl. Dass mir meine neue Offensive in Sachen Mundhygiene meinen Karl auch nicht zurückbringen würde, deprimierte mich dann aber sofort wieder und ich dämmerte, mit starrer werdendem Kiefer, unter der Arztlampe wieder in Träumereien richtung Karl. Es waren gute, warme Träumereien und alles was da an meinem Zahn gemacht wurde war mir, der ich immer eine Art Angstpatient doch eigentlich war, furchtbar egal.

Zuhause rasierte ich mich und meine dicke Backe, nahm eine Ibuprofen, zog ein dunkles Hemd an und fuhr mit dem Fahrrad zum Fotofixautomaten am Bahnhof. Dort schloss ich es am Fahrradständer neben dem alten Schrottrad an, das ich da vor Monaten mal stehengelassen und seitdem offenbar nicht vermisst hatte. Wahrscheinlich war ich für eine Zugfahrt damit mal zum Bahnhof gerasselt, kann mich beim besten Willen aber nicht erinnern wann und wohin, vielleicht nach Jeeser, der eine Besuch mit Karl und Paul dort, vor einem Jahr vielleicht. Ich ging in die Fotokabine und verschoss alle drei Versuche, bevor der Automat dann das letzte Bild, ohne dass ich noch etwas hätte daran ändern können, automatisch ausdruckte und in seinen siffigen Fotoausgabeschacht herausspuckte. Ich steckte diese vier biometrischen Bildnisse eines blassen, trauernden, ungesund aussehenden mittelalten Mannes mit dem müden, ausdrucklosen, jungen Jungengesicht in ein Buch in meiner Umhängetasche und fuhr mit der immer noch betäubten, dicken Backe in die Gegend, rollte vom in der Mittagssonne stehenden Bahnhofsvorplatz, musste kurz, wie ein Blitzbild alter Erinnerungen, an all die Sommerurlaubsorte mit den kleinen Bahnhöfen denken und wusste nicht, was ich davon halten sollte, dass mein Ausweis für die nächsten zehn oder wieviel Jahre mich und mein Gesicht nun in der neunten Woche nach Karls Tod zeigen würde.

Zuhause machte ich ein *Yum Yum*, briet Stücken von dem abgelaufenen Spezialtofu an, das ich letztens gekauft hatte, kippte die aufgeschnittenen Tomaten und Lauchzwiebeln vom vorgestrigen Abendbrot dazu und hatte fast, ich war aber zu faul mir noch ein pochiertes Ei dazu zu machen, ein kleines Gefühl für das große Ganze.

Mo. 12.09.2022, 14:59
Koffice

Weiter an der Steuererklärung. Ich trage, wie ein Affe, der eine fremde Symbolzeichensprache lernt, alles so ein, wie ich denke, dass es richtig ist und das Programm zeigt mir eine schöne Rückerstattungssumme an. Ich schaue auf meine letzten Kontoeingänge und sehe, dass dort ein Plusposten vom Finanzamt notiert ist, der ungefähr dieser vom Programm angezeigten Summe entspricht, was bedeutet, dass ich die Rückerstattung für jenes hier zu erklärende Steuerjahr aus irgendwelchen Gründen schon erhalten und also keinen Geldregen mehr zu erwarten, vielleicht, eventuell ja, nach *Einreichung meiner Unterlagen*, eine kleine Nachzahlung immerhin zu erhoffen habe.

Ich frage mich, ob es den von mir eben erfundenen Begriff des *Pluspostens* in der Finanzwelt überhaupt gibt, lege die mir auf einmal eher hinfällig erscheinenden Erklärungspapiere beiseite und gleiche, als wäre das auch eine Büroarbeit, meine drei Lottoscheine vom Samstag mit den online gelisteten Zahlen ab. Ich verstehe auch hier, da ich mehrere Tipps gespielt habe und nicht weiß, ob die auch in irgendeiner Korrelation zueinander ausgewertet werden, wieder nur die Hälfte, habe aber vermutlich zwei mal zwei Richtige mit Superzahl. Wie es aussieht, und auch das gibt mir, obwohl ich es besser weiß, das kleine, dumme Gefühl eines finanziell für den Moment *gesundeten* Menschens, habe ich mit dem exzessiven Getippe und den gelegentlichen Kleingewinnen der letzten Wochen immerhin, und das klingt dann als Phrase wieder wie ein kleiner Volldepp, *keine Miese* gemacht.

Carina ist mit Paul, Cleo und Helena im Tierpark. Der klägliche Versuch, mit Paul Mittagsschlaf zu machen endete mal wieder damit, dass Paul woanders in der Wohnung *herumhirschte* und ich auf dem Bett kurz wegnickte, mich dabei in Karlgedanken verlor, wie schön und leichter die Zeit zuhause damals war.

Ich klappe die Laptops zu und lasse die Zahlen *erstmal ruhen*, das denke ich wirklich, als würde der ganze Bürokratiewahnsinn beim nächsten Starren in die Bildschirme mehr Sinn ergeben, und fahre nochmal raus, den Gürtel zum Marktkauf zurückbringen, eine Radtour wenn man so will. Hauptsache raus. Draußen auf dem Rad, Mountain Goats im Ohr, gelegentlich zu den Karlorten rauschen, vor allem aber einfach unterwegs zu sein, das hilft mir, denke ich, und denke dabei an meine endlosen Radtouren Mitte der 2000er, als ich Student war und die Tage verschlief, die Nächte versoff, längst keine Kinder hatte, endlos traurig und niedergeschlagen und eigentlich aber, im Spiegel *unseres Schicksalsschlages*, ein lachhaft leichtfertig melancholischer Heranwachsender einfach nur war. Carina sagte, mein Mund sähe unmöglich aus auf dem Passfoto. Er hängt schief und nach unten, wie unter Spannung in meinem fahlen Gesicht. Ich weiß nicht, ob es an der Betäubung oder an dem grundsätzlich jetzt für immer in mein Gesicht hineingeschriebenen Tod meines Sohnes liegt.

Ich steige aufs Rad und fahre, unter dem Gebrüll der Bauarbeiter oben auf dem Gerüst, raus zum Riesensupermarkt hinter der Stadt.

Mo. 12.09.2022, 15:48
vor dem Marktkauf

Ich schließe mein Fahrrad an und setze mich auf eine Bank neben dem Imbiss, der von Asianudelpfanne über Döner bis Bockwurst alles anbietet, was die *Gaumen* der hier einkaufenden Feinschmecker begehren. Ich schaue raus auf die Felder. Dort irgendwohin oder noch weiter landwärts hinüber muss es die Luftballons vom Friedhof, der am anderen Ende der Blickrichtung meines immer noch halbseitig ziemlich betäubten Gesichts liegt, hingeweht haben. Hier, auf dem Marktkaufparkplatz, stehen die Autos mit den Kennzeichen des Umlands. RÜG, NVP, ANK, OVP, all die Pendler und Stadtrandbewohner fahren hier von der großen Straße zum Einkaufen ran. *„DÖNER KEBAP – CHINA PFANNE“* steht mit großen Klebebuchstaben an der Imbissbude vorne dran. Ich komme mir, als der hier nur für ein zerstreuendes Geradel und das Zurückbringen eines hässlichen Gürtels hergekommene Junge aus der Stadt, ein bisschen abgehoben, feinbesaitet und dünnstenglig vor. Als von der Trauer zerbröselter, geistartig durch seine Tage schwebender Vater, der im Schreiben zurück ins Leben zu finden versucht, sitze ich hier, schreibe meine ratlosen Brocken ins Handy, während die Kofferräume über Hasseröderkästen zugehauen werden wie aus Wut geborene Entschlüsse, die Männer sich an der Bude groß machen, um ihre Bestellungen ins hohe Fenster zu husten, im Laden niemand eine Mund-Nasen-Bedeckung trägt, am Eingang schon die Halloweendeko *in der Aktion* ist und *„BED OF ROSES“* von Bon Jovi aus dem Supermarktradio ölt.

Mo. 12.09.2022, 16:33
am Ortseingang

Vom Geld der Gürtelretoure kaufe ich Kleinkram fürs Abendbrot und Süßkram fürs Sofa. Vom Lottogewinn kaufe ich Brot beim Bäcker und Bier im Getränkemarkt. Mit den Mountain Goats fahre ich zurück. Ich habe ihre Alben seit 2006 nicht mehr verfolgt und höre jetzt intensiv alles, was danach kam, in der vagen Vermutung, dass ein besonders mit Karl zu tun habendes Lied dabei sein könnte. Die Autobiographie des Musikhörens. Die Luftballonlandschaft hinter den Windrädern. Die sinnlos helle Sonnenwelt an diesem Montag in diesen trüben Wochen.

Mo. 12.09.2022, 17:57
Küche

Heute tagsüber, beim vergeblichen Mittagsschlafversuch, war Paul zwischen Bett und Sofa hin und hergerannt und hatte immer »Kuckuck« gerufen, es klang kindgemäß eher wieder wie »Guckuuh« und ich hatte große Karlstiche dabei. Karl fand sowas auch immer äußerst toll, dieses Herumgewetze, er schien einfach das Gerenne selbst und was es in ihm auslöste lustig zu finden. Ich hörte und sah ihn deutlich vor mir, mit seinem Karlkichern, seinem Hummelpo, seinem flötfröhlichen »Guckuuh« und diesem gestrahlten Lachen und den strahlenden Augen. Und ich schämte mich in dem Moment ein bisschen, dass ich da gerade, so kraftlos in der Mitte des frühen Nachmittags *durchhängend*, mehr an ihn als den vor meinem Bett *herumflitzenden* Paul dachte.

Ich kam vorhin vom Marktkauf nach Hause, räumte die Einkäufe aus, schnitt Tomaten fürs Abendbrot, und freute mich, als ich bei einem der immer mal wieder seitwärts aus dem Fenster geworfenen Blicke aus dem Fenster, schauend, ob denn Carina und Paul schon zurück kämen, wieder die Elster unter der Wäscheleine sah.

Mo. 12.09.2022, 19:10
Wohnzimmer

Beim Zubettbringen von Paul wieder Gedanken über das Karlbuch. Dass sein Geburtstag derzeit mein Schreibziel ist. Dass da der Textkörper langsam sowas wie Sinn und eine Art von *erstem Ende* haben könnte. Hatte dann plötzlich eine, wie ich fand, gute Idee für den Titel des Buches.

Dass man vielleicht seinen Namen gar nicht als Titel nehmen müsste. Bisher war klar, dass sein Name ganz groß vorne drauf stehen müsse, nicht unbedingt als Name, eher als *DAS WORT*, das alles in sich hält, als eine Art Generalbegriff für das Glück, das wir mit ihm hatten. Aber jetzt, wo dieses Schreiben für mich in einer größeren Weise relevant und gut ist, und ich das Gefühl habe, dass das Buch in die Welt muss, ist sein Name nicht mehr emblematisch wichtig. Das war mir plötzlich ziemlich klar und das hatte sich stark angefühlt. Und, dass mit einem neuen Titel auch für das Buchcover nochmal neue Welten geöffnet waren. Vielleicht was mit Elstern undsoweiter. Und der Titel müsste natürlich in genau der Type gesetzt sein, mit der im Buch die Kinderstimmen hervorgehoben sind. Es stünde dann dort zum Beispiel »Von guten Elstern« vorne drauf. Das wäre doch schön. Auf diesem Buch über seinen Tod, aber auch über mich, und über uns, über Eltern und Elstern.

Di. 13.09.2022, 07:36
in einem neuen Morgen

Ich werde, wie in den letzten Tagen, wahrscheinlich schon Wochen, wach vom Gehuste und Gelaber der Bauarbeiter auf dem Gerüst. Ab um sieben rumpeln die da hoch, machen erste Handgriffe, husten sich erstmal wach und holen den Schleim der Nacht aus den Bronchien. Ich rechne jeden Tag aufs neue, im halbwachen Anfang eines Morgens, vor mich hin, von woher die genau kommen, wann die sich wo treffen, um dann in den Bauarbeitertransporter zu steigen und wann die deshalb jeweils aufstehen müssen – rechne mich so rückwärts in die Tagesabläufe und Lebenswandel der Bauarbeiter hinein und traue mich gar nicht, die Vorhänge aufzuziehen, um die Oberlichter zu öffnen und Luft in unsere dunkle Schlafbude reinzulassen, in der wir, aus Bauarbeitersicht wahrscheinlich wild, faul und pennermäßig verpennt, ewig endlos pennend hausen wie die Studenten.

Der Azubi soll mal einen Witz erzählen sagt einer. Vom Azubi nur undeutliches Gemurmel. „Kennste kein' Witz oder wat?" sagt wieder einer, wahrscheinlich der selbe, der zum Witzerzählen aufgefordert hatte. Ich lausche und habe sofort dieses komische Gefühl, das ich als Jugendlicher oft unter Menschen hatte. Das Unbehagen in Gegenwart von lauter lauten Männern, das Unangenehme im Prollhaften, die Brutalität im Zwischenmenschlichen, die immer etwas zu unnötig hart und kompetetiv ausgetragenen Akte der Kommunikation als Mittel einer hierarchischen Aufstellung, eines Sichinstellungbringens im menschlichen Miteinander – all sowas geht mir schwammig durch den Kopf, während der Azubi gerade draußen darüber aufgeklärt wird, dass so ein Witz doch die Stimmung lockere und man jetzt hier noch 'n halbes Stündchen irgendwie rumkriegen müsse, weil irgendwas noch bisschen dauert, weil vielleicht der Kollege etwas später kommt, was überhaupt erst der eigentliche Grund gewesen war, weshalb der Bauarbeiter den sonst so schweigsamen, auch furchtbar schmalen Auszubildenden so ins Gespräch und in den Witzschwitzkasten genommen hatte.

Das Gespräch auf dem Gerüst steht in einer unklaren Atmosphäre der unterschwellig schwelenden, bedrohlichen Lockerheit. Man hat das Gefühl, der nette, zudringlich heitere Ton des Bauarbeiters könnte jeden Moment umkippen, als ginge dann die Runterstukerei erst richtig los, aber ich verstehe hier, auf der Bettkante meines Lebens sitzend, auch nur Bruchstücke, und vielleicht ist das da draußen keine Brutalität, sondern ganz normaler Fassadenarbeiterschnack, denke ich, und wälze mich dann mit einem Augenrollen über meine eigene Unkenntnis oder Überempfindlichkeit im Zwischenmenschlichen, oder eine alles unnötig verkomplizierende Kombination aus genau den beiden, irgendwie so aus dem Bett und kippe mir in der Küche den ersten Kaffee in den Pott. Carina ist schon auf den Beinen. Paul ist es jetzt auch. Es war schon erstaunlich, dass er nicht sofort wach wurde, als Carina das Bett verließ. Wir beide, Paul und ich, hatten nochmal so 20, 30 Minuten weitergeschlafen. Ein kleiner Erfolg.

Di. 13.09.2022, 19:49
Wohnzimmer

Nach dem Frühstück hole ich meinen alten Ausweis von der Pinnwand im Rumpelzimmer, abgelaufen am 21.07.2018, dann gehen wir raus, zum Amt für Ausweise.

Morgens im Hemd, das plötzlich, aktiviert von der Wärme meines Körpers, ziemlich müffelt wie schlecht getrocknet, durch den Regen zum DM, danach zum Einwohnermeldeamt. Mein altes Foto, das ich ihr rüberschob, weil ich fand, das sah irgendwie ganz okay aus, wird natürlich nicht genommen. „So sehen sie ja gar nicht mehr aus", sagte die Frau von der Behörde. Ich weiß nicht, ob sie das wirklich so meint, oder ob sie das sagt, weil in meinem Reisepass, ausgestellt im Jahr 2013, auch genau dieses, und damit logischerweise also mindestens fast zehn Jahre alte Foto drin ist. Ich sehe ja zeitlebens im Spiegel immer nur diesen müden jungen Mann, ohne besondere Zahl als Alter, einfach nur immer müde, nie so richtig taufrisch, an den Rändern bisschen fransig, aber immer noch dieser Junge von früher und immer schon. Also kriegt die Behörde, die den Jungen nicht haben will, mein schiefes, jüngst im Fotoautomaten abgeblitztes Trauergesicht. 37 Euro und 50 Cent, bitte, danke, könnse dann bald hier abholen, danke, bitte, tschüss. Zurück durch den Regen nach Hause, wo die Bauarbeiter jetzt hässliche Verschalungen aus Aluminium auf unsere altehrwürdigen steinernen Fenstersimse zur Straße raus raufmontieren. Als sollte man darauf in Zukunft Fische schuppen können.

Nachmittags gehe ich mit Paul, Helena und Cleo, Nicola und ihren Kindern in die Salzgrotte. Hier sitzt man eine dreiviertel Stunde in einem gedämpft beleuchteten, als urige Druidenhöhle hergemachten Zimmer und atmet die salzige Luft. Es soll gesund sein und hat auch was mit Entschleunigung zu tun. Man sitzt herum wie ein Schinken und wartet und atmet. Die Dämpfe meines Hemdes steigen mir pötzlich wieder sehr präsent aus dem Kragen in die Nase. Der ganze Boden, auch die Wände, alles ist voll grober Salzkristalle und man darf nur auf weißen Strümpfen hier rein. Ich besitze natürlich keine weißen Strümpfe und habe von Carina welche geliehen bekommen. Sie sitzen etwas fest und haben zwei schwarze Streifen am Schaft. Ich sehe aus wie ein Tennisspieler und es ist hier viel zu dunkel zum Lesen. Ich wollte eigentlich gar nicht so richtig unter Leute, war nur irgendwie für Carina eingesprungen, da sie zur Elternversammlung musste, und hatte mir ein Buch mitgenommen, weil ich dachte, das könnte ich doch, in diesem salzigen Relaxraum, ohne dabei allzu arg asozial und ungesellig zu wirken, weil doch eh alle irgendwie in innerer Einkehr hier sein würden, weiterlesen, wenigstens mit einem Auge, je nachdem, wie viel Aufmerksamkeit Paul einfordern würde. Er spielt mit Cleo und den Kindern von Nicola ein bisschen mit dem Buddelzeug, das hier rumsteht, aber dann wird allen langweilig und wir haben Mühe, eine halbe von der gebuchten dreiviertel Stunde hier im Schinkenzimmer abzusitzen. Für Asthmatiker und andere Atemwegserkrankte, auch für diverse Hautkrankheiten und alles Mögliche soll dieses Rumsitzen im Salz sehr gut sein. Für trauernde Väter in verstockten Müffelhemden und zu engen Tennisstrümpfen ist das aber vielleicht zur Zeit dann doch nicht so richtig der tolle Chillout, denke ich, schüttele mir das Salz von den Überziehern und gehe mit Paul, während Carina schon zur Elternratsversammlung der Kita gefahren war, nach Hause, wo wir langsam das Abendbrot vorbereiten und die Mountain Goats ihre launigen Lieder aus den Boxen näseln und ich wieder mit einem Ohr darauf warte, dass darunter eventuell ja sogar das eine von mir so halbintensiv gesuchte, besonders mit Karl verbundene und verbindende, mit ihm zu tun habende Lied sein könnte.

Di. 13.09.2022, 22:51
Sofa

Am späten Abend machte Carina Flammkuchen mit Teig, leicht und knusprig wie gute Salzcracker. Die Wohnung roch dadurch nach Herbst und Wohnlichkeit. Ich vermisste Karl und trank ein Bier und schaute die erstbeste Empfehlung einer neuen Gangsterserie bei *Netflix*. Später haute ich die Handynotizen der letzten anderthalb Tage hier in die Textdatei, die mittlerweile schon bei Nummer *4* angekommen ist. *TEXT 4.TXT* hat jetzt *TEXT 2.TXT* überholt. *TEXT 3.TXT* liegt irgendwo in der Mitte und *TEXT.TXT*, mit den ersten dreieinhalb Wochen dieses Tagebuchs, steht als Textflut und Trauerwust über allen Wortmassen, die danach kamen. Zwischen Juli und August, in den ersten Tagen und Wochen nach Karls Tod, kam der Text sprichwörtlich automatisch, in endlosem Fließen, rastlos, pausenlos, aus meinem tauben, taub betäubten, dauernd trauernden, tauben Geist heraus. In den letzten Wochen jetzt ging es, so scheint mir, eher ins Miniaturenhafte. Die Texte wurden anders, immer war Karl darin, als Fundament, als immer mitgefühlter, mitgedachter, *mitgeschriebener*, ganz einfach als, das stand hier irgendwo ganz oben schonmal, *Grund dieses Schreibens.*

Mi. 14.09.2022, 09:29
Badezimmer

Vom Baugerüst weht kurz nach sieben der Geruch gerauchter Zigaretten. Irgendwas deprimiert mich an dem täglichen Ritual der morgens klappernd aufs Baugerüst kletternden Fassadenmaler. Ich glaube, es sind die Härte und Unbesorgtheit, der tagtägliche Trott und das standfeste Getrampel im Sattel ihrer Tage. Dass sie keinen Sinn für Karl und unsere Trauer haben und trotzdem jeden Tag so dicht an, fast *in* unserem Leben sind, eine Pinsellänge von unserer Hauswand vor unserem Fenster. Neuerdings haben sie ein Radio dabei und lassen einen dieser deprimierend gut gelaunten Scheißsender laufen. Ich halte von innen mit den Mountain Goats dagegen.

Paul hatte eine unruhige aber fieberfreie Nacht. Alle zwei Stunden war ich eine Milch für ihn aus der Küche holen gegangen und war jedes Mal froh, dass es draußen noch nachtdunkel war und die Uhr in der Küche noch Uhrzeiten zeigte, die noch ein paar Stunden Schlaf versprachen.

Carina ist zum Termin mit der Psychologin. Ich habe wegen des Zahnarztes nachher einen flauen Magen und muss dreimal hintereinander aufs Klo. Vor dem Zubettgehen und morgens nach dem Duschen hatte ich noch ausgiebig, hartnäckig, *wie blöde* die Zähne geputzt.

Mi. 14.09.2022, 13:10
Küche

Ich, der mundkaputte, trauernde Mann, döste vormittags wieder anderthalb Stunden unterm Kofferdamm, fühlte mich gut *behandelt* und meinen Zahn gut *versorgt*. Dachte wieder an Karl und wie er starb, wie unsere letzten Momente mit ihm in dieser Nacht zuhause waren. Ich lenkte mich dann aber weg von diesen Gedanken, in der Angst ein plötzliches Stechen im Zahn, weil die Betäubung vielleicht doch weniger wirkte als gedacht, würde dann für immer mit diesen Gedanken verbunden sein. Überhaupt, die *Verbundenheit* von den verschiedensten Sachen, gedachten Gedanken und durchgangenen Gefühlen, das Sichverbinden mit Karl oder jener Zeit mit ihm, mit allen möglichen Dingen, durch Routinen, in endlos wiedergeholten Erinnerungen, wiederholten Handlungen, alle Aktivitäten ankern irgendwo an, alles Suchen findet irgendwas, alles, das mit ihm verbunden ist, mich mit ihm verbinden könnte, binde ich in meinem Trauern, halte es damit in mir, halte ihn hier. Auch wenn er tot ist, bleibt diese Verbindlichkeit: er ist unser Kind.

Ich ging dann, mit taubem Gesicht die paar Meter vom Zahnarzt nach Hause. Es regnete leicht und der Regen war kühl. Speichel sabberte unregelmäßig aus meinem rechten Mundwinkel. Ich war hungrig, aber durfte noch nichts essen, hatte auch Sorge, ich bisse mir ein Loch ins gefühllose weiche Fleisch in meinem Mund.

Carina und Paul sind mit Cleo und Hauke *in die Pilze* gefahren. Ich bin wegen Taubheit entschuldigt, sitze am Küchentisch und mache Steuererklärung, warte aber eigentlich nur auf das Vergehen einer Stunde, bis ich dann losfahren kann, um das Gemüse der Erntegemeinschaft abzuholen, um vorher zum Friedhof natürlich, raus aufs Rad, radelnd auf der Strecke, zu ihm hin unterwegs und einfach in der Gegend sein zu können.
Die Verbundenheit der Dinge.

Mi. 14.09.2022, 18:49
im Flur

Steuererklärungsdatei kaputt. Header defekt. Die ganze Plackerei mit den Papieren umsonst. Wie im Bilderbuch der Pannen. Ich nahm eine Ibu und radelte zur Drogerie, für Zahnspülung und Zeugs, spielte nochmal Lotto für die heutige Mittwochsziehung, einen Tipp mit unseren Geburts- und Todesdaten, zwei Tipps mit irgendwelchen wahllosen Zahlen, hirnlose, blinde Glückssuche, und radelte dann zur Solawi. Vorher noch zwei Biere aus dem Getränkegroßmarkt gegenüber, für den Abend und die Nacht am Text. Radeberger und Urkostritzer. Das eine Bier trinkt Opa Eckhard gern, das andere erinnert mich an unseren Sommerurlaub in Lehsten im letzten Jahr.

Mit der Kinderzeit hatte ich verstanden, dass das Bier am Abend das Ausgehen des kleinen, Vater gewordenen Mannes ist. Ich war jahrelang genug *aus*, kam mit den Kindern endlich irgendwo *an*. Es klingt pathetisch und stimmt vielleicht gar nicht mal in allen Ebenen, denn ich bin und bleibe der gern allein seiende, der Ruhe brauchende, der mürrische, im Gesprochenen eher wenigsilbige Mensch, es gab während all der Monate mit den Kindern immer auch Phasen, wo ich unrastig war, mich beschnitten fühlte von den Dingen, die ich noch umsetzen wollte, gerade künstlerisch, schriftlich, schreibend, aber ich kam mir schlecht dabei vor, da ich wusste, dass ich die Kinder nicht schuldig machen kann für meine nicht gemachten Sachen, dass es das falscheste ist, sich von den Kindern in irgendwas beschnitten zu fühlen. Es war nicht so, dass mir das Nachtleben gefehlt hätte, ich wollte nicht *aus*, ich wollte – und da wird es wieder pathetisch – *rein* in den Text. Es waren Phasen der Unrast, aber eigentlich liebte ich sie natürlich endlos, meine Kinder, war hoffentlich nicht der schlechteste Vater, hatte ja die Nächte, da war ja Zeit für die künstlerischen Manien vorhanden, wenn man vom Schlaf etwas abzwackte, es war ja alles okay so wie es war, und ich hoffe, dass meine kurz aufschäumenden Episoden der Ungeduld und Zerfahrenheit für die Kinder keinen Zweifel an meiner ehrlichen, grundtiefen, zärtlichen Verbundenheit zu ihnen aufkommen haben lassen.

Und dann war da ja die Zeit mit Karl im Krankenhaus. Wir waren als Eltern beide plötzlich alleinerziehend, Carina mit Paul zuhause, ich mit Karl im Krankenhaus. Es war anstrengend, für Carina noch mehr als für mich, sie war draußen in der Welt, Paul war nicht in der Kita, es war viel zu tun, zum Gück waren die Großeltern immer wieder zu Besuch in dieser Zeit. Auch emotional und als ein Auf und Ab der Sorgen war es schlimm für sie. Und ich war mit Karl im Krankenhaus, war tendentiell meinem Wesen gemäß etwas unbekümmerter, sah, wie es Karl *nach außen hin* gut ging, er hatte einen gesunden Alltag dort, und es gab in dieser Zeit mit ihm dort keinen einzigen Moment der Unrast. Wir waren ein gutes Team. Wir sind eine gute Familie. Karl war nicht von schlechten Eltern. Es ist seltsam, so eine Selbsteinschätzung hinzuschreiben. Aber es ist eine Klarheit darin. Es ist die Verbindlichkeit, die der Mensch als ein Elternteil neu in seinem Leben hat.

Ich kam heim, verstaute das Gemüse und Carina fuhr nochmal zum Friedhof. Ich schaute mit Paul Teletubbies. Sie fuhren auf dem Bildschirm im Kreis herum, kreiselten mit ihrem Tubbyzug durch im Raum herumschwebende rosa Seifenblasen. Diese Seifenblasen sind der Tubbypudding und während sie, als endlos dauerwiederholte Ereignisschleife, durch sie hindurch treidelten, lief eine Melodie wie von *„MR. BOJANGLES“*. Ich muss wieder an das Video denken, in dem Karl und Paul beide Teletubbies anschauen. Ich muss an sie als Brüder denken, an unsere zwei Kinder, an diese völlige Falschheit von uns als Einkindfamilie. Carina schickt ein Foto vom Friedhof. Direkt links neben unserem Grab ist jetzt ein neues Kindergrab. Ein weiteres, gestorbenes Kind. Ich denke an die Hinterbliebenen, an das *Schicksal* und die Tragik, die hinter diesem Grab stecken müssen. Gleichzeitig findet irgendetwas auch *gut* in mir, dass Karl jetzt einen Nachbarn hat.

Paul bleibt dann zum Abendbrot bei Helena, Hauke und Cleo, während wir beiden Eltern gemeinsam zum Gesprächskreis gehen.

Mi. 14.09.2022, 23:02
im Bett

Es wird geduzt, Tee getrunken, erzählt, geweint und Erfahrenes und Widerfahrenes geteilt. Wir erhalten Einblicke in verschiedene Stadien der Trauer, von verschiedenen Verschiedenen, von also verschiedenen Toten, ihren Toden, Todesarten, Todeszeitpunkten und alldem wird erzählt. Alles ist sehr bewegend. Es sind nur Frauen dort, Mütter. Ich bin der einzige Mann beim Gesprächskreis für trauernde Eltern und Geschwister.

Am Anfang gibt es eine Vorstellungsrunde. Ich habe sofort wieder alle Namen vergessen. Manche erzählen davon, dass sich die meisten ihrer Freundinnen und Freunde von ihnen abgewendet haben, manche sogar die Straßenseite wechseln. Eine andere Mutter erfährt viel Fürsorge und Rückhalt. Sonst wäre sie jetzt auch nicht mehr hier, sagt sie und knetet ein bisschen ihre Hände. Eine andere schweigt die meiste Zeit, bleierne Miene, ziemlich düster, aber nicht leer, irgendwas ist noch dahinter. Ich versuche herauszulesen, ob ihr Schweigen eine Stille ist, die hilflos ist, oder ob ihre reglose Ruhehaltung in diesem Raum voller Kummer auch eine lebens- und trauererfahrene Art des Weiseseins sein könnte. Sie wirkt, als kannte sie das alles schon. Als könnte sie vielleicht irgendwas dazu sagen, das einen generellen, hilfreichen, allgemeingültigen Wert hat. Was ein komischer Gedanke von mir ist, da wir alle hier genau *DAS*, diese Erfahrung von Verlust ja kennen, weil das doch das ist, das uns hierher gebracht hat und eint, in der Einsamkeit des Hinterbliebenseins, und dass wir genau deshalb ja wissen, dass es eigentlich alles unsagbar ist, und dass doch das Sprechen darüber natürlich irgendwie auch hilft.

Ich erzähle nochmal, wie um selbst zu prüfen, ob das als Gedanke was taugt, die Sache mit dem Stolz und, dass man das tote Kind ja immer ganz tief drin in sich, in diesem Stolz gespeichert, mit sich herumträgt. Eine Teilnehmerin nickt eindringlich und erzählt von den Treffen mit den Freunden ihres verstorbenen Sohnes, alle schon, wie er es war, junge Erwachsene, und wie sie da immer gemeinsam schöne Geschichten aus dem Leben des Toten austauschen, und wie gut das oft tut, und dass man dabei auch mal schmunzelt, vielleicht sogar lacht. Als sie das so erzählt, richtet sie sich etwas auf, ein Seufzen lockert etwas in ihrer Kauerhaltung und geht als kleine Bewegung durch den ganzen Sitzkreis.

Beim Rausgehen, die Gruppe löst sich langsam auf, manche müssen gleich los, irgendwen irgendwo abholen, andere dümpeln noch so bisschen durch die im Raum wabernden, zaghaft aus den hier geäußerten Einzelemotionen zusammengeseufzten Kollektivgefühlen, spricht uns die vorhin so still gewesene Frau an und überreicht uns den Flyer einer Keramikerin. Wir hatten vorhin davon erzählt, dass wir uns noch offen halten, wie wir seinen Namen am Grab kenntlich machen, dass wir aber irgendwie wissen, dass es kein bolleriger Grabstein sein sollte. Die Teilnehmerin mit dem Flyer hat jetzt ein viel leichteres, zugewandteres Gesicht. Die Bleiernheit ihrer Miene ist jetzt noch erkennbar, als Grundschwere und Ernsthaftigkeit ihres Wesens, aber sie lächelt auch freundlich und sagt, dass sie das jetzt einfach mal hatte loswerden wollen, mit dieser liebenswürdigen Art einer, vielleicht eine kleine Überwindung gekostet habenden, aber hochherzlich gemeinten Empfehlung.

Danach holten wir Paul bei unseren Freunden ab. Er freute sich riesig und rannte mit einem ausgerufenen „Jaaa" auf uns zu. Zuhause schlief er dann nach drei Minuten im Bett sofort ein.

Wir sitzen auf dem Sofa. Im Fernsehen der Fernsehpreis. Drollig gemachte Einspielfilme für die Nominiertennennungen. Gutes, leichtes TV-Entertainment. Es muss irrsinnig heiß im Studio da gewesen sein. Alle haben fettige Gesichter. Ich pennte dann bald prima weg, wachte nach einem angenehmen Minuten-, vielleicht sogar Halbstundenschlaf wieder auf, die fettigen Fernsehpreisgesichter waren immer noch da und ich machte mich mit einem guten Gefühl des Fertigseins dann fertig fürs Bett.

Do. 15.09.2022, 08:36
Küche

Paul flitzt durch den Flur und steht im Rahmen der Küchentür. Sofort Erinnerungen daran, wie Karl das immer tat. Dass immer irgendwer angeflitzt kam und man meist schon am Flitzen erkannte, wer angeflitzt kommt.

Do. 15.09.2022, 10:59
im Norma

Nach dem Frühstück sitze ich mit Paul im Wohnzimmer. Wir spielen und holen dabei immer wieder irgendwelche Sachen aus den Spielzeugkisten. In der Nilperdkiste begegnet mir die Duploente. Ein einfaches Lego-Objekt, zusammengesteckt aus wenigen Teilen, das hatte ich zwischen einer Entlassung und der nächsten Einweisung mal in einer Aktionskiste in einem Discounter so mitgenommen. Ich dachte, vielleicht spielt er damit ja ein bisschen. Bausteine waren damals noch nicht so Thema. Ich hatte immer irgendwas aus den Billigbausteinen gebaut, die wir mal in einer großen Kiste von einer Bekannten der Schwiegereltern geschenkt bekommen hatten, und die Kinder hatten eher Freude daran, meine bunten Bausteinbasteleien wieder auseinanderzunehmen. Auch die Duploente aus der Nilpferdkiste: ein Karlstich in meinem müden, trüben Mittseptemberherzen.

Vormittags hatte ich dann, ohne Betäubung, weil nur die Füllung in den ansonsten schon versorgten Zahn reinsollte, meinen dritten Zahnarzttermin in dieser Woche. Ich war erst unentspannt und hatte, in meiner halbzahnarztängstlichen Fantasie, etwas Sorge, ob der Zahn wirklich nicht mehr schmerzempfindlich sei, hatte irgendwie gedacht, da ich ja immer schon, seitdem mir mit zwölf oder wie alt ich war, ein Frontzahn rausgebrochen war, nur Probleme mit den Zähnen hatte, dass meine Zähne besonders kompliziert und langwierig und lieber in jedem Fall mit Betäubung zu behandeln seien, aber ich war dann zu kraftlos, zu wenig um irgendeinen bescheuerten Zahnschmerz besorgt, als dass ich, gegen jede Zahnarztvernunft, eine Betäubung hätte verlangen wollen, denn nach all diesem Kummer, der real in meinem insgesamten Leben jetzt ist, ist jeder piekende, ziehende, stechende, ja sogar der blitzartig von einem angestochenenen Zahnwurzelnerv in den insgesamten Körper strömende Superzahnschmerz einfach so irrsinnig egal. Und ich fragte mich eher, ob ich vielleicht Popel in der Nase habe, wann ich mir überhaupt das letzte

Mal die Nase geschnaubt hatte und wieviele Popel so ein Zahnarzt an einem Zahnarzttag wohl zählen muss. Und ich fand es dann irgendwie gut und auch das passte in meine Trauer, dass ich hier jetzt, bald zwei Monate nach seinem Tod, über sowas profanes wie Nasenhygiene nachdenken konnte.

Nach dem Zahnarzt, Carina und Paul sind in der Stadt und bringen Papiermüll weg, fahre ich nochmal zum Norma. Auf dem Baugerüst pampt der große Bauarbeiter den kleinen Azubi an, wie der sich das vorstelle, ob der jetzt einen Tag Urlaub wolle oder was. Es ist nicht klar, worum es genau geht, aber der Tonfall ist die Folter daran. Der Azubi kuscht und sagt leise „Nee, nee, schon okay“, als wüsste er diese Geste der Demut einzusetzen, um weitere Tyrannei zu vermeiden. Der Bauarbeiter macht aber weiter und fragt den Azubi, ob es sein könne, dass er dumm sei, er solle das nich' so vollpampen, und meint damit irgendwas Handwerkliches, der Azubi trägt offenbar zuviel Füllmasse oder Farbe an die Fassade, „Du musst zuhören“ blafft der Geselle den Azubi an, doggenartig, bellend, kurz vor Backpfeife, als müsste er sich und seinen Azubi, wie ein Boxtrainer, in eine tendentiell kräftemäßig unklare Atmosphäre zwischen Bedrohung und Ermutigung bringen. Ich bin kurz irritiert, weiß kurz nicht in welchem Jahrzehnt ich bin, fühle mich allen Runtergestukten, allen Hilflosen, allen Kleinen und Verletzlichen plötzlich sehr nah, denke diffus irgendwie auch an Karl und die Zerbrechlichkeit alles Lebenden, bin einfach fassungslos, darüber, dass die Welt weiterhin Gewalt zulässt, dass offenbar die Stumpfheit, das Stumpfsein und das Stumpfmachen für die Menschen reell praktizierte Formen des Umgangs mit sich und der sie umgebenden Umwelt sind. Ich fahre dann, ohne dem Azubi mit irgendwie vermittelnden Worten beizustehen, ohne den Zorn der Bauarbeiter vor unserem Fenster auf mich zu ziehen, mit der in mir brennenden *Zartheit* und dem Zahnarztwattebausch im Mund – „lassen sie den mal eine halbe Stunde drin“, hatte sie gesagt – zum Norma, wo die Rentner durch die Gänge schleichen und Angelzubehör in der Aktion ist. Im Herbstwetter beißen sie besonders gut, denke ich und meine dabei wahrscheinlich eher die Bauarbeiter vor unserem Haus.

Do. 15.09.2022, 11:44
Küche

Als ich aus dem Norma herauskam hatte es geregnet. Mein Fahrradsattel war schwach mit kleinen, frisch zerplatzten Tropfen übersät, die Parkplatzpflastersteine waren schon fast wieder trocken. Ich hatte einen Topf mit zwei winterharten Pflanzen gekauft, dazu Schokolade und Bier, weil ich nicht wusste, ob ich heute nochmal *raus,* gegebenenfalls in irgendeinen Laden komme.

Zurück fuhr ich die Abkürzung durch die Fünfgeschosserplatten, vorbei an dem Spielplatz, an dem wir Ende März mal mit beiden Kindern waren, an dem wir sonst nie waren, der aus irgendwelchen Gründen nie zum näheren Einzugsbereich unserer Eltern-Kinder-Ausflüge gehörte. Seufzend, mit dieser ohnmächtigen, aber auch von Liebe aufgeladenen „Oh my"-Rührseligkeit fuhr ich an dem Spielplatz vorbei, durch die Bolzgaragen, wo gerade ein Vater mit seiner Tochter einen Anhänger mit Sperrmüll belud.

Zuhause stellte ich den Pflanztopf in die Küche, saß einige Minuten in der stillen, leeren Wohnung, bis dann Paul und Carina an der Tür klingelten. Auch sie waren während des kurzen Regens im Laden. Einer dieser regelmäßigen Kleineinkäufe im DM. „Emm" sagten die Kinder immer wenn wir in der Innenstadt unterwegs waren, und zeigten auf die große Glasfensterfront, die durch eine automatische Schiebetür ständig Leute rein und rausließ, im Strom ihrer Erledigungen, im Strömen durch die Orte und Dinge. Zu diesem Bild der ganz normalen Betriebsamkeit eines Innenstadtnachmittags will ich immer mal wieder hin, wünsche mich dahin zurück, zum Rumgeschiebe mit den kleinen Kindern, Milchpulver, Cracker, Coronatests und Pflegecreme kaufend. Das war das erste Jahr. Jetzt, zwei Monate nach Karls Tod, gehen wir immer noch in Läden. Ich war im Norma und Carina und Paul waren im DM. Es hatte geregnet, aber wir waren, zwischen den Huschen, hinter den Ladenfenstern, immerhin alle trocken geblieben, dachte ich, wie jemand, der sonst nicht viel denkt, und schloß, nachdem sie reingekommen waren, die Wohnungstür hinter ihnen.

Dann will Paul „Futz, Elzza" schauen. Während Carina Mittag warm macht, schauen wir beide *Herr Fuchs und Frau Elster.* Der Fuchs sagt „Papperlapapp" und singt in der Melodie in der er alle seine Lieder singt, davon, dass Herr Fuchs sich ein Bild malt. Karl fand das immer alles sehr lustig. Paul geht lieber erstmal in die Küche und will bei Mama, die dann einhändig in den Töpfen rührt, auf den Arm. Ich sitze im Wohnzimmer und bin auf seltsame Art, froh, dass Herr Fuchs und Frau Elster auf dem Wohnzimmerfernseher ganz anders aussehen als auf dem Tablet, auf dem

Karl und ich das immer im Krankenhaus geschaut hatten. Die Sättigung der Farben, die Bildkörnung, ja das ganze Bildformat ist ein anderes, der Fernseher beschneidet das 4:3-Bild, um damit sein ganzes, pompöses, blödsinnig unflexibles Breitbildformat auszufüllen. Ich weiß nicht, wie man die Bildeinstellungen an diesem so supersmarten Fernseher umstellt, drücke Pause, höre die Dunstabzugshaube in der Küche surren, dazu gelegentliche Worte von Paul, und draußen der Herbst hinter dem blauen Netz am Baugerüst. Das große Ganze. In dem immer wieder Karl so fehlt.

Do. 15.09.2022, 14:34
im Auto

Auf dem Weg nach Riems. Im Radio erzählen sie vom *Ende einer Ära* mit dem Tod der Queen. War ich hier, in meinem von mir seit Wochen so protokollarisch vollgetickerten Textempfänger, nicht auch schonmal bei genau diesen Begriffen? Kurz nach Karls Tod? Irgendwann hatte ich mal solche Gedanken mit solchen Worten gedacht. Dass es im Erwachsenenleben immer seltener diese Momente des wirklichen Neuanfangs gibt, dass ich als Kind und als Jugendlicher häufiger diese Ende-einer-Ära-Melancholien hatte, im positiven und negativen. Schon das Ende der langen Sommerferien war ja alljährlich eine Art Zeiteneinschnitt. Mit zunehmendem Alter waren alle Enden von irgendwas immer gleich eine Erinnerung, die ich festzuhalten wusste. Es war weniger Vergeblichkeit in allem was verging. Das war ja überhaupt einer der wenigen Mehrwerte dieses Lebens als hadernder, im Alltag so herumeiernder Kopfgefühlsmensch: dass ich das meiste im Kopf ausmachte, auch im Herzen natürlich, dass ich immer alles, auch das, was zu Ende gegangen war, in mir drin tragen würde, ich nahm alles mit, ich hatte nie was verdrängt, ich war durch alles durchgegangen, irgendwie, auch wenn ganz unten vielleicht noch unergründliche Urgründe jener von mir so gut gehändelten Labilitäten liegen würden. Irgendwiesowas hatte ich vielleicht vor einigen Hundert Seiten mal hier hingeschrieben, vielleicht auch nicht, vielleicht waren das auch unnotierte Bruchstücke, die im Fließen durch die Tage damals weggespült worden waren. Und dann sind sie ja immerhin jetzt wieder da, die Bruchstücke, dachte ich, und schaute aus dem Autofenster, während die Landschaft draußen, all diese dort in ihre jeweils eigene, ihnen gehörende Bildtiefe platzierten Elemente, die Herbstfelder, die Baumreihen, die Windräder und dahinter der Himmel, parallaktisch und wie in verschiedenen Geschwindigkeiten an uns vorbeiscrollten.

Do. 15.09.2022, 23:53
am Rechner

Gegen sechs Uhr abends bereitete ich, wie wir es immer um diese Uhrzeit machen, seit den Kindern, das Abendbrot vor. Draußen dunkel wie ein später Winternachmittag.

Nach dem Essen brachte ich den Müll raus. Es regnete eine kurze Zeit, für vielleicht zehn Minuten, als eine Art Einschub, ein Intermezzo, als jedenfalls kein neues Wetter. Danach fuhr ich mit dem Fahrrad zum Friedhof. Es war halb acht und schon bald dunkel. Auf dem Friedhof machte ich die Wolkenlampe und das Schafslicht auf Karls Grab an, stand noch ein bisschen im dunkelblauen Dunkel vor seinem Grab. Der Wind schüttelte den Regen von den Blättern der Bäume. Der Friedhof war belebt und dunkel, es raschelte, rauschte und knackte. Die Grablichter glimmten als kleines Lichtermeer. Ich steckte eine abgebrochene Blüte aus den Grabvasen in die Tasche meiner Trainingsjacke und fuhr vom Friedhof, raus in den Abend, der um kurz nach acht jetzt schon dunkle Nacht war.

Ich fuhr in die Stadt, dort war es wärmer, aber ich fror trotzdem. Ich hielt auf dem Markt und zögerte, ob ich nochmal zum Krankenhaus oder gleich nach Hause fahren sollte. Ich skippte im Handy dumpf durch die Liste der „Lieblingssongs“, landete bei Van Morrisons *„ASTRAL WEEKS“* und fuhr dann doch nochmal zum Krankenhaus, den anderen Weg, von der Wolgaster Straße kommend, ans Klinikum ran. Das war irgendwie hart, weil ich mit Karl auch ein, zwei mal vom Klinikum zum Plus in der Wolgaster Straße geschoben war. Das waren jetzt Karlwege, die ich fuhr. Vor dem Klinikum schloss ich, nass und kalt, das Fahrrad an und ging direkt ins Krankenhaus, nicht zu meinen Sitzgelegenheiten unterm Mensavordach. Ich ging auf Toilette und war verärgert über den braungelben Urinfleck auf der Klobrille, kickte sie hoch mit dem Fuß, als wäre ich auf einer Autobahnraststätte, pinkelte im Stehen, wie auf einer Autobahnraststätte, und war verärgert und angeekelt von dieser Störung des Friedens im Krankenhaus. Ich ging hoch in die erste Etage, stupste den Storch, ging wieder runter und dann raus, warf die Blüte in den Sandhaufen beim kleinen, eingezäunten Spielbagger hinterm Klinikum, setzte mich aufs Rad und fuhr nach Hause, frierend, verwirrt, deprimiert von dem Fernsehflimmern hinter den Fenstern in all den Häusern, an denen ich vorbeifuhr.

Ich trank abends am Rechner ein paar Biere, wollte in Musik versumpfen, wusste aber nicht so richtig in welche. Alles was sonst immer so schöner Trigger war, ist jetzt öde oder sogar bedrückend, weil es auch Trigger war als Karl noch da war.

Auf dem kleinen Spielbagger saß Karl mal, gar nicht lange her. Es gibt ein Foto, da sitzt er, das war am Tag seiner letzten Entlassung, bei einem Vormittagsausflug, kurz nach zehn, dick vom Cortison, in dieser kuchentantenhaften, fröhlichen Art auf dem eigentlich für etwas größere Kinder gemachten Bagger, hält die Steuerjoysticks, an die er gerade so mit seinen Armen herankommt, links und rechts in den Händen und sieht glücklich aus, mit diesem Sonnenschlapphut auf dem Kopf.

Im Hintergrund der große, gelbe Kran, der heute immer noch da ist, zu dem ich immer wieder hinfahre, unter seinem Kranarm meine Runden drehe. Mein großer, gelber Saurier aus der Karlzeit.

Fr. 16.09.2022, 11:24
Sofa

Ich gehe mit Paul auf dem Wall spazieren. Die Enten, unten in Formation auf der Wiese sitzend, drücken die Bäuche ins Gras, mit den Entengesichtern der Sonne entgegen. Klares, helles Wetter. Andere Mütter und Eltern auf dem Wall und in der Stadt. Vormittags, die leere Zeit vor dem Mittag. Wir rasten auf einer Bank in der Sonne. Der Wind ist kalt in meinen noch feuchten Haaren. Das Licht warm im Rücken. In diesen Wochen jetzt: vormittags kühl, tagsüber warm, abends kühl, nachts kalt. Das Jahr wechselt in neue Wetter. Die ersten neuen Wetter seit Karls Tod.

Es ist kurz wie eine Szene im Roman. „Wallenten“ heißt dort ein Kapitel. Es ist schönstes Wetter, der Sommer schiebt sich da nochmal ins Jahr, aber der Typ im Buch ist „wie abgestöpselt vom Zulauf, der die Welt und was sie sendet in den Menschen strömen lässt“. Also geht dieser Typ „mal besser spazieren, einen Einkauf machen vielleicht“. Das war so eine der Initialstellen des Buchs, es war, glaube ich, auch mal der Anfang des Romans, aber ich hatte diese Passage dann irgendwann, als Rückblick, weiter hinten in den Text gesetzt, als nochmal einen neuen Dreh vielleicht, als ein Kapitel, das den Herumstromernden am Ende dann doch, vom kalten Idyll der Natur, in eine ausschweifende Nachtlebentextstelle fließen lässt, es war eine lange Wanderschaft, die der da machte, vom erschlagend schönen Wallwetter zurück nach Hause, in einen verschlafenen Tag, und dann in die Nacht, zur Nachttankstelle am Rande der Stadt, dann weiter in die kleinen Spelunken und schließlich in die von den Kunststudierenden unregelmäßig bespielte Technobretterbude, wo dann – das Kapitel hieß „Scheuern“ – mikroskopisch und ausschweifend in den Details, das musikalische und zwischenmenschliche Geschiebe ausgebreitet wird und, als eine Art *Nukleus der Geschichte* vielleicht, in alle voran- und hinterhergehenden Textstellen hineinströmt.

Es ist seltsam, hier jetzt so, bei den Enten am Wall, auf diese Wetter gewordene Verdichtung meines Buches zu stoßen. Also gehen wir weiter. Auf dem Markt, der wie im Kinderbuch seine Buden und Wagen in der klaren Luft aufgebaut hat, stehen Omas am Fleischer und kaufen Koteletts fürs Wochenende. Vor dem H&M fotografieren sich Jugendliche und sagen „Oha“ und „Ja, genau! Oha, Digger!“. Ich hole mein Handy raus und google, ob Jugendliche heutzutage wirklich „Oha" sagen oder ob es ein „O.H." war, das als Abkürzung für irgendwas steht – sowas wie „offizieller Hype" oder „original heftigst" oder irgendwas anderes, von dem ich keine Ahnung habe, das, so meme-mäßig codiert, nur für Eingeweihte, nur mit dem Glück der jungen Lebenslage geweihte Menschen in seinen Bedeutungsebenen überhaupt erst entschachtelbar ist. Offenbar aber sagten sie tatsächlich ganz profan, halb-phlegmatisch fast, aber doch mit dem Zauber des Überraschtseins, einfach nur „Oha". Diese Wendung war bei der Wahl zum Jugendwort in irgendeinem Jahr mal in der engeren Wahl, sagt mir mein Handy und ich stecke es, diesen mir die Welt erklärenden Klotz, wieder in die Tasche und trödle mit Paul der jetzt einen regenbogenbunten Regenschirm hat, den er sich eben beim DM ausgesucht hatte, den Cleo letztens auch mit sich herumgetragen hatte, weiter durch die Fußgängerzone.

Im Woolworth und im Ernstings Family finden wir keine Matschhose. Durch den Campus Löfflerstraße kürzen wir ab, richtung Hafen. Im Foyer vom Gebäude *HÖRSAAL II* das fachbereicheübergreifende Fachmenschengemengelage einer Fachmedizinertagung. Fluides Rumstehen, interessiert einander zugewandte Gesichter, leichte Gespräche, akademisches Geplauder, zu Mündern gehobene Tassen, wahrscheinlich erste Kaffeepause nach den morgendlichen Fachvorträgen. In mir gleich wieder dieser leichte Schauder, den ich immer habe, bei Ansammlungen großer Interessensgemeinschaften, bei Menschen in Menge ganz generell. Ich schiebe, etwas krumm und konturenlos, wie ein Gegenstand ihrer Wissenschaften, weiter zum Hafen, der unten am Ryck unter Wolken steht.

Auf dem Rückweg raucht ein Jugendlicher in einem Hauseingang einen *Spliff*. Ich weiß nicht, ob das heute noch so genannt wird. Ich fand den Begriff schon damals, vor zwanzig Jahren oder wann das war, als wir gelegentlich mal sowas rauchten, jugendlich, ich persönlich oft halbparanoid davon werdend, irgendwie altbacken und *müslimäßig*, vielleicht auch wegen der so benannten, in meiner Jugend schon als ziemlich achtzigerjahremäßig *alt* gegolten habenden Band. Der Jugendliche rauchte also eine kleine Sportzigarette und ich fand auch das kurz grotesk, wie mir seit Karls Tod so vieles grotesk vorkommt, weil es schlicht deshalb grotesk ist, weil Leute Dinge tun, obwohl Karl doch tot ist. Und so raucht dieser junge Mensch seine leichte Droge, steht fröhlich paffend im Hausflur seines leichten Lebens herum und weiß nichts von Karls Tod, und das laste ich ihm an, denke ich, und versuche meine Stirn dabei sachte aus dem Grübeln wieder herauszuziehen.

Zuhause ist das Baugerüst heute leer. Vielleicht haben die Bauarbeiter einen Tag Urlaub genommen, denke ich, und meine damit irgendwas Kollegiales mit dem gehackten Azubi. Wahrscheinlich haben sie aber noch andere Baustellen, denke ich dann, und denke an unsere Baustelle: die in uns reingehackte Grube, das in Kummer eingerüstete, trauernde Herz, die Sehnsucht, die Psyche, alles was so ganz kaputt ist jetzt und wieder *ganz* gebaut werden muss. Aus der Küche der Geruch von Linsen. In allen Sinnen Herbst.

Fr. 16.09.2022, 12:38
Küche

Der Tag ist noch nicht mal halb um, und draußen ist es dunkel wie ein später Nachmittag im November. Ich rühre eine Milch für Paul in der Küche an und schaue in den Hof, wo der Wind die weiße Wäsche zusammenschiebt.

Fr. 16.09.2022, 15:47
Küche

Carina geht einkaufen, ich spiele mit Paul Bauklötze und wir malen was. Carina kommt nach Hause, setzt das Chili für den Umzug morgen an und ich suche im Bücherregal nach dem *nächstmöglichen* Buch, das ich jetzt neben dem aktuell gelesenen schonmal anfangen könnte, finde keines so richtig, lese an der TV Personalities-Biographie weiter, aus der ich immer wieder rausrutsche und jedes Mal mich wieder neu reinlesen muss. Auch so ein Buch, das ich im Krankenhaus, so halbintensiv, neben all den anderen, gelesen hatte. Auf der Suche nach Beschallung lande ich im Handy beim neuen Album von Built To Spill. Sofort Backflash zu 2006. Da hatte ich ihr letztes Album bewusst und endlos, intensiv gehört. Jahre davor, im Jugendzimmer noch, lief *„CARRY THE ZERO“* auf repeat. Die Zeit der Ansteckbuttons. Die leichte Zeit der niedlichen Niedergeschlagenheit der heranwachsenden Jahre. Seltsam, wie all diese Musik jener Zeit jetzt immer wieder zurück in mein Leben findet.

Carina kommt mit Paul, der beim Kochen „kucken mal“ wollte, im Arm aus der Küche, hat ihn seitlich in die Hüften gestemmt, legt sich aufs Sofa neben mich und mein Buch, woraufhin Paul fast sofort auf ihrem Bauch liegend einschläft. Ich muss daran denken, wie Karl immer auf meinem Bauch geschlafen hatte, im Krankenhaus, aber auch vorher schon, als

Baby sowieso, und auch später, als kleines Kleinkind immer noch. Paul schlief, als er größer wurde, nie so richtig auf meinem Bauch, in letzter Zeit sowieso nicht, er sucht nicht mehr wirklich längere Nähe bei mir, diesem unwirschen Zerriebenen. Ich habe einen Kloß im Hals, weil ich Karl vermisse, und auch weil ich Angst habe, Paul nicht mehr nah genug zu sein. Nah genug für seine oder meine Bedürfnisse. So nah wie Karl, bei dem alles Gekuschel so selbstverständlich und Teil unseres Alltags war. Auch weil unser Radius im Krankenhaus ja so begrenzt war und wir viel auf meinem Gästebett herumsaßen oder lagen. Mir fehlt Karl und ich vermisse das Körperliche jetzt sehr, würde ihn so gern halten. Gleichzeitig ekele ich mich vor mir selbst, als ein jemand, der Paul zur Zeit fremd zu sein scheint.

Ich bringe Carina das Tablet und lasse die beiden auf dem Sofa dösen, gehe dann in die Küche, koppele meine Bluetoothtastatur ans Handy und schreibe vom Kuscheln mit Karl. Draußen steht jetzt was von Sonne und der Wind hat von der Wäsche gelassen.

Fr. 16.09.2022, 17:06
Friedhof, Nebenausgang

Kurz vor vier kamen Helena und Cleo vom Bouldern. Paul schläft. Ich fahre nochmal mit dem Rad los, zu Karl. Auf dem Grab links neben seinem stehen jetzt auch die ersten Pflanzen, die Farben wie bei ihm, weiß, violett, wie es im Blumenhandel derzeit aussieht. Die Fußspuren vor dem Nachbargrab rühren mich, als Zeugnisse der dort hockend das Grab ihres gestorbenen Kindes bepflanzt habenden Angehörigen, unvermittelt stark an. Ich putze Karls Wolke und das Schaf von der vom Regen hochgewirbelten Erde sauber. Auf der Wiese stehen Pilze, viele, wie Familien für ein Familienfoto beieinander stehende, in- und übereinander wachsende, große und kleine Pilze. Kleine Freude über dieses hier blühende Leben in mir. Unter der Birke entdecke ich einen Karlzettel. Der Regen muss ihn von einem der immer noch in der Kastanie hängenden Luftballons gerissen haben. In mir macht etwas einen Sprung und ich hebe den Zettel wie etwas sehr, sehr kostbares auf. Außen auf dem einmal gefalteten Zettel steht „Gute Reise“. Der Text innendrin schimmert durch das aufgeweichte Papier. Ich zögere kurz, falte den Zettel dann aber doch auf, bin zutiefst gerührt von seinem Inhalt, weine ein paar kleine Stöße und lege den Zettel dann in das gefaltete Schreiben vom Arbeitsamt, in dem ich letztens auch die Elsterfeder transportiert hatte.

Ich gehe unter die Kastanie und betrachte alle schlaffen Luftballons ganz genau. Da an dem einen roten müsste mal ein Zettel gehangen haben, an allen anderen hängen sie noch dran, wackeln wie Teebeutel da herum, denke ich. Ja, an dem roten war der Zettel dran, denke ich und bin sehr zufrieden, auch wenn es keinen Unterschied machte, wenn ich nicht wüsste wo der Zettel war und wo er herkam. Ich liebe meinen Karl in diesem Moment so stark, dass ich wieder, während ich aufs Rad steige, anfange zu weinen und nochmal ein paar mal auf dem Weg langsam hin und her rolle, bevor ich mit dem grauen Herbstwind aus der schönen, ihm einen so schönen Grabplatz gebenden, aber ihn mir doch auch nicht zurückbringenden Parkanlage aus dem Seitenausgang des Friedhofs herausrausche.

Draußen, am Rande der Koppeln, tief in der Trauer um mein gestorbenes Kind, halte ich kurz an, wische in meinen Liedern und lande bei, oh my, oh my, *„ALRIGHT“* von Built To Spill.

Fr. 16.09.2022, 23:57
im Sumpf, auf dem Sofa

Abends, Sofa, WIB-Schaukel auf DVD, mit Jürgen Drews und Nadja Abd el Farrag. Irgendwie auch das was Hypernostalgisches. Die Sendung lief damals, da wohnte ich noch in Berlin, in einem regionalen *Ballungsraumsender* und war ein Gewinn in der Menge unserer empfangbaren Fernsehprogramme. Meine Eltern hatten sich erst sehr spät, da war ich lange ausgezogen, eine Satellitenschüssel aufs Dach gepappt und bis dahin war das mediale Rieseln immer nur terrestrisch zu uns gekommen. Ich war nie mit VIVA oder MTV groß geworden, konnte diverse Privatsender nur grieselig empfangen und irgendwie ging auch das und ich bin nicht völlig verkasparhausert aufgewachsen. Ich war ziemlich früh schon im Internet. Das war auch so ein Terrain und ein Kanal. Mittlerweile ist sowieso alles immer überall verfügbar, nur die WIB-Schaukel, diese Sendung von damals, streamt keine Plattform und deshalb hatte ich mir irgendwann diese DVD bestellt und war erst jetzt dazu gekommen, sie anzuschauen. Danach nächtliches Sinken in die Musik. Built To Spill jetzt also mal wieder. *„GOIN' AGAINST YOUR MIND“*. Ich ging diverse Livevideos dieses an sich schon langen Liedes durch, auf der Suche nach der definitiven, ausufernden, ausgewalzten, elegischen, mich durch *das hier* vielleicht auch tragen würdenden Liveversion. Freitag, Wochenende, Biere und ein bisschen Schnaps. Das offene Buch.

Sa. 17.09.2022, 12:34
im neuen Garten in Riems

In einer kurzen Verschnaufpause sitze ich mit dem Krachschlagzeuger im Hof und er zeigt auf die Katze und sagt, „Komisch, dass die die hier gelassen haben“. Ich nicke und sage, wie um die weggezogenen Vormieter zu entschuldigen, dass die ja nach Finnland gegangen seien, und er nickt und denkt kurz nach und stellt dann, leicht belustigt, leicht erstaunt, fest, dass das vorhin also gar kein Witz gewesen war. Jemand hatte nämlich vorhin schon was von Finnland gesagt, aber bei dem der das gesagt hatte, könne man immer nie so genau wissen. Ich nicke wissend und er, mein mit mir hier im Garten verschnaufender Pausenfreund, sagt, jetzt wieder trotzig und eher ungläubig, in sich hineinhorchend, etwas abwesend dreinschauend, er habe auch einen Kater, und zu dem habe er eine innige Bindung und den könnte er nicht einfach so irgendwo zurücklassen.

Ich nicke und sage irgendwas, das das Gespräch nicht nennenswert voranbringt, was auch niemand von uns beiden erwartet, und so sitzen wir da, durstig vom Schleppen der Umzugskisten und Möbel, trinken einen Schluck, und ich denke an Karl.

So. 18.09.2022, 00:45
Bett

Umzug, morgens um zehn. An der alten Wohnung von Milena und Bene. Möbel und Kisten über Treppen schleppen und in den Transporter stapeln. Manches lassen sie hier, ich ergatterte ein Kinderfahrrad für Paul und ein Regal für mich. Hauke half mir beim Nachhausetragen des Regals, wir wohnen ja ums Eck, wir wohnen hier ja alle ums Eck, Vorteile einer mittelgroßen Studierendenstadt, wir liefen mit dem Schrank in den Händen, er vorne, ich hinten, am neuen Wohnprojekt in dem Haus, in dem Hauke mal wohnte, vorbei. Die jungen Leute saßen lustig auf einem aus Paletten gebauten Sitzmöbel und rauchten in die Morgensonne. Hauke grüßte. Ich fand wieder keinen richtigen Draht zur Jugend und sah mich doch selbst darin. Ihre gute Laune schien mir, völlig ungerecht natürlich, aber so zermürbt einen die Trauer eben, wie letztens, bei den, ein Regal über den Markt schleppenden Studierenden, irgendwie selbstgerecht und aufdringlich.

Wir fuhren nach Riems, ins neue Haus von Bene und Milena. Wir nahmen Cleo bei uns im Auto mit und Paul freute sich. Als wir ankamen, waren die ersten Autos und Transporter schon ausgeladen. Es war gerade nicht viel zu tun, also warteten wir, hüteten das Haus, Carina gab Hausführungen für Kolleginnen von Milena. Dann kamen nach und nach die zweiten Fuhren, der Grill und die Würste. Milenas Vater grillte original Thüringer Würste. Ich aß einige davon, sie schmeckten gut. Paul war den ganzen Tag gut beschäftigt und hatte Spaß. Mit Lucies kleinem Laufrad auf der Dorfstraße. Beim Abschied nochmal Gespräch mit Milenas Mutter und Kolleginnen über Karl. Wir kamen irgendwie darauf, als wir Tschüss sagten und sie kurz Paul lobten, wie er den ganzen Umzugstag so schön mitgemacht hatte und mitgelaufen war.

Zurück nach Greifswald. Ich holte beim DM noch schnell Milchpulver für Paul und, aus Geruchsnostalgie heraus, Bübchen Milk für mich. Dann zu Helena, Hauke und Cleo, Abendbrot essen. Helenas Bruder und seine Familie sind auch da, gerade zu Besuch. Etwas wirres Abendbrot, viele Leute, viele Kinder, viel Unentspanntheit. Dann nach Hause, Paul schlief im Bett bald ein. Ich machte mir starken Salbeifencheltee für den vollen, von all den Würsten strapazierten Magen. Dann *„SCHLAG DEN STAR“* und anderer, seicht nebenher rieselnder Leichtsinn im TV. Dabei wegdösen. Ich war irgendwie bockig, dass ich nichts Produktives mehr schaffte. Trank, weil der Tee nicht half, einen Ouzo und ging ins Bett. Dort las ich noch eine kleine Weile hier im bisher gesammelten Karltext quer, scrollte mich vom August in den September, und war auf stille Art *eins* mit mir und dem was jetzt unser Leben ohne Karl war. Weil Karl hier im Text auch da war, er hierin irgendwie immer *dabei* ist, weil er, und alles was er für mich ist, hier, wie in den Luftballonzetteln, unverblassbar hingeschrieben, hingestanzt und hinbuchstabiert ist, in diesem, manchmal sinnlos und vergeblich erscheinenden, andermals mich gut durch meine Tage tragenden Trauertext, hier hineingeschrieben und wieder herauslesbar, für immer fest gehalten, für immer festgehalten, für immer als mein Kind hierin bewiesen ist.

So. 18.09.2022, 09:30
Wohnzimmer

Dass sich Leute mit der Zeit vom *Ereignis* entfernen. Dass sich *das Ereignis* mit der Zeit von ihnen entfernt. Dass Leute damit dieses Ereignis verdrängen können. Dass es langsam so unwirklich lange her schon erscheint, obwohl es erst neun Wochen sind. Dass nichts besser wird mit der Zeit. Dass die Zeit keine Wunden hier heilt. Dass die Zeit ihn nicht wieder lebendig macht. Dass die Zeit ein Scheiß ist, der einfach so weitergeht. Dass die Strecke, die sie macht nur vorwärts geht, weg von seinem Tod und damit auch weg von seinem Leben. Dass die Zeit hier nichts hilft. Dass es andere Ebenen, Wege und Dimensionen zu ihm hin geben muss. Dass es irgendwas Räumliches vielleicht sein muss, in dem man den Toten hier halten kann. Dass dieser Text mein größter Raum in der Leere jetzt ist.

Ich war mit verwühlten Gedanken aufgewacht. Wir frühstücken und rätseln, was man heute unternehmen könnte. Während ich im Badezimmer das Fenster öffne, fängt es draußen an, zu regnen und ich finde die Vorstellung schön, heute abend ein langes, heißes Bad zu nehmen.

So. 18.09.2022, 11:22
draußen

Ich spaziere mit Paul im Schneckentempo durch die Stadt. Ich träume so vor mich hin, während er in die Hauseinfahrten wie in kleine Tunnel flitzt und »Huhuu« macht. Carina kocht zuhause Mittag. In der Stadt das übliche Bild der vormittäglich Kinderwagen herumschiebenden, müden Wochenendväter.

Vor dem Landesmuseum hopst Paul in Karls blauen Gummistiefeln in der spiegelflachen Wasserspielfläche herum. Es war wahrscheinlich nicht als Spielfläche ursprünglich angelegt, aber bei warmem Wetter kommen immer die Eltern mit ihren Kleinkindern hierher. Die Erwachsenen sitzen dann auf den Museumstreppen und die Kinder laufen in dem anderthalb Zentimeter flachen Wasser herum, das in einer fast schon vergeistigt flachen, irgendwie nur großflächig und insgesamtästhetisch gemeinten, wahrscheinlich auch speziell platzhistorisch ganz besonders durchdachten Einlassung auf dem großen Granitvorplatz vor sich hin rinnsalt. Es ist kein Springbrunnen und kein Wasserspiel, es hat seinen Platz in den Symmetrien hier und ich frage mich bis heute, ob dieses versponnen flache Wasser steht oder fließt, ob irgendeine Umwälzpumpe unter diesem ansonsten so absichtsvoll akzentlosen Architekturstatement dieses Museumsvorplatzes ihre röchelnde Arbeit macht, damit alles so dünn und feingeistig vor sich hin perlen kann. Sonne kommt hinter den Wolken raus. Ältere Menschen kommen aus einem Reisebus raus. Discodietmar gibt seine Stadtführung und erzählt vom Croyteppich. Vielleicht weiß er was über den Fluss des Wassers. Ich könnte ihn fragen. Wir waren vor Jahren eine Weile in den selben Lokalitäten, nachts, wechselten nur selten Worte, aber die Musik und die Second-Hand-Sakkos hatten uns irgendwie verbunden. Er referiert für den Halbkreis der Rentner um ihn herum und ich schaue rüber zu ihm. Ein für alle anderen unsichtbarer Gruß liegt im Aufeinandertreffen unserer Blicke.

Eine aus dem Halbkreis geratene Oma lieselt Paul lustig an und sagt, sie würde auch gern wie er jetzt so herumhopsen da. Ich nicke und bin nett wie ein Vater beim Spaziergang vor dem Mittag. Die Reisegruppe geht weiter zum Markt. Pauls Cordhose ist nass. Durch die Unterführung am Parkhausausgang gehen auch wir richtung Markt. Die Läden in diesem kurzen Durchgang, in der „Passage Rakower Hof", sind fast alle leer. Früher waren hier mal ein Friseur und ein Taschenladen. Jetzt kann man hier noch Autoschilder und Hörgeräte machen lassen. Glanzloser Ort für glanzlose Geschäfte.

Auf dem Markt Sonne und zusammengebundene, wie reglose Robenträger aufgereihte Schirme vor den Cafés. Mein gesundender Zahn gibt mir ein gutes Gefühl. Die Kirchturmuhren sagen Glocken schlagend, dass es zwölf Uhr ist und wir gehen nach Hause für „Mittaaak".

Bis das Essen fertig ist, sitze ich mit Paul, Built To Spill hörend, in den Teilen der Kinderpuzzles die er alle aus ihren jeweiligen Kartons ausgekippt hat. Von Lucie gab es gestern zwei neue Puzzles beim Umzug geschenkt. Und dann noch unser Badepuzzle mit den wasserfesten Schaumstoffteilen. Die auf den Puzzleteilen abgebildeten, kindlich lächelnden Tiere, Elefant, Giraffe, Krokodil, Eisbär und Löwe, erinnern mich plötzlich sehr an Karl. Wie alles Kindliche, Spielzeuge mit Niedlichkeitswert und Gesichtern, mich schnell an Karl erinnert. Paul war schnell beim Thema Autos gelandet. Karl mochte mehr die Lebewesen, die Tiere und Leute. Das Badepuzzle hatte ich anfang März bestellt, in jener Phase des Vielspielzeugkaufens als wir wegen Corona alle zuhause und anderthalb Wochen nirgendwohin gegangen waren. Das Puzzle fand damals kaum Interesse, ich versuchte es gelegentlich immer mal wieder, aber das Prinzip des Puzzlens war noch nicht spannend. Auch Paul ist längst zu Carina in die Küche, „guggen mal“, bei den letzten Handgriffen, während ich mit diesen beschwingt melancholischen Liedern hier zwischen meinen losen Teilen sitze.

So. 18.09.2022, 17:11
Küche

Nach dem Mittag malen, spielen, verstecken, toben mit Paul im Wohnzimmer. Der zwischenzeitlich immer wieder auf- und abkommende Regen machte dann, kurz nach zwei, der Sonne Platz und Paul und ich fuhren zum Friedhof, den kleinen Topf mit den beiden Winterharten zu Karl bringen.

Mit Paul am Grab. Im Eimer für „nichtverrottbare Abfälle“ die üblichen Pflanztöpfe und Blumenstraußfolien. Dazwischen ein kleiner Dreierkarton Kümmerling. Wie passend, an diesem schönen Ort des Kummers. Am Wochenende werden die neuen Sträuße gebracht. Am Wochenende sind die Abfallkörbe voll. Auf dem Hauptweg knackt es wie Popcorn als wir über die Nussfrüchte der am Rand stehenden Linden rollen.

„ALRIGHT“ und *„NEVER ALRIGHT“*, diese Gegenüberstellung, dieses Nebeneinander dieser beiden Lieder, als zwei Enden einer Skala, fiel mir erst jetzt, nach mehrmaligem Hören überhaupt erst auf. Ich hatte diese neue Built To Spill in den letzten Tagen viel gehört. Beim Wäsche zusammenlegen, begleitet von Karlstichen in der Brust, an die viele Wäsche zur Babyzeit denkend. Beim Duschen, wo ich kurz Gänsehaut bei den

schwelgerischen Akkordwechseln von *„SPIDERWEB“* hatte, mich wieder wie mitte Zwanzig fühlte, einen Widerhall dieser damals durch diese Musik plötzlich auch leichtfüßig gewordene, jedenfalls auf gedämpfte Art euphorisch bebeinotete Melancholie jener Jahre spürte. Ist das also jetzt das Album für diese Monate hier? *„WHEN THE WIND FORGETS YOUR NAME“*. Es scheint da ja geradezu thematisch um Verlust, jedenfalls das Vergehen von Zeit und damit zusammenhängenden inneren und äußeren Zerwürfnissen undsoweiter undsofort, ja geradezu ganz genau darum zu gehen: um ein, ob nun *alright* oder nicht, immer weitermachendes Undsoweiterundsofort.

Auf der Wiese hinter den alten Altengräbern hockt *ein Langhaariger* im Norwegerpullover und hält sich einen Pilz prüfend vors Gesicht. Wie ein Kobold, blond und munter, schaut er hoch, wirkt freundlich aber auch ein bisschen ertappt. Vielleicht sucht er rauchbare Pilze, denke ich. Vielleicht hat er auch einfach nur Hunger. Oder, so sieht er nämlich eigentlich aus, er ist Landschaftsökologe und macht hier sein mykologisches Praktikum. Ich denke kurz an mein erstes Semester, als ich irgendwie in einem Biologiestudium gelandet war, und rumstand im deprimierenden November meines neuen Lebens, mit den Biologen und den La-Öks, die mochten es immer in Gruppen vor den Instituten rumzustehen, die waren sehr gesellig. Der Grashocker lacht mich hinter seinem Pilz an, während ich, wie in Zeitlupe, so kommt es mir vor, an unserem eingefrorenen Moment vorbeirolle, und, wie er da so lacht, mit seinem Pilz, muss ich plötzlich an John Cage denken und alles passt kurz ineinander und ist doch irgendwie traurig.

Auf dem Weg zurück schläft Paul ein. Ich fahre, um ihn noch ein bisschen in Umwegen durch den Schlaf zu schaukeln, die Heinrich-Heine-Straße lang und in der Gegend dort herum. Hier sind alle Straßen, jeder kleine Seitenstich, nach Schriftstellerinnen und Schriftstellern benannt. Dort schob ich in den ersten Babymonaten immer herum, von dort dann weiter raus aufs Feld, hinten am Proberaum lang, endlos lange Schiebemarathons, ganze Podcastfolgen hatte ich da bei einem Spaziergang durchgehört. Die Kinder schliefen ja noch so viel, in diesem Ungetüm von Kinderwagen, den wir schnell *das Schlachtschiff* nannten. In kleinen, heiteren Nachrichten und Bildunterschriften an unsere Eltern malten wir die Vorzüge und Funktionsweisen dieses klobigen Zwillingskinderwagens aus. Innendrin sei eine

Pantryküche und obendrauf noch ein Hubschrauberlandeplatz. Solche Sachen. Alles war so leicht. Ich fühlte mich damals seit langem wieder sowas wie mittendrin in meinem eigenen Leben.

Dann irgendwann sponsorten mein Onkel und meine Tante den multifunktionalen Kinderwagenfahrradanhänger. Jetzt rollt und schwebt er butterweich hinter mir her, hier durch die Schriftstellersiedlung radelnd, mit meinem kleinen, schlafenden Paul hinten drin und meinem gestorbenen Kind mitten in den in mir umherschweifenden Lücken meiner aus dem Leben gerissenen Gefühle. Ich bin diese Route seit damals nicht mehr gegangen oder gefahren. Es ist ein komisches Gefühl, nicht so betrüblich, wie ich erst dachte, eher fast fade, eine öde, mich zu keiner genaueren Verbundenheit einladende Gegend eigentlich. Neue und alte Familienhäuser, die neueren Eigenheime umgeben von natur- und regelrecht sinnlichkeitsfeindlichen Geröllgärten. Hier wohnt man also, mit Kindern, Kegeln, Hunden, Autos, und Grills, so groß wie Schmalspurlokomotiven. All das ist mir fremd. Aber gibt mir auch nicht, wie sonst, wenn ich durch anderer Leute von mir als deprimierend empfundene Leben gleite, ein mich mit mir selbst versöhnendes Gefühl. Ich würde sogar in einem Geröllgartengrundstück wohnen, wenn nur Karl wiederkommen könnte, denke ich und runzle die Stirn über diese wirren Gänge meiner Gedanken.

Ich fahre dann zurück, an den Schrebergärten, am Feld und an unserem Feldbaum vorbei, fühle mich irgendwie müde und kraftlos, schließe unser Hoftor auf und merke, dass ich vom Möbelschleppen gestern doch ziemlichen Muskelkater habe, finde das irgendwie gut und eine gute Art, wie sich *Kausalität und Kontinuum* im Großen und Ganzen zeigen, verscheuche diese mächtigen, mir doch etwas zu theatralisch in den Kopf gegangenen Worte dann aber gleich wieder und Paul wacht just in dem Moment auf, als das Fahrrad stehen bleibt.

In der Küche dann Kaffee und Kuchen mit Helena und Carina. Paul und Cleo spielen im Wohnzimmer. Dann gehen sie nochmal kurz raus und ich trage ein paar Kartons mit Musikequipment runter ins neue Regal, das ich gestern vom Umzug mitgenommen hatte, setze mich dann in die Küche, heize die Therme fürs Bad nachher hoch und klappe den Karlcomputer auf.

So. 18.09.2022, 19:44
Friedhof

Um halb acht nochmal los zum Friedhof, wo der Wind ein paar Blumenstraußfolien aus dem Abfallkorb gerissen hatte und das Meer der Lichter schon sachte glimmte. Ich wechselte die Batterien am Wolkenlicht, schaltete es ein und setzte es zurück auf das Grab, auf die Stelle so leicht versetzt von der Mitte, da wo das quadratische Loch für Karls Urne ausgehoben worden war.

Ein Zug hupt, eine Amsel schimpft im Baum, ich sehe im Dämmer kaum was, viel schlechter als wenn es richtig nachtdunkel ist. Die Konturen zerfließen ineinander. An einem Grab am benachbarten Weg hinter der Birke hockt jemand und ich freue mich über diese stumme Gesellschaft. Auf dem Friedhof sind alle wegen ihrer Toten hier. Das verbindet irgendwie. Seltsam. Die Person dort hat bestimmt auch jemanden „verloren" denke ich und denke dann, wie bescheuert das eigentlich klingt: *verloren*. Als hätte man einen Schlüssel verbummelt. Ich sage Karl, dass ich jetzt nochmal zum Krankenhaus fahre und nehme den Weg hintenrum, über die Loitzer Landstraße, nicht durch die Stadt, zum Krankenhaus.

Ich fahre wieder bei Heinrich Heine lang. Dort traf ich damals oft Marius, einen Arbeitskollegen vom vorletzten oder vorvorletzten Job. Er spazierte dort mit seinem Hund herum und erzählte von seinem Job. Er war wegen Corona im Home Office und telefonierte von zuhause. Oder vielleicht telefonierte er auch gar nicht, sondern machte schriftliches *Backoffice*. Ich blickte bei den Projekten des Callcenters nicht mehr durch, sehnte mich da aber, als das Arbeitsamt mich monatlich beim Kindergroßziehen nervte, langsam wieder etwas dorthin, als den kleinen bis mittelgroßen Job, der mich so irgendwie über Wasser hält und mich und mein Leben sonst in Ruhe lässt. Marius ist vielleicht so fünfzehn Jahre jünger als ich. Er gehörte im Callcenter zu den jungen Menschen, denen man glauben konnte, dass sie das vielleicht nur übergangsweise machen würden. Er war redegewandt, zurückhaltend und freundlich. Er war dünn, hatte eine warme, heisere Stimme und einen großen Adamsapfel. Seine freundliche Art war mir immer aufgefallen. Er wirkte wie jemand, der in der Schule keine Probleme hatte, nicht mit dem Lernen und auch nicht mit den Menschen. Er war irgendwie nerdig drauf, war ein Gamer und spielte auch

Rollenspiele in echt, hatte mich sogar mal gefragt, ob ich Lust hätte, vorbeizukommen bei einem neu aufgemachten Zirkel von Tabletop-Freaks. Ich hatte wahrheitsgemäß gesagt, dass ich von sowas keine Ahnung habe, wahrscheinlich zu ungeduldig bin, mich in all die Regeln einzuarbeiten, ich aber diese Szene irgendwie sympathisch finde. Er hatte mir glaubhaft versichert, dass auch Neulinge dort willkommen seien und ich hatte ein schlechtes Gewissen, dass ich dann nie hingegangen war und hatte es wieder als Zeichen seines so entwaffnenden Sanftmuts gelesen, als er mich ein anderes Mal zu einem Marvel-Marathon ins Kino einlud. Er ginge mit einigen anderen Comic-Cineasten dahin und wenn ich Lust und Zeit hätte, könne ich doch mitkommen. Auch von sowas hatte ich keine Ahnung und so blieben unsere Begegnungen immer betrieblich bedingt. Überhaupt hatte ich mit Arbeitskollegen fast nie den Übergang ins Private gemacht. Zuhause war ich immer froh, dass dort nichts von der Arbeit war. Auch deshalb war es so grotesk und lief schief, als mich Hauke, Freund langer Jahre und Nächte, zu sich in die Arbeit gelockt hatte und dann dort alles so unschön gegen Wände lief. Es war genau dieser Job mit Marius, den ich dafür gekündigt hatte. Erst ein paar Jahre später, als ich Kinder hatte und mit ihnen in seinem Wohnviertel herumschob, begegneten Marius und ich uns wieder regelmäßiger auf unseren Wegen.

Ich habe Marius seit Karls Tod noch nicht getroffen und ich habe ein wenig Angst davor. Es wäre mir unangenehm, seine so hochfreundliche, gleichermaßen besonnen und unbedarft, in seinem seltenen Fall aber nicht naiv wirkende, sondern einfach im Leben nur Gutes sehende Art zu erschüttern und ihn in irgendeine Verlegenheit zu bringen. Ich fahre hinten übers Proberaumgebiet, durch den Südbahnhof, durch die Platten, ziemlich warm gefahren, schwitzend in meiner Fundjacke und der Mütze, die mich dieser Septemberabend schon tragen ließ, zum Krankenhaus. Überall, hinter allen Fenstern, Licht und Leute. Draußen glitt ich durch die Stille, es war kurz nach acht, im Fernsehen geht der Abend los. Die Vorstellung, dass die Leute morgen wieder in ihre regulären Wochentagsleben starten würden, das hier wieder mal ein Wochenendeende war, ein Sonntag, an dem man früh zu Bett geht, um am Montag früh aufzustehen, der als Wochenendstag für mich deshalb nie zum Wochenende gehörte, weil er hintenraus eh so abrupt beschnitten wird, von der Ahnung des folgenden Morgens, all das deprimierte mich. Auch damals, als ich, weit vor den Kindern, wirklich jenseits aller Wochentagsstrukturen lebte, war der Sonntag deprimierend, weil viele Lokale zu hatten oder nach und nach viele mit denen man hätte ausgehen können, in Lebenswandeln landeten, die auch ihre Sonntage und ihre Leben von dem meinen abschnitten.

Seltsamerweise wirkte die wirre Lichterflut in den Fenstern und Balkonen der kalt und kantig hochgebauten Elfgeschosser an der Lomonossowallee irgendwie beruhigend und anheimelnd auf mich, als ich, dieser Trauerkaputte, dieses von der Trauer so zarte, zerbrechliche Tier, auf der jetzt leeren großen Straße dort vorbeisirrte. Hohe Häuser mit düsteren Hauseingängen, aus denen Leute mit Kapuzenhoodies und Kampfhunden raus in die Nacht fielen, auf deren Balkons gegen die Dunkelheit angeraucht wurde, in denen mutmaßlich viele wohnten, deren Sonntag unbeschnitten in die Nacht mäandern durfte, Einkommensschwache, Studierende, Künstler vielleicht, Arbeitslose, Trinker, Träumer, Menschen und andere Kaputte.

Im Krankenhaus ging ich aufs Klo. Im Kaputtenkabuff keine besonderen Vorkommnisse. Im Spiegel sah ich fertig aus. In den Gängen war es teilweise dunkel. Sparbeleuchtung jetzt wegen Weltlage? Oder war das immer schon so, auch damals, mit Karl? Überhaupt macht das Krankenhaus in letzter Zeit, besonders sonntags, einen etwas vernachlässigten, besudelten Eindruck. Die Desinfektion im Klo war alle. Vor dem Kaffeeautomaten ein großer, klebriger, dort gar nicht hingehörender Fleck, im Bücherwagen nur Mist. Die kriegen das hier anscheinend alles nicht mehr so richtig hin, seitdem Karl und ich nicht mehr hier sind. Auch an den Snackautomaten nur doofe Sorten Schokolade vorne drin.

Draußen ist es still. Keine Möwen, keine Schwalben, immerhin zwei lachende Rauchende im Rauchglas. Als ich meine Mütze am Rad aus der Tasche nahm, dachte ich an die Mütze die ich im letzten Winter verloren hatte und die mutmaßlich noch wochenlang beim Edeka in einer Ritze bei den Einkaufswagen klemmte. Ich hatte bei meinen Abendeinkäufen, wenn die Babies schliefen, meine verlorene Mütze dort, als ich mein Rad vor dem Reingehen anschloss, immer zu sehen geglaubt, hatte mir jedesmal vorgenommen, beim Rausgehen zu schauen, ob sie das wirklich ist, und es jedesmal, beim Beladen meiner Fahrradpacktaschen und dem darauf folgenden automatischen Aufsetzen der Kopfhörer, immer wieder vergessen. Und ich dachte jetzt an die Mütze und an das jetzt wieder bald in den Winter, ohne Karl einfach so weiter, vor mir her vergehende Jahr, während ich immer wieder, von rückwärts her, alles was Karl war in meine Gegenwart zu holen versuche.

Diese Mütze von damals wäre jetzt wichtig. Und, dass die Babies beide bei uns im Bett schlafen, ihren Seesternschlaf machen, während ich nochmal losradle, beim Edeka einen kleinen Einkauf mache und wieder nach der Mütze zu schauen vergesse. Bis dann eh Frühling und die Mütze irgendwie auch egal ist.

Mo. 19.09.2022, 11:18
im Bratdunst in der Küche

Carina brachte Paul früh zur Kita. Paul wollte nicht und weinte. Ich baute beim ersten Pott Kaffee morgens ein bisschen an einem Entwurf eines Covers für das, für *dieses* hier gerade geschriebene Karlbuch.

Meine Rohtextdateien, die durchnummerierten *TEXT.TXT* habe ich nun alle umbenannt in *KARL.TXT*. Das hatte ich damals, am ersten Tag nach seinem Tod, als ich dieses Tagebuch zu schreiben anfing, irgendwie nicht hingekriegt. Als hätte eine auf einem Computer gespeicherte Datei mit seinem Namen seinen Tod nocheinmal mehr bestätigt. In einem unverfänglich, namenlos benannten Textdokument zu schreiben erschien mir damals sicherer. Als wären es erstmal nur irgendwelche Notizen. Als wäre sein Tod vielleicht ja doch ein Irrtum. Als würden die Notizen später ja vielleicht doch gar nicht nötig gewesen sein. Als gäbe es noch ein *Undo*.

Carina holt Paul halb elf aus der Kita und fährt mit ihm dann zum Arzt. Ich koche derweil Mittag, muss vorher schnell noch einkaufen. *Nudeln mit Ostsoße* soll es geben. Hatten wir damals, vor den Kindern, immer am Montag gemacht.

Im Laden, an der Kasse, der junge Kassierer, der mich immer so schelmisch anlächelt, seit Jahren schon, auch damals, als ich abends, das war noch vor Edeka, dort meine Biere kaufte. Hinter mir eine Oma, die *original* nur einen Klotz Hefe und sonst nichts weiter kauft. Das kleine Hefepaket liegt auf dem Laufband, wie etwas so winziges, wofür allein ein Einkaufsladen nie erfunden worden wäre. Ich finde die Vorstellung schön, dass sie, an diesem schönen Herbstmontag, während für viele Leute der Arbeitsalltag brummt, sich zuhause schon alles bereitgelegt hatte, für das Backen eines Kuchens, dann feststellte, dass ihr die Hefe fehlte, sie dann ihre Ausgehjacke anzog und kurz raus ging, rüber zum Discounter, um noch diese wichtige, winzige Zutat zu besorgen, dass wahrscheinlich nichtmal ihr Sonntagabend gestern von den Verpflichtungen der neuen Woche beschnitten worden war und sie bis in die Nacht ihre Lieblingssendung geschaut und sich überlegt hat, welchen Kuchen sie am Montag, vor dem Mittag, backen wird. Vielleicht ist ihr Mann auch schon gestorben, phantasiere ich mir zusammen, dann wären wir in unseren Verlusten verbrüdert und verschwestert. Bevor ich anfange, sie unhöflich lange zu mustern, sie vielleicht zu fragen, wer genau wann gestorben sei und wie es ihr jetzt ginge, gehe ich raus in meinen Herbstmontag, setze die Kopfhörer auf, steige aufs Rad und fahre über die Straßen und Gehwege, auf denen die Menschen sich den Wegen ihrer Leben entgegen bewegen.

Montag: Tag des von Spotify zusammengestellten Wochenmixes. Seit den Kindern war ich auch so ein Streamingdienstkunde. Diesen auf Basis meines Hörverhaltens zusammengeschmissenen Montagsmix ließ ich morgens manchmal dudeln. Es war anfangs, der Algorithmus wusste ja noch nicht viel von mir, immer eine wirre Liederkiste und Spotify schlug mir, als ich erstmal einige Tracks zu meinen *Lieblingssongs* hinzugefügt hatte, genau die Dinge vor, die erwartbar waren. Genau genommen schlug mir Spotify genau jene Musik vor, die ich früher schon, vor Jahren, immer gehört und mir sozusagen hörbiographisch schon *erarbeitet* hatte. Mit der Zeit, und weil ich, von experimentellen Dronewolken bis zu düdeligem Pop alles kreuz und quer mit einem grünen Herzen *liebte*, wurde dieser Mix dann hörbarer und mit mir unbekannten Sachen auch viel interessanter, und ich hatte diesen Wochenmix dann immer zuhause gehört, mit den Kindern im Wohnzimmer spielend, wenn mal wieder eine Woche ohne Kita angebrochen war, weil irgendwer wieder krank war.

Zuhause schnitt ich die Zwiebeln und die Wiener Würstchen, briet beides kurz und scharf an, mehlschwitzte die Zwiebeln, gab die Würste, dann Ketchup dazu, verrührte alles zu einer großen, ungesunden, sehr sehr leckeren Sauce, die bei diesem Gericht natürlich *Soße* geschrieben wird, und wartete auf Carina und Paul. Die Nudeln, eng gedrillte Spirellis müssen es hier immer sein, gehen ja schnell.

Spotify schlägt mir Mary Margaret O'Hara vor und ich freue mich über diese Neuentdeckung, google ein wenig, wo die popkulturhistorisch so einzuordnen ist, höre mir dann ihr Album an, ein bisschen auch wieder in der idiotischen Idee, dass dort vielleicht das gute beste Karllied für *diese* Tage und Wochen versteckt sein könnte.

Mo. 19.09.2022, 12:51
Wohnzimmer

Verdauungsfaulenzen vor dem Fernseher, wo die Queen zu Grabe gebracht wird. Das auf dem Bildschirm flimmernde, feierliche Brimborium hat etwas Beruhigendes, die Zeit egalisierendes. Royale Berichterstattung war immer schon, wie die Tour de France, etwas wovon ich nichts verstand, was als meditatives Geriesel im Tagesprogramm aber wunderbar funktionierte, fast ein Fenster hin zu anderen Orten war, damals als Kind, vor dem Internet, vor alledem. Während wir Sachen zusammenpacken für unseren Ausflug ins Schwimmbad, rechtfertigen die Fassadenmacher auf dem Baugerüst ihr Handwerk der letzten Tage vor Frau Hecker. Die eine kühle Art der Strenge ausstrahlende Architektin huscht mit spitzen Schultern zwischen den groben Kanten vor unserem Fenster herum, lässt sich alles erklären und hakt Punkte auf ihrer Kladde ab, die sie, wie eine gute Geige, wie ein *Instrument* ihres Amtes, fest an ihren Körper presst, als gäbe sie ihr Sicherheit, beruflich, zwischenmenschlich, eine Art vielleicht von Wärme endlich.

Mo. 19.09.2022, 23:52
in der Textnacht

Bei irgendeinem *passenden*, vielleicht sogar *entscheidenden*, jedenfalls in irgendeinem *symbolträchtigen* Moment bei der Beisetzung der Queen kam die Sonne raus, fast *symbolisch* wäre das gewesen, sagt die Frau im Dudelradio in der Schwimmbadumkleide. Wie bei Karl. *Bei ihm* kam, während der Trauerzeremonie, während Jeff Buckley da so sein *„Hallelujah"* sang, natürlich auch die Sonne im Refrain raus. Schön war das. Äußerst berührend, und natürlich auch symbolhaft, dieses Licht für Karl. *„Also, wat soll sein?"*, denke ich, ein bisschen in einem Halts-Maul-Ton in Richtung der Radiotante und meine damit meine Fassungslosigkeit, dass mein Kind, Karl, vor zwei Monaten, nicht wie die Queen jetzt jüngst mit hunderttausend Jahren, sondern mit nur 21 Monaten gestorben ist.

In der Umkleide sorglose Geräusche von Schwimmbadfreude aus den Nebenkabinen. Ich habe natürlich wieder meine Badelatschen vergessen, die hängen noch von der Sauna letztens auf der Leine draußen im Hof. Ich stakse leicht angeekelt über den Fliesenboden der Umkleide in die Dusche, wo die nackten Männer in den Abfluss rotzen. Ich tippele im Schwimmbad herum und hoffe, dass mich kein *Schwimmmeister* sieht, so heißen die heute, so steht es über der Schwimmmeisterkabine und ich freue mich kurz an den drei „mmm", die ja schon wie Wasser und Wellen aussehen, und glitsche schnell ins Wasser, damit niemand merkt, dass ich hier barfuß umherhinke. Ich hatte zuhause wirr gepackt, die meiste Zeit darauf verwendet ein Eineurostück zu suchen, für den Spind braucht man das doch, dachte ich, nicht wissend, dass das mittlerweile alles anders funktioniert und man beim Reingehen an der Kasse einen Schlüssel bekommt, mit dem man nicht nur einen Spind öffnen, sondern auch gleich, digital mit einem Chip darin, das Essen, Pommes natürlich, Schwimmbadpommes, halbnackt auf dem nassen Plastestuhl, was sonst, bezahlen kann.

Im Bad, beim Rumdümpeln mit Paul im Kinderbecken, was sich wieder sehr falsch und nicht vollzählig anfühlte, hatten wir uns unterhalten, wie Karl das alles gefunden hätte. Ob es ihm gefallen hätte. Dass es ihm vielleicht alles, und da mussten wir ein bisschen schmunzeln, ein bisschen zu wild und trubelig gewesen wäre. Karli mochte zwar auch das Baden in der Wanne zuhause, es gibt zahllose Fotos und Videos von den beiden in der Badewanne, mit diesem hellen Kinderstrahlen im Gesicht, aber allzu dynamische Aktivitäten, allzuviel Krach und Remmidemmi waren nie so richtig sein Ding. Und auch deswegen waren beide, Karl und Paul, natürlich so ein wundervolles Bruderpaar und, auch wenn wir da so, halbnackt unter den Schwimmmeisteraugen, voller Liebe über Karl und die glücklichen Erinnerungen an ihn sprachen, bleibt am Ende immer diese in unser Leben gehauene, traurige, uns bisher zwar noch nicht, als Paar oder als Menschen kaputt gemacht habende, aber auch mit aller Liebe nie ausreichend aus- und auffüllbare Leerstelle.

Zwei Stunden später, wieder in der Umkleide. Im Radio läuft *adult oriented* Poprocksülze. Bruce Hornsby singt *„That's just the way it is. Some things will never change"*, der Moderator begrüßt die Hörenden zum *„ersten Nachmittag der Woche"* und der süffisant-solidarische, sich mit diesem kleinen, prosaischen Zeitzeichen an die Sorgen und Nöte der Hörenden ranwanzende Rundfunkkumpelton deprimiert mich ein bisschen. Ich stelle mir vor, mit welchen Worten sie dort wohl gestern, am Sonntagabend den letzten, hinten, für alle Frühaufstehenmüssenden jäh beschnittenen Abend des Wochenendes anmoderiert haben mögen. Im Spiegel sehe ich ziemlich angeschwiemelt aus, wahrscheinlich weniger vom Baden, eher schlicht vom Leben und vom Leben mit dem Tod halt her. Der Fön mit dem klebrigen Griff, mit dem man sich beim Rausgehen die Haare trocknen kann, hat keine Kraft, meine Haut spannt, ich habe Hunger, draußen sonnenlos und windig.

Immer müde die letzten drei Abende, immer steinern weggeschlafen. Carina kam dann spät vom Gesprächskreis. Sie erzählte, dass die Teilnehmenden dort ein, gefühltermaßen jedenfalls, *besseres*, irgendwie offeneres, geöffneteres *Mindset* haben. Aber das Treffen hatte auch wieder Karl mehr hervorgeholt bei ihr, schien mir. Wir sprachen noch ein wenig, über das Treffen und Karl und die erste Hilfe, die sie ihm geleistet hatte, und, dass die gut und richtig war, dass es da keine Zweifel gäbe. Dass das einfach, egal was er half oder nicht half, ein gigantischer, zwischenmenschlicher Akt war. Carina ging dann bald ins Bett und Paul war kurz wach und freute sich, dass Mama endlich wieder da war.

Dann baute ich im Indesigndokument herum und hörte nebenher Livebootlegs von Built To Spill, wollte noch schreiben aber war dann wieder zu müde, war ja schon halb acht, kurz nachdem ich Paul ins Bett gebracht und meinen eigenen Abend begonnen hatte, eingepennt im Vorabendprogramm des Fernsehens.

Beim Schreiben dieser Zeilen sehe ich, dass meine Hände das erste Mal in dieser Saison witterungsbedingt spröde sind. Auch das ein seltsames Indiz für den Lauf und den Weiterlauf, den Fortlauf der Zeit. Bin sofort etwas deprimiert. Denn die Zeit läuft damit ja auch fort von Karl, puckert immer so weiter vor sich hin und nach vorn, entfernt sich mit jedem Tick einer Sekunde von der Karlzeit.

Di. 20.09.2022, 11:37
zwischen den Orten

Morgens, nach dem Frühstück, wollte Paul noch malen. Wir sagten ihm, er könne doch die Malsachen in die Küche holen und hier malen. Er nickte und rannte los ins Wohnzimmer, holte den Korb mit den Wachsmalstiften und einen Stoß Papier, der auf seinem kleinen Tischchen lag. Auch das klappt jetzt immer besser: dass wir nicht überall hin mitkommen müssen. Dass er sich auch mal ein paar Momente allein im Nebenzimmer beschäftigt. Es tut gut zu sehen, dass seine Verlustängste offenbar weniger werden, dass er sich wieder sicherer fühlt in allem.

Nachdem wir beide alle möglichen Papiere vollgekritzelt hatten, erschien mir das eine, mit einer Tackernadel zusammengehaltene Blätterbündel, mit den tabellarisch aufbereiteten Zahlen darauf, doch irgendwie bekannt. Es war die Rechnung vom Bestattungshaus. Paul hatte Vorder- und Rückseite richtig schön, Cy Twombly hätte seine Freude daran, mit seinem wilden, impulsiv raufgeworfenen, sinnlichen Geskribbel vollgekritzelt. Zur Zeit trägt Paul gern etwas mehr Farbe auf und ist von dünn verwehenden Strichen zu Strudeln und Kreiseln übergegangen. Auch das, diese bunte Bestatterrechnung, auf der innendrin all die teilweise absurden Positionen der Dienste und Leistungen einer Beisetzung aufgeschlüsselt sind, gab mir ein Gefühl für das große Ganze.

Carina kommt zurück vom Paul-in-die-Kita-bringen und sagt, sie will nicht zum Diakonietermin. Also gehe ich allein und stehe kurz vor zehn im Büroeingang der Psychologin, noch paar Minuten Zeit, über der Stadt stand unentschiedenes Wetter, vielleicht würde es irgendwann Regen geben. Ich gehe kurz rüber, in den Hausflur der Kneipe zwei Türen weiter, um mal was vom Früher und vom Nachtleben zu riechen. Es riecht wie früher. Der Rauch und der Alkohol stehen im Raum, als wären die letzten Gäste erst vor kurzem aus der Tür gefallen, als hallte hier noch was vom Ende der Nacht nach. Für genauere, ausschweifender gedachte Worte habe ich jetzt keine Zeit und müsste, was all das schöne, süße, in seinem Schlendern so angenehm schwere, also erdende Nachtleben betrifft, auch besser mal in meinem Roman nachschauen. Da steht alles drin.

Die Psychologin sieht aus, als ob sie abends auch mal einen guten Wein entkorkt. Wir sprechen kurz, aber sie will die Sitzung lieber zu zweit machen und einen neuen Termin vereinbaren. Meine, auch weil ich noch gar nicht richtig wach war, nicht laut vorgetragene, aber von der Sache her halt so gedachte und in mir mitgebrachte Idee, dass wir das doch auch alleine, also nur mit mir, machen können, zieht sie gar nicht in Betracht. Da ist sie ganz Paartherapeutin, denke ich, und denke dann, während sie ihren Tischkalender durchflippt, mit was für Leuten sie wohl sonst so zu tun hat. Paare, denke ich, viele kaputte, wahrscheinlich auch von Lebensschlägen und Verlusten kaputt gehauene, entzweite oder sich einfach, von ihrem festgefahrenen, sie als einzelne Menschen blockierenden Zweisamkeitsleben, nicht mehr mögende Paare. Und dann bin ich kurz traurig. Aber auch sofort wieder versöhnt, weil es uns als Paar doch noch gibt.

Irgendwie kommen wir, die Psychologin und ich, der allein erschienene, trauernde Vater, dann doch noch, beim Suchen eines neuen Termins, in ein Gespräch. Die Psychologin sagt, wie gut wir das alles machen, wie offen wir sind, dass es gut ist, dass wir offen sind. Ich erzähle ein bisschen von meiner Trauer und der Trauerarbeit, dem gelebten, durchlebten, gelittenen und leidvoll lebendigen Trauern. Sie sagt mir, dass ich damit ja auch immer nah bei Karl sei, was ich kurz als eine irgendwie unnötige Binsenweisheit empfinde, weil ich das, bei aller geistigen Verwirrung und Verstörung, die die Erfahrung des Todes des eigenen Kindes in einem anrichtet, von Anfang an wusste: dass ich ihm jetzt irgendwie nah sein *muss*, dass ich alles, ALLES, ALLES daran setzen will, ihm nah zu sein, auf irgendeine Art, die natürlich nie die Nähe sein wird, die sie war, als er noch lebte, was einem manchmal alle Lebenshoffnung zu rauben droht, dass ich aber, in all meinen karlwärts konzentrierten Aktivitäten, die an vielen Stellen wahrscheinlich schon, im besten, mich aufrichtenden Sinne, zu Ritualen und Routinen geworden sind, immer einen Draht zu ihm suche und ihm damit, und da hatte sie natürlich recht mit ihrer von mir als Binse empfundenen Festsellung einer schlichten Wahrheit, in tiefstem Herzen immer nah bin.

Ich erzähle ihr von meinen Ritualen, dass ich Trauertagebuch schreibe, dass ich immer wieder an die Orte gehe und dass ich hier und da Teile und Stücke, die mit ihm zu tun haben, besonders zum Beispiel Blumen und Blumenkrumen, von der Beisetzung zum Beispiel, in aller Welt und in der Gegend, an also diesen und jenen Karlorten verteile, diese Karlerinnerungsartefakte dorthin und somit ihn und mich und mich mit ihm, uns beide, und auch uns als Familie dorthin und *in Verbindung* bringe, woraufhin das Gesicht der Psychologin eine Braue hochhob, wo ich kurz nicht wusste, ob es ein Ausdruck von Anerkennung und Achtung, also eine Geste der Bejahung und des Gutfindens, oder ob es, im Gegenteil, ein *„Achtung!"* in ihr war, ein Moment der Irritation, den sie sich merken wollte, um dann später eine Notiz zu machen: *„Achtung, manisch, kann nicht loslassen, schmeißt Blumenkrumen in der Gegend rum"*. Aber eigentlich, das sah ich an den plötzlich fast schon sowas wie mütterlich gewordenen Zügen, wusste ich sofort, dass es ein *„Ja"* war, das da auf ihrem Gesicht war. Sie sagte dann auch wörtlich: „Das ist gut". Auch stemmte sie sich etwas vor, ihre Aufmerksamkeit war erhöht, als hätte ich was besonders Schönes und Schlaues gesagt, „Jaa, sehr gut. Gut, gut!" sagte sie und nur ein heurekahaftes Indiehändeklatschen hätte noch gefehlt, als ich meinte, dass ich als Künstler sowieso immer nah dran bin, an meinen Gefühlen und Gedanken, dass das ja jetzt alles ist, was ich noch habe, meine Gefühle, Erinnerungen und das Denken an ihn, und dass ich das ja bewahren will und muss. Das ist ja die einzige Wahrheit an dem Scheiß. Alles andere ist ja gar nicht wahr zu haben. Und, da war ich meiner eigenen, ach so schönen Auseinandersetzung mit mir und meiner Trauer dann gleich etwas müde, was nützt mir meine so supergute innere Reflektion, dachte ich mir, etwas verschlungen, irgendwie, das fiel mir plötzlich auf, ziemlich unlocker, ziemlich unentspannt, ziemlich *patientenmäßig* dann eben doch, gar nicht so *aufgeschlossen*, wie es meine Worte vielleicht vermitteln mochten, auf dem gemütlichen Psychosessel am knieflachen Tisch vor den freundlichen Brauen der psychotherapeutischen Fachfrau sitzend.

Wir vereinbarten dann einen Termin für Carina und mich in der nächsten Woche und ich merkte beim Rausgehen, bei einem Winken ihrer Hand, während sie, mit der anderen Hand, das Fenster zum Herauslassen der abgesessenen Luft öffnete, dass sie mich an die Chefin meines ersten Jobs nach der Schule, im Lager einer Spielwarengroßhandelskette, erinnerte, was der Situation keinen besonderen Beigeschmack gab, mich aber wieder hin und her und hinein warf, in die Zeitlinien meines von Karls Tod so mittendrin zerdellten Lebens, in vielleicht auch irgendwas, was im Gehen durch die Trauer irgendwo seinen Platz hätte.

In der Stadt traf ich kurz auf Liane und Holger. Wir liefen winkend aneinander vorbei. Sie sahen irgendwie zerstritten und Holger sah etwas ungesund und hager aus, wie er immer aussieht, nur, vom Streiten vielleicht, noch mehr als sonst. Ich kaufte dann Solarleuchtmittel im Woolworth und im Tedi. Vielleicht könnte man daraus was für den Friedhof basteln, dachte ich mir und fand sofort die Vorstellung und die Formulierung des „Bastelns“, irgendwie auch „Tedi“ als Einkaufsort, im Zusammenhang mit einem Grab irgendwie bescheuert. Aber es trieb mich schon seit einiger Zeit die Idee herum, dass es eine irgendwie kindgerechtere, länger leuchtende Alternative zu den dann immer doch etwas dröge und bleiern wirkenden Grabkerzenlichtern geben müsste. Und dass irgendwie auch die „Weuke“ zu Karl hin muss.

Di. 20.09.2022, 13:26
Küche

Während ich nach dem Essen in der Küche so dasaß, mit verschlungenem Magen, wartend dass der Kaffee vom Vormittag, den ich in der kleinen Kasserolle, unter Zugabe etwas Kardamoms, hochkochte, wieder heiß war, ein bisschen träge also so herumsaß und vielleicht warholmäßig, wie Andy nach seinem Burger, leeren Blickes vor mich hin verdaute, ging draußen eine sehr dunkle, sehr kleine, vielleicht nur zwei, drei Häuser breite, in die anderen, weißen Wolken wie ein fliegender Fleck reingeworfene, wie an Puppentrickfilmschnüren unter den Himmel gehangene Wolke vor dem Fenster lang und warf ein paar wenige, dicke und seltsam vereinzelt auf das Dach des Carports prasselnde Tropfen herunter. Wie Kienäpfel, die in einem Lagerfeuer aufknacken klang das kurz. Dann stand wieder, ganz deutlich und hörbar, die Nach-Mittags-Stille vor dem Fenster, nur durchrauscht von den Autos auf der Straße hinter den Gleisen. Als verdaute die Welt selbst kurz ein paar Momente, in diesem Stündchen zwischen halb eins und halb zwei.

Was die Welt eben so zu verdauen hat.

In diese so schön rauschende Stille schob sich dann auf schönste Art ein Zug Vögel hinein. Im spitzen Dreieck flogen sie nach hinten aus dem Fensterbild heraus, landwärts weg, schnatternd, mit jedem Schlag ihrer Flügel sich immer wieder hoch und weiter gegen den Wind wuchtend, dorthin, von wo die kleine Wolke hergeschoben kam. Ihre da so wacker immer weiter flatternde Choreographie hatte, bei allen dahinter stehenden, biologiebedingten Trieben und Drängen, etwas Leichtes, ebenso auch Beruhigendes, die Jahres- und alle anderen Zeiten miteinander verbindendes.

Wenn die Vögel noch ziehen, geht das Jahr vielleicht auch in den nächsten Wochen und Monaten weiter, geht dann hinüber in ein nächstes, die Vögel im Frühjahr dann wieder hierher ziehendes Jahr. Diese milde Freude darüber, dass Dinge irgendwann doch wiederkommen, sich wiederholen und, wie einstudiert, wie planbar, wie geplant, in *periodischen* Strukturen nochmal, wieder oder einfach auch nur *ein weiteres Mal*, vielleicht auch einfach *ein anderes Mal*, passieren und geschehen – diese verworrene Freude in der Ruhe nach dem Mittag hatte irgendwie auch was mit Karl zu tun. Ich wusste nicht, was genau, wollte auch in meine hier so, aus meinem vollen Bauch herausquellende Poetologie der ewigen Wiederkehr nicht weiter irgendwas rein- und rauslesen und machte dann, die Vögel waren lange weg, über die Bluetoothbox, deren „Dü Dü Düm" beim Anschalten mich wieder sehr mit Karl verband – denn die Box hatte ich im vorletzten Januar, als die Kinder drei, vier Monate jung waren, gekauft – irgendeine leise tröpfelnde Musik an.

Di. 20.09.2022, 15:05
Küche

Carina ist mit Paul und Hauke und Cleo zum neuen Spielplatz bei der Schwimmhalle. Mit Schaukeln so hoch wie Hochspannungsmasten. Und einem Kletterschiff, größer als die Arche Noah. Ich räumte ein wenig in meinem Zimmer herum, stapelte Kisten und Kartons mit Musikmachsachen herum, brachte ein paar davon runter in die andere Wohnung. Ich fand beim Herumräumen den Teller, auf dem ich noch ein paar Sonnenblumenbrocken von Karls Beisetzungsschmuck abgelegt hatte und mich überkam sofort der Impuls, gleich loszuradeln und die Sachen irgendwo hinzubringen – auch weil die schon verschimmelten, schon verschimmelt waren, als wir das Grab abräumten, um mit der richtigen Bepflanzung zu beginnen. Die nicht verschimmelten Blumen und Gräser hatten wir noch gerettet und im Türrahmen zum Trocknen aufgehangen, dann in zwei Vasen auf dem kleinen Hängeschränkchen über dem Esstisch in der Küche drapiert. Jetzt der Impuls also, mit den Sonnenblumenresten nochmal loszuradeln. Also radelte ich los, musste eh noch Saft und Klopapier kaufen. Bestes Wetter draußen jetzt. Hätte die Wäsche vorhin gar nicht vor den zwei, drei Huschen, die nach der kleinen Wolke kamen, rettend auf den Dachboden hängen müssen.

Di. 20.09.2022, 17:24
erst Friedhof, jetzt Wohnzimmer

Zwischen den von uns eingesetzten Pflanzen kommen auf Karls Grab jetzt kleine Sprößlinge von Löwenzahn und anderem Kraut aus der Erde. Ich war, unterwegs Pfand wegbringend und Saft kaufend, nochmal auf den Friedhof gefahren. Ich sitze auf der Bank, nah an Karls Grab, und sehe zum ersten Mal, wie sich dort das Windrädchen zwischen den Gräsern dreht. Diese Art der Bewegung auf seinem Grab ist anders als das Imwindwackeln der Pflanzen und Blumen. Irgendwie hölzern und *unnatürlich*, aber auch schön, sehr schön natürlich. Hinter mir hebt, wie in Wellen, immer wieder die Sonne ihr noch immer warmes Licht aus dem Himmel und stellt es in die großen Bäume überall. Nicht nur die Luftballonkastanie ist riesig, auch die ganze andere, wie im Bilderbuch gemalte, durch und durch durchmischte Mischbewaldung besteht aus Bäumen, unter denen die Lebenden wie kleine Figuren herumtippeln. Egal welcher Statur, hier sieht jeder Mensch aus wie aus einer Spielzeugkiste. In der Sonne, die die vielen Grüntöne überall, all die Nuancen der Naturfarben aus dem Blattwerk treten lässt, sieht man hier und da geballtes Schwirren kleiner Fliegen, die, ein bisschen schwalbenartig auch, immer hin und her und hoch und runter stoßen und doch alle, schwarmweise beieinander bleibend, einem gemeinsamen Zentrum folgen zu scheinen.

Und man sitzt so da, gewärmt von der Sonne, der Puls mäßigt sich, man sinkt als Teil in die Geräusche und das Rauschen der Natur hinein und denkt dann doch: was soll das hier? Wo ist mein Karl? Könnte man nicht einfach mit ihm, mit beiden Kindern lieber jetzt im schönen Herbstgrün irgendwo sein? Einen Ausflug am Nachmittag, gemeinsam einen schönen Tag dieses langsam ausgehenden Jahres verbringen. Stattdessen geht man jetzt an diesen stillen Ort, um an ihn zu denken. Ihn zu erspüren. Sich ihm nahe zu fühlen. Seine Gefühle in Richtung seines Grabes hin hinströmen zu lassen, um bei ihm zu sein, in abstrakter, geistiger, spiritueller, wehmütiger, wirr in einem herum und aus einem heraus wehender Art. Grotesk.

Und dann schaut man aufs Grab und kann es nicht fassen. Dass dort unterm Windrädchen er sein soll. Dass das jetzt der Fixpunkt ist, an dem faktisch noch was von ihm ist. Seine Asche. Manchmal ist das okay und zu ertragen. Ein anderes Mal denkt man: so ein Quatsch, da gehört der gar nicht hin. Der muss doch zuhause jetzt mit seinem Hummelpo am Regal stehen und sich ein Buch zum Anschauen raussuchen, zu einem hingeflitzt kommen, seinen Kopf auf mein Knie legen und diese maunzig verliebten Geräusche machen, ich muss ihn dann hochnehmen, selber maunzend, ihn drücken und kitzeln, kichern und lachen, bald irgendwann sagen, dass wir jetzt Abendbrot machen und die Kinder nicken dann und sagen „AFFEL", um mir zu sagen, dass es auch Apfel zum Abendbrot geben soll, also schneiden wir Äpfel auf, stellen vier Teller hin, setzen die Kinder auf ihre Hochstühle, machen ihnen jeweils ein Lätzchen um, und – all das müsste jetzt sein. Dort, zuhause, müsste Karl jetzt sein. Aber doch nicht hier, unterm Windrad in der Erde. Also bitte. So ein Quatsch. Und dann noch das schöne Wetter. Grotesk.

Ich fahre los und werfe die vorhin eingepackten Blumenbrocken in die Gegend hinter der Heinrich-Heine-Straße, um die dortigen, von mir seit den Babytagen nicht mehr befahrenen oder beschobenen Feldwege herum. Irritierenderweise sind mir sofort alle Erdlöcher, jede Senke, jede Unwegsamkeit, um die ich mit dem Schlachtschiffkinderwagen immer herum schieben musste, sofort wieder vertraut. Sofort will ich zurück in diese Zeit damals, die Zeit der langen Podcastspaziergänge, auf denen die Babies lange schliefen, ich mir dann, vielleicht im letzten Viertel eines solchen Zweistundenausflugs mal ein Kind in der Babytrage umschnallen musste und *die beiden alten Griechen* dann wieder so vergnügt und leicht belustigt aus ihren platonischen Dialogen hoch und zu mir rüber schauten.

Zuhause male ich mit Paul im Wohnzimmer. Seinen Twomblystrich verfeinert er mehr und mehr, benennt jetzt auch die Dinge, die er malt und die ich malen soll. Carina ist zum Friedhof gefahren und wir bereiten gleich Abendbrot vor. Aus der Bluetoothbox Yo La Tengo. Vor ein paar Wochen war ich wieder drauf gekommen, und auch vorhin, beim Radeln, hatte ich wieder, und dann immer wieder und wieder, endlos oft *„STUPID THINGS"* gehört.

Di. 20.09.2022, 22:57
Sofa

Auf dem Friedhof stelle ich, es ist stockdunkel schon, die Solarlampen auf. Zurück über die Credner Anlagen, wo es vom Ryck unten her nach faulen Eiern roch, über den Hafen, die Brücke, über die Baustellenampel, die rot war, bei der mich ein Hundeabendrundengänger ermutigte, bei rot zu fahren, „Jib Jas“ hatte er gesagt, Steppweste und Schnurrbart, freundlich verbrüdernd in der abendlichen Dunkelheit, als sagte er „Zum Wohl“, als träfen wir uns jeden Abend an der roten Ampel hier, also gab ich Gas und fuhr über die leere Straße, er kam von gegenüber rüber, wir nickten uns zu, und ich radelte weiter, hoch in die Stadt, über den Markt, der wahrscheinlich noch warm war vom Tag, dann richtung Klinikum, natürlich, gar nicht mehr so sehr von ihm als Sehnsuchtsort angezogen, eher angetrieben aus Lust an der Bewegung, ich merkte, wie mich der Fahrtwind angenehm zerstreute und das körperliche Gestrampel irgendwas in mir auspegelte.

Auf dem Weg zum Friedhof vorhin hatte ich einen weißen Wagen unseres Bestattungshauses vorm Altenheim in der Grimmer Straße stehen sehen, auf meinem Rückweg dann, auf dem Weg zurück in die Stadt, stand er vor der kleinen, kapellenartigen Trauerhalle bei der grünen Tankstelle, und dann, als ich wieder aus der Stadt kam, trafen wir uns an der Ampel an der großen Kreuzung. Als würde uns stadtumspannend irgendwas vereinen. Als machten wir beide, jeder auf seine Weise, seine Wege mit dem Tod.

Von der Europakreuzung fuhr ich weiter durchs Theaterviertel, wo es herrlich nach Pizza aus der Osteria roch, fantasierte mich, da so durch die Stadtvillen und Reihenhäuser rasend, hinein in die verlustlosen Leben in den warmweiß, gelb und fernsehflimmernd beleuchteten Zimmern, rollte dann durch die Pappelallee, hin zum Haupteingang des Klinikums.

Im Raucherkabuff ein einsamer Zausel im Rollstuhl. Wie im Western hat der bärtige Mann eine lumpige *Pferdedecke* auf dem Schoß, sitzt da, und raucht, feucht und zahnlos in die noch junge Nacht.

Am Eingang standen zwei etwas freundlichkeitsfeindlich aussehende Securities. Das verwirrte mich, da es hier in den letzten Wochen keine Türsteher mehr am Klinikum gab. Eher hockte da immer nur eine nach Studium im siebten Semester aussehende Person auf dem hintersten Foyersessel am Handy, nur kurz aufschauend wenn jemand reinkam und nur länger schauend wenn jemand ratlos aussah. Ich sah nie ratlos aus, ich hatte ja meine Wege hier zu tun. Wege gegen die Ratlosigkeit des Hinterbliebenen.

Die beiden rauchenden Haudegen von der Sicherheitsfirma verwirrten mich und ich traute mich nicht rein, radelte einfach weiter, zum Hintereingang, fuhr dort meine Runde unter dem Kran, der sich jetzt viel besser vom Nachthimmel abhob als letztens, wahrscheinlich weil meine Augen bis hierher schon so weit durch die, nur von den Kleinstadtlichtern aufgehellte Dunkelheit gefahren waren, wieder wie ein großer, stiller Saurier stand er da, seinen langen Kranarmhals über der Baustelle ausgestreckt, wie was Gütiges, Schützendes, ich warf einen Blick in die Fenster *unserer Station*, mit dem Blick zum Hof, wo immer noch das Dixieklo steht, und radelte dann, im nun einsetzenden Regen, nach Hause. Was hätte ich den Securities auch sagen sollen: entschuldigen sie, ich besuche niemanden zu dieser abendlichen Stunde, ich gehe hier nur meine inneren und äußeren Wege des Trauerns, dem Kuschelstorch da oben an seine Füße stupsend und am Automaten nur „guckn mal", was für eine Sorte vorne liegt?

Mi. 21.09.2022, 10:43
am Küchentisch

Nach dem Frühstück hole ich den Wagen raus. Paul hatte keinen Hunger und wollte lieber malen. Papa sollte auch malen. Draußen ist es einstellig kalt. Am im Treppenhaus herumkrauchenden Rauch riecht man, dass die Handwerker schon da sind.

Ich bringe Paul zur Kita. Im Kindergartengarten häckselt der Hausmeister Äste. Sein Häcksler brummt und knackt und stottert manchmal. Die Kinder hocken aufgereiht am Fenster und glotzen. Paul weint ein bisschen bei der Übergabe, wie immer. Wie auch damals oft beide weinten, in den ersten Minuten, was sich aber immer schnell gab. Trotzdem jedes mal Trennungsschmerz, aber auch das gute Gefühl, ein paar Stunden für sich, für die Arbeit, bestenfalls für beides zusammen zu haben.

Ich halte, ein paar Meter hinter der Kita, am Rand der Pappelallee und verwende einige Minuten darauf, bei archive.org das jetzt genau fürs Radeln richtige, das passende, bestenfalls besonders lange, gern auch monotone, pumpend krautige, mich in den Waden vorwärts treibende Live-Stück von Yo La Tengo herauszusuchen und fahre dann, mit einem Elfminutenmitschnitt von *„BARNABY, HARDLY WORKING“* im Ohr, weiter, zu ihm hin. Der Morgen wird langsam warm, die Sonne steht schon hoch, aber die Wiesen sind noch nass. Die Welt findet so langsam in den Tag. Ich nehme einen umwegreichen Weg, frühsportiv, zum Friedhof, um Karl Guten Morgen zu sagen und meine Solarbasteleien von gestern abend zu begutachten. Ob die Helligkeitssensoren sensibel genug für die Helligkeit der Herbstwelt sind. So wie wir, denke ich kurz, in diesem manchmal so aufflammenden Metaphernstrudel, wir, die trauernden, für jedes Licht hochempfindlich empfänglichen Eltern.

Schwitzend, immer noch eingepackt in die neue Trainings- und die gefundene, ehemals so nach Keller gemüffelt habende, von mir dann einfach, entgegen jeder Nichtwaschanweisung im Etikett, in einem sanften Waschmaschinenprogramm gewaschene Ben-Sherman-Jacke, komme ich am Friedhof an. Seltsam, wie der Morgen innerhalb von einer Stunde sein Wetter so schnell aufwärmen kann. Aber auch die Wiesenstücke auf dem Friedhof sind noch nass. Die Rasenmäher surren, stottern und tuckern ihre benzinmotorischen Mantren und ich wische die Regentropfen von den kleinen Sonnenkollektoren an den Leuchtmitteln, die ich gestern abend hier, im Dunklen, zwischen die Pflanzen auf Karls Grab gestellt hatte. Eine Art Minilaterne ans Porzellanschaf, eine halbrunde Bodenleuchte, sowie meine Eigenkonstruktion, mit der ich das Wolkenlicht zu einem solarbetriebenen, sich selbst bei Dunkelheit einschaltenden, kleinen Nachtbegleiter für Karl umgebaut habe. Alle diese Solarlichter leuchten nun, im hellen Morgen, erwartungsgemäß nicht, was bedeutet, dass ihre Helligkeitssensoren funktionieren und das Tageslicht auch im luftigen Halbschatten, in dem Karls Grab um diese Uhrzeit liegt, hell genug ist. Die Vorstellung, dass sich die an die Solarpanele angeschlossenen Energieakkumulatoren nun, über den Tag, in der Sonne, wieder aufladen, um dann die ganze Nacht milde, nicht so doll, aber hell genug, dass man auch in der Nacht zu Karl findet, zu leuchten, finde ich schön.

Jetzt, um zehn Uhr morgens, ist wieder die Zeit der Grauhaarigen, die Stunden der Gehstöcke und beigefarbenen Anoraks. Frische Sträuße für die, die nicht mehr da, sondern jetzt hier sind, auf dem Friedhof. Ich sitze auf der Bank und in der Kastanie hat immer noch niemand die Luftballons abgenommen. Ich glaube, wir hatten darauf geachtet, welche aus umweltverträglichem Plastik zu kaufen, aber ich vermute stark, die werden da noch eine Weile so, allen Witterungen widerständig, herumhängen, in der weit ausladenden, nach oben ganz leicht konisch sich verjüngenden Form, die mich immer wieder an eine riesige Zuckerwatte denken lässt. Auch das ist ein okayer Gedanke und fügt sich gut in meine Vorstellungswelt all der Dinge um den hier nun ruhenden Karl herum ein.

Ich komme nach Hause, koche den Rest des Morgenkaffees nochmal hoch, gebe, weil er so dünn ist, da unser Kaffee fast alle war, etwas „Im Nu“ hinzu, verfeinere den von Paul heute morgen nicht gegessenen, jetzt schon ziemlich hart gewordenen, angedickten Kinderbrei mit dem Apfelmus meiner Eltern und den Blaubeeren, die in dem Becherchen, noch vom Ausflug gestern, langsam anfangen schnapsig zu riechen, lasse das Yo La Tengo Live-Bootleg durch die Bluetoothbox ballern und schreibe einen Einkaufszettel.

Das Große Ganze. Karl fehlt.

Mi. 21.09.2022, 12:11
Küche

Draußen hinterm Fenster, im Hof unter der Wäscheleine waren dann, als ich beim Einräumen der Spülmaschine gerade mal so rausschaute, ausgerechnet natürlich gleich *zwei* Elstern unterwegs. Ich machte ein schwammiges Foto mit dem Handy, wie ich alle Elstern im Hof immer fotografiere, was mein Handy immer nur körnig, grieselig und eher als zeitdokumentarische Notiz, weniger als schönes Elsterbild, einzufangen vermag. Dann ging ich ausgerechnet auch noch, wie ein Idiot, runter in den Hof und die Elstern flogen natürlich sofort weg.

Auch das gab mir ein gutes Gefühl für das heute mal wieder das Tagesthema bestimmende große Ganze, für Karl und vor allem für die wunderbar vorsichtige und damit wahrscheinlich ziemlich schlaue Natur der Elstern.

Mi. 21.09.2022, 20:37
Küche

Tagsüber hatte ich, in dieser komischen Zwischenzeit nach dem Mittag, zwischen den Tageszeiten, nachdem ich mal wieder, eher aus mechanischer und ein paar Tage schon nicht mehr vollzogener Routine, eine handvoll Vitamin- und Magnesiumtabletten *eingeworfen* hatte und Carina im Hof an der Weide herumschnitt, mich kurz über die Natur und das Verhalten der Elstern belesen. Sie gehören zu den intelligentesten Vögeln und sind sowieso voll die superschlauen Tiere und irgendein wesentlicher Teil ihres Gehirns ist im relativen Verhältnis zu ihrer Körpergröße ähnlich bemessen wie bei den superklugen, menschennächsten Primaten. In der nordischen Mythologie gilt die Elster als Todes- und Unheilsbotin, in Asien ist sie voll das liebe Glücksbringertier, bei den Native Americans sind Elstern mit Menschen befreundete Geistwesen und die „Elektronische Steuererklärung“, die sich bekanntermaßen auch „ELSTER“ abkürzt, was mir offenbar letztens, bei meinen Kämpfen mit den Papieren nicht aufgefallen war, verwendet für den Namen der *ausführbaren Datei*, mit dem das Programm gestartet wird, den wissenschaftlichen Gattungsnamen *„pica“*.

Kurzum: für die einen sind die Elstern so und so, und für die anderen wieder anders so und so. Für Karl war Frau Elster immer was Schönes und ich, der schrullige Mann, der draußen im Hof diesen Vögeln hinterhersteigt, bin bereit zu glauben, dass er und die Elstern nun auch miteinander befreundete, gute Geistwesen sind.

Mi. 21.09.2022, 22:08
Sofa

Heute innendrin insgesamt wieder sehr wirr, fahrig, an allen Sinnen überreizt, kognitiv und konditionell nicht auf der Höhe, eher sogar ganz unten, als sich irgendwie so zusammenraffender Mensch trotzdem dauernd in alle Richtungen zerstreuend, während alles um mich herum, jedes Licht, jeder Ton, jedes Signal ungehemmt auf mich einrennt. Ich bleibe am Zebrastreifen stehen, obwohl ich, der radfahrende Trauernde, der den Zebrastreifen zum Überqueren der Straße nutzen will, eigentlich Vorfahrt habe. Ein Autofahrer sitzt wütend und fuchtelnd, wie ein Äffchen, hinter seiner Glasscheibe, will einfach nicht verstehen, warum ich nicht fahre, wo er doch extra angehalten hat, an diesem Zebrastreifen, der ihn und seinen Affenzahn so völlig verkehrsplanerisch falsch, denn er als Autofahrer ist doch das höhere Tier hier, zur Bremsung gezwungen, ja geradezu *genötigt* hat, warum fahre ich, diese dumme, dumpf ins Leere glotzende, radfahrende Verkehrsverlangsamung nicht endlich einfach los jetzt, über diesen Zebrastreifen, nun fahr' der doch da los mal, Scheißstudent auf seinem Scheißfahrrad.

Erst als das Strampeln seinen Wagen ins Wackeln zu bringen beginnt, bemerke ich, aus meinem, müden, trüben, trägen *Zustand*, aus meiner Trauertrance gerissen, das *viehisch* vor sich hinfuchtelnde Äffchen in seinem Auto. Ich bringe umständlich mich und mein Vehikel wieder in Gang, rolle, ohne seine glühende Wut zu würdigen, an dem PKW-Primaten vorbei, es scheint fast, als wäre irgendwas in ihm in Starre jetzt, als hätte er eine lange, lange Zeit nicht so auf der Stelle gestanden, und bewege mich dann, ohne genaue Gefühle für den Verlauf oder den Stillstand der Zeit, zum Edeka, wo ich am Kiosk gleich auch nochmal Lotto spiele.

Carina holt abends ein Dreirad, einen Kleinanzeigenkauf, bei irgendwem im Kiez hier ab. Ich mache Brote für Paul und schneide sie in briefmarkengroße Stückchen, wie früher. Wie ich es im Krankenhaus auch wieder für Karl getan hatte, weil das Krankenhausbrot dadurch irgendwie an Essbarkeit gewann, auch weil das Abendbrot dadurch mehr wie was Zelebriertes, wie etwas schönes, kleinteiligeres wurde, etwas, das uns den Tag im Krankenhaus auf gute Art verkleinerte. Karl sagte immer „Mahmi, Mahmi" und wollte immer am liebsten die Salami aufs Brot.

Auf dem Sofa. Im Hintergrund leiert das Programm des linearen Fernsehens. Bei den *Wollnys* hat irgendwer Zwillinge, bei *The Taste* kleinteilige Kochfeingeisterei und überall Brennpunktsendungen zur Teilmobilmachung. Ich hatte tagsüber diverse Yo La Tengo-Bootlegs von nyctaper.com heruntergeladen. Auch das war wieder so ein „damals"-Ding. Eine Zeit lang war das eine wesentliche Quelle meiner täglich gehörten Musik. Ich hörte wenig reguläre Alben, kaum Studioaufnahmen, immer lieber diese stets sehr gut aufgenommenen Livemitschnitte dieser geschmackvoll kuratierten Webseite. Loren Connors, Bitchin Bajas, Yo La Tengo, all so Sachen – in allem klingt jetzt die Zeit *vor* den Kindern mit, und damit auch wieder irgendwas *mit* Karl, seltsam.

In einem kleinen, noch leeren Schreibheftchen hatte ich vorhin, handschriftlich mal wieder Liedtexte angefangen. Was sich auch wieder anfühlte wie was von früher. Es war seltsam, fühlte sich sehr verletztlich an, ich fühlte, wie vorsichtig ich sein musste, auch weil das Handschriftliche, in all diesem Wortfluten derzeit, eigentlich nicht meine Form ist. Sofort beim Schreiben der ersten Zeile heftiger Kloß im Hals. Draußen riecht es jetzt abends endgültig nach dem Rauch der Kohleöfen in den unsanierten Altbaubuden. Und am Tage hatte ich zwischendurch mit dem Bass im Zimmer gesessen und gespielt und zwischendurch hatte ich dann kurz gedacht, dass ich das von mir gesuchte einzig richtige Karllied wahrscheinlich letztlich einfach würde selber schreiben müssen.

Do. 22.09.2022, 09:21
Küche

Gestern abend, ich war nicht mehr zum Friedhof gefahren, spürte ich kurz sowas wie die Sorge, dass ich den Draht und die Verbindung zu Karl nicht in allen Momenten so intensiv halten können würde, wie in letzter Zeit, eigentlich in der meisten Zeit bis hierher. Das Radfahren, zum Friedhof, aber auch die umwegreichen Touren dorthin und von dort zum Klinikum, sind als Wege immer mehr jetzt ähnlich wichtig, wie die Orte selbst, was gut ist, glaube ich, da es eine Art Verschiebung der Stellen der Sehnsucht ist, dass ich dadurch umso mehr ihn, Karl, jetzt auch *überall* finden kann, nicht mehr nur zu den immer beiden selben Orten hin muss, um dort auf Aufwallungen meiner Gefühle wegen ihm und für ihn zu warten.

Ich war am Abend dann nicht mehr losgefahren, hatte nur im Hof eine neue Wäscheleine gespannt und war dann, leicht angefröstelt, aufs Sofa, wo ich angenehm absichtenlos ein bisschen in den Abend dämmerte, leicht berieselt und bedröhnt vom TV über dies und das nachdachte, zum Beispiel an manches, was hier schon sehr früh im Tagebuch Thema war und was ich damals wohl, halb im Schock, halb in einer seltsam frühen Fähigkeit zur Reflektion, in der ersten tauben Trauer geschrieben hatte. Zum Beispiel, dass Karl jetzt *immer überall* für mich sei und solche Sachen, die, so kurz nach seinem Tod, für mich *ganz okay* klangen, ich mir im Hingeschriebenen selbst nicht völlig fremd war, aber irgendwie damals schon wusste, dass da auch ein realitätsverweigernder, ein weichzeichnender Aufheller in mir die Wahrnehmung etwas *umschrieb*, die Dinge auf ätherischere, metaphysischere Art so *hin* und sich *zurecht* deutete, dass es einfach entsetzlich leer und, trotz Schock, in dieser Leere klar war, dass er nicht mehr *hier* ist, und, dass ich das aber jetzt, Wochen später, keine Ahnung in welcher Trauerphase genau gerade, ganz genauso und eigentlich sogar noch besser und realistischer, *echter* und emotional *elementarer* denken kann: Karl ist ab jetzt *immer irgendwie überall.*

Do. 22.09.2022, 13:45
Küche

Den ganzen Vormittag lang an einer Dankespostkarte für die Trauergäste gebastelt. Wie man da doch immer wieder, von der ersten Idee, zu was ganz anderem, und dann doch wieder in die Nähe der ersten Ideen und Impulse kommt. Es gibt ein Bild von der Luftballonaktion am Beisetzungstag. Da steht die Trauergesellschaft, auf dem Weg und drumherum vor Karls Grab, alle toll, trauergerecht, aber auch manche ganz normal, manche kindgerecht, alle jedenfalls *angemessen* angezogen, unter den großen Bäumen, alle schauen nach oben, wo die Luftballons fliegen, grüne, blaue, silberne, orange, rote, weiße, an allen hängen die Grußzettel, jeder mit einem eigenen Gruß, mit Gedanken und Worten, mit Liebe und Sehnsucht. Dieses Bild drückt, auf ganz unbleierne Art, das aus, was man wohl Anteilnahme, Mitgefühl und Freundschaft nennt. Dass alle so nach oben schauen, zu den Karlluftballons, zu Karl natürlich dadurch auch, das rührt mich sehr. Aufgewühlt und ergriffen baute ich an der Postkarte, kam vom nüchternen zum wild ausschweifenden Layout und landete irgendwo dazwischen, war dann ratlos, ob das nicht etwas *zu zuversichtlich*, zu fröhlich, zu bunt einfach ist, das mit den Luftballons. Ob ich schon wieder auf der *falschen Seite* der Trauer hier herumrumore, mit meinen wilden, in mir, sehr stark richtung Karl, volle Kanne karlwärts also, heftig, sehnsüchtig, *lebendig in mir* herum und zu ihm hin gehenden Empfindungen für ihn. Als wäre er gar nicht tot, als strömte alles aus mir direkt zu ihm hin, ohne eine aus Kummer gehauene Schranke, die sich hinstellt und sagt: nee, hier nich' lang, hier keine Gefühle lang, Gefühle haben Schweigepflicht, Gefühle gibts ab jetzt nur noch aus Blei.

Nein, meine Gefühle waren ganz aufgebraust, ganz doll *für* Karl da. Und zeigten sich, brausend, in diesem bunten Luftballonbild auf der Postkarte. Sofort natürlich der Impuls, dieses Motiv auch mal für das Buch zu probieren. In den letzten Tagen hatte ich da diverse Entwürfe ausprobiert, auch mit Elstern natürlich, aber auch ganz banale, *aus dem Leben gegriffene* Schnappschüsse. Und mir kam das sehr sehr sinnhaltig vor: Bilder aus dem Leben für ein Buch über den Tod.

Morgens, während Carina Paul, der nachts nur sehr unruhig und etliche Flaschen Milch trinkend, geschlafen hatte, zur Kita brachte, hatte ich am Dreirad rumgebaut, den Sitz vorgestellt, was nur mit ein bisschen Trickserei, aber dann doch irgendwie ging, und Luft auf die zwar morschen, aber offenbar doch dicht haltenden Reifen gepumpt. Gleich hole ich Paul aus der Kita, dann gehen wir zu dritt mit dem Dreirad in die Stadt. Dann ist irgendwann abends und ich werde wahrscheinlich nochmal losfahren, war heute noch gar nicht mit dem Rad draußen, nur am Bildschirm, wie der Mediengestalter, der ich laut IHK-Wisch ja anscheinend bin, oder, und da wird's plötzlich sehr deprimierend beim Aufschreiben: *sein soll.* Außerdem: kein Geld mehr. Unterwegs sind die mobilen Daten schlecht und ich frage mich, ob ich schon wieder abgeschaltet bin. Gestern im Briefkasten immerhin das Internetgeld von der Nachbarin.

Zwischendurch, zwischen und *bei* allen Aktivitäten, immer wieder viele hin- und her- und irgendwo, aneinander zum Beispiel, ankoppelnde Gedanken im Kopf. In all dem Trauertext hier gibt es mehr und mehr Linien und Bezugswelten, denen ich, der ich jetzt zaghaft immer mal wieder rückwärts und in die gesamte gesammelte Textflut reinlese, ganz gut folgen kann und die mir Aufschluss geben, über meine Wege der Trauer und des Trauerns. Absurd, wie *früh* manche Dinge da schon *gedacht* oder behandelt oder zumindest irgendwie *erspürt* und hier als Brocken von Bewusstmachungen und Befundsversuchen so hingepulvert wurden, in diesen endlosen Endlostext, der mir so sehr viel gibt, der mir Halt gibt, der mich und meine Zeit mit Karl festhält und mir so, und das beruhigt mich zuweilen dann doch sehr, die Ängste nimmt, ich würde nicht genügend meiner Gefühle und Erinnerungen für und mit Karl festhalten können. Hier, im Text, ist, bei allem Rumgeradel zu Klinikum und Co., wahrscheinlich letztendlich dann der allergrößte Karlort. Und das, *mein lieber Karl,* ich denke das wie eine uns einschwörende Zwiesprache, ist jetzt immer da. Und dann, als ich mich fertig machte, um seinen Bruder Paul aus der Kita zu holen, war kurz, unter heftiger Aufwallung von Klößen, sowas wie Kraft in mir, eine Empfindung einer Stärke von uns als Familie. Paul spricht manchmal von Karl, wir sprechen alle oft von ihm, wir denken immer an ihn, er ist immer hier, im Text, in uns, im überall und in der Gegend, und ich dachte wortwörtlich „bis später“, klappte den Text zu und ging dann raus, in die zu großen Teilen noch gar nicht aufgeschriebene Welt all der anderen Karlorte.

Do. 22.09.2022, 20:13
Straßenrand, bei Heinrich Heine

Das rasende Geradel, immer weitere Wege jetzt, ist tatsächlich gut für den Kopf. Orte, die man passiert, setzen Gedanken in Gang, setzen sie beim Wiederpassieren neu frei oder irgendwas spricht den damit zusammenhängenden Denkort in einem drin an und setzt damit, damit in Verbindung stehende, in elektrisierendem Sinne *angedrahtete* Gedanken frei und die an diesem oder jenem Ort schonmal durchgegangenen oder in einen hineingegangenen Gedanken und Gefühle gehen dann weiter und wieder neu in einem drin herum, während der Körper, ohne die Dreh- und Tretzahl der Beine an den Pedalen zu verringern, weiter so vorwärts und voran ballert, in die Nacht, in die Nächte in denen der Kopf von allem anderen, von tagesaktuell *zu Tuendem* dann völlig frei ist und *frei hat*, für ununterbrochene, ununterbrochen strömende und sich in aller freien Entfaltung dann in mir, diesem trauernden, in seinem Lebensglück unterbrochenen, gebrochenen Menschen, vielleicht hilfreichen, sich zu irgendetwas Linderndem konzentrierenden Karlgedanken und Karlgefühlen auftürmen, verkoppeln und verdichten, was ich jedesmal sehr genieße, so aufwühlend es auch sein mag, aber es ist im Kern, im Denken und im Text dann dadurch immer ganz genau das *da*, das ich so sehr suche, so sehr vermisse, so sehr herbeisehne: mein Kind Karl.

Manchmal dann, eher ungern in voller Fahrt, meist an Zwischenzielen dieser Nachttouren, wie dem Friedhof oder dem Klinikum, halte ich an, dampfend vom Radeln, und schreibe, schreibe alles auf. Plötzlich, sehr klar und worthaft, aufgetauchte wichtige Spitzen in diesem Denkrauschen, aber auch das rauschende Denken selbst, daraus destillierte Schemen, Themen und Passagen, manchmal sind es nur wirre Ansätze von Sätzen, die aber, soviel spüre ich in meinem tauben Taumel dann oft doch, eventuell gut, vielleicht im wörtlichsten Sinne *wegweisende* Anzeiger sein können, für weiterwühlende Vertiefungen, Lotsen für neues Strömen, dann wieder sind es unerwartet Sinn machende Kreisschlüsse und Konkretisierungen von irgendwelchen bis dorthin noch unsortiert vorversprachlichten Gefühlsarealen, -arien und -szenarien, Entdeckungen von elementaren Emotionsträgern und -triggern, auftauchende Bild- und Klangerinnerungen aus der Lebenswelt aus dem Leben in der Welt mit dem damals noch nicht toten Kind. Das leise, beharrliche Gepiepe der Geräte des Krankenhauses, ein mit einer bestimmten Seite aufgeschlagen auf dem Sofa liegendes Kinderbuch, der kleine Trompetenfuchs und der ein Geschenk haltende, lachende Bär in den Kinderschüsseln, all solche Dinge tauchen hoch und ich schwimme gern darin. Karl hatte immer das Geschirr mit dem Bären darauf.

Nachdem ich Paul aus der Kita abgeholt hatte, gingen wir beide in die Stadt, tingelten ein bisschen dort herum und gingen dann ins Koeppenhaus, wo sich Carina und Helena zum Kaffeetrinken getroffen hatten, während Cleo im Veranstaltungssaal oben ihre Kindermusikstunde hatte. Auch andere Eltern waren da, auch ihre Kinder musizierten da oben, sie warteten und die Menschen der Innenstadt, der Kiez und die Klientel, die sonnige Nachmittagsleichtheit, alles war mir ein kleines bisschen fremd. Alle saßen im Hof, tranken Kaffeespezialitäten, eine Sommerbrause, aßen vielleicht was vom hausgebackenen Kuchen, ihre Gespräche wirkten *geschäftig*, was ich irgendwie widersprüchlich fand. Auch Heike war da und drückte uns fest. Sie hatte uns vor der Beisetzung nicht mehr so richtig erreicht, um persönlich abzusagen, sie hatte an dem Datum leider nicht gekonnt und irgendwie war alles komisch, sie hatte nicht die aktuelle Nummer oder die Nachrichten waren untergegangen, jedenfalls hatte sie uns jüngst eine Sprachnachricht geschickt und kondolierte und erkundigte sich jetzt nochmal ausführlich. Paul tobte und spielte derweil Verstecken mit den größeren Kindern, die nach ihrem musikalischen Frühwahnsinn jetzt alle in den Hof und den frühen Spätsommerabend hinausgestoben gekommen waren.

Zuhause war Paul dann sehr müde und schlief sehr bald ein, sodass ich bald losfuhr, mit dem Rad, zuerst zum Friedhof, dann weiter, wieder in dieses so reinigende Geradel hinein. Ich schreibe und schiebe meine Worte in den Karlcomputer oder in die für diese Textmengen völlig sinnlose, manchmal, wie ein gut gelaunter Volltrottel irgendwelche Emoticons vorschlagende Idiotentastatur auf dem Notizenhandy, rase dann wieder los, bestenfalls für den Moment erleichtert, wenn der Text gut war, sein Aufschreiben das Anhalten wert war, sein strömendes Rausfließen aus mir in die Textfesthalter unkompliziert und reinigend war, in mir wieder Hohlraum im Kummer freiräumte, für eventuell nachrückende, vielleicht ja noch *bessere*, genauere, wesentlichere Gedanken, Gefühle, Erkenntnisse und Aspekte des Kummers, *neue Phasen* dadurch aktiviert werden, als Teil *des Prozesses*. Und im Prozess, der keinem genauen Vorhaben, keiner regelgerechten Praxis folgt, der kein Praktizieren nach einem Rezept, keine ratgebergelenkte Raufstülpung erprobter Methoden und Konzepte der Trauerarbeit, sondern einfach nur mein innerinnerstes Strömen, Schreiben und Text ist, urkräfteartig das Einzige *angehend*, das ich kenne und im Griff habe: meine Gefühle – in also all diesem hier, im Text, aber auch in den wort- und schriftlosen Momenten des Vorsichhinprozessierens, habe ich Möglichkeiten eines zu finden und eins zu sein mit: Karl.

Und immer wieder im Geradel schön: wie das Leben der anderen, von meinem Verlust nichts wissenden, vielleicht selbst keine Verluste kennenden Menschen in den Fenstern an mir vorbei rauscht, als etwas, das ich zwar nicht, wie meine innerichsten Gefühle angehen, aber doch als etwas wahrnehmen kann, das, auf allerseltsamste Art in dieser Zeit nach seinem Tod weiterhin da ist: die Welt als Solche ansonsten noch. Wahrscheinlich ist auch das wieder so eine Schutzreaktion des Geistes im Körper des Trauernden, ein Verschmieren der Härten, aber immer mal wieder merke ich, angeflammt und dampfend von diesem Rumgetoure in allen inneren und äußeren Ebenen, diese seltsame Form der Weltliebe, ein rauschähnliches *Drinsein* in allem Fließen dieser ansonsten doch ja einfach, nüchtern und nach dem Tod des eigenen Kindes betrachtet so ganz und gar entkernten, karllosen Welt.

Auf dem Friedhof, wo ich vorhin die erste Rast meiner Radtour gemacht hatte, es war schon dunkel, war ich froh, dass die Solarlichter zuverlässig und, ja, auch zärtlich, sein Grab erhellten.

Do. 22.09.2022, 20:48
vor dem Klinikum, kalte Sitzbänke unterm Mensavordach

Am Klinikum heute Großraumdiskothekenfeeling vor dem Raucherkabuff. Seltsam gewaschene Jeanshosen, alarmrote Kapuzenhoodies, die berühmten Schnellfickerhosen, Yakuza-Stoffjacken, ein röchelnder, aber nicht leise zu kriegender Rollstuhlfahrer, einer in Krankenhausschlappen, alle am Schlapplachen, alle am Lautsein. Und während ich hier so schreibend an meinem Karlort vor dem Klinikum in meiner Tastatur klappere, weht ein starker Duft von Cannabis von irgendwoher hierher, es kann eigentlich nur vom Raucherkabuff kommen. Mein bis hierhin heute gelebtes Leben ist wirklich keines, das von Vernunft oder vernünftigen Entscheidungen getragen ist, es war im Gegenteil immer eher ein wirr ins Leben und in die Tage hineinlebendes Leben, ich war früher den Dingen des Rausches und des Rauschens immer sehr verbunden, auch davon redet der Roman, aber irgendetwas an ihrem Rumgekiffe hier vorm Krankenhaus fühlt sich falsch, unvernünftig und regelrecht *dumm* an. Oder, da erhellt sich mein Gemüt plötzlich, als gäbe es einen guten Grund für etwas, das ich als fälschlicherweise falsch empfinde: darf und *soll* da einer aus medizinischen Gründen Hasch rauchen? Das machte ja wieder Sinn, das wäre doch gut, das hälfe dann doch, das wäre alles richtig so, dann wäre mein Vorwurf der Unvernunft hinfällig und ich fühlte mich gleich wieder versöhnter mit meinem insgesamt ja auch eher vernunftunbegabten, nur als Trauernder eben so zerbrechlichen, von mir deshalb mit aller Behutsamkeit, vielleicht also auch Vernunftsversuchen zusammengehaltenen Leben.

Aus irgendeinem Krankenhausfenster brüllt wieder einer. Immer ist irgendwer in irgendeinem Zimmer, der Dinge brüllt, die von außen gehört weniger nach Schmerzen, eher nach dem Verlangen eines Zimmerservices klingen. Im Krankenhaus gibt es solche Patienten. Kranke Menschen, die einfach Stress ohne Grund machen, kranke Kranke, die lieber im Hotel statt im Krankenhaus wären, es irgendwie nicht verstehen, dass man zur Gesundung im Krankenhaus ist. Vielleicht hat der Schmerz und die Krankheit sie auch unempfindlich gemacht, für die Demut der für sie gemachten Dienstleistungen gegenüber. Ich weiß es nicht. Vielleicht ist ja wirklich *was*. Der in die Nacht brüllende Kranke trifft einen empfindlichen Nerv in mir. In mir ist alles empfindlich. Ich empfinde den Verlust meines Kindes und alle Nerven sind offen. Ich selbst habe in all den Wochen, die ich da mit Karl im Krankenhaus war, immer eher große Dankbarkeit empfunden. Dankbarkeit auch einfach, dass wir da so lange *wohnen* durften, dass man sich in allen Belangen um uns kümmerte, dass zwar die Verpflegung scheiße war, aber dass irgendwo sich irgendwer Mühe machte, hier für hunderte, vielleicht insgesamt tausende Menschen, Angestellte, Patienten und Personal, tagtäglich irgendetwas mehr oder weniger Essbares zusammenzurühren, dass ein ganzer *Apparat* an Logistik, an Wissenschaft und Wissen, an Pflege und Fürsorge, von Arzt bis Zulieferer, jeden Tag dort ameisenstaatartig rotierte und funktionierte, um den Kranken Linderung und Besserung zu bringen, um sie irgendwie vom Kaputtgehen abzuhalten, um sie ganz zu machen, um vielleicht ganz schlimme Sachen auch so zu behandeln, dass man daran nicht sterben muss – was unser Karl letztlich leider tat. Er starb. Trotzdem rotiert der Apparat hier immer weiter. Und trotzdem rauchen die, die vielleicht lieber nicht rauchen sollten, da *wie die Bekloppten* im Raucherkabuff rum, was mir auf seltsame Art nicht richtig schien, was mich verwirrte, weil ich nicht wusste, ob es eine generelle oder eine ganz konkret im Rahmen meiner Karlgefühle stattfindende Empfindung von Nichtrichtigkeit war. Es erschien mir seltsam, dass mich das so *angeht*. Weil ich doch auch so viel geraucht hatte mal, und in mir hin und wieder ja auch diese dummen, diffusen Lüste herumgingen, gern mal wieder etwas mehr zu rauchen.

Ich kam, vom Friedhof her, die weiten Wege über Südbahnhof und Plattenbauten, über den Parkplatz hinterm Krankenhaus, unter dem Baustellenkran lang, ein Blick in *unser Fenster*, es war dunkel, vielleicht leer, vielleicht wurde auch schon geschlafen, ich fuhr weiter nach vorn, hier keine Möwen, keine Schwalben, nur gelegentlich zugehauene Taxitüren und die Prolls im Rauchhaus, die sich wieder so seltsam aufbuckelnd aufbauend umdrehten, als ich mit meinem quietschenden Fahrrad vor dem Klinikum vorfuhr.

Ich ging dann rein, ins Krankenhaus. Vor der Neonatalogie war, wie immer, der Plastebecher mit Kreppklebeband vor den roten Notknopf geklebt. Das war schon damals so. Auch damit fühlte ich mich jetzt verwandt. Das war mir bekannt. Das konnte ich *verwenden*, das wand sich in mich, als Karltrigger.

Hoch zur 11.2-A, dann mit dem Fahrstuhl runter, vorbei am Kaffeeautomaten vor der HNO-Anmeldung, die üblichen Wege, die alltäglichen, immer gegangenen Gänge. Aber ich stellte, während ich da so durch die still sirrenden Flure lief, fest, dass es jetzt nicht mehr so wichtig war, aufzuschreiben, welche Wege ich genau wie wolang ging, hier, im Krankenhaus. Damals dachte ich noch ich müsste alles, ALLES, ALLES aufschreiben, damit nichts verloren geht, damit ich nicht irgendwann doch die immer irgendwie nahe liegende Abzweigung zum Wahnsinn nehme, damit ich im Text am Ball bleibe.

Am Automaten bei der jetzt abends, fast nachts schon, geschlossenen Cafeteria kaufte ich eine Cola für Carina, um mein Kleingeld loszuwerden, wohl auch, um mich damit mit dem großen Ganzen zu verbinden. Der Automat kam mir damals schon etwas prahlsüchtig vor, wie ein Roboterarm darin die Flasche griff und in den Ausgabeschacht stellte, nicht einfach durch Drehung einer Spirale runterplumpsen ließ, wie beispielsweise bei der Schokolade. Aber auch dieser aufgeblasene Hi-Tech-Getränkeautomat war etwas aus der Karlzeit und damit gut.

Als ich aus dem Krankenhaus trat war die Zahl der Rauchenden noch gestiegen. Auch die Pfandflaschenfrau auf ihrem Elektromobil war jetzt da, passte da ganz gut rein. Und während ich so die zwei, drei Stufen des Klinikumhaupteingangs runtertröpfelte, zu den Fahrradparkplätzen schlurfte, dünnhäutig und kraftlos, aber irgendwie auch als fluider, organisch mitfließender Teil der traurigen, auch von den rauchenden Vielen auf okaye und ganz sinnbildhafte Art als etwas Trauriges bestätigten und bestärkten

Welt, mein Fahrrad aus dem Ständer schabte, war es mir plötzlich völlig klar: Rauchen war für mich, am Krankenhaus ausgetragen, etwas dem, wofür ein Krankenhaus eigentlich da ist, völlig entgegengesetztes. Und damit auch etwas gegen Karl gerichtetes. Wahnsinn, dass ich einfach ein paar hundert Seiten hier hingetexteten Text gebraucht hatte, um zu dieser einfachen Erkenntnis zu kommen.

Ich war im Stillen meinem Schreiben sehr dankbar, mir war egal wer und was und wieviel und wieso die da rauchten, auch der Brüllende war jetzt still, und ich fuhr, auf neuerstarkte Art sehr konzentriert, sehr schnell, geschickt durch die Gänge meines Rades schaltend, mit scharfen Blicken den an mir vorbeirauschenden Signalstrom der Lichter in der Dunkelheit scannend, wie ein waches, vitales Tier der Nacht, nach Hause.

Aus dem Dunklen eines um diese Uhrzeit immer noch offenen Schulhofes her schoß, als ich daran vorbei raste, gerade in meine Handgelenke hineinfühlte, die sich irgendwie verspannt und verdehnt anfühlten, plötzlich sehr laut und sehr unerwartet, mit einem Geräusch wie quietschende Autoreifen oder wie langsam aus einem gigantischen Luftballon herausgelassene Luft, eine Silvesterrakete in den Himmel, woraufhin sich, aus Schreck und aufgeschreckt aus den in meine Handgelenke hinfühlenden Gedanken, diese, meine Handgelenke, sich gleich noch mehr verspannten und verdehnten, so dass ich, wieder ziemlich klein gehauen von der Gewalt der um mich waltenden, um mich herum herumwalzenden Gesamtwelt, dann, etwas krumm und kleingeschreckt, mit meinem Rad bei uns auf den nachtfinsteren Haushof fuhr.

Fr. 23.09.2022, 13:26
Wohnzimmer

Beim Frühstück weint Carina, als wir Paul vom baldigen Geburtstag erzählen. Ich weine auch, nicht ganz so doll, aber der Satz, dass wir für Karl am Geburtstag auch eine Kerze anzünden werden, geht mir wegen Kloß im Hals kaum über die Lippen. Ich denke daran, dass wir für Karl auch nochmal einen Luftballon in Berlin steigen lassen sollten, an diesem Tag, der ja auch sein Geburtstag ist, frage mich dann, woher wir dafür das Helium nehmen könnten. Die beiden Gasflaschen, die wir für die vielen Luftballons bei der Beisetzung gekauft hatten, waren ja leer.

Ich spiele mit Paul und den Autos im Wohnzimmer. Die Holzfeuerwehr triggert mich, was mich wundert, da sie das bisher nicht so sehr tat, obwohl sie ja jeden Tag da war. Ich hatte immer *ganz normal* die gelegentlich abfallende Leiter wieder draufgesteckt, als wäre sie ein ganz normales Spielzeug. Jetzt rührt sie mich stark an und ich denke an den Kindertag, den Umkrempelkraken und das Video, wie Karl die Feuerwehr auspackt, damit spielt und sein »Dudai, Dudai« vor sich hinflötet.

Dann Duschen. Dann zum Krankenhaus. Paul hat einen Routinetermin bei der Kardiologin, in genau *dem* Untersuchungszimmer in dem ich auch immer mit Karl zu den Herzuntersuchungen war. Auf dem Parkplatz zeigt Paul auf das Klinikgebäude und sagt »Karl. Karl hin«. Er denkt, wir besuchen jetzt Karl. Wir erklären ihm, dass Karl hier eine Weile war, im Krankenhaus, dass er ihn hier immer besucht hatte, dass aber Karl jetzt nicht mehr hier ist. Mit Klößen im Hals gehen wir ins Klinikum, die Wege unten, an der riesigen »Bume« im Hof und dem Kaffeeautomaten an der HNO vorbei zum Behandlungszimmer. Paul bekommt die Klebedinger auf Brust und Bauch, wird ans EKG angekabelt, sein Blutdruck wird mit der grünen Manschette gemessen, alles wie bei Karl. »Buba« war bei Karl der Blutdruck. Er fand Blutdruckmessen nicht weiter schlimm, auch der Druck an der Manschette machte ihm für gewöhnlich nichts aus, nur wenn der Apparat sponn und keine Werte fand, immer wieder Luft in die Manschette nachpumpte, wurde er ungehalten und zog seinen Arm weg. »Rüün« sagte er und zeigte auf die grüne Manschette, wenn die Schwestern ins Zimmer kamen und das rollende, elektronische Blutdruckmessgerät an sein Kinderbett schoben. Es gab verschiedene Manschetten, aber die grüne funktionierte am besten.

An seinen großen Zeh bekommt Paul ein Pflaster mit einem Sensor fürs Pulsoximeter. Wie Karl. Karl trug im Krankenhaus fast immer dieses Pulsoxipflaster am Fuß. Bei der Kardiologin im Sprechzimmer die Bücher, der Bildschirm mit den Gefäßdarstellungen, die zugezogenen, nur durch kleine Schlitze Licht hereinlassenden Außenrollos, die bunte Lichterkette hinten an der Wand, das Mobilé mit der Wolke an der Decke, die Art, wie die Ärztin sich, mit dieser so vertrauenserweckenden, patenten Art von ihrem Bildschirm zu uns hindreht und auf ihrem Rollhocker zur Behandlungsliege rattert, an die sich Paul in den Minuten in denen sie sich in seine Kartei eingelesen hatte, schonmal gewöhnen konnte und jetzt einigermaßen unängstlich ist – alles ist wie damals mit Karl. Karl war ein tapferes Krankenhauskind, aber den eigentlich völlig schmerzfreien Ultraschall, das Herumgeschiebe des mit Gleitgel eingeschmadderten Schallkopfs auf Brust und Bauch fand er unheimlich und ich hatte in den ersten Sitzungen gut zu tun, ihn bei Laune und am Ball zu halten, ihn mit den Büchern und den Diavideos mit der leichten Musik abzulenken.

Vor dem Mittag ging ich nochmal mit Paul zum Krokodilsspielplatz, nahm dort zwei Birnen mit, die vom Baum gefallen waren. Vielleicht schmeckten die ja gut und wir hätten dann eine gute Birnenquelle im Quartier, dachte ich, steckte sie in meine Tasche und zählte für Paul an der Rutsche bis drei.

Paul singt seit einigen Tagen. Zuerst hatte er uns abends im Bett, beim Einschlafen etwas vorgesungen, es klang wie *„DANKE, FÜR DIESEN GUTEN MORGEN“* und war ziemlich süß und uns gingen die Herzen hoch, weil sein Singen irgendwie auch ein Zeichen einer neuen Leichtheit in ihm war. Karl sang damals auch gern. Steht das schon hier drin irgendwo? In all den hunderttausend hingesagten Worten. Irgendwer von uns Eltern hatte irgendwann mal, obwohl das gar nicht zu unserem regulär geträllerten Liedgut gehört, *„KUM BA YAH“* vor sich hingesungen. Karl hatte das sehr schnell aufgegriffen, wohl auch weil das phonetisch einfach so kindermundtauglich war. Manchmal hörte man ihn dann, als würde eine kleine Spieluhr irgendwo losgehen, leise vor sich hinsingen, in seinem Teddysitz, diesen lang nach vorn ausgestreckten Kleinkindbeinen, in irgendein Spielen versunken. „Gum Ba Jaa“ ging das dann und ich google jetzt kurz und das Internet sagt, es bedeutet übersetzt soviel wie „Komm hierher“ und soll Gott darum bitten, doch mal herzukommen und zu helfen.

Fr. 23.09.2022, 15:23
im Hof

Nachmittags fuhr ich mit Paul zum Friedhof. Eine Beerdigungsgesellschaft war gerade da. Man hörte eine Rede, Schluchzen und ein quengelndes Kind.

Nach dem Friedhof radelte ich weiter herum, fuhr Umwege, wie ein Arsch, um Paul müde zu schunkeln und mir dann, während er hinten im Wagen schläft, den Kopf irgendwie leerzustrampeln, mich innen frei zu machen für Karlgefühle, für freies Fluten durch meine zur Zeit leider nur so bruchstückhaften Karlgedanken. Ich fuhr einen weiten Bogen, von rückwärts her durch die tuschkastenbunten Schwedenhäuser, wusste sofort sehr genau welche Stelle in welchem autorengelesenen Hörbuch ich damals hier lang schiebend gehört hatte, wollte sofort zurück zur Babyzeit und dem Schlachtschiffgeschiebe, den endlos langen Hörbuch- und Podcastspaziergängen.

Ich fuhr dann sehr beschwerlich, mich umständlich in den Widerstand der Pedale *hineinstellend*, in hohem Gang durch die Stadt, bis mir einfiel, dass ich ja eine Gangschaltung am Fahrrad habe. Auch so eine Erscheinung der kognitiven Mangelleistungen, der dauernden Belämmerung, dieser Konzentrationsleere in dieser seltsamen Mischung aus völliger Sinnesüberreizung und dumpfer Taubheit.

Fr. 23.09.2022, 23:51
im Bett

Carinas Handy hatte am Tage eine neue automatische Diashow kompiliert. Mit Bildern und Videos von Karl. Wir weinten auf dem Sofa.

Abends penne ich heftig bei dieser neuen Netflixserie ein und wache um halb zwölf komisch auf und gehe zerrupft ins Bett. Ich creme mir die spröden Hände ein, schmiere was von dem tropikalischen Lippenstift auf meine borkigen Lippen und werde von seinem Geruch sofort wieder ins Krankenhaus geworfen. Ich bin mir aber irgendwie nicht sicher, ob ich, es war ja Sommer, im Krankenhaus überhaupt mit Pflegelippenstiften herumhantiert hatte und nehme mir vor, die Kassenzettel zu checken. Auch das ist jetzt irgendwie wichtig. Wann welcher Alltagsgegenstand in unseren Alltag kam und ob er etwas mit Karl zu tun hat und was er jetzt mit mir macht.

Ich wechsle Paul nachts, als ich ins Bett gehe, die Windel und muss daran denken, wie ich Karl nachts im Krankenhaus die Windel gewechselt hatte. Gegen halb eins, eins legte ich ihm meist eine neue Windel um. Er hatte ja beim Einschlafen noch eine Milch getrunken. Er schlief dann meist weiter und seufzte friedlich oder schnarchte kurz auf, rappelte sich dann wieder in seinen Kindsschlaf hinein. Er war schon früh der Durchschläfer von unseren beiden Kindern.

Sa. 24.09.2022, 09:27
Badezimmer

Morgens ist man immer ein bisschen wie genullt. Geistig. Alles was ich hier nicht aufgeschrieben habe, ist dann erstmal weg. Früher gelang es mir, mich an Dinge, an die ich abends oder im Einschlafen gedacht hatte, morgens wieder zu erinnern, daran anzuknüpfen. Das gelingt heute nicht mehr, vom Kummer einfach so kognitiv gedämpft.

Auch deshalb war ich unzufrieden vor dem Einschlafen. Weil ich nachts nichts geschrieben hatte und tagsüber nur Notizen mit wenigen, vom Handy fehlinterpretierten, fehlvervollständigten Worten in die *Notes* gedonnert hatte. Eigentlich hatte ich vor, nach kurzer Sofaruhe, ein bisschen Fleißarbeit am Text zu machen. Aber wie so oft: wieder versackt. In den ersten Wochen hätte ich noch gedacht, das wäre was gegen Karl. Er würde das *merken*. Aber jetzt habe ich eher das Gefühl, dass er das auch so *weiß*, auch ohne täglichen Textfleiß, dass ich immer an ihn denke, ihn liebe, ihn festhalten will. Und dass jedes Schreibvorhaben eigentlich ein Festhaltevorhaben ist, dessen Versacken ich mir selbst ein bisschen zum Vorwurf mache.

Sa. 24.09.2022, 09:51
Küche

Länger als sonst gebraucht, um einzuschlafen, viel an Karl gedacht und wie er wohl die letzten Momente erlebt hat. Ob er, als er in jener Nacht aufgewacht war, bevor er dann ein, zwei Minuten später das Bewusstsein verlor, schon wusste, dass was nicht stimmt. Sehr traurig, ins Dunkle starrend, war ich dann irgendwann weggedämmert und eingeschlafen. Nachts um drei schwitzend aufgewacht. T-Shirt gewechselt. Paul eine Milch gemacht.

Morgens holte ich Brötchen beim Bäcker. Lange Schlange, viele Leute. Die Bäckersfrauen kassierten zu zweit. Nachher nach Lubmin.

Sa. 24.09.2022, 23:31
Sofa

Dass man natürlich einfach abgeknippst ist, als gesamter Mensch, dass da was fehlt, dass man mangelhaft und entkernt ist, als Einzelner, als Mehrere, als Familie – sowas in die Richtung, dachte ich so, eine Einkindfamilie beobachtend, wie sie vor unserer Hofausfahrt langschob, während ich mit Paul auf Hauke und Cleo wartete, um gemeinsam nach Lubmin zu fahren.

In Lubmin stand ich mit Hedo unter den Kiefern am Rand des Spielplatzes. Wir schauten den Kindern beim Herumtoben zu, Hauke und Carina assistierten ein bisschen an den komplizierten Geräten, und während ich, wie ein Foto fast, uns müde Männer so betrachtete, war ich kurz wieder sehr melancholisch, dachte an die Zeit in all ihren Richtungen, fand es nicht im trostlosen Sinne bedauerlich, aber mir war auf einmal so, als befänden wir uns jetzt, obwohl wir doch eben noch, vor kurzen vierzehn, fünfzehn Jahren, bei den von uns organisierten Silvestersausen diese gute, wilde Meute waren, so langsam, ob mit oder ohne Kinder, dann doch dort, wohin es damals doch so lang noch hin gewesen war: in diesem Zeitzustand der jetzt knittriges Menschmittelalter war.

Nach dem Spaziergang öffneten Hedo und Hauke jeder ein Jever und mich sprang der Geruch, der aus den geöffneten Flaschen schlagartig strömte, sofort an.

Wieder in Greifswald, nachdem Paul schlief, fuhr ich wieder raus. Im DM entwickelte ich zwei Fotos in kleinformatige Bögen von jeweils vier Bildern. Zwei mal ich mit Karl: einmal er schlafend auf meinem Bauch, auf dem anderen Bild wir beide lachend, in die Kamera – je eines der Bilder klebte ich vorn in mein Textheft und den Rest verteile ich an irgendwelchen Orten. Bilder statt Blumen jetzt also.

Ich kaufte, sehr seltsam eigentlich für einen Fahrradeinkauf, für 80 Euro Essen, Trinken, Naschkram und Zeugs, darunter auch zwei Flaschen Jever. Nach dem Einkauf war mein Sattel nass von der schonmal in den Parkplatz gekrochenen Nacht. Ich fuhr nach Hause, aß ein Brötchen von heute morgen und eine der Birnen von gestern, sie war trocken und hart und ich war wieder sehr müde, war seit dem kurzen Wegpennen vorhin, als wir Paul ins Bett gebracht hatten, nicht mehr richtig wach geworden. Ich war so kurz und stark weggenickt, in die schwere Senke eines dichten Schlafes gesackt, und fragte mich nach dem Aufwachen, furchtbar traurig bei diesen Gedanken, ob sich so auch das Sterben anfühlt: dass man absinkt und absackt, in einen Sog und in diese Schwere, ein bisschen wehrlos, wie hineingezogen, vielleicht nicht wie ein Weggehen, eher auch wie ein Reingehen, vielleicht mit Gefühlen von Schwereverlust und Driften dabei. Was hat er gesehen als er starb? War es dunkel oder hell? Ich erinnerte mich an meine zwei Vollnarkosen in der späten Kindheit, als sie kleine Röhrchen in meine

Ohren rein und nach einem Jahr wieder rausgebaut hatten. Ich erinnerte mich an Helligkeit, an über mich gebeugte Gesichter, an eine Weichwerdung von allem, von den Konturen und meinem Körper, an ein Grünblau an der Decke des OP-Saals, tatsächlich wie ein Meer in das ich hineinsank, nur nicht nach oben, sondern unten, eher innen, dass die Stimmen undeutlich wurden und ich nicht versuchte, an ihnen festzuhalten, dass ich einfach so, mit einem leichten Kitzel, wie bodenlos geworden, wegsank, und dass ich dann doch irgendwie gar keine Angst hatte, dass alles schnell ging und dass alles in diesen paar Sekunden eine Einkehr war, ein Sinken durch hyperdeutlich hochverdichtete Essenzmomente, die am Ende kurz, bevor ich weg war, in etwas mündeten, das keinen Anfang und kein Ende kennt: es war vielleicht wirklich die sprichwörtliche *Passage*. Es war ein Rausch.

So. 25.09.2022, 08:04
Badezimmer

Im Internet scrollte mir eine Online-Petition von 2016 entgegen. Sie forderte von „God or whom it may concern: Say no to David Bowie dead. – Jetzt unterschreiben." Genau! Ein Irrtum, das muss man doch noch irgendwie geradebügeln können, dachte ich. Da muss man nur die richtigen Leute adressieren, kollektiv ein bisschen Reichweite und Relevanz erzeugen, dann wird man vielleicht auch erhört, von demjenigen den das was angeht, und der oder die da noch was ausrichten kann, dachte ich, auf gute Art erheitert von der Petition und natürlich sofort an Karl statt an Bowie dabei denkend.

So. 25.09.2022, 12:46
Wohnzimmer

Vormittags gehe ich mit Paul spazieren. Arndtstraße, Innenstadt, Markt, zurück. Der Tag macht den Eindruck, als könnte er auf deprimierende Art zäh werden. Carina fragt rum, wo man sich an Tages- oder Nachmittagsbetätigungen ranwanzen könnte.

Ich denke an meine Kindheit. Früher wollte ich gern irgendein Tier sein. Vorhin auch so ein seltsamer Wunsch, als eine Katze mit ihren katzenartig taxierenden Herumgehusche an uns vorbeistromerte: wäre ich eine Katze hätte ich all das jetzt nicht. Trauern Katzen? Und wenn ja: wie lang und doll trauern Katzen? Delfine, Wale, Elefanten, Affen, die trauern, das weiß man, Tiere trauern also auch. Aber wie lang, wie tief, wie sehr? Oder gehen die einfach irgendwann zu ihrem tierischen Tagesgeschäft über und stromern und huschen wieder rum, wie es eben Art der Katzen ist? Wäre es ein sorgenloseres Leben als Katze? Allein das Vorausschauen in das weitere, eigene Leben, die kommenden Jahre ohne Karl, das Leben ohne Karl, genau das schmerzt ja auch so sehr. Die Fähigkeit, sich Dinge vorzustellen und auszumalen, von seinem Fehlen ab jetzt für immer wissen, es wird nie ein Nichtwissen davon geben, nur als er lebte wussten wir noch nichts von seinem Tod. Wirres Wanken, wirres Denken. Der Tag zerfranst.

So. 25.09.2022, 23:51
Küche

Carina weint bitter beim Mittag. Legt sich dann hin.
Ich trinke den Espresso alleine. Vier Tassen.

Zum Ranwanzen hat sich keiner so richtig gefunden, was den Tag irgendwie noch deprimierender macht, da es sich – auch wenn es nicht so ist – immer irgendwie wie eine Abweisung anfühlt, wenn jemand keine Zeit hat. Also gehe ich mit Paul raus. Erstmal zum Friedhof, radelnd. Wir fahren vorbei an der Kühl- und Trauerhalle unseres Bestatters. Ob auch Karl da war, als er von der Pathologie an das Bestattungshaus übergeben wurde? Ich finde das eine irgendwie okaye Vorstellung. Dass er dort kurz war, am Abzweig der Welt, an der grünen Tankstelle, wo es rein und raus in die Stadt und in die drumherum aufgestellte Welt geht, nicht weit weg vom Friedhof, irgendwie nah genug bei uns, in einem guten Sinne wieder: *in der Gegend*.

Auf dem Grab Maulwurfshügel. Eine Solarlampe ist umgekippt, auch eine der Pflanzen wurde halb rausgebuddelt. Ich denke kurz darüber nach, wie tief und weit Maulwürfe ihre Tunnel unterirdisch graben, ob sie auch bis zu Karls Urne buddeln, finde es dann insgesamt alles ganz gut so, wie es ist, dass die Natur hier ihre Spielchen treibt, dass alles ganz natürlich zugeht, dass ein Grab kein Bunker, sondern ein, von allen Elementen der Natur erreichbarer Ort in der offenen, aufwühlbaren Erde ist.

Ich fuchtele die Erde wieder so hin, wechsle das Vasenwasser, kompiliere die alten Blumen zu einem Strauß und stelle die beiden neuen, mitgebrachten Sträußchen als einen großen Strauß in die andere Vase. Paul schläft im Wagen und ich beeile mich, idiotisch eigentlich, bei meiner Grabpflege, um danach noch auf dem Fahrrad etwas Zeit für mich und meine Einkehr zu haben. Beim Fahren schläft das Kind gut, im Stehen wird es wach. Eltern kennen das. Auf dem Friedhof ist viel los. Eine Meise singt und es klingt gleich wie Frühling. Ansonsten aber Herbst as Herbst can be. Feuchte Luft, freundliche Ruhe, die Vitalität der irdischen Welt.

Ich ruckelte mit Paul hintendran dann in anderen Arealen des Friedhofs herum. Hinter rostigen Schranken ein abgelegener Bereich, eine Art Grabsteinfriedhof. Hier liegen die Steine aus Kaiserzeiten. Jahreszahlen vom letzten und vorletzten Jahrhundert. Für Steine, das sieht man ihnen an, ist das kein Alter. Ich kam dann auf Wege, wo das Herbstlaub ungeharkt herumlag, ein Taubenschwarm auf der nahe gelegenen Wiese aufstieß, wo Rastbänke auf Schachbrettmusterplateaus stehen, wo kein Mensch ging, wo hier und da trotzdem auch frische Sträuße an den eher ausgedünnt aneinanderstehenden Gräbern lagen. Hier, in der so entstehenden gräberarmen Parklandschaft ruht der Friedhof von früher, wächst der Friedhof für die Zukunft.

Ich schwitzte den vierfachen Espresso aus und fuhr dann noch in den Schrebergärten nahe der Gleise herum. Zuhause dann Kuchen. Paul rutscht manchmal, wenn er zufrieden und ganz gelöst ist, auf seinem Stuhl mit dem Hintern herum, wackelt dabei ein bisschen mit dem Kopf, eine Art Sitztanz, der mich stark an Karl erinnert. Carina weint wieder. Ich spiele mit Paul im Wohnzimmer. Wir malen und spielen in der Pappkartonhöhle und mit den bunten Tüchern. Aus diesen großen, dünnen Stofftüchern baute ich manchmal Höhlen, ich knotete ihre Enden aneinander und spannte sie, wie ein großes Sonnensegel, zwischen Stühle im Wohnzimmer auf. Es war die Zeit des Krabbelns, Krauchens und Robbens, die Kinder fanden es ulkig unter dem farbenfrohen Stoffdach und noch viel lustiger war es, sich unter den Tüchern zu verstecken, darunter zu verschwinden und »Huhuu« zu machen. Mit ihren Kleinkindarmen, noch kein Jahr waren sie alt, versuchten sie sich unter diese Tücher zu wurschteln, was oft nicht gelang, also hielten sie sich einfach die Tücher vor die Augen und das reichte dann auch, als Versteck und für die Freude, ein kleines Gespenst zu sein.

Ich sitze vor der Heizung, die wir vor ein paar Tagen angeschaltet haben, und wärme meinen Rücken. Wie ich auch im Herbst vor ein und zwei Jahren meinen Rücken daran wärmte, mit den Kindern im Zimmer, in unserem neuen, elterngewordenen Leben.

Carina fährt nochmal halb sechs zum Friedhof und Paul und ich bereiten Abendbrot vor, hören die Go-Betweens, das Album *„16 LOVERS LANE“* aus dem Küchenradio. Paul wird langsam müde und will beschäftigt werden. Ich schlage vor, dass er sich ein Buch holen soll. Er flitzt alleine ins Wohnzimmer und kommt nach einer Minute mit einem Autobuch zurück und beschäftigt sich selbst. Dann inspizieren wir die Sachen im Küchenvertiko. Ich zeige ihm dies und das, sage ihm, wie was heißt, und denke auch dabei an damals. Schränke ausräumen war im ersten Babyjahr ein beliebtes Ding bei Karl und Paul. Sie wirkten vertieft und gewissenhaft, als sie alles herauswühlten, anschauten und befühlten. Ihre Neugier und Erkundungsfreude belebten auch irgendetwas in mir. Ich war über die grüblerischen, introspektiven Jahre irgendwie etwas mürbe geworden, nicht unbedingt stumpf, ich nahm immer noch alles viel zu doll wahr, war in seltsamer Symbiose sinnlich *und* zynisch, vom Alltag irgendwie abgestresst und angenervt, war zerfurcht und manchmal fuchtelig, ruhte im Getriebe der Tage nicht mehr richtig in mir selbst – und war mit den Kindern wieder geerdeter, insgesamt, sah, was sie sahen und wollte nicht, dass ihnen irgendetwas verwehrt bliebe, wollte, dass nichts sie bremst, und auch das Rumwühlen im Vertiko war jetzt kurz wie ein Zeitsprung zurück.

Dann Abendbrot. Paul ins Bett. Ab 21 Uhr ist er für eine Weile sehr unruhig und schläft schlecht.

Mo. 26.09.2022, 00:42
Bett

Komisches, besonders texttechnisch hier, an mir vorbeigerauschtes Wochenende. Bruchstücke, Brocken, Ellipsen. Dass sich die Abwesenheit von Karl wie etwas anfühlt dass jetzt *so ist*. Nicht im Sinne von *„richtig“* oder *„normal“*, sondern wie etwas das so *der Fall* ist. Dass man da irgendwann hinkommt. Oder ist man da schon? Heute war die Realisierung des Faktes seiner Abwesenheit genauso fern wie er selbst. Irgendwie kann das alles nicht stimmen. Und er ist manchmal schon so weit weg. Vermissen, Schluchzen, Krämpfe und Schmerz, alles kommt manchmal plötzlich und heftig. Und dann wieder Leere. Nichts ist der Fall.

Wieder auf dem Sofa weggesumpft und nichts gut weggeschrieben, wie ich eigentlich gehofft und es das ganze Wochenende auf Sonntagnacht verschoben hatte. *Falls* Paul nun morgen trotz Schnupfen zur Kita kann, werde ich also *dann* alles wegschreiben was wegzuschreiben ist.

Mo. 26.09.2022, 12:17
Küche

Morgens hustete Paul stark, so dass wir ihn, auch weil er am Wochenende für Berlin ja fit sein soll, nicht in die Kita schickten. Die Kälte kniff schon ein bisschen in den Nacken, als ich den Kinderwagen rausstellte. Carina ging mit Paul nach dem Frühstück einkaufen. Ich übertrug endlich die hastig ins Handy gehackten Niederschriften des Wochenendes in den Karlcomputer, hinein in die *KARL 5.TXT* und telefonierte kurz und etwas unrastig, mich aus meinem Text gerissen fühlend, mit meinen Eltern.

Packte dann Spanngurte ein und fuhr zum Friedhof. Hier verriet die Sonne, dass sie den Tag doch nochmal warm anmalen würde. Ich saß auf der Bank und scrollte im Handy, seit Tagen vielleicht sogar Wochen, bewusst und willens durch die gesamten gesammelten Fotos des letzten Jahres, zu Karl und Paul. Wie wir im Herbst und zu Beginn dieses Jahres die Vormittage, manchmal halbe Tage allein zuhause waren. Anhand der Fotos und ihrer Uhrzeiten rekonstruiere ich im Kopf unseren Alltag in diesen Erkältungs- und Durchfallwochen daheim. Auf vielen Fotos sieht Karl immer weit mitgenommener aus als Paul. Nach dem Nachtschlaf hatte er manchmal krustige Schnodderbalken unter der Nase. Einmal ein zugeklebtes Eiterauge, das ich vorsichtig mit warmem Wasser aufwusch, so dass er in den weiteren Fotos dieses Tages immerhin offene, aber auch ziemlich verschnupfte, ein bisschen auch wie bekifft aussehende Augen hatte. Zwischen den Fotos immer wieder auch Videos. Wie wir irgendwas spielen, wie irgendwer irgendwas Lustiges, Herzerwärmendes, oder einfach irgendwas *Neues* macht.

Ich vermisse ihn, da so, im sich für ein gutes Wetter erwärmenden Tag, auf der Bank sitzend so sehr. Ich fühle mich kraftlos und ratlos, versuche mich im Inneren in die auf den Fotos abgebildeten Tage zurückzuversetzen, meine äußere, kummerkrumme Hülle am liebsten nur so reglos auf der Bank zurücklassen wollend, träume so vor mich hin, bin voller Liebe und Verliebtheit für Karl und für meine beiden Kinder, für unser tolles Leben damals, im insgesamten *Damals*, in Karls Lebzeit, voller Liebe für uns alle, voller Traurigkeit, dass er jetzt nicht mehr da ist und ich hier mit meiner tiefen, echt und warm in mir herumwummernden Liebe neben seinem Grab sitze, als plötzlich ein Trauerzug den Weg herangelaufen kommt.

Der Urnenträger schleicht voran. Die Gesellschaft hinterher, schweigend, schreitend, schleichend. Wie bei uns. Wie bei Karls Beisetzung. Ich schaue immer wieder aufs Handy und dann wieder hoch zu ihnen, hoffe dass sich der Eindruck, ich würde starren, dadurch etwas mildert, versuche aber doch alles ganz genau zu verfolgen. Ich fühle mich dieser Prozession hier, um kurz nach elf an einem Montag, sehr verbunden. Die Urne wird unter die Kastanie getragen, zu den alten Leuten. Ich sitze hier auf der Bank neben dem Grab meines Kindes und lausche dem Gemurmel des Redners. Der Urnenträger entfernt sich, auch er hat so eine Taxifahrermütze auf, und steht in respektvollem Abstand an einer Wegkreuzung weiter. Am Grab kommt Bewegung auf und alle gehen ans ausgehobene Loch, werfen wahrscheinlich Blüten rein, das sehe ich nicht genau, will auch nicht durch neugierige Verrenkungen auffallen, und dann Umarmungen und Kondolenzen. Alles wirkt ruhig und aufgeräumt. Der Wind schüttelt gelbe Birkenblätter auf meinen Schoß. Die Welt rauscht ihr Vormittagsrauschen. Die Sonne schiebt ihr Licht in alle Lücken und Zweige. Karls Grab sieht freundlich aus, mit den gelben Blumen von gestern.

Bella steht plötzlich vor mir. Sie war gerade in der Stadt und wollte mal kucken. Wir umarmen uns und ich, den spontane Begegnungen nicht selten ins Schwitzen bringen, freue mich voll, sie unerwarteterweise hier zu sehen. Ihre Anteilnahme und, dass sie *aus freien Stücken herkam*, rühren mich. Während wir uns, vor Karls Grab stehend, unterhalten, löst sich die Trauergesellschaft hinter uns langsam auf. Wir reden ein bisschen. Sie hat einen neuen Hund. Ich erzähle von meiner Trauer und von den Pflanzen und den Karlartefakten, die ich so in der Gegend und in der Welt verteile.

Ich bin im gesprochenen Wort generell eher der einsilbige Typ, erzähle meist nur Kurzformen von den meisten zu erzählenden, besonders von mir irgendwem vorher schonmal erzählten Dingen. Man muss, um Details und Tiefergehendes zu erfahren, mit mir besser schreiben. Aber ich merke – auch weil Bella einen immer, nicht nur jetzt, auch in sonstigen Unterhaltungen, so lange und durchbohrend anschaut, was einerseits sehr erwartungsvoll und zugewandt, bizarrerweise in gleichem Maße aber auch sonderbar weltabwesend und traumverloren auf mich wirkt – dass ich von meinem aktiven Trauerprozess hier doch detaillierter erzählen muss. Weil es erst in den Details Sinn macht und ansonsten manches davon vielleicht ja auch etwas arg schrullig wirkt. Also rede ich und erzähle und blinzle zwischendurch immer wieder, etwas fahrig, aber nicht fuchsig, eher in einer mich dynamisierenden Art etwas aufgewühlt, in die helle Vormittagssonne. Der Tag ist schön. Ich muss pinkeln. Bellas Hund wartet im Auto. Wir verabschieden uns und ich gehe aufs Friedhofsklo und fahre dann das riesengroße Windelpaket vom Landwerthof holen. Den riesigen, höhlengroßen Karton zurre ich mit den Spanngurten auf meinem Gepäckträger fest, wo er beim Fahren hin und her wiegt wie das Gepäck einer großen Expedition.

Carina hatte derweil vormittags neue Schuhe, Hosen und Pullover für Paul gekauft. Anziehsachen kaufte immer schon meistens sie. Ein bisschen natürlich, weil sie den besseren Geschmack hat, aber auch, weil sie in solche organisatorischen Bereiche, schon während der Schwangerschaft, reingewachsen worden war. Hier waren wir wahrscheinlich ganz klassisch in tradierten Elternrollen gelandet. Der viel berufene *mental load* lag und liegt zu einem großen Teil bei ihr. Ich bin nur der ungeplant durchs Leben tröpfelnde Tropf, triefe nach und nach, eingesogen in mein Innenleben im Text hier, wieder tiefer in diese Rolle hinein. Am Anfang, als die Babies gerade neu in unserem Leben waren, auch während der Zeit mit den Kindern allein daheim, als Carina wieder arbeiten war, und natürlich mit Karl im Krankenhaus, da war ich in allen Belangen gut routiniert, hatte meine Abläufe, hatte den Durchblick, schaute voraus und wusch die Wäsche mit der richtigen Temperatur. Jetzt vergesse ich, morgens fahrig, einfach so verwühlt in Gedanken immer, manchmal sogar Paul vor dem Losfahren zur Kita seine Brille aufzusetzen.

Mo. 26.09.2022, 13:49
wieder zuhause

Ich fahre mit Paul durch die Gegend. Da es schon etwas kühler ist, habe ich ihm eine Decke auf den Schoß gelegt. Wie früher. Wie vor alledem. Wie im letzten Winter. Als Karl noch da war. Als ich beide Kinder im Herbst und Winter morgens immer, wetterfest eingepackt und mit dieser Decke auf ihren Schößen, mit dem Rad in die Kita fuhr. Ich rolle durch die Gegend der Stadtrandsiedlung, zwischen den Einfamilienhäusern in den Schriftstellerstraßen herum. Am *Wettstein* lang, dem Geheimtipprestaurant mit der gutbürgerlichen Kost, an dem ich auch damals immer mit dem Babywagen vorbei schob. Die ganze Gegend ist wie eingefrorene Babyzeit.

Ich fantasiere mich wieder in Szenarien hinein, wie es wäre mit Karl jetzt im Krankenhaus zu sein, wenn er statt des Herzinfarktes was anderes Schlimmes gehabt hätte, jetzt im Koma läge, sein Zustand *kritisch*, aber er noch hier wäre. Ich denke mich so sehr in dieses Szenario hinein, wie ich jetzt zum Beispiel sein Komabett hüten würde, dass sich meine Gefühlswelt einen eigenen Streich spielt, die Realitäten gegen den Strich bürstet, so dass es sich in mir anfühlt, wie etwas das eine schwere Phase sein wird, die sehr bald losgeht, so als müsste ich nach diesem Geradel ins Krankenhaus und wäre dann wieder stationär mit ihm dort, aber dieses mal in Unsicherheit seinen Zustand betreffend, und ich würde aber alles, ALLES, ALLES tapfer ertragen und wäre die ganze Zeit bei und mit ihm. Allein diese herfantasierte Möglichkeit seines Komas statt seines Todes, fühlt sich kurz sehr real an und ich würde diese Gefühle gern festhalten, einfach immer so weiterradelnd und durch diese unklaren Gedanken rasend. Aber ich komme dann irgendwie doch wieder ab von diesem Gekreisel, zurück in die Realität, zurück in mein Strampeln, zurück in Erinnerungen an damals, als ich Karl und Paul hier, an diesen Gärten der ehrlich verdienenden Leute vorbei, im Kinderwagen langschob und irgendwo immer Marius mit seinem Hund herumlief.

Ich radle und höre Grant McLennan. „*HORSEBREAKER STAR*" heißt das Album. Ich fahre in dieser Babywagengegend jetzt in jene Seitenstraßen, in denen ich damals nie war. Ich erkunde die Gegend der Einfamilienhäuser, wie ein Fremder vor ihren Fenstern. Es sieht ein bisschen aus wie in Bohnsdorf. Rote Ziegeldächer. Duftende Hecken. Mähroboter wie große Mäuse auf den Rasen der Vorgärten. Handwerkerfahrzeuge in den Carports. Ein *Fußpflegesalon*, ein *Massagestudio*, KFZ-Servicewerkstätten, Sanitär & Heizung, Briefkastenfirmen und Einweckgemüse am Gartentor, alles was die nahe Welt braucht, gibt es hier, in flachen Anbauten und hohen Garagen, auf privaten Geländen, im Innersten des Dorfes. Paul schläft. Auf dem Feld, ich bin schon wieder am Feld, wo die Tintenschopflinge im hohen Gras stehen, stehen Stöcke schmeißende Menschen und rennen Hunde gegen den Wind. Ein Krankenwagen humpelt den Schotterweg zu den Schrebergärten. Die Welt macht weiter. Die Musik ist schön. Mein Zahn schmerzt kaum noch. Die Entzündung geht zurück. Karl fehlt. Auch darin fehlt Karl: in einer in meinem Zahn zurückgehenden Entzündung, in den Tintenschopflingen auf der wilden Wiese hinter dem Karlbaum, in diesen eleganten, kleinen Liedern, in meinem Geradel zwischen den Schildern des Mittelstands in den Schriftstellerstraßen.

Ich fahre weiter, vorbei am Teich, über das so collegefilmmäßige Wohnheimgelände, durch die Unterführung hinein in die Innenstadt, dabei immer wieder mal ins Handy tippend, kaufe Bier beim Zisch, fahre eine richtige Runde um die Stadt herum, vorbei an den Schwedenhäusern, Nikki Sudden singt jetzt, über den Museumshafen, wo die Budenbetreiber gästelos, nur mit ein, zwei, auch vom grauen Vorherbst nicht vom Stuhl zu kriegenden Stammgästen, Stuhlwarmhalter in Steppwesten, vor ihren Buden sitzen. Zurück über den Markt, durchs Innere dieser kleinen Stadt, und, als Paul immer noch schläft, fahre ich zuhause vorbei und nochmal bei uns im Karree herum, werde von diesen anderthalb Stunden an der frischen Fahrtwindluft selbst ganz müde. Pielmann ruft an wegen LP-Layout. Es gibt einen Releasetermin. In 2023, aber das ist ja auch schon bald. Paul wacht ohne zu jammern auf, was in letzter Zeit selten ist, und ich fahre heim. Dort deckt Carina gerade für Kaffee und Kuchen ein. Gleich kommen Helena und Cleo.

Di. 27.09.2022, 10:04
Küche, untere Wohnung

Paul wacht früh auf, es ist noch dunkel und er sitzt eine Weile so zwischen uns im Bett, ich döse nochmal weg, draußen regnet es, dann geht ein weiterer Tag los.

Frühstück. Paul merkt an, dass er nicht in den Kindergarten will. Als er dann angezogen ist, steht er an der Tür und sagt mir „Tsüssie" und steigt mit Mama ins Auto. Ich lasse beide vom Hof und schließe das Hoftor und habe, da so im Schlaf-T-Shirt und meiner Haushose im Regen stehend, plötzlich das große Bedürfnis, zum Friedhof zu fahren. Ich habe das Gefühl, dass das Wetter dort gut hinpasst und sich der Regen dort, in den Bäumen, der Wiese und auf den Gräbern, irgendwie besser anfühlt, dass der Herbst dort hinpasst und der Welt sein gutes Licht zeigt.

Ich gehe erstmal hoch, in die Küche, baue meine Laptops in der Küche auf und sortiere stumpf Bilder vom Handy auf die externe Festplatte. Eine Cloud habe ich nicht und so muss ich immer irgendwie Platz auf dem Handy freischaufeln. Und ich überlege, alle Kinderfotos, diese tausende Bilder der letzten zwei Jahre, zurück aufs Handy zu laden, um sie dort durchzusehen, immer bei mir zu haben.

Carina kommt zurück aus der Kita und braucht die Küche zum Einkochen der Äpfel, die wir gerade so zahlreich haben. Ich gehe mit meinem Computerkram in die untere Küche, Blick auf den Hof, helles Zimmer. Als die Kinder so ein halbes, dreiviertel Jahr alt waren, hatten wir beide abwechselnd immer mal wieder in der unteren Wohnung gearbeitet. Denn dafür wurde sie ja angemietet. Wir hatten damals noch keinen Küchentisch und arbeiteten in einer fensterfernen Nische des Wohnzimmers. Jetzt sitze ich das erste Mal am Küchentisch hier unten und es fühlt sich okay an, aber in jedem dämlichen Herumgeklicke am Computer hier schwingt immer mit: da ist kein Karl. Kein Karl ist gerade in der Kita mit Paul. Kein Karl wartet oben, kocht mit Mama Apfelmus. Kein Karl kommt den Flur lang *angewetzt*, mit seinem Hummelpo, wie die Kinder ja irgendwann, als sie laufen, dann rennen konnten, immer angewetzt kamen, wenn die Tür aufging oder das Geräusch eines Schlüssels von außen im Schloß ein gleich erfolgendes Aufgehen der Tür ankündigte.

Nochmal Telefonat mit Pielmann wegen der Plattencover. Wir laborieren da seit einer Weile dran herum, ich hatte das immer vor mir her geschoben, dann gab es bei ihm Verzögerungen, dann starb Karl und ich machte erstmal eine Weile nichts.

Di. 27.09.2022, 11:37
auf dem Feld

Zum Friedhof. Den Hauptweg mittelschnell langradelnd, in Gedanken irgendwo woanders, halb bei Karl, halb im Karltext, halb leer und taub innen, mittendrin in dem Vakuum der Leere, die sein Tod in mir aufmachte, in dem ich mich, allekräfteaufwendend immer wieder zurechtzufinden versuche, in dem die Trauer hilflos rudert, mich immer wieder an Erinnerungen und meiner Liebe für ihn aufraffend, in einem weit eingesunkenen Vertieftsein in einem abermaligen Geradel hier, rutschte ich, als großer, würdeloser Stunt, mit dem Rad auf dem nassen Lindenlaub aus, schürfte mir das Knie auf, schlug mein Schienbein gegen die Pedale, sehe untenrum sehr besudelt aus und sehe meine Pläne, gleich noch ins Krankenhaus zu fahren, schwinden, weil wie sähe das aus, kommt da einer mit einer vollgematschten, kaputten Sturzhose und dieser ständig dann doch um einen sirrenden Aura der Trübnis, die Treppe hoch und latscht verloren in den Fluren rum. Ein trauernder *tramp*. Vagabund des Kummers. Zerrissener Mensch, abgerissenes Glück, zerfasert, zerfleddert, zerlumpt, zwischen alles gestürzt, einfach nur gestürzt, ohne Ahnung und Warnung weggerutscht, hineingerutscht ins Schlimmste, in sein Fehlen gefallen.

Ich stehe ein bisschen vor Karls Grab, schaue dann aufs Blumenensemble der gestrigen Beisetzung unter der Kastanie gegenüber. Eine Frau wurde beerdigt, ihr Mann starb drei Jahre zuvor. Jetzt liegen sie beide hier, ihre Namen auf einer Grabplatte sagen, dass es wahr ist, dass sie tot sind.

Karl liegt unter seinem Baum, der Regen hat aufgehört, aber wenn der Wind stoßweise in die Blätter geht, hört es sich so an, als ob es regnet. Ich zähle nochmal die Luftballons und die Zettel: alles beim alten, die Kastanie hat immer noch alle Luftballons in der Krone. Ich nehme das Vorderrad zwischen die Knie, stelle den Lenker wieder gerade und radle raus. Hinter dem Friedhof fließt die Welt. Es ist Dienstag, hörbar betriebsamer als am Wochenende noch. Die Straßen rauschen, Transportertüren schieben mit einem aus den Gummidichtungen schmatzenden Geräusch auf, werden dann wieder mit einem stumpfen Rumms zugehauen, ein Straßenkehrauto piept, Mütter schieben ihre Kinderwagen durch den Vormittag, der nach dem Regen auf der Erde riecht.

Mit dem Rad weiter, versuche ich einen neuen Weg, am Gewerbegebiet beim Ziegelhof vorbei, hinten übers lange Feld, hin zu den Einfamiliensiedlungen, durch die ich, über die zerfransten anderen Brachen, letztlich zum Südbahnhof und damit zur Unterführung, zu den Plattenbauten, zum Krankenhaus, hin zu Karl komme. Einer Traktorspur folgend, verfahre ich mich furchtbar ins hohe Gras hinein und lande, an den Füßen vollständig durchnässt schon, an einem verschlossenen Gatter, kehre um und schlage mich durch einen, von Hundespaziergängern hineingetrampelten, morgen wahrscheinlich schon wieder verschwundenen Pfad im Schilf hinaus aufs offene Feld, das ich als Abkürzung, irgendwo dahinten wieder einen Weg vermutend, zu überqueren vorhabe, auf dem ich immer wieder ausufernde Haken um Ausläufer von Bewässerungsgraben machen muss, bis ich schnaufend irgendwann, dem Graben folgend, an einer Betonbrücke wieder einen Schotterweg finde, der direkt in eine Siedlung führt, die schweigend und um diese Mittagszeit eines Arbeitswochentages wie ausgestorben unter den vom Wind hierher gebrachten Regenwetterwolken steht. Die Jacobites singen in meinem Handy *„No it will never be the same. It will never be the same. It will never be the same. Never be the same.“* Jaja, denke ich, und ärgere mich über meine nassen Billig-Chucks und denke wieder daran, dass ich *diese* Abzweigung in ein Leben als erwachsene Eltern noch nicht geschafft habe: in ein Leben mit wetterfester Funktionskleidung. Hallo nasse Welt, erstmal muss ich es hier in ein Leben ohne Karl schaffen, denke ich, nur um was Trotziges zu denken und stehe kurz rastend am Wehr auf dem Schotter. In einem dumpfen Reflex checke ich meine E-Mails am Handy. Irgendein von mir abgeschlossenes Digitalabo mahnt mich mit mehreren Mails zum „Handlungsbedarf“. Konto nicht gedeckt. Ich wische den Handybrowser, in einem ebenso dumpfen Reflex, aus meinem Sichtfeld, mache die Musik wieder an und fahre, besudelt, rein in die besiedelte Welt. *„And it will never be the same. No it will never be the same. No it will never be the same“* singt es da zwei Minuten lang, als endlos lange, immer mehr zum Chor werdende, von *„uh lalala, uh lalala“* getragene Coda. Ich finde das schön. Aber Karl bleibt ja trotzdem tot, denke ich, und schüttele, gegen den Wind strampelnd, ein bisschen den Kopf wie ein Gestörter.

Di. 27.09.2022, 12:23
an der Heizung

Im nächsten Lied sangen sie dann *„It'll all end up in tears"*. Das war natürlich eine Liebesgeschichte, ein Lied über die Liebe zwischen Erwachsenen, aber alle Vermissenslieder erreichen mich zur Zeit natürlich besonders stark. Oft finde ich sie einfach banal und sinnlos, weil es um Trennungen und nicht um Tod geht, aber sie *erreichen* mich. Ich gehe in den Hundenetto an der Loitzer Landstraße, wo es um diese Uhrzeit angenehm leer ist, irgendein Einkäufer aber stark nach Männerschweiß riecht, und mir die Tafel Schokolade auf der Packung *„10% mehr für dich"* verspricht. „Fick dich", denke ich, auch wieder so ein Reflex, in Richtung der Schokolade. Was nützt mir das. Was soll mir das nützen? Zusätzlich zur Schokolade kaufe ich zwei Biere von der zweitbilligsten Sorte, merke, da so durch den Schweiß der anderen Menschen humpelnd, dass mein Schienbein doch mehr abgekriegt hat als gedacht, und bilde mir ein, *trotz allem* noch eigentlich ganz gut beieinander zu sein. Aber was nützt mir das? Beim Rausgehen nehme ich einen betriebseigenen Flyer mit, auf dem „Aushilfe gesucht" steht.

Zuhause stelle ich die Stoffschuhe auf die Heizung und fühle mich sofort an die Babyzeit erinnert: als wir zum Trocknen die Babylappen auf die Heizungen gelegt hatten. Die fussligen Baumwolldinger waren dann immer etwas steif und verzogen und ich zog sie dann immer etwas glatt, schichte sie zu einem weichen Stapel und verstaute sie in der kleinen Kiste unterm Wickeltisch.

Di. 27.09.2022, 20:12
Sofa

Vesper mit Paul. Ich esse den alten, ungekühlten Kuchen vom Wochenende. Ich klebe Papierbahnen auf den Wohnzimmerboden, zum malen. Auch das ein Karlstich. Ich zerlege die Windelkartons und stapele Altpapier zu handlichen Paketchen, auch das irgendwie was von früher.

Draußen ist es von den Wolken so dunkel dass man das Gefühl hat, man soll gleich ins Bett. Wir gehen trotzdem nochmal raus, Carina muss eine Krankschreibung abholen, wir kaufen Brot und bringen das Papier weg. Ich kriege Bauchschmerzen und trinke zuhause einen mit drei Beuteln stark gezogenen Fenchelaniskümmeltee. In den letzten Tagen erzählen wir Paul viel von seinem bevorstehenden Geburtstag. Beim Bettfertigmachen sagt Paul, auf die Frage wie alt er wird, „FÜNF", korrigiert dann aber zu „Swei" und sagt dann nochmal: „Swei. Jahre. alt."

Im Bett schauen wir seit langem mal wieder das Hasenbuch mit den kranken Häschen an. Karls Lieblingshäschen war immer Emma, das Häschen mit der Schleife zwischen den Ohren. Und Karl war immer wie Valentin, das Häschen mit der Brille. Karl und Paul liebten es, die gereimten Texte im Buch zu vervollständen, wenn wir sie vorlasen. Ich erinnere mich, dass diese Hasen hier, am Anfang dieses immer weiter strömenden Textes, schon ein Thema waren.

Di. 27.09.2022, 23:56
Bett

Die Sitzgruppen vor der Mensa sind jetzt beleuchtet. Es sieht aus wie in einem Diner aus einem amerikanischen Film, direkt natürlich ein bisschen wie bei Edward Hopper.

Ich freue mich, meine Schreibecke da so zu sehen, gehe aber trotzdem erstmal direkt ins Krankenhaus. Im Kabuff nur eine einsame Frau, die Ellen auf ihre Knie gestützt, rauchend. Sie sieht aus, als überdachte sie gerade alle Fehlentscheidungen ihres Lebens oder alle vom Leben für sie fehlerhaft vorgesehenen, falsch adressierten Entscheidungen. Sie sieht nachdenklich aus, wie sie da so qualmt. Der Mann im roten Prollhoodie kommt mit hüftsteifem Gang auf sie zu, wahrscheinlich die Leber, und das wars dann mit der nachdenklichen Stille im Rauchhaus.

Ich gehe rein, nehme ein Buch vom Bücherwagen, klemme oben, in der Nähe der Neo, ein Foto von uns hinter den [redacted], einfach damit wir wieder irgendwie hier sind, gehe hoch zur 11.2-A, wo ein Essenswagen im Flur steht. Der rollende Metallschrank rührt mich sofort sehr an. Ich sehe Karl, wie er da hingewackelt war immer. Mit dem typischen, so hyperakkurat nach vorn, fast ein bisschen nach schräg oben ausgestreckten Kinderzeigefinger darauf zeigte und „Mittaaakl" sagte und lachte und strahlte; sein, in der Worthülse des *Strahlens* nur schwer vermittelbares Kinderfreudestrahlen strahlte und in mir damit jeden Strang und Strahl meines Menschseins möglich machte.

Draußen stopfe ich noch ein Bild von uns in das [redacted] eines [redacted] am »Entai«-Teich, ich muss es vorher straff Zusammenrollen, damit es dort hineinpasst, was diesen symbolischen Akt etwas mühseliger macht als er eigentlich sein sollte, aber auch das ist okay, denn meine hier von mir als trauernder Mensch gemachten Akte und Aktionen folgen keinem Fahrplan, keiner Schablone und keinen festen Vorhaben. Ich folge meiner Trauer um mein totes Kind, ich gehe hier durch mein völlig fehlerhaftes, mit *seinem Fehlen* jetzt nicht mehr vollständiges Leben, und *versuche*, einfach hier zu bleiben, klar zu bleiben, im Leben zu bleiben, bei ihm zu bleiben. Und wenn diese Fotos hier sind, die Blumen und Krumen, die ich überall herumstreue, an all den Karlorten zu neuer Erde vergehen, wenn diese vielen kleinen, von mir so eichhörnchenhaft umherverteilten Dinge ihre Plätze in der Welt haben, dann hat immerhin auch etwas von Karl, von mir und von uns hier einen Platz.

Meine Bauchschmerzen sind vom Teegetrinke und Herumgeradel ganz gut weg und ich öffne zuhause ein Bier, Wicküler jetzt, auch das was vom Roman. Ich sitze auf der Couch, scrolle im Handy, lese anderthalb Seiten aus einem der drei, vier aktuell gelesenen Bücher, räume in der Küche die groben Sachen weg, das Apfelmus in Tupperdosen, das Mittag von heute in Schälchen, undsoweiter, sumpfe dann später, als Carina schon im Bett ist, noch vorm Fernseher rum, penne ein paar mal weg, der berühmte, einen immer wieder einsaugende Sekundenschlaf, ich kann mich nicht wehren, und gehe dann, verärgert über den textunproduktiven Abend, ins Bad und dann ins Bett. Ich nehme mir vor, die notierten Brocken und Lücken morgen tagsüber zu bearbeiten. Am Tag, besonders wenn Paul mal wieder in der Kita ist, klappt das alles ohnehin besser.

MENSA

Mi. 28.09.2022, 10:12
Küche

Morgens ein bisschen Fleißarbeit am Text. Carina fuhr Paul zur Kita und erledigte danach Sachen in der Stadt. Sie entwickelte Fotos von Paul und Karl, rahmte einige davon ein, hängte andere an den Bilderrahmen mit den Schnüren und kleinen Holzklammern am Küchentisch, darunter auch das Sommerfoto von uns vieren im Spätsommer vor einem Jahr.

Ich telefonierte mit meinen Eltern wegen Wochenende und dem Geburtstag. Sie haben einen Laden in der Nähe, der Motivballons verkauft und mit Helium befüllt. So können wir wieder was für Karl nach oben steigen lassen. Gutes Gefühl. Wir bringen ihn damit auch in die Berliner Bereiche, vom Berliner Boden in höhere Sphären. Außerdem: Mutti, ich brauche Geld. Eine Farce schon wieder alles. Mutti überweist, der Sohn kann seine Schulden begleichen. Ab Oktober soll es ja einen neuen Mindestlohn geben, sagte meine Mutter, was mich gleich etwas mehr für einen Hilfsjob irgendwo ermutigte. Und doch ist nichts daran gut oder richtig: dass man mit 40 jetzt im Leben eines niederst-zweistelligen Stundenlohns angekommen ist. Nicht, weil es wenig Geld ist, sondern weil das ein niederst-zweistelliger Stundenlohn in einem Leben ohne Karl ist.

Mi. 28.09.2022, 12:35
Friedhof

Wahnsinn, wie lange sich Schnittblumen eigentlich halten. Das eine, ehemals aus zwei Sträußen von mir letztens zusammengestellte Blumenbouquet mit den grünen Chrysanthemen steht schon seit zwei oder drei Wochen auf Karls Grab. Die gelben Gerbera vom Wochenende immer noch frisch, als wüchsen sie dort aus dem Boden. Heute, der Friedhof steht unter dichten hellen Wolken, leuchten all die Sträuße an all den Gräbern hier wie im Blumenladen.

Am neuen Grab, gegenüber, unter der Kastanie, eine Frau mit jungem Kind und Baby. Vielleicht die Tochter oder Enkelin der Verstorbenen. Ich kann sowas immer nicht einschätzen. Jedenfalls „tut es gut“, auch Kinder hier Anteil nehmen zu sehen. Dass die im Wortsinne *mitgenommen* werden, also von den Eltern begleitet, mit der Trauer und dem Tod vertraut gemacht und nicht ausgeschlossen werden, aus *dem Prozess*, dass sie nicht ausgeschlossen werden, aus dem weiteren Leben der Familie. Ich denke dann an Paul, und wie wir versuchen, ihn nicht von Karls Tod fernzuhalten, ihn aber auch nicht ständig ungefragt darauf stoßen wollen. Dass wir Paul nicht ständig zum Friedhof mitnehmen, aber ihm auch nicht diese Möglichkeit vorenthalten wollen. Dass es alles nicht leicht ist. Dass für ein Kind doch völlig falsch klingen muss, wenn man sagt, dort unter den Blumen, da liegt dein Bruder.

An Karls Grab habe ich die Lämpchen von der vom Regen aufgewirbelten Erde befreit. Auf dem Weg hierhin hatte ich Lotto gespielt. Carina isst Mittag mit Helena. Nachher gehen wir mit Sonja und Alexander in die Pilze. Hier auf dem Friedhof schießen täglich neue aus den Wiesen und unter den Hecken hoch. Karl war so ein gutmütiges Kind. Auch das von Carina neu dortin gestellte Foto von ihm auf dem Fensterbrett ist ein Zeugnis davon.

Mi. 28.09.2022, 13:42
unterwegs

Auf dem Rückweg fuhr ich mit *„CELESTIAL“* von Luciano im Ohr nach Hause und malte mir aus, dass das doch als Einmarschmusik bei *meiner* Beerdigung laufen könnte. Später mal. Ganz allgemein so, ohne genaue Todessehnsucht gedacht jetzt. Ich mochte das Lied seit einer Weile sehr und hatte es manchmal am Vormittag laufen, wenn ich mit den Kindern allein daheim war. Ich mochte das Ziellose dieses Liedes, nicht auf Pump und Abfahrt angelegte, das als ein Dahinfließen angelegte darin. Es ebbt immer wieder auf und ab, es hat keine Richtung, man kann überall reinspringen, es mäandert einfach so vor sich hin. Und ich mäanderte mit diesem Lied jetzt so rollend dahin und war plötzlich sehr gerührt, da so langradelnd, mit der leichten Musik und den schweren, aber nicht schwierigen, im Kern ganz einfachen Gedanken. Den Gedanken an das Leben und den Tod und wie die Menschen miteinander da so durch müssen. Wie Angehörige es schwer haben. Wie die Verstorbenen es ja nicht oder nicht mehr schwer haben. Oder? Das kann man die ja nicht mehr fragen. Ich fantasierte mich in die Idee hinein, dass ich die Musik zu meiner Trauerzeremonie selbst verfügen würde und irgendeine Grußbotschaft oder sowas mitgeben würde, vielleicht als Video. Um allen zu sagen: „He, für mich is' alles cool, ich bin als Toter jetzt irgendwie anders, was anderes und woanders jetzt, jenseits von Kummer, Sorge und Bedauern. Das spielt alles keine Rolle. Ich hoffe *ihr* kommt klar. Achso, hier: die Musik ist doch schön, oder? Lasst die mal so bisschen laufen. Die ebbt immer auf und ab. Wie vielleicht das Leben und was da so mit dran hängt auch. Naja, was rede ich. Pathethisches Pastetengefasel. Hört lieber die Musik. Da ist alles drin.“

Und ich fuhr da so, am Teich und am Feld und an den Wiesen unter den immer noch alles hell zudeckenden Wolken und war sehr berührt und irgendwie auch traurig wegen Karl und doch auch froh, dass ich gerade so *intensiv* dachte und fühlte, an ihn und an alle und alles. *Celestial.* „Himmlisch“ heißt das Wort.

Mi. 28.09.2022, 23:46
Sofa

Ich erinnere mich, dass wir früher, also vor Jahren noch, oft verkatert in die Pilze gefahren waren. Wir waren dann mit Freunden, Helena und Hauke meistens, lange bevor irgendwer Kinder hatte, an warmen Herbsttagen raus mit Rad, ein, zwei Biere mitnehmend, in irgendeinen um die Stadt herum aufgestellten Wald. Ich tingelte auch da, wie bei Urlauben oft, immer irgendwie so mit, hatte keine Ahnung wohin wir müssen und wo die Pilze wachsen und hatte nichtmal Schuhe fürs *Unterholz.* Meist waren wir in der Vornacht lange aus und der Ausflug in die Pilze war dann irgendwie anstrengend, ich war unmotiviert und die Vorstellung, aus der Beute abends eine Schleimfäden ziehende Maronenpfanne zu machen, fand ich auch nicht wirklich appetitlich, aber eigentlich war es auch genau der richtige Katerspaziergang an der frischen Luft und ich war dann, auch wenn ich oft keine Lust hatte, leise ein kleines bisschen dankbar für die Unternehmungslust meiner Freunde. Ich bin auch heute etwas unrastig drauf wieder. Das Herz. Wir irrten ein bisschen im Wald herum, Paul fand Wald scheiße oder war hungrig oder beides, und wir fanden nur ein paar, eigentlich deprimierend wenige, essbare Pilze, machten aus denen, es waren immerhin größtenteils Steinpilze, zuhause was Tolles in Mehlschwitze, mit Parmesan und Petersilie auf Vollkornnudeln. Es schleimte nicht und schmeckte gut und auch Paul fands super.

Abends stieg ich dann, weil ich mich nicht entscheiden konnte, mit sechs Büchern in die Wanne, las natürlich nur, immerhin, in dreien davon. Dazu hörte ich Beverly Glenn-Copeland und fühlte mich wie in einer Wanne vor zehn, fünfzehn Jahren. Beim zweiten Bier roch ich kurz den Geruch eines frisch aufgeschnittenen Kaffeepakets und hatte gleich richtig Lust auf Ausgehen, Rauchen und Saufen.

In unserer Chatgruppe verabredeten sich alle zu einem Friedhofsbesuch an Karls Geburtstag. Das war rührend und ich schrieb eine lange Antwort, die die anderen wieder rührte, was sich in antwortenden Worten und roten Herzen unter meiner Nachricht zeigte.

In der Wanne las ich eins der Bücher zu Ende und legte es, nachdem ich es nochmal so, den Daumen zwischen die letzte Doppelseite gesteckt, in meinen Händen hielt und in das Buch nochmal reindachte, in seinen Nachhall in mir reinhorchte, mit einem schönen Gefühl beiseite. Ich war ja so schlau und hatte noch andere Bücher, in denen ich gerade las. Ich war auch so schlau und hatte irgendwie ähnliche, art- und stil- und menschverwandte Bücher parallel gelesen, so dass der Umstieg nicht schwer fallen würde. Im eben ausgelesenen Buch ließ ich das Lesezeichen vorerst drin, obwohl ich es da nicht mehr brauchte. Ich habe ja mit den fehlerhaft gedruckten Traueranzeigekarten noch einhundert neue Lesezeichen, wie irgendwo, vor hundertdutzend Seiten hier, schonmal geschildert.

Ich klappte meinen Karlcomputer auf und stellte ihn auf das abgesägte Regalbrett, das ich über die Badewannenränder gelegt hatte. Ich schrieb ein bisschen einen Text und suchte dann eine neue Musik heraus. Ich hatte anderthalb Badewannenbiere getrunken und hatte Lust auf Musik hören in der Wanne. Ich ahnte, dass ich bald Lust bekommen würde, eine Zigarette zu rauchen. Wie vor zehn, fünfzehn Jahren.

Aus der Wanne raus, schlurfte ich so bisschen angesoffen im Bademantel durch die Bude, aß irgendwas aus dem Kühlschrank und aus Chipstüten, räumte unter metallischem Krach die Spülmaschine ein, diverse Töpfe, eine Emaille-Schüssel und die Kaffeedrückerkanne nahmen im untersten Schubfach den meisten Raum ein, machte die Spülmaschine an und ging mit einem neuen Bier aufs Sofa, die letzte Folge der aktuell von mir so *bingemäßig* weggeglotzten Serie schauen. Später ging ich ans Vertiko in der Küche und suchte dort, immer noch heiß und hungrig, nach Essbarem, fand darin den Ovomaltineaufstrich. Den hatte ich in einer *Erstietüte* im Frühsommer, während unserer Zeit im Krankenhaus, bei einem Vormittagsspaziergang, vor der Mensa erschlichen. Es war kurz vor dem Mittag und die Tütenverteiler, wahrscheinlich messeerfahrene Promo-Jobber, drückten mir, irgendwie widerwillig schien mir, vielleicht weil ich, mit meinem Kind im Kinderwagen und diesem etwas verlotterten Patientenlook nicht unbedingt nach dem prototypischen, in seinem neuen Leben fröhlich und wie flügge geworden herumhüpfenden Zwanzigjährigen aussah, eine dieser allhalbjährlich hier verteilten Goodie-Tüten in die Hand. Hätte man mich damals wegen fehlendem Zahlungseingang der Semestergebühr nicht exmatrikuliert, wäre ich wahrscheinlich immer noch Scheinstudent ohne Scheine, im x-dutzendsten Semester. Die Ovomaltine ist jetzt wichtig, weil ein Zeugnis jener Zeit, und es wird wahrscheinlich ein trauriger Tag, wenn sie mal alle sein wird, was bei meinem Fressverhalten derzeit, wohl nicht mehr lange dauernd wird.

Als ich Paul heute vom Kindergarten abgeholt hatte, während ich ihn im Fahrradanhänger anschnallte, unterhielten sich die gerade eben Feierabend habenden, ihre Fahrräder abschließenden Erzieherinnen darüber, wie müde sie zur Zeit sind und ich tauchte aus dem Anhänger hoch, schaltete mich ein und sagte, dass wir zuhause auch immer um zehn oder früher auf dem Sofa einschlafen. Alle nickten einhellig. „Bloß nicht hinsetzen, hat mein Mann gesagt. Solange man rumläuft, ist alles gut. Bloß nicht hinsetzen!“ hatte eine Erzieherin dann gesagt und damit absolut recht gehabt. Ich hatte mich heute, statt aufs Sofa, in die Badewanne gesetzt, in der Hoffnung, dass mich das kreislaufmäßig so beschäftigen würde, dass ich jedenfalls *dort* erstmal nicht einschlafen würde. Das hat bis hierhin auch geklappt. Aber, ich bin nach den Badewannenbieren nun gut angesoffen. Wie früher. Als ich mich in der Wanne wieder warm trank, den Kater von der Vornacht wegschwemmte, dann, meistens spät nachts, noch lange nicht müde, wieder rauswankte in die Nacht, in diese dunkel schillernden Nächte. Auch alles Themen im Roman.

Do. 29.09.2022, 20:46
Küchentisch

Morgens beengtes Gefühl hinter der Brust. Ich schmiere was von dem Latschenkieferzeugs drauf. Fürs Rausgehen machen wir Paul ein dickes Halstuch um, wie im letzten Winter, als beide Kinder diese dicken Fleece-Lätzchen immer umhatten. Paul hatte das mit den Sternen, Karl das mit dem Teddybärengesicht.

Draußen ist das Morgenlicht eine Vorahnung vom hellen Winterlicht. Im DM kaufe ich A-Z-Vitamine für alte Leute. Auf dem Pillendöschen ist ein glückliches, grauhaariges, sich in einer gesunden Supervitalität umarmendes Liebespaar abgebildet. Diese Vitamine für Menschen *ab 50* sind viel billiger als die anderen Nahrungsmittelergänzungspräparate. Die Inhaltsstoffe sind die selben. Wahrscheinlich ist eh alles egal und das *Zufüttern* zusätzlicher Stoffe in den trauernden, egalwiealten Menschen verpufft sowieso im insgesamten Ausgemergeltsein. Und wie absurd ist es eigentlich, dass ich hier, wie ein Pfennigfuchs, die Preise und Wirkstoffe der Vitaminpräparate vergleiche, während draußen die Sonne den Tag so frisch und freundlich, weißhell ausleuchtet und mein liebes Kind, mein lieber Karl doch tot ist.

In der Fußgängerzone war es noch halbleer. Nur das Auto der Müllabfuhr machte seine mechanischen Geräusche, rumpelte da in vertrauter, fast ein bisschen vorlauter Betriebsamkeit herum. Viele Geschäfte noch geschlossen, erst um zehn werden die Aufsteller und Schaustücke rausgestellt. Kaum noch Touristen, die Stadt ist leer, *draußen ist freundlich.* Ich musste an Urlaubsorte in der Nebensaison und an das Lied von Cpt. Kirk &. und damit schon wieder auch an damals, an die mentholhaft klaren Wintermorgende nach den Nächten in den Bars denken.

Halb elf, die Sonne steht hoch über der Stadt. Der Markt sieht aus, wie im Kinderbuch. Eine Kreidetafel am Kaffeewagen preist „Pumpkin Spice Latte“ an. Die Hellheit des Herbstes. Nahe des Kaffeekiosks machen wir eine Rast. Ich sitze auf der Bank, Paul rennt in der Flanierstraße herum und der junge Frühverrentete hält seine hellen Zähne ins Mittagslicht und wir reden ein bisschen, wie wir immer reden, wenn wir uns in der Stadt treffen, meistens beim Kaffeekiosk, auf schönste, undumme Art einen Smalltalk. In Sprichworten, NDW-Liedzitaten, um die Ecke gedachten Feinsinnigkeiten und einem – schon wieder dieses Wort – *hellwachen* Mut zu grammatikalischen Fallstricken versichern wir uns jedes Mal der Eloquenz und Inselinteressen des jeweils anderen. Er steht oft beim Kiosk herum, redet mit den anderen Kioskoriginalen, Espressokippern und Stadtfreaks. In der Fußgängerzone hier trifft man sie alle. Die Stadt ist klein, die Spinnereien und Träume der Menschen groß.

Ein alter Haudegen wirft uns Sammelkarten vom Netto hin wie Scheidungspapiere und geht, ohne eine Reaktion abzuwarten, einfach weiter, murmelt gurgelnd noch sowas wie „hier, kannste haben, für den Kleenen da" und zeigt auf Paul. Ich bin kurz irritiert, rufe noch ein „Danke" hinterher und sichte die Karten. Mein Sprichwortfreund redet mit einer zwei Köpfe kleineren, ihn von unten wie ein munterer Vogel aufs Freundlichste volltextenden, älteren Frau. „Ozeanien 9" steht auf den Kartenrückseiten. War ich die letzten Jahre so weit weg, dass ich von eins bis acht gar nichts mitbekommen habe? Der Untertitel der Kartenserie lautet *„Überraschende Natur"*. Auf den Karten sind drollige, seltene, und, ja, auch *überraschende* Tiere und Pflanzen aus der Natur abgebildet und mit ihren jeweiligen Parametern und Spezialeigenschaften beschriftet. *Amerikanische Königslibelle*, *Kuhfisch*, *Großer Fetzenfisch*, *Riesenhai*, *Löffelhund*, *Gorilla*, *Brüllaffe*, *Gürtelmull*, *Rossameise*, *Mangrovenbaum*, *Leberwurstbaum*, und, auf einer metallic-silbernen, wahrscheinlich besonders sammelnswerten Karte, *Großer Gabelschwanz*. Allerdings ist die auf dieser Karte abgebildete Larve des Großen Gabelschwanzes in allen Kartenkategorien, *Beweglichkeit*, *Größe* und *Gefährlichkeit*, ganz weit unten in der Trumpfskala. Ich verstehe schon wieder so manches nicht und nestle den Stoß der mir eben zugeflogenen Spielkarten in die Außentasche meiner Jacke und schaue in der Gegend herum, meinem zungenflinken Kompagnon, der jetzt wieder allein in der an ihm haftenden Mittagssonne steht, durchaus noch Offenheit für weitere Konversation signalisierend. So richtig reden will aber keiner mehr. Er duckt sich in seine Wetterjacke und sagt „Irgendwas ist ja immer". Ich bin froh, dass er auch diese Lebensweise in unserer Unterhaltung heute nicht vergessen hat, sage, dass ich mal weiter jetzt muss, er nickt und fragt dieses mal nicht, ob die Lage eher so oder so sei, was er sonst immer macht, wobei er beim einen „so" den Daumen hoch und beim anderen den Daumen runter hält, vielleicht weiß er ja was los ist, denke ich, und dann trennen sich unsere Wege, er geht wieder zum Kiosk, und ich flaniere mit Paul weiter, runter zum Mühlentor und dann wieder zurück, hoch zum Markt.

In der Schlange am Bäckerwagen meditiere ich in meinen Kater hinein. Ein Mann gibt mit ziemlich manieriert anmutender nordischer Zunge eine Stadtführung für junge, um ihn herum stehende TikTok-Teens, zeigt auf die Dachgiebel und erzählt immer wieder von Hamburg. Wahrscheinlich sind die jungen Leute daher, vielleicht ist es eine Schulklasse, eine Klassenfahrt oder sowas, vielleicht auch die Städteplaner und Architekten von morgen, ich weiß es doch auch nicht.

Zu diesem Wetter, diesem hellen, eigentlich schon ziemlich grellen, gerade auch die vom Kater gelähmten Sinne scharf anpiekenden, aber insgesamt, in seinem lichten Strömen von leichtem Licht auch sehr *freundlichen* Wetter gibt es Passagen im Roman. Die Romanwelt schält sich langsam aus der Jetztwelt. Mit so einem Wetter beginnt quasi die Zeit des Romans, von innen heraus, erzählt wird davon nämlich erst hinten im Buch, im Septemberkapitel, das einen helleren Herbst in den Text und den Typen darin bringt.

Wir laufen ausschweifend, umwegreich aus der Innenstadt zurück nach Hause. Auf dem Wall läuft Paul eigene Wege, flitzt vor und geht am August-Bebel-Platz allein zwischen den Bänken umher. Ich betrachte ihn aus der Ferne, wie er mit kurzen, schnellen Kinderschritten voraustrippelt und muss stark an Karl und beide Kinder als Brüder denken. Wie Karl jetzt flitzen würde, wie er neben seinem Bruder immer etwas abwartend mittobte, erstmal schaute, was los ist, was Paul so macht, dann aber losgrinste und auch losflitzte. Wie dabei das Brüderliche deutlich wurde. Sie waren ja in den letzten Monaten, seit sie zu laufen angefangen hatten und seit sie so gut sprachen, mehr in ein sozial aktives Miteinander gekommen. Die erste Zeit nach der Geburt sieht man davon ja noch nicht so viel. Obwohl sie sich natürlich sicher immer schon, seit dem Bauch, beeinander spürten, es einfach ja immer so war, dass der andere auch da war. Und dass der eine, Karl, jetzt für immer weg ist, ist furchtbar.

Und dann wieder das Bild im Kopf, von diesem versonnen und vertieft in irgendwas vor sich und für sich herumtüddelnden Karl. Wie er immer auch sein Ding machte. Wie seine Sanftheit nichts im Vergleich zu Paul verletztlicheres, sondern einfach sein ganz eigenes Wesen eben war. Und dass sein Wesen jetzt fehlt, dort vorne, neben dem schon so selbstständig vorantrippelnden Paul.

Wir gehen weiter, die Nebenstraßen im Kiez lang. Stromkabel hängen schlapp zwischen Holzmasten, irgendwie ländlich, osteuropäisch. Pittoreske Reste eines ganz normalen Kleinstadtsommers. Zuhause dann Mittag.

Wir thematisieren mit Paul seit den letzten Tagen immer mal wieder seinen baldigen Geburtstag. Wir fragen ihn, wie alt er wird, er sagt „Fai" und setzt hintendran immer ein „FUNF NICh". Wir lachen dann und nicken und sagen, dass er bald zwei Jahre alt wird. Meistens erwähnen wir dann gleich noch, dass wir für seine Geburtstagsfeier nach Berlin fahren. Und manchmal, nicht immer, weil auch Zwillinge, obwohl am selben Tag geboren, ihre ganz eigenen Geburtstage haben sollen, sagen wir dann, dass auch Karli an diesem Tag Geburtstag hat und wir ein Foto von ihm mitnehmen und einen Luftballon für ihn in die Luft steigen lassen werden.

Nach dem Mittag fahre ich wieder mit Paul hinten im Anhänger raus. Während er schlief und ich radelte, wie ein Motor seines Schlafes, hörte ich mir meinen Karltext an, vorgelesen von dieser einen Handyapp, von der ich mir damals auch immer Auszüge aus meinem Roman vorlesen ließ. Es war die selbe Stimme. Mein hier im Karltext *erzähltes* Trauerleben war wie ein Buchtext. Es war ein bisschen bizarr, aber irgendwie auch gut. Es nahm nicht die Schwere darin, aber es erdete mich, fügte eine Schwerkraft hinzu, die mich zu erden im Stande war. Es war was Wahres darin und ich hatte kurz das Gefühl, dass immerhin einiges hier doch noch festhaltbar war. Der Text war gut. Dann wachte Paul irgendwann auf, wir kauften Spritzkuchen beim Bäcker und machten Vesper daheim.

Do. 29.09.2022, 23:56
Sofa

Nach dem Kaffee ging Carina mit Paul nochmal los, in die Stadt und ins Koeppenhaus, wo wieder Donnerstag und deshalb Musikfrüherziehung für Cleo war. Helena wartete wieder im Hof und Paul könnte dort später wieder mit den anderen Kindern herumtoben.

Ich übertrug die Textbrocken von gestern und heute ins hier und bereitete dann Abendbrot vor. Abenteuer des täglichen Textes. Weil man steht ja so neben sich. Deshalb ganz anderes, viel automatischeres Schreiben.

Beim Zubettbringen sprachen wir, während Paul langsam einschlief, er schläft gern ein, während wir erzählen, über die Geburt damals. Welche Uhrzeit genau das war. Wie der Tag war. Wie dann beide Kinder plötzlich da waren, in unserem Leben und in unseren Leben. Wie alles los ging.

Und während Paul dann so wegdöste, dachte ich wieder an die Zeiten mit Karl auf dem Bauch, zuletzt und auch als Babies und wenigemonatealte Kinder. Wie ich dabei immer auch ein bisschen gesungen hatte, mangels Kenntnis guter Kinderlieder eher irgendwas zusammenimprovisierte. Ich sang, eher mantraartig, schlicht und halb einfallslos in der Melodie und genau deshalb natürlich so schön einschläfernd, vom „Häschen mit dem Näschen", das ab und zu auch mal ein „Späßchen" macht, oder auch mal ein „Gläschen" trinkt, reimte mich so durch alle möglichen „-schens" mit „ä" und hob meine Stimme beim Endreim immer etwas, was Karl immer drollig fand und kurz aufgluckste und ich konnte am Glucksen erkennen, ob er bald einschlafen würde. An all das, an diese Endlosmelodie und sein langsam schläfriger werdendes Kichern, dachte ich, da so rumliegend in unserem Bett, in dem Paul zwischen uns lag und Karl wieder so sehr fehlte. Und ich dachte dann an das eine Foto von mir und Karl im Krankenhaus, wo er so friedlich auf meinem Bauch schläft, und, dass es sich gut anfühlt, dass ich dieses Foto letztens, als eine Art Akt der Beweislegung seiner und unserer Existenz, hier irgendwo in der Gegend platziert hatte.

Nachdem Paul eingeschlafen war, fuhr ich raus zum Geldautomaten. Im Vorraum der Bank der Geruch wie früher. So roch es, wenn ich abends ausging, in die Bars und AJZs ging, und vorher, manchmal auch zwischendrin, Geld holte, immer hoffte, dass der Automat noch was ausspucken würde. Der Geruch von Deos anderer Leute, von eben gegessenem Döner, von Kaugummis und gerade eben gerauchten Zigaretten. Der Geruch vor der Nacht. Draußen war die erste Herbstkälte, aber alles Atmen ins Geldautomatendisplay drinnen war warm. Und eigentlich hatte ich die wenigsten Biere am Tresen gekauft, ich hatte immer eigene Flaschen mit, am Monatsanfang entsprachen sie noch den vor Ort verkauften Sorten, aber mit den abgelehnten Auszahlungen am Automaten gab ich mir auch diesbezüglich keine Mühe, irgendwas zu verstecken. Ich kam irgendwie so durch und das Leben war leicht und kein Kind war gestorben.

Im roten Neu-Netto Naschzeug beim lächelnden Kassierer gekauft. Weiter zum Krankenhaus. Hinten das Dixie, immer noch da. Die Baustelle ist noch nicht übers erste Geschoss hinausgewachsen. Der Kranarm zeigt richtung Innenstadt, steht wie eingeschnappt mit der kalten Kranschulter zur Baustelle. Ich schmiss noch eine Blüte in den Sandhaufen beim Kinderbagger. Falls hier Videokameras und Bewegungsmuster auswertende Software eingesetzt werden, muss ich in den letzten Wochen wirklich ein eigentümliches, vielleicht auch *verdächtiges* Bild abgegeben haben. Ständig diese Wege hier, am Dixie, draußen unterm Fenster, beim Kran, vorne an den Mensamöbeln, im Foyer, die Flure immer wieder lang, Fahrstühle hoch und runter, zum Storch, zur Klingelmaus, zum Kaffeeautomaten, und immer wieder das Geflippe durch den Bücherwagen und ab und zu am Schokoladenautomaten ein Blick und vielleicht eine Tafel. Ich bin ein seltsamer, sehr geübter Krankenhausbesucher. Ich könnte Hausführungen geben. Ich kenne mich aus, im Haus meiner hier und überall und in der Gegend eingespeicherten Gründe meiner Gefühle.

Noch vor wenigen Wochen war es immer hell oder, später dann, dämmernd, wenn ich abends am Krankenhaus, diesem einen, meinem Karlort hier, angeradelt kam. Jetzt, Ende September am Abend, ist es stockdunkel und ich bin dadurch automatisch immer in so einer Art Off-Modus und es ist alles weitaus anstrengender, im Dunklen nochmal an und in den Text zu gehen. Wo ich früher hier, vor jenen Wochen also, im Kummer endlos Worte reinwummerte, ist jetzt nur müde Kraftlosigkeit. Irgendwie auch deshalb, weil auch das Zuhause, das Sofa und dieser hier bisher hineingekummerte Text, jetzt ja ein Karlort ist. Und das ist doch vielleicht sogar gut, vielleicht sogar schön.

Im Kabuff stehen Rotkäppchen und ein anderer Kapuzenträger und sie prollen sich so bisschen herzlich an. Ich gehe hoch und mir entgegen kommt einer, kein Arzt, keiner vom anderen Personal, ich kenne ihn nicht, wir laufen uns als Fremde hier im Flur entgegen, und es ist klar, dass wir uns bei diesem Schrittempo genau unterm Storch treffen werden. Also halte ich kurz hinterm Storch und warte bis er vorbei ist, gehe zurück und stupse, halbneurotisch vielleicht schon, dem Storch ans Bein, wie ich es ja immer mache, als Gruß, als Andocken an den Ort, als Routine, als Tic, als ein Hallo, als ein Dalassen meines Hiergewesenseins. Der Storch als Stellvertreter. Mit dem Fahrstuhl hoch zur 11.2-A, dort bisschen rumstehen, rumschauen und Karl vor mir sehen, wie er in dem Video, bei einer Entlassung wieder mal, mit diesem Schlapphut auf, an Mamas Hand in den

Fahrstuhl reinwackelt und sich so freut, weil er wusste, dass es nach Hause geht. Ich stehe allein im Krankenhausflur, ich und der Kloß in meinem Hals, es ist still und schon wieder halbdunkel alles, die Flurbeleuchtung wieder im Sparmodus, kurz vor neun, kurz vorm Oktober, im Herbst nach dem Sommer als er starb.

Unten am HNO-Kaffeeautomaten eine nette Begegnung. Ein hutzeliger Mann in sehr bequemen, sehr ausgelatschten *Herrenschuhen*, das kommt mir als quellekatalogmäßiges Wort sofort in den Sinn, als ich ihn da so in seinen schnabligen Slippern stehen sehe, obendrauf einer knappen Strickmütze, und grinsenden Augen über der FFP2-Maske, nestelt am Geldrückgabeschacht des Automaten herum, drückt den Geldrauswurfknopf schnell und wiederholt, als würde er morsen, und schüttelt in der anderen Hand ein Häufchen Kleingeld auf. Er fragt mit dünner, auch schon wieder koboldhaft, und nicht weniger als freundlicher und vertrauensseliger Stimme, ob ich mich mit dem Automaten auskenne. Sein Kaffee kommt irgendwie nicht raus, der Automat macht keinen Kaffee, und das Geld steckt fest. Ich strecke meinen Hals vor die Bedienfelder des Automaten, drücke auch ein bisschen wahllos irgendwelche Knöpfe, bis endlich doch sein Geld wieder rauskommt und wir starten die Kaufverhandlungen mit dem Automaten nochmal von vorn. Manchmal spinnt der ein bisschen, aber eigentlich geht er, sage ich, wie ein mit allen Wassern gewaschener Monteur. Die Zuckervorwahl ist übrigens dort und rechts am Automaten, in dem röhrenförmigen Spender, gibts auch noch Deckel. Während der Automat dann rödelt und röchelt, den Cappuccino für den netten Herren, der mir auch schon wieder, wie manche Begegnungen der letzten Zeit, wie ein guter Geist in dieser Geschichte erscheint, wahrscheinlich mehr zusammenrührt als brüht, sagt der Herr zu mir: „Ach, sie ham das also schon paar Mal gemacht hier, ja?“. Ich sage: „Ja, ich war 'ne Weile hier.“ und denke dabei sehr stark in Richtung Karl, würde am liebsten diese Situation mit dem durstigen Herren, diesen Satz, der sagt, dass ich eine Weile hier war, noch viel länger *behalten*, diese *Szene* einfrieren, als wäre sie ein Tunnel in die Zeit hier mit Karl.

„Schönen Abend noch!“ sagt er. „Auch so!“, sage ich, tatsächlich mit einem freundlichen Ausrufezeichen, irgendwie aufgemuntert von der Freundlichkeit dieses Menschen und der guten Tat, die uns verband, „hinten gibts noch Süßigkeiten am Automaten“ schiebe ich hinterher, während ich schon einige Schritte weiter bin und er noch vor dem Automaten steht, sein Kleingeld beschaut, als wäre er jetzt, wo der Automat ihm gut gesonnen ist, schonmal ein ganzes Stück weiter. Wir lachen uns beide kurz und verbindlich nochmal an und dann gehe ich den hier unten zum Glück wieder hell beleuchteten Flur runter, zum Hauptfoyer, richtung raus.

Ich fahre über die Pappelallee zurück. Vor dem INP ein ziemlich großes Fest im Zelt. *Betriebsfeier der hohen Wissenschaften*, denke ich, und weiß gar nicht genau, was ich damit meine. Es sieht ein bisschen nach gehobener Festkultur, nach einem gut vorbereiteten Abendempfang aus, es hört sich aber gleichzeitig auch so an, wie eine richtige Party. Ein großer Pavillon ist aufgestellt, hell und satt in lila und blau beleuchtet. Das gesellige Geschnatter und die gemietete DJ-Musik, rauchende Leute stehen ein paar Meter abseits, es riecht nach Brennpaste und Buffet auf Warmhalteplatten, es riecht nach jährlichem Sommerfest der sich sonst nur selten sehenden Büroetagen, aber es riecht auch nach nah am Vollrausch und Kettenrauchen, eine tolle Atmosphäre. Ich fühle mich dem derzeit nicht verwandt, aber es sieht, so vorbeifahrend, als Lichtspiel im Dunkel der Nacht, schon sehr schön aus. Die Lebenden hier rauchen und ich rausche vorbei und weiß nicht wohin.

Fr. 30.09.2022, 08:14
Badezimmer

Morgens leichte Halsschmerzen. Ich packe die losen Streifen Anginetten und eine einsame Lemocin ins Reisegepäck. Als ich im Mai mit Karl ins Krankenhaus ging hatte ich diese Tabletten auch dabei. Jeder von uns hatte damals irgendwie was, wir waren alle mal wieder sehr verschnupft, ergrippt, verrotzt, heiser und fiebrig. Aber es war alles nichts im Vergleich zu dem was Karl hatte, von dem niemand so richtig wusste, was es war und wo es hin führen würde.

Ich dusche und trage das „CK Be“ auf, das ich am Anfang mit ins Krankenhaus genommen hatte. Ich hatte es nur noch selten getragen, es war ein Parfum meiner Jugend, und ich hatte es damals, im Frühling dieses Jahres, gerade mal wieder, nach wahrscheinlich 15 Jahren erstmals, beim Rossmann gekauft, was mit einer Nostalgie, die vielleicht mit dem Roman und einem Nachspüren und Nachriechen in die Damalszeit als Jugendlicher und Heranwachsender zu tun hatte, und auch schlicht weil es da in der Drogerie gerade im Angebot gewesen war.

Fr. 30.09.2022, 09:14
Flur

Robbie rödelt während wir uns losgehfertig machen. Eine Anschaffung *nach* Karl. Er hat das nie gesehen. Paul schleppt den Staubsaugerroboter immer durch die Bude, wie einen schweren Gartenschirmständer hievt er ihn vor sich her, die Ladestation liegt abgestöpselt irgendwo herum, wie eine Spur von Pauls Wegen durch die Wohnung. Wege ohne Karlspuren. Seltsam. Robbies Geräusche sind friedlich.

Ich bastle den Wagen ans Rad und mache die Fahne ran. Handgriffe wie damals, wie im letzten Herbst. Als würde ich gleich beide Kinder in die Kita fahren. Stattdessen fahren Paul und ich zum Friedhof. Carina packt Sachen für die Reise nach Berlin.

Fr. 30.09.2022, 11:35
nahe der Koppeln

Vor der Trauerhalle gegenüber des Friedhofseingangs eine Menschengesellschaft. Dunkel angezogen, in regenfesten Wetterjacken. Auf dem Friedhof weißes Morgenlicht und helle Wiesen. Drei Friedhofsarbeiter laufen nebeneinander den Weg lang, rauchend, erzählend, mit der Aura eines Kollegiums, das was gemeinsam zu tun hat, sich aber auch nicht übermäßig zu beeilen braucht. Freitagsfrieden der Werktätigen. Gelassenheit auf dem Friedhof.

Paul legt ein Steinchen zu den anderen auf Karls Grab. Am Wasserhahn, an dem eine Bürste an einem Draht bereit hängt, wasche ich die Engelchen und das Schaf sauber, gebe Paul das Schaf und sage, dass er es zurück ans Grab stellen kann. Er nickt und nimmt es, wackelt los und stellt es dann an ein anderes Kindergrab an unserem Weg, wo die Engelchen und Keramikrosen voll von vom Regen hochgeworfener Erde sind. Das ist irgendwie süß, aber wir stellen das Schaf dann trotzdem zu Karl. Ich putze noch die Lämpchen und die „Weuke" sauber, dann wechseln wir das Vasenwasser und ich sage „Tschüssi, Karls Grab", und schiebe dann, weil ich fand, das klang irgendwie seltsam, „Tschüssi, Karl" hinterher, und Paul sagt dann auch beides, „Tsüssieh Karl Grab" und, nach einer Pause, „Tsussi Karl". Ich stehe mit hängenden Schultern ziemlich schlaff auf dem Weg und sehe der Sonne zu, wie sie in den nassen grünen Dingen der Welt hier steht und das Licht als Atem in die Pflanzen stellt. Es ist alles nicht so einfach. Karl fehlt so sehr. Ich fühle mich ihm hier auf dem Friedhof nahe, aber er fehlt in jeder Sekunde, in jeder Faser, in jedem Atmen, in jedem Ziehen der Gänse, die just, beim Schreiben dieser Zeilen, über uns, über Paul, Karl und mir auf dem Friedhof, über der Stadt, in ihrem, sie vorwärts treibenden Dreieck in den Süden ziehen. Am Riesenrhododendron unter der Birke, der schon seit Wochen blütenlos war, steht, wie eine Kerze nach oben, eine einzelne, weiße, gerade aufgegangene Blüte. Sehr symbolhaft, fast ein bisschen zu doll, aber ich erkenne es an und denke das innendrin auch etwas feierlich vor mich hin: *ich erkenne das an.* Und ich denke dann, dass man als trauernder Mensch die Dinge für sich erkennen muss, dass Symbole und Zeichen immer entstehen *im Erkennen* des Betrachtenden, und dass es schon länger keine Elster mehr in mein Erkennen verschlagen hat.

Wir sagen dann noch mal *Tschüssi* zu Karl und ich erzähle Paul von Berlin und, dass wir an Pauls Geburtstag auch an Karl denken, weil das ja auch Karls Geburtstag ist. Paul sagt „mitkomm" und schaut auf den Sitz im Wagen neben sich. Ich sage, Karl kann nicht mit, aber wir nehmen ein Foto mit und zünden eine Karlkerze an und haben ihn immer bei uns, wenn wir an ihn denken, meine Stimme bricht etwas, und dann sage ich, dass es im Kindergarten ja sogar einen Karlbaum gibt und das scheint für Paul greifbarer und sein Blick, der vorher ratlos, vielleicht auch konzentriert, auf mir lag, erhellt sich, er zieht die Augenbrauen hoch und lächelt und ich sage, dass einen Baum pflanzen was „ganz Tolles“ ist, etwas einfallslos in der Formulierung, aber sehr, sehr wahr.

Ich finde es schön und sehr rührend, dass einige unserer Freunde sich am Sonntag hier an Karls Grab treffen werden. Das würde ihm gefallen.

Am kleinen, orangefarbenen Lastwägelchen stehen die Friedhofsarbeiter in der diesigen Sonne und rauchen, hin und wieder schippende Geräusche von irgendwoher. Paul hat ein altes Brötchen im Kinderwagen gefunden und holt mich mit „altes Brötchen“ aus meinem Text. Ich schlage vor, dass wir jetzt zum Bäcker fahren, ein neues Brötchen holen und Paul nickt und wir radeln dann los. Wir fahren den Seiteneingang raus, an den Koppeln vorbei, wo die Pferde und Schafe links und rechts in die Landschaft gestellt sind. Wieder eine Meise irgendwo. Frühling, denke ich, und denke dann an die Wege, die dieses Buch bisher gemacht hat, vom Sirren des Krankenhauses, hin zu den Lichtern des Herbstes, immer wieder die Flure im Klinikum und die Natur hier draußen.

Fr. 30.09.2022, 14:12
im Hof

Auf dem Markt, am Bäckerwagen hole ich Brötchen für die Fahrt. Der Frühverrentete steht auch da und bewirft die Bäckerwagenleute mit Sprichworten. Ich bin gerade echt kein guter Schnacker und wir reden nur kurz und zum Abschied wünscht er mir „ein wunderschönes langes Wochenende“. Ich sage, wenig schlagfertig, „ebenso“ und ziele dann, noch weniger originell, eher sogar ziemlich idiotisch, mit in die Luft geschobenem Fingerzeig auf ihn und sage, wenig gewitzt, weil der Spruch sich hier eigentlich gar nicht anbietet und nur wie ein plumper Knicks für seine und unsere Freude an Sprichworten wirkt, „und: irgendwas ist immer“. Wir lachen und ich gehe in die Kinderbuchsonne die den Markt grell ausmalt.

Zuhause packe ich wirr irgendwas fürs lange Wochenende in Berlin. Ich greife ein paar Hemden, von denen ich annehme, dass sie mir zur Zeit passen. Das karierte Flohmarkthemd probiere ich an, aus der Idee, etwas aus der Krankenhauskarlzeit mitzunehmen, zum Anmichziehen, aber es spannt doch etwas und betont meinen qualligen Bauch, den ich mir auf dem Sofa in den letzten Wochen mit Schokolade, Chips und Bier angekummert habe. Also packe ich das etwas weiter geschnittene, geblümte Hemd ein, dass ich zum Karlgartenfest nach seiner Beisetzung anhatte. Außerdem: viel zu viele Bücher. Wir essen Reste und braten Spiegeleier. Paul sagt »mag ei«. Ich belade das Auto und erinnere mich wieder an den Kurzurlaub in Lehsten im Sommer im letzten Jahr. Ich lade nur einen Hochstuhl ein statt zwei. Die Hochstühle hatte ich mal beim Ikea meiner Eltern in der Fundgrube günstig gekauft, als wir unsere Holzkinderstühle aus der Küche nicht mithatten. An der Garderobe hängt Karls Strohhut, den er im Sommerurlaub nicht aufhatte. Weil er nicht mit war, weil er tot war. Weil er tot ist. Mit seiner curryfarbenen Hose und diesem Hut sah er aus, wie ein älterer Herr, der es sich irgendwo im Tropischen an einer Bar abends gut gehen lässt.

Das Beladen des Autos jetzt, auf dem Weg zum berliner Geburtstagswochenende, fühlt sich anders, irgendwie schwerer an, als das Packen für Berlin im Juli, kurz nach Karls Tod. Ich erinnere mich genau genommen gar nicht mehr daran, wie das Befinden damals war. Wir waren im Schock, es war alles unwirklich, albtraumwandlerisch, innendrin erlahmt und gelähmt, auf eine Art auch schwebend, leer, wie in vielen Dingen von Geist und Körper pausiert, rotierend, roboternd, vom eigenen Körper mechanisch vor der eigenen Psyche geschützt. Oder genau anders herum. Unfassbar, wie man damals durch irgendeinen Tag gekommen ist. Unfassbar, dass wir noch hier sind. Und unfassbar, dass dieser Text, den ich immer noch endlos, am liebsten unendend immer weiter schreiben würde, dann genau das ist, was damals nie möglich schien: er ist fassbar, im Text ist alles irgendwie anfassbar, festhaltbar. Mein Kind, und am Ende auch ich – all dieses Wegenihmschreiben hier ist ja auch ein riesiger Ichtext, der Kummer, das Trauern, alles ist *Ich*, ich trauere und er ist tot, so banal, schlicht, schlimm und einfach ist alles – und alles ist fest eingefasst in diese an allen Ecken der Trauer herumwinkelnden Worte.

Fr. 30.09.2022, 21:45
die elternhäusliche Stube

Pause an der Autobahnraststätte Buckowsee West. Ich gehe aufs Klo und investiere den Sanifaircoupon und diverses Münzgeld in eine Bifi und ein Bifi Ranger. Im Krankenhaus hatte ich auch ein, zwei Mal Bifi Ranger gekauft. Am Automaten hinten, Flur 2, neben dem Friseur, vor den Aufzügen zu Haus B, eigentlich nicht Einzugsbereich meiner Abendrunden, aber manchmal schlurfte ich auch dorthin. Der Ranger lag dort immer ganz unten links. Auch heute noch. Auch Bifi Ranger ist also einer meiner Hinfühlwege zu Karl. Wir machen Rast an einer grünen Gitterbank. Herbstsonne. Rastplatzromantik. Paul ist gut drauf, nachdem er weinend aufgewacht war vorhin. Wir strecken uns. Paul streckt sich, wie sich Kinder eben strecken, mit dieser Freude am bewegten Spiel, mit diesem noch irgendwie nicht ganz zu Ende entwickelten Gefühl für die Ausmaße des eigenen Körpers. Morgens, wenn ich Karl und Paul weckte, streckten wir uns auch immer. Sie fanden es lustig, die Arme hoch in die Luft zu heben und sich lang zu machen, mein Strecken nachzumachen, es war eine kleine Aerobicstunde mit zwei etwas morgensteifen, ungelenken Zwergen. Und ich war der fusslige Riese im beuligen T-Shirt. Ich liebte es, wie wir alle Zeit der Welt hatten.

Auf der weiteren Fahrt sitze ich hinten neben Paul. Gegen 16 Uhr Stau auf dem Ring vor Hellersdorf. Paul erzählt und brabbelt. Die langsam vorbeifahrenden LKW sind spannend. Ein gelber DHL-Laster schiebt sich vorbei. Ich denke daran, wie und was Paul so erzählt hatte, als wir im Sommer nach Berlin gefahren waren, in der Hitze, im Schock, gelähmt und leer, ohne Karl. Wie Paul damals die Farben des Verkehrs benannte. Wie er jetzt, einige Wochen und eine Jahreszeit später, schon wieder nochmal mehr und noch besser sprechen kann. Ein Holztransport vor uns, Baumstämme gestapelt bis obenhin. Der Trinknuckel von Pauls Wasserflasche, von mir immer nur *Schnumpi* genannt, geht ab. Ich schraube das Saugsystem ab und repariere es, baue den Schnumpi wieder ein und Paul sagt „Schumpi“ und ich kichere ein bisschen und draußen rollt der Sommer seine letzten Reste am Rand des Autobahnwalds runter.

Im Podcast der so halb *random* nach dem davor gehörten angefangen hatte und nebenher in unserem Schleichen durch den Stadtverkehr rieselt, erzählt Reinhold Messner, mit seiner Eierlikörstimme, von Nahtoderfahrungen und, dass alle das gleiche sagen: dass es das Schlimmste und das Beste zugleich sei. Ich kann bei Podcasts, generell wenn irgendwo ein Rederadio läuft, ja sogar bei normal redenden Leuten um mich herum, immer nicht weghören, kann einfach derzeit die Inputs nicht richtig verwalten, kognitiv immer noch so mürbe, und hatte mir deshalb vorhin Chet Baker aufs Ohr gegeben und gelesen, bis Paul dann aufgewacht war und ich ihn den Rest der Fahrt bespaßte.

Ich lese Paul das Schnupfennasenhasenbuch vor und habe sofort Karlstiche. Paul nimmt mir das Buch weg und kichert und sagt „Paul Buch wegnommt". Seine Sprache hat schon eine Grammatik, sein Sprechen beugt die Worte, in manchmal krude Richtungen, aber ich bin natürlich furchtbar stolz auf mein schlaues Kind. Ich hatte immer mit ihnen geredet, sie waren mir nie fremd, sie waren keine hirnlosen Wesen in meinem Leben, sie waren Babies und ich hatte ihnen immer alles erzählt, hatte von jedem kleinen Scheiß gefaselt, hatte unseren Alltag durchs Sprechen belebt, ich gab mir Mühe, sie nie zu unterschätzen, sie waren immer Teil unseres Lebens. Mir fehlen die genauen Worte jetzt dafür. Aber ich hatte immer einen Draht zu ihnen. Ich liebte diese ersten beiden Jahre, diese Zeit des rasenden Wachsens, diese alle paar Wochen, manchmal zwischen wenigen Tagen wechselnden Episoden neuer Entwicklungen. Ich kann nicht viel, ich habe nie vorgehabt, irgendwas bestimmtes im Leben zu erreichen, ich war immer irgendwie am Leben und das hatte mir ausgereicht, aber dass ich in den meisten Momenten meine Kinder und was sie wollten so urinstinktiv verstand, dass ich immer einen Draht zu ihnen hatte, dass ich bestenfalls ein guter Vater war, jemand, der sie *kennt*, das wäre vielleicht jetzt doch etwas, das mir *wichtig* ist. Nicht unbedingt, weil ich mir darauf etwas einbildete, eher vielleicht, weil es zu den wenigen Leistungen meines Lebens gehört, die ohne Filter, ohne Unsicherheiten, ohne Zweifel, ohne Zermürbung, einfach völlig direkt, klar und konkret aus mir rausströmten. Und auch jetzt geht all das direkt zu ihm hin: diese Liebe geht zu Paul, der eben was Schlaues gesagt hatte. Und diese Liebe geht auch zu Karl. Aber es ist jetzt Pauls Löwenrucksack, den wir beide gemeinsam aufmachen. Wir untersuchen die Sachen darin. Wir sind bald da, bei meinen Eltern in Berlin. Paul hat gut durchgehalten. Ich liebe meine Kinder, ihre Mutter und uns als Familie.

Im Stadtrand hat es am frühen Abend 18 Grad. Wolken wie gestempelt, im milchblauen Himmel. Reisewetter. Terrassenwetter. Kurzvoroktoberwetter. Im Garten der schrapelige Plastereiher. Paul nimmt ihn begeistert und füttert ihn mit Gras. Drinnen ist Herbst in der Diele. Elternhausgefühle.

Kaffeetrinken. Plaudern. Müde von der Anreise. Im Badezimmer unten Elternhausduft und wieder das Motivklopapier mit dem Sinnspruch. *„Das Beste in meinem Leben bist Du"*. Ich rolle, während ich da so sitze und endlos lange pinkle, ein paar Blätter ab um zu schauen, ob dort noch andere Weisheiten drauf sind. Es gibt aber nur diese eine. Bildmotive von verliebt dreinblickenden Hunden und Katzen, Blumen und Herzchen, wechseln sich ab, mit Wiederholungen von diesen von mir natürlich auch karlwärts gelesenen Worten. *„Das Beste in meinem Leben bist Du"*. Klopapier wie ein Schlagertext. Es gibt keine Worte. Hunderte Seiten.

Nochmal halb sieben raus, im Garten herumtoben wo die letzte Sonne auf dem Apfelbaum steht. Beim Abendbrot wird Paul etwas quenglig und sagt irgendwann unvermittelt und wie eine schrullige, eigentlich gar nicht zum aktuellen Moment gehörende Idee „Gute Nacht" zu uns und will hochgehen, ins Schlafzimmer. Er strahlt, als er sieht, wie wir uns über ihn und sein Sprachgeschick freuen.

Als Paul eingeschlafen ist gehe ich nochmal zum Auto, auf dem der feuchte Film des Vorstadtabends liegt. Ich hole das Ascheherz, das ich noch beim Losfahren aus Greifswald schnell gegriffen und in den Verpflegungsbeutel getan hatte. Karl soll doch mitkommen, hatte ich, halblaut vielleicht, beim letzten durchs Zimmer schweifenden Blick gedacht, bevor ich die Wohnung dann abschloss und in den Hof ging, wo die Türen des Autos offen standen, als ginge eine große Reise los.

Abends dann Rumsitzen im elternhäuslichen Wohnzimmer, ein bisschen 3sat nebenher, ein paar Gespräche, Handy, Buch, Müdigkeit, Karl fehlt. Im Garten sind nachts oft Waschbär und Fuchs unterwegs, sagen meine Eltern. Ich trinke ein Rotkehlchen und schreibe diesen Text.

Fr. 30.09.2022, 22:39
Schlafzimmer, Bohnsdorf

Wir schlafen dieses Mal wieder im großen Schlafzimmer. Wie zu Ostern, als wir mit Karl und Paul hier waren und meine Eltern uns das große Doppelbett überlassen und in meinem schmalen Jugendzimmer übernachtet hatten. Im Juli, bei unserem Besuch hier, kurz nach Karls Tod, schliefen wir dann lieber dort: in dem Zimmer, aus dem ich vor zwanzig Jahren ausgezogen war, das jetzt eine Art Computerzimmer geworden war, in dem hinten eine Schlafcouch die gesamte Zimmerbreite ausfüllte und in dem allenfalls meine Kindheit und Jugend noch in Resten erahnbar waren, in dem wir jedenfalls nie mit Karl geschlafen hatten. Also hatten wir uns dort, hinter dem Computertisch und neben Bodos hoch gestapelter Tom-Waits-Sammlung, für die unten im Wohnzimmer einfach kein Platz ist, zu dritt lang gemacht, fielen abends müde aus dem Tag raus, von friedseligem Schlaf kann keine Rede sein, es war egal, wo wir lagen, weil wir lagen überall ohne Karl. Dieses Mal, wir sind wieder kurz nach zehn völlig müde ins Bett gefallen, fühlt es sich aushaltbar an, wieder hier, in diesem Osterzimmer zu sein. Es ist gut, dass es das größere, freundlichere Zimmer ist, mit seinen aufgearbeiteten Holzbalken, die ehemals die Dachkammern stützten und jetzt zu einer am Kopfende des Bettes Behaglichkeit herstellenden Dachschräge gehören. Es ist gut, dass wir damals hier mit Karl waren. Wir hatten damals noch die Reisekinderbetten aufgestellt, die meine Eltern gekauft hatten, nur eine der vielen von ihnen oder Carinas Eltern unterstützten Anschaffungen, aber Karl und Paul waren nachts natürlich wieder zu uns ins große Bett gekommen und es war morgens das übliche Gewühl im Familienbett und das Wiederhiersein jetzt ist natürlich auch schmerzlich. Alles gleiche ich mit damals in diesem Zimmer ab. Damals hatte ich an zwei Tagen hier „Fotzenfenderschweine" von Almut Klotz ausgelesen, das ich im Buchladen in der Kastanienallee gekauft hatte. Wahrscheinlich hatte ich genau deshalb vor einigen Wochen, in den Tagen nach Karls Tod, in genau dieser Buchhandlung auch wieder ein Buch gekauft. Ich hatte zu Ostern damals auch ein Romänchen von Janosch gekauft, auf einem Flohmarkt in der Innenstadt. Ostern war die Zeit der schmalen, schnell ausgelesenen Bücher. Es war das helle Frühjahr und wir hatten das erste Mal mit den Kindern hier auswärts übernachtet und alles war schön unter dem schrägen Dach.

Oktober

Sa. 01.10.2022, 18:47
die elternhäusliche Diele

Paul ist morgens früh wach. Im Badezimmer kommt durchs angekippte Fenster eine Kälte rein, die mich an Dezember und an Weihnachten denken lässt. Ich wickle mir, mangels Haushose, eine dünne, aber sehr dehnbare Flugzeugdecke um die Hüfte. Der Morgen im Deckenrock, auch so ein Ding von damals.

Frühstück. Ich gehe zum Kofferraum und hole das gestern in Greifswald gekaufte Marktbrot heraus. Der Tag ist nass und ruhig. Im Garten sehe ich aus dem Schlafzimmerdachfenster den Reiher. Er liegt neben dem Teich, dort wo Paul ihn gestern zum Schlafen hingelegt hat. Die Teichpumpe plätschert. Kurz nach zehn gehen wir dann die Straße runter zum Spielplatz. Vor der alten, ausrangierten, zum Klettergerüst gewordenen Schmalspurbahn, auf der ich als Kind schon kletterte, wurde, wahrscheinlich auch schon vor Jahren, aus Holz ein Tickethäuschen hingebaut. Zuletzt waren wir zu Ostern hier. Es gibt Fotos, da sitzen Karl und Paul in dem Holzhaus, wie kleine Schaffner. Innen ins Dach, an die Holzbalken dieses gedrungenen Unterstands, hat die Dorfjugend ihre Initialen in Eddingherzen gemalt und hingeschrieben, wer *süß* und wer *„sexi“* ist.

Vor dem Mittag fahren wir nach Waltersdorf. Zum ehemaligen *Toys „R“ Us*. Hier war ich vor zwanzig Jahren Gehilfe im Lager, mein erster Job nach der Schule. Ich fuhr morgens halb fünf mit dem Fahrrad hin, habe noch genau die CDs im Ohr, die ich damals, im Discman, mich gegen den Winterwind stemmend, gehört hatte. Es war der Winter mit *„THE MOLLUSK“* von Ween und *„AND THEN NOTHING TURNED ITSELF INSIDE OUT“* von Yo La Tengo. Heute gibt es *Toys „R“ Us* nicht mehr, es heißt jetzt *Smyths* und ich weiß nicht, wie man das genau ausspricht und muss wieder an die Psychologin denken, die so aussieht, wie meine Chefin damals hier im Spielzeugladen. Egal wie so ein großer Spielwarenladen heißt, innendrin herrscht immer Sinnesüberflutung. In langen Gängen und hohen Regalen stapeln sich palettenweise bunte Spielzeuge den Neonröhren entgegen. Eltern und Kinder in den Gängen. Gelegentliches Genörgel und Gequengel. Für Paul ein mit zwei Druckknöpfen ferngesteuerter Traktor, er kann geradeaus und linksrum fahren. Und dann auch noch, doch noch, dazu dann noch ein Magnetmalbrett. Wir kaufen das in seinem Beisein alles *vor* seinem Geburtstag, irgendwie zählt es als Geburtstagsgeschenke, aber irgendwie auch als Mitbringsel *außer der Reihe*. So richtig wissen wir auch nicht. Verwöhnen wir ihn jetzt schon zu sehr? An der Kasse noch grelle Gummitiere und Knisterkaugummis für uns Erwachsene. Wie früher. Es regnet und der Wind haut Laub über den Parkplatz als wir rauskommen. Brandenburggefühle. Wir sind hier nur ein paar hundert Meter weg vom Elternhaus in Berlin. Wer Waltersdorf sagt, meint meistens das Gewerbegebiet und nicht das Dorf.

Als wir in Bohnsdorf, wieder in Berlin also, durchs Gartentor gehen und Paul so vorfreudig vorauswackelt, an der Steinmauer vorbei, wo im Sommer die Margeriten wachsen, denke ich an Karl und wie er immer so herumgewackelt war. Ich sehe die Welt vor mir, aber sie ist wie ein Film, unwirklich, alles bewegt sich zwar, aber an der Stelle, wo jetzt ein Karl sein müsste, ist eine Art blinder Fleck. Neben Paul und wie er da vorne herumwieselt und -wackelt und -watschelt flackert die Leerstelle auf. Paul hat gute Laune, sein Leben ist wahr. Aber es kann einfach nicht wahr sein, dass Karl nicht bei ihm ist. Mit dem vor mir ablaufenden Film, diesem Szenenspiel der Jetztwelt, stimmt was nicht. Ich vermisse Karls Kindsfreude und fühle mich in dem Moment wieder sehr abgekoppelt von allem.

Duschen. Das Karl-Lagerfeld-Deo, das ich ganz oben im Elternbadschrank fand, sticht mir fremd und aufdringlich in die Nase. Niemand hier im Haus riecht so. Es war wohl eine dieser Sachen, die ganz oben in Schränken landen, im Fach der selten genutzten Dinge und gut gemeinten Parfumgeschenke, neben Reisezahnbürsten, Duschhauben und in der falschen Größe gekauften Flusensieben. Draußen Regen, Matschwetter, graues Museumswetter. Also fahren wir ins Museum. Ins Naturkundemuseum. Zum großen Saurier. Ich war dort seit meiner Kindheit nicht mehr. Wir fahren mit der S-Bahn, es ist das erste Mal für Paul. S-Bahn fahren ohne Karl. Karl war nie S-Bahn gefahren. Für ihn ist das nicht schlimm, er wird das S-Bahn fahren nicht vermissen, er fährt jetzt andere Wege, überall und in der Gegend. Aber ich vermisse ihn, in allem, was ohne ihn ist. Der *„Betriebsbahnhof Schöneweide"* heißt immer noch, wie im Sommer, kurz nach Karls Tod, nicht mehr *„Betriebsbahnhof Schöneweide"* sondern *„Johannisthal"*.

In Baumschulenweg umsteigen in eine neue S-Bahn, die aussieht wie eine Regionalbahn. Paul findet S-Bahn fahren toll und quatscht die Lautsprecherdurchsagen nach. *„Hermannstraße"* sagt er, spricht es natürlich eher wie „Hemanndrahse" aus, und freut sich, als wir uns über dieses unerwartete Wort aus seinem Mund freuen. Viersilbenworte, gar kein Problem. Morgen wird er zwei Jahre alt. Morgen wäre Karl auch zwei Jahre alt geworden. Auf dem Tempelhofer Feld steht Nebel. In der U-Bahn Gerüche von U-Bahn und dem, was ich seit meiner Kindheit, egal welcher Stadtteil, für den *Geruch von Westberlin* halte.

Der riesengroße Saurier in der Eingangshalle ist auch tot. Ein bisschen länger schon. Brachiosaurus. Alter, dicker Titan meiner Kindheit. Das Museum ist „knüppeldicke voll", wie es der Ordner an der Tür in breitem berlinisch sagt. Auch hier ist es mir offenbar wieder wichtig, dass ich möglichst viel von dem Moment und was in ihm steht und schwingt festhalte. Also notiere ich, wie bei den mir in der Fußgängerzone zugeworfenen Sammelkarten und bei Karls erster Grabbepflanzung, die Namen all der Saurierskelette hier: *Diplodocus, Kentrosaurus, Allosaurus, Elaphrosaurus, Dicraeosaurus, Dysalotosaurus.* Ich denke kurz an den gelben Kran am Krankenhaus und dann an das MoMa in New York, wie sich auch dort, es war auch so ein Regentag, die Leute in gerade noch so aushaltbaren Mengen durchs Museum gedrängt hatten.

Wir strömen tiefer ins Museum hinein. Es gibt eingeweckte Fische, Krebstiere, quallenartiges und anderes Getier, endlose Exponate in gelben Flüssigkeiten, konserviert in Alkohol, Jahrzehnte und Jahrhunderte alt, aufgetürmt bis hoch unter die Decke, es sieht aus wie ein riesiger Spirituosenschrank. Es gibt überlebensgroße Insektenmodelle aus den 30er bis 50er Jahren. Ausgestopfte, präparierte und in irgendwelche lebensnahen Posen hingestellte, tote Tiere. Bobby, der Gorilla. Der große tote Affe sitzt und glotzt, soll so aussehen, als ob er sich da nur eben hingesetzt hat. Durch die Anwendung einer speziellen, *von ihnen modifizierten Methode der Paraffinierung* haben die Präparatoren, vor bald neunzig Jahren, die feinen Details der Hautpartien an Kopf, Händen und Füßen erhalten können. Der große tote Primat hat also schöne Haut und irgendwie macht mich das Kabinett der eingepökelten Madame-Tussauds-Tiere hier kurz traurig. Auch Knut, der damals alle in Niedlichkeitsverzückungen zusammengejubelt habende, viel zu früh verstorbene kleine Eisbär, ist hier. Und dann die lang schon Ausgestorbenen: *Beutelwolf, Quagga, Lappenhopf.* Einen *Zesel* gibt es auch. Er ist eine Kreuzung aus Esel und Zebra und ist als hier ausgestopft ausgestelltes Jungtier furchtbar niedlich, aber als Hybrid nicht fortpflanzungsfähig.

Beim Rausgehen nehme ich, weil es so schön ist, und weil ich eine Zeit lang immer viele Drucksachen aus dem öffentlichen Raum mitnahm, ein schönes Programmvorschauheft vom Staatsballett Berlin mit, vielleicht ist es ja lesezeichentauglich denke ich, aber denke dann sofort auch, dass ich doch noch meine hundert Karlkarten habe. Am Presse-Tabak-Kiosk am U-Bahnhof kaufe ich eine Club Mate und fühle mich in der U-Bahn von jungen Menschen komisch angeschaut, als machte mein Getränk mich lächerlich. Die Stimmung ist etwas angespannt. Paul war, etwas museumsmüde wahrscheinlich, ein bisschen quenglig geworden und Carina fand meinen Einkauf unnötig und wohl auch egoman. Unterwegs wird die U-Bahn voll. Ich stehe mit dem Kinderwagen überall im Weg, habe ein Pappmaul von der Museumsluft, nippe verschämt an meiner Mate, die ich zwischen den Schlücken auf- und zuschraube wie ein Pedant, bin müde und traurig wegen Karl. Im Museum die vielen Eltern mit ihren Kindern, all die kleinen Kleinkinder, manche davon Babies, einmal auch Zwillinge, all das stach und stocherte dann doch irgendwie in mir herum. Morgen der Geburtstag. Paul schläft auf Mamas Schoß im Geschunkel der U-Bahn ein und ich würde eigentlich viel lieber jetzt ein kaltes Wasser trinken.

In Grünau fahren wir mit dem Fahrstuhl vom Bahnsteig nach unten. Paul geht an Opas Hand und macht dabei kurze Tippelschritte, die mich sofort wieder an Karl und seinen Hummelpo denken lassen.

Sa. 01.10.2022, 20:49
wieder die Diele

Abendbrot. Mein Bruder kommt. Die Stimmung ist furchtbar und er explodiert. Er ist laut und ich zittere, und er hat ja Recht auch irgendwie. Ich weiß, nach diesem Ausbruch, mehr, woran ich bin und, dass es ihm wichtig war, was von mir kam und dass all die Jahre, seitdem ich ausgezogen war, immer zu wenig kam. Sei es auch nur Talk über Musik und Filme. Ich bringe ihn nach Hause und wir reden ganz gut. Ich erzähle ihm, dass ich immer eher sowieso alles mit mir selbst ausmache, dass das vielleicht auch egoistisch ist undsoweiter. Wir kommen auf das Thema kognitive Fähigkeiten. Einen Meter zurück und seinen eigenen Status Quo, geistig und mental, zu prüfen und zu beschauen – das ist mein vielleicht etwas hilfloser Tipp. Wir gehen noch ein paar Umwege bei ihm im Viertel, verabschieden uns dann vor seiner Tür und ich laufe allein wieder ins Elternhaus. Beim Nachhausegehen zurück bin ich verwirrt und aufgewühlt, aber irgendwie auch *erleuchtet* und näher bei ihm. Und ich denke plötzlich den zermürbenden Gedanken, dass alle meine Problemlösungen darin bestehen, mich durch irgendwas näher *irgendwodran* zu fühlen, meine Gefühle durch irgendwas aufzuhellen, und dass das vielleicht ein Trugschluss ist, dass das vielleicht Verdrängungen sind. Und diesen Gedanken dann speziell in Hinsicht auf Karl zu denken verwirrt mich noch mehr und ich laufe und laufe durchs Stadtranddorf, ein Laufen wie früher, wenn ich nachts vom Bahnhof nach Hause ging, und bin irgendwie traurig. Höre dann, ich hatte zum Glück Kopfhörer mitgenommen, „*ARGUING WITH THE GHOST OF PETER LAUGHNER ABOUT HIS CONEY ISLAND BABY REVIEW*" von den Mountain Goats, kriege es irgendwie nur sehr kompliziert bei Spotify zum laufen, da wegen Zahlungsverzug, noch so eine zum falschesten Moment sich jetzt auftürmende Scheiße, mein Premium-Account gekündigt wurde.

Beim Nachhauseweg durch Bohnsdorf schreibt Arno und fragt, ob wir spontan für ein Bierchen in der Stadt sind. Er meint mit der Stadt natürlich Greifswald. Ich lese seine SMS mit seiner Stimme in meinem Kopf, freue mich und antworte sofort, schreibe ihm, dass wir nicht in der Stadt sind, uns aber auf ein anderes Mal freuen, laufe dann noch schneller nach Hause, zum Elternhaus, zu Carina und Paul und mein zur Zufallswiedergabe heruntergestufter Spotify-Normalaccount spült „*THE ROAD OF BROKEN DREAMS*" von Nikki Sudden in mein Leben und mir fehlt Karl so unendlich und ich habe Klöße im Hals und Kummer im Herzen und fühle mich auf schwerwiegende Art trotzdem mitten in dem, was gerade mein Leben ist. Als zöge mich alles, das mich nach unten reißt, auch irgendwie näher zu mir hin.

Sa. 01.10.2022, 21:26
Bett

Zurück in Bohnsdorf: Carina hat den Geburtstagstisch unten in der Diele schon mit Geschenken gedeckt. Motivluftballons schweben an Schnüren, Meine Mutter hat Muffins gebacken und Smarties mit Zuckerglasur oben drauf geklebt. Bei den Geschenken steht auch Karls Foto. Carina weint. Ich hole das Ascheherz aus der Tasche. Wir sitzen im Wohnzimmer und weinen beide. Wir reden und erzählen. Wie süß Karl war undsoweiter. Ich esse noch etwas Chili und dann sitzen wir alle im Wohnzimmer und reden über Karl und Brüder, über Lebensglück, über Trauer und Traurigkeit, über den ganzen traurigen Scheiß, undsoweiter.

Arno schrieb wieder eine neue SMS. Ab Februar sind sie jetzt tatsächlich in Rumänien. Er hatte beim Karlgartenfest zu später Stunde davon erzählt und alle hatten gestaunt über diesen Schritt, mit zwei Kindern nochmal so groß woanders hin zu gehen. Aber alles sprach eigentlich dafür und ich hatte in seinem Entschluss auszuwandern, zumindest für ein paar Jahre, eine neue, abenteuerlustigere Seite an ihm entdeckt und hatte diese kindliche Melancholie in mir, die man hat, wenn irgendwer weit weg geht und eine Art Zeitabschnitt damit aufhört.

Letzte Nacht hatte auch Claus geschrieben. Er war nachts betrunken und hatte eine lange und sehr ausführliche Nachricht geschrieben, sich erkundigt, wie es uns ginge und auch von seinen privaten Dramen erzählt. All die Jahre war es auch immer das Gestrauchel, das Geldlose, das Künstlerische, das Hadernde, das letztlich im Leben auch sehr Kompromisslose, das uns gemein war. Großer Respekt füreinander und große soziale Inkompetenz hatten uns von Anfang an miteinander verbunden. Wir hatten die ersten Jahre irgendwieso umeinander herumgetänzelt, wohnten in verschiedenen Städten, ich war nach der ersten großen Liebe sehr am Boden und sehr im Nachtleben und er war früh Vater geworden und hatte sein Nachtleben etwas einschränken müssen, konzentrierte sich mehr auf die Musik und saß die Nächte am Rechner und musizierte und haute dutzendfach Alben raus und wir schrieben dann manchmal, aus unseren jeweils eigenen Rauschorten, über Mails oder Messengerdienste, die heute keiner mehr nutzt. Wenn wir uns dann in echt begegneten, alle halbe Jahre höchstens, waren es immer ausschweifende, zusammenschweißende Eskapaden. Und ich hatte viele Jahre später, als ich selbst Vater geworden war und seine Kinder schon bald aus dem Haus waren, erst verstanden, was er all die Jahre, im prekär Lebenskünstlerischen aber auch im Musikalischen *geleistet* hatte. Ich fühlte mich ihm und Joni und seiner Familie plötzlich sehr verbunden. Bevor ich mich hinlegte, hatte ich ihm noch ausführlich geantwortet. Beim Zuklappen des Karlcomputers war Paul wach. Ich machte ihm eine Milch und Carina legte ihm eine neue Windel an. Heftiger Tag heute. Abends keine Schreibreserven mehr. Alles zerfranst, ratlos, wortlos, tonlos, kraftlos, nur irgendwie weiter, in ein stumpfes *undsoweiter*. Ich legte mich hin, war nicht allein, aber das Fühlen seines Fehlens war deutlich und brachte Leere in mich. Mit vor Müdigkeit brennenden Augen schlief ich dann endlich irgendwann ein.

So. 02.10.2022, 23:24
Prenzlauer Berg

Morgens wacht Paul gut gelaunt auf und wir kuscheln und toben noch ein bisschen im Bett, während Carina duscht.

Bei der Bescherung spannt sich hinterm Dielenfenster ein Regenbogen im sonnigen, nassen Tag über dem Siedlungshimmel auf. Meine Mutter sagt, das sei ungewöhnlich, sonst sei er immer auf der anderen Seite, vorne über dem Garten. Jetzt steht er, satt in seinem spektralfarbenbunt hingetuschten Streifenstrich, über der Prieborner Straße, hinterm Fenster hinter dem Geburtstagsgeschenketisch, auf dem auch Karls Kerze und sein Bild stehen.

Paul packt seine Geschenke aus. Das übliche Gewusel von auf dem Boden hockenden Eltern und dem durch ein Meer aus zerrissenem Papier wühlenden Kind. Die Duplo-Eisenbahn kommt erstmal am besten an. Auch ich habe Spaß daran. Es gibt Aktionssteinchen, die die Bahn irgendwas machen lassen. Zwischendrin macht irgendwer dauernd Fotos. Es ist ein schönes Kindergeburtstagstrara. Wir frühstücken lang, Paul spielt und sitzt zwischen uns auf der Dielenbank. Ein schöner Vormittag. Und dann, draußen hinterm Fenster, hinterm Gabentisch mit dem Karlfoto und der Karlkerze, steht sie dann auch noch da: eine Elster auf der Thuja-Hecke. *Lebensbaumhecke* nennt man sie auch. Mein Herz macht einen Sprung und die Elster hüpft hin und her auf der nassen, von Morgensonne kandierten, sattgrünen, zaunhohen Hecke.

Telefonat mit Anje und Pit. Meine Eltern haben, wie offenbar alle Eltern, die unmögliche Angewohnheit, beim Telefonieren *auf laut* zu stellen. „Warte mal, ich mache mal auf laut“, sagt meine Mutter und das Telefonat ist von da an anstrengend, immer leicht zeitversetzt und abgehackt für alle Beteiligten, als liefe was zwischen den zwei hier durch die Telefonleitung verkuppelten Orten im Kosmos nicht ganz richtig, als wäre eine Unwucht im Strömen der Welt. Etwas genervt mache ich bald den Lautsprecher wieder aus und nehme Pit persönlich an mein Ohr, gehe in die Küche, wo es ruhiger ist, und wir reden ein bisschen, über die letzten Wochen und Monate, ich erzähle, dass Karl ein so schönes Grab hat, wie es uns zur Zeit geht, undsoweiter, undsofort, und als ich auflege und anfange, die Sachen fürs Auto zusammenzupacken ist die Dielenstimmung etwas gereizt. Es ist für alle alles nicht so leicht.

Nach einigen ins Auto geschleppten Taschen und Beuteln lassen wir, alle wieder besänftigt, es ist für alle in all dieser Zeit ja auch immer ein auf und ab, einen bronzegoldenen Heliumstern für Karl steigen. Wir schreiben vorher seinen Namen mit Edding auf den metallisch glänzenden Luftballon. Auf der anderen Seite skribbelt Paul seine Kunst drauf. Es sieht aus, wie die sprichwörtliche Arztunterschrift. Der Luftballon treidelt aus dem Garten hoch, wird vom Wind übers Nachbargrundstück geschoben, wo er dann kurz, wie am Weihnachtsbaum, ganz oben in der Fichte hängen bleibt und dann weiter mit dem Wind aus unserem Sichtfeld geht, vielleicht ein paar Grundstücke weiter sogar wieder seinen Weg runter findet, denn steil hoch in den Himmel geht er nicht, und ich frage mich, ob das für solche Motivluftballons verwendete Gas ein ganz bestimmtes, von irgendwelchen Luftballon-TÜVs zugelassenes und in seiner chemischen Zusammensetzung vorgeschriebenes Gasgemisch ist, das gar nicht so hoch steigen könnte, dass es über zivilen Vorstadtgärten in Flughöhen von Verkehrsflugzeugen zu gelangen drohte. Dass also das Ballonladengas seinen Stern nicht in allerhöchste Himmelssphären jetzt hochträgt, das ist nicht schlimm, kein Makel am hier ausgetragenen Akt, es ist sogar eine ganz okaye Vorstellung, dass der Luftballon irgendwo in irgendwessen Gartenbaum gelandet sein könnte, oder es immerhin über die Grundstücke bis zur Waldgrenze, raus über die Felder, vielleicht ja bis Waltersdorf, auf jeden Fall in ein Weitersodahintrudeln geschafft hat. Wie bei den Kastanienballons auf dem Friedhof läge auch etwas Poetisches darin, wenn Karl und sein Luftballon irgendwo in der Nähe, in also der hier schon so oft genannten Gegend, denn die gibt es auch hier, bleiben würde.

An einer Ampel am Bahnhof Schöneweide steht eine Frau mit roter Melone auf dem Kopf. Genau diese, an ihrem *aufgesetzten* Hut ja zweifelsfrei wiedererkennbare Frau hatten wir gestern auch im Naturkundemuseum gesehen – kilometerweit weg von hier, etliche S- und U-Bahn-Stationen woanders, inmitten der wilden Stadt, unterm großen Saurier, in einer ganz anderen Tarifzone. Zufälle, Wege und Begegnungen. Melonen auf Frauenköpfen, Elstern auf Lebenshecken, andererseits aufgehende Regenbögen, mit dem hohen Himmel hadernde Luftballons. Als meinte alles irgendwas.

Auf dem Weg zu Janka halten wir für einen Einkauf nochmal beim Rewe am Ostbahnhof. Im halbunterirdischen Parkhaus hängen die sozial abgehängten, liegen die Liegengebliebenen, kein schöner Anblick, ein paar Punks, aber auch richtig schlimm kaputte Menschen. Ein bisschen wie Zombies, es geht mir alles ziemlich nah, es ist kein Ort für Kinder und auch kein Ort für trauernde, schwache, zart besaitete, an ihr verstorbenes Kind denkende Menschen wie mich. Im Durchgang vom Parkhaus zur Ladenpassage stehen sie und schnorren. Am Pfandautomaten lange Schlange der Flaschensammler. Es ist Sonntag, die regulären Läden haben nicht offen. Mir tut es irgendwie leid, dass mir die Menschen hier so fremd und kalt sind, ich eher abgeschreckt von ihnen, statt von ihren Kaputtheiten und Schicksalen gerührt und erschüttert bin. Ich denke nur an Karl. Und dieser Ort ist unwirtlich für dieses Denken.

Kindergeburtstag im Prenzlauer Berg. Janka hatte uns eingeladen, Pauls Geburtstag doch bei ihr zu begehen. Damit uns zuhause nicht die Bude auf den Kopf fiele. Ihre patente, kümmernde Art, wie auch bei der Hochzeit damals schon, als sie spontan die Zimmereinweisungen übernahm, für die ankommenden Gäste erste Ansprechpartnerin war. Helena und Cleo sind extra nach Berlin gekommen, um bei Pauls Geburtstagsfeier dabei zu sein. Irgendwann während des wilden Geburtstagswahnsinns, samt Topfschlagen und allem, merkt Helena an, dass das für Karl vielleicht sogar etwas zu trubelig gewesen wäre. Wir grinsen milde, in einem kurzen, zarten Moment inmitten des euphorischen Krachs von auf Kochtöpfen gedroschenen Holzlöffeln und ich sage ja, er war da immer eher wie sein Vater.

Draußen im Hof lassen wir ein blaues Heliumherz für Karl in den Himmel steigen. Es ist ein schöner Moment, mit vielen Ahs und Ohs. In jedem aufschauenden Gesicht ein Lächeln. Ein leicht verkniffenes Blinzeln gegen die Sonne, aber auch Zuversicht, Heilung, Freundlichkeit, Freude am Zusehen des frei dahinschwebenden Herzes. Bei der Luftballonaktion zur Beisetzung war es ähnlich. Obwohl der Tod damals, rein zeitlich, noch näher war.

Wir sitzen und stehen um den Buddelkasten im Prenzlberger Hinterhof herum. Die Kinder spielen darin, selbstständig, beschäftigt, ins Spielen vertieft. Die Erwachsenen machen Erwachsenengespräche und ich träume mich, während der berliner Hinterhofwind in die hohen Hecken rauscht, in Vorstellungen von und mit Karl hinein. Wie es wäre wenn er jetzt hier wäre, wie er da so herumbuddeln würde, wie er durch den Sand *watscheln* würde, wie er für immer auch mein watschelndes Kind sein wird, weil er ja gerade erst sieben, acht Monate gelaufen war, und immer noch, mit dem Hummelpo, so eine hochniedliche Anfängerart beim Laufen hatte, durch das Cortison und die Gewichtszunahme während seiner Krankheit genau genommen auch wieder etwas tapsiger geworden war. Paul läuft seit einiger Zeit schon, mehr und mehr wie ein richtiges Kleinkind, er hatte auch schon früh angefangen rückwärts zu laufen, war einfach eines Tages, als wäre es nichts besonderes, irgendwie rückwärts herumgetrippelt und hatte sichtlich Freude daran.

Und immer wieder, beim Aufwischen des Handys: Paul und Karl an der Badewanne.

Wir gehen hoch und trinken Crémant, essen noch einen Kuchen, die Fete läuft gut. Dann werden Partyhüte für alle und eine Geburtstagskrone für Paul gebastelt. Helena: die Mutter der guten Kreativideen, Zauberin der Bastelschublade. Die Kinder falten, schneiden und kleben und es herrscht sowas wie eine Art von konzentrierter Ruhe. Ich stehe vor dem Sideboard auf dem Karls Foto neben den Geschenken steht und schaue es an und sehe mein lebenslustiges, freundliches, im Juli gestorbenes Kind. Ich sehe seine Ausgeglichenheit und seine Freude, kein Argwohn, kein Ärger, kein Zweifel am Leben, und das tut irgendwie gut. Ich fühle, dass er hier bei allem *dabei* ist, in mir, in uns, im Helium über der Stadt, in allem, im Großen und Ganzen.

Abendbrot. Pizza. Pappensatt. Warme Wohnung. Wenig Sauerstoff. Ich bringe die Windeltüte runter und gehe in die Tiefgarage, hole Pauls Schlafsachen, stehe kurz in der filmreifen Ruhe des unterirdischen Betons, gehe kurz in unbelärmte Karlgedanken, es tut gut. Die Ablenkung, das Abgelenktwerden ist oft auch anstrengend. Manche suchen sie ja, gerade bei so schweren Lebensphasen, bei erschütternden Erlebnissen, so sehr: die Ablenkung. Ich will da immer wieder hin, will mich genau dorthin hinlenken, zum Thema, zu Sache, zum *Inhalt*. Zu dem was bleibt. Sein Tod ist natürlich die völlig falsche Verpackung für diesen Inhalt. Aber vor seinem Tod war sein Leben. Und nach dem Tod geht sein Leben nicht weiter, jedenfalls nicht als Kind, das sich mit bunten Sachen aus der Bastelschublade eine Geburtstagskrone beklebt, aber der Inhalt bleibt ja da, der war ja da, der ist ja noch da, völlig falsch umfasst und viel zu früh abgeschnitten vom Tod, aber sein Leben war nicht leer, wir waren alle voll drin, im Glück, das wir uns erlaubt hatten. Ich schreibe „erlaubt“, weil sich wieder etwas in mir sträubt, zu schreiben, dass uns das Leben ihn oder die Zeit mit ihm *geschenkt* hatte. Das Leben ist nichts passives. Das Glück holt man sich, man macht es sich selbst, man sieht und erkennt es, man erkennt es an, es ist ein Zustand, der einem manchmal vielleicht unerwartet zufällt, aber man muss es irgendwie halten, das ist die Arbeit, man muss diese einem zufallenden Zufälle anzunehmen wissen, und wenn man nicht völlig ungelenk ist, im Zugehen auf seine Gefühle, lernt man irgendwann auch, dieses Glück und die Zustände, die es begünstigten, selbst herzustellen. Jedenfalls möchte man als Eltern einfach alles Nichtglück und das Unglück natürlich fernhalten vom eigenen Kind. Deshalb wartet man nicht, bis irgendwann das Glück mit Geschenkschleifenband auf der Fußmatte steht. Und vielleicht war uns das ja gelungen bis jetzt: dass wir unseren Kindern bis hierher, Karl also für die insgesamte Zeit seines viel zu kurzen Lebens, etwas davon hatten herholen, festhalten und ihm geben können.

Abends, als Paul und die anderen Kinder im Bett sind, sitzen wir, die Erwachsenen, noch am Tisch in der Wohnküche und trinken was. Ich bin furchtbar müde und mein Gesicht glüht vor Müdigkeit und Alkohol. Die anderen reden über Schulgeschichten. Ich fühle mich, da ich als einziger hier auf einer anderen Schule war, etwas fehl am Platz und klein als Mensch. Ich sitze still, vielleicht sogar etwas *glücklos* am großen, geselligen Tisch und verfalle in alte Muster. Ich gehe ein bisschen ungalant und ohne Abschied ins Bett. Im Bad sehe ich im Spiegel schon wieder ziemlich fusslig obenrum aus. Obwohl ich doch im Sommer, nach Karls Tod, beim Friseur gewesen war. Und wie grotesk das war, wenige Tage nach seinem Tod zum Friseur zu gehen. Oder wegzufahren, in einen Urlaub, nach Berlin, irgendwohin, wo immer er nicht war, weil er ja gestorben war. Wie grotesk das war, ohne ihn weiterzuleben. Wie grotesk das *ist*. Jeden Tag. Ich lege mich dann zu Paul und schlafe gegen halb zwölf schnell ein.

Für Paul war es ein toller Tag. Für Karl haben wir auch tolle Sachen gemacht. Es fühlt sich ganz okay an, dass dieses Tagebuch eventuell bald endet, oder pausiert, zumindest erstmal weniger heftig beschrieben wird. Ich bin mit meinem Text hier schon einiges an Weg gegangen. Und immer wieder geh' ich hier, im Text, im Schreiben, in den wühlenden Worten, zu ihm hin. Undsoweiter.

Mo. 03.10.2022, 12:09
im Auto

Frühstück im Prenzlberg. Auf dem hellen Teppich, in der Sonne, leichte, müde Gespräche, über Kinder, Erziehung, all das.

Ich belade das Auto. Starke Karlgedanken in der Tiefgarage. Wie es wäre, wäre er jetzt mit uns hier. Wie es wäre, wenn er nicht gestorben, stattdessen vielleicht noch unheilbar kranker geworden wäre – wie es wäre, mit einem beeinträchtigten Karl weiterzuleben, wie schön das natürlich wäre, weil man dann Karl wieder hätte. Ich denke diese Szenarien immer wieder, als wäre das ein Deal: er wäre jetzt nicht tot, es wäre etwas anderes Schlimmes passiert, wir würden uns dem stellen, damit klar kommen, damit leben. Als wäre alles, ALLES, ALLES leichter, als mit seinem Tod leben zu müssen. Und ich weiß nicht, was dieser Satz bedeutet, ob ich mir damit eine graduelle Zurückstufung seines Todes wünsche, was sich auch irgendwie nicht richtig anfühlt. Als wünschte man sich einen aushandelbaren Wunschzustand zurück. Was sich anfühlt, als würde man das gestorbene Kind instrumentalisieren, als würde der Tote sagen: Moment mal, ich bin ja gar nicht dabei, was wünschelst Du dir da bloß für einen Unsinn zusammen? Unklares Fahren durch die durch einen durch fahrenden Gedanken.

Mittägliches Rumtingeln im Prenzlauer Berg. Auf dem Spielplatz die Ökosnobeltern. Der zudringliche, belehrende und gleichzeitig unverbindliche, der die eigenen Kinder auf groteske Art entmündigende, im Kern wahrscheinlich große Mündigwerdung meinen sollende Tonfall der hafermilchtrinkenden Tanten hier geht mir ein bisschen auf den Sack. Ich hopse mit Paul auf den Spielplatztrampolinen, wir essen eine Quiche vom Hipster-Resto ums Eck. Ich trinke natürlich selbst auch gern Hafermilch, mein Gram gegenüber den Ökotanten ist ungerecht, wie so manche meiner mürrischen Vergrabungen der letzten Zeit, aber ihr antiautoritäres Ankrähtätärä erscheint mir selbstgerecht und fast schon *gleichgültig*, ich reagiere sehr empfindlich und unsachlich auf alles, und mein Karl ist tot und alles was einfach so weitermacht, auch die ihre Kinder antiautoritär anschnatternden Spielplatztanten sind mir fremd und fern, stressen mich, gehen an mein dünnes *Nervenkostüm*. Der Oktober steht wie ein warmer Septembertag im Innenstadtkiez. Das Glück der jungen Eltern hier drumherum macht mich schwach. Wie sie geschäftig an ihren Kinderwagen fummeln, irgendwelche Hebel hoch- und runterstellen, die Bremsen ein- und ausrasten, im Kinderwagenkofferraum nach Fressen und Trinken kramen, mit Säuselstimmen und langen Vokalen die Namen ihrer Kinder rufen, um sie heran und von irgendwoher wegzurufen. Namen wie aus schwedischen Kinderbüchern. Ich stehe als Fremder hier im normalen Getriebe all der Elternzeiten und vermisse sehr stark unsere Zeit, als wir unseren Zwillingsbabywagen durch unseren Kiez schoben, sorglos, müde oft natürlich, aber glücklich, und vielleicht auch ein bisschen selbstgerecht – angekommen in einem neuen Glück, das das Leben uns hingestellt, in einem jubelhaften Sinne hingeworfen, ja vielleicht sogar, und da dachte ich kurz an Frau Dr. de Beauvoir, dann doch *hingeschenkt* hatte.

Auf dem Weg zu Oma und Opa halten wir für Kaffee und Kuchen bei Tante Ida. Reste vom Fuchskuchen und ein Gugelhupf.

Mo. 03.10.2022, 17:45
das Wartenberger Bett

Im Treppenhaus von Oma und Opa in Wartenberg steht ein Geruch von damals. Auch das ist ein Karlstich. In der Wohnung Fotos von Karl. Auf dem Fensterbrett ein Bild von ihm im Park des Arboretums, da war er schon ziemlich cortisondick und schaut etwas professoral über den oberen Rand seiner Brille. Dieses Foto habe ich lange nicht gesehen und stehe eine kleine Weile davor, schaue es an, und denke an die Krankenhauszeit mit ihm und die Ausflüge ins Arboretum, an den damals beginnenden Sommer. Draußen, hinter seinem Foto, der blaugraue Anfang eines wartenberger Oktoberabends. Es gibt ein Foto von einem sehr verträumten Karl auf Omas Couch, von einem Besuch damals. Eine Kartoffelpizza backt im Ofen. Ich gehe runter und lade das Auto aus. Es regnet und es riecht gut. Die Straßenlaternen sind schon an, obwohl es noch gar nicht richtig dunkel ist. Es ist fünf nach sechs, in einer Stunde ist es wahrscheinlich komplett dunkel. Wieder die Sinuskurven. In der Stille des Autoausladens wieder innere Zeit für *ausgedachte*, also eingehend und zu Ende gedachte und konkret und ablenkungslos in seine Richtung gemachte Karlgefühle. Ich freue mich plötzlich wieder sehr auf Greifswald und mein abendliches Geradel durch den Herbst dort. Zum Friedhof. Zum Krankenhaus. Zu einem in mir drin wachgerufenen Karl.

Zum Abendbrot Nudeln für Paul. Pizza für uns. Paul hat Spaß und lässt vergnügt die Beine vom weißen Reisehochstuhl baumeln. Er telefoniert mit Uroma. Telefonieren fanden die Kinder seit geraumer Zeit schon toll. „NIER, NIER“ sagte Karl immer. Bei Janka stand Paul gestern an der Garderobe, hielt sich einen dort neben den Schlüsseln herumliegenden Taschenrechner ans Ohr und tat so, als ob er telefonierte.

Während Carina Paul bettfertig macht, rede ich mit Bärbel in der Küche. Wie es uns geht, fragt sie. Dass sich Freunde von ihr abgewandt haben, sagt sie. Ob ich noch schreibe. Sie weint sofort immer los, wenn wir darüber reden, aber ich merke, dass sie das Darüberreden braucht und ich weiß, dass auch ich gern darüber rede, also rede ich gern mit ihr darüber. Im Reden bleibt die Erzählung da.

Am späten Abend noch Biere und Schnäpse. Gespräche über die Beisetzung, über Freunde, und über Karl. Ich falle halb eins besoffen ins Bett zu Carina und Paul. Großes Nestgefühl, als sich beide kurz neu zurechtstrampeln, ein, zwei Mal hin- und herwälzen, sich dann wie zwei Halbmonde ineinander löffeln und ich, mit ungeschickten Versuchen, kein betrunkener Tolpatsch zu sein, neben den beiden unter meine Zudecke fließe, innen ziemlich stramm, außen ganz wachsweich und breit.

Di. 04.10.2022, 09:47
im Wartenberger Bad

Um acht stehen wir auf. Halsschmerzen, belegter Hals, leichter Kater. Frühstück. Wohnzimmerzeit mit Paul. Draußen bedeckt und Herbst. Unter der wartenberger Dusche Gedanken an meinen Bruder und auch der Gedanke: ist nicht das Krankenhaus der Ort, wo all die Kacke anfing? Sollte ich dem gegenüber nicht eher negative Gefühle haben?

Ich habe das Gefühl, schon einen weiten Weg gegangen zu sein, aber auch, dass noch viel kommt, dass nach dem Zuendeschreiben dieses Buches noch weitere Prozesse weiterlaufen und neu anfangen, wie Abnabelungen von mit ihm verbundenen Orten, solche Sachen. Dass es noch *Prozesse* braucht, um eventuelle Verklärungen und Verblendungen zu lösen oder neu zu betrachten. Dass alles noch klarer wird dadurch. Eventuell auch trostloser und erklärungsloser? Dass ich irgendwann den hier entstehenden und dann entstandenen Text für erstmal soweit fertig und damit das Buch sozusagen für lebendig erkläre: dass das Buch dann *da* ist. Dass das Buch, über den Tod meines Sohnes und die Zeit danach, dann sein Eigenleben beginnt. Dass es in der Welt ist, wie es ist.

Di. 04.10.2022, 20:34
wieder in Greifswald

Vor dem Mittag ein Spaziergang durch die Nachbarschaft. Vorbei am Sportplatz neben den Pappeln, zwei Elstern hüpfen auf der Tartanbahn. Hin zum großen Spielplatz mit seiner langen, nutzlosen, nicht rutschenden, mit herkömmlichen Hosen nicht rutschbaren Rutsche. Also immer wieder hoch, neue Versuche, sitzend auf der Mütze, mit dem Schal um den Hintern gewickelt, immer nur mühseliges Kriechen auf dem stumpfen Blech. Ein Jogger zuckelt mit angezogenen Armen vorbei. Oben, knapp unter den dicken Wolken, fliegen die Gänse ihre Geometrie, darunter franst die Stadt langsam ins Brandenburgische aus. Das Feld, die Bäume, jetzt schon mit roten und gelben Akzenten in den Kronen, dazwischen die Schrebergärten, dann Windräder und Hochspannungmasten, dann der Rest der Welt. Und in mir, während Opa mit Paul im Sand buddelt, angeregt von diffusen Gedanken an irgendwo in der Ferne und in der Gegend herumwehenden, vorgestern hochgestiegenen Luftballons, ganz viel Karl.

Es gibt gutes, katerlinderndes Gulasch. Danach gehe ich rüber zum Penny, ein kleiner Einkauf, Eier und Milch für zuhause, Süßes, Salziges und Flüssiges für unterwegs und gegen die Dehydration. Es gibt am Eingang eine rote Ampel, die die Leute erst reinlässt, wenn andere rausgehen. „Ja, sachense mal, dit jib's doch nich hier!“ sagt eine Frau mit dem Gesicht einer Raucherin. Eine andere Frau, mit dem Gesicht einer Säuferin, fragt „Is schon wieder Corona ausjebrochn hier bei Penny?“und zeigt auf einen Mann mit Maske und die schimpfende Schlange vor der warnlampen-regulierten Automatiktür. Ich kaufe den üblichen Katerkram. Die Leute laufen hier irgendwie dichter und respektloser an einem vorbei, als wäre ein Schritt beiseite ein Zeichen von Schwäche. Ich mache einen eventuell etwas *etepetetigen* Eindruck mit meiner Biomilch und den Bioeiern hier auf dem Kassenband, immerhin sind sie gerahmt von Chipstüten, Brausen und süßen Fruchtsäften. An der Kasse sage ich, wahrheitsgemäß aber in Anbetracht meiner höherpreisigen Waren, vielleicht doch etwas scheinheilig, zur volltätowierten, streng gezopften, voll netten vollpatenten Kassiererin, als sie mich fragt ob ich „noch Geld mitnehmen?“ möchte, „Nee, danke... Ich hoffe, is' überhaupt noch was drauf“. Sie schmunzelt kurz, eigentlich ehrlich nett, bilde ich mir ein, obwohl sie Sprüche derart bestimmt ständig hört. Sie sagt dann „Ich hoffe auch“ und nickt in Richtung des *EC*-Terminals. Das Kartenlesegerät sagt „Transaktion erfolgreich“. Die Kassiererin sagt „Schön' Tag noch“. „Auch so“, sage ich, raffe meine Einkäufe zusammen wie ausgebüchste Tiere und stelle mich draußen erstmal an eine Laterne und trinke eine kleine Flasche Erdbeersaft in einem Zug leer.

Die Profanität des Autobeladens hat wieder etwas befremdlich *normales*. Etwas alltägliches liegt darin, etwas vom Leben, wie bei *richtigen Leuten*, wie wir eine Weile immer sagten, wenn etwas ordentlich, vielleicht steif und gesittet, von ausgestelzt vornehmem Format, jedenfalls irgendwie anders war, als in unserem unbeschwerten Hallodrileben damaliger Jahre. Auch im Roman lasse ich das ein, zwei Leute sagen. Wie bei richtigen Leuten. Ein Auto beladen. Als machte man eine Reise. Als wäre alles gut.

Im Großelterngarten Kuchen und türkischer Kaffee. Prima Herbstnachmittag. Offene Jacke. Gedimmt helle Welt. Paul fegt mit dem Besen rum und schaut nach dem Teichfrosch. Irgendwo grunzt ein Rasenmäher. Geräusche einer kleinen Baustelle im Nachbargarten. Die letzten Menschen machen die

Sparte winterfest. Saisonende. Der Parkplatz unter den Pappeln nur dünn bestellt. Das Leben geht nach drinnen. Mein Blick schweift nach hinten, in die Gegend hinter den Gärten. Das nah gelegene, zäh wie durch Sirup rotierende Windrad, der Kran – ist der neu? war der damals schon? – die Wolken, der Himmel, das Umland, die Welt. Auf der Veranda eine Pflanzschale für Karl. Darin eine Steinfeder mit der Aufschrift „In Liebe". Eine Krähe in einer Pappel. Krümel von Omas Apfelkuchen auf dem Teller. Sie pflückt noch ein Sträußchen und packt uns Obst und Gemüse ein. Paul schleppt einen Wasserkanister aus der Laube raus und sagt „Seifenbassen". Bella hatte zum Karlgartenfest einen Kanister Seifenblasenlauge mitgebracht, für die Kinder, wahrscheinlich flogen riesengroße Seifenblasen herum, ich erinnere mich nicht richtig, ich sehe nur die vielen einander zugewandten Gesichter, sich unterhaltende Menschen, das Zusammenkommen, das zusammen Reden, das Zusammensein, das zusammen weinen und lachen, auch das Zusammenklappen, das Zusammenziehen von von Traurigkeit angefassten Herzen – als Muskel und als Mitgefühl. Keine Regung war einsam.

Dann setzt sich die Drei-Mensch-Familie, die wir jetzt sind, in unser Auto und wir fahren, endlos lange aus dem Autofenster winkend, bis Oma und Opa außer Sichtweite im Staub des Schotterwegs unter den Pappeln verschwinden, von der Kleingartenanlage runter. Noch bevor wir auf der Autobahn sind, ist Paul eingeschlafen. Ich hole die Snacks für die Fahrt raus und wir trinken Cola und essen Carazza und rollen so, leicht verkatert, leise und schweigend, landwärts dahin, richtung Greifswald, wo unser Sohn begraben ist. Wo wir die Pflanzschale auf sein Grab stellen werden. Wo ich bald schon wieder – auf dem Friedhof, vor dem Krankenhaus, in meiner Sitzecke, bei den Kaputtnicks, auf dem Fahrrad, beim Herumgeradel, in der Gegend – bei Karl sein kann.

Paul schläft hinten. Ich knacke auch für ein paar Kilometer weg und wache auf, in ein angenehmes, vom kurzen Schlaf in mir aufgeschütteltes Erholtsein hinein. Ich lese ein Buch vom Autor, von dem ich im Krankenhaus schon ein anderes Buch gelesen hatte. Der Tonfall ist derselbe. Das Buch ein anderes. Aber irgendwie aktiviert der brabbelige, nicht besonders einfallsreich oder prosaisch schön hingeschriebene, aber doch irgendwie herzensgute, dieser schlichte, leichte Text, Gefühle aus dem Krankenhaus in mir. Wie ich da auf dem Klo darin gelesen hatte, auch abends manchmal, immer mal ein bisschen, sporadisch nur, und dann doch, das war die seltsam zusammengeschobene Zeit dort, es bald ziemlich schnell *weggelesen* hatte, wie ich viele Bücher dort, in diesen zwei Monaten, angefangen und die meisten auch ausgelesen hatte.

Wir fahren vorbei am Parkplatz Klockow-Ost und irgendwas klingelt in mir. Hier hatten wir im Hochsommer gerastet, bei 38 Grad, und ein riesen Haufen Hundekacke hatte da im Gras gelegen.

Wieder in Greifswald. Abendbrot bei Hauke, Helena und Cleo, dann nach Hause, in die Wohnung, die nach den Tagen unserer Abwesenheit wieder diesen eigentümlichen, wie stillgelegten Geruch hat. Der dem Urlaub entgegengesetzte Duft. Wir bringen Paul ins Bett und er schläft, trotz rekordmäßigem Zweistundenschlaf im Auto, relativ schnell ein.

Di. 04.10.2022, 21:09
Sofa

Carina backt abends noch einen Geburtstagskuchen für die Kita. Ich lade das Auto aus. Beim Kofferraumausräumen, im blauen, frühen Dunkel, wieder angenehm profane Gefühle. Als wären wir irgendwo angekommen. Aber das stimmt nicht. Wir sind nirgends angekommen. Wir sind mittendrin – immerhin aber zurück, in der Stadt, in der er geboren wurde und viel zu früh, zur völlig falschen Zeit, in keinem einem Tod gerechten Alter vor einigen Wochen starb. Im Fahrzeugfond ist es noch warm von der Fahrt vorhin. Der Mond steht über dem nahe gelegenen Studierendenwohnheim in den obenrum rumkriechenden Wolken und franst ein Leuchten da hinein, *auratisch*, wie in einem Gemälde einer hellen Nacht. Ich schleppe die Taschen und Ikeatüten hoch, stelle erstmal alles in den Flur, buckele den Kinderwagen aus dem Kofferraum und verstaue ihn in der unteren Wohnung, hole oben Karls mitgereistes Ascheherz aus meiner Umhängetasche, stelle es mit seinem ebenso mitgereisten Bild aufs Fensterbrett zu Pauls Foto, stelle die große Karlkerze zurück ins Herbstmoosgesteck auf dem Küchentisch und bin ein bisschen diffus traurig, bin aber eigentlich nicht richtig bei der Sache, eher müde und zerstreut, mechanisch in diesem Auspack- und Verstaumodus, denke nichts genaues, aber dann doch sowas wie *„Was für ein Scheiß“* und meine damit natürlich den unfassbaren Fakt, dass alles was wir jetzt von ihm noch haben, nun all die Erinnerungsmedien, -rituale, -artefakte und -routinen sind. Und ich denke aber auch, dass wir genau *dieses Alles,* das wir noch haben, pflegen müssen, und deshalb besonders schön machen und halten müssen – das hatte ich auch zu Bärbel vorhin gesagt, als sie mir kraftlos die Pflanzschale gegeben hatte und, schwach in der Stimme, sagte „mehr kann man nicht machen", was wieder so trostlos und verloren klang, dass ich mich innerlich dann aufzurappeln verantwortlich fühlte, um dann, mit irgendwas von mir gesagtem, innendrin sie ein bisschen aufzurappeln. Also hatte ich gesagt, dass wir genau *das*, dieses *„mehr, das man nicht machen kann"* jetzt *ganz besonders* schön für ihn machen müssen. Und dann gingen wir mit Omas Sträußchen und den Äpfeln, den Karotten, der Pflanzschale und dem ganz genauen Gefühl einer Leere ohne ihn, aus dem Garten raus, hin zu unserem Auto unter den Pappeln.

In der Wohnung riecht es nach Kuchen und ich setze mich aufs Sofa, schaue die vielen Geschenke an, die im Zimmer stehen und freue mich darauf, mit Paul mit all diesen Sachen zu spielen. Vorher hatte ich noch die Geburtstagskarten für Paul zusammengesammelt und gelesen. Ich war gerührt, klopfte die Karten gedankenverloren zu einem Stoß zusammen und dachte dann an die Kondolenzkarten für Karl, die wir erst vor wenigen Wochen in unseren Händen hielten.

Er fehlt mir einfach so sehr, als *Buddy*, als Kumpel.

Als Kind.

Di. 04.10.2022, 23:26
Bett

Müde und mit jetzt spätabends wieder aufwallenden Erkältungssymptomen, mit leichten Halsschmerzen und zuschwellender Nase, mache ich mich bettfertig, nehme eine Ibu, zwei von den Best-Ager-Vitaminen die ich letztens gekauft hatte, eine Magnesium, und reibe meine Brust mit Erkältungsbalsam ein. Ich wollte eigentlich noch abends die Notizen und Niederschriften des langen Wochenendes in den Karltext einfügen, bin aber zu fertig einfach und denke mir, dass ich das ja morgen tagsüber machen kann, wenn Paul in der Kita ist, da bin ich sowieso wacher, sowieso schreibfähiger. Im gleichen Moment denke ich aber auch: nee, man kann nicht alles *ja noch morgen* machen, und denke dabei an den Tod von Karl.

Wie sein Tod so unerwartet und sinnlos, im Sommer, von einem Tag auf den anderen, in unser Leben gefallen war und einfach alles, ALLES, ALLES verändert hat.

Ich drehte vor dem Zubettgehen die Heizungen runter und stand, als ich das Fenster auf Kipp stellte, kurz eine Weile vor Karls Foto, vor den Fotos von beiden, und war sofort wieder im Denken bei dem Gefühl, dass es alles so perfekt und ausgeglichen war, mit beiden Kindern, dass die Balance in unserem Leben durch beide so gut war. Und dass wir seltsamerweise, bei aller Schwere und Trauer, auch jetzt irgendwie eine Balance als Trio gewordene Hinterbliebenenfamilie haben, so als stünde Karl jetzt nicht neben, sondern als gleichwertiger Schwerepunkt, *hinter* oder *vor* oder, viel eher noch natürlich, und ganz genau: *mit* Paul auf einer Stelle: in unserer *Mitte*. Dass er immer mit dabei ist, mitten unter uns. Komische, unklare, vor Müdigkeit jetzt nur schwer zu benennende, aber in mir als irgendeine aushaltbare, vielleicht fast gute *Kraft* herumirrende: Gefühle.

Ich schlüpfe ins Bett in der ansonsten noch kalten Wohnung, spüre Pauls Wärme neben mir und in unserer Mitte und merke, kurz vorm Fallen in das Schlafen, wie schlauchend das Wochenende dann doch gewesen war.

Mi. 05.10.2022, 08:23
Küche

Kurz nach Acht: ich mache die Bluetoothbox an und sie ist laut.

Unsere Bluetoothbox im Krankenhaus, das bescheidene Ding, das ich für eine Klanginstallation angeschafft hatte, startete immer bei voller Lautstärke. Karl machte dann immer große Staunaugen, zeigefingerte in Richtung der Box und sagte, weniger überrascht, sondern vielmehr wie eine die Sachlage sortierende Einordnung, ein langgezogenes „Lauut!" und schaute mich dann an, wie jemand der alles im Griff hat, der allenfalls vielleicht nur ein bestätigendes, wissendes Nicken vom Vater nur braucht, um mit dem Tagesprogramm fortzufahren. Dass die Bluetoothbox laut war, war bei jedem Einschalten so, und man musste dann etliche Male ihre billigen Hartplastikknöpfe drücken, um sie leiser zu *kriegen.* Diese Box ist eine Anschaffung aus der Krankenhauszeit, Carina hatte sie mir ins Krankenhaus gebracht, damit ich sie für die wenige Tage später performte Klanginstallation antesten konnte. Die Box war online im Angebot und es war klar, dass sie kein Klangwunder wäre, aber für die Installation sei sie vielleicht ja ausreichend, hatte ich gedacht und hatte sie dann an einem Abend, als Karl schlief, draußen auf dem Parkplatz hinter dem Krankenhaus ausprobiert. Die Box hat sehr schöne Hochmitten und liegt ansonsten jetzt ungenutzt beim eingelagerten Klangequipment. Aber auch sie ist ein Artefakt jener Zeit, ein Zeiger zurück zum gestorbenen Kind.

Ich habe Halsschmerzen und fühle mich etwas krank. So vom Wochenende krank, wie man es manchmal hat. Im Krankenhaus lebte ich so gesund, dass ich morgens um sieben immer einigermaßen fit war. Vor dem ersten Kaffee ging natürlich trotzdem kaum was. Paul war eben fröhlich aufgewacht, zeigte vom Wickeltisch auf die vielen Geschenke im Wohnzimmer und freute sich.

Mi. 05.10.2022, 10:12
Koffice

Während ich warte, dass Paypal meine Sofortüberweisung verbucht, damit ich andere Zahlungsprozesse anschieben kann, übertrage ich die Notizen und Niederschriften des langen Wochenendes in den Karlcomputer. Beim Überfliegen des Geschriebenen merke ich, jedes Mal, wie porös und durchlässig, schlichtweg vergesslich so ein trauernder Geist ist. Von vielem, was ich da aufgeschrieben habe, fehlt mir die genaue Erinnerung. Und oft, wenn ich so auf den Text *schaue*, sehe ich nur Wortwüste. Die Augen blicken durch die Zeichen durch, zu matt das Gehirn, um das Flimmern auf dem Bildschirm als einen Text zu erkennen und zu lesen. Gerade hier, in der reinen, uneditierten schreibmaschinenschriftlich anmutenden Textdatei. Auch deshalb tut das Übertragen und *Setzen* des entstandenen Textes ins Buchdokument so gut – weil ich dann immer das Gefühl habe, der Text geht jetzt zu dem anderen dort schon hineingesetzten und teilweise schon typografisch zurechtgesetzten, dem aufbereiteten, hübsch gemachten, gepflegten Karltext. Und dass dort dann das entsteht, was Karl würdig wäre: mein Schreiben von ihm und uns und zu ihm hin.

Denn es ist fast alles durch den Text wieder hervorrufbar, aktivierbar. Und das ist das Gute an diesem Schreiben hier. Ich behalte mich damit selbst in der Welt. In dieser ohne Karl natürlich völlig idiotischen, sinnlosen Welt.

Mi. 05.10.2022, 11:07
Friedhof

Auf Karls Grab haben Leute einen Strauß und eine Sonnenblume hingestellt. Sie hängt mit langem Hals in einem Plastesektgläschen, von dem man die Bodenplatte abgenommen und eine formidable kleine Grabvase daraus gemacht hat. Ein neues Steinchen ist dazugekommen und jemand hat eine Kastanie dazugelegt. Ein flugzeugförmiges Buddelförmchen auch. Wahrscheinlich waren das alles unsere Freunde, am Sonntag, als sie hier waren, zu Karls Geburtstag. So genau wissen wir nicht, wer noch sein Grab aufsucht. Das Grab gehört als Ort ja allen Angehörigen, Freunden und Bekannten des Verstorbenen. Es soll für alle, die an ihn denken und ihn *suchen* ein Ort seiner Gegenwart sein.

Ich sammle, im Spagat über den anderthalb Grabquadratmetern stehend, die zahlreich rübergerieselten, gelben Birkenblätter vom Grab, schaffe irgendwie etwas, das ich, als gärtnerisch immer noch eher Unbegabter, für sowas wie „Ordnung“ halte, harke mit den Händen die Erde ein bisschen zurecht, ein riesengroßer Regenwurm kriecht langsam auf der Erde herum, schutzlos und glänzend, irgendwie auch anmutig, als lebendes Wesen in meinem traurigen Schatten, ich betätschle die Pflanzen und Blumen so, dass sie irgendwie wieder schön *dastehen*, als würde ich jemandem die Schulterpolster am Sakko zurechtziehen, und gehe dann meine üblichen Wege: ich stelle mich unter die Kastanie, schaue hoch und herum, ob Ballons oder Zettel heruntergekommen sind, aber es hängt alles noch da oben, gehe dann zu den Abfallkörben, schaue nach, ob darin etwas vom Baum gefallenes, uns betreffendes liegt, sehe nur Supermarktblumenstraußfolien, ausgebrannte Grablichter, Taschentücher, Rotzfahnen, Schleifenbänder, und eine leere Flasche fertig gemischter Weinschorle und weiß nicht genau, ob die vielleicht von unseren jüngst hier gewesenen Freunden ist, die Vorstellung davon geht jedenfalls kurz als kleines, warmes Gefühl, als Prost und Trost, in mir herum. Ich schicke ein paar Fotos vom Grab und den neuen Dingen darauf in unsere Freundechatgruppe, die es seit der Beisetzung gibt, und fühle mich dankbar. Anteilnahme, Freundschaft, Mitgefühl, das Gefühl nicht allein zu sein, all das hilft doch immer wieder sehr.

Auf dem Hinweg hierher, an der Verlängerten Scharnhorststraße, nahe am Karlbaum, standen drei Männer um einen kleinen Bagger herum, der kaum größer war, als die Männer, die gerade irgendwas im Rinnsaal am Rand der Straße schaufelten. Von den Schrebergärten her kam der Rauch von den Laubfeuern des Vormittags. Auch auf dem Friedhof jetzt: ein herrlicher Herbsttag, relativ mild sogar. Ich kam verschwitzt hier an, aber das war auch eher die Erkältung und das dann doch ziemlich alkoholhaltige Wochenende.

Ich stelle die Pflanzschale aufs Grab, lese die Karte von Oma und Opa, die neben einem Spielzeugauto für Karl darin steckt und bin gerührt und den Tränen nahe, habe aber auch, wie bei so vielem, das ich für und im Sinne von Karl mache, eine Art *gutes Gefühl*. Ich habe das gute Gefühl, dass das alles Sachen für genau *ihn* sind. Das sind Dinge und Tätigkeiten, die ihn meinen, an ihn gerichtet sind, es sind Akte der Kommunikation, der Kontaktaufnahme, es ist mein und unser Beiihmsein und Mitihmsein. Und doch ist es, tritt man einen Schritt aus diesem guten Gefühl zurück, immer wieder grotesk: man fuchtelt als Lebender im leeren Raum herum, den der Verstorbene hinterlassen hat, und hofft diese Leerstelle damit mit irgendwas *wie Leben* zu füllen. Die Gefühle und Gedanken von uns, in uns, an ihn, zu ihm hin, sind ja jetzt sein Lebendigwerden, in uns, für uns, durch uns. Und so gut man all das macht: er ist nicht da, wird nie mehr da sein. Ich zupfe ein paar umgeknickte Blüten von den Sträußen und stecke sie ein, um sie nachher, vom Rad, raus in die Landschaft zu werfen. Das Trauern und die dabei gemachten Akte sind fast schon banal: in allen Ecken, an allen von uns gemachten Strecken, in allem, was und wo wir sind, soll immer auch Karl drin stecken. Der Tod ist trivial. Man ist tot oder nicht. Und doch ist natürlich nichts, überhaupt nichts, einfach *einfach* daran. Jedenfalls nicht für die Nichttoten, die den Toten jetzt nicht mehr bei sich haben. Die Lebenden trauern, der gestorbene Mensch aber nicht. Der lebende Schreibende ist traurig, wenn am Ende, nach allem Geschriebenen, alles doch nur trivial und das tote Kind tot bleibt.

Und alles wirkt immer länger her. Mit jedem Tag geht die Zeit als Karl lebte weiter von uns weg. Keine Sache von Sinuskurven, eher irgendwas mit dem Zeitstrahl von dem ich hier auch schon mal tränte. Und dann natürlich doch: irgendwie in sinusartigen Wellen kommt alles immer wieder, ist alles immer wieder da, kommt irgendwas von irgendwoher, irgendwas auf diesem hinter uns liegenden Zeitstrahl fest eingebranntes – denn er *WAR* ja da, wir *HATTEN* ihn ja bei uns, wir hatten ja nicht *NICHTS* – dann doch wieder angespült, mit einer Welle, mit dem unerwarteten Hau einer hochschwellenden Emotion.

Mi. 05.10.2022, 12:03
vor dem roten Netto, Grimmer Straße

Nach dem Friedhof kleiner Einkauf für 13,13 Euro. Der Kassierer nuschelt „Na, da wernse wohl Glück ham“, ich schaue etwas verwirrt, er wiederholt und fügt an „weil zwei mal Pechzahl is Glück“. Ich lache etwas verspätet, gebe ihm Geld und sage am Ende nochmal, wie um höflich seine Wortmeldung aufzugreifen: „Najut, dann hoff ich, dass ich mal Glück haben werde, wa“ und er sagt „Ja, zwei mal Minus is Plus. Das is die erste Matheregel. Wird ja dann so sein“. Wir lachen leicht und heiter und ich gehe raus zum Rad und denke daran, dass ich heute vielleicht doch nochmal Lotto spielen sollte.

Mi. 05.10.2022, 18:39
Wohnzimmer

Ich gehe kurz nach vier mit Paul in die Stadt. Wir spazieren gemütlich und Paul erzählt und erzählt. Dass dieses und jenes Auto, das hier am Straßenrand steht, nicht *unser Auto* ist. Unser Auto ist zuhause, sagt er. Paul erklärt die Welt jetzt immer mehr mit Ausschlusskriterien, Verneinungen und Vergleichen. Sein Denken und wie er es mitteilen kann werden merkbar komplexer und abstrakter. Ich bin stolz auf seine Auffassungsgabe und sein Sprachgeschick und bilde mir ein, dass er sich damit auch Halt schafft, in dieser für uns alle ja so zerrissenen Zeit.

Zuhause bereiten wir Abendbrot vor und ich mache Musik an und Paul sagt »lautl«, und fügt hinzu: »musik leise machen«, also mache ich die Musik etwas leiser und Paul nickt zufrieden. Ich denke an Karls niedliche »Lauutl«-Verlautbarungen. Carina ist noch unterwegs, hat sich festgequatscht mit Gesa und kommt gleich, sagt sie durchs Telefon. Wir räumen im Wohnzimmer auf. All die neuen Spielsachen, mit denen Karl nie gespielt hat, alle ohne Karlerinnerungen. Was irgendwie, auf seltsame Art, auch gut ist. Weil es Pauls Spielsachen sind. Weil es Aufmerksamkeiten sind, die Paul zustehen. Weil ich nicht jede Erinnerung und nicht jede neu in der Gegenwart meines Lebens entstehende Erinnerung nur Karl zuschreiben sollte. Weil Paul mein Kind ist. Weil ich zwei Kinder habe.

Mi. 05.10.2022, 20:15
Vor dem Klinikum

Dieser Tag musste ja kommen: am Raucherkabuff trinkense jetzt tatsächlich Bier. Ansonsten keine besonderen Verkommnisse hier vor dem Krankenhaus. Ich fuhr, nach dem langen Wochenende auswärts, meine Abendradlung hierhin, nahm innen ein Buch aus dem Wägelchen mit, hoch zum Storch, hoch zur 11.2-A, runter mit dem Fahrstuhl, den Gang lang, am Kaffeeautomaten vorbei, vorne wieder raus, wo die Securities, die eben noch draußen geraucht hatten, in den Foyersesseln saßen, ihre Gesichter in die Handys hielten und das Geräusch der Schiebetür ihnen Auskunft genug über mein Weggehen war.

Milder Herbstwind, keine Möwen, keine Schwalben, kein Abendlicht, kein Sommer, kein Karl.

Ich fahre nach Hause, ein bisschen matt und leer innen, weniger aufgewühlt und beseelt als sonst so manches Mal hier. Der Ort verliert an Bindungskraft, das ganze Jahr verliert seinen Drive, ich trudele irgendwie so mit, raus aus dem was mein Leben war mit Karl.

Do. 06.10.2022, 00:47
Bett

Die Frage *„Wo wärst du jetzt gerne?"* ist für mich irrelevant. Lieber *„WANN wärst du jetzt gerne?"*. Natürlich *dort*, in jener Zeit bei und mit Karl. Ich war immer schon eher der sich erinnernde, nostalgische Typ. Orte sind mir nicht so wichtig, wichtiger sind die Erinnerungen an bestimmte Zeiten. Und die sind wieder – wie das Krankenhaus, oder das Herbstlicht im Zimmer – mit bestimmten Orten verbunden.

Do. 06.10.2022, 10:26
Küche

Ich wasche und zerpflücke Salat, weil wir so viel Salat haben. Ich hole eine der drei zueinander passenden, ineinander stapelbaren, als Salatschüsselset mal bei Tchibo gekauften, emaillierten Metallschüsseln aus dem obersten Küchenschrank. Die kleinste davon hatten wir all die Zeit immer als Waschwasserschüssel am Wickeltisch zu stehen. Seit einiger Zeit, wahrscheinlich weil die Schüssel mal gewaschen werden sollte, jedenfalls nicht als bewusster Akt der Abkapselung von Artefakten aus der Zeit mit Karl, haben wir nun eine alte Keramikschüssel am Wickeltisch. Es ist immer seltsam, wenn man im Alltag nun Dinge ausmacht, die *dort* – in unserem alltäglichen Irgendwieweiterleben – erst *nach* Karls Tod Einzug fanden. So wie die neuen Spielsachen, die Paul zu seinem Geburtstag geschenkt bekommen hat.

Do. 06.10.2022, 15:30
Küche

Ein bisschen in meinem, dem also zukünftigen Kinderzimmer aufgeräumt. Carina ist mit Paul, Helena und Cleo zum Friedhof, einen Sonnenhut von Ada und Simon einpflanzen. Mein Karlcomputer ist kaputt, der Akku aufgebläht, das Gerät nicht mehr nutzbar. Kein Geld für einen Ersatzakku, den ich für rund 30 Euro bei ebay kaufen könnte. Ärgerlich. Immerhin, die Daten sind gesichert. Ich schreibe erstmal am Handy mit externer Tastatur weiter und übertrage dann tagesaktuell in meine Schreibdatei im Indesign. Die *KARL 5.TXT*, den halben September bis zum gestrigen Tag, hatte ich gestern abend noch dorthin hinein übertragen. Gutes Gefühl wieder. Das Buch entsteht. Trotzdem irrsinnig viel Arbeit daran noch zu machen. Allein der Textsatz. Von Korrekturen ganz zu schweigen. Das kognitiv lahme

Lamm, dass man als Trauernder so ist. Bei einfachsten Sachen komme ich ins Stolpern. Und doch: das meiste ist, immer noch, nach hunderten von Seiten hier: ein Fließen, ein Perlen, ein endloses Strömen.

Im Lotto gestern hatte ich, entgegen den von der ersten Matheregel gestützten *Prophezeiungen* vom Netto-Nostradamus – bei solchen Worten stolperts dann seltsamerweise nicht – natürlich nichts gewonnen.

Do. 06.10.2022, 15:48
Küchenschreibtisch

Vor dem Mittag war ich vorhin noch die Straße runter gelaufen und hatte eine Kinderwerkbank mitgenommen. Die stand dort zu verschenken und Helena hatte uns darauf hingewiesen. Auf dem Gehweg hatte ich Olaf getroffen und wir standen eine kleine Zeit lang auf dem Gehweg und redeten. Er sagte, er hätte jetzt auch gekündigt. Ähnliche Gründe wie bei mir damals. Nette Leute, alles schick, aber irgendwas war nicht richtig daran, vielleicht sogar falsch. Thematisch, aber auch einfach seelisch. So war es jedenfalls bei mir. Wenn die Arbeit so ganz und gar völlig fern, geradezu das Gegenteil der eigenen Seele ist, macht sie einen kaputt. Vielleicht lagen mir deshalb die seelenlosen Brotjobs dann manchmal doch irgendwie näher. Es waren halt Jobs und das musste reichen. Es gibt schließlich wichtigeres. Die eigenen Kinder zum Beispiel. Auch Olaf sagte, er habe nachgedacht, und man wisse ja nie was kommt, gerade *bei der Situation jetzt*, sagte er, und meinte damit die wirre Weltlage, aber auch unser verlorenes Kind. Die Zeit kommt ja nie wieder, deshalb könnte er sich gut vorstellen, erstmal ein Jahr mit seiner kleinen Tochter zuhause zu bleiben, sagte er und sah müde aus. Ihr einjähriges Kind raubt beiden Eltern derzeit allen Nachtschlaf und alles sei gerade wieder etwas anstrengender, *aber schon okay*, sagte er. Wie er da so stand, mit dunkelblauviolett, fast schwarz umränderten Augen, fühlte ich mich ihm, in allem was er sagte, sehr verbunden und sagte ihm, als eher kollegiale, weniger als bemitleidende Äußerung, dass er müde aussähe. Er nickte und winkte ab und ich merkte, dass seine *berufliche Entscheidung* ein großer Schritt war, wichtig und richtig für ihn selbst, aber vielleicht auch kritisch im familiären Gefüge, finanziell vielleicht alles verschwierigend. Auch ich hatte damals, während Carinas Schwangerschaft, es war wieder so eine zerfranste Episode, eine lange E-Mail an den Chef aufgesetzt, war schon bei ihrem Schreiben und Abschicken sehr erleichtert, obwohl klar war, dass ich erstmal keine Alternative haben würde, ich hatte nur ein, zwei Projekte, grafisch und musikalisch, die ausnahmsweise mal dreistellig bezahlt wurden, was hinten und vorne die Aufwände nicht rechtfertigte, aber es war meine kleine Rechtfertigung und mir war wichtig, dass ich raus kam, wieder frei war, keinen meiner Seele fernen Scheiß mehr machen musste. Ich konnte nie einen Job als *sichere Bank* sehen, fühlte mich immer nur eingesperrt und festgeklebt, war wie ein Kind, dass da nicht hin will, wie ein kompromissloser Trottel und Träumer, eine ehrliche Haut, bei der im Leben nicht immer alles hinhaut. Und dann kamen die Kinder und weil mein alter Arbeitgeber mir und meiner Zerfransung sehr entgegen kam, war ich erstmal in Elternzeit aber eigentlich schon raus aus der Nummer, rutschte dann nahtlos in die monatlichen Rechtfertigungstelefonate mit der Frau vom Amt und irgendwie kamen wir als Familie ganz gut durch, hatten irgendwann sogar eine Spülmaschine und einen Vaporisator.

Olaf sagte, wir sollen doch demnächst mal vorbeikommen und dann verabschiedeten wir uns in unsere väterlichen Nachmittage und ich trug die irritierend leichte, aber sperrige Spielzeugwerkbank vor mir her, wie einen Wäschekorb, stellte sie erstmal weg, für später mal, da Paul ja gerade so viele neue Spielsachen bekommen hat, und dann aßen wir Mittag.

Do. 06.10.2022, 22:47
Küchenschreibtisch

Ich war dann gegen kurz nach vier auch zum Friedhof gefahren. Alles sah gut aus und der Sonnenhut stand schön im langsam sinkenden Licht.

Inflationär viele Elstern auf dem Weg durch die Platten zum Krankenhaus. Ich fuhr über den hinteren Parkplatz, auf dem ich die Bluetoothbox für die kleine Klanginstallation getestet hatte. Wie ein Kind, das sein ferngesteuertes Auto ausprobiert, stand ich da im Abendlicht des ausgehenden Mais und spielte laut Musik ab, testete die Bluetoothreichweite und wie weit man überhaupt was hört, wie laut das maximal geht, ob das für die Klanginstallation ausreichen würde. Ich hatte ja mal wieder kein Geld für einen richtigen, kleinen, bestenfalls batteriebetriebenen Gitarrenverstärker und fand die Sache mit einer Bluetoothbox, die einem ja, wenn auch mit bescheidenem Sound, der aber für ein reines Gitarrensignal ausreichen sollte, zu Spottpreisen hinterhergeschmissen werden, als Lösung, als mal wieder notlöserische Improvisation, ganz okay. Der Parkplatz war abends entsprechend leer, aber die ein, zwei an mir vorbeischleichenden Autos verlangsamten doch spürbar ihre Fahrt und wunderlich schaute wer übers Lenkrad, was der so bisschen verlottert nach Krankenhauspatient aussehende Mann da am Boden herumfummelt. Und natürlich versetzte mir mein Rollen über den Krankenhausparkplatz, mit seinen streng aufgereihten, kleinen Nadelbäumen, richtung Krankenhaus, jetzt einen ziemlichen Karlstich.

Ich setzte mich vors Krankenhaus und sah in der frühen Abendsonne die Kabuffskis, die ich in letzter Zeit abends nur schemenhaft und eher hörend, aus ihrem Rauchhaus rausbrabbelnd, hatte wahrnehmen können. Einer, vielleicht der Zausel mit der Pferdedecke von letztens, sah aus wie ein Robinson Crusoe, mindestens wie Hans Unstern, weniger queer natürlich, auch sehr viel grauer und versoffener, aber ähnlich schrathaft, zwischenweltlich, koboldmäßig auch schon wieder. Er stieß Rauch ins letzte Licht aus und ich dachte, vielleicht sollte ich mal wieder Hans Unstern hören, das ist doch auch was von damals, dachte ich, und schloss mein Rad an.

Das Licht vor dem Krankenhaus war um halb sechs jetzt wie um halb zehn im Hochsommer, aber irgendwas war anders, kälter natürlich, aber doch noch sehr mild, und, das war der eigentliche *Fehler* in meinem Versuch, mir das hier als etwas wie im Mai oder Juni vorzustellen, die Sonne stand jetzt ganz woanders, über der Anklamer Straße. Sie stand schon so tief, dass sie über die Würfelbauten, hinter denen sie im Sommer immer versunken war, gar nicht mehr kommen würde. Wahrscheinlich auch irgendwas mit Sinuskurven, dachte ich, ging in der Mensa aufs Klo und fuhr dann, ohne nochmal hinein ins nebenstehende Krankenhaus zu gehen, nach Hause. Beim Fahren ließ ich mir vom Handy wieder meinen Karltext vorlesen, setzte irgendwo im hunderte Seiten langen Text an, und war innerlich, mental, geistig und *vom Gefühl her*, sofort auf beste Art mitten im Text und dem wovon er erzählt. Ich war bei Karl und in der Karlzeit. Das Buch war gut. Mein Schreiben war mir nicht schleierhaft, wie manchmal in den düstersten Momenten. Es erschien mir, während ich da so durch den Oktoberabend meines tragischen Lebens radelte, eher vollkommen richtig und sinnvoll, mich mit letzten Resten von sowas wie Sinn erfüllend. Zuhause deckte ich Abendbrot ein, machte einen großen Salat an und wartete auf Carina und Paul.

Paul redet und erzählt immer besser. Das Leben mit ihm macht Freude. Der Alltag ist manchmal sowas wie heiter. Er überrascht uns immer wieder und beeindruckt uns und macht alles so gut, macht alles so gut mit. Er redet altersüberdurchschnittlich gut und hat eher Interesse am Spielen mit älteren Kindern, besonders mit Cleo natürlich. Er äußert komplexe Wünsche, Ansichten, Ideen und Fragen und ist mit alldem immer sehr nah bei uns. Etwas in mir findet all das sehr gut, es macht mich stolz und selten muss irgendwer von uns, wir Eltern oder Paul, lange herumrätseln was irgendwer will oder nicht will, es ist alles ganz klar, die Frustmomente und das Unverstandensein auf allen Seiten sind selten. Unser Kind ist kein Baby mehr und genau das macht mich traurig, einerseits, weil man als Eltern generell sensibel wird, für das Vergehen von Zeit, für all die sich so schnell miteinander ablösenden Lebenskleinstabschnitte einer Kindheit, andererseits weil ich mir für Paul nicht wünsche, dass er, sozusagen von Karls Tod in unserem Leben viel zu früh *ernsthaft* geworden, allzu schnell aus seinem Kindsein herauswächst.

Am Abend, als Paul schläft, hänge ich Wäsche auf dem Trockenboden ab und auf. Es war viel Wäsche und ich konnte einen halben Podcast dabei hören. Wie damals, zum Anfang der Babyzeit, im ersten Winter mit den Kindern. Ich erinnere mich, dass ein Teil meiner Abendroutinen darin bestand, auf dem Dachboden Mulltücher, Bodies, Wisch- und Waschlappen, die ganze textile Infrastruktur der ersten Wochen und Monate aufzuhängen. Damals fing ich überhaupt erst richtig an, Podcasts zu hören. Auch der Dachboden, der damals so aussah wie heute, der seit Jahrzehnten schon so aussieht, wie er aussieht, versetzt mich jetzt in hochmelancholische Karlgefühle.

Danach saß ich eine Weile am Karltext und korrigierte die ganzen irren Verschreiber die man als alter Sack mit krummen Fingern auf so einem Handydisplay so hintextet. Ich weigere mich ja nach wie vor, meine Sprache entsprechend des Ein- und Ausgabegerätes derart anzupassen und proaktiv zu verkrümmen und verkümmern, um mir das Schreiben am eher an Kurztexten interessierten Medium Handy irgendwie leichter zu machen. Also stehe ich immer wieder da, in den Pausen des Radelns, zwischen den Momenten und Orten, Bruchstücke in die *Notes* bröckelnd, darauf hoffend, dass an der richtigen Tastatur, zuhause, daraus dann wieder der Text wird, der so schnell mit zwei Daumen nie zu Schreiben möglich wäre.

Ich schnitt dann aus den fehlgedruckten Karten noch ein paar Lesezeichen für die neuen Bücher aus dem Krankenhauswagen, räumte die Spülmaschine ein, nahm eine handvoll Vitamintabletten verschiedener Arten und machte mich, immer noch etwas kränklich und schlapp, dann endlich, ziemlich früh für meine Verhältnisse, fertig fürs Bett.

Tagsüber hatten die Gerüstbauer das Gerüst vor unserem Haus abgebaut. Wie in einem Zeichentrickfilm sah man sie vom Zimmer aus vor unserem Fenster hin und her laufen. Nach und nach trugen sie die Etagen des Gerüsts ab, erst sah man nur ihre Füße, dann ihre blauen Blaumannrümpfe, dann nur noch ihre Köpfe, und es wurde wieder heller im Wohnzimmer. Das Haus sieht jetzt genauso aus wie vorher, nur sauberer. Es wurde im selben Farbton neu gestrichen und unten sind schon wieder die ersten Graffiti dran. Die ganze Aktion wirkte im Nachhinein betrachtet, und das ist sowieso das Wort dieser Wochen: ziemlich sinnlos.

Fr. 07.10.2022, 13:37
Küche

Von Pauls Geburtstag gibt es ein süßes Video. Wir kommen gerade eben erst an, machen den ersten Schritt in Jankas Wohnung, hinter der Couch im großen Wohnzimmer haben sich die Überraschungsgäste versteckt und hüpfen mit großem Hallo und Luftballons plötzlich hervor. Paul ist sofort ergriffen von der Energie und dem Wirbel, flitzt los zur Couch, dann gleich wieder zurück zu Carina, weil er die Wohnung ja noch gar nicht kennt und sich vor lauter Freude unvermittelt weit vorgewagt hatte, weit *vorgewetzt* schon war, und dann erstmal, in schnellem hin und her und hoch zu Mama schauen, die Umgebung erkundet, immer noch elektrisiert von dieser gelungenen Überraschung, und dann sofort sichtlich Freude hat, an dem was da die Party seines zweiten Geburtstags ist. Ich stelle mir vor, wie es wäre mit Karl. Wie beide ihre Freude daran gehabt hätten und Karl vielleicht auch sofort mitgerannt wäre oder eher bei uns Eltern erstmal stehen geblieben wäre, dann aber sich doch schnell hätte anstecken lassen von Pauls Impulsivität. Ich habe sofort dieses Bild im Kopf: der wetzende, watschelnde, flitzende, wackelnde, giggelnde Karl. Inklusive Hummelpo, natürlich. Es gibt diese ganz konkreten Erinnerungsbilder mit Karl, in denen geht es darum, wie er in bestimmten Situationen so war und wie er mal dieses und jenes gesagt hatte. Manchmal sind es unschärfere, eher so mitschwingende Erinnerungsempfindungen von Karl, eine grundsätzliche Liebe einfach, als Gefühl eine Fläche und ein Raum in mir. Und dann gibt es diese deutlich bebilderten Erinnerungen, ganz klare Karlfilme im Kopf, aus denen dann Ausmalungen werden, wie etwas bestimmtes jetzt mit ihm *wäre*, Vorstellungen, bis hin zu *Visualisierungen*, ihn dann irgendwie, besonders hoher Kloßfaktor immer, in seiner Abwesenheit genau vor mir *sehend*.

Morgens kränkelnd mit gripper Stimme aufgestanden. Bei den ersten Textkorrekturen am Morgen die Therme hochgeheizt. Ein heißes Bad am Vormittag. Mittagessen: Bratkartoffeln und Spinat. Carina hat jüngst ein Küchengerät gekauft, einen Multifunktionshobel, den man früher als *„Nicer Dicer"* im Shopping TV angeboten bekam. Am frühen Nachmittag rief die Kita an. Paul hatte gekotzt, wir sollten ihn besser jetzt schon abholen. Also holten wir ihn ab. Carina fuhr dann ins Umland, zu einer Arbeitskollegin, ich bleibe mit Paul, der eigentlich relativ fit wirkt, daheim und überlege, was mit dem Tag noch anzufangen wäre.

Fr. 07.10.2022, 23:12
Küche

Nudeln mit Paul. Dann raus. Paul sagt „Sohnia, Aletsander" und zeigt auf meine neue Trainingsjacke, die ich wieder angezogen habe, die ich zur Zeit so mag, die so wunderbar passt, in der immer noch eine getrocknete Friedhofsblüte in der Tasche steckt.

In der Fußgängerzone trifft mein Blick auf die mich musternden Augen einer jungen Krankenpflegerin von damals. Ich erinnere mich an eigentlich alle Schwestern und Brüder, Menschen vom Pflegepersonal, Ärztinnen und Ärzte, Reinigungsleute und Essensfrauen aus dem Krankenhaus, an einige aber mehr, so wie diese mich hier von der anderen Seite der Ladenzeile anstarrende junge Frau mit den Wimpern. Sie stutzt kurz, als sich unsere Blicke treffen, es ist alles ja eine kleine Weile her schon, sie hält kurz inne, sie sieht irgendwie ertappt aus, vielleicht hatte sie nicht mein trauriges, so unmotiviertes, freudloses Gesicht erwartet, vielleicht hatte sie, mich noch gar nicht richtig erkennend, gerätselt, und war dann, wie ein Schreck, in mein plötzlich hoch und sie anschauendes Gesicht gefallen. Sie grüßt nickend und hebt dabei die Hand, nicht zum Winken, eher als wollte sie anteilnehmend meine Hand schütteln, aber sie ist meterweit weg, auf der anderen Häuserzeilenseite der Fußgängerzone. Allein, dass sie mich erkannt zu haben schien, auch wenn vielleicht rätselnd und unsicher, wer ich sein möge, rührte mich sehr an. Dass sie auf irgendeine Art offenbar etwas mit mir verband, von dem ich hoffte, dass es Karl war. Dass sie, hier offensichtlich, gut geschminkt natürlich wieder, auf Shopping Tour mit einer Freundin, mich trotzdem als etwas aus ihrem beruflichen Leben erkannt hatte, und mir und meinem fahlen Trauergesicht mit einer Anteilnahme und Würde begegnet war, die ich hoch zu schätzen wusste. Ich war auf irgendeine Weise erfüllt von dieser Begegnung und ging weiter, etwas zerstreut schon, aber doch auf okaye Art kurz verbunden mit dem Leben im Krankenhaus und damit mit ihm, mit Karl, die Fußgängerzone lang.

Paul trödelt und fällt etwas zurück. Eine besonders sorgsam sein wollende, fremde Frau schaut mich böse an, als wäre ich der Rabenvater des Jahrhunderts, weil mein Sohn hier ein paar Meter hinter mir her, seinem eigenen Tempo, seinen eigenen Launen folgend, an den Schaufenstern langschleicht. Ihr Blick soll mir sagen, dass sie den Eindruck hat, ich hätte mein Kind vergessen, würde es vernachlässigen, ließe ihm vielleicht zuviel Freiraum. Ich ignoriere die Frau, lasse sie auf ihren fehlgeleiteten Vorwürfen sitzen, rufe Paul und sage, dass wir mal langsam weiter vorwärts kommen wollen jetzt, und trödle schonmal ein paar Meter voran. Ich stehe ein bisschen im Weg eines durch die Fußgängerzone tuckernden Rentnerfahrdienstes herum und wir tröpfeln so, ich bin echt etwas zerfranst heute, von Schaufenster zu Schaufenster. Wir kürzen über das Pathologiegelände zum Spielplatz ab. Die Linde trägt jetzt gelbe und grüngelbe Blätter. Die grünen Blätter werden vom äußeren Rand her auch langsam gelb. Es sieht schön aus. Die alten Unigebäude und die Bäume dazwischen. Am Anatomiegebäude geht wilder Wein hoch, grün und rot, blättrig und voll, wuchernd und schön.

Auf dem Rundrutschenspielplatz in den Credner Anlagen treffen wir Svea und Milo. Sie fragt, wie es uns geht und lädt uns zu Milos Geburtstag ein. Ich war erfreut dass sie fragte. Ich sagte, dass ich jeden Tag zum Friedhof fahre undsoweiter, viel mehr sagte ich, glaube ich, gar nicht, aber in meinen paar müden Sätzen spulte sich der ganze Film meiner Trauerreisen durch überall und all die Gegenden ab, mein Hin- und Hergebringe von all den Spuren und Teilen, Dingen und Sachen, Blumen und Krumen. Sie sagte auch, dass es gut ist, dass wir beide noch nicht arbeiten. Dass wir uns damit Zeit nehmen sollen, um uns mit alldem auseinanderzusetzen. Was sie sagte, bestärkte mich auf gute Art, in allem was ich zur Zeit irgendwie mache und nicht mache. Dass wir ja genau das zur Zeit hauptzeitlich machen: uns auseinandersetzen. Dass wir versuchen, als Familie neu reinzuwachsen, in dieses komplett veränderte Leben mit der Leerstelle. Dass wir all das auch machen, um für Paul stabile Menschen zu bleiben. Dass wir trauern, und uns die Zeit und den Raum nehmen, mit dieser Trauer zu gehen. Während Paul in der Kita ist können wir voll reingehen in die Räume des Trauerns und Erinnerns, in diese Kraftakte, in diese Arbeiten der Bewahrungen von Erinnerungen. Meine Friedhofsbesuche am Vormittag gehören dazu, auch meine abendlichen Radrunden zu Klinikum und Co., an all die Orte, all das Rasen, Treten, Strampeln. Auch das Schreiben gehört dazu. Allein, dass ich vormittags diese Zeiten jetzt dafür habe, das ist viel wert, es ist sogar sehr, sehr wesentlich. Abends bin ich oft zu müde fürs Schreiben und es fehlt dann der Antrieb, die geistige Kraft, das aktive hin und her des Denkens, das aktive Insichreinschauen und -horchen. Für all das bin ich abends, in der jetzt immer früher einsetzenden Dunkelheit des Herbstes, einfach zu phlegmatisch. Der Vormittag ist hell. Und diese hellen Vormittage erinnern mich an die Herbstvormittage der letzten beiden Jahre, als beide Kinder noch da waren, als in uns alle Herbste immer hell waren.

Svea weint etwas, wischt sich vornehm ein paar Tränen aus den Augen, streicht sie nach unten aus, richtet ihre Wimpern dann wieder vorsichtig hoch, und ist sichtlich gerührt, was mich wieder sehr rührt, und ich würde ihr gern genau das sagen, wie sehr mich das rührt, aber ich bin wieder etwas einsilbig drauf und wir hatten insgesamt bisher, seitdem wir uns kennen, noch gar nicht so viel geredet, meistens auch einfach über unsere Kinder, die nahezu im gleichen Alter sind und sich prima verstehen. Es ist schön, mit ihr hier auf der Bank zu sitzen, in der Herbstsonne, während die Kinder durch den Sand zwischen den Spielgeräten herumwackeln.

Paul ist merkbar kränkelnd und wir gehen dann nach Hause, wo er direkt ins Bett geht. Etwas Milch noch, dann Schlafen. Ich überlege, zum Podium oder dann zur sich daran anschließenden Party in die *Straze* zu gehen, lasse es dann aber doch sein. Carina sitzt mit Freundinnen in der Küche. Paul kotzt zwei Mal, ich beziehe das Bett neu und ziehe ihn um, und als er wieder schläft schaue ich *„MASSIVE TALENT"* weiter. In der *Straze* hätte ich nur Leute in Verlegenheiten gebracht, denke ich mir. Ist das schon ein Schritt in die Abnabelung und Asozialwerdung von trauernden Menschen mit Verlusterfahrung? Ich sagte mir, ich könne ja später noch hin. Aber ich bin müde und kränkelnd, gehe einfach nicht hin.

Sa. 08.10.2022, 01:43
Bett

Angeschwippst und zuhausegeblieben gehe ich ins Bett. Ich war dann doch nicht mehr raus, zu Podium oder Party. Paul hatte bisher nicht wieder gekotzt und schlief, während ich mir Konzertmitschnitte von Mutter anschaute, jüngst live im Silent Green in Berlin. Ein mir von keinem Album bekanntes schönes Lied war dabei und ich hörte im Text irgendwas von einem „Licht in dunkler Nacht“. Es war eine schöne Melodie, es fiepte und rückkoppelte, man verstand nicht alles vom Text, aber das ist bei Mutter auch egal, es geht immer um Energie, und auch bei diesem ruhigen Lied, das sich nach und nach natürlich dann doch zu etwas Lauterem, zu schönstem, zärtlich-brachialem Krach aufschäumte, war etwas davon, etwas kam aus dem Sänger heraus, sehr frei im Singsang, und schraubte sich in die Musik, die ebenso frei und suchend, offen angelegt war, und alles bildete dann diese Einheit, die ein dichtes Fließen war, in das ich gerne hineinsank, es mir gleich mehrere Male ansah und als ein Bookmark im Browser abspeicherte, als eine digitale Wegmarke dieser jetzt durchmachten Zeit. Ich war irgendwann dazu übergegangen, alles was ich als Lesezeichen in meinem Internetsurfen so abspeichere, nach Monaten zu sortieren. Früher hatte ich es thematisch versucht, aber das stieß oft an Grenzen der Trennschärfen und so gibt es jetzt für jeden Monat einen Lesezeichenordner und diese wandern dann irgendwann in die Jahresordner. Dass ich mein Surfen über *Lesezeichen* organisiere ist vielleicht an sich auch schon anachronistisch, weil der moderne Mensch nicht im Internet *surft*, sondern darin *lebt*, ständig durch den Doom und Dunst seines für ihn aggregierten Contents scrollt und gar nicht mehr hingeht, in die Ordner mit den für später mal abgespeicherten Interneteselsohren. Ich bin da irgendwo dazwischen, scrolle auch dumpf am Handy rum, aber einfach alles wird mir dort sehr schnell fad, die Inputs stressen mich, die Internetfressen nerven mich, mein Kind ist gestorben, was soll ich im Internet jetzt. Ich hatte nie einen dieser Baby-Posts gemacht, als die Kinder geboren waren, ich habe auch nirgends etwas von Karls Tod darin geschrieben, das Internet erscheint mir einfach zu belanglos, zu laut und banal, meine Liebe für meine Kinder ist das größte Gefühl in mir und natürlich wäre es naheliegend, es jedem so hinzuhalten, es allen zu zeigen, es in das Scrollen der anderen Leute zu stellen, aber etwas fühlte sich immer falsch daran an. Ich hatte das Gefühl, diese große, echte, wahre Liebe, würde vielleicht banal und trivial werden, wenn sie einfach so als ein Hashtag dumpf im Datendunst rumsumpft. Es sind genau diese großen, zärtlichen Dinge, die in der Bescheidenheit, Stille und Zurückhaltung ihren Glanz behalten. Und vielleicht ist dieses Buch auch nicht zurückhaltend, es hält ja nichts zurück, ich setze ja alles hier frei, aber es ist ein Buch, es hat ein Format und zwei Deckel, es hat hunderte Seiten, ist vielleicht hunderte Gramm schwer, es soll ein Gewicht haben, ich möchte es halten und wahllos irgendwo reinspringen können, in Zeitpunkte und aufgeschriebene Anzeiger. Ein Buch ist ein guter Ort, und vielleicht gehe ich auch irgendwann ins Internet damit, stelle das Buch in den Dunst und dann ist es da, geht mit im Mahlstrom und den Möglichkeiten, es wäre dort dann möglich, dieses Buch zu finden, und das fühlt sich gut an. Das Buch wäre dann in der Welt. Zwischen den Buchdeckeln bleibt das Kind in der Welt.

Immer wieder, in letzter Zeit sehr häufig, denke ich daran, *dass* und *wie sehr* mir Karl fehlt, als einfach so super liebenswerter Typ, als Mensch der nur Liebe auf sich zieht. Er war so goldig, alles was von mir zu ihm hinging war voller Liebe und positiv. Auch nach seinem Tod, es ist nur Liebe die ihn sucht.

Sa. 08.10.2022, 09:31
am Fenster

Paul wachte früh mit voller Durchfallwindel auf, kackte dann noch diverse Male dünn. Magen-Darm geht um. Ansonsten geht es ihm ganz gut und nach dem Frühstück spielten wir im Wohnzimmer und er wollte dann Fuchs und Elster anschauen.

Ich bin etwas kraftlos und müde. Draußen grauer Tag. Ich schreibe diese Zeilen auf dem Fensterbrett, wo auch die Fotos von Karl und Paul mich anschauen. Ich wäre so gern müde, matt und kraftlos mit *BEIDEN* Kindern jetzt. So wie die letzten beiden Herbste. Als man auch immer zu wenig Schlaf, aber an jedem Tag ja immer doch *beide Kinder* bei sich hatte.

Sa. 08.10.2022, 10:10
Sofa

Während Paul Teletubbies schaut, lese ich neben ihm auf der Couch. Aus dem Buch fällt das Krankenhausarmbändchen und ich freue mich eher, als dass es mich irritiert, dass es mir plötzlich begegnet. Ich halte es an meinen

Unterarm um zu schauen, wie es aussieht. Es sieht aus wie damals. Ich lege das Armband zurück ins Buch und lasse es für mich offen, ob ich es dort irgendwann für eine Weile vergesse. Das Buch jedenfalls werde ich bald ausgelesen haben und dann eine Weile nicht mehr in der Hand haben. Das Band darin wird für immer dort sein, im Krankenhausbuch, dessen Buchrücken im Regal immer auch ein Anzeiger sein wird für Karl, mich immer, wenn ich ihn sehe, zu ihm hin rücken wird.

Sa. 08.10.2022, 15:50
Friedhof

Sonja und Alexander waren nachmittags kurz da. Sie brachten ein Buch für Paul mit. Während wir kurz ein bisschen redeten, schlief Paul, erschöpft und müde vom Infekt, auf dem Sofa ein. Vor dem Mittag hatte er nochmal ins Wohnzimmer gekotzt, war danach wieder ziemlich fit, hatte geredet und erzählt, als wäre nichts gewesen.

Carina und Paul gehen dann, etwas später am Nachmittag, mit Meret raus, spazieren. Ich bringe Papiermüll weg und fahre zum Friedhof. Es hatte vorhin kurz gewittert und jetzt war die Sonne wieder da. Die Luft war auf klare Art dunstig und das Grün der Wiesen war satt. Der Friedhof war hell. Der Wind ließ Wassertropfen vereinzelt und schnurgerade von den Blättern der Traubenkirsche über Karls Grab herunter fallen, in der Sonne blitzten sie kurz hell auf wie Sternschnuppen. Von der Kastanie fiel gelegentlich, mit einem jeweils knirschenden, weich plumpsenden oder hölzern ploppenden Geräusch, eine Frucht auf den Weg, die Wiese oder die Grabplatten unter dem Baum. Es war Vesperzeit und ich war allein auf dem Friedhof. Die Geräusche der Autos auf der nahen großen Straße ließen Leben auswärts vermuten. Im Hof der Gräber war Frieden. Die Füllerschrift in der Karte von Oma und Opa in der Pflanzschale war vom Regen verwaschen und zu einer kunstvoll verschmierten, marineblauen Fläche geworden. Auch das war okay. Die Nachricht war angekommen. Ihre Worte waren jetzt in den Boden hineingewaschen. Aus einem kindlichen Impuls heraus warf ich mit einigen Kastanien nach den Luftballons in der Krone. Ich dachte, vielleicht kommt ja einer runter. Ich bin seit jeher ein schlechter Werfer und nur ein, zwei Mal streifte ich einen Ballon, der unbeeindruckt ein bisschen an seiner Schnur im Kreis trudelte und sich dann wieder dem Wind hingab und in der Sonne, die aus richtung von Karls Grab kam, und sich als *Showstrahler* auf einige beeinander hängende Ballons setzte, bunt herumbaumelte, wie es all diese Ballons dort oben im Baum seit Wochen unverändert tun.

Auf dem Weg hierher hatte ich festgestellt, dass mir jetzt nicht mehr alle Symbole und Zeichen so idiotisch streng wichtig sind. Elstern und Elsterfedern gibt es zur Zeit wirklich zuhauf. Ab jetzt zählen nur noch die Elstern an seinem Grab und in unserem Hof, dachte ich, und fuhr dann raus in die Nacht hinter den Zäunen.

Sa. 08.10.2022, 21:43
vor dem Klinikum

Mit einem halben Liter scharf gewürzten Tomatensaft war ich freihändig zum Klinikum gefahren. Vom Tage verkatert war ich vorher, gegen neun, durch den langsam leerer werdenden Edeka getrottet. Vorm Klinikum ein lückenhafter Abend. Keine Kaputten im Kabuff, keine Möwen und keine Schwalben mehr. *Und die Läden bleiben schrecklich lange offen.*

Sa. 08.10.2022, 23:51
Sofa

Vor meinem Einkauf hatten wir Abendbrot mit Meret gegessen. Ich hatte, natürlich mit einem leisen Hau in abendliche Küchengefühle für das große Ganze, Tomatenbrote mit abgelaufenem Mozzarella überbacken. Wir hatten geredet und erzählt und dann war Paul quenglig geworden und wir brachten ihn ins Bett und Meret ging nach Hause.

Ins Klinikum war ich nicht mehr hineingegangen. Ich hatte ja die Fahrradpacktaschen voll und wollte die nicht draußen am Rad lassen und schon gar nicht mit ins Krankenhaus, auf meine da durch die Flure herumonkelnde Trauertour nehmen. Also fuhr ich nach Hause und beendete meinen Eintrag hier um kurz vor zehn mit einer Anlehnung an Frank O'Hara. Auch das, dieses kleine, da so gut hinpassende Zitat, hatte irgendwas mit dem großen Ganzen zu tun und war etwas, das, als das was im Text schwang, im Einklang mit meinen Karlgefühlen vibrierte.

So. 09.10.2022, 13:23
Wohnzimmer

Mit Paul über die Scharnhorststraße zum Friedhof. Vormittagssonne im Rücken, eine Elster links im Feld. Rechts, zum Teich hin, die Bäume und Sträucher in den Malfarben des goldenen Oktobers. Natur: Ereignisse. Die Farb- und Fortverläufe der Welt um mich herum sind Ereignisse der Natur. Jeder meiner Blicke schaut in eine Welt in der Karl nicht ist. Die Natur als Teil dieser Welt ist daher grundsätzlich auch verdächtig. Ein Arschloch. Tod als Teil der Natur. Tod als ein Arschloch. Tod als ein völlig falsches Ereignis.

Auf dem Friedhof natürlich alles wieder furchtbar schön. Hier gehört ein Herbst hin. Hier macht Natur Sinn. Die Sonne steht warm in den Bäumen. Eine Amsel trinkt aus einer Pfütze auf dem von Birken gesäumten Weg. Idyllisch, pittoresk, kitschig. Das Wort als Hülse hierfür: *petrichor*. Omas tippeln herum. Eine Familie sammelt Kastanien. Frieden auf dem Friedhof.

Am Grab kompiliere ich Sträußchen aus alten und neuen Blumen, nehme abgezwackte alte Blüten mit, schwitze vom Detoxtee, den ich vorhin getrunken hatte.

Paul setzt sich, nachdem er ein bisschen herumgelaufen war, wieder von allein in den Wagen, und erzählt dann ein bisschen vor sich hin und sagt dann, während ich die letzten Handgriffe mache, die mich aus seinem Mund sehr aufwühlenden Worte »Karl Grab«. Ich hocke mich vor den Wagen und erzähle ihm nochmal was kindertaugliches über den Friedhof und den Tod und, dass Karl gestorben ist, und dass wir deshalb immer das Grab so schön machen, so schön bunt und mit Spielzeug, und dass abends die Lichter leuchten, und dass wir immer an ihn denken und Fotos anschauen können, und ihn immer in unseren Herzen tragen werden, wobei ich eine leicht klopfende Geste am Herzen mache, die Paul reflexartig gleich bei sich, an seinem kleinen Herzen ausprobiert. Und ich frage ihn, ob sie im Kindergarten darüber gesprochen haben, und er nickt sofort und wirkt auf gute, ausreichende Weise irgendwie erstmal *im Bilde* und nicht überfordert, nicht überfrachtet mit meiner Erzählung, die ich ihm auf keinen Fall ungefragt auflasten will, die ich aber immer doch auch irgendwie mit ihm teilen will, ihn teilhaben lassen möchte, an dem, wie wir jetzt, ohne Karl, das Leben mit Karl und seinem Tod meistern müssen. Ich ziehe das Fliegengitter am Wagen zu und frage ihn, wo wir jetzt hinfahren und Paul sagt, sich kurz in kindstypischer Freude aufrappelnd, „Tierpark!" und unsere Gesichter hellen sich beide auf, auch ich richte mich auf, mache eine Geste der Mobilwerdung, klopfe mir meine Jacke zurecht und schiebe unser Gespann an. Paul sagt beim Vorbeischieben an Karls Grab nochmal „Tschüssi Karl Grab" und dann fahren wir zum Tierpark. Die Herbstsonne blendet uns. Ich ziehe den Sonnenschutz am Kinderwagen runter, steige wieder aufs Rad, und fahre, krumm, aber nicht kümmerlich in den Lenker geduckt, los, in den Nachmittag, der noch vor uns liegt.

Die Sumpfbiberanlage wurde abgerissen. Stattdessen stolzieren auf dem frei gewordenen Areal vor dem neu gebauten Kinderbauernhof jetzt zwei Truthähne. Und die Pfauenfrau hat zwei Küken jetzt. Wie Wachteln wackeln die da um sie herum. Ich warf zwei Blüten in den Strauch vor dem Ziegengehege und steckte eine andere in den Baum über den Wackelpferdchen. Paul setzt sich auf den Kinderbagger an der Wiese, wo die Störche im Gundermann stehen. Als Versammlung der Einbeinigen in der krautigen Sonne, im sprichwörtlichen Salat. Es ist jetzt richtig warm. Irgendwoher, wahrscheinlich aus dem Ziegengehege, kommt Kindergequietsche. Die Besuche mit den Kindern hier, im Tierpark, waren immer so schön. Nach dem Kindergarten, am Wochenende, an zu füllenden Nachmittagen, spontan ein Besuch bei den Ziegen, Alpakas und Eichhörnchen. „Paka" sagten die Kinder beide immer. Mir sind diese Tiere, so drollig verblödet sie auch aussehen, mit den Zähnen und den geradezu *hippen* Frisuren, bis heute eher unheimlich, da ich immer Angst habe, angespuckt zu werden. Die Kinder fanden es aber immer spannend, diesen Tieren die Nüstern zu streicheln und ihnen Futterpellets aus der Hand zu reichen, was ihnen dann aber, sobald die Alpakalippen in Fingernähe nach dem Futter rumzurüsseln begannen, doch etwas zu aufregend war, woraufhin ich dann, als supertaffer Superpapa natürlich, meine Anspuckangst überwindend, immer vermitteln musste und den Alpakas kumpelhaft am Maul rumkraulte und ihre Lippen auf meiner Hand herumfuhrwerkten wie zwei riesige, haarige Raupen. Auch für das Eichhörnchen hatte Karl ein Wort, das mir aber unmöglich ist, irgendwie lautschriftlich wiederzugeben, es war eine Art zusammengeschobener Klang, das was Karl aus diesem langen, schwierigen Wort gemacht hatte, um diese, in dem von ihm so gemochten Waldwimmelbuch überall an den Bäumen hoch und runterhuschenden Tierchen zu bezeichnen.

War das hier nicht vor einigen hundert Seiten schonmal Thema? Der Tierpark, die Jahreskarte, die Sehnsucht nach dieser Zeit. Karl waren die Ziegen manchmal etwas unheimlich, er suchte dann gern Schutz im Elternschoß, rannte, während ich auf einem großen Stein im Gehege saß, zwischen meine Schenkel, wie in ein sicheres Gatter. Aber streicheln wollte er sie dann doch. Ständig war alles ganz aufregend, die Welt war ein Wechselbad. Für Kinder ist vieles ständig so neu. Ich mochte es, immer dabei zu sein, ihnen Sicherheit zu geben, wenn jeder Tag ein Erlebnis war, als Teil aneinandergereihter Ersterfahrungen der auf sie einwirkenden Welt. Es gibt ein Foto von mir und Karl im Tierpark, irgendwann in der späten Krankenhauszeit. Wir waren gerade mal wieder entlassen und waren alle vier in den Tierpark gegangen. Crackerzeit auf der Bank, Ziegengehege, Storchwiese, Spielplatz, das ganze Programm. Auf dem Foto sehe ich fertig und fusslig aus. Ich sitze auf einem Stein im Ziegengehege und habe diese karierte Hose und die billigen Stoffschuhe an. Karl steht zwischen meinen Knien, hat den Sonnenschlapphut auf und vom Cortison sieht er aus wie ein Pfannkuchen. Er blinzelt in die Sonne, es ist ein freundlicher Tierparktag. Alles ist gut und richtig an diesem Tag, den das Foto zeigt. Wir sind eine Familie und wir sind alle zusammen unterwegs. Niemand muss irgendwo sein, kein Krankenhaus, kein Büro, kein Getriebensein irgendwohin. Nichts ist außerordentlich, für uns und für Karl ist es ein ganz normaler Ausflug an einem ganz normalen Tag.

Ich zergehe fast am Wissen darum, dass Karl wenige Tage nach diesem Foto nicht mehr leben wird, aber etwas in mir ist auf heftige Art berührt und bewegt von dem Licht und der Leichtheit dieses Fotos, das uns zeigt, was wir waren: ein Vater und ein bei ihm Sicherheit findendes Kind.

Am Tierparkeingang trafen wir andere Kindergarteneltern. Ich hatte sie nicht sofort erkannt und muss einen etwas verzettelten Eindruck hinterlassen haben. Auf der Storchenwiese gibt es zwei neue Hasen jetzt. Der große Hoppler von damals ist weg. »Kapper kapper« sagt Paul und macht diese klapperschnabligen Bewegungen mit den Händen und betrachtet die Langsamkeit der Störche. Ihre fast schon mondän und höfisch anmutende Grazie, jeder Schritt durchs Kraut wie der Zug einer Linie, ihr Warten und Waten, all das ist kurz ansteckend, fast paralysierend. Dann rennt er nochmal zu den Tauben, die wie Filmvögel, disneyweiß und zwischen hingeworfenen Körnern, auf dem Weg rumgurren. In der Zooschule riecht es nach Fischfutter und den Toiletten, die, wie das ganze Gebäude, den zeitenthobenen Charme eines alten Ferienfreizeitflachbaus in sich tragen. Der Kaffeeautomat macht schlotzende Geräusche. In den Indoorvolieren Vogelspinnen, Finken und Zwergmäuse. Hinter dem von einer Holzvertäfelung umfassten Aquarium sieht man, vom dicken Glas etwas gelb und optisch verbeult, den Zooschulenraum. Auf den zusammengestellten Tischen Zeugs für einen Kindergeburtstag. In der Kinderecke die abgegriffenen Spielsachen, die Spielküche und die schlierige Schiefertafel, die nur selten mal jemand mit dem Wisch eines Ellenbogens von alten Anschriften befreit. Hier, in diesem Flachbau mit den hüfthoch tief, in den schullandheimbarackenartigen Bau, eingebrachten Fenstern, steht die Zeit, als wüsste sie nicht wo lang. Es erinnert mich an das *FEZ* in der Wuhlheide. Paul spielt sich in der Kinderküche fest und ich versinke in meine Handynotizen. An den Tischen zwischen den Terrarien sitzen Wetterjackeneltern und essen ein mitgebrachtes, freudenlos gesundes Picknick. Draußen sind die Eichhörnchen sehr zutraulich.

Auf dem Rückweg, an der Ampel vorm Hermann treffe ich den Maler auf dem Rad. Wir grüßen uns im Vorbeifahren kurz, wortkarg und trocken, wie wir es immer tun und ich rufe, mein Rollen nur kurz etwas drosselnd, dass ich zum Mittag muss, drücke mich in meinen Lenker und trete die letzten Meter gegen die Sonne, schnell und vorwärts unsere Straße, zu uns nach Hause hin, lang.

So. 09.10.2022, 17:27
Wohnzimmer

Nach dem Mittag fuhren wir mit Meret nach Riems, Keller entrümpeln bei Milena und Bene. Als wir angekommen waren, kotzte Paul auf die Dorfstraße. Wir blieben, da es ihm augenscheinlich danach besser ging, erstmal da und halfen beim ausrümpeln. Carina wurde dann sehr bald auch sehr schlecht und sie fuhr uns, nachdem sie sich beim Einsteigen neben das parkende Auto übergeben hatte, wieder nach Hause. Dort erbrach sie sich ins Klo und ging dann ins Bett. Mir ist auch etwas flau, aber das kann auch das allgemeine Befinden sein. Das Kranksein hier zuhause lässt mich irgendwie an Karl denken. Auch auf der Autofahrt, hinten neben Paul sitzend – in dieser so sprichwörtlichen Lücke, die er hinterlassen hat – hatte ich mich wieder in Autofahrerinnerungen mit Karl hineingeträumt.

So. 09.10.2022, 19:12
Sofa

Paul pennt. Carina kotzt. Mir wird auch immer unwohler. Ich nehme eine von den Antikotztabletten, die mir Carina damals aus der Apotheke gekauft hatte, als ich, das war der Herbst als sie wieder angefangen hatte zu arbeiten und ich dann allein daheim mit den Kindern war, diesen hartnäckigen, von den frisch in die Kita eingewöhnten Kindern mitgebrachten Magen-Darm-Virus hatte. Ich setze mich mit einem Bier aufs Sofa, und hoffe, dass alles drin bleibt.

REKORDE IM TIERREICH
TESTE DEIN

Di. 11.10.2022, 11:47
am Bücherregal

Gestern kein Eintrag wegen Magen-Darm. In der Nacht von Sonntag auf Montag hatte ich dann auch noch gekotzt. Der gesamte Montag dann im Bett und auf dem Sofa. Paul nebenher gerade noch so zu bespaßen geschafft. Viel TV für ihn. Wir waren völlig ausgeknockt. Heute wieder hochgehievt. Rückenschmerzen von 24 gelegenen Stunden. Mir ist immer noch komisch. Habe eine *Elotrans* getrunken. Schmeckt wie Krümeltee mit Salz. Auch das hatte Carina damals besorgt, beim Magen-Darm im ersten Kita-Herbst der Kinder.

Ein schneller, aber heftiger Infekt. Krankes Dämmern auf dem Sofa, im Wortsinne geschüttelt von sich abwechselnden Fröstelschüben und Hitzewallungen, apathisch mit dem Bein wackelnd, sich in den Schlaf zu wiegen versuchend, immer wieder zum Klo gejagt von Würgereizen. Zwischendrin dachte ich immer wieder an Karl. Auch heute, Carina ist mit Paul raus, kommt die Trauer stark zurück. Ich ziehe die Bettwäsche ab, bringe den Müll raus, stoßlüfte die kranke Luft aus der Wohnung, trinke noch eine Elotrans und stehe vor Karls Foto auf dem Fensterbrett. Von draußen schönes, helles Vormittagslicht. Der erste Herbst ohne Karl. Ich gehe in die Küche und mache mir einen Babyfencheltee, weil auch das was mit Karl zu tun hat. Vor einem Jahr, im Oktober, war die Kitaeingewöhnung. Natürlich brachten sie dann sehr bald die ersten Infekte von dort mit nach Hause, konnten nicht in die Kita, und ich war dann oft halbe Tage, ganze Wochen allein mit ihnen daheim, bis Carina nachmittags von der Arbeit kam. Es war insgesamt betrachtet eine gar nicht so lange Zeit, aber sie kommt mir vor, wie eine eigene Episode. Ich war in dieser Zeit gut darin, die Anziehsachen für den Tag rauszusuchen, meist machte das Carina, sie suchte immer am abend zwei Stapel Kinderklamotten aus dem Schrank zusammen und legte sie an den Wickeltisch, das machte einiges an den Morgen einfacher, aber in den kitafreien Krankheitswochen musste ich auch tagsüber häufig die Kindersachen wechseln, also war ich dauernd am Schrank, wusste genau Bescheid, 74/82, das war so das Größenspektrum ihrer Sachen, ich hatte meine Abläufe und liebte es, mit den Kindern in die Vormittage zu schlittern. Meistens litten wir Eltern mehr an den von ihnen mitgebrachten Erkältungen. Sie schienen nach ein, zwei Fiebernächten immer schon wieder fit, aber oft waren sie länger krank geschrieben, auch wegen Corona war alles ja anders, also waren wir viel zuhause und ich wickelte im Akkord, machte Brei, spielte und dallerte mit den jetzt schon zu Kleinkindern gewordenen Babies und war gar kein schlechter Zuhausepapa, glaube ich. Ich machte das Bett, ich wusch Wäsche, hängte sie auf und ab und war Hausmann im besten Sinne und liebte alles daran. Am frühen Nachmittag kam Carina meistens nach Hause und bestenfalls hatte ich keine größeren Baustellen mehr unerledigt gelassen und wir konnten rausgehen, in den Tierpark und in die Stadt. Natürlich bin ich in vielen Sachen unbeholfen, ich stolpere oft durch das alltägliche Leben, das für andere Menschen nur Fläche ist, für ihre sonstigen, eigentlichen Aktivitäten, aber ich denke, und ich hoffe, dass ich in dieser Zeit damals kein völlig verzettelter Zuhausevater war. Irgendwie lag mir das alles, es gelang mir ganz gut, ich sah es auch als eine Art Arbeit, es war großartig, dass ich die Zeit dafür hatte, es war mir was wert, es *ist* ja auch Arbeit, und irgendwie ist es mir einfach, nach wie vor, sehr wichtig, dass es vielleicht, obwohl ich ein einfacher, mit den Alltäglichkeiten hadernder kleiner Mann nur bin, für die Kinder alles gut so war, wie wir waren, wir Eltern, ich als Vater, wir als Familie, dass Karl ein gutes Leben hatte.

Die Reste der eintägigen Krankheit rühren in mir rum, ich schreibe Zeugs und bin aufgewühlt, irgendwie auch im Guten erregt und bewegt. Dass ich gestern nicht am Grab und im Krankenhaus gewesen sein konnte, fühlt sich komisch an. Den Faltermeyer habe ich ausgelesen und stelle das Buch, diese Anschaffung aus der Krankenhauszeit, mit dem Krankenhausarmbändchen darin, ins Regal und schaue immer wieder mal hoch, den Buchrücken an, wie eine Art Speicher ganz bestimmter Erinnerungen steht das Buch jetzt da.

Di. 11.10.2022, 15:50
Wohnzimmer

Carina ist mit Paul und Meret zum Friedhof, danach noch zum Spielplatz. Ich bringe Post und Pakete weg, kaufe Elektrolyte und zuckerhaltige Aufbaumittel, Chips und Cola, wundere mich über grüppchenweise durch die Stadt marodierende junge Menschen, und fahre zum Krankenhaus, sehe auch dort traubenweise Menschen vor der Mensa und der Unibibliothek, begleitet vom Getöse irgendwelcher Bassmusik. Der Lärm des gerade startenden Hubschraubers macht mir das Denken nicht leichter und ich muss wirklich ein paar Momente überlegen, welchen Monat, welche Jahreszeit wir gerade haben, bis mir klar wird: Oktober, neues Semester, alle fallen wieder ein, in die Stadt, in ihr Studium, in neue Zuversichten.

Halb flüchtend vor dem Krawall radle ich zum Hinterausgang des Klinikums. Die Baustelle hat jetzt ein zweites Geschoss obendrauf. Ich setze mich auf eine Bank. Die dann plötzlich auftauchende Sonne sticht mir in meine empfindlichen Sehnerven und ich verziehe mich in eine schattige Ecke für eine Notiz. Vermehrt wieder Karlflashbacks. Wie es mit ihm im Krankenhaus war. Wie es war, ihn zu drücken, ihn zu halten. Wie es war, als die Kinder anfingen, uns richtig mit den Händen um den Hals zu umarmen, wie sie sich festhielten, wie sie sich sicher fühlten, wie sie wie Koalas waren.

Der Semesteranfangsrummel auf dem neuen Campus macht mich traurig. Ich denke an das Frühjahr und an den Ovomaltineaufstrich in der Erstietüte, den ich damals, da war ich mit Karl schon im Krankenhaus, den Mini-Jobbern vor der neuen Mensa *abgeschwatzt* hatte.

Zuhause sprudelte ich Wasser, goss mir ein Glas davon ein, und gab etwas vom Cola-Orange-Sirup dazu, den ich anfang Februar, weil sein Mindesthaltbarkeitsdatum nah gewesen war, für 44 cent gekauft hatte. Das war bei einem dieser späten Winterabendeinkäufe, wenn die Kinder schon schliefen und die Kälte, das war wieder etwas, das mit dem Roman verbunden war, diesig auf dem Edekaparkplatz stand. Ich war nie jemand, der Sirup in sein Sprudel tat, aber ich bin, allein aus stets prekären Verhältnissen, immer jemand, der *Angebote* kauft. Und ich hatte damals gedacht, dass ich einige Dürste nach sprudel- und zuckerhaltigen Getränken mit diesem Sirup-Schnäppchen in den nächsten Monaten würde stillen können. Haltbar würde er ja, bei dem endlos vielen Zucker darin, sowieso bis weit über das Mindesthaltbarkeitsdatum hinaus sein. Nun ist dieser Sirup, nur noch eine Daumenbreite davon in der Flasche, auch so ein sich langsam verflüchtigendes Artefakt aus der Zeit mit Karl.

Ich setze mich mit dem Getränk ins Wohnzimmer, merke, wie mir wieder etwas flau ist, hoffe dass der Zucker es regeln wird, und schaue im Bücherstapel neben dem Sofa, welches Buch ich jetzt anfangen könnte. In einer alten Holzkiste, wahrscheinlich war da mal Wein drin, oder die Kiste soll so aussehen, als wäre mal Wein drin gewesen, in dieser alten Holzkiste liegen immer ungefähr anderthalbdutzend Bücher, gerade gelesene, manche auch nur zum Irgendwassuchen oder Malwiederdrinblättern einfach so aus dem Regal raus und in die Kiste rein gelegt, auch die neu gekauften oder irgendwo mitgenommenen Bücher landen meistens erstmal in dieser Kiste neben dem Sofa. Irgendwann, als die Babies mobiler wurden und anfingen, sich erst seitwärts rollend, dann krabbelnd und vierfüßelnd durchs Zimmer zu bewegen, waren wir eine gewisse Zeit etwas umsichtiger, was die Dinge in ihrem Einzugsbereich betraf. Anfangs hatte ich mich noch gefragt, wie jetzt mit den Schallplatten, den Büchern und den Blumen in der Vase und allen solchen tendentiell umkippbaren, vielleicht auch mehr oder weniger empfindlichen Gegenständen zu verfahren sei. Ob man die wegräumen müsste. Aber auch hier wuchsen die Kinder ganz organisch in ihre Umwelt hinein. Die Bücher wurden irgendwann ein bisschen begrabbelt und für langweilig, weil größtenteils bilderlos befunden, die Schallplatten in den untersten Regalfächern wurden eine Zeit lang hochinteressiert rausgezogen, ausgepackt und auch mal im Zimmer verteilt, aber das war nicht weiter schlimm, weil das alles entweder Flohmarktplatten waren oder der biografische Wert, der an ihnen hing ein Anknüpfungspunkt war, an den ich meine Kinder gern mit aller Entdeckungsfreude heranließ. Kurzum: ich wollte nie ein Elternteil sein, der die Kinder mit Verboten und vorauseilender Vorsichtigseierei behagelt. Ein bisschen gesunde Umsicht und Empathie waren meist schon ausreichend, um ihnen ihre Freiräume zu geben und uns unsere Sorgen zu nehmen. Als die Wachsmalstifte in unseren Haushalt kamen, wurden, wenn man mal kurz auf Klo oder in der Küche war, auch mal Wände und Möbel bemalt, aber auch das war nichts, das nicht hätte behoben werden können. Die Kinder verstanden meist sehr schnell, wann und weshalb wir etwas nicht gut fanden. Wir erklärten es ihnen. Auch die Blumenvasen standen sehr bald wieder auf dem kniehohen Nierentisch im Wohnzimmer, weil klar war, dass die Kinder das Wasser darin nicht zum Durststillen nehmen und die Blumen nicht als Zwischenmahlzeit verspeisen würden. Man darf die Kinder nicht als Einschränkung der eigenen Räume wahrnehmen, man sollte ihre Räume nicht einschränken, nur da, wo es nötig ist, mit Erklärungen Schranken setzen.

Der aktuelle Zimmerblumenstrauß ist ein schönes Bouquet, das Sonja letztens vorbeigebracht hatte. Ich stelle das Glas Brause mit dem Sirup vom Februar neben den Strauß auf den Tisch und fange an, wieder in Katia Manns kleinem Memoirenbändchen zu lesen. Das hatte mir meine

Mutter mal zugeschickt, sie hatte das in der *Büchertelefonzelle* gefunden, es schnell ausgelesen und mir im Januar 2021 mit einer kleinen Nachricht, wie man sie unter Lesenden gelegentlich auf Büchern beigelegten Zetteln austauscht, in einem Luftpolsterumschlag zukommen lassen.

Der Sirupsprudel perlt sein leises Blasenspiel. Und ich halte mich an dem kleinen Buch und dem Zettel darin fest, als Zeugnisse einer anderen Zeit. Es ist nicht trostlos, eher sogar gut. Das Buch ist jetzt gut. Ich brauche mich nicht mit dem lästigen, ziellosen, nur neue Unentschlossenheiten in mich tragenden Anlesen der nächstmöglichen Lektüre befassen, nicht durch die ersten fremden Seiten neuer Bücher buckeln. Das richtige Buch hat in meine Hände gefunden.

Di. 11.10.2022, 21:05
Sofa

Carina kommt mit Paul zurück, der jetzt sehr dringend Cleo treffen möchte, die aber noch unterwegs ist, mit ihrer Mutter im Zug zurück nach Greifswald. Nach ein paar ausgetauschten Nachrichten mit Helena, gehen Carina und Paul dann zum Bahnhof, um die beiden dort abzuholen.

Ich raste nochmal zum Friedhof. Carina hatte am Vormittag die Sträuße dort aufgehübscht. Es war jetzt, halb sechs, schon merkbar dunkler, aber die Solarlampen waren noch nicht an. Ich prüfte, indem ich meine Hand auf die Lichtsensoren legte, ihre Funktionsweise und war froh, dass alles nachts dann so leuchten würde, wie es sein sollte. Um 17:38 war ich zurück zuhause und bereitete Abendbrot vor. Nach dem Abendbrot saß ich mit Paul noch eine kleine Weile im Wohnzimmer auf dem Boden und wir malten. Dann ab ins Bett. Ich hing danach Wäsche auf dem Dachboden ab und auf. Dann Sofa und Rumsimmern, den Schreibabend vor mir herschiebend.

Carina hatte auf dem Friedhof neben Karls Grab heute zwei vierblättrige Kleeblätter gefunden und in ihrem Portemonnaie mit nach Hause gebracht. Wir zogen die beiden Pflänzchen vorsichtig etwas zurecht und legten sie in einem Buch, jenem Buch, das ich damals, im Juli, im Laden in der Kastanienallee, als erstes Buch nach seinem Tod, in Berlin gekauft hatte, zum Trocknen zwischen zwei Seiten.

Am späteren Abend kotzte Paul zweimal ins Bett. Es machte eher den Eindruck, als hätte er zuviel Druck im Bauch gehabt, aber vielleicht ist es auch schon wieder der nächste Magen-Darm, Noro-Virus oder ein anderer Infekt. Man darf gespannt sein. Carina legte sich zu Paul ins Bett. Ich baute meinen Schreiblaptop im Wohnzimmer auf und machte, statt zu Schreiben, erstmal eine Serie an.

Mi. 12.10.2022, 09:56
in Küche, am Tisch, auf Stuhl

Gegen halb eins ging es mit Durchfall, den Paul bei einem nächtlichen Wickeln im Familienbett verteilte, weiter. Wir machten sauber, Carina duschte sich, ich spannte ein neues Bettlaken auf, das volle Programm. Ich brachte dann die Windelmülltüte raus zur Mülltonne und draußen war es unerwartet mild und still. Ich dachte an sehr alte Herbste, wie im Roman. Ich war zu schlapp und schwach und müde, mich damit noch weiter, eventuell textgewinnbringend auseinanderzusetzen und legte mich um eins dann wieder ins frisch bezogene Bett.

Carina ist mit Paul eben zum Kinderarzt. Robbie rüsselt im Wohnzimmer. Ich übertrage gesammelte Textbrocken in meine *KARL 6.TXT*. Die Trauer innendrin ist seit einigen Tagen irgendwie anders. Schwerer, betrüblicher, nicht komplett bleiern, aber, das macht auch der Herbst, ich hänge ein bisschen am Boden. Ich weiß auch nicht. Immer wieder nur das: er fehlt mir so sehr. Es tut mir alles so leid. Obwohl niemand wirklich Schuld hat. Oder doch die Ärztinnen und Ärzte? Wäre das nicht einfach erleichternd, würde man dort *den einen Fehler*, eine Kette von Fehlern suchen? Das Gefühl der Vergeblichkeit. Hätte alles ganz anders laufen können, wenn irgendwo irgendwann von irgendwem was anders gemacht worden wäre? Ich würde so gern ihn halten, mit ihm sprechen, sein Lachen, sein Grinsen, sein Kuscheln, sein Sein um mich, in meinem Leben haben. Immer wieder tut er – dass er gestorben ist – mir auch so leid. Oder anders: das ist ja das Allergrundsätzlichste hier: dass er gestorben ist, ist so unendlich schlimm *für ihn*. Aber er ist ja tot, er sitzt jetzt nicht irgendwo und denkt sich: schön blöd, so tot. Der Tote ist ja nicht einsam, der Tod kennt all sowas ja nicht, der Tod ist überall und deshalb lassen uns die Toten nicht allein. Deshalb lasse ich mein totes Kind nicht allein. An manchen Tagen geben mir solche diffusen, in den grundphilosophischen Ebenen natürlich von mir noch nicht, wahrscheinlich niemals richtig aufgeschlossenen Gedanken sowas wie Zuversicht. An anderen Tagen denke ich dann: ist meine Zuversicht nur ein Zurechtbiegen, eine Eitelkeit der eigenen Gedanken?

Karl wurde aus seinem Leben herausgerissen, aber auch aus unserem Leben, und wir aus seinem Leben, irgendwie voneinander abgekoppelt, örtlich und zeitlich getrennt, nicht mehr beisammen. Aber doch innendrin:

immer bei ihm. Zwischen jedem Schluck vom Morgenkaffee: vergebliches Gebrabbel, morgens in der kurzen halben Stunde, die ich hier allein daheim bin. Carina trifft sich nachher mit Gero und Svenja. Ich werde tagsüber mit Paul irgendwas machen. Es sind Ferien und er ist nicht in der Kita. Abends dann sicher wieder zu müde fürs Schreiben. Was okay ist. Aber, das kam in letzter Zeit etwas zu kurz, ich wünsche mir ein paar Stunden allein für meine Karlgefühle. Vielleicht doch abends wieder zum Krankenhaus radeln? Der Friedhof macht ja jetzt, seit Anfang Oktober, immer schon um 18 Uhr zu.

Man kommt ja zu nichts mehr. Man kommt ja manchmal nicht an seine Trauer ran, wie man sich das wünscht. Man kommt ja gar nicht an das Denken richtig ran. Man taumelt, man wankelt, man macht, dies und das, und trotzdem: man kommt ja gar nicht klar manchmal.

Mi. 12.10.2022, 10:10
Flur

An der Flurgarderobe hing immer noch, seit Ende August, mein Anzug, den ich zur Beisetzung trug. Die Hose war vom Bügel gerutscht und ich war zu antriebslos, den Anzug einfach im Schrank zu verstauen, oder zu prüfen, ob man den mal reinigen lassen müsste, zog den Gürtel aus den Schlaufen und fummelte die Hose, nicht ganz knitterfrei, wieder auf den Bügel zum Jacket. Es ist der teuerste Anzug den ich habe und ich trug ihn zur Hochzeit und zur Beerdigung.

Morgen wieder ein Gesprächskreis. Keiner von uns beiden hat so richtig Lust. Wenn, dann würde dieses Mal wohl ich hingehen. Ich wäre wieder der einzige Mann dort. Wo sind denn die traurigen, trauernden Männer? Vielleicht sagen wir auch einfach ab.

Mi. 12.10.2022, 12:42
Wohnzimmer

Beim Spielen mit Paul im Wohnzimmer finde ich, in einer Kiste, das sonderbare Ballschwein. Beim Drücken auf seinen Bauch hustet und pustet es einen kleinen Ball raus, den man ihm vorher in den Mund gesteckt hat. Ich erinnere mich, wie ich damals, am Tag bevor Karl starb, mit diesem eben gerade gekauften Ding am Rubenowplatz mit den Kindern spielte. Sie wieselten da so herum, einer nach dem anderen holte immer den Ball und ich ließ ihn dann wieder aus dem Schweinemund herausploppen. Karl stand da, lachte und war glücklich. Wir waren seit einer Woche aus dem Krankenhaus raus. Alles war in Ordnung. Eine Gruppe junger Menschen wachtelte ums Denkmal herum, ein Tutor führte sie durch ihre neue Stadt, in der ich mit meinen Zwillingen ein Teil ihres Frühlings war.

Paul will dann, angefixt durch den Fernsehexzess an unserem bettlägrigen Magen-Darm-Montag, Peppa Wutz anschauen. Ich schlage vor, dass wir uns lieber die Peppa-Wutz-Hefte in seinem Rucksack anschauen. Da ist ein ganzer Stapel Pixi-Bücher drin, die Paul letzens von Cleo geschenkt bekommen hatte. Wir machen den Rucksack auf und drin ist auch Frau Elster. Ich sage, dass Karl die sehr gemocht hat und Paul drückt Frau Elster ganz fest und ich kriege einen Kloß im Hals.

Ich bin in diesen Tagen wieder unkonzentriert, bin latent fahrig und habe Wortfindungsstörungen. Manchmal muss ich überlegen, wie irgendwas heißt, wie die ganzen verschiedenen Autos heißen, die Paul mir beim gemeinsamen Spielen unter die Nase hält, was welches Fahrzeug kann und macht. Was überhaupt los ist, hier. Immerhin: körperlich kommen die Kräfte langsam wieder.

Mi. 12.10.2022, 13:30
zwischen der Zeit

Carina trifft sich zum Kaffee in der Stadt. Ich gehe gleich mit Paul raus. Eben hatte er nochmal Durchfall. Ansonsten ist er aber fit. Ich dachte eben so, beim Zusammensammeln der Sachen, die man beim Rausgehen mit einem Kleinkind halt so mitnimmt, dass ich dieses Karlbuch ja bis zum Anfangstag meines Romans schreiben könnte. Der Text beginnt ja im Oktober, genaues Datum müsste ich in meinem Material, auf der tabellarisch aufbereiteten Zeitübersicht des Buches nachschauen. Genau genommen gibt es ja noch das Septemberkapitel, da geht es nochmal in den Spätsommer, in der Handlung, hinten im Buch, nochmal einen Schritt zurück, aber der Roman fängt auf den ersten Seiten irgendwo in der Mitte des Oktobers jenes nicht genauer benannten Jahres an. Ich dachte also, dass ich bis dahin, das wäre wohl sehr bald, dieses Buch hier schreibe, und dann irgendwie mir rüberzugleiten erlauben könnte, in den Roman, vielleicht.

Wäre das auch was in irgendeinem Sinne irgendwelches großen Ganzen? Wäre das was, das dem Karlbuch eine gute Klammer gibt? Oder ist das eitel, egoistisch und Blödsinn, mein Trauern, und damit mein Bleiben in der Welt ohne Karl, an solche Wechselverhältnisse zu hängen? Und schreibe ich nicht sowieso erstmal immer weiter? Um immer im Text und an Karl zu bleiben. Fiele ich nicht, schriebe ich nicht mehr, vielleicht einfach um und sackte ab, in eine, nur vom Schreiben immer wieder ausleuchtbare Dunkelheit?

Mi. 12.10.2022, 16:49
auf der Hoftreppe

Ich gehe endlich raus mit Paul. Paul kackt nach ein paar gemachten Metern ein. Es ist irgendwie schwül, ich schwitze. Wir gehen zurück, ich mache ihm eine neue Windel um, und wir dösen, da ich mich irgendwie akklimatisieren muss, nochmal kurz so rum, ich lasse TV rieseln, wir schauen Fotos an. Dann gehen wir wieder raus, mit Fahrrad und Anhänger, Gemüse von der Solawi holen.

Ich bin vom Geradel ziemlich außer Atem und schwitze, suche unrastig die angetafelten Gemüsepositionen zusammen, bin schon wieder überreizt von der gut gelaunt müßiggänglerischen Nachmittagslaune und der bloßen Anwesenheit anderer Menschen, und wir radeln dann zurück, um die anderthalb Stunden bis zum Abendbrot noch zuhause zu verbringen. Paul schläft auf dem Rückweg ein. Also steht er im Hof, schlafend im Fahrradanhänger, während ich das Gemüse hochbringe, wasche und verstaue, und mich ein bisschen ärgere, dass wir den Salat von letzter Woche noch nicht gegessen haben und er etwas angegangen riecht, vielleicht aber, mit dem Absammeln der äußeren Blätter, noch zu retten wäre und ich ihn erstmal, ohne *irgendwas* daran zu tun, zurück in den Kühlschrank stelle, mit einem blöden aber auch scheißegalen Gefühl für das blöde und scheißegale große Ganze, dann runter in den Hof gehe, mich in Blickweite des Wagens, mit einem, aus herumstehenden Apfelsaft- und Schwarzteeresten zusammengeschütteten Getränk und Katias lustigen Erzählungen auf die Hoftreppe setze und kurz die rauschende Stille des späten Nachmittags in mich reinsinken lasse, lauschbadend, immer noch überempfindlich an allen Sinnen, wie ziemlich verkatert, immer noch geschlaucht vom Magen-Darm und natürlich, viel mehr noch, verbraucht und aufgebraucht in allen Körperreserven, die das Trauern anfrisst.

Die Trauer ist anders und schwerer jetzt, immer wieder Gefühle von Vergeblichkeit. Und doch habe ich das Gefühl, dass alles bis hierher geschriebene wahr war, meinem Kummer entsprach, vielleicht manchmal in Umwegen davon sprach, in der Sprache Wege zum Kern oder – gerade andersrum – zu den Rändern der Trauer und des Trauerns suchte, unbewusst, unterbewusst, rausballernd, kummertickernd, karltextend. Wo ist es am Ende eigentlich heller dann – außen oder innen?

Und, dass so vieles hier schon anerzählt und durchgedacht, durchgangen, angedacht und durcherzählt wurde, in den letzten Wochen, hat natürlich wahnsinnig geholfen. Wo wäre ich sonst jetzt? Es wiederholen sich manchmal jetzt gedachte Dinge, oder neu gedachtes Denken dockt an anderswo, anderswann gedachtes Denken *wieder* an, so dass sich, in einem guten und nicht fortschrittslos verharrenden Sinne, manche Kreise schließen. Gefühle, Gefühlsorte und Gefühlssorten, Gefühlsareale, miteinander verknüpfen, manches nicht mehr nur in hall- und heilloser Leere herumhängt, sondern einen Widerhall hat irgendwo, als hörte und erkannte, als *verstünde* ich mich in dem was ich woanders hier sagte – obwohl immer doch alles, ALLES, ALLES unbeschreiblich, unbegreiflich, unverständlich, unendlich traurig, unendlich unglücklich ist.

Hinter den Gleisen rauscht die Straße. Die weichen Geräusche der Gummireifen auf dem Kopfsteinpflaster der Nebenstraße hinter dem Hoftor. Schuhgestöckel, Kinderwagengeräusche, das Hauen von Autotüren, unbestimmte Vögel ohne genauen Tonfall in den Bäumen, Wolkendecke hell und dunkel, weichgezeichnet wie Airbrush. Unsere Holzstühle angekippt am Tisch, der Hofgarten ungenutzt, eigentlich ein milder Herbsttag, ich sitze auf der Treppe, hinter mir der lichtlose Hausflur, vor mir die Welt ohne Karl, in meinem Schoß das wegen der hier gemachten Notiz bis eben ungelesene Buch. Eine Elster wäre jetzt gut. Und dann, mit dem wirren Weinen einer kurzen Orientierungslosigkeit, wacht Paul auf. Ich nehme ihn auf den Arm, wir laufen ein bisschen im Garten herum und er schläft nochmal mit dem Kopf auf meiner Schulter ein.

Ich bereite Abendbrot vor, während Paul im Wohnzimmer Peppa Wutz schaut, nicht ganz auf dem Dampfer. Er kommt in die Küche und will, dass ich mit rüber komme. Wir schauen Fernseher und Paul liegt auf meinem Bauch, wie letztens schon, als Sonja und Alexander da waren. Hier wird mir wieder sehr kümmerlich und kloßig innendrin. Karl hatte ich so oft auf dem Bauch, gerade natürlich in der so bindungsengen Zeit im Krankenhaus, streichelte ihn, roch sein Haar, konnte spüren, an seinem Atmen und einer leichten Erschlaffung der Gliedmaßen, wann er eingeschlafen war und ihn dann sanft beiseite legen, rüber ins Bett oder neben uns aufs Elternbett oder eben in sein Kinderbett im Krankenhaus, oder ich ließ ihn eine Weile so auf mir liegen und las mit ausgestrecktem Arm in ein, zwei Büchern, die ich bestenfalls schon in Griffweite bereit gelegt hatte. Zu Babyzeiten wurden wir als Eltern Experten im Umsichscharen von Dingen in Griffweite. Nüsse, Handy, Getränk und Bücher, eventuell noch die Fernbedienung. Damit war man gut versorgt, auch für lange Mittagsschlafstunden der Kinder auf dem Bauch.

Carina kommt nach Hause und wir essen. Paul bekommt die Medizin gegen Durchfall, die er heute morgen von der Ärztin verschrieben bekommen hat. Verabreicht in einer Spritze, wie wir sie für Karl immer benutzten, und deshalb noch einige davon vorrätig haben. Paul isst gut und erzählt viel am Abendbrottisch. Abschließend will er wie immer die Karlkerze auspusten. Im Flur läuft er auf Muttis Arm, auf dem Weg zum Bettfertigmachen, an dem Babyfoto von ihm und Karl vorbei und sagt „Paul, Karl, Bebis". Ich koche Wasser hoch. Wie zu Babyzeiten, als wir Milch mit abgekochtem Wasser anrührten, sogar bald einen Kocher hatten, der auf Wunschtemperatur warmhält, das abgekochte, 40 Grad warme Wasser dann in eine Thermoskanne füllten, für die Nacht, für unterwegs, für unsere beiden Babies.

Nach dem Zubettbringen dann Dachboden, Wäsche, Podcast, Sofa, Schreiblaptop, Versacken mit seichtem Scheiß im TV.

Do. 13.10.2022, 01:16
Bett

Ich komme nicht zum Schreiben, schaue bisschen Film, bin müde und Paul durchfallt und kotzt nochmal in der Nacht. Draußen marodieren die neuen Studierenden wie nach einem Dorffest durch die Stadt. Ich bin der alte, doppelt so alte Grumpel hinter den zugezogenen Gardinen und fühle mich in meiner Nachtruhe gestört. Leider ist da was Wahres dran. Und noch viel mehr leider ist das, weil ich mich von dem da draußen langrasselnden Studentenfrohsinn in meinem stillen Michhinfühlen zu Karl gestört fühle. Das kam in den letzten Tagen etwas zu kurz. Ich fühle mich abgeknippst von der Weise, wie ich das bisher ganz gut in mir hatte festhalten können, vom Draht zu meinen direkten Gefühlen zu ihm hin. Dass ich momentan nicht ablenkungslos in seine Richtung denken, fühlen, trauern, ja auch träumen und strömen kann, betrübt mich. Ich komme nicht dazu. Ich komme nicht zu mir. Ich komme nicht zu Karl. Die Tage zerfließen, die Zeit verschmiert, ich bin etwas *außer mir*, im allerphlegmatischsten, innerortslosesten Sinne. Manchmal nervt die Unbeholfenheit anderer Menschen im Umgang mit einem als Trauernden. Deshalb auch dieses vorauseilende Nichtinverlegenheitbringenwollen manchmal, wie letztens beim Konzert oder bei der Ausstellungseröffnung zu der ich, schon angezogen im Flur stehend, dann doch nicht hinwollte.

Do. 13.10.2022, 11:53
Küche

Carina ist mit Paul und Meret raus. Ich fleißtexte etwas im Fließtext und schreibe eine lange Nachricht an Julia. Dann schneide ich Ofengemüse aufs Backblech. Eine Weile stehe ich vor dem Backblech und weiß nicht, wie es heißt. „Tablett“, denke ich die ganze Zeit, aber irgendwas stimmt daran nicht, ein Tablett schiebt man nicht in den Ofen, auf ein Tablett macht man Geschirr und Zeugs, für Kaffee und Kuchen oder irgendwas, aber in einen Ofen kommt es nicht. Aber wie heißt das Ding hier. So groß wie ein Tablett ist es immerhin. Ich strenge einiges an Kraft auf und versuche, mich zu konzentrieren, das Wort im Geröll obenrum zu finden. Bevor ich dann googlen muss und „Tablett für den Ofen“ oder sowas ins Handy tippe, findet das richtige Wort dann doch zu mir und ich atme erleichtert auf, halte mich an dem Wort richtig fest und schiebe das mit Kartoffeln, Karotten, Zwiebeln, Kürbis und Aubergine vollgelegte, zu diesem Wort gehörende Ding in den Ofen.

Do. 13.10.2022, 18:59
Sofa, so far

Carina ist nachmittags mit Caro im Wald. Ich schiebe mit Paul raus, rein richtung Innenstadt. Er knurrt müde, mit dem Kopf ans Kinderwagenfenster gelehnt, braucht aber eine Weile zum einschlafen. Ich schiebe über den neuen Campus in der Löfflerstraße, weil es zwischen den alten Gebäuden so schön holpert auf dem Pflaster. Erstis stehen lebensfroh in ihrem neuen Lebensabschnitt rum.

Vom nahe gelegenen Kino her riecht es süß und schwer, wie auf einem Jahrmarkt, nach warmem Popcorn und die Studierenden sehen aus wie junge Menschen. Ein paar Bauarbeiter stehen etwas raubeinig am Rand rum. Es gibt immer was zu tun. Ich, der Vater meines toten Kindes, schiebe stumm und mit diesem mir immer mehr selbst auch von innen spürbar irgendwie gelähmt erscheinenden, von der Tragik, in die mich mein Leben getragen hat, gezeichneten Gesicht, mit meinem im Wagen schlafenden Kind durch dieses Szenenspiel der um uns rum weiterrotierenden Welt.

Ich gehe in den DM und, weil Edeka zu voll ist, seit langem mal wieder zu Aldi. Auch er ist umgebaut und sieht jetzt sehr wertig aus. Ich weiß nicht, wo was steht und brauche ewig für meinen Einkauf. Paul schläft weiter. Auf dem Weg nach Hause hupt mich Matthias aus dem Auto an. Ich winke irritiert und gehe weiter, nehme mir vor, ihm irgendwo online zu schreiben. Ich weiß nicht, ob er es weiß. Ich weiß gar nicht, wo er online genau zu kriegen ist. Er ist seit kurzem, nach vielen Jahren woanders, wir hatten uns Jahre nicht gesehen, wieder mit seiner Familie in die Gegend gezogen. Paul wacht mit dem Quietschen des sich öffnenden Hoftors auf und oben, über die scharf in den Himmel gehauenen Kanten der Häuser, ziehen zwei Gänsedreiecke nach Süden.

Zum Abendbrot brachte Carina überraschend Essen vom neuen vietnamesischen Restaurant in der Stadt mit. Paul aß sehr gut, den ganzen Tag schon mit Hunger und Appetit. Das war gut zu sehen. Sein Stuhlgang scheint sich auch wieder zu *normalisieren*.

Vorhin, da so zwischen den Studierenden herumschiebend, dachte ich an früher. Wie ich vor Jahren zum Studieren mal hierher gekommen und, nach einem, sehr schönen, lebenswandeltechnisch aber sehr zerfransenden halben Jahr nochmal zurück in Berlin, dann auch hier geblieben bin, in dieser Stadt, in der meine Kinder geboren wurden und eines davon starb.

Ich dachte an die alte Mensa, wie ich die mochte, und wie es darin noch halb nach DDR aussah, wie ich da oft allein Frühstück aß, um halb zwei, im abebbenden Esstrubel, zwischen den Langeamtischsitzenden, den jungen Eltern, deren Kinder in der, wie der ganze Bau, aus der Zeit gefallenen Spielecke herumdallerten, während die Flyereinsammler die Flyer einsammelten, die ich beim Essen las, wie als Kind die Cornflakespackungen beim Frühstück, kurz bevor die Mensa dann um zwei Uhr nachmittags schloss. Den neuen Campus gab es damals noch nicht. Meine Kinder gab es damals noch nicht. Und, wenn man besonders spitzfindig und diese im Nachtleben herumstromernden Ziellosigkeiten des süßen Lebens meinen möchte, könnte man auch sagen: *mich* gab es damals noch nicht. Karl gab es damals noch nicht. Und damit gab es auch keinen gestorbenen Karl. Nur der Geruch von Popcorn hing damals schon, nahe des Kinos, manchmal bis zu den Credner Anlagen hin, über der Löfflerstraße. Das große Ganze.

Do. 13.10.2022, 21:49
Homestudio

Habe eben, das erste Mal seit jenem Konzert am 18. März, den Musikmachlaptop wieder zum Musikmachen angeworfen, samt allem angekabelten Kontrollequipment. Jedes Mal, wenn ich mein Setup grundlegend umbaue, vergesse ich, nach Wochen und Monaten, welcher Knopf wofür nochmal genau gut ist, woran ich welchen Kontrollknopf mit welchem Regelweg genau *gemappt* habe. Es ist ja immer ein sehr verschachteltes, auch generativ-musikalisches Setup, da verliert man schnell den Überblick, wenn man nicht drin steckt. Glücklicherweise fielen mir, allein aus Körpergedächtnis, wie bei dem Eingeben einer Geheimzahl an einem Geheimzahlterminal, die Belegungen schnell wieder ein. Und: es machte Spaß. Ich versank sofort in diesen sonderbaren, schönen Tönen und hatte dann sogar das Gefühl, dass das dann doch bald wieder *ginge*, dass das machbar wäre, auch ohne Karl, dass ich dadurch, im herumbrummenden Summen der Klänge, irgendwie doch auch zu Gefühlen finden könnte, die im guten Sinne mit jenen Gefühlen korrelieren oder synchron schwingen würden, die ich dabei und dazu und dafür gehabt hatte, als Karl noch lebte. Und gleich die Idee, dass eine neue Band, ein neues Duo-Projekt doch toll wäre, weil auch im richtigen Sinne *neu* und neu aufgebaut, neu aufbauend und, rein als musikalisches Projekt, nach vorne schauend. Und dabei dachte ich dann an den, mich vorhin in der Bahnhofstraße, als ich in Gedanken versunken, meinen schlafenden Paul da so nach Hause geschoben hatte, mit einem freundlichen Winken so überraschend angehupt habenden Matthias. Ich hatte etwas perplex zurück gewunken, war dann aber zu zerstreut, auch zu überrascht, und auch zu traurig in dem Moment, ihm irgendwas über die Straße, in der er im Stau stand, rüber zu rufen, also winkte ich nochmal, als ich schon vorbeigelaufen war und sagte mir, ich würde ihn später mal irgendwo online anschreiben.

Carina ist zu Helena, die sturmfrei hat. Ich wollte eigentlich an den Karltext ran, bin wieder aber zu müde, trinke dann jetzt, nach all dem Magen-Darm, doch mal wieder ein Bier und schaue Scheiß im Fernsehen und gehe später dann, angeglimmt eventuell, vielleicht doch noch an den Text.

Do. 13.10.2022, 23:51
Sofa

Der Roman, als Buch in seiner Leserichtung von vorne nach hinten, fängt übrigens am 16. Oktober an. Das hatte ich in meinen Dokumenten für die Zeiten, den Kalender und die Figuren des Romans jetzt mal nachgeschlagen. Es wird dann ziemlich bald im Roman von einem noch früheren Oktobertag erzählt, ein Rückblick also, und dann gibt es ja noch das erwähnte Septemberkapitel hinten im Buch, aber die Erzählung, das Erzählte im Buch setzt ein am 16. Oktober jenes vergangenen, im Buch nicht genau bestimmten, nur mit kleinen Indikatoren und Indizien angedeuteten Jahres.

Wäre das also was: das Tagebuch vom 16.07. bis zum 16.10. zu klammern? Dass *das* dann *DAS* Buch ist. Das sind drei Monate. Drei Monate Text, viel Text. 92 Tage. Die ersten drei Monate ohne Karl. Hunderte Seiten. In jeder Seite, in jedem Wort, in jedem Zeichen, jeder Zeitziffer: Karl. Mein Kind.

Do. 13.10.2022, 23:57
Sofa

Oder doch lieber hundert Tage schreiben? *Hundert Tage Einsamkeit.* Stimmt ja gar nicht. Wir sind gar nicht einsam, wir haben ja uns, und Karl in uns. Und die Trauer, dass er tot ist. Sein Tod hat mich nicht völlig abgetrennt von ihm. Auch, und das ist vielleicht auch eine *Leistung* dieses Schreibens hier, vom Leben insgesamt nicht abgetrennt. In hundert Tagen Trauertext. *Hundert Tage Trauerarbeit.*

Fr. 14.10.2022, 19:34
Sofa, in der Sendung und am Text

Auf dem großen neuen Spielplatz, am Rande die Pappeln, wie gelbgrüne, gütige Riesen, obenrum der blaugrauascheweiß gewellte Deckel aus Wolken. Benoît ist auch da. An einer Sitzgelegenheit essen wir Cracker und trinken was. *„EMMA IST NE FOTZE“* steht in Großbuchstaben auf dem halbrunden Holztisch. Paul wackelt auf dem Grashüpferwackeltier und setzt sich dann zu drei größeren Kindern ins Karussell. Ansonsten steht noch rund ein halbes dutzend mal *„A.C.A.B.“* und endlos viele Male, wie im Wahn draufgetaggt, wahrscheinlich hundertsiebenundachtzig Mal *„187“* auf dem Tisch vor mir. Hartes Pflaster hier, in Edding geschriebene Elegien auf dem Straßenbandenspielplatz, überall ähnlich, die Worte, das Aufschreiben, das Festhalten: für immer jung. Ich finde in meiner Tasche ein paar getrocknete Friedhofsblüten und streue sie in der Gegend hier rum. Irgendwann, kurz bevor Karl ins Krankenhaus kam, oder als er gerade mal wieder für ein paar Tage aus dem Krankenhaus entlassen war, war ich an einem schönen Wochenendnachmittag mal mit beiden Kindern hier. Da war der Spielplatz brandneu und brechend voll, und mir war alles, die Leute und der Trubel, zu viel, an den Spielgeräten war Gedrängel und wir saßen ein bisschen auf der Wiese rum, aßen Cracker und Äpfel, und fuhren irgendwann, trödelnd, langsam, mit dem Rad wieder nach Hause. Es war einer dieser zähen, ziellosen Nachmittage und ich sehne mich zurück nach ihm.

Ich packe unser kleines Picknick wieder ein, Paul schlurft durch den spielgerätelosen, im Sommer als Liegeflächen wohl gedachten, als Wiese angelegten, jetzt voll mit Pappellaub bedeckten Teil des Spielplatzes und ich sitze wie nicht abgeholt an diesem Holztisch und schaue ihm hinterher, etwas glasig innendrin. Ich schaue durch den vor mir liegenden Spielplatztag, hinein in die dahinter liegenden Erinnerungen an damals.

Nach und nach trudeln weitere Eltern mit ihren Kindern und ihren angebrochenen Feierabenden hier ein. Ich werde unterm grau aufs Gemüt drückenden Deckel sehr melancholisch und kraftlos, schaue die anderen Kinder an, die kleinen Kleinkindkinder, gerade alt genug für den Spielplatz, aber noch klein und tapsig. Mit diesem teddybärigen Herumgestolper erinnern sie mich an Karl. Paul ist langsam, nach den letzten Wochen und Monaten jetzt, in einer anderen Liga. Er ist älter geworden. Es ist viel passiert. Er ist jetzt zwei.

Rupert ist auch da. Der war damals, vor jenen 15 Jahren, in der wilden, alten Zeit, auch immer auf den Raves, den Parties überall, und hatte damals schon älter als alle anderen ausgesehen, sieht aber heute noch genauso aus und hat sich deshalb gewissermaßen gut gehalten.

Ich sitze auf einer Bank am Rand und Paul labert andere kleine Kinder voll. Er braucht das, er ist ein kontaktfreudiges, offenes Kind. Es war so gut, dass er Karl hatte. Wir waren perfekt als Quartett. Zwillinge: unser Glücksfall. Sofort Klöße im Hals. Danach noch kleiner Einkauf beim Penny. Brötchen für Paul, Bier für den Papa. Vorm Penny haben es sich die Säufer als ein sprichwörtlich bilderbuchreifes *lustiges Trüppchen* schön gemacht, lassen laut Ballermannmusik ballern, haben Ballermanncowboyhüte auf und labern Passanten an, als wären die die endlich auftauchenden Gäste ihrer Party.

Zuhause briet Carina gerade Pilze mit Zwiebeln und Petersilie an, für aufs Brot zum Abendbrot. Dazu ein Rührei für Paul. Käse und Belag, wer mag. Wie bei *richtigen Leuten*. Als wäre ein ganz normaler, gemütlicher Herbstfreitag. Karl hätte das alles gemocht. Das nach Hause kommen vom Ausflug. Das Draußenklamotten ausziehen auf der Kindersitzbank die ich im Frühjahr gebaut hatte, das Anhängen der Kinderjacken an die Haken der Kindergarderobe, das Hinflitzen in die Küche und „guckn mal" was Mama da macht, was da so lecker riecht. Das nochmal ins Wohnzimmer flitzen und kurz vor dem Abendbrot nochmal was spielen. Zuhause war's toll. Helle Drinnennachmittage der ersten Herbste und Winter. Ich spiele mit Paul, wir schieben Autos umher und er hat genaue Vorstellungen, was ablaufen soll. Wir spielen miteinander und dann gibt es Essen.

Nach dem Abendbrot schlief Paul schnell im Bett ein, Carina ging zur Bandprobe, auch ich baute mein Setup auf, musizierte kurz meine kosmische, kurierende Dröhnung und schaue nun, ganz feierabendväterlich, meine Sendung auf dem Sofa.

Fr. 14.10.2022, 20:48
Sofa

Ich habe ein bisschen das Gefühl, dass die Kraft, die Luft und vielleicht auch, in einem besten Sinne, der Druck raus sind aus dem Schreiben hier. Dass der Leidensdruck erstmal genug gelitten und *ausgedrückt* ist, dass alles was in aller Sprachlosigkeit erstmal zu sagen war, gesagt wurde.

Dass mein Herz jetzt Ruhe will für leiseres Leid? Carina sagte heute beim Mittag, dass ihre Trauer gerade etwas leichter sei. Ich sagte, dass ich bei mir zeitweise das gegenteilige Gefühl habe. Ich habe immer noch das Gefühl, dass ich meine Trauer und mich in ihr ganz gut kenne, es ist mir kein unvertrautes Terrain, ich habe in aller *aktiven Auseinandersetzung* mit ihr, ihr Dunkel einigermaßen erhellt und ausgeleuchtet, vieles ist mir klar und steht klar vor mir – warum also dann diese Schwere? Weil die Einsicht, dass er ja doch nie wieder kommt in diesen ausgeleuchteten Winkeln nur umso stärker auf mich zurückscheint? Ich weiß nicht genau. Ich weiß aber, dass dieses Buch hier wichtig war. Dass es wichtig ist. Dass dieses Buch mein Karl ist. Dass dieses Buch ich und mein Karl sind. Dass das immerhin was ist. Etwas, das aus dem Dunkel rausgeschrieben wurde. Etwas, das als was helleres ins Dunkel reingeschrieben wurde. Etwas, mit dem ich mich aus dem Dunkeln herauszuschreiben begonnen habe.

Und es ist immer wieder, am Ende des Tages, diese schiere Kraftlosigkeit, Ermattung und Langsamkeit im Kopf. Deshalb fehlt mir das konzentrierte Schreiben am Tage seit zwei Wochen so. Aber auch das kommt wieder. Nur mein Karl nicht. Deshalb also dann doch: an allen Tagen schreiben immer, immer weiter, weiter immer?

Kurze Idee plötzlich: vielleicht verlagert es sich einfach auch gerade alles ganz normalorganisch nur von geschriebenem Text zum angenehm Kopflosen der live gemachten, live so dahingeloopten, ganz anders als die Wortfluten hier, aber trotzdem hochbeseelten, also auch mit Karl belebten Musik? Dass die Töne jetzt den Text ablösen.

Und dass manche Sätze seltsam tonlos enden, mit einem Punkt statt eines Fragezeichens?

Sa. 15.10.2022, 08:43
im Bad

Spät nachts ins Bett. Paul durchfallte diverse Male, einmal wieder vom Wickeltisch runter auf den Boden, filmreife Sauerei. Ich hatte ein bisschen geschrieben, grobe Buchstabendreher im Text redigiert, Musikdokus geschaut und Biere getrunken.

Heute grau draußen, aber warm soll es werden. Wieder so gedämpftes Licht, vom Wolkendeckel der die Sonne nicht durchlässt.

Sa. 15.10.2022, 12:24
Schlafzimmer, am Wickeltisch

Wie den ersten Eintrag hier, schreibe ich diesen Absatz stehend am Wickeltisch, den Laptop darauf aufgebockt auf einem kleinen Kinderstuhl.

Auf dem Weg zum Edeka traf ich Elvis und Ringo, sie standen in ihrem Hauseingang und fragten, ob wir nicht eine Wohnung suchten, bei ihnen unten wäre was frei. Dreiraumwohnung haben wir schon, sagte ich. Gleich würden die ersten Interessenten kommen, also verabschiedeten wir uns und ich radelte weiter, Paul hinten im Kinderwagen, Pfandflaschen links und rechts in den Packtaschen. Ich kaufte dieses und das, fast nur was auf dem Zettel stand, keine irren Extras, für Paul ein Pixibuch – „und hier natürlich das Wichtigste…“ hatte die nette Kassiererin gesagt, als sie es über ihren Scanner zog –, für mich eine kalte Zuckerbrause, da ich doch bisschen zerknittert war, von der langen Nacht auf dem Sofa, im Text und am Fernseher. Ich spielte dann noch Lotto und unterwegs erreichte mich eine Antwort von Matthias auf meine Nachricht an ihn. Er schrieb, dass er bereits erfahren hat, was uns zugestoßen ist und er fragte, wie es uns geht. Ich freute mich, dass er fragte. Ich antwortete ihm und fragte gleich wegen gemeinsamem Musikmachen.

Paul kommt angerannt und ruft mich zum Mittag. Das macht er seit geraumer Zeit und er freut sich, wenn ich hungrig und mit großem Hallo dann mit ihm in die Küche rase.

Sa. 15.10.2022, 12:57
Küche

Bandnudeln mit Zitronen-Erbsen-Butter zum Mittag. Paul verschluckt sich nicht mehr an den langen Nudeln, wie noch im Sommer, als wir damals, das war beim ersten Besuch in Berlin, in den Wochen des Schocks nach

Karls Tod, im Don Xuan Center gegessen hatten. Im Tiefkühlfach war noch eingetupperter Babybrei. In diese Silikonnapfförmchen füllten wir damals immer den selbst gekochten Babybrei ab und froren ihn ein, für faule Tage. Sofort Flashbacks in die Babyzeit.

Sa. 15.10.2022, 20:46
am Abend im Schreibsofa

Im Kabuff zwei im Rumrauchen verschwisterte kaputte Tanten. Sie sitzen da und sagen sich nichts. Die eine wischt mit der rauchenden Hand, mit leicht abgespreiztem Ringfinger, in Intervallen auf ihrem Handy hoch und schaut und starrt und liest und wischt dann wieder. Die andere sitzt, den Oberkörper weit nach vorn gebeugt, als wäre ihr schlecht, aber sie raucht ja, also wird ihr doch nicht schlecht sein, denke ich so, es ist wohl ganz normales, vielleicht nachdenkendes, auf jeden Fall ungesund und trostlos versunken aussehendes, rauchendes Sitzen. Auch das Klinikum sagt nichts. Die Möwen, die Schwalben, sogar die Fahnen im kaum wehenden Oktoberwind sagen nichts.

Ich sitze endlich wieder hier, habe endlich wieder ins abendliche Radeln gefunden und trinke eine Büchse Energy im grellen Licht meiner *Notes*. Ich war kurz noch im Laden, die Straßen nahezu leer, nur die Pizzaboten auf ihren Rädern und in den roten Kleinstwagen.

Tagsüber Garteneinsatz bei Hauke und Helena. Paul und Cleo waren gut beschäftigt und wir konnten in unseren gärtnerischen Dingen versinken. Ich sammelte und sortierte die Äpfel von der zugewachsenen Wiese. Die schimmligen auf den Kompost, die angeditschten in die eine und die richtig schönen Äpfel in die andere Kiste. Das dauerte eine gute Zeit und mein Rücken tat, bei jedem Gang mit dem Schimmeleimer zum Kompost, ziemlich weh. Später dann Abendbrot mit allen bei uns zuhause.

Es gibt gelegentlich jetzt Lücken oder Szenen im Alltag, in denen Karl ganz deutlich aufscheint. Bei einem ganz bestimmten, nur selten gemachten Lachen von Paul zum Beispiel. Karl hatte auch dieses gackernde Kinderlachen. Er konnte sich meckernd kaputtlachen über alles Mögliche. Es gibt ein Video, wo er in unserem Krankenhauszimmer im Hochstuhl sitzt und ich irgendwelche Späße hinter der Kamera mache, ich glaube, ich fuchtelte da mit einem Wischlappen in der Luft herum, warf ihn hoch und ließ ihn wehend runterfallen, hob ihn auf und warf ihn wieder hoch, machte große Gesten dabei, war irgendwie clownsmäßig drauf, auch angetrieben von Karls Freude daran, in diesem Video lacht er sich endlose Male schlapp, immer wieder, so sichtlich begeistert, sehr aufgedreht und angepiekt von guter Laune gackert und kichert er, strampelt mit seinen Beinen in der Luft, fordert mich immer wieder mit einem, in einem kurzen kicherfreien Moment herausgeseufzten „mall" dazu auf, dieses Schauspiel *nochmal* vorzuführen, und macht also das, was man, auch weil es ein Wort ist, das aus seinem Mund kommen könnte, *beömmeln* nennen muss.

Ich war heute fahrig und schwach, schlapp, matt und wirr. Paul stolperte beim Runtergehen in den Hof an meiner Hand auf der Treppe und fiel hin, stieß sich den Kopf und ich war, im Schreck über mein Schlechtesvatersein, sehr wacklig und flatterig, zitterte richtig.

Wie lange war ich eigentlich nicht mehr am und im Krankenhaus jetzt? Ich gehe rein, am Bücherwägelchen nichts brauchbares. Der neue Allzwecksnackautomat, mit den diversen Krankenhausnützlichkeiten, Duschgel, Kuscheltier, Zahnbürste, Tampons und Batterien, der damals, während unserer Krankenhauszeit eines Abends aufgebaut wurde und dann ein neues Möbel meiner Wege durch die Flure dort war, surrt sein nächtliches Film-Noir-Surren.

Ich gehe unten aufs Klo, dann hoch zum Stupsstorch. Dort steht eine mir unbekannte Schwester und telefoniert. Also gehe ich vorbei, ohne den Storch zu stupsen, hoch zur 11.2-A, wo die Flure jetzt dunkel sind, mit dem Fahrstuhl wieder runter zur 1, seine Dingdonggeräusche sind mir vertraut, zurück zum Storch, stupse, und werfe da noch, im Vorbeigehen, ein Foto von Karl und mir auf die [redacted] an der [redacted], was sich plötzlich sehr gut anfühlte. Wie dieses kleine Foto da so, mit einem knappen Wurf weit oben, mit einem leichten „*Patsch*", gelandet war, und da jetzt liegt, für bestimmt erstmal eine Weile, und wir, Karl und ich, damit erstmal wieder beide *hier* sind.

Ich gehe runter, an der HNO-Kaffeemaschine vorbei, und unter dem schönen Gefühl zunehmender Erleichterung dann raus zum Rad, schließe es ab und fahre nochmal paar Umwege durch die Nacht. Ich fahre an der Unibib vorbei und muss daran denken, wie ich mich im Frühjahr oder wann das war mit einer knappen Mail dort beworben hatte. Für die

Fertigstellung eines Romans würde ich gern dort arbeiten, weil ich Geld brauche, weil ich vor Jahren als Student dort schon gejobbt hatte, und weil das doch irgendwie passt, oder sowas in der Art hatte da in meiner Anfrage gestanden. Komisch, aber ich fand diese dumpfe Unverblümtheit damals irgendwie passend. Und das Arbeitsamt wollte ja was sehen. Also hatte ich mich auch, mit noch viel unmöglicheren Bewerbungen, bei anderen Institutionen beworben. Unmöglich weniger weil ich dem Arbeitsamt von der Schippe springen wollte, eher wohl weil ich wieder in einer fast manischen Phase war. Dem Theater hatte ich eine irre, in einem schwallhaften Schwachsinnsanschreiben sehr offen gehaltene Bewerbung gesendet, die irgendwie alles und nichts wollte und fragte, einen sicherlich sehr unmöglichen, zerfransten und fahrigen Eindruck hinterlassen haben muss. Ich hatte nie eine Antwort auf diese Bewerbung bekommen.

Ich radelte da so, mit diesen müden Gedanken an damals, durch das Laub in der Nacht und in mir war es plötzlich sehr still. Ich fuhr dann nochmal übers Theaterviertel in die Innenstadt. Dort waren Menschen und Stimmen vor jeder mir bekannten Bar. Es war Erstiwoche und die Stadt war belebt. Auf dem Markt warf ich ein paar welke Blüten die ich noch dabei hatte mitten aufs Pflaster. Denn hier waren wir ja auch immer gewesen, langgeschoben, rüberspaziert, rumgebummelt und in unser neues Familienglück geschlendert. Hier waren wir oft. *Hier* sind wir jetzt auch.

Aus einem offenen Fenster, aus dem das Geräuschegewirr einer schon gut laufenden, hörbar von jungen, gut gelaunten Menschen begangenen Party herausklang, hörte ich, ziemlich bizarr, weil scheinbar so altersunangemessen *„GOT MY MIND SET ON YOU“* von George Harrison. Die Fröhlichkeit und *Altheit* dieses munteren Gassenhauers hauten ein seltsames Gefühl in die in mir murrende Stille.

So. 16.10.2022, 11:38
am Spielplatz in den Credner Anlagen

Vormittagsrunde mit Paul draußen. Beim Bäcker holen wir Franzbrötchen und Schokocroissants für später. Über die pathologische Abkürzung zum Spielplatz. Bisschen rutschen, bisschen rumwackeln. Der Tag ist warm und hübsch, fast edel, golden, wie es die Floskel sagt. Aus dem naheliegenden Blockheizkraftwerk kommt warme Luft. Ich bin wieder nicht ganz bei der Sache. Ich sitze auf der Bank. Auf die Nebenbank setzt sich ein anderer Vater. Er hat drei Kinder. Zwei Zwillingsbabys im Wagen und eine vielleicht vierjährige Tochter. Ich werde sehr wehmütig und mir fehlt das Leben mit meinen beiden Zwillingen. Und ich denke wieder an das für Paul fehlende Geschwisterkind. Wir sind weniger geworden.

Bevor ich mich am anderen Vater feststarre, gehen wir weiter zum Wallspielplatz in der Senke. Alles voll herrlich herbstlich, dichtes Laub auf dem Boden. Und, da macht wieder irgendwas in mir kurz einen Ruck nach oben: die Wackelschnecke ist wieder da! Als sie letztens weg war, war es schon seltsam, irgendwie betrüblich, aber ich war damals wohl zu dumpf um darunter *genauer* zu leiden, und merke aber jetzt, wo sie wieder da ist, wie *wichtig* diese Wackelschnecke hier eigentlich ist. Wäre *genau die* vielleicht auch was für das Buchcover? Ich habe es ja schon mit diversen Bildern versucht, von der Beisetzung, verwaschene Bilder der aufsteigenden Luftballons, ein nach oben schauender und zeigender, ebenso verwaschen nur, nur von hinten erkennbarer Paul darunter, ich hatte auch einen Entwurf mit einer Elsterfeder gemacht, selbstverständlich, und vielleicht ist also die Wackelschnecke, dieses holzige, lachende Ding, hier im goldenen Herbstlicht, etwas, das *gut* ist – gut ist als Buchcover. Dass alles dadurch eine viel schönere, weil etwas *um-die-ecke-haftere* Dimension bekommt. Ich machte ein, zwei schnelle Fotos von der hier wieder hergekommenen Schnecke und verteilte dann die letzten trockenen Blüten aus meiner Tasche irgendwo auf dem Spielplatz. Hier sind wir auch.

Auf dem Wall treffen wir noch Sören. Schönes mittelkurzes Gespräch. Er hatte sturmfrei und war am Freitag und Samstag abends aus. Wir verabreden uns lose, wollen die Woche mal wieder versuchen, uns mit den Kindern zu treffen, und dann verabschieden wir uns und er fährt wieder los, seine Erfrischungsradtour fortsetzend.

Dann Mittag mit Meret bei uns. Hackbraten. Herbstessen. Karl fehlt.

So. 16.10.2022, 15:39
Friedhof

Auf dem Friedhof, der Hauptweg voller Laub. Ich hatte auf dem Weg hierher, auf halber Strecke, festgestellt, dass ich was wichtiges vergessen hatte, kehrte um, war verschwitzt, holte die Blumen und fuhr wieder in den fast spätsommerlichen Nachmittag, warm und wetterlich weich, endlich zum Friedhof.

Jemand hatte die Karlbank umgestellt. Sie stand jetzt direkt mit Blickrichtung zu seinem Grab. Die Friedhofswiese war gelb gefleckt vom Laub, auch die Nebenwege waren auf schönste Art vom Herbst verschluckt. Auch Karls Grab war übersät mit den Blättern, das sah, zusammen mit den diversen Blumensträußen, der blühenden Pflanzschale und den noch immer farbsatt ihren Namen in Blüte tragenden Purpurglöckchen, ganz wunderbar aus. Auch das immer noch nur spärlich bepflanzte, wenige Wochen jüngere Nachbargrab war voll von Laub, dem kargen Grab mit seinem Erdhügel standen diese naturgemachten Farbakzente besonders gut.

Eine Oma sammelt Kastanien unterm unverändert bunten Luftballonbaum. Nach und nach rieseln jetzt, kurz vor vier, die Menschen ein. Ich sitze hier, auf dieser umgestellten Bank, und finde die Vorstellung schön, dass sich irgendwer Gedanken gemacht hat, wohin die Bank schauen soll, wohin der darauf sitzende Mensch blicken will.

Ich gärtnere ein bisschen auf Karls Grab, stecke, obwohl die alten Sträuße noch prima aussehen, die gestern neu gekauften Blumen dazu und bastle aus allen hier angesammelten Sträußen und Blütenarrangements neue Sträußchen und Blumenensembles. Florist werde ich wohl nicht mehr, mein Gebastel mit den Blumen hier ist kein Vergleich zu den geschmackvollen Sträußen, die uns Sonja manchmal vorbeibringt oder einfach im Hausflur unter den Briefkasten stellt, aber all mein Herz steckt hier, in diesem zusammengesteckten, bunten Blumenfreistil und das ist ja immerhin auch schon mal was. Jedenfalls etwas, das ich guten Gewissens auf die Erde stelle, unter der mein im Juli gestorbenes Kind ruht. Ich stehe dann nochmal eine kleine Weile vorm Grab, eigentlich völlig ratlos über soviel Ungerechtigkeit im Leben und im Tod, es wäre eigentlich nur Ärger und Dunkelheit das naheliegende Gefühl, aber ich fühle mich stattdessen geerdet und innig mit ihm, ihm nahe, und lasse den Frieden dieses Hofs hier an mich ran.

Das ganze Blumengezupfe hat mich etwas ausgeglichener gemacht und so fahre ich, der vorhin noch unrastige Grumpel, vom Friedhof runter und etwas entspannter in den Garten zu Helena und Hauke. Vorher hatte ich noch die aussortierten Blüten vorsichtig in die Fahrradpacktasche gelegt. Um sie zuhause zu trocknen und dann an all die Karlorte, die ganze Welt und in die Gegend zu bringen.

So. 16.10.2022, 18:43
Küche

Ich hole Carina und Paul vom Garten ab, wir gehen alle die Scharnhorststraße nach Hause, erzählen ein bisschen, alle sind müde und fertig, auf dem frisch gemähten Feld versuchen Leute, Drachen steigen zu lassen. Zuhause Abendbrot mit Karlkerze und einem vom Müdesein quengligen Paul. In der Badewanne spricht Paul seit langem, seit dem Sommer, mal wieder von sich als „Naggidai". Ich fühle mich dadurch sofort sehr deutlich zurück, dichter ran an die Zeit direkt nach Karls Tod und damit auch dichter an meine Karlgefühle gerückt. Auf den letzten Fotos mit beiden in der Badewanne, das war in der letzten Woche zuhause, ist Karl vom Cortison ganz dick, er sitzt wie ein Kuckuck, viel größer und massiger als Paul, im Wasser und strahlt wie das sprichwörtliche Honigkuchenpferd. Man sieht unendliche Freude. Es tut gut, ihn so auf dem Foto zu sehen, es schmerzt aber auch, da es ihn so lebendig erscheinen lässt, was er nicht ist, denn ich habe ja vorhin erst die Blumen an seinem Grab zusammengesteckt.

Ich räume den Abendbrottisch ab, puste die Karlkerze aus und höre Paul im Badezimmer planschen und erzählen.

So. 16.10.2022, 21:28
Koffice

Bei einer absurd großen Tasse Kaffee, ich hatte das rote Ding bei der Kellerentrümpelung letztens mitgenommen, haute ich die bestehenden und ein paar schnelle neue Skizzen für Pielmanns LP-Cover zusammen.

Ich will ihm endlich die Entwürfe schicken, über die wir schon seit Monaten, eigentlich seit letztem Jahr schon, korrespondieren, aber dann hat mein Internethost mir alle Präsenzen und Mailpostfächer wegen Zahlungsverzug gesperrt. Ich will stattdessen mit GMX senden, aber mein Computer ist zu alt und kann die Webseite nicht richtig darstellen. Ich solle mein Betriebssystem updaten. Ich logge mich woanders bei GMX ein, kann da aber keine E-Mail senden, weil das Postfach voll ist, also lösche ich alte und große E-Mails und sende dann endlich, schon wieder ziemlich entmutigt in allem, die noch ziemlich nichtssagenden, mir aber immerhin ein paar Tage Aufschub für weitere Selbstzweifel und Unsicherheiten gewährenden Entwürfe an Pielmann.

Ich checke die Lottozahlen, ohne Gewinn, schreibe meinem Bruder eine Nachricht, koche Wasser auf, mache einen Detox-Tee und setze mich an den Trauertext der letzten Tage, der in Bruchstücken auf dem Handy und hier, auf diesem uralten, sogar für eine einfache E-Mail offenbar *zu alten* Computer, verteilt ist. Der Kaffee macht mich auf übermüdete Art wach, deshalb unkonzentriert und fahrig. Ich war vorhin, als wir Paul zu Bett brachten, kurz beim Vorlesen eines Buches eingeschlafen, hatte da einen kleinen Minutenschlaf und war dann kurz ganz gut wach, was ich jetzt mit dem Kaffee in den längeren Abend hinein strecken wollte.

Mo. 17.10.2022, 14:35
Küche

22 Grad Celsius. Herr Nachbar bastelt im Hof an seinem Fahrrad rum. Bestes Rasenmähwetter eigentlich. Ich sollte den Rasen mähen. Wir haben Hauswoche und sind eigentlich dran mit Rasenmähen.

Seit dem Vormittag sitze ich am Text, hatte mich zeitweise in Buchcoverentwürfe vertieft und verbastelt, aß dann Reste zum Mittag, schrieb und sortierte weiter im Text und hörte dabei Pharoah Sanders. Der ist seit kurzem auch tot. Der war ziemlich alt, der darf das. Es ist schade, um die schöne Musik, die er jetzt nicht mehr machen kann. Aber der darf das. Karl hätte das noch nicht gedurft: tot sein.

Paul ist heute seit längerem mal wieder in der Kita. Carina holt ihn gerade ab und dann kommt Cleo her und es gibt Waffeln und vielleicht gibt mir dieser Nachmittag nochmal die Möglichkeit, rauszuradeln, zum Krankenhaus, um dort nochmal genau zu schauen, wie da welche Sachen *ganz genau* aussehen und heißen. Damit der Text hier zukünftig etwas *genauer* ist. Jedes kleine Detail ist immens wichtig. Auch weil die Details jetzt, irritierenderweise besonders jene, von denen ich hier so viel schrieb, gerade etwas unschärfer und hintergründiger in meiner inneren Karlerinnerungswelt werden. Vielleicht *gerade deswegen* natürlich. Dass ich mich hier dann vielleicht doch sowas wie *freigeschrieben* habe, und alles ja hier drin steht, und mein lahmer, vom Trauern und dem Verlust und allen damit zusammenhängenden körperlichen Effekten so erlahmter Geist sich damit nicht mehr, jedenfalls jetzt, gegenwärtig gerade, nicht so detailscharf zu befassen braucht, weil ja alles *hier* gespeichert ist, im Karltext. Und doch immer wieder die Angst, dass es mir zu entgleiten droht – mein Band zu meinem Karl.

Und dann auch das: ich werde gerade mal wieder irgendwie erkältungskränkelnd krank.

Mo. 17.10.2022, 16:49
unterwegs

Cleo kam vorbei, spielte mit Paul. Helena und Carina unterhielten sich, saßen müde im Garten rum, bei bestem Gartenrumsitzwetter.

Ich räumte dann, es würde, sagte der Monat, ja irgendwann bald Winter werden, den Gartentisch rein. Obwohl der Herbstnachmittag warm wie ein Sommer war. Nur sehr schwül, weshalb ich schwitzte. Ich fuhr dann nochmal los, mit Pharoah Sanders' *„LOVE IS EVERYWHERE“* im Ohr zum Friedhof, sehr beseelt von dieser weiträumigen Musik.

Auf dem Friedhof quatschte gerade ein Baumspezialist, jedenfalls stand das so auf seinem kleinen Transporter – *„Ihr Baumspezialist“* –, hoch in die Kronen schauend, in wissenschaftlichem Duktus in ein Diktiergerät, das er, wie ein Schlagersänger, eher zweckdienlich als sexy, vor seinen trockene Stichworte ausstoßenden Mund hielt. Der king-louie-affenpalast-artige Monumentalbau des Krematoriums leuchtete rot vom wilden Wein.

Mein Bruder schrieb mir eine Nachricht und wies mich, es las sich trotz oder gerade wegen der Kürze wie ein Vorwurf, darauf hin, dass ich doch anrufen wollte.

Auf dem Friedhof schwül und sonnenlos um kurz vor fünf. Stehende Luft. Irgendwo knirscht ein anderer Friedhofsgast langsam über den Weg. Hinten rauscht das Stadtrandland mit seinen großen Straßen. Carina hatte vormittags ein paar Sachen im Grab umgestaltet, die neue Pflanze von Helena eingesetzt und eine Sonnenblume in eines meiner gestern zusammengesteckten Arrangements eingefügt. Es sieht schön aus. Es ist ein schönes Grab, und das ist das Schlimme daran. Dass es ein Grab ist, das schön ist. Wie absurd. *Schöner* und – da dachte ich kurz an die uns immer so lobenden Psychologinnen – *besser* kann man das eigentlich gerade gar nicht machen. Ich ging nochmal unterm Kastanienbaum herum, auf der Suche nach Luftballons oder Zetteln, aber alles war immer noch da oben, setzte mich aufs Rad, fuhr nochmal zurück ans Grab, dann wieder los, fing sofort an zu schwitzen und nahm den Seitenausgang, um beim roten Netto noch einen kleinen Abendbroteinkauf zu machen.

Ich kaufte Kleinkram und rannte, kurz bevor ich an der Kasse dran war, nochmal los um eine Gurke zu holen, ich hatte die Gurke vergessen, Paul liebt Gurken, wir essen immer Gurken zum Abendbrot, also war ich losgerannt und holte hastig die Gurke, nestelte mich dann zurück an meinen vordersten Platz in der Schlange, legte die Gurke zu meinem gerade über den Kassenscanner piependen Einkauf und die Frau hinter mir sagte irgendwas aus Spaß, ich verstand, akustisch und von meinen insgesamten

Sinnen her, nicht, was sie sagte, und fuhr sie dann, reflexhaft und kurz vor pampig mit einem atemlos ausgestoßenen „Was?!“ an, merkte sofort, dass das seltsam war und tat dann so, als hätte ich den Witz verstanden und lachte kalt und unklar und trollte mich dann mit meinen Einkäufen raus auf den Parkplatz, wo zwei junge Eltern gerade ihr wenige Wochen altes Baby in einer Trageschale aus ihrem Auto hoben, was ich, wie ein Irrer, ein Kinderdieb vielleicht, eventuell einen Moment *zu* lang mit einem seligen Grinsen starrend verfolgte, schloss dann mein Rad ab und radelte nochmal eine halbe Stunde so herum, zu wenig Zeit um noch bis zum Krankenhaus und zurück zu kommen, also radelte ich, immer noch diese Musik im Ohr, in Innenstadtnähe, über Umwege am Tierpark vorbei, durch die Credner Anlagen, wo die Ökosunnyboys ihre Slackline zwischen die Bäume gespannt hatten, die Studierenden das zur Zeit in allen Parks gespielte Ballspiel mit dem Trampolin spielten und auf der Wiese die jungen Menschen sich mit dünnen Rücken krumm in ihre Niederschriften beugten. Ich fuhr weiter, am Ryck lang, über den Campus zum Hafen, wo der neue Abend in schönen Schlieren in der Luft lag, ein Himmel auf das Wasser gemalt war und ein Zirkus sein Zelt in die unwirklich schöne Welt hier gestellt hatte.

Am Hafen, im letzten, matten Licht des Nachmittags, leuchteten die Lichtbögen und Lichterketten am Zirkuszelt und seinen drumherum platzierten Wagen. Als ich meine Kopfhörer kurz absetzte, um in die Hafenwelt und die aus dem Zirkuszelt wehende, ölige Musik der gerade laufenden Zirkusvorstellung zu hören, wahrscheinlich eine anrührende Akrobatiknummer zum *staunen und träumen*, drang ein Reizwort aus einem jugendlichen, an mir vorbeilaufenden Mund. „Kawasaki“ sagte ein vielleicht 15, 16jähriger, mit dieser heiseren Euphorie des Jungseins, und zeigte auf ein grellblaues Rennmotorad, das vielleicht sein eigenes war, vielleicht auch etwas, von dem er träumte, das er bald besitzen wolle, wofür er endlich im nächsten Jahr die Fahrerlaubnis machen werde, er kenne dieses Gefährt schon so gut, als wäre es sein eigenes. Bis es soweit ist, geht er jeden Tag hier lang, mit seinen Freunden, mit der Gang, sie hängen jung rum hier am Hafen, trinken und reden, checken die Motoräder der höheren Jahrgänge aus, sagen die Namen der Dinge, die sie noch nicht dürfen, wie Zauberformeln, als brächten die Worte sie näher an die Dinge. Etwas in mir reagiert stark auf dieses Wort, das das blaue Motorad meint. Zuletzt hatten dieses Wort vielleicht Carina oder ich, mindestens aber die Ärztin gesagt. Das Wort war seine Krankheit. Aus dem Zirkus drang jetzt andere, heiterere, in einer stolpernden Art aber auch wehmütige Musik. Wahrscheinlich die Clowns. Ich fuhr weiter, wieder zurück in die Innenstadt, vorbei an den draußen ihre letzten Biere der Saison trinkenden Hafenbudenhockern, hatte die Kopfhörer wieder auf, in dem dieses so angenehm endlos lange, mindestens also vom Netto bis hierher schon gehörte Lied jetzt mittendrin in sich angekommen war und das serpentinenartige Getröpfel des Klaviers, die so schön zischelnden Percussions, die immer wieder auf- und abebbenden Saxofonmeditationen mich innen sehr belebten, sehr ausglichen, sehr in einen Zustand versetzten, der mich und mein Leben, auch den Tod meines Sohnes darin, zu einer Art *Kerngefühl* verdichteten. Ich radelte dann, mit diesem kreiselnden Gezischel, diesem, da es so endlos lang dann doch nicht war, von mir auf Endloswiederholung abgespielten Lied im Ohr und Karl und meiner Liebe für ihn ganz stark, als großes Pumpen im ganzen Körper, vom Herzen her natürlich kommend, dort auch, gespeichert, von dort heraus pulsierend, mit einer seltsam erbaulichen Art des Erfülltseins fuhr ich nach Hause durch diesen dann doch wieder seltsam warm gewordenen Abend. Es stimmt, was das Lied sagt: *Love is everywhere.*

Mo. 17.10.2022, 18:53
im Hof

Nach dem Abendbrot mit Paul im Wohnzimmer gespielt. Gemüsememory und Autos. Er wollte dann »Karl Fotos kuckn« und wir schauten uns Bilder von Karl und ihm und uns auf meinem Handy an, irgendwann sagte Paul dann aber »Nich Fotos Karl kuckn«, es war ihm offenbar irgendwie nicht so richtig geheuer, vielleicht spürte er, obwohl ich insgesamt sehr gefasst doch war, was das Anschauen der Bilder mit mir machte.

Während Carina Paul bettfertig machte, räumte ich unten den Wagen rein. Es war den ganzen Tag draußen schon wärmer als drinnen. Jetzt am Abend merkte man es nochmal besonders. Es sollte laut Wetterapp auch nachts noch 16 Grad haben.

Mo. 17.10.2022, 21:59
in den Platten

Während wir Paul ins Bett brachten, hatte es draußen eine kurze Zeit geregnet, was die Temperaturen etwas gesenkt, aber die abendliche Schwüle nur verstärkt hatte.

Carina war mittags mit Meret beim neu eröffneten vietnamesischen Restaurant essen, traf dort Elvis, Heiner und Katinka, die das Essen dort, anders als Carina, alle super fanden. Auf dem Rückweg, in der Stadt, hatten sie dann noch Harald und Rolf getroffen. Rolf, den wir nur vom Sehen her kennen, der in der Nachbarschaft wohnt, den ich manchmal so ungelenk mit einem kaum sehbaren Nicken grüße, war sehr erschüttert von unserer Geschichte, auch ihm hatte es das Gesicht blass gemacht.

Ich nahm mein Rad vom Hof und raste raus in den Abend. Auf dem Weg zum Krankenhaus die Straßen feucht und glänzend vom Regen. Szenerien, Licht, Wetter und Stimmung wie im pausierten Roman.

Hinterm Krankenhaus hat die Baustelle jetzt mit dem dritten Geschoss begonnen. Ich gehe dann vorne rein, der Bücherwagen neu bestückt, aber nichts gutes darin. Ich gehe die üblichen Wege und stecke ein Foto von Karl und mir hinter den [redacted] unten beim [redacted], gehe dann raus aus dem Hintereingang, zu Fuß ums Gebäude herum, zurück nach vorn, als eine Art Nachtschleicher auf meinen einsamen, glänzenden Wegen. Die Wolkendecke dicht, alles dunkel, der Kran nur an seinen hohen, roten *Hindernisfeuern*, so heißen die, das hatte ich letztens mal im Internet nachgeschlagen, als gelber Koloss über dem, sich mit den Wochen höher hinauf schießenden, Rohbau zu erkennen.

Es regnet dünn. Aus dem Krankenhaus sirrt es außen an Gittern und Röhren heraus. Das große Haus strömt sein Innen nach außen, die Lüfte verwirbeln, tauschen sich aus, von drinnen nach draußen, alles zirkuliert, es ist ein Atmen überall. Am Vordereingang stehen drei Secus und rauchen und reden, stehen auf breiten Beinen in dem was ihr Leben ist. Der Parkplatz nahezu leer. Im Hustenhaus, im Kabuff der Krankenhausraucher, eine neue Folge von *„Kaputt und herzlich"*. Im Klinikteich werden die Enten kurz laut, im Kies vor der Mensa knirscht ein Läufer mit Kapuze. Ich fummle mein letztes Karlbild raus, finde vorne keinen guten Ort und gehe wieder nach hinten, in den Hof unter den Fenstern unserer Station. Das blaue Dixie ist immer noch da, aber die Bauzäune sind weg. Ich stecke das Foto in den [redacted] unter unserem Fenster, öffne eine Büchse Energy, fahre zum nächstgelegenen Rewe zwischen den Platten, kaufe zwei Biere und fahre nach Hause und in der Musik ist es immer noch wahr: Love is everywhere.

HUBERTI
CIRCUS HUBERTI
K

SE

Di. 18.10.2022, 11:39
Küche

Morgens brachte ich Paul mit dem Auto zum Kindergarten. Ich war zerstreut und schwitzte den ganzen Morgen schon stark. Ein seltsames Gefühl von Kranksein, aber auch nicht so richtig, also aushaltbar, bisschen benebelt, schon okay, keine Bettruhe nötig. Als hätte ich ein paar Tage viel zu wenig geschlafen.

Zuhause räumte ich in meinem Zimmer etwas auf, kabelte mein Musikmachsetup dort an und bastelte ein bisschen an den dortigen Einstellungen und den sich gegenseitig modulierenden Parametern. Das machte Laune und ich holte dann noch die Gitarre dazu und hatte plötzlich große Lust, demnächst mal wieder ein Konzert zu spielen. Laut und schön, auch irgendwie als *etwas Expressives*, das in seiner Lautheit und warmen Klangkraft irgendetwas mit Karl zu tun haben sollte – als energetisches, energiehaltiges *Ding* im Raum, als etwas das von mir *ausgeht*, als Klang und Flächen und Drones und Dröhnen dann im Raum weht und steht, irgendetwas in mir damit vielleicht einen Ausdruck und sogar Ausweg *findet*. Das etwas ausströmt, einen Weg macht, woanders hin, in Orte, Sphären und Verhältnisse, wo es vielleicht auch auf etwas von und mit Karl trifft.

Anders und bisschen albertaylerartiger gesagt: Musik als die *„Healing Force“*. Klingt einfach, stimmt aber. Ebenso wie das: „Love Is Everywhere“. *Überall* also, als ein hier im Text immer wieder auftauchendes Wort. Als ein Ort. So einfach und wahr, wie Karls Tod. Wäre das jetzt also *das* Lied?

Di. 18.10.2022, 21:27
Küche

Am Nachmittag, mit der Sonne auf allen Wegen, waren wir zu Hagen und Gianna gefahren. Ihr Garten ist riesig. Hagen gab uns eine kleine Führung, durch die Beete, die Stauden und die Kräuter. Das Haus haben sie in den letzten Jahren wundervoll ausgebaut. Wir saßen im Garten, am kleinen, runden, in bunten Kacheln gefliesten Tisch, auf der Wiese, wo die Sonne noch war, tranken Kaffee und den hauseigenen Kombucha, aßen Nüsse, Datteln und Dominosteine und redeten sehr angenehm. Hagen holte einen Apfel vom Baum und schnitt trapperjohnmäßig mundfeine Schnitze davon ab. Paul sammelte Eicheln in seinen Jackentaschen bis sie voll waren und sich beulten, als wärmten sich Tierbabys darin. Wir hatten endlich Hagen ein paar kleine Aufmerksamkeiten für seinen Vortrag unserer Rede überbracht. Er winkte verlegen ab, sagte, dass das doch nicht nötig sei, nahm, das gehört zu diesem Abwinken nämlich immer dazu, uns die Tüte mit den Sachen aber natürlich dann doch höflich ab, bedankte sich, und zeigte uns erstmal das Anwesen. Ich hatte beim Aufräumen in meinem Zimmer das hundertseitige Heft, eine Art Katalog mit *meinen Sachen*, gefunden, das „Bulletin", das ich im Juli 2020, da war Carina schon sehr schwanger, mal als kleine Auflage hatte drucken lassen. Das hatte ich Hagen jetzt mit in die Präsentpapiertüte gelegt. Ich hatte das Ding lange nicht mehr in der Hand. Auch dieses Heft war etwas aus der Zeit *vor* den Kindern. Seltsam. Darin war vieles, was ich in letzter Zeit künstlerisch so gemacht und angefasst hatte, versammelt. Deshalb war da ganz viel *ich* drin, und damit war es wieder etwas eher zeitenthobenes, nicht ganz genau in eine Zeit vor, mit oder nach den Kindern einzuordnendes. Deshalb war das Heft *gut*, es fühlte sich gut an.

Auf dem Radweg zurück, abends kurz vor sechs, war es schon wieder ziemlich kalt. Wir fröstelten ein wenig, während wir da wieder so hinein in die Stadt rollten. Zuhause war Carina mit Paul im Bad und ich bereitete Abendbrot vor. Beim Zubettbringen schliefen wir beide mit ihm ein. Ich wachte kurz nach neun wieder auf, holte den Wagen rein, stellte die Spülmaschine an, drängte mich zu einer abendlichen Notiz in meinem täglichen Text hier, und überlegte dann, ob noch was mit dem Abend anzufangen sei, fühlte mich aber immer noch, den ganzen Tag schon, vom Radeln nochmal mehr, so völlig kaputt und müde und fertig, dass ich mich bettfertig machte und kurz nach halb zehn ins Bett ging und alles, was ich hätte am Abend noch anfassen können, den Text oder die Musik, auf morgen vormittag vertagte, wenn Paul in der Kita ist. Eine Entscheidung gegen die Verschlauchung und für den Schlaf. Vielleicht würde einmal richtig ausschlafen ja die Reserven wieder vollmachen.

Heute kein Friedhof und kein Krankenhaus. Wie wenig Zeit an so einem Tag dann letztlich dran ist. Aber wir hatten viel und tief mit Hagen und Gianna über Karl und uns gesprochen. Das war gut. Hagen hatte gesagt, dass der Körper in den letzten Sekunden und Momentbruchteilen, wenn jemand stirbt, nochmal so viele Sachen macht und ausschüttet, in einem *guten* Sinne, da irgendwie was Gutes für den Sterbenden macht undsoweiter. Ich nickte und schaute auf das Licht in seinem Gesicht und sagte, halb fragend, halb um seine Gedanken abzurunden: „Ja, damit man nicht in Panik aus dem Leben geht.“

Hagen gab uns Quitten mit und wir umarmten uns zum Abschied. In einigen Momenten in unserer Unterhaltung glaubte ich herausgehört zu haben, dass sie irgendwann auch wieder in die Stadt ziehen wollen würden.

Beim Zubettgehen spürte ich meine von den kalten Abenden jetzt wieder aufreißenden Hände, an den Fingerkuppen hatte ich wieder zu kurz geschnitten und die dort so vertrocknende Haut tat ein bisschen weh und ich dachte daran, wie das in den letzten beiden Wintern auch so war, auch weil ich mir ständig, wahrscheinlich häufiger als *vorher*, als vor dem Kinderhaben, die Hände wusch. Und wie ich dann immer vor dem Schlafengehen absurd viel Creme in die Hände einrieb und mir dann diese weißen Pantomimehandschuhe über Nacht anzog, damit die Creme ordentlich einwirken konnte, und weil ich Eincremen und eingecremte Hände eigentlich hasse, weil man danach *stundenlang* nichts anfassen kann, ohne dass das Angefasste dann cremig und fettig wird, was genau genommen wahrscheinlich einfach an der falschen Wahl der Creme liegt, und insgesamt auch scheißegal ist, weil was gehen mich meine Scheißhände an, meine Hände sind egal, mein Kind ist tot, und die weißen Handschuhe waren auch wieder sowas aus der Karlzeit dachte ich dann, wo sind die eigentlich, die brauche ich bestimmt demnächst, für die Scheißhände oder als etwas, das mich mit Karl verbindet, jedenfalls würde ich die demnächst brauchen, dachte ich, und ging dann mit dem blödsinnig theatralischen, überschriftsartig zwischen meine Ohren gespannten Gedanken ins Bett, dass ja jetzt *die Zeit des Eincremens* wieder beginnt. Als wäre damit eine schwere Zeitenwende und nicht irgendeine scheiß Creme gemeint.

Mi. 19.10.2022, 14:26
Küchentisch

Vormittags Telefonat mit Mutti. Sie ist im Allgäu, sie könne auch gerade kein Geld überweisen. Ich schrieb ein bisschen hier im Text. Carina putzte Fenster. Ich fummelte dann noch kurz in meinem etwas aufgeräumteren Zimmer am Musiksetup rum.

Im Proberaum war die Tür kaputt und ich fuhr, nach einer Mittagsbrotzeit, mit dem Rad mal hin, um zu testen, ob ich die vielleicht aufbekäme, manchmal hilft ja ein dritter oder vierter Blick. Pina und Hauke hatten es bereits ohne Erfolge versucht und in mir war ein seltsamer Eifer geweckt und ich wollte eh nochmal raus mit dem Rad. Mit etwas Ruckeln ging die Tür dann auch auf und ich postete ein Bild von der offenen Proberaumtür und meinem nach oben gestreckten Daumen in die Proberaumchatgruppe.

Ich kaufte dann, es lag ja auf dem Rückweg, ein bisschen Zeug im LIDL und dann war es auch schon Nachmittag und Carina holte Paul aus der Kita. Viel hatte ich nicht geschafft an diesem Vormittag. Kein Friedhof, kein Krankenhaus. Nur eine wieder aufgegangene Tür.

Mi. 19.10.2022, 18:24
Küche

Nachmittags ging ich mit Paul in die Stadt, Gemüse holen, frische Luft. Direkt vor der Haustür trafen wir Sonja und Alexander, Hauke kam auch vorbeigeradelt. Eine Sache dieser Stadt: man trifft ständig Leute draußen und kommt manchmal nur langsam voran. Da Paul auch lieber selbst laufen, als im Wagen sitzen wollte, war sowieso Entschleunigung angesagt und so trödelten wir über den Markt, wo wir noch Tilda trafen, die, nach kurzem Plausch, dann im Buchladen verschwand.

Auf dem Rückweg gehe auch ich kurz in den Buchladen um eines dieser etwas größeren, quadratischen, ähnlich groß wie eine 7"-Single etwa messenden Peppa-Wutz-Hefte *schnell noch mitzunehmen*. Ich dachte, die lägen da bestimmt irgendwo aus, weil die oder ähnliche Vorlesehefte doch sicherlich, elternfreundlich, in irgendwelchen Schauständern gesammelt ausliegen, wie die Pixihefte im Supermarkt in dieser großen Schüssel. Paul liebt diese Hefte zur Zeit. Aber der Buchladen hat keinen Peppa-Wutz-Ständer und ich bin schon wieder auf dem Weg raus, als der Buchladenmann mich mit der typischen Art von Buchladenleuten so sanft und freundlich fragt, ob ich was bestimmtes suche. Ich schnaufe kurz, wahrscheinlich für einen Buchladen etwas zu unentspannt, und erkläre ihm umständlich was ich suche und male dabei ein ungefähr vinylsinglegroßes Quadrat in die Luft. Der Buchladenmann, ein Buchhändler, wie er im sprichwörtlichen *Buche* steht, im Tweedjacket mit Ellenbogenflicken, mit Sartre-Brille und weicher Stimme, sucht dann im Computer nach „Peppa Wutz“, so sorgfältig und, einem Buchhändler sehr angemessen natürlich, aber auch sehr langsam, als suchte ich eine sehr rare ulyssische Erstausgabe. Ich schwitze und Paul, den ich im Wagen direkt vor der Buchladentür hatte sitzen lassen – was auch ein Grund für meine Unentspanntheit jetzt war, weil ich ja dachte, ich nehme schnell das Peppa-Wutz-Heft noch mit, zwei Euro, bitte, danke, tschüss – ist inzwischen reingekommen und findet alles superspannend und erzählt und fängt an, in den Belletristikbestsellern an der Kasse rumzuwühlen. Der Buchladenmann geht hoch zur Kollegin und erklärt, was ich suche. Die Kollegin kommt runter, geht in der unstressbaren Art einer Buchhändlerin mit mir wieder nach hinten in die Kinderbücherabteilung und zeigt mir die Kiste mit den „Lesemaus“-Heften, das seien so quadratische Hefte. Ja, stimmt, so sehen die ungefähr aus, aber ich suche sowas mit Peppa Wutz, sage ich und finde gerade alles ziemlich absurd.

Am Ende gibt es leider kein neues Peppa-Wutz-Heft für Paul. Wir haben ja auch eigentlich so viele Bücher zuhause, denke ich, in diesem typisch elternmäßigen Abwiegelton. Aber diese Peppa-Wutz-Hefte sind zur Zeit eine gute Lektüre. Sie haben die richtige Mischung aus Textmenge und Bildern, die groß genug sind, dass man sie auch rücklings im Bett liegend vorgelesen, gut erkennen kann. Natürlich haben wir viel schönere, viel bildreichere, viel schöner gezeichnete und *gemachte*, viel kinderbuchmäßigere Kinderbücher, aber Paul findet gerade Peppa Wutz gut. Man landet als Eltern ja schneller als gedacht in irgendwelchen absurden Verbraucherkreisen, in Welten grotesker Merchandisingartikel. Früher rollte ich nur die Augen, über Eltern, die ihre Kinder mit Quetschies, Knusperkram und anderem Kokolores überhäuften, aber wer bin ich, dass ich bestimmen wollte, was meinen Kindern, meinem Kind, gefiele?

Nach dem Abendbrot spiele ich mit Paul im Wohnzimmer. Wir spielen mit den Autos. „PaPa Auto BIeLeN“ sagt er immer. Wir hören nebenher die Sparks, die ich gerade, angeregt durch die tolle Doku, die ich abends immer häppchenweise, falls ich nicht einschlafe, im Internet anschaue, wieder so gerne höre. Wir lassen das 1994er Album laufen und Paul wippt und wackelt immer wieder – wie Karl damals – mit dem Kopf mit und findet diese verzwirbelten, immer eingängigen und gesangsmäßig schön kunstvoll überkandidelten Gesangsmelodien toll. Karl hatte schon früh solches Interesse an Musik gezeigt. Als Baby oder als kleines Kleinkind, fand er *„NEY NAH NAH NAH"* so toll, das war ja auch eine einfache, eingängige Melodie. Hohe Töne und Tonsprünge mit großen Notenabständen sind ja sowas, worauf Kinder anspringen. Und so gab es immer wieder damals diese Lieder, die ich dann in der Playlist abspeicherte, mitten zwischen den anderen von mir so hundertfach angesammelten Lieblingsliedern jener Zeit.

Aus den Steckbauklötzen baue ich einen Tunnel und Paul schiebt die Autos durch. In der Küche riecht es nach den Quitten in der Emailleschale. Ich bringe den Wagen rein, schließe die Haustüren zu, weil in den letzten Nächten, das hatte Hauke vorhin erzählt, Einbrüche in der Straße versucht wurden. An manchen Haustüren sieht man deutlich Spuren von Brecheisen. Die Welt ist ein Schwein. Draußen wolkenlos, helle Sterne und kalt. Vorwinterliche Nächte, hohe Töne und Sprünge in all diese Lieder hinein.

Do. 20.10.2022, 01:12
Schreibsofa

Abends telefonierte ich dann mit meinem Bruder. Wir fingen schleppend an, es wurde dann aber doch noch nett.

Spät abends schaute ich dann die Sparks-Doku zu Ende und war sehr berührt und sehr begeistert. Ich war damals erst zwölf und hatte *„WHEN DO I GET TO SING ‚MY WAY'"* im Radio sehr geliebt und eine starke Faszination dafür gehabt, war sehr angezogen davon. Es passte nahtlos in den ganzen Eurodance, der damals lief, hatte aber doch etwas viel tieferes, auch das Melancholische daran ging mir nahe. Dann hatte ich die einige Jahre nicht mehr gehört und mir später die frühen Alben gekauft und manchmal im *Ikuwo* aufgelegt und einmal, für eine Party dort, bei der ich irgendwie mithalf, ein riesiges Backdrop für die Bühne, auf der die DJ-Kanzel war, gebaut. Ich hatte das Bild mit den beiden Musikern an den riesigen Synthesizern, aus dem Artwork vom Album *„NO. 1 IN HEAVEN"*, glaube ich, auf irgendwas riesiges, vier mal vier Meter oder so, als Punktrastergrafik vergrößert und auf dutzende A4-Blätter aufgeteilt, die ich mit dem Drucker des Lokalradios, bei dem ich damals meine experimentalmusikalische Sendung hatte, mühsam ausgedruckt und, noch viel mühsamer, dann alle wieder mit Klebeband zusammengeklebt, so dass diese große, ziemlich schicke Wanddekoration entstand, von der die Sparks dann über die Party, die wahrscheinlich gar nichts mit den Sparks zu tun hatte, herunterschauten und darüber wachten. Ich weiß nicht mehr, was das für eine Party war und warum ich dort organisierend mit tätig war. Ich war in der damaligen Zeit eigentlich eher ein sonderlicher Typ und beim nächtlichen Ausgehen wurde ich nur mit viel Alkohol irgendwie sowas wie ein soziales Wesen.

Seitdem waren auch schon wieder Jahre vergangen, die Sparks gibt es seit fünf Jahrzehnten und mein Karl ist im Sommer diesen Jahres, mit nicht mal zwei Jahren, gestorben.

Do. 20.10.2022, 12:21
Küche

Vormittags, als Paul zur Kita ist, machen wir beide hier unsere Sachen. Ich sitze am Computer, mache bisschen ziellose Textarbeit. Carina räumt im Wohnzimmer herum. Wir streiten uns wegen Nichtigkeiten. Ich nehme den Papiermüll mit, schaue unten nochmal in den Briefkasten und fahre los. Seit Tagen keine Post im Briefkasten. Als wüssten alle Behörden was los ist. Normalerweise trudeln in solchen Episoden der Kontoebbe bei mir sehr bald Mahnschreiben und Infobriefe über Lastschriftrückgaben ein. Das postalische Schweigen der Ämter und Instanzen wirkt, als walteten sie mit Samthandschuhen, als fassten sie die Trauernden erstmal nicht mit aller Härte an. Was Quatsch ist, denn wo Zahlungen im Verzug sind, folgen Mahnung, Pfändung, Knast und Kloppe, man kennt das doch, ich kenn' das doch, seit Jahren schon.

Auf dem Friedhof stehen Menschen in schwarz und mit Blumen vor der Trauerhalle. Unter der Kastanie wird auch gerade jemand beigesetzt. Zwei zeitgleiche Beerdigungen, hier an diesem Vormittag an einem kalten, herbstklaren Donnerstag. Ein paar Meter weg von den Trauernden steht einer allein und spielt Trompete. Das gedämpfte, näselnde Blechröcheln, die einzeln nacheinander herausgestoßenen, im Kern natürlich auch *klagenden*, in ihrer schönen Zurückgenommenheit aber auch milde *feierlich* über den Friedhof wehenden Töne sind schön. Der Wind geht in seltenen Schüben in die Kastanie und wirft gelbes Laub raus. Ich nehme meine Mütze ab, lege sie auf die taunasse Bank und setze mich darauf, neben Karls Grab. Die Birke und die Traubenkirsche werfen auch Laub raus. Es rieselt auf mich. Rechts neben meiner Bank steht eine Schubkarre im Gras. Unter der Kastanie löst sich die kleine Gesellschaft auf. Ein Pastor schiebt sich mit seiner Robe den Weg entlang. Der Bestatter trägt die Schale mit den Blüten weg und die Selbstverständlichkeit seiner Handgriffe lässt mich kurz an Umbaupausen auf Bühnen denken – wenn Mikrofone umgestellt werden, Instrumente neu platziert und Dinge für einen nächsten Programmpunkt aufgebaut werden. Auf der Birkenallee zu meiner Rechten kommt jetzt die andere Trauergruppe von der Trauerhalle entlang. Schreitend, schleichend, fast schlurfend, aber bedächtig, feierlich, langsam und würdevoll. Die vorangehenden Hinterbliebenen reden leise irgendwas, zeigen auf irgendwas, es sieht kurz nach einem Lächeln aus, vielleicht finden sie den Ort auch so schön, vielleicht war der Tod der gestorbenen Person etwas, womit sich die Menschen abfinden konnten, vielleicht war es ein gutes, erfülltes, langes und volles Leben, vielleicht ist alles gut, so wie es ist. Vielleicht sind das auch diese sonderbaren Schutzmechanismen und Übersprungsverhaltensweisen. Wir hatten uns im August, am Grab, bei der Beisetzung, auch manches trauriges Lächeln geschenkt. Lächelnd, weil wir nicht allein waren, lächelnd, weil man uns anlächelte, weil das Lächeln kein Spaß, sondern Liebe war.

Ein Friedhofsmitarbeiter legt den Blumenschmuck vom Blumenwagen ans Grab unter der Kastanie. Der Trompeter geht mit dem Trompetenkoffer weg. Wir nicken uns kurz zu. Der Bestatter hat wieder die Taxifahrermütze auf. Wie ein Playmobilmännchen sieht er aus, als er die Schubkarre zum Grab schiebt. Schürfende Geräusche als er mit einer Schaufel die Erde daraus nimmt und in kleinen Hüben ins offene Grab schaufelt. Der Friedhofsmitarbeiter im grünen Overall legt Geräte in die Schubkarre neben mich. Ich schaue auf und wir grüßen uns leise. Ein Hahn kräht hinten im Land. Karls Grab ist schön. Die Blumen von letztens sind immer noch frisch. Am Weg stehen drei Gitterkörbe, voll mit Laub. Hinten fegen zwei Mitarbeitende die dichte Laubdecke von der Wiese. Je nach Baum rieseln die Blätter mit jedem Windstoß anders und verschieden, verschieden schnell und auf verschiedene Art durch die Luft treidelnd zu Boden. Auch der verkehrsorangefarbene Kleinstlaster, der hölzern den Weg langzuckelt, sieht aus wie ein Spielzeugauto. Im Korb mit den „nichtverrottbaren Abfällen“ liegt ein grauer, luftloser Luftballon. Er hat eine ziemlich verwitterte Schnur und genau diesen Klemmverschluss aus Pappe dran, wie wir sie benutzt hatten. Der Ballon muss einer von unseren sein. Ich hebe kurz etwas Müll um den Luftballon herum hoch, finde aber keinen Zettel. Ich gehe unter die Kastanie und schaue nach, ob dort ein Zettel liegt, merke dann aber, dass mir das Finden eines zum Ballon gehörenden Zettels gar nicht mehr so wichtig ist. Es ist okay. Der Bestatter und der Friedhofsmitarbeiter reden ein bisschen während sie ihre Arbeit machen. Mit etwas reden geht alles gleich etwas leichter, geht es mir, als erbaulich banale Binse, im Kopf herum und ich, der Mann auf der Mütze, schraube mich aus meiner Bankverbindung mit dem Friedhof hoch und beschließe, auf dem Rückweg nochmal wegen der Heftchen zu schauen.

Ich schreibe in mein Handy. Mein Magen knurrt. Ich habe heute kein Frühstück gegessen, mag aber das Gefühl des Hungrigseins gerade ganz gern, da es mich innerlich wach macht und mir ein Gefühl organischer Lebendigkeit vermittelt. Ich setze die Kopfhörer auf, gebe mir *„PLEASE DON'T FUCK UP MY WORLD“* von den Sparks aufs Ohr, fahre zu den anderen Buchläden der Stadt und finde beim dritten dann zwei von diesen quadratischen, preisgünstigen, von der Größe der Illustrationen und der Textmenge, und, um sie rücklings auf dem Bett liegend vorzulesen, genau richtigen Leseheftchen von Peppa Wutz. An der Kasse gebe ich dem Buchhändler, der auch damals seinen Buchladenstand bei der Lesung der Suhrkampautorin hatte, durch die ich mich – die arme Frau anderthalb Stunden lang dumpf anduzend – irgendwie so durchmoderiert hatte, das Geld für drei solcher Lesehefte. Ich weiß wie immer nicht, ob er mich erkennt, wie ich nie weiß, ob mich irgendwer erkennt, und verhalte mich, im Grüßen und im Tonfall, bei meinem Buchladenbesuch hier im Oktober nach Karls Tod, wie ein ganz normaler Einkäufer von drei bunten Peppa-Wutz-Heftchen.

Do. 20.10.2022, 19:42
Wohnzimmer

Paul findet das Bullentier bei Peppa Wutz gruselig. Wir schauen uns eins der neuen Hefte an, erstmal ist alles okay, aber als wir zur Seite mit dem Bullen blättern, rennt Paul plötzlich weg. Ich brauche einen Moment, um herauszufinden, dass es an genau diesem einen Charakter liegt, aber Paul insistiert darauf, dass wir das Buch lieber erstmal weg legen.

Um halb fünf gehen wir nochmal in die Stadt und treffen dort Helena und Cleo. Carina und Paul gehen mit ihnen nochmal kurz in einen Anziehsachenladen. Ich warte draußen, lasse den Strom der Shoppenden und Studierenden an mir vorbeifließen, merke wie müde und erschöpft und abwesend, geistig kraftlos und geschlaucht ich eigentlich bin, nehme die Welt nur als ein Tröpfeln und Rauschen wahr, stehe reglos da, schaue unbewegt umher, starre mich an einem Zwillingskinderwagen fest und träume mich in das Leben der diesen Wagen schiebenden, jungen Mutter hinein. Die Kinder sind noch sehr klein, das Glück ist noch neu, eine ältere Frau läuft an ihrer Seite, wahrscheinlich die Oma. Beide laufen da so ihre Wege, wahrscheinlich Drogeriewaren kaufen, die üblichen Wege, die Eltern von Babies so machen, kaufen sich vielleicht ein *Teilchen* beim Bäcker oder eine Wurst am Stand, nehmen Energie zu sich, wo die Kinder doch gerade so ruhig, wahrscheinlich frisch gewickelt und satt, im Wagen sitzen, wahrscheinlich schlafen, und sich mit dem Ruckeln des Wagens durch die Fußgängerzone schieben lassen. Ich schaue mir die Ausstellung im Kunstschaufenster an und denke an meine Ausstellung hier im letzten Sommer. Ich hatte, wenn die Kinder schliefen, immer abends und nachts dort im Fenster gewerkelt, vermessen und verbaut, Photographien gehängt und die kleine Klanginstallation aufgebaut. Auch damals irgendwie körperlich nicht so richtig gut drauf, es war Hochsommer, im Fenster, in diesem vollverglasten, vom Tage aufgeheizten Brutkasten schwitzte ich unfassbar, es war mir unangenehm, ich war ja wie ein Zootier von außen für jeden sehbar. Mangels monetärer Mittel, mal wieder, ging die Klanginstallation, die ich wegen der Maße und den fünf Ventilatoren zuhause nicht richtig probelaufen lassen konnte, erst nicht so richtig auf, so dass ich spontan was anderes, viel reduzierteres, viel tolleres eigentlich entwickelte, ich hatte diverse Gitarren und einen Bass nebeneinander gehangen, zwei Ventilatoren von beiden Seiten aufgestellt und die so *hängenden* Gitarren in diesem *„HUNG"* benannten Aufbau vom so erzeugten Wind aneinanderstoßen lassen, was im Klangergebnis extrem reduziert, wunderbar windspielhaft natürlich war, in irgendwelchen Metaebenen, zum Beispiel in der Art, wie die Gitarren dabei leichte Stoßschäden nahmen, ein schönes Konzept und eine poetische Aussagung war, und was wieder keiner so richtig verstand, weil da zu wenig *Action* drin war. Es gibt eine Videodokumentation dieser Installation. Die liegt noch ungeschnitten auf meinem Computer herum und ich habe sie seit letztem Sommer nicht mehr angefasst. Auf einer Kameraeinstellung davon hört man einen der Stadtirren im Hintergrund wirres Zeug labern. Er war, nachdem ich endlich alles zum Abfilmen aufgebaut und hergerichtet hatte, einigermaßen plötzlich, obwohl man ihn schon von Weitem hatte hören können, die Fußgängerzone langgelallt gekommen und mir voll in die Aufnahme reingetorkelt. Er sah die Kameras, also meine Uralthandys auf den Stativen, hielt kurz inne und erzählte dann sein irres Zeug weiter, bis er dann, sehr bald eigentlich, er hatte offenbar gemerkt, dass ich hier gerade nicht der richtig beste Anlallpartner war, wieder abzog und, man hörte ihn dann noch viele Meter weiter, die Flanierstraße hinunterwankte. Ich war dann zu faul und zu fertig, nochmal alles neu abzufilmen und ließ das Gelaber drauf – *das* war ja eben auch der öffentliche Raum, in dem das Fenster steht und die Ausstellungen und Aktionen darin statt finden. Das war ja alles schon richtig und ganz gut so, wie es war. Aber ich war froh, als ich die Ausstellung abbauen konnte und da nicht mehr jeden Tag hin musste, um die Elektronik und Aufnahmetechnik der Klanginstallation zu prüfen. Ich hatte ja wieder alle dort entstehenden Klänge mitgeschnitten, so wie bei *„fünftausend bimmeln"*, wo mehr als acht Stunden Klangmaterial entstanden, weil jede Stunde ein autogeneratives Segment für 15 Minuten mitgeschnitten wurde. Aus diesen Aufnahmen, das war so 2019, glaube ich, hatte ich dann auch angefangen eine Veröffentlichung zu machen, etwas sehr ambitioniertes, sehr psychedelisches, ich hatte da alle entstandenen Tonspuren übereinander gelegt und sich mit diversen Delays ineinander veschränken lassen. Die Stücke trugen dann Titel, die aus Texten von Stücken von Robert Ashley entlehnt waren. Das passte alles wunderbar, weil es einen ähnlichen *Vibe*, wie Ashleys Sachen hatte, den ich damals wieder stark hörte, auch zum Schreiben, es war gute Schreibmusik.

Dann versandeten viele dieser Projekte und Projektauswertungen. Ich war zu antriebslos, phasenweise dann wieder manisch-aktiv, so dass neue Projekte und Fäden entstanden, die auch wieder nicht leicht im großen Ganzen, in diesem ganzen seriellen Wahnsinn meiner immer irgendwie miteinander verbundenen Projekte, einzubauen waren. Ich hatte noch die beiden Alben *„BY THE GONY STATE“* und *„MOTHER SUN CHEESE“* gemacht und dann das „Bulletin“ im Juli 2020 und dann war bald Oktober und unsere Kinder kamen zur Welt.

So war das. Im Oktober 2020 hatte ich Kinder bekommen, Karl und Paul kamen in unser Leben, und alles war gut und alle Projekte waren erstmal auf angenehmste Art egal.

Und dann starb Karl und mein einziges Projekt ist, mich hin und hinein in ein Leben ohne ihn zu finden.

Do. 20.10.2022, 20:17
Wohnzimmer

Nachdem ich mit Paul dann noch einen kleinen Einkauf machen war, holten wir Helena, Cleo und Carina im Koeppenhaus ab, wo sie bei der Kindermusik waren. Alle sind wahnsinnig müde. Wir schlurfen nach Hause, gegen sechs, es wird schon dunkel. Cleo schenkt Paul ihren alten Tretroller. Paul freut sich riesig. Wir essen die Nudeln von gestern und ich spiele noch ein bisschen Memory und Autos mit Paul. Dann will er „KARL FOTOS KUCKEN“ und wir scrollen durch Bilder von Karl in meinem Handy. Ich sage zu jedem Bild etwas und meine Stimme wird dünn und bricht ein bisschen. Aber es geht. Wir schauen Bilder von unserem lieben Karl an. Denn das ist, was wir von ihm noch haben.

Dann geht Paul bald ins Bett. Carina kocht die Quitten zu Marmelade, ich bringe den Müll raus und den Wagen rein, mache ein bisschen Musik und schaue dann irgendeinen Film. Extrem müde. Zu müde für nochmal raus zum Krankenhaus. Zu müde für Schreiben.

Do. 20.10.2022, 22:43
Wohnzimmer

Carina geht ins Bett. Wir reden noch kurz, bevor ich dann rüber aufs Sofa gehe, Kopfhörer aufsetze und den Film weiter schaue. Carina sagt, schluchzend, dass sie Karli wiederhaben will. Sie weint und wir erzählen von Karl, seinen Wesenszügen, und auch den Wesenszügen von Paul. Und wie Karli jetzt wohl so wäre, wenn er gesundet und vom Cortison abgesetzt worden und noch am Leben wäre. Dass wir ihm vielleicht jetzt langsam irgendwann doch mal die Haare geschnitten hätten. Dass er so süß war, mit seinem Hummelpo. Immer wieder der Hummelpo. Und dann fragen wir uns, ob eventuell zukünftige Kinder nicht immer irgendwie wie Paul oder wie Karl aussehen würden, dass doch von beiden immer was zu erkennen sein müsste, weil beide ja fast identisch sind mit jeweils unseren Babyversionen. Carina sah aus wie Karl. Ich sah aus wie Paul. Und dann denke ich wieder ans Krankenhaus, wie es war, dort Karlchen abends ins Bett zu bringen, ich denke an mein Schreiben in der Nacht, an den abendlichen Automatenkaffee, an die freundliche Ruhe auf der Station, alles sowas, solche Sachen, die ich hier, irgendwo in diesen hunderten von Seiten schon aufzuschreiben versucht habe. Und ich merke, dass meine Erinnerungen jetzt anders, weniger wehmütig und haltlos nostalgisch sind. Ich habe das gute Gefühl, dass vieles hier im Text bereits festgehalten ist. Dass mir das nichts und niemand mehr nehmen kann. Dass das alles ist, was ich jetzt noch tun konnte. Und dass einiges davon geglückt ist. Dass der Draht nie abreißen kann. Dass Karl *hier* ist. Auf eine Art. Auf eine leidlich unvollkommene, nie wieder körperliche Weise.

Aber ich habe ihn hier. Überall hier. Und in der Gegend, natürlich. In meinem langsam in sein Zwischenziel von hundert Tagen aus- und hineinlaufenden, mich vorm Versinken ins Blei gerettet habenden Tagebuch.

Do. 20.10.2022, 23:57
Badezimmer, beim Bettfertigmachen

Und dann wieder der trübe Gedanke: dass die hin- und weggeschriebenen Gedanken und Gefühlswirrungen gerade *dadurch* dann *Platz* machen für die *Leere* ohne Karl, für die Trauer wegen Karl, für die deprimierende *Realität* eines Lebens mit seinem Tod. Dass also alles nichts wert ist, weil Karl ja tot ist. Dass man jetzt die Kräfte aufzuwenden versuchen muss, dann doch so etwas wie *Wert* zu sehen, im Leben ohne Karl. Dass dieser Wert, ein Teil davon, *auch* dieser Text hier sein kann, vielleicht sogar sein *muss*. Weil sonst alles nichts wert ist, weil Karl ja tot ist. Und dass das seltsame Gedanken sind. Und dass das hier, der Text, der Ort ist, der sie auffängt.

Fr. 21.10.2022, 12:18
Küche

Vormittags hatte ich nach irgendwelchen Jobs geschaut, fühlte mich von den dort genannten *Anforderungen* sofort überfordert. In den letzten Wochen bin ich, im Kopf, vom Kopf her, weit matter, langsamer, schwerfälliger und noch zerfranster geworden, als davor schon. Davor war einfach mehr los, im Kopf. Es war, als bewegte sich das Denken und Fühlen in einer Art großem Terrain, tobte dort, angestachelt und aufgewühlt von diesem traumatischen Erlebnis, in den, vom Schock und den Schutzmechanismen des Körpers irgendwie eingezäunten Grenzen, lotete alles so noch Mögliche darin aus, und gab mir damit sowas wie Halt und das Gefühl von Stabilität. Jetzt kostet jeder zusammenhängende, länger zu haltende Gedanke extrem viel Kraft. Ich weiß am nächsten Tag oft wirklich nicht mehr, was ich abends hier hineinschrieb. Was, das dachte ich die ganze Zeit, eher in der Natur des Nieder- und Wegschreibens liegt. Das war mir nicht gänzlich neu, in dieser Form aber doch so noch nie gewesen. Als ginge es einfach nur darum, durch die Tage zu kommen, und nicht vor oder zurück zu schauen. Einfach irgendwie so durchzutaumeln, durch die jetzt im ganzen Körper als kraftzehrende Taubheit verteilte Trauer. Oder bin ich einfach nur schrecklich erkältet jetzt? Oder beides?

Während ich in meinem Zimmer am Text stand, ich hatte mir einen Steharbeitsplatz zurechtgebaut, wie früher, hatte Carina einen weiteren Teil der vielen Quitten zu einem pikanten Chutney eingekocht. Ich war dann schnell von den Bewerbungen und den Jobs abgekommen und mauserte so ein bisschen im Trauertext herum. Es sind einfach wahnsinnig viele Tippfehler darin – weil ich manches unterwegs mit meinen zwei vierzigjährigen Daumen ins Handy stottere, und sowieso natürlich auch deshalb: die Taub- und Mattheit, die Schwerfälligkeit, der Schwermut.

Ich würde gern wieder näher an meine Karlgefühle ran. Vielleicht sollte ich mal ins Arboretum, da war ich lange nicht. Und: von vielen Seiten sind die Karlgefühle jetzt hier schon beschaut und begangen worden. Da bin ich schon *durch einiges durchgegangen*, in den letzten Monaten, seit Karls Tod. Das ist vielleicht was Gutes, ich weiß es nicht. Aber wohin bin ich gegangen? Immer in die Karlgefühle und den Karltext rein, immer draußen in dem irren Rumgeradel, an die Karlorte, in die Karlworte, in das trauernde, dauernde Strömen, in Zustände und jetzt eine Gegenwart, die immerhin ganz gut bescheid weiß, von dem was war, wie es war, was es mit mir gemacht hat, was nicht mehr ist, was nie mehr sein wird, was ich noch halten kann, was ich noch habe, was mit mir, in mir, in uns, in allem, überall und, natürlich, in der Gegend, immer wieder in diesen Gegenden, immer da sein wird. Was bleibt.

Fr. 21.10.2022, 12:50
am Küchenschreibtisch

Beim Duschen, ich schrieb hier anfangs oft von Körperhygiene, glaube ich, ein Blick in den fertigen Typ mit dem stumpfen, schon wieder ziemlich *verhouellebecqten* Haar. Am Anfang von Corona war das auch so ein geflügeltes Wort. Ich sah aus. Meine Güte. Ich. Sah. Aus. Im Sommer, kurz nach Karls Tod, da war das hier auch schon drin: das Thema der wirren Haare. Auch im Krankenhaus: ich sah aus. Frau Kemper hatte nach dem Friseur damals, als wir uns im Hof begegnet waren und ich da mit dieser immer irgendwie deprimierenden, nichtssagenden Ordentlichkeit eines neuen Haarschnitts unterm Carport stand, sich so bisschen kokett aufgockelnd, gesagt, dass das andere „ja aber auch gut aus“ gesehen hätte. Auch das hatte ich als irgendeine Art von Anteilnahme empfunden. Ich hatte da dagestanden und mich kurz geärgert, dass ich neue Haare hatte, weil ich mit ihnen etwas von der Zeit mit Karl abgeschnitten hatte.

Nach dem Duschen suchte ich nochmal nach Schriftarten. Recoleta, Fraunces, Bodoni, alles noch nicht das Wahre. Aber zur Zeit ist Recoleta die Fließtextschrift, die Schrift für den endlos hier fließenden Text, und Gill Sans, von mir sonst selten genutzt, die Schrift für die Eintragsüberschriften, die schlichterweise, anders kann es gar nicht sein, einfach nur die Tagesdaten und Uhrzeitziffern sind. Und dann natürlich, und ich freue mich immer, wenn ich über ein, zwei damit im Text hervor hoppseNde Worte stoße, ein Font fürs Kindersprech.

Fr. 21.10.2022, 20:57
Schreibsofa

Während Carina und Paul Eis essen sind, hole ich Bier und Saft. Dann Schreiben am Exposé. Dann gehe ich Carina und Paul, die aus der Stadt kommen, entgegen. Elternablöse. Carina geht nach Hause und ich gehe vor dem Abendbrot mit Paul auf den Krokodilspielplatz. Er zählt seit einiger

Zeit jetzt, in eigenwilliger Nummernfolge natürlich, er zählt auch hier jetzt, auf der Rutsche, wie ich manchmal einzählte, wenn wir rutschten. Dann laufen wir nochmal durch den Kiez. Paul erzählt und zählt. Zuhause Abendbrot, dann ins Bett, Paul schläft kurz nach sieben, ich sacke selbst auch kurz weg. Carina geht Spazieren mit der Band, statt Proberaum. Ich gehe aufs Sofa und musiziere ein wenig.

Carina war tagsüber bei der Thaimassage. Der Masseur meinte, sie sei sehr verspannt und fragte, was sie so arbeite und wie es da liefe und ob es irgendwelche Gründe zur Verspannung gäbe. Carina erzählte dann von Karls Tod und weinte, der Masseur weinte auch fast mit und versuchte irgendwie tröstend zu tätscheln. Immer wieder diese kleinen Momente mit fremden Menschen.

Paul hatte auf dem Rückweg von der Kita, im Auto hinten, von »KARL, KRANKENWAGEN« zu erzählen angefangen. Er fehlt uns so. Ich denke jeden Tag an ihn, mal sehr präsent, mal hintergründig, immer mit der tiefen Karlliebe. Diese Liebe ist etwas konstantes, sie war zu seinen Lebzeiten das gleiche Gefühl wie heute. Nur heute hat das Gefühl eine Nebendimension. Das Gefühl weiß, dass er tot ist. Es wird dadurch nicht schwächer. In den schwächeren, düsteren Momenten jedoch wird es dadurch trauriger, vielleicht mutloser, aber die Liebe bleibt als starkes Gefühl. Und diese Liebe ist das, was ich halten kann, auch wenn ich nach außen so kaputt, fertig, müde, desolat und verkümmert, vom Kummer verkrümmt erscheine, innen ist dieses nur mir gehörende, weil in mir entstehende, aus mir herausströmende Gefühl der Liebe. Das hat etwas kraftvolles. Ganz am Anfang des Buches schrieb ich hier schonmal davon. Seltsam, wie früh manche Sachen hier schon durchdekliniert wurden. Als hätte ich sie mir damit selbst beschrieben und erschrieben. Als hätte ich all das in irgendwelchen frühen Kraftakten schon aus mir herausgehievt, als wäre ich sofort aktiv in mich reingegangen, um dort alles festzuhalten, was mir sonst zu entgleiten drohte. Als hätte ich, der jetzt in diesen Tagen, drei Monate nach Karls Tod, nach mehr als fünfhundert Einträgen, so kraftlose Mann, damals vieles schon gemacht, wofür ich vielleicht schon ahnte, bald keine Kräfte mehr zu haben. Man liest oft von diesen Löchern in die man fällt. Ich war nie in meinem Leben jemand der sich selbst optimiert oder Dinge planmäßig und effizient, und zu irgendeinem eigenen, rational anvisierten, angestrebten

Vorteil angegangen wäre. Ich lebte immer in die Tage hinein, ganz besonders natürlich vor den Kindern, in diesen wilden, süß versumpften Sauftagen des Romans. Und dann, als Karl starb, war alles, was ich in diesem Moment noch zu haben spürte, das Körperlose, die Erinnerungen und Gedanken und die Liebe für mein Kind, etwas das ich also festhalten musste, etwas das ich pflegen und bewahren wollte, das mir niemals verloren gehen oder fremd werden oder auch nur undeutlich werden sollte. Ich wollte alles ganz genau behalten. Ich wollte Karl in mir behalten. Also schrieb ich alles in mir aus mir heraus und hinein in diesen Text.

Jedes dumme, suchende Wort, jedes fahrige Gefasel, jede wallend herausgelallte poetische Ausschweifung über das Wetter und die Wolken, jeder mürrische Text der impliziten Hingezogenheit zu den Kabuffkaputten, jede wieder und wieder besuchte, begangene und befahrene Route, jede beschriebene Routine, – alles, ALLES, ALLES ist das, was Karl enthält und ihn damit bei mir hält.

Dass also alles wichtig und es wert war. Dass ich vielleicht jetzt, in allen Wortsinnen, *fertig* bin. Kaputt und ausgelaugt, leergeschrieben, wortlos, als hallloser Leerraum so vor mich hintrauernd, fertig mit den Worten. Anfangend jetzt also, wieder ins Wortlose zu lauschen?

Sa. 22.10.2022, 00:57
Badezimmer

Nach der Miles-Davis-Doku mache ich mich bettfertig, creme mich mit der Bübchencreme ein, sehe fertig, irgendwie auch wieder so gesichtsschief aus, wie halbseitig gelähmt, wie in den Zeiten damals, als ein Zahn so Mucken gemacht hatte, als das Gesicht so halb taub und angeschwollen war. Auch ums Herz herum bin ich gerade nicht ganz auf der Höhe. Ich reibe großflächig Latschenkiefertinktur auf meine linke Brusthälfte. Schon wieder diese ziehenden Schmerzen dort. Nicht wirklich Schmerzen, eher wie Muskelkater, wie schlecht geschlafen und schief gelegen. Vielleicht aber doch vom Herzen her?

Ich gehe, ätherisch eingerieben, als Mensch insgesamt etwas mürbe und zerrieben, ins Bett und freue mich auf die, heute Abend wieder hart vernachlässigte, Textarbeit am morgigen, nachherigen Morgen. Schreiben am Vormittag, noch so leicht müde, nicht ganz wach, die Sinne und auch das Zweifeln noch nicht ganz ausgeschlafen, das Innenleben längst noch nicht so sprunghaft wie im Wachen, der ganze Mensch noch halb im Standby – das ist die beste, produktivste Zeit zum Schreiben. Das Sichten der hingebollerten Worte vom Vortag und der Notizen der Nacht. War auch in der Arbeit am Roman so, auch vor Jahren, als die ersten Fragmente dafür entstanden waren, mit viel zu wenig Abstand natürlich noch, um darüber angemessen zu schreiben.

Tagsüber war die Bluetoothbox abgekackt. Sie geht nur noch am Stromnetz und so trage ich das Ding jetzt immer mit dem Kabel durch die Wohnung an die Orte, an denen ich mich niederlasse.

Ich ziehe die Vorhänge zu, mache das Fenster auf Kipp, Karl schaut mich vom Foto auf der Fensterbank an. Kurz bin ich im Kopf wieder im Krankenhaus. Wie ich nachts unter meine Decke neben seinem Bett stieg, er da so friedlich schlief, meine kleine Anklemmlampe ihr gutes, gelbes Licht flüsterte.

Ich gehe dann ins Bett, Paul liegt in unserer Mitte, ich stöpsele das Handy an den Strom, scrolle noch kurz durch das PDF des bisherigen Karltextes und lege das Handy, nach einem Eintrag den ich für gelungen genug halte, um ihn mit in die Nacht zu nehmen, beiseite und schlafe ein.

Sa. 22.10.2022, 11:06
Küche

Carina und Paul sind mit Cleo und Cornelia zum *Kuntibunt*. In diesem Indoor-Spielplatz am Rande der Stadt gibt es Bällebad, Hüpfburgen, riesige Aufpusterutschen, Airhockeytische, Profitrampoline und käsefußerprobte Klettergeräte. Ich habe einen freien Schreibvormittag, muss aber gleich noch zur Post und vorher die Wäsche auf dem Dachboden ab- und aufhängen, kann dabei mal wieder einen Podcast hören.

Beim Frühstück wollte Paul wieder „Karl Fotos guggn". Carina weinte ein bisschen, als er, auf ihrem Schoß sitzend, durch die Fotos von Karl scrollte. Ich nahm dann Paul auf meinen Schoß und wir schauten die Karlfotos in meinem Handy an. Die Karlfotos waren oft natürlich Bilder von beiden Kindern. Fotos von Brüdern, von kleinen, halb- und einjährigen, im Zimmer herumrobbenden, rumwuselnden, rumwackelnden Zwillingen. Die Abwesenheit seines Bruders als Spielkumpel, als gleichaltriger *Gefährte*, als jemand, den er noch aus dem Bauch als Nachbar kennt, tut mir manchmal so unendlich leid für Paul. Wir haben derzeit zwar das Gefühl, dass Paul sich *gut macht*, dass er, das sagt auch das Kindergartenpersonal, immer stabiler, wesenssicherer wieder wird, aber sein Bruder wird immer fehlen. In den Wochen, als ich mit Karl im Krankenhaus war, wohnte Paul ja allein mit Carina daheim. Da war Karl auch abwesend und Paul besuchte ihn und uns täglich im Krankenhaus. Das bedeutet, dass Paul es im Grunde in dieser Zeit auch schon *gewohnt* war, dass Karl nicht mehr zuhause ist. Zwischendurch gab es immer Episoden, in denen Karl für ein paar Tage zuhause war, bevor wir dann wieder ins Krankenhaus mussten. Aber grundsätzlich ist es für Paul nicht gänzlich abrupt eingetreten, dass Karl nicht mehr daheim war. Vielleicht ist das ein bisschen tröstlich, so blöd es auch klingt.

Aber Paul fragt in letzter Zeit mehr nach Karl. Auch das ist irgendwie gut, da Karl dadurch bei uns bleibt, in der Erinnerung, im Alltag, in unserem Leben. Wie er es auch mit der Kerze bei jeder Mahlzeit, mit den Fotos, all den Artefakten, ja ist und bleibt. Aber manchmal schmerzen diese unvermittelten Karlstiche doch sehr. Und dann aber: genau der Schmerz ist es natürlich auch, der ein Weg *zu Karl* ist.

Sa. 22.10.2022, 11:54
Friedhof

Draußen warm und diesig. Die Straße bis zur Ampelkreuzung autolos und leer. Ein paar Buden auf dem Markt. Am Rathaus eine Hochzeit, die gesamte Gesellschaft, wenig feierlich, in betriebsausflugstauglichen Wetterjacken. In der Post wie immer lange Schlange und Heizung auf Stufe dreitausend. Ich beschrifte Päckchen und *Büwas*, am Ende ist wieder alles drei Millimeter zu groß und kostet die nächsthöhere Tarifstufe. Im Ohr *„ECHOES"* von Leon Thomas.

Die nasse Luft *steht* richtig zwischen den Häusern. Die Straßen feucht, die Natur trieft, jedes Atmen wie ein Schluck aus der Kelle der Welt. Auf dem Weg zum Friedhof muss ich aufpassen, nicht wieder hinzufallen. Richtiges Laubausrutschwetter. Der Hauptweg ist ungefegt, es ist Wochenende, es ist malerisch wie immer. Man muss ganz langsam und am besten keine Kurven fahren und man darf auch nicht bremsen. Ich rolle, so vorsichtig wie ich kann, zu Karls Grab. Von den Bäumen fällt Laub. Sogar da, wo keine Bäume sind, fällt Laub. Der Wind hebt es in kurzen Wallungen aus den Kronen und trägt es umher. Ansonsten ist es nahezu windstill und nur am leichten Rauschen und dem Knistern, das die herunterfallenden Blätter an den Blättern die sie berühren verursachen, erkennt man, dass ein Wind stößt. Eine besonders schöne Böe hebt jetzt so lange Laub aus den Bäumen, dass ich mich in das langsame, lang dauernde Rieseln richtig *hineinstellen* kann. Es umgibt mich Geriesel, fast wie in einer Schneekugel. Schöner Moment, ein bisschen kitschig vielleicht, aber schön. Auf dem offenen Wiesenstück vor Karls Grab stehen Rosen und ein Grablicht. Die Blumen auf Karls Grab sind immer noch frisch. Ich wechsle das Wasser in den Vasen, werfe nochmal wie ein Bengel mit Kastanien nach den Luftballons und sitze dann noch ein bisschen auf unserer Bank herum und horche in diese vor drei Monaten durch seinen Tod in unser Leben gerissene Leere hinein. An manchen Tagen geistert man als Hinterbliebener irgendwie so schweigsam schwebend, ätherisch, also auf eine Art auch *getragen* von einer aus Fassungslosigkeit gewachsenen *Leichtheit*, einer Enthobenheit aus allem, durch das karllose Leben. An anderen Tagen ist man nur ein Rest dieses Menschen in dem Rumpf dieses Lebens, das noch da ist. Und wäre nicht Paul, wie verrumpft und versumpft wären wir wohl jetzt?

Eine Kastanie stecke ich in meine Jackentasche. Das soll ja aus irgendeinem Aberglaube oder aus irgendwelchen energetisch-heilphilosophischen Gedanken heraus für was gut sein. Ich glaube nicht wirklich an sowas, erkenne das Metaphysische immer eher in Andrahtung an ein Irdisches, deshalb auch die ganze Blumenkrumenverteilerei, all die Akte mit den Artefakten. All die ein- und aus-, an- und ab-, hin- und wegströmenden *Energien*, die ich damit herstelle, hinbringe, aufmache, aufnehme, ableite, hinaustrage: all das macht für mich Sinn. Dass diese Energien den Dingen und Nichtdingen Bedeutungen geben, dass ich Bedeutung damit überall hin hintrage. Dass alles schwingt und strömt, und vieles auch passiert, dass Dinge fließen, vorangehen – dass irgendwas doch noch was bedeutet.

Sa. 22.10.2022, 23:52
Sofa

Nach dem Abendbrot spiele ich mit Paul. Er spielt mit den Autos und musiziert, nimmt sich die Ukulele und lässt die Spielautos darüber fahren, schiebt sie hin und her und hört sich die entstehenden Klänge an. Wie sein Vater bei seiner Musik und seinen Konzerten.

Carina ist nach dem Treffen mit einer Kollegin zu einer Vernissage. Es klingt hier im Buch immer so, als ob Carina dauernd ausgeht und ich nur zuhause bleibe. Ein bisschen ist es sogar so. Ich gehe eher tagsüber aus, meine weiten, weit schweifenden Radwege, das einsame Meditieren im Unterwegs. Ich war ja jahrelang genug ausgegangen – auch das alles ist im stillgelegten Roman.

Carina kommt erst später nach Hause, also esse ich allein mit Paul Abendbrot, mache ihn bettfertig und lese ihm was vor und wir erzählen ein bisschen. In den letzten Monaten hatte Carina die meiste *Care-Arbeit* am Kind gemacht. Morgens fertig machen, Anziehen, abends bettfertig machen, all das. Klamotten einkaufen, online Kinderkram bestellen, all das lag schon immer eher in Carinas mentalen Belastungsbereichen. Ich wusste und weiß zwar immer, welche Kleidergröße gerade aktuell ist, und besonders als ich, im letzten Herbst, als Carina wieder angefangen hatte zu arbeiten, bis zum Frühjahr, mit den Kindern tagsüber allein daheim war, machte ich alles, was anfiel, ich war gut eingespielt, aber in letzer Zeit nun fehlte mir die Kraft und ich danke Carina, dass sie all das machte.

Paul war dann wieder kurz nach halb acht eingeschlafen und ich setzte mich kurz an den Text und an die Musik, schaute dann eine Dokumentation über Sun Ra und dann eine über Nazoranai, die Band von Stephen O'Malley, Oren Ambarchi und Keiji Haino. Am Tag und am Abend wurden meine Halsschmerzen stärker und ich fühlte mich etwas kränklich und hatte dann abends keine Energie mehr für irgendwas, was mich ein bisschen mürrisch machte, da ich gern noch was Produktives gemacht, oder mir was schönes angeschaut hätte, was dann im Geist irgendwann vielleicht auch was Produktives erwirkt hätte, aber so ging ich dann einfach ins Bett. Nachmittags, vor dem Abendbrot, war ich noch mit Paul im Edeka und hatte am Kiosk das letzte Kleingeld für Lotto verjubelt.

So. 23.10.2022, 00:40
im Bett

Im Badezimmer wendete ich letzte Energien des Tages dafür auf, ausgiebig die Zähne zu putzen, mit Zahnseide, Zungenspatel, das volle Programm. Es blutete wie Sau, wie immer nach Zeiten der zahnseidenseitigen Vernachlässigung. Nach der Prozedur fühle ich mich, auch vom Herzen her, direkt etwas besser, das Atmen entspannter, die Fahrigkeit etwas gedämpft, als eine Art Aderlass tat dieses Zahnbluten gut.

Die blutenden Seidenschnüre entsorgend dachte ich dann daran, wie wenig Selbstfürsorge ich zur Zeit betreibe, dachte dann direkt aber auch: oder doch? Betreibe ich eben *doch*, nicht körperlich, eher seelisch, schreibend eben, hier eine gerade sehr notwendige Fürsorge an mir selbst? Und dann wieder: welchen Raubbau man früher am eigenen Körper so veranstaltet hat. Und damit direkt wieder mit einem Themenbein im Roman.

Ich gehe ins Bett und fuchtele die helle Seite der Bettwäsche nach oben. Das muss jetzt sein. Die helle Seite dieser Herbstbettwäsche muss nach außen zeigen. Innen die dunkle Seite. Darunter Gestrampel, dann Schlaf.

Am Anfang dieser Trauer, vor Wochen, vor wenigen Monaten, hatte ich noch mehr Wert auf solche Sachen gelegt. Es mussten bestimmte Gerüche sein, auch Gegenden waren wichtig, als Orte seiner Gegenwart, *die Gegend* war irgendwann so ein Schlagwort im Text, es sollten Sachen da sein, die sehr konkret Karl bei mir hielten, und ich hatte mich immer gefreut, wenn irgendwas *gut* ging, wenn etwas in sich *aufging*, fühlte dann eine Erdung, halbzwänglerisch vielleicht schon, fing irgendwann an von diesem *großen Ganzen* zu schreiben, meinte damit keine Fügung, kein Schicksal, kein Akzeptieren seines Todes als etwas, das in irgendeinem Sinne Sinn machte, das große Ganze war eher eine Art Sound, ein Grundwummern der Welt, für das ich immer schon empfänglich war, das ich ja selbst aus mir herstellte, nicht die Welt wummert, sondern der Mensch nimmt ihr Wummern wahr, wunderlich natürlich, man wird immer wieder wunderlich, im Trauern, in der Sehnsucht, in all den Festhalteversuchen, im Dämmern, im Denken, im Schreiben. Aber es war gut, wenn das Kleingeld im Krankenhaussnackautomaten genau aufging, wenn die Elstern genau dann auftauchten, wenn ich sie brauchte, wenn ich sie nüchtern betrachtet also einfach *sah*, es war gut, wenn die Blicke geschärft, fast versteift auf bestimmte Dinge waren, im Dämmern fand ich damit die Details und damit den Halt, es war gut, wenn die abgelaufenen Lebensmittel mal endlich wegkamen, wenn die Bestatterrechnung von Wachsmalstiften bunt bemalt wurde, wenn ein Muskelkater nach dem Umzug meinen Körper erfahrbar machte, als etwas, das immer noch da ist, als Raum, in dem ich Platz bereit hielt für alles, was Karl war und bleiben sollte. Ich brachte solche gleichgewichtenden, in sich aufgehenden, in alltäglichen Kleinstebenen schlüssig erscheinenden Dinge damals immer in Bezug zu Karl, sie osszilierten direkt in meine Karlgefühle hinein. Jetzt, diese Monate danach, ist alles etwas gedämpfter. Die helle Seite soll zwar nach oben zeigen, aber ich hatte zweimal überlegen müssen, ob ich mich nochmal hochrappele, um das Bettzeug umzudrehen, ob das denn wirklich sein muss, ob das was nützt, ob es überhaupt etwas bedeutet, da doch sowieso, egal ob innen oder außen, die dunkle Seite jetzt immer in allem da ist. In seiner Abwesenheit ist die Dunkelheit. Im Denken an ihn ist es hell.

Im Badezimmer hatte ich noch Erkältungsbalsam auf meine Brust und meinen ganzen, verquollenen, mal wieder sehr kloßigen Hals gerieben. Nichts Großes, nichts Ganzes, nur eine idiotische Ölung.

So. 23.10.2022, 12:18
Küchentisch

Nachts hatte ich stark geschwitzt und musste mein T-Shirt wechseln. Ich wachte unerholt auf, wie eigentlich immer, all die Jahre schon, mit den Kindern dann war das irgendwie egal, man wachte über den Tag hin dann langsam auf, das Leben waberte angenehm in einen hinein, es war so viel Wärme in mir, dass auch die Müdigkeit nicht schlauchte. Jetzt natürlich ist es die Müdigkeit vom Raubbau, den das Trauern am Leib betreibt. Aber auch das ist okay, in den mutloseren Momenten ist es auch einfach egal alles. In den Phasen der wirren Zuversicht bin ich dann wieder froh über mein Leben im Text hier.

Carina ist mit Paul zu Arbeitskollegen und ihren beiden Kindern. Ich habe also bis zum frühen Abend einen Tag für mich. Ich fuchtelte, als die beiden vom Hof gefahren waren, an Pauls neuem Roller herum, versuchte den eingerosteten Lenker etwas tiefer zu stellen, was nur mit Mühe und Kraft und unwirscher Heimwerkergewalt und dann auch nur um vielleicht gerade mal einen Zentimeter gelang. Ich blätterte dann, auf der Suche nach schönen

Storchillustrationen in hundert Jahre alten Büchern, die ich so angesammelt hatte. Ich hatte ein bisschen an einem Coverentwurf für dieses Buch gebastelt und war dann bei Störchen statt Elstern gelandet. Das wäre doch toll, wenn Störche vorne drauf wären, es in dem Buch aber vor dem Storch auch noch die Elster gibt, hatte ich gedacht, ganz klar schien das plötzlich. Das hätte, besonders wenn der Buchtitel was mit Elstern wäre, eine ganz wunderbare Reibung. Das wäre irgendwie auch was im Sinne des hier schon oft genannten *GG*, vielleicht. Reibung: Wärme. Innen und außen. Undsoweiter. Undsofort.

Jetzt Duschen, dann Essen, dann raus mit dem Rad.

So. 23.10.2022, 13:39
Botanischer Garten

Kleines Depritief nach dem Mittag, eigentlich schon währenddessen, während ich mir das mit altem Grillkäse überbackene alte Brot reinschaufelte. Dann machte ich mir eine Flasche Fahrwasser, packte welke Blüten zum Rumwerfen ein, die Tastatur fürs Handy, und räumte und packte und fühlte mich plötzlich ganz okay aktiviert, wie jemand der jetzt zu einem wichtigen, eine gewisse Wesensfrische erfordernden Termin geht.

An der Unterführung an der Osnabrücker treffe ich Elvis. Er fragt, wie es uns geht und wir reden ein bisschen und stehen im Wind. Irgendwann im Gespräch – und ich hatte für einen kurzen Moment, weil er den Eindruck *eines Menschen allein* auf mich machte, dass diese Frage auch von einem gewissen Eigensinn war – fragt er dann, was das Ereignis mit uns als Paar gemacht hat. Er war lange gelaufen, von Wackerow hierher. Er läuft gern, sagt er. Er lief immer schon gern. Ich sage, dass mir das Radeln hilft. Ich werde den Eindruck nicht los, dass er auch vor irgendwas weg oder zu irgendwas, einer neuen Lebensidee oder so hin, hinzulaufen versucht. Statt darüber jetzt *auch noch* zu reden, sagen wir tschau und ich werfe, nur wenige Meter vorangekommen, welke Blumen in den Feldbaum, bevor ich endlich, ohne weitere Anhaltungen machen zu müssen, ganz im Geradel bin.

Die Sonne schiebt mich weiter die Scharnhorststraße lang. Ich fahre lange, auf lange nicht gefahrenen Wegen, fahre zum Beispiel in den Botanischen Garten, durch den ich zur Grimmer Straße hin abkürze, um zum Friedhof zukommen. Im Botanischen Garten blühen die Alpenveilchen, weiß und rosa. Hier schoben wir oft durch, zur Babyzeit. Auch mit Tante und Onkel waren wir hier, im letzten Sommer. Da saßen wir alle am Froschteich. Es gibt ein Video, da haben wir die Kinder in den Umschnalltragen vorne dran und pusten, vor der schönen Kulisse des kleinen Bambuslabyrinths, Löwenzahnsamen in die Luft, in Zeitlupe, als Zeitlupenvideo, als Video aus einer anderen Zeit. Anfangs, als die Kinder noch nicht richtig pusten konnten, zogen sie nur Knutschschnuten und machten mit den Pusteblumen vorm Mund rum. Die Kinder hatten dann immer Pusteblumensamen am Mund und es sah niedlich aus und auch sie fanden es lustig.

Ich denke kurz wieder an mein Konzert hier zwischen den Sukkulenten, an das Frühjahr im Vorjahr, den irren Mailwechsel mit dem Kulturamt, das Kiesknirschen im Treibhaus, während ich dort, nach *„POMPONS“* in der *Straze,* mit *„IN BLOOM“* die ersten öffentlichen Sachen nach der Geburt der Kinder machte. Und wieder sofort will ich zurück dahin, in irgendeinen mikroskopischen, damit zusammenhängenden Moment, ihn einfrieren, festschrauben, mich darin festsetzen. Egal, ob es der Aufbau einer Klanginstallation oder das stundenlange Herumgeschiebe des bollerigen Zwillingskinderwagens ist: ich will zurück dahin, ich will zurück da rein, in diese hier sehr deutlich in mir lebenden Bilder unseres Lebens damals.

Ich stopfe ein paar Blüten in die hohlen Sitzstreben der Bank am Teich und fahre weiter, rüber, gar nicht weit weg, zum Friedhof.

So. 23.10.2022, 14:40
Friedhof

Auch meine Blicke, mein Blicken für die Elstern ist irgendwie schwach geworden. Oder sind die Elstern jetzt einfach woanders, haben gerade keine Saison? Sind die alle jetzt weg, weil ich hier länger nicht von ihnen schrieb?

Auf dem Friedhof. Die Bank. Die Kastanie. Die Luftballons. Der Garten der Toten. Das kleine Windrad auf Karls Grab. Laub. Alles voller Laub.

In mir drin wieder weites Schweifen, Grübeln und Zweifeln. Dass es für alles immer noch keine Worte gibt. Dass alles immer noch arbeitet, das das Trauern noch trauert, dass es bleibt und noch dauert. Das mein Herumschweifen – das Radfahren und Hingehen – das Äußere ist. Dass das Wortlose das Innere ist. Dass das Schreiben dazwischen vermittelt. Dass die Energie eher also eine Kraft ist, ein Fließen, ein Strömen, im ganz unesoterischen Sinne, schon eher *physisch* gemeint, aber *auch* als Aufwendungen und Umwälzungen von Kraft, im Geist und in der Psyche. Dass die Musik ja auch *irgendwohin* geht, dass die Töne in das Brummen und den Körper der Welt gehen. Dass mein emsiges Umherschweifen durch die Karlorte und das dortige Hingebringe von Dingen und Sachen und Artefakten, die mit ihm zu tun haben und ihn meinen, dass all das genau das macht: diese Energien dorthin und damit in den Körper der Welt bringen. Und damit zu Karl. Dass auch die Toten Teil sind, von der Welt und dem was war, ist und sein wird. Dass er nicht mehr da ist, aber auch nicht völlig weg ist. Dass das alles, nach irgendwelchen Energieerhaltungssätzen und -gesetzen, nach den von mir als Trauernder, *für mich* gesetzten *Glaubenssätzen* alles am Ende vielleicht kein völliger Scheiß ist. Dass er ja nicht mehr da ist, und wir jetzt, mit allem was wir tun, dafür sorgen, dass wir *ihm* nicht abhanden kommen. Dass die Verbindung immer hergestellt bleibt.

Dass ich jetzt hier auf der Bank neben seinem Grab sitze und als Teil des hier so brummenden Herbstweltkörpers in ebenso energischer und energetischer Weise ihn hier suche.

Und finde.

So. 23.10.2022, 15:07
Friedhof

Und langsam wurde auch alles Hinbringbare hingebracht, an all die Orte, in all die Areale der Trauer. Es braucht all diese Symbole und Stempel gar nicht mehr. Er ist ja hier. Auf dem Friedhof. Und überall. Und in der Gegend.

Ich sammle das Laub von seinem Grab, wasche mir die Hände, werfe etwas von dem, in einem Luftpolsterumschlag von hier nach Hause und wieder zurück hierher gebrachten, also weit gereisten, welken Blumenwerk in den Drahtgitterkorb für die „verrottbaren Abfälle“, steige dann aufs Rad, und *mache mich los*. Zum Krankenhaus.

So. 23.10.2022, 15:25
Schriftstellerstraßensiedlung

Ich rase durch die Schriftstellerstraßensiedlung und mir liegt plötzlich der Geschmack des von mir damals, in der Babyzeit, hier beim Langschieben immer getrunkenen Kaffees auf der Zunge. Ich hatte den Nachmittagsschiebekaffee in der Kasserole damals immer mit einem Beutel

Chai aufgekocht. Wir hatten so viele Chai-Teebeutel, die hatten sich über die Jahre angesammelt, diverseste Sorten, und ich wollte die mal wegverbrauchen und panschte mir den Kaffee damit. Das war hier. Als ich hier immer langgeschoben war, dann weiter raus aufs Feld geschoben hatte, die Runde zurück, durch die Schrebergärten, alle diese schönen Wege durch den ersten Elternherbst vor genau zwei Jahren.

So. 23.10.2022, 15:53
Arboretum

Durch die Platten den weiten Weg hierher, ins Arboretum. Hinter der orangen Bank stecke ich irgendwo eine welke Rose ins Gebüsch. Auf der Bank saßen wir immer im Mai, als ich frisch mit Karl im Krankenhaus war und wir, nach einigen Tagen, vielleicht einer Woche, erfuhren, dass wir auch raus dürfen, für Spaziergänge, für verstreute Zeit, für die Sonne des frühen Sommers. Also waren wir damals immer ins Arboretum gegangen und saßen auf dieser orangenen Bank. Es gibt Fotos davon, wie wir hier ein kleines Vormittagspicknick machten. Auf den Fotos von unserem ersten Ausflug dorthin, am 16. Mai, dem Tag, als ich Carina im Krankenhaus abgelöst hatte, sehe ich noch sehr fertig und zerrupft aus, von der Grippe, die gerade am abklingen war, die Augen fahl und müde, gerändert, das Gesicht gerädert, die Haare sowieso wirr. Wir lächeln uns beide an, ich habe eine Snackwurst im Mund, es sieht komödiantisch aus, wie eine Zigarre, Karl sitzt auf der Bank und streckt seine Kinderbeine in dieser teddybärigen Art schnurgerade nach vorne, er schaut zu mir hoch, wir lachen uns an, er sieht aus wie ein Fischer, mit dem Sonnenschlapphut, er grinst sein sprichwörtliches Honigkuchenpferdgrinsen. Das war unsere erste Woche im Krankenhaus. Jetzt ist die *Gleditsia sinensis* gelb und viele ihrer Blätter liegen schon am Boden. Es fallen, während ich auf der Bank unter ihr sitze, fortwährend einzelne Blätter herunter. Leise, kaum hörbar, aber doch glaube ich das Geräusch des Loslösens vom Ast, als kleines, sanftes Rupfen, hören zu können. Auf dem Parkweg irgendwo ein leises *„plopp“*, wahrscheinlich eine Nussfrucht eines anderen Kontinents, nur ein paar Meter ums Eck.

Ich gehe weiter, durch OSTASIEN nach SÜDEUROPA, zu unserer Bank unter dem großen, umrankten Dreibeindach, finde meine damals hier in die Äste gesteckte Rose nicht mehr, was okay ist, vielleicht hat der Regen sie rausgetrieben, oder bei einem Baumbeschnitt ist sie rausgefallen oder ein

Gärtner hat sie, unter einem leichten Stirnrunzeln, aus dem Strauchwerk genommen, oder ein Vogel hat sie rausgeräumt, irgendwohin wird sie schon sein, denke ich mir, meine damit auch ein leises „Ja“ für den Fortgang, die Orts- und Zustandswechsel und die Verwitterung der Dinge, und gehe dann rüber, zum Teich.

In der Parkanlage sind die Bereiche beschildert. Damit man weiß, wo all das hier herkommt, welchen Orten und Sphären diese Flora entstammt. Drüben im BALKAN, KAUKASUS, ORIENT, in Blickweite unserer SÜDEUROPA-Bank, haben sie den großen Baum gefällt. Hier, zwischen den Kontinenten und Ländern, hatten wir damals getobt, waren Karl und Paul rumgeflitzt, hatten wir verstecken gespielt hinter den Stämmen und Sträuchern.

Durch die VORALPEN gehe ich nach MITTELEUROPA, gleich daneben liegt der große Teich. Ein weißes Schild weist auch diesen Ort mit einem Namen aus: TEICH steht da, serifenlos und schön schnöde. Ein paar Patienten, Rentner und Familien sitzen hier. Es sind viele Leute im Arboretum, hin und wieder riecht es nach Zigaretten, es ist ruhig und weitläufig. Überall Schilder mit lustigen, seltsam verstiegenen Pflanzennamen. Ich gehe nach NORDEUROPA und dann den Torfweg durch die flachen Beeren- und Heidesträucher zur Wiese mit den kleinen Apfelbäumen. Mitten auf dieser Wiese stand damals eine Bank, da saßen Karl und ich drauf, und ich machte ein Selfievideo von uns, da erzählt er ein bisschen, spricht in die Kamera, sieht uns beide im Display und findet es seltsam und lustig. Seine Stimme, der Hummelpo, das liebe Gesicht und die Haare unter dem Schlapphut. Die Bank steht jetzt am Rand, wie alle anderen Bänke auch. Auf einer Bank, halb versteckt unter einem Baum, sitzen zwei Jugendliche und bauen was zu kiffen. Mit einem Grinder zerreibt der eine sorgfältig das zu rauchende Kraut. Ich starre wohl wie ein strenger Passant und sie schauen etwas zu mir her, während ich nur schaue, ob sie auf der Karlbank sitzen, aber sie sitzen auf einer braunen Bank. Unsere Bank war grün. Ich werfe noch ein paar Blüten hin und gehe aus dem HEIDEGARTEN, durch den MISCHWALD zum KIEFERNWALD, aus dem Volksstadion jubelt es, durch die zauberwaldartig über den Weg wuchernden Rhododendren, weiter durch nicht näher geographisch benannte Randregionen, wo hinterm Zaun schon die Gebäude der BDH-Klinik beginnen, den menschenleeren Randweg, plötzlich sehr melancholisch wegen der Bäume, oder irgendwas, ich weiß nicht genau, den Rest der Blüten links und rechts so wegverstreuend, zurück zum vorderen Teil des Arboretums, wo eine Traube Menschen zur PILZBERATUNG zusammengekommen ist, die hier seit 16 Uhr, während ich im Arboretum meine Karlwege gegangen war, vor dem kleinen Häuschen am Eingang, nicht weit weg von JAPAN, ihren schulmöbelhaften Beratungstisch aufgebaut hat.

So. 23.10.2022, 16:51
vor dem Klinikum

Im Glaskabuff ein paar in ihren Rauch gekrümmte Kranke. Im Bücherwägelchen nur Mist. Ich las ein wenig in einem Westerngroschenroman in „großer Schrift“ und staunte, was das für Bumsblättchen eigentlich sind. Richtig expliziter Content und zwischendurch bisschen Geballer und Spucknäpfe. Ich ging meine Wege hoch und runter, hinten raus, vorne rum, rauf aufs Rad, und dann, unterm Getöse des gerade landenden Hubschraubers, zurück nach Hause.

So. 23.10.2022, 17:37
Küchentisch

Zuhause mache ich mir statt Kaffee einen starken schwarzen Tee mit zwei Beuteln, gieße etwas Fenchelhonig für den Hals rein und kippe Hafermilch für den Eindruck eines Milchkaffees dazu. Carina ruft an, dass sie etwas später kommt. Sie fahren jetzt noch mit Helena und Cleo zu Ninas Pferd. Wir essen dann etwas später Abendbrot. Der Tag ging schnell herum. Ich saß vormittags hier am Text und an den Storchbildern, und war dann für drei, vier Stunden, jedenfalls ziemlich lang, herumgefahren. Keine nennenswerten Vorkommnisse, Erkenntnisse oder Einsichten und Verständnisse in mir. Das war auch nie die Erwartung, die ich an den Text hier stellte. Er war das, was kam. Aus mir, in mir, durch mich. Und das ist ja schonmal allerhand. Das ist der Text.

So. 23.10.2022, 17:52
im Zweifel in der Küche

Jetzt, so kurz vor den letzten Einträgen in diesem auf hundert Tage anvisierten Kummerstrom aus Worten, kommt so eine „oder wie, oder was?“-Stimmung durch. Was soll denn das jetzt alles? Was sollte das jetzt alles nochmal, dieses Schreiben, das Rumradeln, das eichhörnchenartige

Umhergeschleppe von Erinnerungsnüsschen? All das, was ich aus meinem kleinen, kümmerlichen Herzen, ganz intuitiv tat, aus größter Sehnsucht nach meinem toten Sohn, wozu Psychologinnen manche Patienten erst mühsam ermutigen müssen, all diese *aktive Auseinandersetzung*, all dieses Einzäunen und Einklammern des eigenen Innenlebens, das wortwörtliche *Erschließen* des aus sämtlichen Fugen gerissenen Seelengebäudes, all das erscheint mir gerade manchmal etwas bescheuert. Gar nicht mal so hilflos, ratlos, mutlos, wie zwischendurch hier oft, eher erscheint es mir so banal und egal. Was vielleicht genau gerade das ist, was gut daran ist. Dass der Text jetzt Text ist und mich gar nicht so viel angeht erstmal. Soll er doch. Soll ich doch. Lassen wir's halt so. War doch gut. Is' doch gut. Ist ja auch mal so und mal so. Irgendwas ist immer. *Im Zweifel für den Zweifel.* Oder wie, oder was?

Elvis hatte, bei unserem Straßenrandgespräch vorhin, was von der Demut dem Leben gegenüber gesagt, dann kurz den Kopf geschüttelt, überlegt und dann doch doll genickt, und gesagt: „Nee, doch, das stimmt schon, Demut gegenüber dem Leben“. Ich hatte, wie, um sein Nicken schon vorab zu bejahen und ihn dazu zu ermutigen, seinem zuerst ausgesprochenen Gedanken zu vertrauen, auch genickt und daran gedacht, wie man als Hinterbliebener, als jemand der dabei war und zurück blieb als jemand gestorben ist, doch tatsächlich näher ans Leben heranrückt, automatisch herangerückt wird, reingeworfen wird in das Leersein der Stelle, wo ehemals der Gestorbene war. Und dass diese Stelle etwas ist, das nicht dunkel und kalt sein soll, weil das nicht seinem Leben, seinem Gelebthaben entspräche. Dass es vielleicht sogar eher eine Demut vor dem Leben des jetzt nicht mehr Lebenden ist.

So. 23.10.2022, 23:02
im Bett

Früh ins Bett, im Bad lange Zähne und Zahnzwischenräume und alles drumherum geputzt. Mit der Leselampe, dem guten, in genau den richtigen Gelbwerten glimmernden Licht, jetzt noch ein paar Seiten, dann schlafen.

Als ich eben ins Bett ging, kurz sehr visuell deutliche Erinnerungsbilder an Karl. Wie er so da lag im Bett, wenn er schlief. Wie beide so schlummerten und schliefen. Wie schön es immer war, zu beiden ins Bett zu kriechen, am

Ende eines Tages. Wie wenig Platz wir darin hatten. Wie schön es übrigens auch jetzt wieder ist, zu Paul ins Bett zu kriechen. Was für ein süßes Kind er ist. Wie stolz er uns gerade macht, wie umgänglich er ist, auch bei und mit anderen Leuten. Wie heute, als Carina den ganzen Tag mit ihm unterwegs war und ich ganz bei mir und auf meinen Karlwegen, nach Tagen der Entmutigung, wieder tiefer im Karltext gewesen sein konnte.

Mo. 24.10.2022, 08:55
Küche

Diese Woche soll es wieder warm werden. Ich war wieder schwitzend aufgewacht am Morgen, wechselte das T-Shirt, hustete und trank zwei Tassen Kaffee mit Fenchelhonig. Im blauen Himmel hinterm Fenster die dünn aufgetragenen, hinten überm Windräderland zu dichteren, volleren Flächen werdenden zuckerwattefadenhaften, schwadenweise weit und fransig hingefächerten Cirruswolken. Der Basilikum auf dem Fensterbrett steigt mir bei ihrer genaueren Betrachtung in die Nase, sprunghaft, dünn und flirrig, wie im sehnenden Menschen plötzlich auftachende Erinnerungsblitzbilder aus alten Urlauben.

Paul war gut drauf, kam gut in den Tag, ging gerne los zur Kita. Karl ging auch immer gerne, schon relativ früh ziemlich gerne, in die Kita. Er fügte sich da gut ein, beschäftigte sich schnell selbst und spielte und blätterte vor allem gern in Büchern, das hatten die Menschen von der Kita immer wieder gesagt.

Mo. 24.10.2022, 11:28
Wohnzimmer

Es sind immer noch Quitten da. Carina macht daraus jetzt Saft. Ich hatte unten das Klo irgendwie so hinrepariert und das dort noch in der Badewanne herummosende Planschbecken vom Sommer in den Keller eingelagert. Carina hatte die Wohnung geputzt. Heute abend kommt Lorenz zu Besuch und bleibt über Nacht.

Ich hatte im Tagebuch die Tagesziffern rückwirkend geprüft, die waren in den Zeichensetzungen uneinheitlich und das hatte mich schon eine Weile wahnsinnig gemacht. Dabei, durch all die hunderte Seiten hier scrollend, überkam mich wieder diese schrille Mischung aus Zuversicht, Erleichterung und ebenso Vergeblichkeit und Nichtsnutzigkeit. Was nützt dieser mich erleichternde Text eigentlich denn genau nochmal?

Mo. 24.10.2022, 13:37
Rumpelzimmer

Im Edeka Thekensushi fürs Mittag und Kleinkram für anderswann gekauft. Auf dem Parkplatz zwei Muttis mit Anschnalltragen und Mitnehmkaffee, mit dieser typischen, in der Babyzeit ganz zeitenthoben herumspazierenden, müden, aber auch müßiggänglerischen, das Leben ganz auf die Elterntätigkeiten ausgerichteten Art, die nur frisch *gebackene* Eltern haben.

Zuhause ein Telefonat mit Pielmann wegen der EP-Cover. Nach erfolgreicher Verdrängung der Sache in den letzten paar Tagen hatte ich das Dokument jetzt wieder aufgemacht und fand die Entwürfe dann gar nicht so doof, baute gleich noch fünf andere Varianten hin und hatte plötzlich Lust, da weiter dran zu werkeln. Immer wieder diese Antriebslosigkeit. Und dann geht es doch irgendwie weiter.

Mo. 24.10.2022, 14:07
im Flur

Als ich unten im Hof war, um den Wagen rauszubringen und gleich noch einige Äpfel von der Wiese sammelte, kam unsere Nachbarin auf mich zu und schenkte mir ihren Dremel. Wir hatten letztens darüber gesprochen. Manchmal erzähle ich ein bisschen vom Friedhof. Und sie sagt, dass sie auch gelegentlich dorthin geht, was mich immer sehr rührt. Ich hatte von unserer Idee erzählt, dass wir, statt einem Grabstein, ein noch zu findendes Fundholz, ein uns an irgendeinem Strandspaziergang mal anschwimmendes, in unser Leben geschwemmtes Stück Treibholz nehmen wollen und Karls Namen dort irgendwie einfräsen, einstempeln, eingravieren wollen. Mir fehlten etwas die Fachbegriffe für derlei Holzarbeiten. Sie fand das eine tolle Idee, sie stellte sich richtig kurz auf die Zehenspitzen, wie um ihre Bejahung dieser Idee noch höher zu heben. Ich glaube, sie fand die Idee gut, weil sie eine Frau der See ist. Auch der Sand damals. Dass wir für Karls Beisetzung Sand aus Lubmin geholt hatten, das hatte sie auch mit allen Spitzen ihrer Zehen gut gefunden. Und dann die große Kerze, das lang brennende Lebenslicht, das sie im Sommer in den Baum vor ihrer Tür gehangen hatte. All das. Und jetzt noch der Dremel. Sie hätten eh zwei davon, sagte sie, und machte mir das Annehmen damit etwas leichter. Ich bedankte mich, trotzdem eher ungeschickt, mit einer kleinen Verbeugung wahrscheinlich, und ging dann, die Äpfel auf der Dremelkiste gestapelt, mit der Hoffnung auf baldiges Holz, hoch in die Wohnung, wo Carina gerade Paul anzog für einen Ausflug in die Stadt.

Mo. 24.10.2022, 15:59
Wohnzimmer

In der Stadt gehen wir in die Sparkasse und eröffnen ein Konto für Paul. Es ist ein bisschen seltsam, gerade jetzt, in dieser Zeit, nach Karls Tod, so etwas profanes, wie das Eröffnen eines Bankkontos zu machen. Aber wir hatten das schon länger vor. Wir wollten schon lange ein Konto für die Kinder anlegen. Es lag ja hier noch Geld herum, aus all den Briefen und Bekundungen, zur Geburt und zur Beerdigung. Manchmal hatten wir davon was genommen, für morgendliches Brötchenholen, Einkäufe verschiedener Art, fürs Wochenende und für die Kinder, aber es war klar, dass wir das meiste davon mal irgendwo *anlegen* oder zumindest beiseite legen wollen.

Wir sitzen in einer von Schallschutzwänden eingefassten, halboffenen Sitzecke. Wie die von Wänden getrennten Nischen in den Großraumbüros ist das ein eher scheinheiliger Versuch der Andeutung von familiärer Gemütlichkeit und Privatsphäre. An zwei Kerben links und rechts in der Tischmitte erkennt man, dass hier auch mal eine Glaswand verbaut war, wegen Corona. Eigentlich ist alles ganz gemütlich und der Mann von der Sparkasse ist sehr nett und kompetent. Paul bekommt einen Kuscheldrachen geschenkt. Nicht gleich am Anfang, als plumpes Werbegeschenk, sondern mittendrin irgendwann. Als Paul langweilig wird und die Malstifte auch nichts mehr helfen, geht der Sparkassenmann los, sagt, dass er da doch *noch was hätte*, und kommt, er hatte das ganz elegant beim Anfertigen von Kopien unserer Ausweise eingebaut, mit diesem grünen Sparkassendrachen zurück. Auch der Drache ist niedlich und ich fühle mich nicht so völlig unwohl wie sonst in solchen Situationen mit Behörden, Ämtern und amtsähnlichen Institutionen aus dem *Finanzsektor*. Alles geht seinen bürokratischen Gang, der Mitarbeiter hat den selben Vornamen wie ich. Eines seiner drei Kinder heißt auch Paul. Der Martin von der Sparkasse ist elf Jahre älter als ich, das sehe ich in der Software auf dem Bildschirm auf dem er uns irgendwelche Texte zeigt, die als wirre Bürokratieformeln an mir vorbeirauschen. Er sieht fit und jung, aber nicht aalig aus. Wenn ich in elf Jahren auch so bin, wäre das okay, denke ich und weiß nicht genau, was ich mit diesem Blick in die Zukunft meine. Etwas weggedriftet offenbar, erwähne ich in einem Moment Karls Namen. Ich sage *Karl*, als ich irgendwas dummes hinsichtlich Pauls Konto frage. Es rutscht mir so raus, wir hatten ja schon mit dem Sparkassenmartin über Familiäres gesprochen, waren uns einig, dass es gerade *ein tolles Alter* ist, undsoweiter, wir waren ja fast schon beste Freunde jetzt, und ich fand es die ganze Zeit komisch, ihn in dem Glauben zu lassen, wir hätten nur ein Kind. Aber noch falscher fand ich es, dem netten Mann ungefragt die Geschichte unseres anderen, gestorbenen Kindes hinzuwerfen. Aber der Name steht jetzt im Raum. Paul will dann auf einmal »Karl malen« und irgendwann später spricht auch der freundliche Finanzmann aus Versehen einmal von einem Karl. Als Carina seine Geburtsurkunde über den Tisch schiebt, nennt Paul den auf dem Amtsstempel abgebildeten Greifen eine »Elster«. Hier kommt gerade alles irgendwie zusammen.

Irgendwann sagt Paul, dass er eingekackt hat und ich gehe mit ihm zum nahegelegenen DM, um dort seine Windel zu wechseln, während Carina den restlichen Papierkram macht.

Mo. 24.10.2022, 18:34
Klo

Nach dem Abendbrot holte ich den Wagen rein. Es hatte im Hof einen kleinen Regen geregnet und es waren vereinzelte, wie Konfetti verstreute Regentropfen auf der Treppe. Es war warm und seit mindestens einer halben Stunde dunkel, hinten hinterm Land hob sich noch ein bisschen was oranges von unten gegen das helle, ins dunkel gehende Blau hervor. Genau betrachtet war am Horizont noch ein letztes Leuchten, aber im Hof, hier unter den Bäumen und Fassaden der den Hof einschließenden, keine Straßenlaterne hierher leuchten lassenden Gebäude, war es dunkel und nur unter den bewegungssensorisch beleuchteten Treppenstufen und am typischen Geruch, den die nass gewordene Welt ausströmte, war der eben kurz hier gewesene Regen erkennbar.

Heute kam Lorenz zu Besuch. Wir saßen nachmittags ein bisschen im Zimmer und erzählten. Über das Musikmachen, über Sachen und Zeugs. Carina und Lorenz gingen dann auswärts essen, während ich mit Paul daheim Abendbrot machte. Während ich abdeckte und aufräumte ließ ich Paul etwas Teletubbies schauen und ihr irres Gebrabbel kam undeutlich aus dem Wohnzimmer und stellte Ruhe in mir her.

Mo. 24.10.2022, 20:35
Sofa

Nachdem Paul eingeschlafen war setzte ich mich aufs Sofa und las im Stillen ein Buch. Carina und Lorenz waren noch unterwegs. Mein Tinnitus dröhnte sein spitzes Pfeifen und drückendes Rauschen. Wie doll der eigentlich ist, dachte ich, und musste das Buch kurz mal beiseite, nämlich genau vor mich, aufgeschlagen, kopfüber auf meinen Schoß legen.

Auf dem Rückweg aus der Stadt am Nachmittag traf ich Lara und Timo. Sie waren etwas ungeschickt, wir hatten seit Karls Tod noch nicht persönlich gesprochen, waren uns bisher nicht begegnet. Timo umarmte mich und ich sagte irgendwas und fühlte mich auf erträgliche Art allein mit meiner Trauer wegen Karl. Erträglich deshalb, weil diese Trauer mir so bekannt und immerhin schon seit drei Monaten gelitten und gelebt ist, dass sie ein Teil von mir ist, der so tief drin in mir ist, dass es mühsam wäre, jedem den man mal so trifft bei einem Gehweggespräch das alles so aufzudröseln. Stattdessen sagt man dann sowas wie „Ja, wir kommen so durch die Tage" und die anderen sind dann auch irgendwie froh, dass man sowas sagt und nicht einfach, das wäre ja eigentlich zu erwarten, auf der Stelle zusammensackt und zusammenklappt, als Mensch sich auflöst und kaputtgeht, und hinter diesen kleinen Allgemeinfloskeln, mit denen ich mir erlaube die anderen nicht in größere Verlegenheiten zu bringen, steckt dann also diese tiefe Kenntnis meiner Trauer, diese große, jeden Tag irgendwie aufgewendete Kraft *eins* zu sein mit diesem schrecklichen Verlust, damit irgendwie zu leben und es als etwas kläglich Erträgliches in sich zu *tragen*, das Trauern, den Kummer, den Schmerz, die Liebe und den Menschen, mein Kind: Karl.

Wir winkten uns und sie gingen zum Tierpark, dessen Öffnungszeiten jetzt im Herbst schon wieder anders, also kürzer sind, weshalb sie auch etwas in Eile waren und ich noch sowas ermutigendes wie „Dann aber schnell!" ausstieß und mit einem aus der Körpermitte hergeholten, nach vorne rückenden Ruck, als brächte ich die Maschinen wieder zum laufen, den Kinderwagen mit Paul dann in die ihnen entgegengesetzte Richtung, zu uns nach Hause hin anschob.

Mo. 24.10.2022, 23:54
Sofa

Mit Lorenz hatten wir dann noch ein bisschen in der Küche gesessen, Musik gehört und geredet und erzählt. Am Ende, als alle schon, vom Bier und vom geschlossenen Fenster, etwas müde waren, sprachen wir noch über Karl, wie gut die Trauerfeier und das Garten-Get-Together waren, auch über die Termine in dieser Woche, bei der Psychologin, der Trauergruppe und beim Kinderwunschzentrum in Rostock.

Ich war dann nicht mehr raus gefahren mit dem Rad, hatte mich vor den Fernseher gesetzt und ein bisschen was laufen lassen, während ich noch ein Bier trank und las. Ich machte die Spülmaschine an, mich selbst dann bettfertig und machte, ganz ohne theatralische Klammerzugefühle, ohne irgendein konkretes Angekommensein, diese hundert Tage Trauertext hier irgendwie dann langsam zu.

Und so gehe ich jetzt, nach hunderten Seiten, hunderten von aus mir rausgetragenen Einträgen, mit dieser hartnäckigen Herbsterkältung, körperlich und geistig erschöpft und erlahmt, müde, immer noch müde, nicht komplett mutlos, nicht entmutigt, aber auch nicht gereinigt, geheilt oder sonstwie irgendwie schlauer mit meiner Trauer, raus aus diesem Schreiben.

Setze nur noch ein paar Absatzfetzen hier rein, letzte Züge, freie Fragmente, was noch grad so rausplätschert, und finde es irgendwie gut so, dass es kein Ende ist, nicht mal ein Rausplätschern, eher ein Offenbleiben, ein Weiterplätschern, ein Weiterbleiben, ein bis hierhin, Text sei Dank, immerhin im Leben Weitergebliebensein.

Es gibt keine guten Schlusssätze. Nicht mal ein gutes, einziges Wort. Ein Einwortfazit ist immer trivial. Und wenn es der Tod also auch ist, ein triviales Trompetenwort, wieso dann nicht gleich doch das, dieses Wort: Liebe. Denn es stimmt: was bleibt ist Liebe. Das war schon der Schlusssatz der Trauerrede im August. Weil es wahr war und wahr ist. Es bleibt auch sonst einiges, ich schrieb in mehr als einer Million Zeichen hier davon, der Strohhut, die Wackelschnecke, das Ballschwein, die Bluetoothbox, der Kran und die Weuke, der Sirup, die Kassenzettel, das Arboretum, die Blumen und Krumen, die Holzfeuerwehr und der Umkrempelkraken, der

Browserverlauf und das Armband, all die auf ihn verweisenden Artefakte, sein schon durch zwei Jahreszeiten gegangenes Grab, die Kastanie, die Ballons und die Zettel, und natürlich Frau Elster und der eingestickte Wal. All das bleibt. Und alles ist eingepackt in dieses eine Wort.

Und hatte mich nicht, relativ früh hier, schon die Liebe im einen Lied von Stevie Wonder so heftig erreicht? Er singt dort von der Liebe, die heute mal Hilfe nötig hat. *LOVE'S IN NEED OF LOVE TODAY.* Man solle doch mal was von seiner eigenen jetzt einsenden, um der Liebe zu helfen. Dass die nämlich auch mal kaputt gehen kann, bisschen wacklig auf den Beinen ist, geschlaucht von allem Scheiß und Hass, frei übersetzt, das war ein schönes, schlichtes Bild, das mich erreichte, weil es stimmt. Und dann wäre das doch eine gute Voranstellung für dieses Buch. Und dann war jetzt jüngst dieses alles klammernde Wort wieder so heftig hier hochgetaucht: *LOVE IS EVERYWHERE* heißt es bei Pharoah Sanders. Und auch das stimmt natürlich. Auch der Tod ist überall. Irgendwann.

Aber hier gehört sein Tod eigentlich gar nicht hin, in unser Leben.
Und trotzdem schrieb ich alles davon auf.

Und dann war ich hier plötzlich am Ende im Text.

Vielleicht sind ja ein paar Zeilen ganz gut geworden. Vielleicht war manches bisschen drüber und drunter. Der Kummer ist alles andere als Klarheit. Und vielleicht ist am Ende der insgesamte *Sound* ja doch ganz okay. Dass irgendwo was mitklingt und aufscheint vom Leben mit ihm. Dass es dann doch irgendwie nachhallt.

Dass ein Text jetzt zwar fest steht, die Worte aber dann doch irgendwie weiter gehen. Dachte ich und sah auf dem Badezimmerspiegel diese mit einer Etikettiermaschine vor Jahren mal raufgeklebte Wahrheit „ALLES SCHEISSE…“ und hatte fast eine Regung nach oben am Mundwinkel.

Und dann ging ich erstmal ins Bett, Paul war ein Seestern, und ich machte unser gutes Licht an der Anklemmlampe an und nahm mir ein anderes, irgendein leichteres Buch vor.

„Love Is Everywhere“

Pharoah Sanders – Love Is Everywhere

(1974)

Was bleibt

Es waren dann plötzlich mehrere Jahreszeiten vergangen und ein Jahr war bald um. Ich hatte jeden Tag an meinen hundert Tagen Trauertext gearbeitet. Mir war klar, dass ich es irgendwie zur Buchreife bringen möchte. Nachdem ich Ende Oktober das Schreiben herunterschraubte, notierte ich einige Zeit lang nur kleine Bruchstücke, machte erstmal wenig am Text. Irgendwann ging ich wieder rein, korrigierte und redigierte, bügelte all die vom Kummer krummen, groben Fehler aus, stellte hier und da ein paar Worte um, wenn irgendein Satz völlig ins Leere lief. Ich konnte eigentlich gut im Trauern schreiben, ich fand darin einen Fokus, es half mir, aber manche strömend aus mir rausgeschwemmten Wortfluten musste ich, mit etwas Abstand, wieder ein wenig in Bahnen lenken. Aber alles in allem ist das hier der Text der ersten hundert Tage nach dem Tod meines Kindes.

Es ist ein Text über seinen Tod und was er mit unserem Leben machte. Aber es ist auch ein Text über alles, was vor seinem Tod war. Es ist ein Buch über sein Leben, aber ich ging auch in hinterste Winkel und frühere Bezirke meines eigenen Lebens, als er noch gar nicht darin da war. Jetzt, im Juli des Jahres nach seinem Tod, schreibe ich diese Schlussklammer am kleinen Computer. Seit einigen Monaten arbeiten wir Eltern wieder. Ich bin wieder in einem Brotjob, löhne dort mein kleines bisschen Geld zusammen, und arbeitete in den Nächten weiter am Buch. Das Buch war der Ort, auf den ich mich immer wieder freute. Ich liebte, es immer wieder hinzugehen in all die Orte und Gegenden hier. Immer wieder ist mir vieles immer noch neu. Ich kenne mich aus in den hunderten Seiten, aber vieles rauscht durch und driftet immer wieder weg, also entstehen immer wieder diese kleinen Momente der Freude, wenn ich irgendwo von irgendwas lese, das ich irgendwann geschrieben hatte – das irgendwie dann doch, das war ja einer der Zweifel seit dem ersten geschriebenen Wort, etwas festhält, von dem was war.

Die Baustelle am Krankenhaus ist immer noch nicht fertig. Nur das Dixieklo vor unserem Zimmer ist weg. Dort ist jetzt ein Parkplatz und ich fahre manchmal hin, mache eine Rad-Abendrunde und kenne immer noch jeden Winkel am und im Krankenhaus. Das Arboretum ist immer noch schön, alle Kontinente dort sind mir vertraut. Der Karlbaum im Kindergarten hat den ersten Winter erlebt und Paul erzählt manchmal von ihm. Im Ovomaltine-Glas sind jetzt irgendwelche Schrauben, es steht oben beim Werkzeug, auf dem kleinen Hängeboden im Flur. Vom Sirup steht immer noch ein Fingerbreit im Türfach im Kühlschrank. Auf Karls Grab machen die mitgebrachten Steinchen einen verschlungenen Weg durch die Blumen. Ich bin immer noch kein guter Gärtner und die Maulwürfe benehmen sich an manchen Tagen wie die Äxte im Walde. Über die Monate waren dann noch anderthalb dutzend Zettel aus der Kastanie gefallen. Regen und Wind hatten sie heruntergerissen und ich war als ein nasser Aufleser in allen Friedhofswettern ein Mensch von seltsamer Sammelfreude. Im Lotto hatte ich kaum was gewonnen, aber der Bücherwagen gab manchmal was her. Elstern gibt es immer wieder. Und jeden Tag macht die Bluetoothbox ihr bekanntes Gebimmel, wenn sie sich mit dem Handy verbindet. Alles verbindet mich weiterhin mit meinem gestorbenen Kind.

Manchmal, auf Arbeit, bei einem Geradel oder in einem Versinken im Text kommt der Kummer heftig hoch. Die Augen werden glasig, es ist Rührung in mir, ich bin dann traurig, fühle aber auch eine Stärke darin. Alles andere ist dann egal. Ich bin dann bei mir und damit bei ihm. Wir sind als Familie beieinander. Seinem Bruder Paul geht es gut. Manchmal sammelt er Steine irgendwo, „für Karli" sagt er dann und wir gehen gemeinsam zum Friedhof.

Zum Nikolaus hatten wir Karl einen Wal geschenkt. Ein blauer Porzellanwal, lächelnd, drückt seinen hellen Bauch jetzt in die Erde auf seinem Grab. Irgendwann im Winter stellte ich noch einen Fuchs dazu. Es war Schnee in der Stadt und der Fuchs war im Laden und ich hatte ihn gekauft und war gleich mit dem Rad zu Karl hin und stellte den Fuchs in den Schnee, der sein Grab fast vollständig bedeckte. Der Friedhof war weiß und leise und ich dachte an „Fox In The Snow" von Belle & Sebastian.

Und so ging es immer irgendwie weiter.
Gelegentliche Notizen.
Und jetzt dieses Buch.

Für Karl.

Dank

Ich danke allen, die in diesem Buch auftauchen. Aus Gründen der Privatsphäre muss es ohne Namen gehen. Ich danke allen, die bei uns waren, vor Ort und aus der Ferne, in der Zeit seither. Sie sind Teil unserer Geschichte und ich weiß, welche Verlegenheiten, Fettnäpfchenängste und Unsicherheiten das Zugehen auf Menschen mit einem Kindsverlust mit sich bringen kann. Ich weiß jede Überwindung und Offenheit, jede Nachfrage und Erkundigung, jede mitgeteilte Unbeholfenheit und jede miteinander geteilte Erinnerung sehr zu schätzen. Meine Anerkennung und Dankbarkeit sende ich an die Menschen der Kita. Sie waren ein liebevoller Umgang für Karl in den Monaten, in denen er dort sein konnte. Dass ein Apfelbaum in seinem Namen gepflanzt wurde, rührt mich zutiefst. Mein großer Dank gilt von Krankenschwester über Reinigungskraft bis zur Ärztin dem Personal aller Disziplinen im Krankenhaus. Neben den medizinischen Notwendigkeiten, hatte Karl das Glück, den Aufenthalt im Krankenhaus zu einem großen Teil auch als ganz normalen Alltag erleben zu können. Diese Zeit mit Karl im Klinikum stellte uns als Familie vor logistische Herausforderungen. Unterstützt wurden wir dabei durch unser Umfeld und ganz besonders durch Karls und Pauls Großeltern – ihnen gilt mein und unser tiefer Dank. In dieser entbehrungsreichen Zeit konnten wir alle gemeinsam Karl im Krankenhaus, und auch seinem Bruder Paul zu Hause, ein angenehmes, weitestgehend normales Leben ermöglichen. Ich danke meinem Bruder für unsere Kindheit. Ich danke meinen Eltern für geduldige Jahre und finanzielle Aushilfen in den löchrigsten Wochen. Ich danke unseren Freunden für den Zusammenhalt und das Karlgartenfest. Dieses Netz und der Beistand haben uns weit getragen und wir fühlen uns nicht allein. Ich danke vor allem meiner Frau und meinen Kindern. Ich bin dankbar, dass wir trotz allem so gut beisammen sind – dass Karl auch immer da ist, in Gesprächen und Unterhaltungen, als ein Mensch, den es gab, weil wir uns gefunden hatten.

Register

Fotos

S. 48/49	Blick aufs Feld vom Hintergarten des Urlaubshauses in Breege, 18.07.2022
S. 88/89	auf dem Rad in Rügen, 21.07.2022
S. 150/151	Maislabyrinth Blandow, Rügen, 22.07.2022
S. 152/153	Strandbad Grünau, Berlin, 29.07.2022
S. 154/155	Blick auf die Koppeln in den Wiesen bei Greifswald, 2022
S. 210/211	Blick von der L26 auf den Greifswalder Bodden, 06.08.2022
S. 270/271	Küchentisch mit Babymilchflasche im Urlaubszimmer in Lehsten, 11.07.2021
S. 336/337	Schmetterlingsklammer an einem Baum im Garten von Freunden im Jahr nach Karls Tod, 22.04.2023
S. 362/363	Nacht, Rausch und Freunde beim Garten-Get-Together nach Karls Beisetzung, 27.08.2022
S. 382/383	Luftballons tragen Zettel mit Worten für Karl in die Luft, 26.08.2023
S. 384/385	Ententeich vor dem Klinikum Greifswald, 23.06.2023
S. 386/387	drei Enten am Ellernholzteich, 05.08.2022
S. 460/461	Aufnahme des Konzertmitschnitts „In Bloom" im Botanischen Garten in Greifswald, 26.04.2021
S. 500/501	Blumen, 04.08.2022
S. 554/555	Mensa am Berthold-Beitz Platz in Greifswald am Abend, 27.09.2022
S. 578/579	Feld am Brandteichgraben in Greifswald, 27.09.2022
S. 580/581	Universitätsgebäude im Herbst in Greifswald, 07.10.2022
S. 582/583	leere Bank und Schwan im Tierpark Greifswald, 31.10.2022
S. 594/595	Elster auf Thujahecke in Berlin, 02.10.2022
S. 636/637	Spielecke in der Zooschule im Tierpark Greifswald, 20.03.2022
S. 672/673	Zirkus am Museumshafen in Greifswald, 17.10.2022
S. 722/723	im Arboretum, 18.05.2022
S. 734/735	Vater und Sohn im Tierpark in Greifswald, 03.05.2022 (Foto: meine Frau)

Alle Fotos, sofern nicht anders genannt: Martin Hiller

Walverwandtschaften

Nach der Fertigstellung einer Vorabauflage dieses Buches im Juli 2023, ein Jahr nach Karls Tod, entstanden in schneller Folge verschiedene, weit kürzere Texte über diese seltsame Zeit, als ich aus der Nacharbeit an diesen hundert Tagen Trauerarbeit herausgefallen war. Das Schreiben war darin plötzlich anders geworden – prosaisch, vielleicht sogar leichter, aufgelüfteter, hochintrospektiv natürlich, aber auch weiter raus, von einem anderen Außen all diese hier freigelegten Kerne umrundend, sachte um Sachen drumrum-wundernd, manche vielleicht noch offene Klammer schließend, lose Stränge verknüpfend, ganz neu nochmal losdümpelnd, in weitere Gründe der Trauer und meines mit ihr nun ausgemahlten Lebens. Es waren kleine, schnelle Texte, Notizen aus dieser sich angenehm aufklüftenden Zeit danach. Diese Texte sind, ebenso wie der in diesem Buch immer wieder erwähnte Roman, mit diesem Buch – wenn man so will – sozusagen verwandt und so werden nach „Frau Elster und der eingestickte Wal" eine Prosasammlung mit dem Arbeitstitel „Die dicke Haut der Traurigkeit" und ein Roman mit der Schreib-überschrift „Erde, Trinkmann" erscheinen.

www.martin-hiller.de
www.kranundweuke.de